RDIM
FAHEENA
SLANDE
DIE SILBERFESTE
DER WANDERNDE WALD
BERG
DER EWIGE FLUSS

Cassardim
Jenseits der Schwarzen Treppe

Weitere Titel von Julia Dippel bei Planet!:

Izara
Bd. 1: Das ewige Feuer

Izara
Bd. 2: Stille Wasser

Izara
Bd. 3: Sturmluft

Izara
Bd. 4: Verbrannte Erde

Cassardim
Bd. 1: Jenseits der Goldenen Brücke

Mehr über unsere Bücher, Autor*innen und Illustrator*innen auf:
www.thienemann.de

JULIA DIPPEL

CASSARDIM

JENSEITS DER SCHWARZEN TREPPE

PLANET!

INS GEDÄCHTNIS GERUFEN

Nachdem Amaia erfahren hat, dass sie nicht nur eine fürstliche Geisel aus Cassardim, sondern die Goldene Erbin ist, rückt sie in den Fokus ihres Großvaters, Kaiser Fidrin. Er zwingt sie, das verschollene Juwel der Macht zu suchen, um seine Herrschaft für alle Zeiten zu sichern.

Amaia gelingt es jedoch mithilfe ihres Verlobten Noár den Machenschaften des Kaisers ein Ende zu setzen. Es kommt zur Schlacht auf der Nebelbrücke, bei der Fidrin stirbt und das Juwel der Macht zerstört wird.

Fidrins Sohn Katair stößt den Leichnam des besiegten Kaisers in den Ewigen Fluss und übernimmt den Thron im Goldenen Berg.

Katair ist jedoch von seiner hundertjährigen Gefangenschaft so verwirrt, dass er Amaia nicht wiedererkennt und seine Vaterschaft leugnet.

Das bringt die Goldene Erbin in eine heikle politische Situation, die noch belastender wird, weil ihre Verlobung mit Noár sie in Gefahr bringt. Die beiden müssen so auch weiterhin ihre Liebe geheim halten und der Öffentlichkeit eine Feindschaft vorspielen. Um den Intrigen des Kaiserhofs für ein paar Tage zu entfliehen, beschließt Amaia, sich »entführen« zu lassen – nach Rim Valesh, einem ausgedienten Shendai-Hort an der Außengrenze des Schattenreichs.

THE SHOW MUST GO ON

Der leichte Stoff meines Kleides folgte raschelnd meinen Bewegungen. Ich wirbelte herum, wieder und wieder, warf mein Bein in die Höhe und fühlte, wie sich ein Lächeln auf meine Lippen legte. Es war eine gefühlte Ewigkeit her, seit ich das letzte Mal so frei und unbeschwert getanzt hatte. Ich tanzte, um das Glück festzuhalten, das aus meinem Inneren herausströmte. Und ich tanzte, um die dunklen Gedanken zu verdrängen, die hinter diesem Glück lauerten.

Als die letzten Töne meines Lieblingslieds verklungen waren, schloss ich schwer atmend das schwarze Kästchen, aus dem die Musik stammte.

»Hätte ich gewusst, was für eine Darbietung mir entgeht, hätte ich dir den Speisesaal schon früher frei geräumt«, meinte eine samtige Stimme.

Schlagartig stoben in meiner Magengegend tausend Schmetterlinge auf. Ich drehte mich um und entdeckte ein Paar verschränkter Arme vor einer kräftigen Brust. Darüber blitzten zwei makellose Zahnreihen in einem Lächeln, das mir jedes Mal von Neuem den Atem raubte. Noárs Sternenblick war Liebkosung und Warnung zugleich. Niemand sonst hatte es je geschafft, dass ich mich wie eine Königin und zur gleichen Zeit wie ein schutzloses Beutetier fühlte.

»Wolltest du nicht mit Nox ausfliegen?«, fragte ich verlegen. Meine Tanzeinlage war eigentlich nicht für Publikum gedacht gewesen. Schon gar nicht für eines, auf dessen Meinung ich Wert legte.

Noár stieß sich von der bunten Glasfront des Eingangs ab und kam mit gemächlichen Schritten auf mich zu. Das Geräusch seiner schweren Stiefel hallte durch den leeren Speisesaal.

»Das war der Plan, aber Nox hat mir unmissverständlich zu verstehen gegeben, dass ich ein Idiot wäre, wenn ich die gemeinsame Zeit mit dir nicht nutzen würde.«

Lachend verschränkte ich meine Arme. »Ach, wirklich? Wie hat er das denn geschafft?«

Noár zog eine Grimasse. »Das zu erzählen würde eindeutig meinem Ruf schaden«, murrte er und brachte mich damit nur noch mehr zum Lachen. In den letzten Tagen war mir Noárs riesiger Shendai enger ans Herz gewachsen als ohnehin schon. Er besaß eine bestechende Intelligenz, einen ausgeprägten Hang zum Schmusen und einen Humor, der den so mancher Menschen in den Schatten stellte. Es hätte mich nicht gewundert, wenn er den Schattenprinzen rückwärts in einen Futtertrog gestoßen hätte, um seinen Standpunkt deutlich zu machen.

»Aber ich gebe zu, dass Nox recht hat. Jede Minute, die ich nicht an deiner Seite verbringe, ist verlorene Zeit.«

Ich seufzte innerlich. Dieser Kerl fand immer genau die richtigen Worte, um meine Knie in Butter zu verwandeln. Er war einfach unglaublich und trug mich unermüdlich auf Händen – fast, als wollte er sämtliche schlechten Erinnerungen, die ich mit ihm verband, ein für alle Mal auslöschen. Und es gelang ihm erstaunlich gut. Schon bei unseren ersten Begegnungen hatte ich mich in Noár verliebt, doch seit ich die Fassade des skrupellosen Schattenprinzen durchschaut hatte, war ich ihm unwiderruflich verfallen. Meine Gefühle für ihn hatten mich so fest im Griff, dass sie mich manchmal in Angst und Schrecken versetzten. In seiner Gegenwart nicht zu einem sabbernden Fangirl zu werden, war harte Arbeit. Ganz harte Arbeit. Besonders, wenn Noár –

wie jetzt – so nah vor mir stand, dass ich jeden einzelnen goldenen Sprenkel in seinen dunklen Augen erkennen konnte. Großer Gott! Dafür, dass der Schattenprinz mir mein Herz gestohlen hatte, begann es gerade ziemlich wild und verräterisch in meiner Brust zu klopfen.

»Hmm, dann werde ich mich wohl bei Nox bedanken müssen. Schließlich weiß ich, wie schwierig es ist, sich mit deinem Ego anzulegen«, neckte ich ihn und griff nach meinem Handtuch. Ehe ich es zu fassen bekam, packte Noár mein Handgelenk und zog mich an sich.

»Dafür ist später noch genug Zeit«, raunte er mir zu, »zuerst werde ich deine unmissverständliche Herausforderung annehmen.«

Seine Wärme sickerte durch meine Haut und steckte meine Gedanken in Brand. »Womit soll ich dich denn herausgefordert haben? Nichts von dem, was ich hier gemacht habe, war für deine Augen bestimmt.«

»Genau darum geht es ja«, erwiderte er amüsiert, während seine Finger an meiner Wirbelsäule entlangstrichen und Wellen der Erregung durch meinen Körper schickten. »Du hast nur für dich getanzt, als würde die Musik dich von allem befreien. Die Schönheit und die Leichtigkeit deiner Bewegungen waren anbetungswürdig. Aber das Glück, das du ausgestrahlt hast ... das war eine Kampfansage an meinen Stolz.« Es war kaum möglich, seinen Worten zu folgen, denn das zarte Kleid, das ich trug, bot nur wenig Schutz vor der Hitze seiner Berührung. »Ich würde alles dafür geben, dich ebenso zum Strahlen bringen zu können.«

Bevor ich ihn darüber aufklären konnte, wie glücklich er mich bereits jetzt machte, verschloss Noár meinen Mund mit einem zärtlichen Kuss. Sein Verlangen prickelte auf meinen Lippen, fand ein Echo in mir und übernahm die Kontrolle. Ich stöhnte leise auf und schlang meine Arme um seinen Hals. Vielleicht war es gut, dass er mich nicht hatte zu Wort kommen lassen. Abgesehen davon, dass sowieso nur unkoordiniertes Gestammel herausgekommen wäre, gab es nämlich überhaupt nichts an seinen Ambitionen auszusetzen.

Noár verstärkte den Druck um mich. Es schien, als würde er mich jeden Moment hochheben und ins Schlafzimmer bringen wollen, doch da beendete er den Kuss und lehnte mit einem frustrierten Seufzen seine Stirn an meine.

»Was ist?«, fragte ich atemlos.

Die Antwort war so ernüchternd, als wäre jemand bei einer Party versehentlich an den Lichtschalter gekommen. »Wir bekommen Besuch.«

Wie aufs Stichwort ertönte ein Brüllen vor den Höhlen von Rim Valesh. Es wurde von einem zweiten, sehr viel lauteren beantwortet. Nox begrüßte die Neuankömmlinge. In diesem Augenblick stürzte die Realität mit voller Wucht auf mich ein. Nervosität machte sich in mir breit. Fünf wundervolle Tage lang hatte ich niemanden außer Noár zu Gesicht bekommen. Fünf Tage ohne Intrigen, ohne Machtpolitik, ohne Etikette oder ambitionierte Höflinge. Fünf Tage, in denen ich außerdem erfolgreich verdrängen konnte, dass der Schattenprinz mich streng genommen vom Kaiserhof entführt hatte.

»Dann sollte ich mir besser etwas anderes anziehen.« Hastig schlüpfte ich aus Noárs Umarmung. Wer auch immer da im Anflug war, würde mein verschwitztes Kleid, die geröteten Lippen und rosigen Wangen sicher überinterpretieren. Wobei ... so falsch läge derjenige nicht. Allerdings war genau das das Problem. Wir hatten uns in den letzten Tagen nicht so verhalten, wie es von einer Goldenen Erbin und ihrem Verlobten erwartet wurde. Zumindest nicht *vor* der Hochzeit.

Noár lachte leise über meinen hastigen Aufbruch. »Nur keine Eile, ich wimmle ihn ab.«

Gerade als ich den Durchgang zu den heißen Quellen erreicht hatte, verdunkelte ein riesiger Schatten die Glasfront des Speisesaals.

»Noár!«, rief eine Männerstimme, die ich nur zu gut kannte. Sie gehörte Rhome, Noárs oberstem General und bestem Freund. Mehr bekam ich nicht mit, weil die dicken Vorhänge und das Rauschen der unterirdischen Wasserfälle mich von der Außenwelt abschnitten. Damit blieben mir zwei Möglichkeiten: Entweder könnte ich mir Zeit nehmen und es Noár überlassen, mit Rhome fertigzuwerden, oder ich konnte meiner Neugier nachgeben und die Dusche dementsprechend kurz halten. Ich entschied mich für die letzte Variante. Es lag mir einfach nicht, die Verantwortung für mein Leben abzugeben. So schnell ich konnte, sprang ich über die feuchten Felsen.

Inzwischen kannte ich die Grotte mit all ihren heißen Quellen und Wasserbecken gut genug, um zu wissen, wo ich hintreten durfte und wo das scharfkantige schwarze Gestein mir die Füße aufreißen würde. Im hinteren Teil der Höhle lag eine verborgene Stelle, die zu meinen absoluten Lieblingsplätzen zählte. Hier lief ein höhergelegenes Bassin über und stürzte in einem großen Wasserfall auf eine von dunklem Moos bewachsene Fläche. Dieser Ort war besser als jede Luxus-Tropendusche und lud förmlich dazu ein, die Zeit zu vergessen – allein oder in Gesellschaft. Jetzt musste ich mich allerdings beeilen. Rasch wusch ich mich und nahm anschließend eine verborgene Treppe hinauf zu Noárs Höhle, um mich anzuziehen. Ich wählte ein schwarzes Kleid, band meine nassen Haare zu einem lockeren Dutt zusammen und flitzte dann durch die Grotte zurück. Gerade als ich den schweren Vorhang zur Seite schieben wollte, hörte ich erneut Rhomes Stimme.

Vorher hatte sein Tonfall schon sehr ernst geklungen, jetzt schien der General stinksauer zu sein.

»Du überspannst den Bogen, Noár! Es geht nicht nur um Politik. Deine Offiziere beginnen sich zu fragen, wo ihr Heerführer steckt, während das Chaos immer öfter die Barrieren überwindet. Uns steht ein Krieg bevor und du spielst hier heile Welt mit deiner Verlobten.«

Erschrocken hielt ich inne. Ich hatte gewusst, dass Cassardims Schutzbarrieren seit der Zerstörung des Juwels der Macht geschwächt waren. Wie schlimm es allerdings stand, war mir nicht einmal annähernd klar gewesen.

»Ich habe Generäle, die sich um so etwas kümmern sollten«, knurrte Noár.

Obwohl ich die beiden nicht sehen konnte, spürte ich, wie sich eine ungewohnte Kälte zwischen ihnen ausbreitete.

»Willst du mir etwa vorwerfen, dass ich dir den Rücken nicht freihalte?«, erkundigte sich Noárs General leise.

Ich lugte durch den Vorhang. Rhome hatte sich vor seinem Herrn aufgebaut und durchbohrte ihn förmlich mit seinem goldbraunen Falkenblick. So wütend hatte ich ihn noch nie erlebt. Wütend und ... enttäuscht.

Noár wich zurück und fuhr sich durch die mahagonifarbenen Haare.

»Nein«, murmelte er, als würde es ihm leidtun, seinen Freund so angefahren zu haben. »Verschaff mir einfach noch ein paar Tage.«

Rhome seufzte. Die Anspannung zwischen den Männern sank wieder auf ein erträgliches Maß. Dennoch blieb der Tonfall des Generals streng. »Ich weiß, dass du Angst hast, sie zu verlieren, doch exakt das wird passieren, wenn du sie nicht zurückbringst.«

Stille legte sich über den Speisesaal. Ich verstand, dass es um mich ging, aber ich hatte keine Ahnung, was genau Rhome meinte. Wieso sollte Noár mich denn verlieren?

Unvermittelt flog ein Stuhl durch den Raum und zerbrach krachend an der Wand über dem Kamin. Ich zuckte zusammen und sah zu Noár. Sein Gesicht war ausdruckslos. Nichts wies auf den Wutausbruch hin, dem eben der arme Stuhl zum Opfer gefallen war. Anders als ich schien der Schattenprinz jedoch ganz genau zu wissen, was sein Freund gemeint hatte. Und es jagte ihm eine Heidenangst ein.

»Der Mann, der ich dort draußen sein muss, ist nicht gerade liebenswert«, flüsterte er.

»Der Mann, der du dort draußen sein musst, ist *das, was wir brauchen*«, erwiderte Rhome kühl und wenig beeindruckt von dem herumfliegenden Möbelstück. »Wenn Amaia wirklich die Richtige ist, wird sie es verstehen.«

Wieder diese Stille.

Das ungute Gefühl, das ich seit Rhomes Ankunft mit mir herumschleppte, wurde langsam zu einem schweren Bleiklumpen in meinem Magen. Hielt Noár mich tatsächlich für so naiv und zartbesaitet, dass er mich derart unterschätzte?

Energisch schob ich den Vorhang beiseite.

»Natürlich verstehe ich das!«

Mein plötzliches Auftauchen veränderte die Stimmung im Saal grundlegend. Noárs angespannte Gesichtszüge wurden weicher, dafür verschwand die vertrauliche Haltung der beiden. Rhome wirkte auf einmal so steif, als hätte er einen Stock verschluckt. Nach einer Schrecksekunde verneigte er sich tief und verharrte für ein paar Augenblicke in der Verbeugung.

»Ich grüße Euch, kaiserliche Hoheit«, gab er ungewöhnlich formell von sich.

Mit gerunzelter Stirn schluckte ich das freudige »Hi, Rhome« runter, das mir auf der Zunge gelegen hatte. Wann war er von »Amaia« wieder zurück zu »kaiserliche Hoheit« gewechselt? Eigentlich hatten wir uns doch beide längst an zwanglosere Umgangsformen gewöhnt.

»Hab ich irgendwas falsch gemacht?«, fragte ich irritiert.

Noár schüttelte den Kopf. Obwohl es den Kummer nicht aus seinen Augen vertreiben konnte, entdeckte ich ein Schmunzeln auf seinen Lippen.

»Nein, Rhomes Manieren stecken lediglich in einer Krise, weil ich seine Lebensschuld übernommen habe«, klärte er mich auf. »Jetzt weiß der Gute nicht, wie er seiner Dankbarkeit dir gegenüber noch Ausdruck verleihen kann, ohne mich zu beleidigen.«

Bitte was?! Entgeistert sah ich Noárs General an. Der wiederum spießte seinen Freund mit vorwurfsvollen Blicken auf, bis der Schattenprinz zu grinsen anfing.

»Außerdem hat Rhome mir gerade für mein ungebührliches Verhalten der Goldenen Erbin gegenüber den Kopf gewaschen. Du siehst also, um seine Loyalität musst du dir keine Sorgen machen.«

Aha. Aber um dessen Ungezwungenheit dafür umso mehr. Und um Noár. Und dass ich wohl zum Streitpunkt zwischen den beiden Freunden geworden war. Von der Gesamtsituation ganz zu schweigen. Ich verkniff mir eine entnervte Grimasse. Wahrscheinlich würde ich mich nie an diese Schuld-Herumschieberei in Cassardim gewöhnen.

»Okay, dann kürze ich das Ganze mal ab«, sagte ich in dem Tonfall, der bislang für die Zurechtweisung meiner Brüder reserviert gewesen war. Den schmerzhaften Stich, den mir die Erinnerung an Adams Tod versetzte, verdrängte ich geflissentlich. Stattdessen sah ich dem blonden General fest in seine Falkenaugen.

»Noár hat nichts getan, womit ich nicht einverstanden war. Ich hab nichts getan, wofür man sich bedanken müsste. Und du musst dich ganz bestimmt nicht schlecht fühlen oder dich mir gegenüber komisch verhalten, nur weil ich dir das Leben gerettet habe. Du hast meines auch gerettet, also sind wir quitt. Und wehe, du kommst jetzt mit diesem Es-war-deine-Pflicht-Mist. Das lass ich nicht gelten.«

Rhomes Brauen wanderten langsam in die Höhe. Seine Mundwinkel zuckten und schließlich fiel alle Verkrampftheit von ihm ab. »Ich hatte fast vergessen, wieso ich sie so mag.«

»Gut, dann fühle dich hiermit erinnert!«, gab ich beschwingt von meinem Erfolg zurück. »Abgesehen davon habe *ich* Noár dazu gezwungen, mich herzubringen. Er ist für diese Situation also nicht verantwortlich.«

»Du hast ...« Rhomes fassungsloser Blick flog zu Noár. »Sie hat WAS?!«

Der Schattenprinz zuckte schicksalsergeben mit den Schultern – fast so, als hätte ich ihm wirklich keine Wahl gelassen. »Durch deine Lebensschuld hatte sie mich in der Hand.«

»Das heißt, *ich* bin an diesem ganzen Mist auch noch mitschuldig?!«, schnaubte Rhome empört. Er stieß ein paar sehr fantasievolle Flüche aus, bevor er Noár mit ausgestrecktem Zeigefinger auf die Brust tippte. »Du hättest es besser wissen müssen!«

»Es ist mein Recht und meine Pflicht, meiner Verlobten vor der Hochzeit den Hof zu machen«, gab der Schattenprinz frostig zurück.

»Ja, aber *am* Hof und unter Zeugen«, hielt Rhome dagegen. Schon wieder war die Stimmung kurz davor zu kippen und ich bekam das Gefühl, mitten im Streit von vorhin gelandet zu sein. »Du weißt, dass mir herzlich egal ist, was ihr hinter verschlossenen Türen treibt. Gerüchte wird es immer geben. Die Kunst dabei ist, stets einen Zweifel offenzulassen. Das hast du diesmal ordentlich vermass–«

»Ich *durfte* keinen Zweifel offenlassen!«, donnerte Noár und brachte seinen Freund damit zum Schweigen.

Rhome wirkte geradezu perplex. Man konnte förmlich dabei zusehen, wie sich seine Gedanken überschlugen. Zu guter Letzt hatte er wohl alle Puzzleteile zusammengesetzt und stöhnte auf. »Sie war vorher schon keine Jungfrau mehr, oder?«

Noárs Miene verdunkelte sich. Langsam schien er die Geduld mit seinem Freund zu verlieren. »Das geht dich weder etwas an noch spielt es eine Rolle.«

Mit offenem Mund verfolgte ich die Richtung, in die sich das Gespräch entwickelte. Innerhalb weniger Sekunden waren wir bei einem Thema angekommen, das ich ganz bestimmt nicht hier vor Rhome diskutieren würde. Trotzdem beeindruckte mich der scharfe Verstand von Noárs General. Er hatte aus vagen Andeutungen die richtigen Schlüsse gezogen, während ich noch drei Schritte hinterherhinkte.

»Okay. In knappen Worten!«, wandte ich mich an meinen Verlobten. »*Warum* durftest du keinen Zweifel offenlassen?«

Mein Tonfall war vielleicht ein bisschen harsch, aber das Kalkül, das in allen von Noárs Handlungen zu stecken schien, schockierte mich. Sein reumütiger Blick machte die Sache nicht besser.

»Weil es genügend einflussreiche Adlige in Cassardim gibt, die unsere Hochzeit verhindern wollen«, antwortete er. »Früher oder später wäre jemand auf die Idee gekommen, eine Prüfung deiner Keuschheit zu fordern. Dann wäre entweder deine ›Vorgeschichte‹ aufgeflogen oder die Tatsache, dass wir bereits eine gemeinsame Nacht in Rim Valesh verbracht haben. Eine Nacht, in der du eigentlich nicht bei mir, sondern bei den Unbekannten hättest sein sollen, die dich vor deiner Hinrichtung gerettet hatten. Eine Verwicklung in diese Angelegenheit kann ich mir nicht leisten. Da erschien es mir als die beste Lösung, das Problem offensiv zu lösen.«

Bitte was?! Eine Prüfung meiner Keuschheit? Heilige Scheiße! Irgendjemand musste Cassardim mal ganz schnell aus dem Mittelalter rausholen!

Rhome zog sich lautstark einen Stuhl heran und ließ sich darauffallen. »Also gut. Wenigstens weiß ich jetzt, dass du nicht vollständig den Verstand verloren hast«, resümierte er mit einer müden Geste in Noárs Richtung. »Dann lass mal hören: Wie hast du vor, mit den neuen Problemen umzugehen, die dein Plan hervorgebracht hat?«

Der Schattenprinz schwieg, aber sein Gesichtsausdruck sprach Bände. Das ließ meine Laune weiter sinken.

»Was für neue Probleme?«, wollte ich wissen.

»Gerüchte«, antwortete Rhome.

»Was für Gerüchte?«

»Deinen Ruf betreffend.«

»Genauer!«

Er seufzte. »Das sollte dir vielleicht besser jemand anderes erklären.«

Der General zog eine Kette aus seiner Brusttasche. Daran baumelte ein milchiger, von goldenen Fäden durchzogener Edelstein, der auf seinen Befehl hin zu strahlen begann. Einen Augenblick später floss ein bläulicher Energiestrom heraus und formte sich langsam zu einer Gestalt.

»Zoey?«, hauchte ich überrascht.

»Zu meiner Verteidigung«, sagte Rhome mit einer leidgeprüften Grimasse. »Sie hat erst Lazar und dann mich so lange genervt, bis ich eingewilligt habe, sie herzubringen.«

Die Geistergestalt vervollständigte sich und mein Herz machte einen Freudensprung, als ich meine Freundin endlich in ihrer ganzen Pracht vor mir stehen sah.

»Was für ein wilder Ritt!«, nörgelte sie, bevor sie mich entdeckte und dramatisch ihre durchsichtigen Arme gen Himmel warf. »Na endlich, MaiMai. Ist dir eigentlich klar, dass ich den ganzen Goldenen Berg nach dir abgesucht habe?« Ihr Blick fiel auf Noár, was so ziemlich jeden in Cassardim aus dem Konzept gebracht hätte. Meine Freundin war aber nicht jeder. »Oh, hi, gut aussehender Prinz, der vorgibt, ein Fiesling zu sein, obwohl er in jeder Disney-Romanze die Hauptrolle spielen könnte. Halt«, unterbrach sie sich selbst und sah an meinem irritierten Verlobten herunter. »Wenn ich's mir recht überlege, ist Disney viel zu jugendfrei für dich. MaiMai, wie sitzen meine Haare? Ich hab das Gefühl, mein Trip in diesem Stein-Ding hat mich völlig verknautscht.«

Schwungvoll warf sie ihren Afro zurück, konnte jedoch nicht verhindern, dass er direkt wieder in die alte Form sprang.

»Was machst du hier, Zoey?«, fuhr ich sie an. Das Schattenreich war ganz bestimmt kein Ort, an dem sie sich in ihrer jetzigen Daseinsform aufhalten sollte.

»Frag dich das lieber selbst!«, gab sie mit einem Schulterzucken zurück. »Ist dir klar, dass der ganze Kaiserhof sich das Maul über euch zerreißt?«

»Ja, so was habe ich mir inzwischen zusammengereimt. Und weiter?«

»Und weiter?! Ich bin hier, um dich zurückzuholen. Hast du denn bei all den Royale-Intrigen-Filmen, zu denen ich dich gezwungen habe, nicht aufgepasst? Du kannst dich nicht einfach hier verkriechen und glauben, dass niemand eure Abwesenheit zu seinem Vorteil nutzt.«

»Schon klar«, murrte ich. »Ich hab nicht gerade einen Fanclub am Kaiserhof.«

»Oh MaiMai, es tut mir leid, dir das sagen zu müssen, aber *du* bist den meisten herzlich egal. Seit du Fidrin nicht daran hindern konntest, das Juwel der Macht zu zerstören, hält man dich für schwach und beeinflussbar. Bestenfalls eine Marionette, schlimmstenfalls eine – und ich zitiere – *Unannehmlichkeit, die man wie eine Fliege wegwischt.* Nein«, meinte meine Freundin und deutete auf Noár, »ER ist das Problem.«

Ich ballte meine Hände zu Fäusten. Die Juwelensplitter, die noch immer in meiner Haut steckten, erinnerten mich jeden Tag an meinen Kampf mit Fidrin. Ja, ich hatte das Juwel nicht retten können, aber ich hatte es meinem Großvater auch nicht überlassen. Es war kein Erfolg auf ganzer Linie, aber trotzdem ein Erfolg. Und es war meiner. Von mir aus konnte der versnobte Kaiserhof mir vorwerfen, dass ich versagt hatte, aber ich würde mir nicht mangelnde Entschlossenheit nachsagen lassen.

Voller Mitleid sah Zoey mich an, während ihr ausgestreckter Arm immer noch auf den Schattenprinzen wies. Noár rührte sich nicht vom Fleck. Nur sein Blick verriet, dass er wenig angetan von dem Geister-Zeigefinger war, der unmittelbar vor seiner Nase schwebte.

»Ja, du hast ganz richtig gehört, MaiMai«, fuhr meine Freundin fort. »Niemand will deinen Verlobten auf dem Kaiserthron sehen. Die allermeisten glauben nämlich, er hätte dich entführt, um dich für seine finsteren Pläne ungestört gefügig zu machen.«

»Das ist doch lächerlich«, platzte es aus mir heraus.

»Ist es nicht«, meinte Noár ausdruckslos. »Nicht bei meinem Ruf.« Er brauchte ein paar Atemzüge, bevor er sich überwinden konnte, mir in die Augen zu sehen. »Die Fürstenhöfe könnten mich unter Umständen als deinen Gatten akzeptieren, wenn sie dir zutrauen würden, dich gegen mich durchzusetzen. Das tut jedoch niemand – wie deine Freundin sehr treffend zusammengefasst hat.«

Es ging also wieder einmal um Macht. Wieso überraschte mich das überhaupt noch? Jeder wollte sich sein Stück vom Kuchen sichern und achtete penibel darauf, nicht zu kurz zu kommen – und das, obwohl das Chaos die Grenzen des Reichs bedrohte.

Zoey schwebte lautlos vor mich. »Ich hab echt versucht, für dich Partei zu ergreifen, MaiMai, aber du hast ja keine Ahnung, wie herablassend die alle mit mir umgegangen sind. Diskriminierung vom Feinsten und das nur, weil ich ein Geist bin. Da glaubt man, im Leben nach dem Tod müsste man sich mit so einem Quatsch nicht mehr auseinandersetzen und dann so was. Pah!« Sie verdrehte sehr effektvoll die Augen. »Andererseits hatte die allgemeine Ignoranz auch den Vorteil, dass ich ungesehen meine Lauscherchen ausstrecken konnte. Mein Fazit aus dem ganzen Mist? Du musst dringend zurück und ihnen in ihre versnobten Hintern treten.«

»Hört, hört«, brummte Rhome von seinem Platz aus.

Ich verschränkte die Arme vor der Brust und sah meine Freundin finster an. Tatsächlich war ich gerade in genau der richtigen Stimmung, um in ein paar Hintern zu treten. »Fein, dann fliegen wir eben zurück und geigen ihnen die Meinung.«

»Ganz so einfach ist das nicht.«

Noárs trockener Einspruch brachte meine Freundin endgültig auf die Palme. Mit in die Hüften gestützten Fäusten baute sie sich vor ihm auf.

»Ach ja, Mister Oberversnobter-Hintern höchstpersönlich? Was soll daran nicht einfach sein?«

Herablassend funkelte Noár sie an. »Wie willst du Amaia denn beweisen lassen, dass sie nicht unter meinem Willen steht?«

»Sie hat dir auch vorher schon ordentlich Paroli geboten«, konterte Zoey.

»Da hat sie aber auch noch nicht mit mir geschlafen.«

Für einen winzigen Augenblick verschlug es meiner Freundin die Sprache, bevor sie zu ihrer typischen Schlagfertigkeit zurückfand: »Na und? Du bist ein hübscher Kerl. Vielleicht hatte sie einfach Lust drauf? Vielleicht hat sie ja sogar *dich* manipuliert?«

Zoeys zusammengekniffene Augen waren ein deutliches Anzeichen dafür, dass sich ein feministisches Gewitter über dem Schattenprinzen zusammenbraute. Doch Noár ließ es gar nicht erst so weit kommen. Ungerührt hielt er ihrem herausfordernden Blick stand.

»*Niemand* zwingt mich zu etwas, das ich nicht will«, stellte er fest. »Behauptet ihr das Gegenteil, werden alle umso überzeugter sein, dass ich Amaia meinem Willen unterworfen habe.«

»Und?«, fauchte Zoey. »Haben sie recht?«

Wow! Noch nie hatte ich erlebt, dass die Temperatur in einem Raum so schnell gesunken war. Noár starrte meine Freundin aus tödlich glühenden Augen an. Die Warnung darin war so unmissverständlich wie die Kompromisslosigkeit seiner Antwort.

»Nein, das würde ich niemals tun.«

Stille mischte sich in die frostige Stimmung. Mein Verlobter und meine blau schimmernde Geisterfreundin taxierten sich gegenseitig, während Rhome im Hintergrund aufstöhnte. Er sah aus, als würde er gerade schlimme Kopfschmerzen bekommen. Ich verstand ihn nur zu gut. Es war eine ziemlich vertrackte Zwickmühle, an deren Ende ich entweder als Flittchen, Marionette oder als Spatzenhirn dastehen würde. Nicht einmal die Wahrheit würde man mir glauben. Mir fiel nur eine Lösung ein, die uns aus dieser Situation retten konnte.

»Hier geht es doch nur um den Kaiserthron, oder?«, unterbrach ich das stumme Duell zwischen Zoey und Noár. »Was ist, wenn ich offiziell darauf verzichte?« Ich hatte sowieso nie Kaiserin werden wollen. Außerdem war ja jetzt mein Vater zurück, der sich um Cassardim kümmern konnte. Falls er diese Chaos-Sache in den Griff bekam, hatte er bestimmt noch ein paar gute Jahrhunderte vor sich. Zeit genug, um haufenweise andere Goldene Erben zu zeugen.

Zoey switchte sofort in den Mastermind-Modus und tippte sich nachdenklich ans Kinn. »Wär 'ne Lösung ...«

Verunsichert sah ich zu Noár. Es wäre der Ausweg, den wir bräuchten – es sei denn natürlich, *er* legte Wert auf den Kaiserthron. Ich spürte, wie Angst meine Eingeweide in einen Knoten verwandelte. Seine Antwort könnte für meine Gefühle weitreichendere Folgen haben, als mir lieb wäre.

Mein Verlobter senkte den Kopf. Seine Haltung wirkte plötzlich distanziert und abweisend. Das verwirrte mich zutiefst, denn unter seinen dunklen Wimpern schimmerte so etwas wie Sehnsucht. Rhome sprang auf und beeilte sich, an die Seite seines Freundes zu treten.

»Als Kronprinz des Schattenreichs hat Noár Pflichten«, erklärte er mir bemüht sachlich. Trotzdem gelang es ihm nicht, die Sorge aus seiner Stimme zu verbannen. Es schien überhaupt so, als würde der mahnende Unterton seiner Worte nicht nur mir gelten. »Er wird dich dann nicht mehr heiraten können. Zumindest nicht, ohne sein Volk im Stich zu lassen und verstoßen zu werden.«

Oh.

Mist.

Okay, jetzt verstand ich, warum Noár den Stuhl gegen die Wand geschleudert hatte. Es war wirklich verfahren. Am liebsten hätte ich gerade selbst gerne etwas kaputtgehauen, zumal ich wusste, wie viel Noár Cassardim bedeutete. Niemals könnte ich von ihm verlangen, das alles für mich aufzugeben.

»Also gut«, murmelte ich, bevor Noár sich zu irgendeiner

Dummheit hinreißen ließ, die er später bereute. »Was schlagt ihr vor?«

Rhome schnalzte mit der Zunge und sah zu seinem Herrn. Offenbar schien es eine Lösung zu geben, die keinem der beiden gefiel. Irgendwann seufzte der Schattenprinz und kam auf mich zu. Auf seinem Gesicht lag ein trauriges Lächeln.

»Unsere gemeinsame Zeit hier darf weder deine Willensstärke noch deine moralische Integrität infrage stellen. Das bedeutet, dass du mich die Schuld hierfür tragen lassen musst.«

Zoey pfiff anerkennend durch die Zähne. »Langsam verstehe ich, warum du dir so einen miesen Ruf zugelegt hast. Es ist das perfekte Alibi.«

»Die Leute denken, was sie denken wollen«, murmelte Noár.

Ich brauchte einen Moment, um zu begreifen, wovon die beiden da sprachen. Entsetzt riss ich die Augen auf und wollte protestieren, aber Zoey kam mir zuvor. »Er hat recht, MaiMai. Und es wäre für euch zwei ja nicht wirklich was Neues. The show must go on, und so ...«

»Ihr müsst Noárs Verfehlungen ja nicht detailliert schildern«, relativierte Rhome. »Ein paar vage Andeutungen und Feindseligkeiten reichen, um in ganz Cassardim Spekulationen loszutreten. Das würde Amaia Sympathien in allen Völkern einbringen.«

»Ja, auf Noárs Kosten«, fauchte ich. »Darauf kann ich gern verzichten!« Denn im Gegensatz zur landläufigen Meinung, wusste ich nämlich, dass Noár sehr wohl Gefühle besaß.

»Amaia! Es ist ein schmaler Grat, auf dem ihr beide euch da bewegt«, ermahnte mich der General. »Mir ist bewusst, dass derartige Täuschungsmanöver deiner Natur widersprechen, aber Cassardim ist nun einmal ein sehr gefährlicher Ort für die Liebe.«

Noár sah meine Skepsis und griff nach meiner Hand, um sie zu drücken.

»Ich halte das aus«, sagte er entschlossen. Die Zuversicht in seinem Sternenblick ließ meine Welt stillstehen. »Solange ich dich nicht verliere.«

Alles in mir wehrte sich gegen die Vorstellung, ihm wehzutun. Am liebsten hätte ich jedem einzelnen Cassarden bewiesen, wie großartig der Mann war, an den ich mein Herz verloren hatte.

Ein leises Quieken zerstörte unseren magischen Moment. »Ooooooh, wie romantisch!« Zoey hatte sich die Hände auf die Wangen gepresst und schmachtete uns an, als wären wir ein Korb voller Welpen.

Noár seufzte frustriert. »Ist dir eigentlich klar, was wir mit Seelen wie dir im Schattenreich machen?«, fragte er meine Freundin und klang dabei so todernst, dass Zoey sichtlich erschrak. Wer konnte es ihr verdenken, schließlich war Noárs Heimat im wahrsten Sinne des Wortes die Hölle. Dann gewann jedoch ihre Frechheit wieder die Oberhand.

»Keine Chance!«, konterte sie. »Du schüchterst mich nicht ein. Ich hab dich nämlich durchschaut. Außerdem bin ich dafür viel zu sehr mit deiner Verlobten befreundet.«

Ein gefährliches Grinsen machte sich auf Noárs Gesicht breit. Gerade wollte er etwas zweifellos Schlagfertiges erwidern, als er plötzlich ins Stocken geriet. Sein Grinsen verblasste und sein Blick wurde gnadenlos.

»Was ist?«, stammelte Zoey leise. »Hab ich ihn sauer gemacht?«

Ich wusste es nicht. Irritiert schaute ich zu Rhome, doch der war ebenso erstarrt wie sein Herr.

Erst nach einigen sehr seltsamen Augenblicken erwachte Rhome aus seiner Trance und packte Noár am Arm. Sein Tonfall und seine Miene waren besorgniserregend und eindringlich. »Wirst du dem Ruf folgen?«

Schwarze Augen mit glühenden Sprenkeln zuckten zu mir. Darin lag Sorge, aber auch wilde Entschlossenheit. Noár nickte, woraufhin ihm sein General erleichtert auf die Schulter klopfte.

»Dann sehen wir uns dort«, sagte Rhome, bevor er mir die Kette mit dem weißlichen Stein zuwarf. »Bis später, Prinzessin.«

Ohne noch mehr Worte zu verlieren, stürmte er zum Ausgang, schwang sich draußen auf seinen Shendai und hob ab.

Wie vor den Kopf gestoßen, sah ich Noár an.

»Kannst du mir erklären, was hier gerade passiert ist?«

»Wir haben einen Notruf von Pash erhalten.« Er marschierte zu einem der Waffenregale, die überall im ehemaligen Shendai-Stützpunkt herumstanden. Dort hingen sein Lederharnisch und sein Waffengurt. »Das Chaos ist im Wandernden Wald durchgebrochen.«

»Das Chaos?!«, hauchte Zoey entsetzt. »Du meinst das Irrer-Kaiser-Chimären-und-stinkende-Hunde-Chaos?«

Bilder der grausigen Schlacht auf der Nebelbrücke tauchten vor meinem geistigen Auge auf. Eigentlich hatte ich gehofft, dem Chaos nie wieder begegnen zu müssen. Noch schlimmer war jedoch die Vorstellung, Noár einfach so in den Kampf ziehen zu lassen. Mir war schon klar, dass ich in einer Schlacht gegen das Chaos keine große Hilfe sein konnte. Trotzdem lag mir die Rolle des braven Frauchens nicht, das zu Hause auf den strahlenden Kriegshelden wartete. Blieb nur die Frage, wie ich Noár davon überzeugen konnte ...

»Wir werden schnell unterwegs sein«, unterbrach der Schattenprinz meine Gedankengänge. »Nur, falls du dir einen Umhang überziehen willst.«

Verdattert starrte ich ihn an. »Du nimmst mich mit?«

Er war ganz darauf konzentriert, die Schnallen an seinem Harnisch zu schließen. Dennoch konnte ich ihn lächeln sehen.

»Wieso überrascht dich das?«, erkundigte er sich amüsiert.

»Äh, weil du eher so der *herrische Beschützertyp* bist?«, mischte sich meine Geisterfreundin ein und brachte mich damit zum Lachen. Wo sie recht hatte …

Mit einem warnenden Blick in Zoeys Richtung beendete Noár sein Werk. Dann griff er nach meinem Umhang und legte ihn mir um die Schultern.

»Auch auf die Gefahr hin, dass ich deine Freundin in ihren Vorurteilen nur bestärke«, meinte er und zupfte dabei an einer Locke, die sich aus meinem Dutt gelöst hatte, »aber du bist nirgends sicherer als an meiner Seite.«

»*Arrogant* hatte ich vergessen«, fügte Zoey trocken hinzu.

Schneller als ich reagieren konnte, schnappte sich Noár die Kette mit dem Stein und brachte ihn zum Strahlen.

»Zurück in den Kristall mit dir!«, befahl er.

Zoey blieb weder Zeit zu protestieren noch zu schmollen. Sie löste sich einfach auf und wurde als bläulicher Nebel in den Stein gezogen.

Als das Licht verblasst und wir endlich wieder allein waren, atmete Noár erleichtert auf.

»Das ist ein Schleierkristall«, erklärte er, während er mir die Kette um den Hals legte. »Die Nebelreiter benutzen ihn, um die Seelen unbeschadet nach Cassardim zu transportieren. Solange er deine Haut berührt, wird deine Freundin durch deine Augen sehen und durch deine Ohren hören können. Sollte sie anfangen, dich zu nerven, mach es wie Rhome und schieb sie in deine Tasche.«

Zeit, mich mit dieser neuen Information auseinanderzusetzen, ließ er mir nicht. Stattdessen schnappte er sich meine Hand und zog mich mit nach draußen.

»Jetzt komm, lass uns eine Chimäre töten.«

Aus allen Wolken fallen

Auf dem Weg nach draußen hatte ich tausend Fragen darüber, wie wir uns jetzt verhalten sollten. Noár beantwortete sie alle mit einem schlichten Ratschlag: »Stell dir einfach vor, ich wäre Ifar.«

Super. Das konnte erst recht nicht verhindern, dass sich Lampenfieber in mir breitmachte. Wir würden in Kürze nicht nur dem Chaos, sondern auch der Öffentlichkeit gegenübertreten. Am liebsten hätte ich mich in Ruhe auf all das vorbereitet, allerdings schien die ruhige Zeit nun vorerst vorbei zu sein. Kaum im Sattel, hob Nox in einem nervenzerfetzenden Manöver ab und trug uns senkrecht die Klippen nach oben. Der Wind riss so heftig an uns, dass mir die Luft wegblieb. Außerdem hatte ich alle Hände voll zu tun, mich an Noárs Arm festzuklammern und nicht zu schreien. Offenbar war ihm die übliche Route entlang der Küste zu lang oder zu langweilig, sodass ich diesmal einer abenteuerlichen Abkürzung ins Gesicht sehen musste. Immer höher brachten uns die kräftigen Stahlschwingen des Shendai. Dunkle Gewitterwolken rauschten auf uns zu. Sie verhüllten die Gipfelkämme des Schattenreichs und waren schon von Weitem einschüchternd gewesen. Jetzt aus der Nähe lehrten sie mich das Fürchten.

Die Frage, ob wir tatsächlich durch das Gewitter hindurchfliegen würden, erübrigte sich, denn keinen Atemzug später tauchten wir in die sich bedrohlich wälzenden Wolkenberge ein. Es wurde stockdunkel um uns herum, doch weder Nox noch Noár reduzierten die irre Geschwindigkeit, mit der wir uns vorwärtsbewegten. Ein blauweißer Blitz zuckte an unseren Köpfen vorbei. Donner folgte, so erschütternd und allumfassend, dass ich ihn bis ins Mark spürte. Nie zuvor hatte ich ein lauteres Geräusch gehört. Es hallte von den Felsen wider und mischte sich mit dem Dröhnen anderer Donnerschläge. Nox änderte die Flugrichtung. Für einen Moment schienen wir zu fallen, dann vollführte der Shendai eine Rolle, die uns nur haarscharf vor einem zweiten Blitz rettete. Das Gewitter wurde heftiger. Es wirkte fast, als würde es sich gegen uns Eindringlinge wehren. Die Blitze jagten uns. Wir flogen nicht mehr durch Wolken, sondern durch gleißendes Licht und wütendes Donnergrollen. Alles um uns herum knisterte. Die feinen Härchen an meinen Armen stellten sich auf. Immer wieder änderte Nox die Richtung, um den Angriffen auszuweichen. Wir wurden herumgeschleudert und herumgewirbelt, doch Noár hielt mich fest an seine Brust gepresst. Einmal glaubte ich sogar, ihn lachen zu hören. Und dann – ganz unvermittelt – war alles vorbei. Nox durchstieß die letzten Gewitterwolken und trug uns mit einem triumphierenden Brüllen in den goldgelben Himmel Cassardims.

Traumatisiert von dem, was eben passiert war, atmete ich tief ein und aus und löste meine Finger aus Noárs Arm.

»Kannst du mir verraten«, stammelte ich, »warum deine Heimat gerade versucht hat, uns zu töten?«

»Nicht uns. Nur dich«, lachte Noár und drückte mich im Sattel nach vorne, bis ich fast schon auf Nox lag. Ehe ich wusste, wie mir geschah, legte der Shendai die Flügel an und stürzte sich in die Tiefe. Diesmal konnte ich nicht verhindern, dass mir ein Schrei entwich. Die Wolkendecke riss auf und gab die Sicht auf Cassardim frei, das ungebremst auf uns zurauschte. Noár lehnte sich eng an mich, um den Luftwiderstand zu verringern. Nach ein paar panischen Sekunden erfasste uns eine kräftige Böe und lenkte Nox' Sturzflug in die Waagerechte um. Ich war ja gewarnt worden, dass wir schnell unterwegs sein würden, aber niemals hätte ich mit einer solchen Geschwindigkeit gerechnet. Wie ein Pfeil schossen wir durch die Luft und verloren dabei nur wenig an Höhe. Das war physikalisch so unmöglich, dass ich mir sicher war, dass Noár mit seinem Willen nachhalf. Irgendwann gewöhnte ich mich an das mörderische Tempo und wagte es, mich umzusehen. Wir befanden uns über den Niemandslanden mit ihren von Nebeln umgebenen Felsen. Aber ich konnte auch das Trockene Meer entdecken und weit entfernt am Horizont den Goldenen Berg. Unser Ziel lag jedoch unmittelbar vor uns: die bläulich grünen Baumkronen des Wanderndes Waldes. Darüber erspähte ich winzige Kreaturen, die sich einen erbitterten Kampf lieferten. Je näher wir kamen, desto bewusster wurde mir, dass diese winzigen Kreaturen gar nicht so winzig waren. Es handelte sich um Shendai und silbern glänzende Wyvern. Über die Drachenwesen des Wolkenvolks hatte ich erst neulich etwas gelesen, war aber nicht davon ausgegangen, so schnell wieder welche zu Gesicht zu bekommen. In ungewohnter Eintracht mit den Shendai pflückten sie ganze Schwärme von Chaoshunden aus der Luft.

Als wir die Grenze zum Wandernden Wald passierten, erkannte ich das ganze Ausmaß der Zerstörung: Etwas hatte ein riesiges Loch ins dichte Blätterdach gerissen. Dutzendweise waren die mächtigen Bäume entwurzelt worden und bildeten nun ein sternförmiges Muster um einen dunkel brodelnden Abgrund. Schwarze Rauchschwaden sprudelten aus dem Chaoswirbel, aus dessen Mitte eine grauenhafte Chimäre mit ölig schimmernden Teerschuppen kroch. Ihr Körper besaß die Gestalt einer Echse, aber ihr Maul ähnelte dem eines Hais, während aus ihrem Rücken spinnenbeinartige Stacheln wuchsen, mit denen sie jeden Feind mühelos durchbohren konnte. Pfeile und Speere sausten durch die Luft und prallten an den Schuppen der Chimäre ab. Anders als bei den Chaoshunden, die aus dem Abgrund emporschossen, schien die Chimäre völlig unempfindlich gegenüber den Waffen der Cassarden zu sein.

Ich spürte, wie Noár sich anspannte und leise knurrte. Einen Moment später öffnete sein Shendai die Flügel, um unseren Sturzflug abzubremsen. Und schon waren wir nicht mehr bloß Zuschauer der Schlacht. Nox legte sich in eine Kurve und zerteilte mit seinen Schwingen einen Chaoshund, der das Pech hatte, unseren Landeanflug zu kreuzen. Einige Blutspritzer trafen mich. Sofort war meine Nase erfüllt von dem widerlichen Gestank der Kreaturen. Zusammen mit den Schreien und den Kampfgeräuschen erinnerte mich das unangenehm an meine letzten Begegnungen mit dem Chaos. Jede davon hatte ich nur knapp überlebt. Ich kämpfte mit meiner aufsteigenden Panik, als ein Ruck durch uns ging. Nox setzte auf einem der umgefallenen Baumstämme auf, von denen jeder einzelne so groß wie ein Kirchturm war. Seine scharfen Krallen bohrten sich tief ins silbergraue Holz, um nicht abzurutschen. Noch bevor er seine Schwingen anlegen konnte, sprang der Schattenprinz aus dem Sattel und zog sein Schwert.

»Pass auf sie auf!«, befahl er, während er sich den Baumstamm hinabgleiten ließ und sich ins Getümmel stürzte. Dunkelgrün gekleidete Waldkrieger hatten einen Kreis gebildet und streckten dem Abgrund ihre Handflächen entgegen. Da kapierte ich, warum die Chimäre sich noch nicht aus der Tiefe hatte befreien können. Die Cassarden hielten das Wesen mit ihrem Willen in Schach. Diesen Kampf schienen sie jedoch schon sehr bald zu verlieren, denn die Chimäre riss bedenkliche Lücken in die Reihen der Waldkrieger.

Tatendrang packte mich. Ich mochte ja mit Klingen nicht sonderlich gut umgehen können, aber wenn es um meinen Willen ging, hielt ich mich der Herausforderung durchaus für gewachsen. Ich kletterte von Nox' Rücken und wollte zu den gebeutelten Waldkriegern eilen, als mir plötzlich eine große schwarze Tatze den Weg versperrte. Verdutzt sah ich nach oben und blickte direkt in tadelnde Katzenaugen.

»Echt jetzt?«, rief ich genervt, als mir klar wurde, dass der Befehl des Schattenprinzen seinem Shendai gegolten hatte. »Ich will doch nur helfen!«

Aber Nox dachte gar nicht daran, mir den Weg frei zu machen, sodass mir nichts anderes übrig blieb, als missmutig um ihn herumzustapfen. Da riss mich etwas am Hals nach hinten. Ich plumpste rückwärts und landete unsanft auf meiner Kehrseite. Aus den Augenwinkeln bekam ich gerade noch mit, wie Nox meinen Umhang ausspuckte.

»Du willst dich also wirklich mit mir anlegen?«

Die Antwort des Shendai bestand aus einem Schnauben, das verdächtig amüsiert klang. Er senkte seinen Kopf und schob mich damit ein gutes Stück zurück, bis ich zwischen seinen Riesentatzen saß. Zufrieden mit seinem Werk richtete er den Blick wieder auf die Umgebung. Offenbar nahm der Shendai den Auftrag seines Herrn sehr ernst.

Pfft! Wie hatte ich nur glauben können, dass Noár mich tatsächlich an einer Schlacht teilnehmen lassen würde? Wütend verschränkte ich die Arme vor der Brust. Der konnte sich auf etwas gefasst machen, wenn ich ihn in die Finger bekam. Für den Moment war ich wohl dazu verdonnert, das Geschehen aus der Ferne zu beobachten – vorausgesetzt, ich wollte mich nicht mit seinem sturköpfigen Shendai anlegen.

Noárs Gestalt war im Gemetzel schnell auszumachen. Er schnitt sich eine Schneise durch angreifende Chaoshunde und hielt direkt auf den Abgrund zu. Jeder seiner Schritte schien mit Bedacht gewählt zu sein und jede seiner Bewegungen war tödlich.

Eine Frau in Grün bellte ein paar Befehle. Pfeile zischten durch die Luft und trafen die Chaoshunde, die dabei waren, Noár anzugreifen. Die Waldkrieger gaben dem Schattenprinzen Feuerschutz. Diese Chance nutzte er und begann zu rennen. Nein, er nahm Anlauf! Für einen übermenschlichen Sprung in Richtung der Chimäre. Gleichzeitig mit seiner Landung auf dem Rücken des Ungetüms bohrte sich sein Schwert durch die schuppige Haut. Seine Klinge schaffte mühelos, woran die Pfeile der Waldkrieger zuvor gescheitert waren. Schwarzes Blut sprudelte aus der Wunde. Das Wesen stieß ein grausiges Kreischen aus. In Todesqual schnappte es nach Noár, bäumte sich auf und versuchte, seinen Angreifer abzuschütteln, doch der Schattenprinz kannte keine Gnade und kein Zögern. Er riss sein Schwert aus dem Fleisch und stach, begleitet vom Jubel der Waldkrieger, ein zweites Mal zu.

»Schließ den Wirbel!«, brüllte er der Frau in Grün zu, die ich inzwischen als die Waldfürstin identifiziert hatte. Die Wurzeln um den Abgrund herum erwachten zum Leben. Gebannt beobachtete ich, wie sie vorwärts wuchsen und krochen, doch als sie mit dem Chaoswirbel in Kontakt kamen, vertrockneten sie und zerfielen zu Staub.

In diesem Augenblick breitete sich ein fauliger Geschmack in meinem Mund aus und ein beißender Schmerz durchzuckte meine Hände. Die Splitter des Juwels der Macht schienen sich unter meiner Haut zu bewegen. Panisch sah ich auf meine Handflächen, aber außer dem üblich unschuldigen Glitzern der Juwelenreste konnte ich nichts erkennen. Entsetzte Rufe ließen mich aufschauen. Der Chimäre war es in ihrem Todeskampf gelungen, Noár abzuschütteln. Jetzt hielt er sich nur noch mit einer Hand an einem der schwarzen Rückenstacheln fest, während seine Füße über dem Abgrund baumelten. Instinktiv sprang ich auf und wollte ihm zu Hilfe eilen, doch ein tiefes Knurren stoppte mich.

Noárs Shendai schien sich keinerlei Sorgen um seinen Herrn zu machen – sehr wohl aber um mich.

Ich fuhr herum und bedachte das störrische Vieh gerade mit ein paar unschönen Schimpfnamen, als das Brennen meiner Handflächen so unerträglich wurde, dass ich auf die Knie fiel. Eine kühle Schnauze stupste mich an, aber ich war viel zu sehr damit beschäftigt, mit den auf mich einstürzenden Empfindungen zurechtzukommen. Plötzlich sah ich die Dinge mit skrupelloser Klarheit.

Der Wald litt schlimmste Qualen.

Die Krieger waren nicht stark genug, um den Chaoswirbel zurückzudrängen, und selbst die Macht der Waldfürstin endete exakt am Abgrund.

Nur Noár schien es mit dem Chaos aufnehmen zu können, und er glaubte, mit all dem alleine fertigwerden zu müssen. Ich spürte, wie die Splitter in meinen Händen eine unbändige Wut in mir weckten. Immer wieder war mir gepredigt worden, Cassardim als meine Heimat zu betrachten, und trotzdem empfand man mich als einen Fremdkörper. Dabei *wollte* ich helfen!

Ich *wollte* das Chaos zurückdrängen!

Ich *wollte* …

Der Baumstamm, auf dem ich kniete, begann zu vibrieren. Mein Wille ließ Wurzeln daraus hervorsprießen. Sie schlängelten sich in Richtung des Abgrunds. Erschrockene Waldkrieger sprangen zur Seite, während sich die Wurzeln mit denen anderer Bäume verflochten. Unaufhaltsam begruben sie die Kadaver der gefallenen Chaoshunde unter sich und erreichten schließlich den schwarzen Wirbel. Aber dort endete meine Macht nicht. Ich war die Goldene Erbin. Ich war geboren worden, um dem Chaos die Stirn zu bieten. Also befahl ich den Wurzeln, weiterzuwachsen. Und das taten sie. Stück für Stück.

Noár hatte sich inzwischen wieder auf den Rücken der Chimäre gezogen. Er balancierte gerade zum Hals der Kreatur, um ihr den finalen Todesstoß zu versetzen, als er bemerkte, was vor sich ging. Sein Blick zuckte zur Waldfürstin, doch die starrte mit offenem Mund in meine Richtung.

Gut so! Es sollten ruhig alle mitbekommen, zu was ich in der Lage war!

Noár sah zu mir und hob eine Braue. Mehr ließ er sich nicht anmerken, bevor er sein Schwert im Nacken der Chimäre versenkte. Verzweifelt kreischte die Kreatur auf. Jede Spannung schwand aus ihrem massigen Körper und sie sank langsam zurück in den Wirbel. Gerade wollte Noár zum rettenden Sprung ansetzen, da stieg plötzlich ein neuer Schwarm an Chaoshunden aus dem kleiner werdenden Abgrund empor. Es wirkte fast so, als würde etwas auf der anderen Seite ahnen, dass nun die letzte Chance gekommen war, um nach Cassardim zu gelangen. Ich erhob mich. Zorn und Macht pulsierten in meinen Adern. Die Wurzeln schossen in die Höhe und bohrten sich wie Speere durch die widerlichen Wesen. Jene, die meinem Willen entkamen, fielen Noárs Klinge oder den Shendai-Reitern zum Opfer. Unerbittlich drängte ich die Triebe voran, bis schließlich der Chaoswirbel unter einem dichten Geflecht begraben war. Übrig blieb eine Skulptur, wunderschön und schrecklich zugleich – eine haushohe Sturmwelle aus Holzranken, eingefroren im Moment ihres blutigen Sieges.

Stille legte sich über das Schlachtfeld.

Alle starrten mich an, als wäre ich ein Alien. Nur der Schattenprinz, der ganz oben auf meiner Wurzelskulptur stand, tippte sich mit einem spöttischen Grinsen an die Stirn.

In diesem Moment wurde mir bewusst, was ich gerade getan hatte. Der Wandernde Wald war meinem Willen gefolgt. Ich hatte ihn kontrolliert und gleichzeitig jegliche Kontrolle verloren. Ich sah auf meine Handflächen. Unschuldig glitzerten die winzigen

Juwelensplitter zwischen den goldenen Linien der Kaisersymbole. Der brennende Schmerz und der faulige Geschmack in meinem Mund kamen mir nur noch wie eine vage Erinnerung vor. Dummerweise hatte sich mit ihnen auch meine Selbstsicherheit aus dem Staub gemacht. Dafür überrollte mich nun nachträglich die Angst, die ich angesichts meiner kühnen Aktion eigentlich hätte haben sollen.

Ein Maunzen in meinem Rücken rief mir ins Gedächtnis, dass ich nicht die Einzige war, die sich Sorgen um mich machte.

»Mir geht's gut«, log ich Nox an.

Also echt, MaiMai, als ob die große Katze dir das glauben würde. Die ist genauso geflasht wie ich. Warum zum Henker hast du mir nicht verraten, dass du so was kannst?!

»Zoey?!«, flüsterte ich verwirrt.

Waren mir etwa gerade ein paar Sicherungen zu viel durchgebrannt? Hörte ich jetzt schon Stimmen?

Natürlich bin ich's! Oder trägst du irgendwo noch einen von diesen dämlichen Geistersteinen?

Oh. Richtig. Schleierkristall. Hautkontakt. Ich fasste mir an den Hals und stellte fest, dass mir die Kette mit dem weißlichen Edelstein ins Dekolleté gerutscht war – vermutlich bei dem Sturz, den ich Nox zu verdanken gehabt hatte.

»Wie viel hast du mitbekommen?«, wollte ich von meiner Freundin wissen, die nun offenbar durch meine Augen sehen konnte.

Zoey lachte. *Genug, um dich demnächst Badass-Bitch zu nennen.*

»Ich … ich war das nicht.« Verstört blickte ich auf meine Hände. »Also schon irgendwie, aber ich hab keine Ahnung, wie das passieren konnte …«

Sag das mal lieber nicht zu laut. Dieser Auftritt war nämlich genau das, was wir gerade brauchen.

Ich runzelte die Stirn. Meine Freundin hatte recht. Trotzdem blieb die ungute Vorahnung, dass mir dieser Vorfall irgendwann noch gehörig auf die Füße fallen würde. Zumindest versprach Noárs Gesichtsausdruck keine Lobpreisungen, als er von meinem Wurzelgeflecht heruntersprang und auf mich zuhielt.

Uuuh, da ist aber einer energisch. Also echt, MaiMai, inzwischen verstehe ich dich wirklich gut. Der Typ ist 'ne Granate, kommentierte Zoey munter weiter. *Wo wir gerade beim Thema sind. Ich will ALLES über euren vorgezogenen Honeymoon-Trip erfahren!*

Ich rollte mit den Augen. »Das werde ich dir jetzt ganz sicher nicht erzählen. Und sei still! Die Leute müssen ja nicht auch noch glauben, ich wäre eine Selbstgespräche führende Irre.«

Meine Anweisung kam gerade rechtzeitig, denn während ich redete, landeten auf den Baumstämmen um mich herum Dutzende Shendai und silbrig schimmernde Wyvern. Die Tiere fauchten sich an, aber ihre Reiter riefen sie zur Ordnung. Von dem narbenübersäten Shendai zu meiner Rechten stieg ein Mann mit wirren dunklen Haaren ab. Sein nackter Oberkörper war bedeckt mit Schattensymbolen und dem schwarzen Blut von Chaoshunden. Er sah erbärmlich aus, aber das wilde Grinsen auf seinem Gesicht sprühte nur so vor guter Laune.

»Na, guck mal einer an, wer da aus der Versenkung aufgetaucht ist, um uns alle zu retten«, rief Pash mit einer scherzhaften, aber unerwartet eleganten Verbeugung. Der Graf kannte sich bestens mit höfischen Umgangsformen aus, wobei sein Auftreten durchaus dazu verleitete, das zu vergessen.

Bevor ich Noárs verrückten Freund begrüßen konnte, brüllte ein großes Shendai-Weibchen auf, dessen Reiter sich geschmeidig aus dem Sattel gleiten ließ. Diesmal war Rhome nicht als Privatperson unterwegs und strahlte eine solch einschüchternde Autorität aus, dass es mich nicht mehr wunderte, wie er der oberste General der Schattenarmee hatte werden können. Mit ein paar geschickten Sprüngen überwand er die Lücken zwischen unseren Baumstämmen und verneigte sich vor mir.

»Eure kaiserliche Hoheit.«

Zum zweiten Mal innerhalb kürzester Zeit begrüßte Rhome mich mit meinem offiziellen Titel. Diesmal aber war es Kalkül, wie das kleine Zwinkern bewies, das so gar nicht zu seiner ausdruckslosen Miene passen wollte.

Schien, als wäre die große Amaia-gegen-Noár-Show eröffnet.

»Dürfen wir Euch zu Eurem Verlobten geleiten?«, erkundigte er sich formell. Es klang weniger nach einer Frage als nach einer Aufforderung.

Ich spielte mit und nickte herablassend.

»Nach Euch, General.«

Auf unserem Weg nach unten hüpfte Pash fröhlich von Ast zu Wurzel und Wurzel zu Ast. Rhome dagegen hielt immer wieder an, um mir galant seine Hilfe anzubieten. Ich lehnte sie jedes Mal ab, ohne mir groß Gedanken darüber zu machen. Etwas anderes forderte meine ganze Aufmerksamkeit: Mir war am gegenüberliegenden Ende der Lichtung eine dunkle Gestalt aufgefallen. Zuerst hatte ich sie für einen von Noárs Leuten gehalten, aber irgendetwas war komisch an ihr. Während die Wald- und Schattenkrieger geschäftig herumliefen, Verwundete versorgten und die Kadaver der Chaoshunde fortschafften, rührte sich diese Gestalt nicht vom Fleck. Ihr Gesicht war unter den Schatten der Kapuze verborgen. Trotzdem hatte ich das Gefühl, dass sie in meine Richtung sah.

»Mein Verhalten ist inakzeptabel?«, hörte ich Noárs Stimme über die Lichtung hallen. Ich riss meinen Blick von dem Kapuzenmann los und sah, dass die Waldfürstin meinen Verlobten abgefangen hatte. Das allein wäre nicht schlimm gewesen, wenn sich den beiden nicht noch ein Mann mit silbernem Harnisch angeschlossen hätte. Ifar, der schwarzhaarige Wolkenprinz mit den himmelblauen Augen. Der Mann, der mir vorgemacht hatte, mein Bruder zu sein, um mein Vertrauen zu erschleichen. Der Mistkerl, der mich zu einer Ehe mit ihm hatte zwingen wollen. In mir keimte so eine Aversion gegen diesen Typen auf, dass ich Noárs Tipp zu verstehen begann. Wäre ich von Ifar entführt worden, hätte ich wohl mehr als nur einmal mit meinem Brechreiz zu kämpfen gehabt.

»Ganz ruhig«, flüsterte Rhome mir zu, um mich daran zu erinnern, dass es ein denkbar ungünstiger Zeitpunkt war, um die Beherrschung zu verlieren. Den Rat hätte er lieber mal Noár geben sollen, denn der schien gerade erst so richtig in Fahrt zu kommen.

»Ich sag dir, was inakzeptabel ist, Ifar. Der Wandernde Wald fällt in *deine* Zuständigkeit. Trotzdem musste ich die kostbare Zweisamkeit mit meiner Verlobten unterbrechen, um herzukommen und *deine* Arbeit zu erledigen.«

Der Spott traf den Wolkenprinzen wie eine öffentliche Ohrfeige. Er sah aus, als ob er Noár jede Sekunde an die Gurgel gehen würde.

»Was hast du ihr angetan?«, fauchte Ifar.

Diese Frage überraschte mich dann doch. Ich hätte erwartet, dass er eher sich verteidigen würde als meine Ehre. Was mich allerdings nicht überraschte, war das selbstgefällige Grinsen, das gerade auf Noárs Lippen erschien. »Nichts, was wir nicht *beide* genossen hätten.«

»Ist das nur deine oder auch ihre Meinung?«, wollte der Wolkenprinz wissen.

»Vorsicht, Ifar!«, murmelte Noár, dem nicht entgangen war, dass die Hand seines Gegenübers zum Schwertgriff zuckte. »Man könnte den Eindruck gewinnen, dass Neid aus dir spricht.«

»Neid worauf? Etwa darauf, dass du den Einfluss anderer so sehr fürchtest, dass du deine Verlobte verstecken musst?«

Noárs Lächeln gefror. Selbst die Waldfürstin, die das Gespräch bislang schweigend verfolgt hatte, zeigte sich besorgt, als der Schattenprinz einen Schritt auf Ifar zuging.

»Der Einfluss anderer ist mir herzlich egal«, meinte Noár gefährlich leise. »Ich teile nur nicht gerne.«

Diesen Augenblick wählte Rhome, um mit einem Räuspern auf uns aufmerksam zu machen. Ifar fuhr herum und erstarrte.

»Prinzessin Amaia«, stammelte er überfordert. Seine blauen Augen studierten mein Gesicht, meine Kleidung, meine Frisur, als würde er nach irgendwelchen Anzeichen einer Misshandlung suchen. »Geht es Euch gut?«

Rhome ersparte mir eine Antwort und taxierte den Wolkenprinzen unnachgiebig. »Wollt Ihr meinem Herrn etwa unterstellen, er hätte sich nicht angemessen um die Goldene Erbin gekümmert?«

Plötzlich war Ifars scheinbare Fürsorge wie weggefegt. Noár mochte ihm ebenbürtig sein, doch von einem General schien er derartige Provokationen nicht zu dulden.

»Ich hinterfrage nur, was der Schattenprinz als *angemessen* empfindet«, zischte er Rhome in einem Tonfall an, der seinen Stand und seine Überlegenheit deutlich machte.

Noár intervenierte, indem er an meine Seite schlenderte und die Aufmerksamkeit wieder auf sich lenkte. »Meine reizende Verlobte kann sicherlich Licht ins Dunkel bringen«, meinte er und griff nach meiner Hand, um sie sich genüsslich an die Lippen zu führen. Der Blick, mit dem er mich dabei bedachte, fühlte sich an, als hätte er mich hier vor allen ausgezogen. »Sag mir, habe ich mich angemessen um dich gekümmert?«

Ich spürte, wie mir aus diversen Gründen das Blut in die Wangen schoss. Das machte mich sauer und gleichzeitig auch dankbar. Noár hatte mir eine so unausstehliche Vorlage geboten, dass es mir leichtfiel, darauf zu antworten. Gereizt funkelte ich ihn an.

»Ich werde mich nicht von euch benutzen lassen, um euren lächerlichen Wettstreit voranzutreiben.«

Der Plan ging auf, wie Ifars Verwunderung bewies. Offensichtlich hätte er niemals mit Widerworten meinerseits gerechnet. Noár dagegen stieß ein sinnliches Geräusch aus, mit dem er deutlich machte, wie sehr er meine Aufsässigkeit genoss. Bevor er mich jedoch weiter in Verlegenheit bringen konnte, nutzte die Waldfürstin die Gelegenheit, um einzuschreiten.

»Eine sehr weise Entscheidung, kaiserliche Hoheit«, sagte die blonde Frau, deren Haare an den Schläfen kunstvoll geflochten waren, sodass es die bernsteinfarbenen Symbole des Waldvolks betonte. Überhaupt wirkte die Fürstin ungewohnt kriegerisch, denn anders als bei unseren vorherigen Begegnungen trug sie Hosen und Harnisch und stützte sich auf einem reich verzierten Langbogen ab. »Zumal ihr beide Prinzen heute überflügelt habt. Ohne Eure Hilfe hätten wir das Chaos nie so schnell besiegen können. Mein Volk und ich stehen in Eurer Schuld.«

Den letzten Worten verlieh sie ein ganz besonderes Gewicht, indem sie sich vor mir verbeugte.

Bäm! Da war er, der Moment, in dem mir die Sache auf die Füße fiel. Die Waldfürstin hatte öffentlich verkündet, in meiner Schuld zu stehen. Ich hätte Rhomes scharfes Luftholen nicht gebraucht, um die diplomatisch heikle Situation zu erkennen, in der ich steckte.

»Ich muss Euch widersprechen, Fürstin«, sagte ich schnell. »Unser aller Pflicht ist es, Cassardim vor dem Chaos zu bewahren. Da nehme ich mich nicht aus.«

Mit meiner Antwort verblüffte ich die Umstehenden so sehr,

dass man für ein paar Sekunden nur das Zwitschern eines einsamen Vogels hören konnte. Noár, der noch immer meine Hand hielt, drückte sie anerkennend, während die Fürstin bemüht war, eine passende Erwiderung zu finden.

»Nun, dann möchte ich Euch zumindest fragen, ob Ihr mir die Ehre gewährt, Euch heute meine Gäste nennen zu dürfen.« Nach einem flüchtigen Blick in Richtung des Schattenprinzen fügte sie hinzu: »Falls Ihr diese Einladung als ungebührend erachtet, würde ich es natürlich verstehen.«

Noár neigte reserviert den Kopf. »Das ist sehr freundlich, Fürstin Ganaya, aber wir –«

»Wird Moe da sein?«, platzte es aus mir heraus. Die Vorstellung, meinen kleinen Bruder wiederzusehen, ließ alles andere unwichtig erscheinen.

Die Waldfürstin lächelte. »Ich denke, das lässt sich einrichten.«

»Dann nehmen wir Eure Einladung gerne an«, entschied ich, bevor Noár mir widersprechen konnte. Seinem Gesichtsausdruck nach war er ganz und gar nicht begeistert von meinem Alleingang. Auch Ifars gehässiges Grinsen versprach nichts Gutes, aber nun, da die Worte raus waren, vermochte niemand mehr etwas daran zu ändern.

»Wann immer Ihr bereit seid, der Wald wird Euch zu mir bringen.« Fürstin Ganaya verneigte sich vor uns und verließ die Lichtung, die das Chaos hervorgebracht hatte.

DER WALD HAT OHREN

Noár übertrug Rhome die Verantwortung für die Aufräumarbeiten und führte mich – nach einer spöttischen Verabschiedung an Ifar – in einen Teil des Wandernden Waldes, der nicht vom Angriff des Chaos betroffen gewesen war.

Wurzeln, so dick, dass sie selbst als Bäume durchgehen könnten, erhoben sich aus einem dichten Geflecht ihrer kleineren Kameraden. Manche waren wie Mangroven ineinander verschlungen, andere bildeten Bögen und Durchgänge, bevor sie schließlich weit über unseren Köpfen in monumentale Stämme übergingen. Diese ragten so weit in die Höhe, dass ihr blaugrünes Laub fast schon wie ein eigentümlicher Himmel wirkte. Das Rauschen der Baumkronen erinnerte mich an eine sanfte Meeresbrandung. Einzelne Blätter segelten herab. Noch im Fallen veränderten sie ihre Farbe. Erst verschwand der blaue Schimmer, dann wurde aus dem Grün ein sattes Gelb und schließlich ein tiefes Rot. Als die Blätter auf dem Boden ankamen, zerfielen sie in glitzernden Staub. Jetzt verstand ich, warum die Luft hier im Wurzellabyrinth zu funkeln schien. Doch das war längst nicht das Einzige, das hier schimmerte und glänzte. Auch goldene Harztropfen quollen überall aus den moosbewachsenen Stämmen und bildeten skurrile Bernsteinfiguren, die das Licht brachen und –

Ich stolperte und wäre gestürzt, wenn Noár mich nicht aufgefangen hätte. Seine Nähe katapultierte mich für ein paar Atemzüge aus der Realität – zurück in unsere Zeit in Rim Valesh. An seinem flackernden Blick konnte ich sehen, dass es ihm ähnlich ging.

»Wir werden beobachtet«, raunte er mir zu, bevor er mich wieder auf die Beine stellte. Trotzdem verweilten seine Hände länger als nötig an meiner Taille. Bedauernd lächelte er mich an. Da erst verstand ich, was er von mir erwartete. Es kostete mich große Überwindung, doch ich schaffte es irgendwie, ihn von mir zu stoßen und mit einem möglichst wütenden Gesicht weiterzumarschieren. Dieser magische Ort hatte mir das Gefühl gegeben, allein mit ihm zu sein. Nun aber, da ich wusste, worauf ich achten musste, entdeckte ich überall zwischen den Wurzeln Waldkrieger, die uns in gebührendem Abstand folgten. Durch ihre dunkelgrüne Kleidung und die silbergrauen Umhänge verschwammen sie mit der Umgebung.

Nach ein paar Schritten hatte Noár mich wieder eingeholt. Wie so oft strahlte seine Haltung kühle Arroganz aus, doch seine gedämpften Worte waren voller Wärme.

»Es tut mir leid, Kätzchen. Ich hätte dich besser auf die Situation vorbereiten müssen.«

»Ich komm zurecht«, flüsterte ich und schlüpfte unter einer gebogenen Wurzel hindurch. »Solange die Splitter in meinen Händen nur nicht wieder Amok laufen.«

Noár sprang leichtfüßig über dieselbe Wurzel hinweg und versperrte mir den Weg. Aus schmalen Augen funkelte er mich an. »Geht es dir gut?«

Verwirrt nickte ich. Das war irgendwie nicht die Reaktion, die ich erwartet hatte. »Willst du gar nicht wissen, was passiert ist?«, fragte ich ihn mit gedämpfter Stimme.

Er schnaubte. »Ich bin durchaus in der Lage, eins und eins zusammenzuzählen. Um ehrlich zu sein, habe ich von Anfang an nicht glauben können, dass die Splitter keine Auswirkungen haben würden.«

»Und das sagst du mir erst jetzt?!«, fuhr ich ihn an. Dass ich dabei etwas zu laut wurde, merkte ich selbst. Trotzdem fing ich mir einen tadelnden Blick von Noár ein. Er beugte sich an mein Ohr.

»Nur eine Handvoll Leute weiß von diesen Splittern und es wäre besser, es dabei zu belassen«, ermahnte er mich. »Aber zu deiner Beruhigung: Das Juwel der Macht hatte noch nie einen eigenen Willen gehabt, sondern immer nur den seines Trägers verstärkt. Die paar unbedeutenden Überreste in deiner Haut sind also ganz sicher nicht Amok gelaufen. Alles Weitere sollten wir klären, wenn wir nicht gerade von einem Dutzend neugieriger Lauscher umringt sind.«

Das klang ... logisch und war irgendwie beruhigend. Andererseits hätte Noár mir trotzdem früher von seinen Vermutungen erzählen können. Genauso, wie er es hätte unterlassen können, Nox zu meinem Babysitter zu erklären. Aber wie er schon sagte, das war nicht unbedingt der passendste Ort für dieses Thema. Für jetzt war es erst einmal wichtig, den Schein zu wahren. Ein zweites Mal wollte ich Noár zur Seite schieben, als meine Hand auf etwas Feuchtes traf. Blut klebte an meinen Fingern – und nicht gerade wenig.

»Du bist verletzt!«, hauchte ich erschrocken. Unter der schwarzen Kleidung und seinem Umhang war die Wunde nur schlecht auszumachen. Umso heftiger traf mich das Bedürfnis herauszufinden, wie schlimm es wirklich um ihn stand. Da ich es hier und jetzt nicht durfte, blieb mir kaum etwas anderes übrig, als hilflos auf meiner Unterlippe herumzukauen.

Meine Sorge schien Noár zu erheitern.

»Ich werd's überleben«, stellte er fest. Von den Schmerzen, die er zweifellos haben musste, ließ er sich nichts anmerken. Mein Blick verfinsterte sich. Mit Verletzungen, die eine Chimäre verursacht hatten, war nicht zu scherzen. Wie ich inzwischen wusste, entströmte ihren Klauen Chaos, wodurch sich solche Wunden nicht gerade einfach heilen ließen – selbst für jemanden mit Noárs Willensstärke. Aber bitte, wenn er unbedingt den starken Mann markieren wollte, würde ich ihn nicht aufhalten. Ich würde ihm aber auch nicht als Publikum dienen.

»Nur, falls ich dich nicht vorher für deine Selbstgefälligkeit umbringe«, brummte ich, raffte meine Röcke und stapfte an ihm vorbei.

Noárs Lachen folgte mir und hörte sich so selbstgefällig an, dass kein Waldkrieger hätte ahnen können, wie sehr ich diesen Klang liebte. Dummerweise musste ich schon nach wenigen Schritten stehen bleiben, weil ich die Orientierung verloren hatte. Irgendwie sah hier alles gleich aus – und dann doch wieder nicht. Ich hätte schwören können, dass mein Weg zuvor noch nicht von einem Baum versperrt gewesen war. Das wäre mir aufgefallen – besonders, weil er von einer Kletterpflanze mit wunderschönen violetten Blüten überzogen war.

Ich spürte, wie Noár sich mir von hinten näherte.

»Schließ nie deine Augen,
Bleib niemals steh'n,
Denn der Wald, er wandert,
Er wandert hinfort.
Schließt du die Augen,
Kann es gescheh'n,
Dass du dann erwachst
An einem anderen Ort.«

Ein Schauer kroch mir über den Rücken, als Noárs Worte verklungen waren. Zum ersten Mal hatte er hier im Wald laut gesprochen und obwohl ich wusste, dass er irgendwo hinter mir stand, schien seine Stimme aus allen Richtungen zu kommen. Das allein war eigentlich schon unheimlich genug, wäre da nicht auch noch der Inhalt seines Gedichts gewesen. Ich hatte ja immer geahnt, dass der Wandernde Wald seinen Namen nicht umsonst trug. Mutmaßungen waren jedoch nichts im Vergleich dazu, es am eigenen Leib zu erleben. Auf den zweiten Blick erkannte ich, dass hier tatsächlich kein beständiges Gelände existierte. Keine Landmarken wie Steine, Felsen oder Findlinge. Nicht einmal Erdboden. Nur Wurzeln, die die Bäume trugen – und offensichtlich auch forttrugen.

»Dieses Gedicht hat mir meine Mutter beigebracht, als ich klein war. Richtig begriffen habe ich es aber auch erst, nachdem ich es mit eigenen Augen sehen konnte«, offenbarte Noár.

Dieser Einblick in seine Vergangenheit überraschte mich. Er hatte in meiner Gegenwart noch nie über seine Mutter gesprochen. Neugierig drehte ich mich um und sah direkt in schwarze Sternenaugen.

»Sie ist schon vor langer Zeit gestorben«, kam Noár meiner Frage zuvor. Ich konnte nicht die kleinste Spur von Trauer in seinen Zügen erkennen. Vielleicht war das Teil seiner Show für die Waldkrieger, vielleicht ließ er derartige Emotionen aber auch generell nicht zu. Was mich jedoch stutzig machte, war die Anspannung, die er mit sich herumschleppte, seit wir den Wandernden Wald betreten hatten. Fast schon nervös behielt er die Umgebung im Auge, als könnten wir jede Sekunde in einen Hinterhalt geraten. Ich hatte Noár bereits in vielen Situationen erlebt, doch in keiner war er mir so rastlos vorgekommen wie jetzt. Was war das nur mit ihm und dem Waldvolk?

Schon als Moe von Waldkriegern entführt worden war, hatte ich Noárs Haltung zu diesem Teil Cassardims als reichlich unterkühlt empfunden. Die Erinnerung an jene Nacht auf der Brücke zwischen den Niemandslanden und dem Wandernden Wald war mir präsenter als je zuvor. Sofort als die Entführer den Schattenprinzen damals erkannt hatten, waren sie zum Angriff übergegangen. Und Noár hatte nicht weniger brutal reagiert und sie getötet.

Konnte das vielleicht der Grund für seine Anspannung sein? Befürchtete er, dass irgendjemand von diesem Zwischenfall wusste?

Unauffällig folgte ich Noárs beunruhigten Seitenblicken, um unsere unsichtbare Eskorte im Wurzeldickicht zu erspähen. Es fiel mir wirklich schwer, all die recht offen wirkenden Waldbewohner mit Moes Entführern in einen Topf zu werfen. Hier passte irgendetwas ganz und gar nicht zusammen.

Noár bemerkte, was ich tat, und zischte kaum hörbar, aber eindeutig missbilligend.

Als er dann erneut seine Stimme senkte, musste ich mich sehr konzentrieren, um ihn überhaupt noch zu verstehen.

»Du hättest die Einladung der Fürstin nicht annehmen dürfen!«

»Warum?«, gab ich ebenso leise zurück. Er konnte mir ja wohl kaum vorwerfen, dass ich meinen kleinen Bruder wiedersehen wollte. »Ich werd mich schon nicht verplappern und allen von den Waldkrieger-Leichen erzählen, die du im Keller hast.«

Noárs Brauen schoben sich in einer Mischung aus Wut und Resignation zusammen. Er wusste, worauf ich anspielte, und irgendetwas daran verletzte ihn zutiefst. Für einen winzigen Augenblick hatte ich den Eindruck, dass er sich rechtfertigen wollte, doch dann seufzte er grimmig.

»Was damals geschehen ist, hat nichts hiermit zu tun«, informierte er mich, bevor er nach meiner Hand griff und sie bei sich einhakte. »Du musst endlich verstehen, dass dein Verhalten als Goldene Erbin immer Konsequenzen hat. Ein Besuch von dir ist eine Ehre, die den Waldfürsten nicht zusteht. Wir können also nur hoffen, mit einem blauen Auge aus der Angelegenheit rauszukommen.«

Er marschierte los und zog mich einfach mit sich. Ich ließ es geschehen, denn im selben Moment bot sich mir ein Anblick, der mir die Sprache verschlug.

Dort, wo der Baum mit den violetten Blüten gestanden hatte, formte sich nun ein blumengesäumter Pfad. Unterschiedlich gefärbte Wurzeln hatten sich so kunstvoll ineinander verschlungen, dass auf dem Boden wunderschöne Muster und Ornamente entstanden. Nach einigen Metern stieg der Weg an und wurde zu einer Art Brücke, die in die Bäume hinaufführte. Doch noch viel unglaublicher war das, was am Ende der Brücke lag: Ein Palast – nicht gebaut, sondern gewachsen. Wurzeln waren zu Säulen geworden, die Stockwerk um Stockwerk um Stockwerk trugen. Äste verbanden sich zu Wänden und Kletterpflanzen zierten Bogenfenster. Jemand hatte die Wildheit des Waldes gezähmt und daraus ein Kunstwerk erschaffen, das jedes Feenschloss Hollywoods in den Schatten stellte.

»Willkommen in Teeravad«, raunte Noár mir zu, »dem Herzen des Wanderndes Waldes.«

Krieger mit rasierten Schläfen standen auf jeder Ebene des Palastes Wache. Die meisten von ihnen trugen die silbergrauen Umhänge, die mir schon auf unserem Weg hierher aufgefallen waren. Manche waren jedoch in eine schwarze Variante gekleidet und hatten sich zusätzlich mit metallischen Elementen geschmückt. Waffengurte besaßen Eisenschnallen, ihre Speere Eisenspitzen und selbst in ihren Haaren waren unzählige Eisenringe eingeflochten. Wo mir vorher noch der richtige Bezug gefehlt hatte, gab es jetzt keinen Zweifel mehr. Das war die Sorte Waldkrieger, die Moe entführt hatten.

Sie alle ließen uns keine Sekunde aus den Augen. Entweder dieser Ort war der bestbewachte in ganz Cassardim, oder all diese Krieger gehörten zu unserem Begrüßungskomitee. »Deinetwegen oder meinetwegen?«, fragte ich leise. Der Schattenprinz an meiner Seite lachte.

»Ein bisschen was von beidem.«

Als wir ein großes geschnitztes Tor passierten, stellte ich fest, dass nicht alles an Teeravad gewachsen war. Es gab auch Elemente aus gefälltem Holz und Bernstein. Aber die Art, wie sie bearbeitet und verbaut waren, zeugte von so großer Kunstfertigkeit und Wertschätzung, dass ich nur ehrfürchtig staunen konnte. Trotz der vielen Stockwerke war die Eingangshalle von Licht und Luft durchflutet. Diener eilten herbei und streuten Blütenblätter vor unsere Füße. Andere boten uns Getränke aus geschwungenen Bernsteinkaraffen an. Noár schickte sie mit einer kleinen Handbewegung fort. Ich war ihm dankbar dafür, denn ich hatte keine Ahnung, was man von mir erwartete, und ich wollte keinen weiteren Fauxpas begehen. Schließlich hallte Noárs Kritik noch immer in meinem Kopf nach. Wenn alles, was ich tat, einem politischen Statement gleichkam, war das keine gute Voraussetzung für mich als Fettnäpfchen-Magnet.

Ein Mann in eleganter schwarzer Kleidung mit grünen Aufschlägen kam uns entgegen. Er trug eine Glatze und verbeugte sich tief.

»Im Namen von Fürst Mak und Fürstin Ganaya heiße ich Euch in Teeravad willkommen. Ich bin Haushofmeister und –«

Das Trampeln kleiner Füße unterbrach den Mann. Aus einem Seitengang kam ein blonder Junge herbeigerannt. Ihm folgten zwei verzweifelte Waldkrieger, denen er ausgebüxt zu sein schien.

»Moe!«, rief ich und warf alle Vorsätze bezüglich möglicher Fettnäpfchen postwendend über Bord. Ohne zu zögern ging ich auf die Knie und schloss meinen kleinen Bruder in die Arme.

»Ich hab dich so vermisst«, raunte ich ihm zu und bemühte mich sehr, nicht gleich in Tränen auszubrechen. Ein sinnloses Unterfangen, wie ich feststellen musste. Spätestens als Moe mit seiner Kinderstimme »Ich dich auch« piepste, brachen alle Dämme. Ich schämte mich nicht dafür, obschon ich Sorge hatte, meinen Bruder damit irgendwie in Gefahr zu bringen. Mein einziger Trost blieb, dass inzwischen jeder in Cassardim wissen dürfte, wie abgöttisch ich ihn liebte. Arg viel schlimmer konnte ich es also ohnehin nicht mehr machen.

Leise schniefend schob ich Moe ein Stück weit von mir, um ihn anzusehen. Seine Augen strahlten und sein Lächeln wirkte so gelöst, dass ich die Waldfürsten am liebsten sofort dafür abgeknutscht hätte, dass sie ihn so glücklich machten.

»Du bist ja gewachsen«, log ich ohne die geringsten Gewissensbisse. In Wahrheit war er noch immer so klein und niedlich wie früher. Trotzdem platzte Moe fast vor Stolz und reckte sich, um selbst die letzten paar Zentimeter aus seiner Körpergröße herauszuholen. Dann schien er plötzlich einen Geistesblitz zu haben. Er packte meine Hand und zog mich mit sich, bis uns eine gutmütige Stimme stoppte.

»Zamo!«, meinte einer der beiden Waldkrieger, die uns sichtlich gerührt beobachteten. »Ich glaube nicht, dass Prinzessin Amaia die richtige Kleidung trägt für eine solche Kletterpartie. Du kannst ihr deinen Fuchsbau später zeigen.«

Überrascht betrachtete ich den Mann näher. Dem Äußeren nach wirkte er wie ein raubeiniger Krieger, doch die Herzlichkeit in seinem Blick brachte ihm direkt ein paar Sympathiepunkte ein. Außerdem verriet Moe nicht jedem, wie er seine Geheimverstecke nannte, und das bedeutete, dass mein Bruder ihn mochte.

Als ich den jüngeren der beiden Waldkrieger in Augenschein nahm, verschluckte der sich beinahe vor Schreck. Hastig versuchte er, eine halbwegs elegante Verbeugung hinzubekommen, und entlockte mir damit ein Lächeln. Ich entschied, Moes Leibwächter zu mögen, auch wenn mein kleiner Bruder gerade ziemlich geknickt über ihren Tadel war.

»Vielleicht bringst du Ihre Hoheit erst einmal in die kaiserlichen Gemächer, damit sie sich frisch machen kann?«, schlug der ältere Waldkrieger vor.

Sofort erhellte sich Moes Miene. Er änderte seine Richtung und zog mich weiter, vorbei an Noár und einem äußerst ratlosen Haushofmeister. Der wurde nun auch noch vom Schattenprinzen stehen gelassen, sodass dem armen Mann kaum etwas anderes übrigblieb, als uns durch den Palast zu folgen. Moe führte uns über diverse Wendeltreppen nach oben. Wir überquerten zwei Brücken und passierten zahllose Wachposten. Die meisten von ihnen hatten Mühe, ein Schmunzeln zu unterdrücken angesichts unserer kleinen Gesellschaft, mit Moe an der Spitze und einem aufgeregten Haushofmeister als Schlusslicht.

Irgendwann erreichten wir die oberste Ebene des Palastes, die kein Dach mehr besaß. Vielmehr befanden wir uns nun direkt unter den Baumkronen. Sanftes Licht zauberte ein faszinierendes Blattschattenspiel auf Wände und Böden. Hier lagen auch die kaiserlichen Gemächer, die genauso exquisit wie gemütlich wirkten – wenn da nicht die Scharen von Bediensteten gewesen wären, die dort herumwuselten. Der Haushofmeister war geradezu entsetzt, dass sie ihre Arbeit noch nicht beendet hatten, und trieb sie zur Eile an. Sie schafften Schuhe, Kleider, Schmuck, Getränke und frisches Obst herbei, putzten auch noch das letzte Staubkorn weg und schmückten alles mit farbenfrohen Blumen.

»Prinzessin Amaia, es ist mir eine Ehre, Euch kennenzulernen!« Ein kugelrunder Mann mit einer gut gepflegten braunen Lockenmähne tauchte vor mir auf und verbeugte sich so tief, wie es sein Bauch erlaubte. Er wirkte wie ein Fremdkörper unter all den Waldbewohnern, da auf seiner Stirn goldene Ornamente prangten. »Ich bin Emis, Botschafter des Goldenen Volks am Hof des Wandernden Waldes. Solltet Ihr etwas benötigen, zögert nicht, es mich wissen zu lassen!« Er wollte noch etwas hinzufügen, doch als sein Blick auf Noár fiel, wich alle Farbe aus seinem pausbäckigen Gesicht. »Hoheit, es war nicht meine Absicht, unhöflich zu sein. Ich hatte nicht erwartet ... ich ...«, stammelte er sich um Kopf und Kragen.

»Ihr hattet nicht erwartet, dass ich meine Verlobte begleite?«, erkundigte sich Noár frostig.

»Nein! Doch. Ich meine ... es wurden auch Gemächer für Euch hergerichtet.«

»Das ist nicht nötig. Ich bin für meine Verlobte verantwortlich, also werde ich ihr nicht von der Seite weichen. Lasst meine Sachen herbringen.«

»Aber ...« Der beleibte Mann schnappte entsetzt nach Luft. »Das ist ... nicht schicklich!«

Noár bedachte ihn mit einem Blick, der selbst den hartgesottensten Diplomaten in Angst und Schrecken versetzen würde. Seine Stimme hätte Glas schneiden können.

»Ihr dürft Euch zurückziehen, Botschafter.«

Voller Mitleid sah ich zu, wie der Mann dem kaum verhohlenen Befehl des Schattenprinzen folgte. Auch die anderen Bediensteten und der Haushofmeister flüchteten aus den Gemächern, bis nur noch mein Bruder und seine beiden Leibwächter übrig waren.

Während Noár sich auf ein Kanapee setzte, lief Moe zu einem runden Tisch und klaute sich ein paar dunkelrote Früchte. Eine davon schob er sich in den Mund, die anderen verstaute er in seiner Hosentasche. Der ältere seiner Leibwächter seufzte und streckte die Hand nach seinem Schützling aus.

»Komm, Zamo. Lassen wir die Hoheiten allein. Sie müssen sich fürs Bankett umziehen. Genau wie du.«

Mitten im Kauen erstarrte Moe und schaute mich aus riesigen erschrockenen Augen an.

»Können wir nicht hierbleiben?«, nuschelte er mit vollem Mund. In seiner Frage lag so viel Angst und Hoffnung, dass mir das Herz brach.

Ich kniete mich zu ihm und nahm seine Hände.

»Ich fürchte, das geht nicht«, versuchte ich, ihm zu erklären. »Ich würde deine Eltern beleidigen, wenn ich nicht erscheine.«

Moe schwieg. Ich wusste, dass er über meine Worte nachdachte und sie verstand. Das schien ihn aber in einen so großen Konflikt zu stürzen, dass sich seine moosgrünen Augen mit Tränen füllten.

»Hey, was hast du denn? Sind sie nicht nett zu dir?« Ich strich ihm über die Wange, um ihn zu beruhigen. Es half nur wenig.

»Doch«, flüsterte er so inbrünstig, als wäre es ihm wichtig, dass ich nicht schlecht von seinen Eltern dachte. Trotzdem sah ich ihm an, dass er mir etwas verschwieg.

»Aber nicht alle, oder?«

Moe zögerte. Dann kam ein winziges Kopfschütteln, bevor er sich aus meinem Griff wand und in die Ecke der Gemächer flüchtete. Dort kletterte er auf einen Korbsessel und schlang seine Arme um die Knie. Ich wusste, was das bedeutete. Es war seine Art zu sagen, dass er nicht weiter über dieses Thema sprechen wollte.

Mein Beschützerinstinkt flammte so vehement auf, dass es mir schwerfiel, ihn unter Kontrolle zu halten. Ich stand auf und bedachte die beiden Waldkrieger mit einem strengen Blick.

»Klärt mich auf!«

Moes Leibwächter schienen sich auf einmal äußerst unwohl zu fühlen. Der jüngere der beiden wurde sogar so nervös, dass ihm der Schweiß auf die Stirn trat.

»Das steht uns nicht zu, Eure Hoheit.«

»Ihr wollt mir eine Antwort verweigern?«, erkundigte ich mich mit aller Autorität, die ich aufbringen konnte. Natürlich war mir bewusst, dass mein Zorn gerade die Falschen traf. Nach dem, was ich gesehen hatte, kümmerten sich die beiden Waldkrieger sehr liebevoll um meinen Bruder. Trotzdem würde ich nicht dulden, dass sie mir etwas verschwiegen – nicht, solange Moe litt.

»Ich bin diesen Kinderkram leid!«, mischte sich Noár ein. Mit der Selbstverständlichkeit eines gelangweilten Herrschers erhob er sich. »Richtet der Waldfürstin aus, dass die Goldene Erbin wünscht, neben Prinz Zamo an der Tafel platziert zu werden. Und jetzt lasst uns allein!«

Seine abfällige Intervention brachte mich völlig aus dem Konzept. Einerseits war ich stinksauer, dass er sich eingeschaltet hatte, andererseits heiterte sein Befehl meinen kleinen Bruder derart auf, dass er sich ohne Protest – und sogar mit einem Lächeln auf dem Gesicht – von seinen Leibwächtern wegbringen ließ. Als die Tür hinter ihnen ins Schloss fiel, wollte ich Noár zur Rede stellen, doch er stoppte mich mit einer energischen Geste.

»Du machst dir zu viele Gedanken um andere«, sagte er kalt, während er sich ans Ohr tippte und mir mit warnenden Blicken zu verstehen gab, dass wir Zuhörer haben könnten.

Na großartig! Das verpasste der gemütlichen Atmosphäre dieser Gemächer einen ordentlichen Dämpfer – von meiner Laune ganz zu schweigen.

»Tja«, gab ich zurück, »mein Mitgefühl unterscheidet mich wohl von einem Kotzbrocken wie dir!«

Noár hob eine Braue. Offensichtlich hatte er für ein paar Sekunden Mühe zu unterscheiden, ob ich es ernst meinte oder nicht. Erst als ich ihn angrinste und frech mit den Schultern zuckte, entspannte er sich.

»Ich mag ein Kotzbrocken sein, aber wenigstens weiß ich, wie man überlebt. Das ist etwas, was dein kleiner Bruder besser schnell lernen sollte.« Schritt für Schritt kam er auf mich zu. Seine Worte klangen barsch, doch mir war klar, dass er mir gerade wichtige Informationen zuspielte. »Zumindest, wenn er seiner Konkurrenz gewachsen sein will.«

Konkurrenz? Wer sollte denn *nicht* erfreut darüber sein, dass die Waldfürsten ihren Sohn zurückbekommen hatten?

»Sprich Klartext!«, fauchte ich, doch Noár signalisierte mir mit einem Kopfschütteln, dass er das nicht konnte. Bedauernd strich er mir über die Wange, während er für alle potenziellen Lauscher zu dem süffisanten Tonfall von vorhin zurückkehrte.

»Was bekomme ich dafür, wenn ich dir diesen Wunsch erfülle?«

»Pfft! Du kannst dir deine –«

Ein Klopfen verhinderte, dass ich Noár den nicht sehr kreativen Ort um die Ohren hauen konnte, in den er sich sein Angebot hätte stecken können.

Herein kamen zwei junge Hofdamen, die kostbare rote Gewänder trugen. Nachdem sie sie abgelegt hatten, eilte eine der Hofdamen zu mir, knickste und dirigierte mich überraschend bestimmt in Richtung eines Efeu-Vorhangs, der mich irgendwie an eine Laube erinnerte. Wohl eine Ankleide-Laube. Die andere Hofdame machte sich daran, die Schnallen an Noárs Harnisch zu öffnen. Gerade verspürte ich einen ungewohnten Stich der Eifersucht, als der Schattenprinz den Arm des Mädchens packte.

»Ich komme zurecht!«, informierte er sie. »Kümmer dich um die Goldene Erbin. Je schneller sie präsentabel ist, desto besser.«

Je schneller ich *präsentabel* war?!

Noár grinste, als er mein gereiztes Gesicht sah. Zwar betatschte so niemand mehr meinen Verlobten, dafür hatte ich jetzt *zwei* Hofdamen am Hals. Sie zupften und zerrten an mir, schnürten mich in ein schulterfreies Kleid, zauberten eine wunderschöne Frisur und vollendeten ihr Werk mit goldenen Haarspangen. Ich ließ alles klaglos über mich ergehen, bis sie meine Kette gegen ein glitzerndes Collier eintauschen wollten.

»Nicht!«, presste ich hervor und umklammerte den Schleierkristall. Erst jetzt fiel mir auf, dass ich seit dem Kampf gegen das Chaos nichts mehr von meiner Freundin gehört hatte. Als die Hofdamen meine alten Kleider wegräumten, nutzte ich den Moment und flüsterte verstohlen: »Zoey? Bist du noch da?«

Die Antwort ließ nicht lange auf sich warten.

Wo soll ich denn sonst sein?, brummte meine Freundin leicht eingeschnappt. Meine Alarmglocken schrillten. Wenn Zoey in dieser Stimmung war, konnte sie unausstehlich werden.

»Wieso hast du nichts mehr gesagt?«, wollte ich wissen.

Wegen deiner Anweisung, die Klappe zu halten.

»Das hat dich doch noch nie gestört.«

Tja, das ist der Nachteil daran, ein Geist im Totenreich zu sein. Man kann nichts dagegen machen, wenn man einen Befehl von einem Cassarden bekommt.

»Was?«

Jap. Und je länger ich hier bin, desto weniger kann ich mich dagegen wehren.

Die Hofdamen kehrten zurück und ich bemühte mich, mir meinen Schock nicht ansehen zu lassen. Sie erkundigten sich, ob ich noch etwas bräuchte. Ich verneinte höflich und schickte sie fort.

»Willst du eigentlich da raus?«, fragte ich, als ich in meiner Ankleidelaube endlich allein war. Ich hatte kein Recht, meine Freundin herumzutragen wie einen Fiffi in der Handtasche.

Ach, lass mal. Hier drinnen kann ich alles nach meinen Vorstellungen gestalten. Ich hab 'ne Couch und Popcorn, so viel ich essen kann, und 'nen Riesen-Fernseher, auf dem ich mir dein Leben in 4K ansehe. Besser als Netflix und Prime zusammen.

»Du schaust dir mein Leben auf einem Flatscreen an?«, rief ich verblüfft.

Schuldig im Sinne der Anklage, lachte sie.

Damit überzeugte sie mich jedoch nicht. Ich hatte ihre Ablenkungsversuche schon immer durchschaut.

»Und das hat nichts damit zu tun, dass du dich hier draußen nicht mehr wohlfühlst, weil dich alle rumkommandieren und mobben?«

Zoey schwieg. Wie ich sie kannte, zog sie gerade einen trotzigen Schmollmund.

Vielleicht ein bisschen, gestand sie schließlich. *Aber ich fieber voll mit und hätte eine Meinung zu allem, was gerade so passiert. Also nur, wenn du sie hören willst.*

»Immer her damit«, meinte ich. Natürlich war mir bewusst, dass sie schon wieder ablenkte, aber ich wollte sie auch nicht weiter bedrängen.

Na dann, schnall dich besser mal an!, begann sie. Plötzlich schien sie Feuer und Flamme zu sein. *Alsooo: Ich glaube nicht, dass das Chaos zufällig im Wandernden Wald zugeschlagen hat.*

Es folgte eine dramatische Pause, die ich allerdings nicht wirklich würdigen konnte. Aus mir platzte einfach nur ein dümmliches »Häh?« heraus.

Ich weiß, dass ich wie eine Verschwörungstheoretikerin klinge, aber ich glaube, dass das Chaos will, dass du hier bist. Wenn ich etwas über Cassardim gelernt habe, dann das: Zufälle sind hier selten Zufälle.

»Das äh …« war ein bisschen weit hergeholt. Allerdings konnte ich das meiner Freundin nicht so direkt sagen – zumal sie wirklich Feuer und Flamme für ihre Theorie zu sein schien. »Zoey, trotz Flatscreen ist das hier nicht irgendein gescripteter Film. Das Chaos würde nicht Chaos heißen, wenn es einen Masterplan hätte.«

Eine Bewegung im Spiegel ließ mich aufschauen. Hinter mir

trat der Schattenprinz durch den dichten Efeuvorhang. Er trug einen ärmellosen Mantel in verschiedenen Rottönen über einem schwarzen Hemd. Offenbar hatte er sich diesmal für eine weniger freizügigere Variante entschieden, um seine Verletzung vor den Augen des Waldhofs zu verbergen. Das tat seiner Attraktivität aber nicht den geringsten Abbruch.

SCHNAPP-AT-MUNG, hauchte Zoey und sprach damit aus, was ich dachte.

Ein hinreißendes Lächeln teilte Noárs Lippen, denn er schien sich seiner Wirkung auf mich sehr wohl bewusst zu sein. Wie gut, dass ihm wenigstens Zoeys Reaktion entgangen war. Sein Ego brauchte ja nicht noch mehr Nahrung …

»Fertig?«, fragte er schelmisch.

Ich schluckte meine Hormone runter und schob Zoeys Kristall unter den Ausschnitt meines Kleides. Ihre Theorie hatte trotz aller Absurdität einen fahlen Nachgeschmack bei mir hinterlassen. Umso dankbarer war ich, Noár an meiner Seite zu wissen. Mit ihm hatte ich das Gefühl, allem gewachsen zu sein. Das galt ganz besonders für das anstehende Bankett, von dem ich hoffte, es unbeschadet und ohne politische Eigentore hinter mich bringen zu können.

»Jederzeit«, murmelte ich und ergriff Noárs ausgestreckte Hand.

Und nicht zu viel turteln!, ermahnte mich Zoey. *Erst die Arbeit, dann das Vergnügen. Denk dran, die Anstandsdame in deinem Kopf sieht alles!*

DER EISERNE PRINZ

Der Festsaal, in den wir gebracht wurden, lag unter einer Kuppel aus weiß blühenden Ästen. Fürstin Ganaya und Fürst Mak saßen bereits an der reich gedeckten Tafel. Die beiden waren mir schon vom ersten Moment an sympathisch gewesen. Sie verkörperten all das, was man sich von liebevollen Eltern wünschen konnte. Trotzdem riet mir meine Vernunft mittlerweile, diesem Gefühl nicht blind zu vertrauen. In Cassardim war nichts, wie es schien. Die vielen Wachen an den Eingängen erinnerten mich an diese Tatsache. Vier davon waren in schwarze Umhänge gehüllt und trugen das eiserne Emblem des Totenreichs auf ihrer Brust. Sie standen dem Fürstenpaar am nächsten und sorgten mit ihren finsteren Mienen dafür, dass ich mir mehr und mehr wie eine Bedrohung vorkam.

Kaum hatten wir den Saal betreten, erhob sich der Waldfürst und mit ihm auch der Rest der Festgesellschaft. Für einen offiziellen Empfang schien mir die Zahl der Gäste ungewöhnlich gering. Es waren einige grün gewandete Adlige anwesend sowie Prinz Ifar und diverse Vertreter der übrigen Völker. Sie wurden mir als Botschafter ihrer Reiche vorgestellt – darunter auch der in Gold gehüllte Emis.

»Zamo?«, rief Fürst Mak, nachdem mir der Kopf von all den neuen Namen schwirrte. »Würdest du die Goldene Erbin und ihren Verlobten an ihren Platz geleiten?«

Ich konnte meinen kleinen Bruder nirgends entdecken, zumindest nicht, bis hinter dem Thron des Waldfürsten ein strohblonder Schopf auftauchte. Moe wagte sich zögerlich aus seinem Versteck und tapste zu mir. Hier, inmitten all dieser Würdenträger, schien er sich nicht sehr wohlzufühlen. Als die Tür zu unserer Linken aufschwang und ein kräftiger junger Mann mit energischen Schritten den Saal betrat, erschrak er und suchte hinter den Falten meines Kleides Schutz.

»Du bist zu spät, Tincos.« Die Stimme des Waldfürsten war leise, aber so scharf, dass ich eine Gänsehaut bekam. Der junge Mann, in dessen blonden Irokesen Dutzende eiserner Ringe geflochten waren, gab sich unbeeindruckt von der Kritik seines Fürsten.

»Ich war mit den Sicherheitsvorkehrungen für unseren kaiserlichen Besuch beschäftigt«, entgegnete er flapsig. »Ich denke, das kann man mir nachsehen.«

Was ist denn das für ein pubertierender Wikinger-Verschnitt?, kommentierte Zoey mit vollem Mund. Es klang, als würde sie tatsächlich Popcorn essen.

Der pubertierende Wikinger-Verschnitt wandte sich mir zu, ohne weiter auf den Waldfürsten zu achten. Seine Verbeugung wirkte kultiviert, auch wenn sein Erscheinungsbild eher in ein Feldlager zu passen schien als in einen Thronsaal. Das lag nicht zuletzt an den schweren Waffen, die er überall an seinem Körper verteilt trug. Darüber wallte ein schwarzer Umhang.

»Prinzessin Amaia, ich habe schon viel von Euch gehört. Es ist mir eine große Ehre, Euch endlich kennenlernen zu dürfen. Prinz Ardiza, ich beglückwünsche Euch zu Eurer Braut.« Seine Begrüßung entbehrte nicht eines gewissen Charmes. Für mich sprach aber die Reaktion meines verängstigten kleinen Bruders eine viel deutlichere Sprache. Ich brauchte nicht lange nachdenken, um zu wissen, dass ich diesen Mann nicht ausstehen konnte.

Noár nickte dem Neuankömmling zu. Es machte den Anschein, als würden die beiden sich kennen.

»Das ist Prinz Tincos«, stellte mein Verlobter mir den jungen Mann vor. »Er befehligt die fürstliche Leibwache, die man auch als Eiserne Garde kennt. Seinen Titel und seine Position hat er nur der Güte seines Vaters zu verdanken, denn als Bastard steht ihm eigentlich nichts davon zu. Nur einen Platz in der Thronfolge konnte er sich bis heute nicht ergattern, was sicher nicht daran liegt, dass er es nicht versucht hätte.«

Die Gelassenheit, mit der Noár den jungen Prinzen öffentlich bloßstellte, sorgte für stummes Entsetzen im Saal. Tincos presste seine Lippen zu einem schmalen Strich zusammen. Es bereitete ihm sichtlich Mühe, seinen Ärger zu unterdrücken. Jeden anderen hätte er für eine solche Beleidigung vermutlich einen Kopf kürzer gemacht, doch offenbar wagte Tincos nicht, sich mit dem Schattenprinzen anzulegen.

»Ich vergaß, was für ein Vergnügen Eure Gesellschaft sein kann, Prinz Ardiza«, zischte er mit falscher Demut.

Uuuh! Also wenn du mich fragst, ist dieser Typ der Übeltäter, der deinen kleinen Bruder mobbt, stellte Zoey überflüssigerweise fest. So weit hatte ich mir das Ganze auch schon zusammengereimt. Wovon meine Freundin aber nichts ahnte, war der größere Zusammenhang, der sich mir gerade erschloss: Wenn dieser Tincos die Leibwache kommandierte, dann unterstanden ihm die Männer in den schwarzen Umhängen und damit auch jene Krieger, die Moe entführt hatten. Ursprünglich war ich davon ausgegangen, dass sie damals im Auftrag der Waldfürsten gehandelt hatten. Jetzt kamen mir aber so meine Zweifel. Was, wenn Tincos den rechtmäßigen Thronerben heimlich in seine Gewalt hatte bringen wollen? Um ihn zu manipulieren? Oder um ihn als Druckmittel zu benutzen? Oder um ihn umzubringen?

»Meine Gesellschaft ist vor allem ein Privileg«, entgegnete Noár kühl und legte seine Hand auf meine, die noch immer bei ihm eingehakt war. Nach außen wirkte das wie ein herablassendes Tätscheln. In Wirklichkeit war es aber eine stille Mahnung, mir meine Wut nicht anmerken zu lassen. Mit Sicherheit wusste er, was gerade in mir vorging. Immerhin hatte er mir die Hinweise quasi auf dem Silbertablett serviert. »Ein Privileg, das Ihr – nebenbei bemerkt – mit Eurem kläglichen Auftritt bereits über die Maßen strapaziert, Prinz Tincos.«

Gnadenlos spielte Noár seinen Rang und Ruf aus. Unter anderen Umständen hätte mir Moes Halbbruder leidgetan, aber jetzt gerade hoffte ich nur darauf, dass er die Kontrolle verlor und den Fehler machte, Noár anzugreifen. Leider hatte sich Tincos erstaunlich gut im Griff. Er senkte lediglich den Blick und fraß seinen Zorn in sich hinein. Zumindest bis er Moe entdeckte, der sich noch immer an meinen Röcken festkrallte. Etwas Dunkles legte sich über seine Züge und zerstörte endgültig die höfliche Fassade, die sich der blonde Krieger zurechtgelegt hatte. Ich hätte Moes leises Wimmern nicht hören müssen, um zu wissen, dass Tincos seinen Frust demnächst an ihm auslassen würde.

»Es war nicht meine Absicht, Euch aufzuhalten, Prinz Ardiza«, presste er hervor.

»Dann tut es nicht!«, gab Noár zurück und führte mich ohne ein weiteres Wort an die Tafel. Moe flitzte an mir vorbei. Es wirkte ein bisschen wie eine Flucht, wobei er es gut kaschierte, indem er mir wie ein Mini-Gentleman meinen Stuhl zurechtrückte. Zum Dank zwinkerte ich ihm zu. Moe lächelte und kletterte auf den Platz daneben, aber sein Gesicht strahlte längst nicht so, wie ich es gewohnt war. Als ich mich setzen wollte, merkte ich, dass sich meine Finger vor Wut tief in Noárs Arm gebohrt hatten. Ich versuchte, ihm mit verstohlenen Blicken eine Entschuldigung zu signalisieren, doch er interessierte sich offensichtlich nicht für seinen Arm.

»Wenn du dich nicht setzt, meine Liebe, müssen wir wohl alle im Stehen essen«, spöttelte er, gerade laut genug, dass jeder ihn hören konnte.

Unangenehmer Tonfall, mieser Kosename, aber ein guter Hinweis. Ganz besonders, weil mir nicht klar gewesen war, dass ich im Zentrum der Aufmerksamkeit stand. Unter den kritischen Augen der Anwesenden setzte ich mich. Eine schlichte Tat, die jedoch große Wirkung besaß. Sofort löste sich die angespannte Stimmung. Man ließ sich nieder. Gespräche wurden begonnen und Köstlichkeiten aufgetischt.

Ich hatte kein Interesse an Small Talk. Stattdessen beobachtete ich den Eisernen Möchtegern-Prinzen, der quasi zur Rechten des Waldfürsten saß – allerdings mit einem leeren Stuhl dazwischen. Der Platz, der für den wahren Thronerben vorgesehen war. Für Moe.

»Keinen Hunger?«, erkundigte sich Noár an meiner Seite. Er hatte sich lässig zurückgelehnt und kaute gerade an einem Stück kalten Braten. In seinen Augen blitzte der Schalk. »Oder ziehst du es vor, dich von mir füttern zu lassen?«

Obwohl Ifar am entgegengesetzten Ende der Festtafel saß, konnte ich sein Schnauben deutlich vernehmen. Alle anderen hatten zumindest den Anstand, so zu tun, als hätten sie den Schattenprinzen nicht verstanden.

Ich ignorierte das Bratenstück, das Noár mir hinhielt, und begann, selbst in meinem überfüllten Teller herumzustochern.

Meep-Meep. News von der Zuschauerfront, meldete sich Zoey zu Wort. *Weniger passives Leiden und mehr Arschtritte! Wo ist dein Biss hin? Vergiss nicht, dass du eine Show abzuliefern hast!*

Sie hatte recht. Die Sache mit Tincos lenkte mich einfach zu sehr ab. Um den Kerl würde ich mich später kümmern müssen. Ich straffte die Schultern und wappnete mich innerlich gegen den nächsten verbalen Übergriff, der allerdings ausblieb, weil die Waldfürstin geschickt das Thema wechselte. Sie begann vom Zwischenfall mit dem Chaos zu berichten und lobte unser Eingreifen. Es fielen verwunderte »Ahs« und bewundernde »Ohs«. So ziemlich jeder hier versuchte, sich bei uns einzuschleimen.

»Einen solch starken Chaoswirbel habe ich noch nie erlebt«, schloss Fürstin Ganaya ihre Ausführungen. »Bislang waren alle Angriffe wahllos auf Zerstörung und Tod ausgerichtet – ohne jedes System. Dieses Mal hatte ich jedoch den Eindruck, als würden der Wirbel, die Chokaal und die Chimäre zusammenarbeiten.«

»Das deckt sich mit den Berichten von den Grenzen«, brummte Ifar, der mich noch immer finster anstarrte.

»Doch dieser Wirbel ließ sich nicht wie üblich durch den vereinten Willen unserer Krieger schließen«, stellte die Waldfürstin fest. »Nicht einmal ich war dazu in der Lage.«

»Wen wundert's«, meldete sich der Mann neben Ifar zu Wort. Er war der weißgekleidete Botschafter der Silberfeste. »Ohne das Juwel der Macht werden die Barrieren Tag für Tag durchlässiger.«

Zustimmendes Gemurmel erklang, doch Fürst Mak schien mit seinen Gästen nicht einer Meinung zu sein. »Das erklärt vielleicht die Häufigkeit der Angriffe, aber nicht, warum sich das Chaos plötzlich anders verhält. Es scheint seine Kräfte zu bündeln, als würde jemand es kontrollieren.«

Ha!, rief Zoey triumphierend. Die Spekulationen der Höflinge waren Wasser auf die Mühle ihrer Verschwörungstheorien und brachten auch mich ins Grübeln. Tatsächlich war das Chaos diesmal ungewöhnlich koordiniert gewesen …

Der Botschafter der Silberfeste nickte demonstrativ und fixierte mich aus rot unterlaufenen Augen. »Vielleicht klärt uns Prinzessin Amaia ja auf, wie sie geschafft hat, was selbst der Waldfürstin nicht gelingen konnte.«

Alle Köpfe drehten sich so abrupt zu mir, dass ich mich beinahe verschluckt hätte.

Oh-oh, nicht gut!, warnte Zoey. *Fangfrage! Fangfrage! Lass dir was einfallen.*

Ich unterdrückte den Impuls, zu Noár zu gucken, und richtete meinen Blick stattdessen unverwandt auf den weißgekleideten Botschafter.

»Mir war nicht bewusst, etwas Außergewöhnliches getan zu haben.« Meine Stimme klang glücklicherweise erstaunlich ruhig. Das gab mir den Mut weiterzumachen. »Auch wenn Eure dreiste Frage etwas anderes vermuten lässt.«

Zoey jubelte. *Sehr gut! Angriff ist die beste Verteidigung.*

Der grauhaarige Botschafter schien sich jedoch ganz und gar nicht angegriffen zu fühlen. Im Gegenteil: Er lächelte mich so kalt an, dass ich mir vorkam, als wäre ich gegen einen Gletscher gelaufen.

»Nun, das Juwel der Macht zu zerstören, war zweifellos etwas Außergewöhnliches«, höhnte er.

Ich packte mein Wasserglas fester. »Fidrin hat es zerstört.«

»Doch daran wart ihr nicht ganz unschuldig.«

Wie gerne hätte ich ihm seine Blasiertheit aus dem Gesicht gekratzt, aber ich konnte die Wahrheit in seinem Vorwurf nicht leugnen.

Die Waldfürstin sprang mir zur Seite. »Botschafter Brom möchte wohl gerne wissen, ob Ihr hinter diesen Chaos-Angriffen steckt, kaiserliche Hoheit.« Ihr Lachen verdeutlichte, wie töricht sie diese Mutmaßung fand.

Der kugelrunde Emis fiel in ihr Gelächter ein und fragte mit übertriebener Scherzhaftigkeit: »Seid Ihr die Fürstin des Chaos?«

Das lockerte die Stimmung tatsächlich auf. Zwar erwartete keiner eine Antwort, trotzdem starrten mich alle an. Ich schluckte schwer. Was sollte ich auf einen solchen Unsinn erwidern?

»Ich kann Euch versichern, Botschafter Brom«, meinte nun Noár an meiner Seite, »dass meine Verlobte in den letzten Tagen viel zu beschäftigt mit *anderen Dingen* war, um irgendwelche Chaos-Angriffe zu planen.«

Bitte was?!

Bitte was?!, echote Zoey in meinem Kopf.

Während ich Noár vorwurfsvoll ansah, füllte anzügliches Männergelächter den Saal. Der Schattenprinz nippte an seinem Varras-Wein und schaffte es dabei irgendwie, gleichzeitig gelangweilt und belustigt zu wirken. Also ... ich hielt mich ja wirklich für schlagfertig, aber im Moment war ich einfach nur sprachlos.

Die Waldfürstin rief ihre Gäste nachdrücklich zur Ruhe. »Wir sollten in diesen schweren Zeiten dankbar sein, eine so starke Goldene Erbin an unserer Seite zu wissen.«

Ifar knallte sein Glas auf den Tisch und funkelte mich gereizt an. »Wenn unsere Goldene Erbin so stark ist, wieso lässt sie dann zu, dass der Schattenprinz ihrem Ruf derart schadet?«

Mit einem genüsslichen Seufzen lehnte Noár sich zurück und legte einen Arm auf meiner Rückenlehne ab. »Stell besser keine Fragen, deren Antwort dir nicht gefallen könnte«, murmelte er, bevor ich plötzlich und völlig unerwartet seine Fingerspitzen auf meiner nackten Schulter spürte. Die Berührung war so zärtlich, dass ich erschauerte und nur im letzten Moment ein leises Stöhnen verhindern konnte. Trotzdem war das Unglück bereits geschehen. Jeder hatte meine Reaktion mitbekommen und damit auch den handfesten Beweis für Noárs Wirkung auf mich. Ich spürte, wie Verlegenheit in mir aufstieg. Parallel dazu wurde ich so wütend, wie ich es schon lange nicht mehr gewesen war. Auf Noár, weil er meine Sehnsucht nach ihm eiskalt ausnutzte. Auf mich, weil ich darauf hätte gefasst sein sollen. Auf die Situation, die all das erst nötig machte. Auf die Tatsache, dass Moe das miterleben musste, und auf die Anwesenden, die entweder frivol grinsten oder peinlich berührt auf ihre Teller starrten. Dass Zoey in meinem Kopf immer wieder nachfragte, was sie verpasst hatte, war meiner Laune auch nicht gerade zuträglich. Ich konnte ihr ja nicht einmal antworten, ohne mich noch lächerlicher zu machen, weil ich Selbstgespräche führte!

Botschafter Emis räusperte sich großmütig und strich die goldenen Gewänder über seinem dicken Bauch glatt.

»Haben wir nicht alle unsere Schwächen?«

Sein Versuch, meine missliche Lage zu relativieren, fachte meine Wut nur weiter an. Energisch schüttelte ich Noárs Hand ab und nahm Emis ins Visier.

»Was genau ist das für eine Schwäche, die Ihr mir da unterstellt, Botschafter?«, erkundigte ich mich mit frostiger Stimme, während Noár sich grinsend seinem Getränk widmete.

»Ich ... äh ... dachte, das wäre offensichtlich«, stammelte Emis und knetete seine Wurstfinger, bis sie knackten.

»Ich sehe nichts, das offensichtlich wäre, also erleuchtet mich.«

Der goldene Botschafter zwang sich zu einem Lächeln. »Ihr seid jung«, begann er stockend, »und Ihr habt Bedürfnisse, die Euer Verlobter zu erfüllen scheint. Das mag vor der Hochzeit ein wenig verfrüht sein, ich sehe das jedoch nicht so eng. Schließlich ist eine gewisse Leidenschaft ein Geschenk, das sich so manche politisch arrangierte Ehe wünschen würde.«

Fassungslos vernahm ich seine Antwort, genau wie Noárs tonloses Lachen. Letzteren ignorierte ich wohlweislich, weil ich den süffisanten Ausdruck auf seinem Gesicht gar nicht erst sehen wollte. Es brodelte auch so schon genug in mir. Zu allem Überfluss mischte sich nun Prinz Ifar ein, der sich ebenfalls kaum mehr beherrschen konnte.

»Eine *gewisse Leidenschaft* ist nicht dasselbe wie Kontrolle und Abhängigkeit«, knurrte er gereizt. »Jeder hier im Raum wünscht sich eine starke Goldene Erbin. Was wir aber bekommen werden, sind ein höriges Weibchen und ein Schattenkaiser, der nur seine eigenen Interessen vertreten wird.« Alles an dem Wolkenprinzen drückte den Abscheu aus, den er für Noár empfand. Erst als seine himmelblauen Augen mich streiften, schien er sich wieder ein wenig zu zügeln. »Versteht mich nicht falsch, Prinzessin Amaia. Ich mache Euch keine Vorwürfe. Natürlich seid Ihr –«

»Es reicht!«, fiel ich ihm ins Wort. Ich hatte endgültig die Nase voll. Trotz Rhomes und Zoeys Vorwarnung hätte ich niemals mit einer solch dreisten Verletzung meiner Intimsphäre gerechnet. Gerüchte und Gerede hinter meinem Rücken waren schon schlimm genug, aber das hier glich einer öffentlichen Erniedrigung.

»Ich sage Euch, was *ich* sehe«, fauchte ich mühsam beherrscht. »Ich sehe Fürsten, Prinzen und Diplomaten, die sich ihre Mäuler über mein Privatleben zerreißen, obwohl ihnen das nicht im Mindesten zusteht. Ich sehe Vertreter Cassardims, von denen jeder einzelne auf seinen persönlichen Vorteil aus ist, ganz gleich, ob es dem Reich schadet oder nicht.« Reihum schaute ich die Anwesenden an. Die meisten wichen meinem Blick mit betretenen Mienen aus. »Eine Goldene Erbin hat viele Pflichten. Eurer Unterhaltung zu dienen gehört sicherlich nicht dazu«, fuhr ich fort. »Verwechselt mein Schweigen also nicht mit Schwäche! Und seid Euch einer Sache gewiss: Ich habe ein sehr gutes Gedächtnis.«

Mein bedrohlicher Unterton verfehlte seine Wirkung nicht. Stille legte sich über den Festsaal, während Zoey in meinem Kopf ein hörbares Freudentänzchen aufführte.

»Gesprochen wie eine wahre Goldene Erbin«, befand Fürst Mak und hob anerkennend sein Glas. Nacheinander schlossen sich auch andere Gäste dieser Geste an. Sogar Moe schnappte sich mit beiden Händen sein Wasserglas und streckte es in die Höhe.

»Ich versichere Euch, dass niemand Euch kränken wollte«, fügte Fürstin Ganaya mit einem warmherzigen Lächeln hinzu.

Da stand plötzlich der Botschafter der Schattenfeste auf. Er war ein groß gewachsener Mann, an dem außer seiner roten Kleidung alles grau war. Graue Haare, graue Augen und eine sonderbar gräuliche Haut. Er wirkte verärgert und trotzdem blitzte in seinem Blick ein gewisser Triumph.

»Wie wäre es, wenn wir endlich aufhören so zu tun, als wäre dieses Bankett keine Beleidigung für *meinen* Fürsten?«

Der Themenwechsel traf mich unvorbereitet. Plötzlich stand ich nicht mehr im Mittelpunkt, und obwohl ich das eigentlich begrüßte, bekam ich das Gefühl, dass sich hier gerade eine Katastrophe anbahnte. Nicht zuletzt deshalb, weil Noár ein Seufzen ausstieß, das mich eher an ein Knurren erinnerte.

»Wie wäre es, wenn Ihr versucht, für einen Tag nicht die einfältigste Person im Raum zu sein, Botschafter Praparatin?«, konterte er gefährlich leise.

Aha, damit war dann wohl auch klar, dass die beiden eine Vorgeschichte hatten. Der Schattenprinz und der gräuliche Botschafter seines Reichs starrten sich gegenseitig in Grund und Boden.

»Habt Ihr vergessen, dass die traditionellen Besuche des zukünftigen Kaiserpaares in einer gewissen Reihenfolge stattzufinden haben?«, zischte Praparatin. »Begonnen mit dem Reich des Bräutigams.«

»Das *ist* kein traditioneller Besuch. Ich habe den Fürsten bereits im Goldenen Berg mitgeteilt, dass ich nicht gedenke, diesen lächerlichen Brauch zu pflegen.«

»Dann hättet Ihr Eure Verlobte nicht herbringen dürfen. Damit spuckt Ihr Eurem Vater ins Gesicht!«

Je hitziger das Wortgefecht wurde, desto angespannter wirkten unsere Gastgeber. Auch die anderen Botschafter begannen, im Flüsterton miteinander zu diskutieren. Jetzt verstand ich langsam, warum Noár nicht hatte herkommen wollen.

Fürst Mak stand auf. »Ich kann Euren Unmut nachvollziehen, Botschafter Praparatin«, meinte er und breitete beschwichtigend die Arme aus. »Ich werde den Schattenfürsten kontaktieren und ihm die Umstände erklären. Sicherlich wird er Verständnis haben.«

»Spart Euch die Mühe!«, keifte Praparatin. In seinen gräulichen Fingern tauchte ein gefaltetes Stück Papier auf, das er siegessicher präsentierte. Die Waldfürsten erbleichten.

Halt! Stopp! Wann ist das denn passiert?, schaltete sich Zoey ein. *Gibt's hier einen Totenreich-Expresskurier oder so was?*

Ich kam nicht dazu, darüber nachzudenken, da sich neben mir ein Gewitter zusammenbraute.

»Ihr habt hinter meinem Rücken meinen Vater kontaktiert?«, fragte der Schattenprinz, während er sein Glas abstellte und sich langsam erhob. Dabei wirkte er so Furcht einflößend, dass Moe mich besorgt am Ärmel zog. Offenbar wollte er, dass ich von Noár wegrückte. Praparatin ließ sich jedoch nicht so leicht einschüchtern.

»Noch ist Shaell Herrscher über das Schattenreich!« Er umrundete die Tafel, strafte Noár mit demonstrativer Nichtbeachtung und übergab Fürst Mak die Nachricht. Der entfaltete das Papier mit grimmiger Miene und las. Jetzt sprangen auch andere Botschafter auf und forderten einen offiziellen Besuch des zukünftigen Kaiserpaares. Wilde Debatten entbrannten über Vorrechte und Verwandtschaftsverhältnisse. Noár nutzte das Durcheinander, um mich am Arm zu packen.

»Verabschiede dich von Moe«, flüsterte er mir zu.

»Was?«

»Wir werden gleich sehr schnell aufbrechen müssen, also verabschiede dich von deinem Bruder!«

Der Sinn seiner Worte war noch nicht richtig zu mir durchgedrungen, da donnerte die Stimme des Waldfürsten durch den Saal. »Ruhe!«

Die Anwesenden verstummten.

»Fürst Shaell erwartet seinen Sohn und dessen Verlobte noch heute Abend. Sollte das Waldvolk seinem Willen im Weg stehen, wird er das als feindlichen Akt auffassen.«

Heilige Scheiße! Wegen 'nem bescheuerten Bankett droht der Schattenfutzi mit Krieg?!, hauchte Zoey entsetzt.

Offensichtlich war genau das der Fall. Dementsprechend fielen auch die Reaktionen der Gäste aus. Von schockiert aufgerissenen Mündern bis hin zu zornigen Protesten war alles vertreten.

Fürstin Ganaya stand nun ebenfalls auf und lächelte mich traurig an. »Leider sehen wir uns gezwungen, Euch um Eure sofortige Abreise zu ersuchen.«

Noár nickte finster. »Wir werden Eurem Wunsch nachkommen.«

»Es war uns eine Ehre und wird es zu gegebener Zeit wieder sein, sollte Prinzessin Amaia es wünschen. Ihr seid uns immer willkommen«, sagte die Waldfürstin und verließ an der Seite ihres Gatten die Festtafel.

Dann ging alles ganz schnell. Knarzend und krachend entknoteten sich die Äste der Kuppel über uns und gaben die Sicht frei auf den orange glühenden Wolkenhimmel Cassardims. Ein heftiger Windstoß fegte durch den Saal. Gläser fielen um und zerbrachen. Die Gäste brachten sich hastig in Sicherheit. Moes Leibwächter eilten herbei, um ihn fortzubringen, doch er entwischte ihnen und fiel mir um den Hals.

»Komm wieder«, flüsterte er mir ins Ohr, »und nimm dich vor den bösen Leuten in Acht.«

Ich drückte ihn, so fest ich konnte. »Versprochen, wenn du auch auf dich aufpasst!«

»Abgemacht«, piepste er noch. Dann wurden wir auseinandergerissen. Die Waldkrieger schafften meinen Bruder fort, während Noár mich an seine Seite zog. Ich wollte Moe so lange es ging nachgucken, doch Botschafter Praparatin versperrte mir den Blick.

»Eine gute Reise!«, wünschte er mit einem gehässigen Grinsen. Er hatte nicht die Flucht ergriffen, wie die meisten anderen Gäste. Offenbar wollte er seinen Erfolg bis zur letzten Sekunde auskosten.

»Los!«, raunte Noár mir zu, »bevor ich noch jemanden umbringe.«

Ohne Vorwarnung hob er mich hoch und setzte mich auf einem unebenen Gebilde ab, das vorher noch nicht da gewesen war. Als Noár neben mich sprang, wurde mir bewusst, dass wir auf einem breiten Ast standen. Er gehörte zu jenen, die bis gerade eben die hübsche Kuppel über dem Saal gebildet hatten. Jetzt verflochten sie sich neu und bildeten direkt unter Noárs entschlossenen Schritten eine Treppe, die nach oben – ins Nichts – führte. Mir blieb kaum etwas anderes übrig, als ihm hinterherzustolpern, zumal er meine Hand so fest hielt, dass es fast wehtat. Immer weiter stiegen wir hinauf und ließen den Festsaal und den Palast hinter uns. Erst als sich das Blätterdach des Waldes wie ein grünblaues Meer um uns herum erstreckte, war ich endlich wieder zu einem klaren Gedanken fähig.

»Warte!« Mit aller Kraft stemmte ich mich gegen Noár. Dabei war ich äußerst bemüht, nicht in die Tiefe zu gucken, zumal die seltsame Konstruktion unter unseren Füßen bedenklich schwankte. »Ich kann Moe nicht einfach zurücklassen!«

Noár fuhr zu mir herum. »Doch, du kannst!«, sagte er streng. Seine Haare tanzten im Wind und die goldenen Flecken in seinen dunklen Augen schienen von innen heraus zu glühen. »Weil jede andere Option noch gefährlicher für ihn wäre!«

»Aber Tincos –«

»Ich habe die Situation mit Tincos im Griff«, unterbrach er mich heftig. »Was ich von meinem Vater nicht gerade behaupten kann.« Dann seufzte er. Die Härte verschwand aus seinem Blick und er umfasste zärtlich meine Schultern. »Denkst du wirklich, dass ich nach der Entführung deines Bruders nicht Maßnahmen ergriffen hätte, um ihn zu beschützen?« Er lächelte mich gequält an, als könnte er nicht verstehen, dass ich ihn noch immer für so herzlos hielt. »Am Kaiserhof konnte ich nicht viel ausrichten, aber seit Moe den Goldenen Berg verlassen hat, haben ihn meine Leute nicht mehr aus den Augen gelassen. Das gilt übrigens für all deine Geschwister.«

Verdutzt starrte ich ihn an. Ich war nicht in der Lage, meine wirren Gefühle in Worte zu fassen. Dankbarkeit mischte sich mit Erleichterung, und Liebe mit nagenden Gewissensbissen. Wann immer ich schlecht von Noár gedacht hatte, war ich im Nachhinein eines Besseren belehrt worden. Er war von Anfang an für mich da gewesen und ich hatte mich mit Zweifel und Ablehnung revanchiert.

»Ich …«

Weiter wusste ich nicht. Das war aber auch nicht nötig, denn Noár schien in meinem Gesicht all das lesen zu können, wofür ich keine Worte fand. Lächelnd schlang er seinen Arm um meine Taille.

»Ich wünschte, du würdest nie aufhören, mich so anzusehen«, gestand er leise.

»Wie seh ich dich denn an?«

»Wie einen Mann, der es wert ist, geliebt zu werden.«

»Dann werde ich damit ganz bestimmt nie aufhören«, versprach ich ihm, woraufhin ich Zoey im Hintergrund selig seufzen hörte.

»Sicher? Denn ich fürchte, ich habe gleich etwas vor, das dir nicht gefallen wird.«

Der neckische Unterton, der sich in seine Stimme schlich, ließ meine Alarmglocken schrillen. Viel zu spät bemerkte ich den Schatten, der auf uns herabstürzte. Ein kräftiger Ruck presste mir die Luft aus den Lungen. Die Welt taumelte. Wald und Wolkenberge überschlugen sich, bis schwarze Schwingen unseren Fall abfingen und uns forttrugen.

ICH SEHE DICH

Keine Ahnung, wie genau Noár das bewerkstelligte, aber ich fand mich schließlich an seinen Rücken geklammert in Nox' Sattel wieder. Ich war bei einem Flug noch nie hinter ihm gesessen, aber es war die perfekte Position, um meinem Ärger über den in Cassardim offenbar weitverbreiteten Hang zu mangelnden Vorwarnungen Luft zu machen und Noár für seine Belustigung in die Rippen zu kneifen. Anschließend wurde mir bewusst, wie tief im Wandernden Wald Teeravad lag. Hätten wir dorthin zu Fuß und ohne die Hilfe des Waldes gehen müssen, wären wir bestimmt mehrere Tage unterwegs gewesen.

Oh mein Gott, oh mein Gott, ich will auch so eine Fliegekatze!, rief Zoey unvermittelt und begann, mich mit ihren weitschweifigen Schwärmereien von dem kürzlich Geschehenen abzulenken. Schlussendlich ernannte sie sich selbst zur Vorsitzenden des Nox-Fanclubs und wollte von Eckdaten bis Vorlieben alles über ihn wissen. Die meisten ihrer Fragen musste ich direkt an Noár weiterleiten, der erstaunlich geduldig antwortete. Die Top Drei der Sätze, von denen ich nie geglaubt hätte, sie aus seinem Mund zu hören, waren »Nein, trotz Flügel legen Shendai keine Eier«, »Shendaifedern wären nicht die besseren Küchenmesser« und »Nein, Nox würgt keine Fellbälle in Monstergröße hoch«.

Als wir irgendwann in die nebelverhangenen Berge der Niemandslande eintauchten, waren wir plötzlich von einem guten Dutzend anderer Shendai umgeben. Direkt neben uns flogen Rhome und Pash, die offenbar mit ihren Soldaten auf unsere

Rückkehr gewartet hatten. Noár und sein General wechselten ein paar bedeutungsvolle Blicke, in denen ein ganzes Gespräch zu liegen schien. Das reichte wohl aus, um zusammenzufassen, was in Teeravad geschehen war. Anschließend nickte Rhome und gab ein Signal, woraufhin die Shendai-Staffel abdrehte und uns wieder allein ließ.

»Wo fliegen sie hin?«, wollte ich wissen.

Statt einer Antwort schockierte mich Noár mit einer irrsinnigen Aktion: Er löste sich aus meinen Armen, kletterte – völlig ungesichert – aus dem Sattel und setzte sich anschließend verkehrt herum wieder hin. Sein Stunt schien ihn nicht einen einzigen Nerv zu kosten, während bei mir die grauen Haare nur so sprossen.

»Ich brauche deine Freundin mal kurz für mich allein, Zoey«, murmelte er und zog die Kette mit dem Schleierkristall aus meinem Ausschnitt. Der unterbrochene Hautkontakt sorgte dafür, dass ich meinen Kopf wieder für mich hatte. Dann nahm Noár meine Hände und seufzte. »Ich möchte dich nicht zu einer schnellen Hochzeit drängen, aber ich sehe im Moment keine andere Möglichkeit.«

Wow. Das war ein Themenwechsel, mit dem ich gerade so gar nicht gerechnet hatte. Noch viel mehr erstaunte mich jedoch die Begründung, die Noár hinterherschob. »Deshalb habe ich Rhome an den Kaiserhof geschickt, um den nächstmöglichen Termin für unsere Heirat auszuhandeln.«

Akribisch beobachtete er meine Reaktion und wirkte mit einem Mal nicht mehr ganz so entschlossen.

»Wenn du das nicht möchtest, werde ich ihn zurückrufen«, bot er mir an.

Ich schüttelte den Kopf. »Nein, das musst du nicht. Ich vertraue dir, aber ich würde gerne verstehen, warum jetzt alles so schnell gehen muss. Ist es wegen dieser Verlobungsreise, von der Praparatin gesprochen hat?«

Natürlich war ich nicht erpicht darauf, noch mehr solcher desaströsen Banketts wie heute zu erleben, was auf einer derartigen Reise vermutlich unumgänglich war. Andererseits traute ich Noár und mir durchaus zu, uns da irgendwie durchzuboxen. Deshalb begriff ich nicht ganz, wo das Problem lag.

Noárs Kiefer arbeiteten. Er schien mit sich selbst zu ringen. »Die Tradition verlangt nicht nur, allen Reichen Cassardims einen Besuch abzustatten. Goldene Erben sind außerdem verpflichtet, für die Dauer ihrer Verlobung am Hof ihrer zukünftigen Schwiegereltern zu leben«, offenbarte er leise. »Eine Zeitspanne, die bei uns normalerweise auf drei Jahre festgelegt ist.«

Bestürzt schnappte ich nach Luft. »Ich soll drei Jahre in der Schattenfeste leben?!«

»Nicht, wenn ich es verhindern kann«, presste Noár so vehement hervor, dass mir angst und bange wurde. Ich erinnerte mich noch gut daran, dass er mich vor seiner Familie gewarnt hatte. Abgesehen davon waren da meine eigenen Vorstellungen, wie die Hölle mit all den gequälten Seelen wohl aussehen konnte. Zusammen mit Noárs Widerwillen, mich dorthin zu bringen, ergab das ein ziemlich abschreckendes Bild.

Er hob seine Hand und strich mir mit der Rückseite seiner Finger über die Wange. Die Geste kam mir seltsam distanziert vor – fast so, als würde er sich meinen Anblick genau einprägen wollen.

»Der Schattenhof verändert jeden, der dort zu lange um sein Überleben kämpft«, sagte er, bevor er mit einem Seufzen seine Hand wieder sinken ließ. Jede Regung verschwand von seinem Gesicht und er verfiel zurück in einen sachlichen Tonfall. »Deswegen sollte unsere Hochzeit so schnell wie möglich stattfinden, damit im besten Fall unser Aufenthalt auf Monate, vielleicht Wochen verkürzt werden kann. Trotzdem ist es ein Risiko, das ich lieber nicht eingegangen wäre. Glaubst du, du traust dir das zu?«

Ein paar Monate?! Das kam mir immer noch unglaublich lang vor. Trotzdem versuchte ich, mir nichts anmerken zu lassen, und nickte tapfer. Viel zu oft hatte er sich um mich gekümmert. Jetzt war es an der Zeit, ihm zu beweisen, dass ich nicht aus Zucker war und er auf mich zählen konnte.

»Gut, dann hier drei Regeln, an die du dich unbedingt halten musst.« Er zog sich einen seiner vielen Ringe vom Finger und drückte ihn mir in die Hand. Er bestand aus dem gleichen schwarzen Gestein wie mein Verlobungsring. Allerdings war dieser hier breiter und nicht mit einem Rubin verziert. Stattdessen besaß er aufwendige Ornament-Gravuren. »Präge ihn dir gut ein. Nur meine treuesten Gefolgsleute tragen einen solchen Ring. Jeder andere am Schattenhof ist eine potenzielle Gefahr. Man wird dich testen, manipulieren und wahrscheinlich sogar umbringen wollen. Da ich nicht immer an deiner Seite sein werde, musst du wissen, auf wen du dich im Notfall verlassen kannst. Ansonsten darfst du *niemandem* vertrauen!«

Wieder brachte ich nur ein Nicken zustande, was diesmal allerdings an dem dicken Kloß lag, der sich in meinem Hals gebildet hatte.

»Regel Nummer zwei«, fuhr Noár fort und steckte den Ring wieder zurück an seinen Finger. »Vergiss niemals, dass du die Goldene Erbin und die Verlobte des Kronprinzen bist. Du darfst unter keinen Umständen zulassen, dass dich jemand respektlos behandelt. Tust du es doch, werde *ich* einschreiten müssen.«

Sein eiskalter Blick verriet, was er nicht sagte. Nämlich, dass in diesem Fall die Angelegenheit sehr unschön enden würde. Mühsam schluckte ich meine wachsende Beklemmung runter. »Und die dritte Regel?«

Noár musterte mich voller Zweifel. Ob sie mir galten oder ihm selbst, konnte ich nicht genau sagen. Jedenfalls wurde mir in diesem Moment die Absurdität der Situation erst so richtig bewusst. Wir saßen von Angesicht zu Angesicht auf einer fliegenden Raubkatze, umgeben von schwebenden Felsen und Nebelschwaden, und derjenige, der wortwörtlich die Zügel in der Hand halten sollte, kümmerte sich nicht im Mindesten um unsere Umgebung.

»Kätzchen«, begann Noár und riss mich damit aus meinen Gedanken. »Wenn irgendjemand in der Schattenfeste von meinen Gefühlen für dich erfährt –«

Er unterbrach sich selbst und kämpfte plötzlich mit einer Verzweiflung, die ihm alles abzuverlangen schien. Ich war mir nicht ganz sicher, aber ich glaubte, ihn sogar ein paar wütende Tränen wegblinzeln zu sehen. Dann hob er den Kopf und durchbohrte mich förmlich mit seinen Glutaugen, in denen ein kompromissloses Feuer schwelte.

»Es *darf* niemand davon erfahren, hörst du!«

Ich nickte ein drittes Mal. Selbst wenn ich mir die Konsequenzen nicht hätte vorstellen können – und das konnte ich –, wäre seine Besorgnis allein schon Grund genug gewesen, ihm zu glauben.

»Mein Verhalten heute in Teeravad war nur ein Vorgeschmack dessen, was in der Schattenfeste auf dich zukommen wird. Ich werde gemein, boshaft und unbarmherzig sein. Ich werde lügen, dich provozieren und den ganzen Hof glauben machen, dass du nur Mittel zum Zweck bist. Also sei vorbereitet! Schütze dich, wehr dich, von mir aus schlag mich. Aber ganz gleich, was geschieht, was dir zu Ohren kommt, was andere behaupten oder was ich selbst sage, du darfst niemals, wirklich niemals daran zweifeln, dass *ich dich liebe.*«

Er nahm meine Hand und legte sie sich auf die Brust, als könnte sein Herzschlag die Wahrheit in seinen Worten bekräftigen. Das sanfte Klopfen unter meinen Fingern hatte tatsächlich eine beruhigende Wirkung auf mich und ließ seine unheimliche Zukunftsvision nicht mehr ganz so grauenerregend erscheinen.

»Ich kann nicht behaupten, keine Angst zu haben«, erwiderte ich leise. »Aber nicht vor dir. Niemals vor dir. Dieser skrupellose Schattenprinz, den alle so fürchten, kann mich nicht mehr täuschen. Ich sehe dich klar und deutlich, Noár. Und ich liebe, was ich sehe.«

Mein Geständnis schien seine sonst so kühle Fassade bröckeln zu lassen. Er verlor sich in meinen Augen und schüttelte den Kopf. »Womit habe ich dich nur verdient?«

Darauf erwartete er offenbar keine Antwort, denn er beugte sich zu mir und küsste mich. Der heiße Schauer, den seine Lippen auslösten, machte mir erst bewusst, wie sehr der Flugwind mich ausgekühlt hatte. Noárs Hand hinterließ eine brennende Spur auf meinem Hals, als er in meinen Nacken griff und mich an sich zog. In seinen Armen entspannten sich meine verkrampften Muskeln und der Abgrund unter uns verlor seinen Schrecken. Ich würde nicht fallen, nicht solange Noár mich festhielt. Einen intimeren Kuss hatte ich noch nie erlebt. Die Welt rauschte an uns vorbei und trotzdem stand die Zeit still. Jeder Atemzug, den wir teilten, ließ mich mehr und mehr vergessen, wo wir waren und wohin wir flogen. Erst als Nox ein Raunzen ausstieß, stürzte die Realität wieder auf mich ein.

Noár löste seine Lippen von meinen, entließ mich aber nicht aus seinen Armen. »Wärme!«, befahl er mit heiserer Stimme, woraufhin meine Haut sich sofort erhitzte und ich aufhörte zu frieren. Mir entwich ein wohliges Seufzen.

»Wir können wohl nicht einfach nach Rim Valesh zurückfliegen?«, fragte ich kleinlaut, obwohl ich die Antwort kannte.

»Leider nicht«, bestätigte Noár. »Mein Vater würde als Vergeltung den halben Wandernden Wald niederbrennen, wenn wir seiner Aufforderung nicht folgen.«

Er sagte das so spöttisch, dass ich es zuerst für eine Übertreibung hielt – bis ich den todernsten Ausdruck auf seinem Gesicht sah. Großer Gott! Jetzt wunderte es mich nicht mehr, dass die Waldfürsten uns regelrecht rausgeschmissen hatten.

Erneut raunzte Nox, diesmal sehr viel nachdrücklicher. Noár verdrehte die Augen und rückte von mir ab. »Wir sind gleich da.«

Eine zweite Stunt-Aktion später saß er wieder richtig herum im Sattel. Dann öffneten sich die Nebelschwaden vor uns und gaben die Sicht frei auf eine endlose rötliche Ebene. Wir flogen so tief, dass ich Strömungen in der Wüstenlandschaft erkennen konnte. Auch das Trockene Meer trug seinen Namen nicht aus poetischen Gründen. Es war wirklich und wahrhaftig ein Ozean aus wogendem Sand. Ich entdeckte Boote mit hellen Segeln, die über die Oberfläche glitten. Sie stammten wohl aus einer kleinen Siedlung, die auf einer Art Steininsel zu liegen schien. Direkt unter uns tauchten gleich mehrere königsblaue Rückenflossen in den Strömungen auf. Sie gehörten zu mir unbekannten Lebewesen, die in dem flüssigen Sand beheimatet waren. Und dann gab es da natürlich noch die große Sandbrücke. Auf ihr wurden Tausende von Seelen in Richtung Schattenreich getrieben – streng bewacht von den Kriegern des Wüstenvolks. Im Moment stagnierte der Strom allerdings. Alles stand still und hatte die Augen auf uns gerichtet. Den Grund dafür erkannte ich wenig später, als wir die Ausläufer des Schattengebirges erreichten. Dort, wo das Trockene Meer an die schwarzen Klippen brandete, endete die Sandbrücke. Hier gab es ein Lager aus roten Militärzelten, in dem offenbar eine Einheit Schattenkrieger stationiert war. Ich ging davon aus, dass es sich dabei um einen Grenzposten handelte, der den Eintritt der verurteilten Seelen ins Schattenreich überwachen sollte. Jetzt gerade hielten die Soldaten den Strom der bläulichen Geistergestalten mit langen Speeren auf, um Platz für Nox zu machen.

»Wir landen hier?«, fragte ich erstaunt. Zwischen uns und unserem eigentlichen Ziel lag ein massives Gebirge mit schroffen Felswänden. Ohne geflügelte Hilfe würden wir für die Besteigung Tage brauchen.

»Es gibt nur einen offiziellen Weg in die Schattenfeste«, rief Noár mir zu. Unter uns bellte jemand einen Befehl. Die Schattenkrieger stellten sich in Reih und Glied auf und schlugen sich mit der Faust gegen die Brust. Anschließend rührte niemand mehr auch nur einen kleinen Finger, bis Nox auf dem Boden aufsetzte. Dann eilten zwei Männer herbei und übernahmen den Shendai mit geübten Handgriffen. Ein dritter, der ein Offizier zu sein schien, wartete geduldig darauf, dass Noár abstieg und mich von Nox herunterhob. Erst dann verbeugte er sich tief.

»Der Weg ist frei, Hoheit. Wünscht Ihr eine Eskorte für Eure Verlobte?«

Der Mann war viel älter als Noár und wirkte wie ein erfahrener Soldat. Trotzdem brachte er dem Schattenprinzen einen Respekt entgegen, der an Verehrung grenzte. Die anderen Krieger verhielten sich ähnlich. Mit leuchtenden Augen beobachteten sie jeden seiner Schritte und versuchten gleichzeitig, einen möglichst guten Eindruck zu hinterlassen.

»Das wird nicht nötig sein, Hauptmann«, meinte Noár. »Ich werde die Goldene Erbin persönlich begleiten.«

Kein Widerspruch. Keine Nachfragen. Keine Zweifel.

Der Hauptmann schlug sich gegen die Brust und ließ seine Männer abtreten. Rasch zerstreuten sie sich zwischen den Zelten. Ich beobachtete die Krieger, die so anders waren als die des Waldvolkes. Als mein Blick über die Zeltreihen schweifte, überkam mich ein beklemmendes Gefühl, und gleich darauf wusste ich, was die Ursache war. Etwas außerhalb des Lagers, im Schatten eines großen Felsbrockens, stand eine dunkle Gestalt. Zerfledderter Umhang. Tief ins Gesicht gezogene Kapuze. Ich erstarrte. Wie war das möglich? Wie konnte jemand schneller als Nox eine solche Distanz überwinden? Bis zu unserem Aufbruch hatten wir doch selbst nicht gewusst, dass wir herkommen würden. War das überhaupt dieselbe Gestalt?

Ein modriger Geruch stieg mir in die Nase, ganz schwach. Vielleicht war es auch ein Geschmack oder lediglich die Erinnerung daran. Verwirrt blinzelte ich und im nächsten Moment war die Gestalt verschwunden. Oh Mann, entweder wurde ich gerade verrückt oder ich hatte einen ziemlich unheimlichen Stalker. Beide Varianten fand ich beunruhigend.

»Sollen wir?«, erkundigte sich mein Verlobter und bot mir mit einem gleichmütigen Lächeln seinen Arm an.

Ob wir hier weg sollten? Ja, bitte! Ganz schnell! Ich hakte mich bei Noár unter und versuchte, die unheilschwangeren Gedanken zu ignorieren, die mir im Kopf herumschwirrten. Gerne hätte ich ihm von der Gestalt erzählt, aber ich wusste nicht wie. Ein »Hey du, ich glaube, mich verfolgt jemand« wäre vermutlich mit einer völlig unnützen Jagd auf sämtliche Kapuzenträger ganz Cassardims geendet, während ich irgendwo in Sicherheit auf Entwarnung hätte warten müssen. Abgesehen davon flüsterte mir eine kleine, sehr beängstigende Stimme in meinem Kopf ein, dass sich diese Gestalt wohl nicht so einfach finden lassen würde. Vermutlich, weil sie vielleicht gar nicht existierte, meldete sich nun eine andere Stimme zu Wort, während die dritte fand, dass ich mich gefälligst zusammenreißen sollte. In Cassardim gab es wirklich weit Schlimmeres als starrende Kapuzenmänner.

Noár hatte mich inzwischen über lockeres schwarzes Geröll bis zu der senkrechten Felswand dirigiert. Ich musste meinen Kopf in den Nacken legen, nur um zu erkennen, dass die Wand weit oben in den altbekannten Gewitterwolken verschwand, die stets über dem Schattenreich hingen. Eine schmale Schlucht zog sich wie ein Riss durch das wuchtige Massiv. Noár und ich bewegten uns auf sie zu und als wir an ihrem Eingang angekommen waren, traf mich eine deprimierende Erkenntnis. Der Boden der Schlucht bestand aus Stufen. Hunderten von Stufen, die in dieser verborgenen Felsspalte hoch zum Gipfel führten.

»Jeder, der das Innere der Schattenfeste betreten will, muss über die Schwarze Treppe gehen«, erklärte Noár, amüsiert von der Entgeisterung auf meinem Gesicht. »Das gilt für verdammte Seelen ganz genauso wie für die Goldene Erbin.«

Das konnte nicht sein Ernst sein! Es war ja nicht einfach der zehnte Stock eines Gebäudes. Das hier war ein Mount Everest und Noár erwartete, dass ich ihn auf einer zerklüfteten Treppe bestieg – in Kleid und Sandalen.

»Du willst mir also sagen, dass es keinen anderen Weg ins Schattenreich gibt?«, erkundigte ich mich bockig. Hielt er mich wirklich für so dumm, zu glauben, dass er jedes Mal über diese Treppe ging, um in seine Heimat zu gelangen?

»Keinen, den die Schatten dir erlauben würden«, lautete die knappe Antwort.

Ich kniff die Augen zusammen und ließ nicht locker. »Inwiefern?«

Noár grinste. »Erinnerst du dich an die Blitze, die versucht haben, dich umzubringen?«

Großer Gott! Jetzt begriff ich langsam, was das Schattenreich wirklich war. Eine wahrhaftige Festung. Ein Gefängnis, das jeden Eindringling abwehrte, der nicht die offiziellen Wege beschritt.

»Es beschützt sich selbst ...«, hauchte ich. Wenn das stimmte, war das genauso faszinierend wie einschüchternd.

»Es bewacht die Seelen, die es beherbergt«, korrigierte mich Noár und tippte sich an die schwarzen Symbole an seiner Kehle. »Nur unser Volk darf ein und aus gehen, wie es ihm beliebt. Alle anderen Cassarden müssen die Treppe nehmen.«

Na toll. Ich zog eine gefrustete Grimasse. »Schätze, ihr seid nicht unbedingt ein populäres Touristenziel.«

Noár lachte. »Nein, aber ich kann dich beruhigen. Bei deiner Willensstärke sollten dir in Zukunft auch andere Wege gestattet sein. Vorausgesetzt, die Schatten befinden dich für würdig.«

»Was auch sonst«, brummte ich und beäugte missmutig die dunklen Stufen vor mir. Eigentlich liebte ich Treppen in all ihren Formen – solange ich sie anschauen konnte. Sie zu besteigen gehörte nicht zu meinen Lieblingsbeschäftigungen.

»Noch eine Kleinigkeit«, meinte Noár und hielt mir seine offene Hand hin. »Gib mir deine Freundin!«

Verwirrt runzelte ich die Stirn. »Warum?«

»Du solltest besser nicht dabei erwischt werden, wie du eine Seele in die Schattenfeste schmuggelst.«

DIE SCHWARZE TREPPE

Stufe um Stufe um Stufe stiegen wir die Schwarze Treppe hinauf. Die trockene Wüstenluft kühlte schnell ab und roch nach feuchtem Gestein. Anfangs konnte ich der atemberaubenden Canyon-Landschaft noch Bewunderung zollen. In dem diffusen Licht warfen Riefen, Rillen und Ausbuchtungen bizarre Schatten auf die Wände der Schlucht. Mit jedem Schritt veränderten sie sich und wirkten fast lebendig. Doch je weiter wir kamen, desto monotoner erschien mir alles. Schon bald verfiel ich in einen tranceartigen Rhythmus, der mir Zeit zum Grübeln ließ. Mich quälten Gewissensbisse, weil sich Noár offenbar mehr Gedanken über meine Geschwister gemacht hatte als ich. Sie waren bei ihren Familien, aber ging es ihnen auch gut? Hatten die anderen ebenfalls einen Tincos, der ihnen das Leben schwer machte? Irgendwie war mit Adams Tod alles anders geworden. Er hatte uns immer zusammengehalten, wir waren eine eingeschworene Gemeinschaft gewesen, und jetzt? Jetzt lebten wir getrennt voneinander unsere eigenen Leben. Diese Veränderung hatte eigentlich schon begonnen, als wir Cassardim zum ersten Mal betreten hatten. Seitdem hatte jeder Tag die Unterschiede zwischen uns deutlicher gemacht und uns weiter auseinandergetrieben. Dieses Eingeständnis schmerzte. Ich würde zwar nie aufhören, Nick, Annie, Jenny und Moe zu lieben, aber wir schienen auch nie *wirklich* zusammengehört zu haben – wir hatten nur dasselbe Schicksal geteilt. Trotzdem verband mich mehr mit ihnen als mit meiner echten Familie. Immerhin hatte mein Großvater mich umbringen wollen, während mein Vater mich schlicht verleugnete. Ich bereute es dennoch nicht, hergekommen zu sein. Cassardim war mein Zuhause. Ich gehörte hierher – ins Reich der Toten. Und an die Seite des Mannes, der es verteidigte. Hätte mir damals jemand gesagt, dass ich eines Tages den wichtigtuerischen Draufgänger aus unserem Keller oder den aufgeblasenen Schattenprinzen würde heiraten wollen, hätte ich ihm einen guten Therapeuten empfohlen. Aber jetzt war dieser Typ mit den Mahagoni-Haaren und den Augen voller Sternen zur Liebe meines Lebens geworden. Vielleicht fiel mir deshalb der Weg über die Schwarze Treppe so schwer? Ich hatte Angst, was dahinter auf mich wartete. Dabei ging es weniger um Noárs offensichtlich tyrannischen Vater oder seine scheinbar ultraheiße Stiefmutter – obwohl mich Letzteres mehr beschäftigte, als ich zugeben wollte. Nein, ich hatte vor allem Angst, dass ich Noár und seiner Heimat nicht gerecht werden konnte. Denn obwohl er vom Hof seiner Eltern nur Schlechtes zu berichten hatte, wusste ich doch, wie viel ihm am Schattenreich selbst und seinem Volk lag. Was, wenn es mir hier nicht gefiel? Wie sollte ich Noár das beibringen, ohne ihm das Herz zu brechen? Es fing ja schon bei dieser Treppe an: Alleine hätte mich bereits nach wenigen Metern blanke Panik befallen und ich wäre nur nicht umgekehrt, um nicht wieder dem Kapuzenmann in die Arme zu laufen.

Immer weiter schlängelte sich die Schlucht das Gebirgsmassiv hinauf. Ich hatte längst jedes Gefühl dafür verloren, wie hoch wir gestiegen waren. Eigentlich beschlichen mich schon seit geraumer Zeit Zweifel, ob wir überhaupt vorwärtskamen. Außerdem kämpfte ich zunehmend gegen die Vorstellung an, dass die Felswände zusammenrückten und uns zerdrücken würden. Bei Stufe dreihundertsiebenundvierzig hatte ich aufgehört zu zählen, weil ich mir sicher war, dass es ohnehin nichts brachte. Diese Treppe würde nie enden. Ich sah keinen Gipfel, keinen Himmel, kein Licht am Ende des Tunnels und auch sonst nichts, was mich motivieren konnte.

»Ich möchte ja nicht wie ein quengelndes Kind klingen, aber wie weit ist es noch?«, erkundigte ich mich schwer atmend.

Noár zuckte mit den Schultern. »Ich weiß es nicht. Die Treppe hat sich noch nicht entschieden.«

Entgeistert sah ich ihn an. »Das ist ein Witz, oder?«

»Das Schattenreich hat viele Seiten, aber bestimmt keinen Humor«, erwiderte er trocken, bevor sich ein Lächeln auf seine Lippen schlich. »Du hast den Ewigen Fluss kennengelernt, die Niemandslande, den Goldenen Berg und den Wandernden Wald. Und nach all dem glaubst du wirklich, dass diese Treppe eine Länge hat, die sich bemessen lässt?«

Gutes Argument. Das machte die düstere Umgebung allerdings nicht gerade weniger gespenstisch. Es war der perfekte Eingang zur Hölle. Ein passender Empfang für Seelen von Kinderschändern, Vergewaltigern und Massenmördern. Da ich mich aber nicht zu diesem gewissenlosen Personenkreis zählte, fühlte ich mich leicht schikaniert.

»Gastfreundlichkeit ist wohl auch keine Eigenschaft des Schattenreichs?«, murrte ich.

Wieder schenkte Noár mir ein Schulterzucken. »Auf der Schwarzen Treppe entscheiden die Schatten, wer würdig ist, nicht ich. Meine Einmischung ist nicht erwünscht.«

Wie vor den Kopf gestoßen blieb ich stehen. Etwas Ähnliches hatte er schon einmal gesagt. War das hier etwa eine Prüfung?! Meine Gedanken überschlugen sich. Natürlich war es eine Prüfung. In Cassardim war *immer alles* eine Prüfung. Das war sicher auch der Grund, aus dem sich Noár bislang so seltsam reserviert verhalten hatte.

»Also gut, liebe Schatten«, murmelte ich entschlossen und

nahm meinen Weg wieder auf. »Ich wäre euch sehr verbunden, wenn der Gipfel nach der Ecke dort vorne auftauchen könnte.«

Zwölf Stufen und die besagte Ecke später wusste ich, dass meine neue Taktik nicht funktionierte. Vor mir lag noch immer eine nicht enden wollende Treppe.

Super! Für Höflichkeit hatten die Schatten also nichts übrig. Wieso überraschte mich das nicht?

»Ihr wisst, wer ich bin, also lasst mich endlich rein!«, zischte ich die Felswände an. Wenn nette Worte nicht zogen, dann musste eben ein schärferer Tonfall her.

Und tatsächlich, die Treppe veränderte sich nach und nach, allerdings anders als erhofft: Der Weg wurde steiler und die Stufen höher. Ein Ende war immer noch nicht in Sicht. Das schien wohl die Art des Schattenreichs zu sein, mir den Stinkefinger zu zeigen.

Fein! Davon würde ich mich trotzdem nicht einschüchtern lassen.

»Lasst. Mich. Endlich. Rein!«, forderte ich noch einmal und marschierte stur weiter. Mit jedem Schritt wurde der Aufstieg beschwerlicher. Ich kämpfte mich vorwärts, biss mich durch und versuchte, die Schatten zum Aufgeben zu zwingen. Nichts. Irgendwann hörte ich nur noch das Keuchen meines Atems. Ich strauchelte. Mehrfach. Ich fiel und stand wieder auf. Bei meinem dritten Sturz setzte sich Noár mit einem Seufzen neben mich.

»Die Schattenfeste ist nicht der Goldene Berg, der zum Gehorsam verpflichtet wurde. Diesen Kampf kannst du nicht gewinnen.«

Ein Schweißtropfen fiel von meiner Stirn auf den schwarzen Fels unter meinen Händen. Ich starrte den Fleck an und spürte Widerwillen in mir hochkochen. Was bitte sollte ich jetzt tun? Schmeicheln? Flehen? Verhandeln? Oder das Handtuch schmeißen und mich von Noár retten lassen?

Diesmal nicht.

Natürlich war mir bewusst, dass die Schatten mir gerade eine Lektion in Demut erteilen wollten. Einfach aus Prinzip, weil ich eine Goldene Erbin war, die offensichtlich noch nicht sehr viel von Cassardim verstand. Von mir aus. War ja beim Goldenen Berg nicht anders gewesen. Was ich aber auf den Tod nicht leiden konnte, waren Vorurteile. Dieser schwarze Felsbrocken kannte mich kein bisschen! Wie konnte er es wagen, mich prophylaktisch belehren zu wollen?

»Das werden wir ja sehen«, krächzte ich.

Schon seit Längerem spürte ich, dass Hitze von meinen Händen ausging. Die Splitter verlangten von mir, dass ich sie einsetzte. Bisher hatte ich das aus Respekt nicht getan, aber jetzt gerade änderte sich meine Meinung. Das Schattenreich sollte sich seine eigene Lektion mal zu Gemüte führen.

Ich legte meine Handflächen auf die Stufe vor mir.

»Okay, du hast die Wahl«, fauchte ich die Treppe an. »Entweder du hörst mit diesem Mist auf, oder ich werde dich dazu zwingen!

Irgendwo über unseren Köpfen zuckten Blitze. Ihr Licht ließ die Schatten in der Schlucht tanzen. Donner grollte und Bilder drängten sich in meinen Geist. Sie alle zeigten ein einsames Skelett auf schwarzen Stufen. Offenbar kam meine Drohung nicht besonders gut an. Trotzdem, ich gab nicht auf. Meines Wissens nach musste man sich im Schattenreich seine Anerkennung mit Stärke erarbeiten. Bitte sehr!

»Eine zweite Warnung bekommst du nicht!«, presste ich hervor und ließ meinen Willen in das Gestein strömen.

Die Blitze nahmen zu. Ich spürte, wie die Luft sich elektrisch auflud. Kälte floss in meine Glieder. Meine Hände wurden taub und die Bilder in meinem Kopf zeugten von immer fantasievolleren Todesarten, die sich nur die Hölle ausdenken konnte. Ich lächelte grimmig. Das Schattenreich kannte mich wirklich nicht, wenn es glaubte, mich so einschüchtern zu können. Mit Bildern vom Tod meiner Geschwister oder auch von Noárs Tod hätte es mich vielleicht kleingekriegt, aber nicht so.

»Du hast es nicht anders gewo-«

Noch bevor ich zu Ende sprechen konnte, war plötzlich alles vorbei.

Stille.

Eine frische Brise umspielte mich.

Ich öffnete die Augen und sah ... schon wieder Steinstufen.

Doch diesmal liefen sie an einem zerklüfteten Gipfelkamm aus, flankiert von zwei Wachtürmen einer schwarzen Festungsmauer. Darüber wälzten sich dunkle Gewitterwolken.

»Na also«, grummelte ich und zog mich auf die Beine. Mit einem zufriedenen Lächeln sah ich Noár an, der noch immer auf den Steinstufen saß und sich nicht vom Fleck rührte. Eine seiner Brauen schob sich in die Höhe.

»Dir ist schon klar, dass das so nicht hätte laufen dürfen?«

Jetzt war ich mit Schulterzucken dran. »Geduld ist nicht mein Ding.«

»Was du nicht sagst«, murmelte er und erhob sich ebenfalls. Sein Tonfall klang belustigt, aber sein Blick ruhte voller Sorge auf mir. »Wir sollten das trotzdem lieber unerwähnt lassen. Wenn jemand fragt, hast du die Schatten um Gnade gebeten, welche dir selbstverständlich gewährt wurde.«

Oh.

Das erklärte so einiges. Jeder der herkommen wollte, musste sich dem Schattenreich erst durch eine Bitte und die dazugehörige Schuld verpflichten. Das ergab so viel Sinn, dass es mich ärgerte, nicht selbst darauf gekommen zu sein.

»Meinst du, wir werden deswegen Probleme kriegen?«, fragte

ich kleinlaut. Ich wollte nicht schon wieder durch einen dummen Fehler für irgendeine Katastrophe verantwortlich sein – besonders, weil es diesmal nicht nur um Politik ging. Ich hatte vielleicht den Zorn eines ganzen Reichs auf mich gezogen.

»Nein, Kätzchen«, beruhigte mich Noár. »Unter anderen Umständen würde ich deine unglaublichen Fähigkeiten voller Stolz überall verkünden lassen. Aber dein Eingreifen im Wandernden Wald hat schon für genug Wirbel gesorgt. Im Moment sollten wir so wenig Aufmerksamkeit wie möglich auf dich und die Splitter in deinen Händen lenken.«

Unsicher kaute ich auf meiner Unterlippe herum. Wenig Aufmerksamkeit klang ganz nach meinem Geschmack. Andererseits musste ich doch irgendwie beweisen, dass ich nicht nur eine willenlose Marionette war. Natürlich wusste ich, worauf Noár hinauswollte. Ich sollte stark wirken, aber nicht *so* stark, dass ich zur Bedrohung für andere wurde. Genau das stellte allerdings eine diplomatische Gratwanderung dar, von der ich nicht wusste, ob ich ihr gewachsen war.

Noár nahm meine Hand und strich liebevoll über die goldenen Kaisersymbole und die Splitter darin.

»Wie du Cassardim beeinflussen kannst, ist außergewöhnlich«, murmelte er voller Bewunderung. »Wenn du nur halb so viel Talent hättest, Personen zu manipulieren, würde dich niemand mehr infrage stellen.«

Damit verwirrte er mich endgültig. Seine Berührung, sein Blick und seine Worte waren so warm, dass ich vor Geborgenheit am liebsten geseufzt hätte. Und doch fühlte ich mich kritisiert und hatte das Bedürfnis, mich zu verteidigen.

»Ich möchte niemandem seinen Willen nehmen.«

Als ich diesen Gedanken aussprach, merkte ich erst, wie wichtig mir das war. Niemand sollte sich meinetwegen so hilflos fühlen, wie ich es jahrelang dank meiner falschen Eltern getan hatte. Auch die leeren Gesichter meiner Geschwister verfolgten mich bis heute, ganz zu schweigen von Nicks Qualen, weil er unseren Bruder ermordet hatte.

Noár lächelte. Er hob meine Hand an seine Lippen und hauchte einen zarten Kuss darauf.

»Und genau deshalb liebe ich dich.«

Ich konnte ihn nur anstarren. Zu mehr war ich einfach nicht in der Lage, da die Vollkommenheit des Moments mich umhaute. Noár war er selbst. Ehrlich und echt. Ein kleiner Junge, der mich mit seinen wunderschönen Augen bat, ihn nicht zu verletzen, und gleichzeitig ein Mann, der mein Herz mit seinem Leben verteidigen würde. Meine Sinne sogen alles auf, aus Angst, dass es das letzte Mal sein könnte, ihn so zu erleben.

Erst als sich ein mächtiger Schatten über uns legte, konnte ich mich von seinen Sternenaugen losreißen. Ich schaute nach oben und entdeckte die Silhouette einer geflügelten Raubkatze, die uns ungeduldig anschnaubte.

»Nox will zu seinem Rudel«, informierte mich Noár mit einem Seufzen. »Er findet, wir sollten aufhören zu zögern und … unsere Krallen zeigen.«

Überrascht runzelte ich die Stirn. »Du *sprichst* tatsächlich mit ihm?«

Bislang hatte ich gedacht, dass die beiden sich einfach gut kannten und deshalb blind verstanden.

»Er lässt mich hin und wieder an seinen Gedanken teilhaben«, meinte er beiläufig, bevor er mich die letzten Stufen zu den Wachtürmen hochzog. Ich stolperte ihm hinterher und wollte mich seinem Griff entziehen. Doch als die Treppe endete, war ich froh, mich an etwas festhalten zu können. Direkt vor meinen Füßen fiel der Felsboden steil ab. Wir standen am Rand eines Abgrunds, der zu einem gewaltigen Krater zu gehören schien. Ein Kessel oder Schlund, umgeben von einer schwarzen Gebirgskette. Wie weit es dort hinunterging, konnte ich nicht genau sagen, denn in der Tiefe wurden die Schatten immer undurchdringlicher. Nur unzählige winzige Lichtpunkte an den Steilwänden zeugten davon, dass es hier Leben gab. Der Anblick erinnerte mich ein bisschen an eine nächtliche Stadt aus der Vogelperspektive – allerdings eher mit einem Mordor-Touch als mit dem Flair einer Metropole. Aus dem Abgrund erhoben sich die Spitzen von stalagmitartigen Türmen in allen Größen und Formen. Die eindrucksvollsten von ihnen ragten wie eine schwarze Kathedrale aus der Mitte des Kraters hervor.

»Bereit für den Schattenhof?«, fragte Noár, der meinem Blick gefolgt war.

Auf gar keinen Fall!, schrie eine Stimme in mir. Alle Alarmglocken schrillten und mein Fluchtinstinkt setzte mit voller Wucht ein. Trotzdem hörte ich mich sagen: »Ich kann's kaum erwarten.«

DAS SCHIESST DEN VOGEL AB

Als wir auf Nox' Rücken in die Schatten eintauchten, begann mein Herz immer heftiger zu klopfen. Noch war es nicht Nacht in Cassardim, aber das spärliche Licht, das durch die Gewitterwolken drang, hatte der Finsternis dieses Reichs nichts entgegenzusetzen. Je tiefer wir kamen, desto mehr verschwammen Nox' Umrisse mit der Umgebung. Hier unten wirkten die Schatten wie eine zähe Masse, die alles verschluckte. Oft sah ich Fackeln oder Laternen erst, als wir unmittelbar daran vorbeirauschten.

»Öffne deine Sinne für die Dunkelheit!«, flüsterte Noár mir ins Ohr. Ich spürte genau, wie er mir seinen Willen aufdrängte, aber ich vertraute ihm so sehr, dass ich es geschehen ließ. Kurz darauf schienen sich meine Augen an die Schatten zu gewöhnen. Ich entdeckte Siedlungen, die ähnlich wie Rim Valesh in die Steilwände gehauen waren, zahlreiche Treppen und ein verworrenes Netzwerk aus Brücken. Ganze Städte tauchten vor uns auf, erbaut in und um die felsigen Säulen, die aus der Tiefe emporwuchsen. Ihr Erscheinen brachte die Gerüche von Öl, Asche, Essen, Parfum und Exkrementen mit sich. In der Luft lag Musik und Gelächter, das Bellen von Hunden, die Schläge von Schmiedehämmern und das Geräusch von Hufen auf Stein. Schwarze Pferde zogen Kutschen und Karren, und überall gingen Cassarden ihrem Alltag nach. Ich sah Arbeiter und Spaziergänger, Damen in roten Kleidern, Kinder, Bettler, Betrunkene und Soldaten. Und dann, kaum hatten wir die Stadt hinter uns gelassen, umgab uns wieder Stille und ein sanfter Hauch von feuchter Erde und frischen Pflanzen.

In die Felswände waren unzählige Terrassen geschlagen und Felder angelegt worden. Dort grasten Tiere, die mich an Ziegen erinnerten, und Bauern brachten ihre Ernten ein.

Nichts davon hatte ich erwartet. Nicht an einem Ort, auf den die Hölle zurückging. Es gab keine Flüsse aus Feuer, keine Lavaseen oder Pferche voller schreiender Seelen. Das alles war – abgesehen von der Dunkelheit – erstaunlich normal.

Super! Gerade noch hatte ich dem Schattenreich eine vorgefasste Meinung unterstellt und war selbst nicht besser.

»Ich würde dir gerne alles zeigen, aber wir sollten meinen Vater nicht noch länger warten lassen«, sagte Noár hinter mir. Als Nox abdrehte, wurde mir erst bewusst, dass wir offensichtlich nicht direkt zum Schattenhof geflogen waren. Hatte Noár mit Absicht einen Umweg genommen, um mir das alles vor Augen zu führen? Nur damit mein erster Eindruck von seiner Heimat nicht die Begegnung mit seinem skrupellosen Vater war? Toll, jetzt fühlte ich mich gleich noch schlechter wegen meiner Vorurteile.

Gerade bastelte ich an einem Kompliment, das Noár verständlich machen sollte, wie sehr mich seine Heimat wortwörtlich beeindruckte, als sich in der Finsternis vor uns die Umrisse eines Palastes abzuzeichnen begannen. Aus der Nähe wirkte der Schattenhof wie eine skurrile Kreuzung aus Cinderellas Schloss und einem Alien-Raumschiff. Schwarze Türme ragten wie Fangzähne empor. Überall brannten Fackeln, deren Licht auf den glatt polierten Fassaden flackerte. Dutzende Shendai umkreisten den Palast, als würden sie Patrouille fliegen.

Noár hielt auf eine Art Plateau zu, das auf einem Felsvorsprung ausgebaut worden war. Entlang der Balustrade gab es brennende Rinnen, die vermutlich mit Öl gefüllt waren. Innerlich lachte ich auf. Jetzt hatte ich doch noch meine Flüsse aus Feuer bekommen.

Im Licht der Flammen konnte ich mehrere Gestalten ausmachen. Man erwartete uns ganz offensichtlich.

Noár drückte mich ein letztes Mal an seine Brust und raunte: »Bitte vergiss nicht, was ich dir gesagt habe.«

Dann setzten wir zur Landung an. Nox machte daraus ein richtiges Spektakel. Mit weit gespreizten Schwingen und einem lauten Brüllen kam er auf dem Plateau auf. Wir mussten eine Furcht einflößende Erscheinung abgeben, und doch reagierte niemand auch nur im Mindesten darauf – weder die Soldaten, die entlang der Palastfassade Wache standen, noch die Gruppe Männer am äußersten Ende des Felsvorsprungs. Keiner sprang beiseite oder kam eilig herbeigerannt. Nicht ein einziger Kopf drehte sich nach uns um.

Nachdem wir abgestiegen waren, hob Nox ab und wurde eins mit den Schatten. Leicht panisch schaute ich dem Shendai hinterher. Jetzt gab es wirklich kein Zurück mehr. Meine innere Unruhe verstärkte sich noch, als Noár mir mit einer angedeuteten Verbeugung seinen Arm anbot. Jede Wärme war aus seinen Zügen verschwunden. Er hatte sich wieder in den emotionslosen Schattenprinzen verwandelt, an dem alles nur so vor überlegener Gleichgültigkeit strotzte. Ich zwang mich, tief durchzuatmen, bevor ich mich bei ihm einhakte. Diese Prozedur hatten wir heute schon einige Male hinter uns gebracht, doch jetzt fühlte es sich an, als würde ich einen Eisblock berühren.

Noár führte mich überraschenderweise nicht in den Palast hinein, sondern an die Spitze des Plateaus, wo gerade eine scharfe Stimme »Noch mal!« brüllte. Die Männer, die sich dort gesammelt hatten, trugen schwarze Kleidung, aber schon an ihrer unterschiedlichen Haltung konnte man erkennen, dass sich alles nur um eine Person drehte – ein groß gewachsener kräftiger Mann mit rabenschwarzen Haaren. Die anderen waren wohl Diener. Zumindest verhielten sie sich so unterwürfig, dass es diesen Eindruck erweckte. Einer von ihnen zerrte einen schwarzen Vogel aus einem prall gefüllten Käfig. Ein zweiter trug einen Köcher mit Pfeilen. Sobald der Vogel freigelassen wurde, spannte der schwarzhaarige Mann seinen Furcht einflößenden Bogen. Kaum hörbar zischte der Pfeil in die Dunkelheit. Ein paar Sekunden herrschte Stille. Dann fluchte der Mann leise.

»Du hast schon mal besser getroffen, Vater«, spottete Noár. Ich erstarrte, weil seine Worte meine vage Ahnung bestätigten. Vor uns stand Fürst Shaell höchstpersönlich.

»Du kommst spät«, antwortete der, ohne sich zu uns umzudrehen. Ich bekam eine Gänsehaut. Sein Desinteresse wirkte bedrohlicher, als wenn er uns offenkundig angefeindet hätte. Den Dienern ging es ähnlich, denn sie schienen noch bemühter als zuvor, Löcher in den Boden zu starren. Nur Noár ließ sich von seinem Vater nicht einschüchtern.

»Ich hatte zu tun«, konterte er, während der Unterton seiner Stimme eher nach »Das geht dich nichts an« klang. Er ließ mich stehen und wanderte zu einem Tisch, um sich ein Glas mit Varras-Wein zu füllen.

Wieder wurde ein Vogel freigelassen. Ängstlich flatternd flüchtete er senkrecht in die Höhe. Wieder ein Schuss. Diesmal ein Treffer. Mit einem dumpfen Geräusch schlug das tote Tier direkt vor meinen Füßen auf. Ich war so gelähmt von dem Spektakel, dass ich nicht einmal zuckte. Shaell würdigte seine Beute keines Blickes. Dasselbe galt für mich, obwohl ich jetzt zum ersten Mal das Gesicht des Schattenfürsten sehen konnte. Er war eindeutig Noárs Vater. Die beiden besaßen die gleichen markanten Züge und die gleichen energischen Augenbrauen. Nur wirkte an Shaell alles eine Spur herber. Seinen Bewegungen und seiner Stimme fehlte die manipulative Eleganz seines Sohnes. Und natürlich war er deutlich älter. Das machte ihn aber nicht minder bedrohlich. Er glich einer Axt, wo Noár eine Damastklinge war.

»Davon habe ich gehört.« Shaell heftete seine schwarzen Augen auf seinen Sohn. »Dir genügt es wohl nicht mehr, Kronprinz des Schattenreichs zu sein?«

»Warst du nicht derjenige, der mir verboten hat, mich mit etwas zufriedenzugeben?«

In Shaells Mundwinkeln spielte ein winziges Lächeln. Ob es Stolz war oder die Wertschätzung eines ebenbürtigen Gegenübers, konnte ich nicht genau sagen.

»Du willst beides sein, nicht wahr? Kaiser und Fürst des Schattenreichs.«

Jetzt lächelte auch Noár. »Das ist mein gutes Recht.«

Halt. Stopp. Das hatte ich nicht gewusst, beziehungsweise hatte ich mich noch nicht wirklich mit dem Thema beschäftigt. Noár würde weiterhin Kronprinz des Schattenreichs bleiben? Aber wo sollten wir dann leben? Hier? Oder im Goldenen Berg?

Shaell klopfte seinem Sohn kumpelhaft auf die Schulter. »Gut, ich hatte schon befürchtet, mir einen neuen Thronfolger suchen zu müssen. Und wie du weißt, sind all deine Halbbrüder und Vettern verweichlichte Jammerlappen. Seit die Nachricht von deiner Verlobung eingetroffen ist, haben sie versucht, sich gegenseitig umzubringen. Und nicht einer dieser Versager hatte Erfolg.«

Die Beiläufigkeit und abfällige Häme, mit dem der Fürst über Mordversuche innerhalb seiner Familie sprach, löste Übelkeit in mir aus. Für Shaell schien es jedoch vollkommen normal zu sein. Seelenruhig nickte er seinen Dienern zu, die sofort einen weiteren Vogel befreiten. Während der Schattenfürst zielte, bot sein Sohn mir sein Glas mit Varras-Wein an. Allein bei der Vorstellung, jetzt etwas zu trinken, drehte sich mir beinahe der Magen um. Ich brachte nur ein Kopfschütteln zustande. Noár grinste und lehnte sich an die Balustrade. Im gleichen Moment schoss der Pfeil seines Vaters nur ein paar Handbreit neben seinem Kopf vorbei. Das tiefe Surren der Bogensehne mischte sich mit einem entfernten Kreischen. Treffer. Völlig unbeeindruckt davon nippte Noár an seinem Wein.

»Trotzdem wirst du dich dafür verantworten müssen, dass du die Goldene Erbin nicht direkt hergebracht hast«, wechselte Shaell unvermittelt das Thema. Jetzt klang er wie Richter und Henker zugleich.

»Nichts anderes habe ich getan«, widersprach ihm Noár und nahm erneut einen Schluck von seinem Wein. »Ich war mit Amaia in Rim Valesh. Sie hat sich also der Tradition entsprechend innerhalb unserer Grenzen aufgehalten.«

Shaell stutzte, und dann – ganz plötzlich – richtete er seinen schwarzen Blick auf mich. Aber er schaute mich nicht wirklich an. Stattdessen sah er nur Lippen, Hals, Brüste, Hüften und alles, was sich sonst noch so unter meinem Kleid abzeichnete. Er maß mich wie ein Stück Fleisch und versuchte nicht einmal, seine dreckigen Gedanken zu verbergen.

»Dann ist es also wahr, was man hört?«, fragte er seinen Sohn, während sich sein Mund zu einem frivolen Grinsen verzog. Angesichts seiner Schamlosigkeit juckte es mich in den Fingern, ihm eine schallende Ohrfeige zu verpassen.

»Ich habe nur getan, was nötig war, damit mir *niemand* mehr in die Quere kommen kann«, antwortete Noár kalt und ohne im Geringsten auf die Anzüglichkeit seines Vaters einzugehen. »Noch etwas, das du mir beigebracht hast.«

Shaells Grinsen zerfloss. »Diese Lektion sollte dir nicht nur Vorbild, sondern auch Warnung sein.« Seine Hand schnellte vor und schlug Noár das Weinglas aus den Fingern. Klirrend zersprang es am Boden. »Mein Reich wird dir gehören. *Nach* meinem Tod. Hoffe ja nicht, dass ich mein Knie jemals vor dir beugen muss … Und wenn doch, nehme ich dir alles, was du nur dank mir besitzt: Deinen Titel, deinen Mut und dein Leben.«

Er hielt den Blick seines Sohnes fest und wartete darauf, dass dieser so dumm war, ihm zu widersprechen. Für einen Augenblick wirkte es so, als würde Noár genau das tun. Trotz brannte in seinen Augen. Doch schließlich neigte er sein Haupt und sagte: »Ja, mein Fürst.«

Shaell lächelte zufrieden – nicht bloß aus Triumph, nein, es schien ihm Freude zu bereiten, seinen Sohn zu erniedrigen. Er schlenderte zur Weinkaraffe und schenkte ein neues Glas ein, das er Noár reichte. Auch das war keine Geste der Versöhnung, sondern eine Zurschaustellung seiner Überlegenheit.

»Was die Sache mit Fürst Mak betrifft«, fuhr er im Plauderton fort und machte eine unbestimmte Handbewegung in meine Richtung. »Du solltest deine Verlobte besser erziehen, bevor sie dir noch mehr Ärger macht.«

Ich riss die Augen auf. Bitte was?!

Noár nahm das Weinglas mit einem spöttischen Grinsen entgegen. »Ihre Widerspenstigkeit hat durchaus ihren Reiz.«

Meine Widerspenstigkeit hatte WAS?!

»Du hast sie noch nie zahm gemocht, hm?«, lachte Shaell. »Obwohl ich nicht glauben kann, dass dieses unbedarfte Mädchen dir etwas entgegenzusetzen hat.«

Okay, jetzt reichte es endgültig. Ich konnte wohl kaum behaupten, dass Noár mich nicht vor genau solchen Respektlosigkeiten gewarnt hatte, also straffte ich die Schultern und sah den Schattenfürsten direkt an.

»Warum findet Ihr nicht selbst heraus, was ich wem entgegenzusetzen habe, Fürst Shaell?«

Die Schärfe in meiner Stimme erschreckte nicht nur mich. Jeder auf dem Plateau starrte mich erstaunt an.

»Vater«, seufzte Noár leidgeprüft. »Das ist Prinzessin Amaia Tamee, Goldene Erbin und meine Verlobte.«

Nun hatte ich Shaells Aufmerksamkeit. Seine dunklen Augen durchbohrten mich wie eine fleischgewordene Drohung. Langsam kam er auf mich zu und machte es mir immer schwerer, nicht zurückweichen zu wollen.

»So, so, die kleine Prinzessin hat also den Mut, mich anzusprechen.«

»Ich habe sogar den Mut, eine angemessene Begrüßung von Euch zu fordern«, erwiderte ich mit allem Zorn, den ich aufbringen konnte. Nicht schwach werden! Ich durfte nicht schwach werden!

Der Schattenfürst lachte mir ins Gesicht. Es sah aus wie ein Zähnefletschen und machte die Ebenmäßigkeit seiner Züge vollständig zunichte.

»Ihr erwartet von mir Höflichkeit, nachdem Ihr die Würde des Schattenreichs mit Füßen getreten habt?«

Seinem Sohn gegenüber hatte »die Sache mit Fürst Mak« kaum eine Bedeutung gehabt, doch gegen mich zögerte er keine Sekunde, diese diplomatische Karte auszuspielen.

»Ihr werdet Euch entschuldigen müssen, Prinzessin!«

Für menschliche Maßstäbe klang das vernünftig und wäre mir auch nicht schwergefallen, schließlich hatte ich einen Fehler begangen. Doch menschliche Maßstäbe hatten hier keine Bedeutung. In Cassardim kam jede Entschuldigung einer lebenslangen Verpflichtung gleich.

Entschlossen hielt ich seinem Blick stand. »Wenn Ihr mich darum *bittet*, werde ich es vielleicht in Erwägung ziehen.«

Meine Antwort sorgte für schockiertes Luftschnappen unter

der Dienerschaft. Ich hatte Shaell nur eine Grenze aufzeigen wollen und dabei offensichtlich selbst eine überschritten. Widerworte schien man hier nicht gewöhnt zu sein. Für ein paar Sekunden herrschte absolute Stille, bevor der Schattenfürst mich in einer blitzschnellen Bewegung an der Kehle packte. Ich war auf vieles gefasst gewesen, aber nicht auf eine körperliche Attacke. Sein eiserner Griff schnürte mir die Luft ab und zwang mich, ihm in seine schwarzen Augen zu sehen. Aus der Nähe erkannte ich, dass darin goldene Flecken glühten – wie bei Noár. Allerdings waren es viel weniger und ihr Farbton hatte einen deutlichen Rotstich.

»Entschuldigt Euch!«, zischte er mir ins Gesicht. Schlagartig überkam mich ein unangenehmes Kribbeln, als würden Tausende Insekten unter meiner Haut herumkriechen. Es war Shaells Wille, der versuchte, mich gefügig zu machen. Dabei ging er weder behutsam noch unauffällig vor. Er demonstrierte blanke Macht. Als meine Lippen begannen, wie von allein die Worte zu formen, die der Schattenfürst hören wollte, schoss mir ein brennender Schmerz durch die Handflächen. Er half, wieder klarer zu denken. Alles in mir sträubte sich, doch es war unendlich schwer, dem Willen des Schattenfürsten zu entkommen. Das lag vor allem daran, dass die Entschuldigung an sich mir nicht widerstrebte – ganz anders als das, was ich damit auslösen würde. Ich konzentrierte mich auf die Melodie, die mir in solchen Situationen immer geholfen hatte.

Follow the silver lane through mist and moonlight ...

Shaells Augen weiteten sich, als ihm bewusst wurde, dass ich nicht so einfach zu brechen war. »Entschuldigt Euch!« Er verstärkte seine Bemühungen, bis das Krabbeln unter meiner Haut unerträglich wurde und sich anfühlte, als würde mich etwas von innen zerreißen.

... it's just a little step into a starry midnight ...

Im Hintergrund sah ich, wie Noár mit sich rang. Er rührte sich nicht vom Fleck, doch seine Blicke hätten töten können und seine Hand umklammerte das Weinglas so fest, dass es jeden Moment zu zerspringen drohte. Gleich würde er eingreifen, sich verraten, uns verraten. Das gab mir den nötigen Impuls, den ich gebraucht hatte. Ich durfte nicht zulassen, dass Noár meinetwegen etwas tat, was er später bereuen würde.

Die Flammen in den Ölrinnen schossen in die Höhe, als ich Shaells Willen endgültig aus meinem Kopf verbannte. Panisch sprangen die Diener zur Seite. Ich hörte, wie die Wachen ihre Klingen zogen und wie Noár ihnen befahl zurückzubleiben, aber ich sah nur das fassungslose Gesicht seines Vaters, der die haushohen Feuerwände anstarrte. Sein Griff verlor an Kraft, sodass ich mich mit einem Schritt rückwärts befreien konnte.

»Ich werde mich für gar nichts entschuldigen«, fauchte ich den Schattenfürsten an. »Aber ich werde für Euer schlechtes Benehmen gegenüber einem Mitglied der kaiserlichen Familie keine Vergeltung fordern. Damit sind wir quitt.«

Ich entließ die Flammen aus meiner Gewalt. Sie sanken sofort auf ihr normales Maß zurück. Plötzlich spürte ich eine lähmende Müdigkeit in mir aufsteigen. Es war das dritte Mal heute, dass ich Cassardim meinen Willen aufgenötigt hatte. Offenbar forderte das langsam seinen Tribut. Ich sah, dass Shaell wütend die Fäuste ballte. Bitte nicht! Mir fehlte die Energie, mich noch einmal mit ihm auseinanderzusetzen.

Als würde er das ahnen, schlenderte Noár an meine Seite. »Sag nicht, ich hätte dich nicht gewarnt, Vater«, höhnte er und versuchte so, die Aufmerksamkeit auf sich zu lenken. Allerdings dachte der Schattenfürst nicht daran, mir das letzte Wort zu überlassen.

»Quitt?« In seinem Blick glänzten Tod und Vergeltung. »Ich werde –«

»Erlaubt mir dazu eine Bemerkung, mein Fürst«, unterbrach ihn eine weibliche Stimme. Zielstrebig trat ein Mädchen – oder eher eine junge Frau – in mein Blickfeld. Sie schien nur wenig älter als ich zu sein und war mir auf Anhieb sympathisch. Ihr langes blondes Haar trug sie offen, was hervorragend zu ihrem roten Kleid und den Schattensymbolen an ihrem Hals passte. »Prinzessin Amaia kann wirklich nichts dafür, dass sie sich mit den Gepflogenheiten in Cassardim noch nicht auskennt. Immerhin wurde sie hundert Jahre lang in der Menschenwelt gefangen gehalten.«

Als sie mich aufmunternd anlächelte, schien die Sonne aufzugehen. Zweifellos war die Frau äußerlich hübsch, aber ihr Strahlen machte sie zum schönsten weiblichen Wesen, dem ich je begegnen durfte. Nichts an ihr wirkte affektiert oder künstlich. Ihre Rehaugen leuchteten mich so aufrichtig an, als könnte ich direkt in ihr Herz schauen. Mit einem Mal kam ich mir selbst unzulänglich vor. Es war keine Eifersucht, denn das hätte bedeutet, ich würde diesem Mädchen etwas missgönnen. Ich fühlte mich eher ernüchtert – wie eine Plastikblume, die eine Rose anstarrt und weiß, dass sie niemals mit deren Schönheit würde mithalten können. Sie sank in einen niedlichen Knicks und brachte mich dazu, auch noch die Art zu bewundern, wie sie sich bewegte.

»Seid nachsichtig mit unserem Fürsten, Prinzessin Amaia«, bat sie mich. »In seiner Ehre gekränkt, kann er manchmal ein wenig rabiat werden.«

Sprachlos sah ich die junge Frau an, die genau die richtigen Worte fand, um die Situation zu entspannen. Es fühlte sich an, als hätte mich eine Freundin aus einer Zwickmühle gerettet. Auch der Schattenfürst konnte sich ihrem liebenswerten Einfluss nicht entziehen. Shaells rasende Wut schmolz unter ihren großen Rehaugen dahin, bis nur noch ein wenig Groll übrig blieb. Er neigte den Kopf vor mir und brummte: »Willkommen am Schattenhof, Prinzessin Amaia.«

»Wunderbar«, rief die junge Frau mit echter Freude. Sie schenkte Shaell ein anerkennendes Lächeln und mir ein verschwörerisches Zwinkern. »Nachdem jetzt die Förmlichkeiten geklärt sind, möchte Prinzessin Amaia sicher ein wenig Zeit für sich haben, um all die neuen Eindrücke zu verarbeiten. Ich habe Euch eigene Gemächer und ein warmes Bad richten lassen.«

Wow. Sie war wie eine gute Fee, die meine Probleme löste und mir alle Wünsche von den Augen ablas.

»Das wäre großartig«, murmelte ich, wobei ich meine Stimme als ein unangenehmes Geräusch empfand, das nicht so recht hierher passen wollte.

»Das habe ich mir gedacht«, meinte sie freundlich und hakte sich bei mir ein, um mich von dem Plateau fortzubringen. Jetzt fiel mir auf, dass sie offenbar nicht die Einzige war, die unsere Ankunft hergelockt hatte. Etwa ein Dutzend Höflinge in Rot und Schwarz standen dicht gedrängt am Eingang zum Palast. Als sie sich teilten, um uns durchzulassen, setzte mein Herz für ein paar Schläge aus – keine zehn Schritte von mir entfernt entdeckte ich eine Gestalt mit Kapuze. Sie stand mitten unter den Höflingen und doch so weit im Schatten, dass ich ihr Gesicht nicht erkennen konnte. Trotzdem hätte ich diesen Umhang überall wiedererkannt. So nah ...

»Zima!« Noárs Stimme schnitt durch die Luft wie ein Peitschenhieb. Für einen Atemzug flog mein Blick zum Schattenprinzen und als ich zurücksah, war die Gestalt verschwunden.

Dafür blieb nun die junge Frau an meiner Seite stehen und sah Noár mit hochgezogenen Brauen an. Mich beschlich die vage Ahnung, dass hier gerade unabhängig voneinander mehrere Dinge passierten, die so nicht vorgesehen waren.

»Willst du dich meiner Verlobten gar nicht vorstellen?«, erkundigte sich der Schattenprinz kühl.

Mir wurde schlecht.

»Wo hab ich nur meinen Kopf!«, lachte die junge Frau und strahlte mich freundlich an. »Ich bin Zima, Shaells Gemahlin und Fürstin der Schattenfeste.«

Ja, und außerdem Noárs Stiefmutter und seine langjährige Geliebte.

KÄSEMESSER UND SPRINKLERANLAGEN

Von meinem Weg durch den Schattenpalast bekam ich nur Bruchstücke mit. Ich erinnerte mich an hohe Decken und Kugeln aus schmiedeeisernen Ornamenten, in denen Feuer loderte. Der flackernde Schein multiplizierte sich an den glatt polierten Wänden und erweckte die Schatten zum Leben. Ich kam mir vor wie in einem Spiegelkabinett aus brennendem Gestein mit tanzenden Schatten und Torbögen, hinter denen nur tiefe Finsternis lauerte. All das wirkte ziemlich beunruhigend, aber die Vorstellung, dass hier auch noch ein gesichtsloser Kapuzenmann frei herumlief, setzte meiner Beklemmung die Krone auf. Ich begann an meinen Sinnen zu zweifeln, und vermutete hinter jedem kleinen Zucken der Schatten das neuerliche Auftauchen der unheimlichen Gestalt. Das Gefühl erinnerte mich irgendwie an eine Geisterbahn, nur war ich kein Kind mehr und das hier war definitiv kein Jahrmarkt, sondern tödlicher Ernst.

Das war's! Ich würde Noár bei der nächstbesten Gelegenheit davon erzählen.

»Ich weiß noch gut, wie ich zum ersten Mal in diesen Palast gekommen bin«, seufzte die Frau an meiner Seite mitfühlend. Zima hatte meine Anspannung nicht bemerkt und aus Gründen, die ich nicht verstand, bemühte sie sich, mich aufzuheitern. »Es wäre eine Untertreibung zu behaupten, dass ich eingeschüchtert war. Ich hatte blanke Angst. Vor den Schattenpforten, den Wachen, den Höflingen, und natürlich vor der Fürstenfamilie. Aber! Ich kann Euch beruhigen, man gewöhnt sich daran.«

Unbekümmert plapperte sie weiter und erzählte Anekdote um Anekdote, um mich abzulenken. Hätte ich ihren Namen nicht gekannt, hätte sie meine Sympathieskala mit Pauken, Trompeten und Konfettiregen gesprengt. Ihre ungezwungene Art war bestechend und ihre Ausstrahlung machte es nahezu unmöglich, sie nicht zu mögen.

Es wunderte mich kein bisschen, dass sowohl Noár als auch Shaell ihr verfallen waren. Wie auch nicht? Würde ich auf Frauen stehen, hätte ich mich selbst Hals über Kopf in dieses bezaubernde Wesen verliebt. Ich musste mir bei jedem Schritt von Neuem ins Gedächtnis rufen, wer diese Frau war.

»Kommt, ich zeige Euch, wie die Schattenpforten funktionieren«, rief Zima plötzlich und zog mich an der Hand zu einem der dunklen Torbögen. »Geht hinein und sagt, dass Ihr in die Türme des Kronprinzen möchtet.«

Zögerlich lugte ich in den finsteren Eingang. Meine Instinkte rieten mir davon ab, ihn zu benutzen. Stattdessen beschworen sie mich eindringlich, eine Falle hinter Zimas Nettigkeit zu erwarten.

»Wieso sollte ich das wollen?«, fragte ich vorsichtig. Vielleicht hatte Noárs Ex ja nicht vor, mich in den Schatten verschwinden zu lassen, aber sie prüfte gerade ganz bestimmt meine Beziehung zu ihrem ehemaligen Geliebten.

Sorgfältig studierten Zimas Rehaugen meine Reaktion, bevor sie mir antwortete. »Weil Eure Gemächer dort liegen. Ihr seid Prinz Ardizas Verlobte. Er würde sicher sehr zornig werden, wenn ich Euch nicht in dem Teil des Palastes unterbringe, der ihm untersteht.« Sie nahm meine Hände und lächelte mich voller Mitleid an. »Die Männer im Schattenreich sind es gewöhnt, sich zu nehmen, was sie wollen. Ardiza ist da keine Ausnahme, wie Ihr sicher schon gemerkt habt.«

Sie hielt kurz inne und wartete darauf, ob ich ihr recht gab.

Mein Schweigen schien ihr zu genügen. »Auf jeden Fall sollt Ihr wissen, dass Ihr nicht allein damit zurechtkommen müsst. Ich habe keine Angst davor, Ardizas Zorn auf mich zu ziehen. Wenn Ihr also jemals Hilfe benötigt ...«

Sie tätschelte meine Hand und schaffte es beinahe, mich von ihren guten Absichten zu überzeugen. Das machte mich umso wütender. Zima stellte sich als Frauenpower-Heldin dar, die mich vor den dominanten Machos des Hofes schützte. Dabei tat sie nichts anderes, als Ängste zu ihrem eigenen Vorteil zu missbrauchen und ein hinterhältiges Spiel zu spielen.

»Ich werde es mir merken«, murmelte ich und trat in die Schattenpforte. Alles war besser, als noch länger in dieses Gesicht zu gucken, an dem jeder Zentimeter eine perfekte Lüge war.

Sofort verschluckte mich die zähflüssige Dunkelheit. Sie fühlte sich so dicht und erdrückend an, dass ich nur schwer Luft bekam. Kaum hatte ich jedoch ausgesprochen, wohin ich wollte, lichteten sich die Schatten und entließen mich in einen schummrigen Bogengang, der vollständig mit roten Mosaiken überzogen war.

»Gut gemacht«, jauchzte Zima hinter mir. Sie musste direkt nach mir die Schattenpforte durchschritten haben. Dann überholte sie mich fröhlich und zog mich weiter. Ihre Unbeschwertheit und die Situation erinnerten mich an zwei Freundinnen, die in ihren Abschlussballkleidern die Schule unsicher machten. Ich gab mir eine imaginäre Ohrfeige und bemühte mich, nicht zu vergessen, dass all das nur einem brillanten Manipulationsversuch gleichkam. Noch nie war es mir so schwergefallen, für jemanden Abscheu zu empfinden.

An einer glatten schwarzen Tür ließ Zima mich los und öffnete meine neuen Gemächer. Mir klappte der Mund auf. Keine Ahnung, was ich erwartet hatte, aber ganz bestimmt kein todschickes Designer-Interieur. Auch hier war alles in Rot und

Schwarz gehalten, doch die klaren Linien, die dezente Einrichtung und das sanfte Licht mehrerer mannshoher Kerzenleuchter sorgten für eine Gemütlichkeit, die mich sprachlos machte. Es gab auch eine Fensterfront, deren Sinn ich in einem Land voller Schatten zwar nicht verstand, aber sie war wunderschön gearbeitet. Davor standen vier Mädchen in schlichten schwarzen Kleidern.

»Das sind die Kammerzofen, die ich für geeignet halte, einer Goldenen Erbin zu dienen«, erklärte Zima und deutete auf die völlig verschüchterten Gestalten. »Die letzte Wahl wollte ich Euch überlassen.«

Oh, bitte nicht. Es war zwar sehr zuvorkommend, dass ich Mitspracherecht bekommen sollte, aber ich konnte doch nicht einfach irgendwelche Zofen aussortieren, weil mir ihre Nasenspitze nicht passte. Außerdem ...

»Ich möchte Euch nicht beleidigen, aber ehrlich gesagt, wäre ich gerne allein.«

Zima hob die Augenbrauen. Diesmal schien ich sie wirklich überrascht zu haben. Schließlich nickte sie und gab den Kammerzofen einen Wink. »Raus mit euch.«

Hastig folgten die Mädchen dem Befehl ihrer Fürstin. Als wir allein waren, sah Zima mich mit einem kleinlauten Lächeln an.

»Ihr seid die erste Goldene Erbin, die wir hier beherbergen. Ich wollte einfach eine gute Gastgeberin sein und habe es vermutlich ein bisschen übertrieben«, gestand sie und seufzte. »Ich kann es Euch nicht verübeln. Solltet Ihr doch Hilfe benötigen, gebt einfach Bescheid. Ich gehe davon aus, dass Ardiza Euch gut bewachen lassen wird. Wahrscheinlich setzt er sogar seine *Neun Tode* auf Euch an, deshalb wird wohl immer jemand in der Nähe sein.«

»Seine was?«, platzte es aus mir heraus.

Zimas Rehaugen verengten sich kaum merklich, sodass ich mir sofort auf die Zunge biss. Mit meiner Reaktion hatte ich ihr gerade irgendetwas verraten.

»Ich meinte es ernst, als ich vorher sagte, dass Ihr auf mich zählen könnt«, entgegnete sie nach einem kurzen Moment der Stille. Offenbar hatte sie beschlossen, meine Frage nicht beantworten zu wollen. Sie ging zur Tür und setzte einen bedauernden Gesichtsausdruck auf, als würde es ihr schwerfallen, mich alleine zu lassen. »Ich werde meinem Gemahl mitteilen, dass er den großen Empfang zu Euren Ehren erst morgen anberaumen soll. Für heute hattet Ihr sicherlich genug Aufregung. Fühlt Euch hier wie zu Hause, erholt Euch und zögert nicht, nach dem Personal zu rufen, falls Ihr etwas wünscht.« Kurz bevor sie die Tür schloss, warf sie mir einen warmherzigen Blick zu, in dem ein gequälter Schimmer lag. Sie schien noch etwas sagen zu wollen, doch dann überlegte sie es sich anders und murmelte lediglich: »Willkommen am Schattenhof.«

Als sie fort war, musste ich mehrmals tief durchatmen und gegen das Bedürfnis ankämpfen, Zima nachzurennen und ihr zu danken. Ihr Einfluss hatte mich so subtil und erbarmungslos eingewickelt, dass mir erst jetzt so richtig klar wurde, wie haarscharf ich einer Gehirnwäsche entkommen war. Entweder hatte diese Frau absolut keine Ahnung, was für eine Wirkung sie auf ihr Umfeld besaß, oder sie wollte nur, dass man genau das glaubte. Damit hätte sie sich eindeutig einen Spitzenplatz unter den perfidesten Personen in ganz Cassardim verdient. Natürlich bestand die Möglichkeit, dass ich voreingenommen war wegen ihrer Affäre mit Noár. Vielleicht tat ich ihr unrecht, immerhin hatte jede Geschichte zwei Seiten. Mir gegenüber hatte sie sich wirklich äußerst nett verhalten und –

Halt! Stopp! Nein! Selbst jetzt, wo sie gar nicht mehr anwesend war, wurden meine Gedanken von dieser Frau manipuliert. Es war fürchterlich. Woher kamen nur diese Gewissensbisse, die sofort auftauchten, sobald ich auf die ausdrücklichen Warnsignale meiner Instinkte hören wollte? Die Schattenfürstin war gefährlich. Aus. Punkt. Basta. Genau wie ihr Gatte, der mal ganz dringend eine Aggressionsbewältigungstherapie bräuchte. Ich wollte mir gar nicht ausmalen, was passieren würde, wenn er herausfand, dass seine Ehefrau ihn mit seinem Sohn betrogen hatte. Womit wir beim Nächsten waren, das ich mir lieber nicht bildlich vorstellen wollte. Dummerweise überschüttete mich jetzt meine masochistische Ader mit massenhaft Bildern von schwitzenden Körpern, blonden Haaren und verliebt dreinblickenden Sternenaugen.

Um mich davon abzulenken, erkundete ich meine neuen, großzügig geschnittenen Gemächer. Das Bett war weich und wirkte gemütlich. Es gab einen Kamin, einen begehbaren Kleiderschrank voller Klamotten in meiner Größe und ein schwarz gekacheltes Bad mit einer riesigen Wanne. Wie Zima versprochen hatte, war sie bis zum Rand mit dampfendem Wasser gefüllt. Ein Anblick, dem ich nicht widerstehen konnte. Rasch zog ich mich aus und kletterte in das heiße Nass. Es war göttlich. Nach und nach fiel die Anspannung von mir ab, die mich seit unserem Flug durch das Gewitter begleitet hatte. Es war tatsächlich ein langer Tag gewesen. Ich blieb in der Wanne, bis meine Zehen verschrumpelt waren und das Wasser zu kalt wurde. Dann schlüpfte ich in einen roten Bademantel und kehrte zurück in den Wohnbereich. Überraschenderweise hatte dort jemand still und heimlich ein ganzes Büfett von Köstlichkeiten aufgetischt und für eine Person gedeckt. Obwohl ich es ein bisschen gruselig fand, dass irgendwelche Leute hier ungefragt ein und aus gingen, siegte letztlich mein Hunger. Ich aß und begann, mich mit jedem Bissen einsamer zu fühlen. Es ging mir nicht um Gesellschaft. Ich konnte mich auch wunderbar mit mir alleine beschäftigen. Nein, ich fühlte mich ausgeschlossen. Eine Außenseiterin. Eine Idiotin, die ahnungslos von Fettnäpfchen zu Fettnäpfchen stolperte. Eine Belastung. Dabei wusste ich mit absoluter Sicherheit, dass ich das nicht war. Ich hielt mich weder für dämlich noch für tollpatschig. Umso mehr ärgerte mich diese innere Hemmschwelle, die mich davon abhielt, zu tun, was ich eigentlich tun wollte. Zum Beispiel auf eigene Faust den Palast zu erkunden ...

Oh Mann, wie vermisste ich Zoey und ihre pragmatische Art, die Dinge zu sehen. Aber Zoey war noch bei Noár und Noár war irgendwo.

Als ich satt war, stöberte ich ein zweites Mal durch die Gemächer. Ich testete alle Möbelstücke und befand sie für gut. Ich starrte das Feuer im Kamin an. Ich starrte die Decke an. Ich wartete.

Irgendwann fiel mir auf, dass die Fenster gar keine Fenster, sondern Türen waren. Neugierig öffnete ich sie und trat in die kühle Abendluft. Anscheinend gehörte eine Art Balkon zu meiner neuen Unterkunft. Viel zu sehen gab es jedoch nicht. Lichter in der Dunkelheit. Ein paar Umrisse. Am spannendsten war die Fassade des Schattenhofs mit ihren vielen spitzen Türmen, schrägen Dächern und skurrilen Statuen, die wohl zur Abschreckung dienen sollten – vor was, wollte ich gar nicht wissen. Eine sah aus wie ein brüllender Shendai. Eine andere glich einem Wolf. Und dann war da noch eine mit menschlicher Gestalt, die auf einem First platziert war. Sie trug einen Bogen auf dem Rücken und sah in meine Richtung. Moment mal. Ich kniff die Augen zusammen. Das war doch keine Statue? Oder doch? Ein paar endlose Sekunden lieferte ich mir ein Blickduell mit ihr, bis ich mir sicher war, dass mir mein Verstand einen Streich spielte. Aber gerade als ich wieder nach drinnen gehen wollte, hob die Gestalt eine Hand und tippte sich zum Gruß an die Stirn.

Oh Scheiße!

Ich zwang mich, nicht zu schreien oder die Flucht anzutreten. Stattdessen spielte ich die Gelassene, winkte zurück und schlenderte vom Balkon. Ich schloss die Tür und ging in den fensterlosen Ankleideraum, wo mich niemand sehen konnte. Erst dort erlaubte ich mir eine echte Reaktion. Ich erstickte einen kleinen Schrei mit meiner Hand, hüpfte auf der Stelle herum und versuchte, den Schock abzuschütteln. Mann, hatte mich der Typ erschreckt. Wieso musste hier auch alles so unheimlich sein?!

Als mein Adrenalinspiegel auf ein halbwegs normales Maß gesunken war, zog ich den Bademantel aus und ein schmuckloses Kleid an. Der Kerl hatte zwar nicht wie ein Spanner gewirkt und war vermutlich von Noár zu meinem Schutz dort draußen postiert worden, trotzdem fühlte ich mich angezogen wohler. Anschließend wagte ich mich wieder aus dem Ankleidezimmer und erkundete unauffällig, ob die Balkontür so etwas wie ein Schloss besaß. Fehlanzeige. Leise fluchend überdachte ich meine Möglichkeiten: Entweder ich fügte mich meinem Schicksal und würde heute Nacht kein Auge zubekommen, oder ich versuchte wenigstens, mir ein bisschen was von meinem Selbstbewusstsein zurückzuerobern. Kurzerhand entschloss ich mich für Letzteres, auch wenn das bedeutete, mich meinen Kapuzenmann-Ängsten stellen zu müssen. Ich schlüpfte in die nächstbesten Schuhe, atmete einmal tief durch und öffnete die Eingangstür. Auf meiner To-do-Liste standen die Gänge, die umliegenden Räumlichkeiten und mögliche Fluchtwege. Nicht mehr und nicht weniger. Für den Fall der Fälle wollte ich wissen, wo ich war und was für Optionen mir blieben.

Rote Mosaikwände, ein paar Fackeln und viele Schatten starrten mir entgegen. Zima und ich waren von rechts gekommen, somit entschied ich mich dafür, die linke Seite auszukundschaften.

»Wo soll's hingehen, Mädchen?«, erschreckte mich eine tiefe Stimme mit warmem Timbre zu Tode. Ich kannte sie gut, obwohl der sanfte Riese, dem sie gehörte, normalerweise nicht viel sprach. Lord Drokor trat aus einer dunklen Nische.

»Oh! Hi. Hallo. Wie gehts? Äh, ich wollte mich nur ein bisschen umschauen«, antwortete ich, wobei mir selbst auffiel, wie naiv das klang.

Noárs Leibwächter musterte mich kritisch. Er schien nicht gerade erfreut, mich hier draußen zu sehen. Ich rechnete damit, dass er versuchen würde, mich aufzuhalten, deshalb fügte ich mit meinem schönsten Lächeln hinzu: »Wenn ich darf?«

Ein Muskel in Drokors Gesicht zuckte, was wohl ein stiller Tadel sein sollte. Mehr Reaktion bekam ich nicht.

»Du bist keine Gefangene«, sagte er mit einer angedeuteten Verbeugung. Er war noch nie ein Mann vieler Worte gewesen. Trotzdem ließ er keine Zweifel daran, dass er mich begleiten würde, wo auch immer ich hinging.

Ich seufzte und starrte halbherzig den Gang hinunter. Solange Drokor hier Wache stand, würde ich wohl kaum einen Fluchtweg benötigen. Vielleicht war das die perfekte Chance, meinen Plan zu ändern?

»Kannst du mich zum Kronprinzen bringen?«

Mir war vollkommen klar, wie schwer es Noár gefallen sein musste, mich mit Zima gehen zu lassen. Und ich wusste, warum er momentan noch Abstand hielt. Aber ich machte mir Sorgen um ihn. Nicht um sein Leben – darauf konnte er sehr gut selbst aufpassen – eher um sein Herz.

»Er ist beschäftigt«, teilte Drokor mir mit.

Das klang verdächtig nach Ausrede, also verschränkte ich meine Arme vor der Brust und schaute den Hünen trotzig an.

»Woher willst du das wissen?«

Drokor verschränkte nun ebenfalls seine Arme, was sehr viel eindrucksvoller war als bei mir. Ein kaum merkliches Lächeln zuckte in seinen Mundwinkeln.

»Du bist immer noch zu neugierig, Mädchen.«

Seine Anspielung auf eines unserer Gespräche im Goldenen Berg brachte mich zum Grinsen. Ich mochte Drokor. Ich mochte seine zurückhaltende Art und seine unverrückbare Loyalität gegenüber Noár.

»Geh schlafen«, riet er mir. »Mein Herr wird dich aufsuchen, sobald er kann.«

Ich rang kurz mit mir und nickte schließlich. Sein Vorschlag war definitiv vernünftiger, als ziellos am Schattenhof umherzuirren, wo mich Noár nicht finden konnte. Außerdem würde ich morgen jeden Funken Konzentration brauchen. Also trottete ich fügsam zurück in meine Gemächer. An der Tür drehte ich mich noch einmal um.

»Ähm, da sitzt übrigens ein Mann auf dem Dach über meinem Balkon.«

Drokor wirkte nicht überrascht. »Junos gehört zu uns.«

Aha. Das war beruhigend. Zumindest etwas.

Ich wünschte Drokor eine Gute Nacht und schloss die Tür. Mein Blick fiel auf die schwarzen Fensterscheiben. Solange hier drinnen Licht brannte, konnte jeder dort draußen sehen, was ich machte. Vielleicht sollte jemand den Schattenleuten mal das Konzept von Vorhängen erklären! Dass Noár es für nötig hielt, mich von zwei seiner Männer bewachen zu lassen, trug nicht gerade zu meiner Beruhigung bei. Ich löschte die vielen Kerzen und ließ nur das Kaminfeuer an, um mich orientieren zu können. Dann rollte ich mich auf dem Bett zusammen und versuchte, mich zu entspannen. Vergeblich. Ich befand mich im Schattenreich, umgeben von Schatten. Woher sollte ich denn bitte wissen, dass nicht jeden Moment aus irgendeiner dunklen Ecke ein Attentäter gekrochen kam? Oder eine unheimliche Kapuzengestalt? Da sich mein rasender Puls einfach nicht beruhigen wollte, stand ich wieder auf und schnappte mir vom Esstisch das erstbeste Messer. So bewaffnet kroch ich zurück unter die Bettdecke und wartete – auf Noár oder den besagten Attentäter oder den Kapuzenmann oder auf den Schlaf, der einfach nicht kommen wollte. Ich überlegte, was mich morgen früh wecken würde, wo es hier doch kein Tageslicht gab. Ich dachte über Moe und Tincos nach, über Zoey, über Shaell und natürlich über Zima. Und irgendwann, nach einer gefühlten Ewigkeit, döste ich ein.

Als ich die Augen wieder öffnete, war das Kaminfeuer heruntergebrannt und damit auch das letzte Licht erloschen. Keine Ahnung, wie lange ich geschlafen hatte. Meinem dröhnenden Kopf und den steifen Muskeln nach zu urteilen, nicht mal eine Stunde. Gerade fragte ich mich, was mich geweckt hatte, als sich eine kräftige Hand über meinen Mund legte. Erschrocken fuhr ich zusammen und riss das Messer hoch, das ich noch immer umklammert hielt. Der Angreifer wehrte mich mühelos ab. Er fing mein Handgelenk ein und drückte mich mit seinem Gewicht auf die Matratze.

»Wenn du mich mit einem Käsemesser erstichst, wird Pash nie wieder aufhören, sich über mich lustig zu machen«, flüsterte Noárs amüsierte Stimme.

Ich stutzte und ließ mich mit einem frustrierten Stöhnen in die Kissen zurücksinken. Mein Herz raste noch immer wie verrückt, aber jetzt, da ich mich nicht mehr wehrte, gab Noár meinen Mund frei.

»Selber schuld, wenn du dich anschleichst!«, maulte ich in die

Dunkelheit. Ich konnte ihn noch immer nicht sehen, aber ich spürte, wie sein warmer Atem mein Gesicht streifte.

»Du vergisst, dass ich kein Recht habe, hier zu sein. Immerhin sind wir nicht verheiratet«, erinnerte er mich süffisant. Seine Hände schienen sich jedoch nicht dafür zu interessieren, was er durfte oder nicht durfte. Sie erkundeten ziemlich unverfroren meinen Körper. Ich biss mir auf die Unterlippe und unterdrückte ein lustvolles Seufzen.

»Wenn du nicht willst, dass jemand deinen Besuch bei mir mitkriegt, solltest du lieber damit aufhören.«

Es war besser, ihn zu warnen, solange ich noch dazu in der Lage war. Schließlich wusste ich nicht, wie hellhörig die Wände in diesem Palast sein konnten.

Noár lachte leise, dachte aber gar nicht daran, aufzuhören. Er presste seine Lippen auf meinen Hals und ließ seine Zunge in kleinen Kreisen über meine Haut fahren. Sie fühlte sich warm und rau und samtig zugleich an. Ich verkrallte mich in seinen Haaren und bemühte mich, kein Geräusch von mir zu geben. Ein Ding der Unmöglichkeit unter Noárs kundigen Fingern. Mein Puls dröhnte mir in den Ohren und selbst meine immer heftiger werdenden Atemzüge kamen mir unglaublich laut vor.

»Noár«, wisperte ich verzweifelt, doch er setzte gnadenlos sein Werk fort. »Bitte, ich –«

»Still!«, raunte er mir zu. Seine Stimme war dunkel vor Lust, während sein Wille ungehindert in meine Gedanken kroch und mich im wahrsten Sinne des Wortes stumm zurückließ. Noár übernahm die Kontrolle, als ich sie verlor. Kein Laut drang mehr aus meiner Kehle, selbst als Noárs Lippen erneut eine brennende Spur auf meiner Haut hinterließen. Ich rang nach Luft, ergab mich seiner Zärtlichkeit, wollte aufstöhnen, doch ich konnte nicht. All diese unglaublichen Empfindungen, die er auslöste, waren in mir gefangen und raubten mir die Sinne. Es war eine unbeschreiblich intensive und sinnliche Erfahrung. Tränen verfingen sich in meinen Wimpern. Meine Lippen begannen zu zittern. Noár verschloss sie mit seinen. Er küsste mich wild und trank meine stummen Schreie, während die Schatten mich umarmten und ich mich an Noár klammerte. Doch dann zuckte er plötzlich zusammen, keuchte vor Schmerz auf und riss meine Hand von seiner Seite.

Sofort war jede Leidenschaft vergessen und mein Verstand glasklar. Sein Wille, der mir Schweigen auferlegt hatte, zersprang unter meiner Sorge wie eine Glasscheibe.

»Deine Verletzung!«, flüsterte ich erschrocken. Hatte er sich etwa immer noch nicht heilen können?! Das war Stunden her!

»Es geht schon«, versuchte er mich zu beruhigen.

Pfft. Noár gehörte nicht zu den Männern, die wegen eines Kratzers herumjammerten. Wenn er sich seine Schmerzen anmerken ließ, dann war es definitiv etwas Ernstes.

»Nichts da. Du zeigst mir die Wunde jetzt sofort und danach entscheide ich selber, ob es schon geht oder nicht!«

Ich war mir sicher, dass Noár trotz der Dunkelheit mein Gesicht sehen konnte, also unterstrich ich meine Forderung mit einem möglichst grimmigen Gesichtsausdruck. Sein tonloses Lächeln gab mir recht.

»Na gut.« Ich spürte, wie er sich hochstemmte und sich an die Bettkante setzte.

Ich krabbelte ihm hinterher, wobei ich mich eher blind vorantastete als frei bewegte. »Ein bisschen Licht könnte nicht schaden.«

Noár schnaubte leise und murmelte: »Lasst sie sehen!«

Unvermittelt schienen sich die Schatten zurückzuziehen. Nein, sie wurden ... durchsichtig. Es war immer noch stockdunkel, aber jetzt konnte ich mühelos die Umgebung und jedes Detail erkennen – als wäre ich von einem Tauchgang in einem dreckigen Weiher direkt in kristallklares Karibikwasser geschmissen worden.

Wow! Das war zwar kein Licht, aber mindestens genauso gut.

»Hemd«, wies ich Noár knapp an. Ich würde ihn ein anderes Mal für seinen faszinierenden Umgang mit den Schatten bewundern. Jetzt schnappte ich mir erst mal ein paar saubere Servietten und die Wasserkaraffe vom Tisch.

Als ich zurück war, machte sich Noár gerade an den letzten Knöpfen seines Hemdes zu schaffen. Diesmal konnte ich sehen, wie sich sein Gesicht zu einer schmerzhaften Grimasse verzog.

»Du bist echt ein Idiot«, schimpfte ich und kniete mich vor ihn hin. »Stellst Drokor vor meine Tür, zwingst irgendeinen Typen, die Nacht auf meinem Dach zu verbringen, verschwendest aber keinen Gedanken an *deine* Sicherheit.«

Ich schob das Hemd zur Seite und unterdrückte einen Fluch. Seine komplette rechte Körperhälfte war voller Blut – verkrustetes und frisches. Es sickerte aus einer tiefen Schnittwunde an seinen Rippen.

»Drokor hat sich freiwillig gemeldet«, brummte Noár, »und Junos hat seine Nächte schon an viel schlimmeren Orten verbracht.«

Ich rollte mit den Augen. »Das ändert auch nichts daran, dass du ein Idiot bist, der sein Blut wie eine wandelnde Sprinkleranlage in halb Cassardim verteilt«, murrte ich und begann, die Wunde zu säubern. »Was zum Teufel hast du überhaupt gemacht? Der Schnitt sieht aus, als wäre er schon fast verheilt gewesen und dann wieder aufgerissen.«

Noárs Miene verdunkelte sich. Er schien nicht gerade versessen darauf zu sein, meine Frage zu beantworten.

»Einer meiner Halbbrüder hat mich herausgefordert«, gestand er schließlich. »Ich musste an ihm ein Exempel statuieren.«

Überrascht sah ich von meiner Arbeit auf. »Einer von denen, die dir den Thron abspenstig machen wollen?« Ich hatte bis heute nicht gewusst, dass Noár überhaupt Halbgeschwister hatte. Sie wurden in keiner der Chroniken erwähnt, die ich im Goldenen Berg gelesen hatte.

Als Noár grimmig nickte, begann ich zu verstehen, warum. Am Schattenhof gab es keinen Platz für Schwäche. Es zählte nur der Kronprinz, nicht jene, die für diese Position nicht stark genug waren. Ich wollte eigentlich gar nicht wissen, was Noár unter einem »Exempel« verstand, doch letztlich siegte meine Neugier.

»Und, äh ... lebt er noch?«, erkundigte ich mich unbehaglich, während ich die Wunde abtastete.

»Ja«, sagte er, aber sein Tonfall klang nach dem genauen Gegenteil. »Er wird sich jedoch wünschen, dass es anders wäre. Mein Vater hat nicht viel Verständnis für Verlierer und er ist im Moment nicht besonders gut gelaunt.«

Oh. Letzteres war wohl auf meinen Mist gewachsen. Sofort fühlte ich mich schlecht.

»Ich hab vorhin ein bisschen übertrieben, oder?«, fragte ich kleinlaut.

»Nein, Kätzchen«, widersprach Noár und lächelte mich liebevoll an. »Du warst großartig.«

Sein Lob tröstete mich nicht, doch ich konnte mich nicht länger mit meinen Schuldgefühlen herumschlagen, denn ich hatte etwas Seltsames in Noárs Verletzung entdeckt.

»Ich glaube, da steckt noch was drin.«

Behutsam versuchte ich, es zu ertasten. Noár hatte weniger Geduld. Er griff sich das Messer, das noch immer auf meinem Kissen lag, und hielt es mir mit dem Heft voran hin.

»Hol's raus.«

Mit aufgerissenen Augen starrte ich zwischen der Klinge und

Noár hin und her. Ich sollte mit einem Käsemesser in seinem Oberkörper herumstochern?!

»Mach schon. Ich vertrau dir.« Er nahm meine Hand und schloss sie um den Griff des Messers.

Ähm ... schön, dass er mir vertraute, aber vielleicht vertraute ich *mir* ja nicht? Ich hatte zwar Erste-Hilfe-Kenntnisse und alle möglichen Krankenhaus-Serien durchgesuchtet, aber das machte mich noch lange nicht zum Chirurgen. Allerdings blieb mir wohl kaum etwas anderes übrig, denn Noár würde sonst weiter blutend herumrennen, bis er umkippte.

Ich schluckte und machte mich ans Werk. Sacht versuchte ich, die Spitze der Klinge unter das schwarze Etwas zu schieben, das tief im Fleisch steckte. Noár zischte leise, doch er hielt vollkommen still.

»Was hat Zima von dir gewollt?«, presste er zwischen den Zähnen hervor.

Ernsthaft? Gerade jetzt schnitt er dieses Thema an?!

»Sie hat mir sehr überzeugend ihre Hilfe angeboten, falls du übergriffig werden solltest«, entgegnete ich hochkonzentriert. Für einen einfühlsamen Unterton fehlte mir die Muße.

Noár schwieg. Ich warf ihm einen schnellen Blick zu, weil ich nicht wusste, ob meine Antwort oder meine Behandlung dafür verantwortlich war. Dabei verfing ich mich in ernst glänzenden Sternenaugen.

»Nimm dich vor ihr in Acht!«

»Ach wirklich?«, murmelte ich und setzte meine blutige Mission fort. »Eigentlich hatte ich geplant, sie zu meiner besten Freundin zu machen.«

Da! Endlich hatte ich zu fassen gekriegt, was auch immer in seiner Wunde steckte. Ich übte Druck auf das Messer aus und musste direkt einen heftigen Brechreiz unterdrücken. Aus Noárs

Fleisch glitt ein pechschwarzer Dorn – größer als mein Daumen. Er stammte sicherlich von der Chimäre und roch unerträglich nach verfaultem Fisch. Mit schmerzverzerrter Miene sah Noár zu, wie ich den Dorn mit einer Serviette auffing und einwickelte, bevor ich mir erlaubte durchzuatmen. Dann kontrollierte ich den neuen Schaden, den das Messer und meine Aktion verursacht hatten. Erstaunt stellte ich fest, dass sich das Gewebe bereits erneuerte.

»Na also«, murmelte ich erleichtert. »Das Ding da hat verhindert, dass du dich heilst.«

Noár nahm meine Hände und drückte einen zärtlich Kuss darauf. Dass sie über und über mit seinem Blut besudelt waren, störte ihn dabei nicht.

»Ich heile mich nicht«, stellte er sanft fest. »Das bist du.«

Ich? Aber ...

Tatsächlich spürte ich jetzt, da er mich darauf hingewiesen hatte, wie sehr ich ihn geheilt sehen *wollte.* Und die Splitter in meinen Händen, benetzt von seinem Blut, verstärkten meinen Willen noch. Das war ... toll, aber es machte mir auch eine Heidenangst. Wenn ich meinen Willen nicht kontrollieren konnte, würde das sicher irgendwann in einer Katastrophe enden. Was, wenn ich aus einem dummen Impuls heraus jemanden den Tod wünschte?!

Noár stand auf und zog mich mit sich auf die Beine. Er strich mir die Haare aus dem Gesicht, küsste mich und ließ schließlich mit einem Seufzen von mir ab.

»Ich habe noch etwas zu erledigen«, sagte er und begann, sein Hemd zuzuknöpfen. »Aber ich werde dir jemanden schicken, der aufräumt. Bis dahin«, fuhr er fort und zog einen rasiermesserscharfen Dolch aus seinem Stiefel, »wird dir der hier sicher mehr nutzen als dein Käsemesser.«

»Hey! Beleidige mein Käsemesser nicht. Es hat dir gerade das Leben gerettet!«

Lachend schob er die Klinge unter mein Kopfkissen, während mich eine ganz ungute Ahnung beschlich. Wohin wollte Noár jetzt noch gehen? Und warum so plötzlich? Ich wurde das Gefühl nicht los, dass das irgendetwas mit seiner Stiefmutter zu tun hatte.

»Du willst zu Zima, oder?«, fragte ich und kam mir dabei wie eine schrecklich eifersüchtige Freundin vor.

Noár hielt inne. Er schien mit dem Gedanken zu spielen, mir eine Lüge aufzutischen, doch er überraschte mich, indem er nach einer Weile nickte.

»Ja. Aber nur, um zu beenden, was zwischen uns war.«

Ein schmerzhafter Stich bohrte sich in mein Herz. Es war nicht so, dass ich Noár nicht vertraute, nur versetzte mich allein die Vorstellung in Angst und Schrecken, dass er sich in Reichweite von Zimas manipulativer Schönheit begab. Laut Rhome hatte er ihr noch nie widerstehen können – nicht, bis ich in sein Leben getreten war. Allerdings war Noár seitdem auch nicht mehr mit ihr allein gewesen. Abgesehen davon würde die Schattenfürstin sich doch nicht einfach so abservieren lassen – zumindest nicht ohne Folgen.

Verunsichert kaute ich auf der Innenseite meiner Backe herum, bis ich mich dazu durchringen konnte, meine Zweifel zu äußern. »Ist das klug?«

Noár fuhr sich durch die Haare und rieb sich den Nacken. Er sah alles andere als glücklich aus.

»Nein, klug ist es sicher nicht. Zima wird schnell dahinterkommen, warum ich das Interesse an ihr verloren habe«, gestand er, bevor er mein Kinn hob und mich zwang, ihm in die Augen zu schauen. »Aber das ändert nichts daran, dass ich es tun muss, Kätzchen.«

Natürlich änderte das etwas. Wenn Zima von unserer Liebe erfuhr, änderte das alles! Hatte Noár denn nie etwas von der Rache einer zurückgewiesenen Frau gehört?!

Diesmal brachte ich es aber nicht übers Herz, noch einmal Einspruch zu erheben, weil ich mich vor den Konsequenzen fürchtete. Die Alternative wäre nämlich, dass Noár Zima vormachte, ihr weiterhin hörig zu sein. Und was das bedeutete, würde ich nicht ertragen können.

Trotz meines Schweigens schien Noár genau zu wissen, was ich dachte. Er lächelte mich voller Liebe an.

»Es ändert nichts, weil Zima so oder so merken würde, was los ist. Denn du bist die einzige Frau, die ich will.«

EINSTIMMUNG UND VERSTIMMUNG

Am nächsten Morgen wachte ich durch Gepolter und fröhliches Summen auf – wobei ich nur vermuten konnte, dass es der nächste Morgen war, denn draußen herrschte noch immer tiefste Dunkelheit. In meinem Zimmer brannten jetzt jedoch alle Kerzen, der Kamin und zusätzlich noch ein paar Fackeln, die mir bislang gar nicht aufgefallen waren. Mittendrin werkelte eine hübsche rotblonde Zofe, die ich seit der Schlacht auf der Nebelbrücke nicht mehr gesehen hatte. Es war Keeza, Rhomes schlagfertige Schwester. Verschlafen beobachtete ich sie und kam nicht umhin, die Wandelbarkeit dieser Frau zu bewundern. Erneut. Sie besaß ausreichend Eleganz für einen Hof und genügend Schneid für das Schlachtfeld. Sie war grazil und burschikos, charmant und forsch, auffällig und gleichzeitig irgendwie unscheinbar.

»Na, ausgeschlafen?«, erkundigte sie sich mit ihrer schokoladig samtigen Stimme.

Das war eine gute Frage. Ich hatte lange mit meinen Gedanken an Noár und Zima zu kämpfen gehabt, und hätte schwören können, überhaupt kein Auge zubekommen zu haben.

»Sie wird dir nicht antworten.« Zu meiner Freude tauchte Zoeys blau schimmernde Gestalt neben meinem Bett auf. »Morgens ist sie ohne Kaffee so gut wie nicht ansprechbar.«

»Keine Ahnung, was Kaffee ist, aber darauf kann ich keine Rücksicht nehmen«, meinte Keeza trocken und scheuchte mich aus dem Bett, damit ich mich an den gedeckten Frühstückstisch setzte. »Du hast heute einen straffen Tagesplan.«

Das Essen sah lecker aus. Trotzdem hatte ich keinen Hunger, also griff ich zu der dampfenden Kanne, die einen beißenden Geruch verströmte. Wenn mich nicht alles täuschte, befand sich darin Damatih-Tee – ein widerliches Gebräu, das besser funktionierte als Koffein. Genau das, was ich jetzt gebrauchen konnte.

»Seit wann bist du aus deinem Heimkino raus?«, wollte ich von Zoey wissen.

»Keeza hat mich rausgelassen, bevor sie das Massaker hier aufgeräumt hat. Was ist passiert? Hast du dir 'nen Zeh amputiert?«

»So was in der Art«, brummte ich und nippte an meiner Teetasse. Bäh, das Zeug schmeckte immer noch wie Abwaschwasser mit einem Spritzer Zitrone. Wie konnte jedes Lebensmittel in Cassardim deliziös sein, außer diesem Tee?

Zoey gab mir netterweise eine Schonfrist, bis die halbe Tasse leer war. Dann kannte sie keine Gnade mehr und löcherte mich mit Fragen zum gestrigen Tag. Sie wollte alles bis ins kleinste Detail wissen. Brav berichtete ich ihr von der Schwarzen Treppe, von unserem Flug zum Palast, von Shaell und von Zima. Gerade zur Schattenfürstin war Zoeys Urteil vernichtend: »Diese fiese Bitch hält sich wohl für besonders schlau. Lass dich von der ja nicht einwickeln!«

»Da kann ich deiner Freundin nur zustimmen«, meinte Keeza, die gerade aus dem Ankleidezimmer kam. Rhomes Schwester war bislang auffällig zurückhaltend gewesen, wobei ich mir keine Illusion darüber machte, dass sie meinen Ausführungen genauestens gelauscht hatte.

»Übrigens würde ich jetzt gerne meine Hypothese bezüglich der nicht zufälligen Zufälle präzisieren«, meinte Zoey und begann wie ein Geister-Detektiv vor mir auf und ab zu schweben. »Wenn wir davon ausgehen, dass hinter dem Chaos-Angriff tatsächlich ein Masterplan steckt, stellt sich natürlich die Frage, auf was es das Chaos abgesehen hat. Und na ja, die Antwort liegt auf der Hand, oder?«

»Hmm?« Für Verschwörungstheorien war es definitiv zu früh am Morgen.

Zoey stieß ihr typisches Denkt-hier-niemand-mit-Stöhnen aus. »Du! Du bist die Antwort!«

»Nääh«, nuschelte ich müde. »Ich war doch am anderen Ende von Cassardim.«

»Sehr guter Einwand«, lobte meine Geisterfreundin. »Einen Angriff mitten im Wandernden Wald zu planen, macht schließlich keinen Sinn ... Sollte man meinen! ABER was, wenn es ein Köder war, damit du und Noár euer Liebesnest verlasst? Ich glaube, entweder wollte irgendjemand deine Fähigkeiten im Kampf gegen das Chaos auf den Prüfstand stellen, ODER jemand wollte dich in den Wandernden Wald locken, damit du die Einladung von Moes Mutter annimmst, sodass die Fürsten auf die Tradition pochen können, was zur Folge hatte, dass Noár dich hierher in die Schattenfeste bringen musste, obwohl er genau das hatte verhindern wollen. ODER – und das ist mein persönlicher Favorit – beides.«

Zoeys Spekulationen strapazierten meine Gehirnzellen, die sich noch immer im Aufwachmodus befanden. »Wer sollte so einen Aufwand betreiben, nur um mich herzubringen?«

»Äh, zum Beispiel eine böse Schattenfürstin, die die Hochzeit zwischen dir und ihrem Lover verhindern will?«

Zima? Sie verdächtigte Zima, hinter all dem zu stecken? Und schon war es nicht mehr ganz so aussichtslos, mich zu überzeugen. Noárs Ex-Geliebter traute ich alles zu.

»Deine These hat nur einen kleinen Haken«, mischte sich Keeza ein. »Ein Cassarde kann einen Riss in der Barriere auslösen, indem er die Ordnung maßgeblich stört, wie damals bei dem Angriff der Chaoshunde auf Amaia im Goldenen Berg.« Sie schnappte sich ein Stück Brot und kaute nachdenklich darauf herum. »Aber aus einem Riss wird nicht immer ein Chaoswirbel und durch einen Wirbel kommen nicht automatisch Chimären und Horden von Chokaale. Es entspricht der Natur des Chaos, unvorhersehbar zu sein. Ein Cassarde hätte diesen Angriff also niemals in seinem vollen Umfang planen können.«

Ich zwang mir den Rest des Tees hinunter und speicherte diese ganze Angelegenheit mit dem Vermerk ab, mir später darüber Gedanken zu machen.

Zoey wollte es jedoch nicht auf sich beruhen lassen.

»Aber«, konterte sie und zog eine naseweise Grimasse, »auch die Waldfürstin hat gesagt, dass ihr der Angriff geplanter vorkam als sonst.«

Jetzt war Rhomes Schwester tatsächlich überrascht. Sie runzelte die Stirn und wollte gerade etwas erwidern, als es plötzlich an der Tür klopfte. Bevor wir den morgendlichen Besuch hereinbitten konnten, schwang die Tür auf. Herein kam die Schattenfürstin, gefolgt von einem missmutigen Drokor, der uns mit einem Schulterzucken zu verstehen gab, dass sie sich nicht hatte aufhalten lassen.

Als Zima mich und meine Gesellschaft entdeckte, stockte sie und setzte ein entschuldigendes Lächeln auf. Es wirkte fast, als wäre es ihr unangenehm, uns unterbrochen zu haben.

»Guten Morgen, kaiserliche Hoheit«, sagte sie freundlich und neigte den Kopf, auf dem eine komplizierte Hochsteckfrisur thronte. »Ich wollte eigentlich nur fragen, ob Ihr Hilfe beim Ankleiden braucht, aber wie ich sehe, hat Prinz Ardiza bereits für Euer Wohl gesorgt.«

Was auch immer letzte Nacht zwischen ihr und Noár geschehen war, sie ließ sich nichts anmerken. Im Gegenteil, sie schien noch besser gelaunt als gestern. Als ihre Rehaugen Zoey ins Visier nahmen, fiel mir mit Schrecken ein, dass wir meine Geisterfreundin vielleicht hätten verstecken sollen. Aber die Schattenfürstin war plötzlich hellauf begeistert. »Du musst die treue Seele sein, die so tapfer bei der Befreiung von Kaiser Katair aus den Kerkern geholfen hat! Oh, wie schön, dass Prinzessin Amaia dich mitgebracht hat. Ich hoffe sehr, dass man dich hier angemessen willkommen heißt. Im Schattenreich bekommen wir nur selten gute Seelen zu sehen, deshalb sind vielleicht nicht alle einen höflichen Umgang mit ihnen gewöhnt. Wenn dir also irgendein Unrecht droht, dann berufe dich gerne auf mich und niemand wird dir Leid zufügen.«

Zoey war von ihrer Herzlichkeit so vor den Kopf gestoßen, dass sie nur unzusammenhängendes Zeug von sich gab: »Äh ... mir gehts gut ... auch hier ... also bislang zumindest.«

So viel zu »Lass dich von der ja nicht einwickeln« ...

Dann wandte sich die Schattenfürstin wieder mir zu. »Ich habe gestern noch mit Ardiza geredet und ihm geraten, es mit Euch ein wenig langsamer angehen zu lassen«, informierte sie mich, als würde sie mir damit den größten Gefallen der Welt tun. »Man erobert eine Frau nun einmal nicht mit dominantem Gehabe, sondern mit Aufmerksamkeit, Verständnis und Geduld. Es hat ein bisschen Überzeugungskraft meinerseits benötigt, aber ich glaube, er hat es letztendlich begriffen.«

Jetzt fühlte *ich* mich wie vor den Kopf gestoßen. Die Vertrautheit, mit der Zima über Noár redete, war mir zuwider. Genau wie die Andeutung, dass sie Noár erst mit Fingerspitzengefühl hatte »bearbeiten« müssen, um ihn handzahm zu bekommen. Und dann noch dieser unschuldige Augenaufschlag ...

»Er hat mir heute Morgen mitgeteilt, dass er einen Ausflug mit Euch plant, damit Ihr seine Heimat kennenlernen könnt«, fuhr sie fort.

Heute Morgen?!

Ich biss mir auf die Zunge und zwang mich, mir meinen Missmut nicht anmerken zu lassen. Mir war klar, dass sie auf sehr subtile Art meine Intelligenz und meine Eifersucht prüfte. Sie wollte mich glauben machen, dass sie die Nacht mit ihm verbracht hatte. Pfft, ganz bestimmt! Deshalb war sie jetzt auch hier und kontrollierte unauffällig selbst die kleinste Falte in meinem Bett! Ich glaubte ihr kein Wort. Dummerweise gab es da aber trotzdem diese kleine Stimme in meinem Kopf, die zu zweifeln begann. Ich brachte sie mit eisernem Willen zum Schweigen. Ich würde Noár nicht infrage stellen! Nicht wegen dieser Frau!

Zima tauchte plötzlich direkt vor mir auf. Aus der Nähe betrachtet waren ihre vollen Lippen und ihre ebenmäßigen Gesichtszüge fast noch schöner. Aufmunternd strich sie mir über die Schultern.

»Ich hoffe, Ihr nehmt mir das nicht übel. Fühlt Ihr Euch einem Ausflug gewachsen? Falls nicht, rede ich mit Ardiza. Immerhin werdet Ihr noch eine Weile hier sein, wir müssen also nichts überstürzen.«

Ich sah ihr fest in ihre bildhübschen Augen. Sie wollte Spielchen spielen? Bitte!

»Um ehrlich zu sein, fühle ich mich tatsächlich nicht bereit für einen solchen Ausflug«, log ich. »Ich nehme Euer Angebot also gerne an.«

Hinter der Schattenfürstin fielen Zoey fast die Augen aus dem Kopf, aber Keeza lächelte und nickte mir anerkennend zu. Sie wusste so gut wie ich, dass sich Noár nichts würde vorschreiben lassen. Dadurch konnte ich gleichzeitig mein zerrüttetes Verhältnis zu ihm unter Beweis stellen und Zima vormachen, dass sie mein Vertrauen gewonnen hatte. Und ganz nebenbei würde ich ihr demonstrieren, dass sie Noár nicht so sehr in der Hand hatte, wie sie zu glauben schien ...

Für den Bruchteil einer Sekunde huschte Erleichterung über die Züge der Schattenfürstin, doch sie hatte sich schnell wieder im Griff.

»Ich verstehe ...«, sagte sie sanft, bevor neuer Tatendrang sie zu packen schien. »Macht Euch keine Sorgen, ich kläre das für Euch. Wir sehen uns dann heute Abend.« Sie zwinkerte mir zu und fegte wie ein Wirbelwind an Drokor vorbei nach draußen.

Noárs hünenhafter Leibwächter versuchte, ein Schmunzeln zu verbergen. Er und Keeza tauschten einen vielsagenden Blick. Dann ließ auch er uns allein.

»Kleid oder Hosen?«, erkundigte sich Rhomes Schwester, als wäre nichts geschehen.

»Was du für besser hältst«, antwortete ich mit einem Schulterzucken.

»Moment mal«, schaltete sich eine verwirrte Zoey ein. »Ich dachte, der Ausflug ist gestrichen?«

Keeza grinste. »Abwarten.«

Sie zog mich ins Ankleidezimmer und steckte mich in bequeme schwarze Hosen und einen knielangen Mantel, dessen lange Schlitze meine Beweglichkeit nicht einschränkten. Anschließend kümmerte sie sich um meine Haare.

Es war mir irgendwie unangenehm, mich von Rhomes Schwester bedienen zu lassen. Doch als ich sie darauf ansprach, reagierte sie völlig schmerzfrei. »Ich habe erst vor ein paar Jahrzehnten erfahren, dass ich Rhomes Halbschwester bin. Bis dahin musste ich mich allein durchschlagen und das ist als Verlorenes Kind gar nicht so einfach in Cassardim.«

Deshalb also keine Völkersymbole. Sie war ein Verlorenes Kind, was bedeutete, dass ihre Eltern aus verschiedenen Völkern stammten. Ich wusste von Mariz, meiner Kammerzofe aus dem Goldenen Berg, dass das Leben ohne Zugehörigkeit zu einem Volk kein Zuckerschlecken war. Man galt als minderwertig.

»Inzwischen weiß ich aber meine Vorteile daraus zu ziehen«, meinte Keeza leichtfertig und steckte die Zöpfe, die sie eben geflochten hatte, mit ein paar schwarz glitzernden Kämmen hoch. »Wenn einen die Hochwohlgeborenen nicht wahrnehmen, kann man sich überall Zugang verschaffen.«

Zoeys neugieriger Geisterkopf erschien im Türrahmen. »Du bist eine Spionin?«

Ich lachte, bevor mir auffiel, wie exakt meine Freundin damit ins Schwarze traf. Natürlich! Keeza hatte sich damals mühelos im Goldenen Berg eingeschlichen und in Noárs Auftrag ein Auge auf mich geworfen.

Keeza funkelte uns vergnügt an. »Erzählt's nicht weiter.«

Als sie ihr Werk beendet hatte, schlüpfte ich in weiche Lederstiefel und entschloss mich kurzerhand dazu, das Zimmer lieber nicht unbewaffnet verlassen zu wollen. Also lief ich zum Bett und verstaute Noárs Dolch im Schaft meiner Stiefel.

»Krasser Scheiß«, hauchte Zoey mit großen Augen. »Gehört das zur Standardausstattung? Ich kenn ja Pralinen *auf* den Kissen, aber Messer darunter ...?«

Keeza schwieg, obwohl sie die Klinge zweifellos erkannt hatte. Stattdessen richtete sie ihren Blick auf meine Freundin und hielt die Kette mit dem Schleierkristall hoch.

»Willst du mit Amaia gehen?«

Zoey schob die Geisterhände in ihre Hosentaschen. Verlegen trat sie von einem Fuß auf den anderen. »Ähm, wenn es okay ist, MaiMai«, stammelte sie, »bleib ich lieber hier und pass auf dein Zimmer auf.«

Ihr unbeholfener Versuch, mir etwas vorzumachen, brach mir das Herz. Ich war nicht sauer, dass sie mich nicht begleiten wollte, sondern eher verzweifelt, weil ich sah, wie unglücklich sie war. Wir versuchten beide, es zu ignorieren, doch mit jedem Tag wurde deutlicher, dass sie nicht nach Cassardim gehörte. Und das wiederum führte mir vor Augen, dass ich mich egoistisch verhalten hatte. Meine Freundin war nur meinetwegen noch hier – an einem Ort, an dem sie eigentlich nicht verweilen sollte. Ohne mich wäre sie längst durch die Nebel gegangen und wiedergeboren worden. Sie hätte ein neues Leben, neue Freunde, neue Aufgaben ...

»Zoey kann bei mir bleiben, wenn sie mag«, schlug Keeza vor. »Ich gebe dir mein Wort, dass ihr nichts geschehen wird.«

»Wirklich?«, rief Zoey so dankbar, dass ich mich gleich noch schlechter fühlte. »Das wäre toll! Vielleicht kann ich dir ja beim Spionieren helfen, oder so?«

»Wir lassen es erst mal langsam angehen«, lachte Keeza, bevor ein lautes Hämmern an der Tür uns aufschreckte.

»Ich komm jetzt reee-hein! Also bedeckt alles, was euer Schamgefühl in Wallung bringen könnte«, rief eine übermütige Männerstimme vom Gang. Keine Sekunde später flog die Tür auf und Pash spazierte herein. Er war überraschend akkurat gekleidet und hatte sich sogar frisiert, wobei das bei seinen wirren Haaren nur wenig Sinn zu haben schien.

»Drokors Ablösung meldet sich zum Dienst!«, verkündete er mit einem scherzhaften Salut. »Ich soll dich zu Noár bringen.«

Gut. Ich war bereit, aber ... »Wieso kommt er nicht selbst?«

Pash setzte sich uneingeladen an den Frühstückstisch und machte sich über mein verschmähtes Essen her.

»Keine Ahnung. Vielleicht, weil du ihm öffentlich einen Korb gegeben hast?«, meinte er und schüttelte kichernd den Kopf. »Überbracht von der Schattenfürstin höchstpersönlich.«

Aus seinem Kichern wurde ein Lachanfall, den er nur für ein Stück Käse unterbrach. »Ihr hättet sein Gesicht sehen sollen, als

Zima reingeplatzt ist und ihm mitgeteilt hat, du wärst nicht in der *Stimmung* für seine Pläne.«

Die Erinnerung daran schien ihn so sehr zu belustigen, dass ihm sogar Tränen in die Augen traten.

»Was hat Noár gesagt?«, wollte Keeza wissen.

»Dass *er* nicht in der *Stimmung* ist, auf irgendwelche Befindlichkeiten Rücksicht zu nehmen«, antwortete Pash kauend. »Dann hat er mich hergeschickt mit den Worten ...« Er sprang auf, setzte eine bitterböse Miene auf und ahmte Noárs Tonfall nach. »Bring meine Verlobte zu den Zinnen! Mal sehen, wie *das* ihrer *Stimmung* zuträglich ist. Und sag ihr, dass Rim Valesh nur der Anfang war, wenn sie mich noch einmal so bloßstellt.«

Pashs Darstellung brachte das großspurige Gehabe seines Herrn so sehr auf den Punkt, dass ich herzlich lachen musste. Außerdem erwärmte mir Noárs versteckte Botschaft das Herz. Die Erwähnung von Rim Valesh war alles andere als eine Drohung.

Während Zoey mit mir lachte, blieb Keeza ernst.

»Hat Zima das geschluckt?«

Pash schnappte sich ein weiteres Stück Käse und zuckte mit den Schultern. »Schwer zu sagen. Sie war ziemlich ... unterkühlt.«

Vor dem Balkon ertönte ein mächtiges Brüllen. Ich fuhr herum, konnte aber in der Dunkelheit nichts erkennen.

»Unsere Mitfluggelegenheit ist da, Prinzessin«, verkündete Pash fröhlich. Er stopfte sich noch ein halbes Ei und ein Stück Brot in den Mund und nuschelte: »Na? Lust, den gefürchtetsten Ort im Schattenreich zu besichtigen?«

EIN GRUSS DES CHAOS

Ein Flug mit Pash war ein günstiger Zeitpunkt, um mit dem Beten anzufangen. Mehr als einmal war ich bei seinen waghalsigen Manövern vom Rücken des Shendai gefallen – nicht nur fast, sondern tatsächlich. Natürlich rettete mich Noárs irrer Freund jedes Mal mit weiteren waghalsigen Manövern, was das Ganze nicht besser machte und den Albtraum nur von vorne beginnen ließ. Als wir endlich ankamen, war ich heiser von meinen Todesschreien und konnte kaum auf eigenen Beinen stehen, weil meine Knie so sehr zitterten. Felsen, Fackeln und mindestens ein Dutzend grimmige Schattenkrieger drehten sich mir vor Augen. Mir wurde übel. Ich schaffte es gerade noch, ein paar Schritte zur Seite zu laufen, bevor ich mich im Schatten eines Felsbrockens übergab. Nachdem ich meinen Tee vom Frühstück wieder hochgewürgt hatte, traten schwarze Stiefel in mein Blickfeld. Ich brauchte nicht aufzuschauen, um Noárs selbstbewussten Gang zu erkennen.

»Ich hoffe, du hast deinen Flug genossen?«, spottete er frostig.

Da kapierte ich, dass Pash weniger irre war, als ich ihm unterstellen wollte. Er hatte mich mit Absicht gequält – auf Noárs Anweisung hin. Dieser Horrorflug war nichts anderes als die Retourkutsche, die man von ihm erwartete.

Mit so viel Würde, wie ich aufbringen konnte, richtete ich mich auf. »Absolut! Es war großartig«, zischte ich ihm ins Gesicht. »Ich musste zwar kotzen, aber es war trotzdem besser als jeder Flug mit dir!«

Die anwesenden Schattenkrieger wagten es nicht, eine Miene

zu verziehen, doch ich spürte, wie unangenehm es ihnen war, dass ich ihren Herrn derart beleidigte.

Noár packte mich am Arm und zog mich zu sich, bis ich nur noch auf den Zehenspitzen stehen konnte. Sein Griff war grob, aber nicht schmerzhaft. »Ich dachte mir schon, dass das nicht ausreichen würde, um dir Manieren beizubringen. Genau deshalb habe ich dich herschaffen lassen.«

Ohne weitere Erklärung zerrte er mich über den schroffen Felsboden zu einem Abgrund. Sein rohes Verhalten stand in krassem Gegensatz zu der Macht, die er durch seinen Willen in mich hineinfließen ließ. Sanft heilte er die Reste meiner Übelkeit. Es wirkte wie eine stille Entschuldigung, über die ich mich nur so lange freuen konnte, bis ich das brennende Feld sah, das unter uns lag. Nein, es war kein brennendes Feld. Hunderttausende Feuerschalen und Lagerfeuer erhellten ein Heerlager von so ungeheuerlichem Ausmaß, dass mir die Luft wegblieb. Dicht an dicht drängten sich rote Zelte um schlanke turmartige Felsen, die wie Nadeln aus dem Lager herausstachen und ein bisschen an spitze Zinnen erinnerten. Bei genauerem Hinsehen entdeckte ich dort Shendai in der Luft und weitere Shendai, die auf den Felsspitzen nisteten – so viele, dass es fast schien, als würde sich das dunkle Gestein bewegen. Großer Gott, was für eine Streitmacht.

Ein Wiehern ließ mich aufschauen. Noárs Krieger führten einen schwarzen Hengst herbei. Es war unmöglich, seine genauen Umrisse auszumachen, denn das Tier schien förmlich mit den Schatten zu verschmelzen. Noár stieg auf und streckte mir eine Hand hin.

»Komm! Unser Ausflug hat gerade erst begonnen.«

Betäubt von den ganzen Eindrücken ließ ich mich protestlos in den Sattel heben. Die Situation kam mir seltsam vertraut vor. Ich war schon einmal mit Noár auf einem Pferd gesessen – allerdings einem, das aus Nebeln bestanden hatte. Dieser Hengst hier war eher das Gegenteil: eine Kreatur aus Schatten. Kühl, glatt und irgendwie Furcht einflößend. Hätte ich nicht Noárs Wärme gespürt und die Geborgenheit genossen, die er mir heimlich schenkte, wäre ich vermutlich starr vor Angst gewesen.

Auch Pash und die anderen Krieger stiegen nun auf Schattenpferde. Dann gab Noár seinem Tier die Sporen.

Im wilden Galopp überwanden wir eine steile Straße und gelangten so direkt ins Heerlager. Eigentlich hatte ich erwartet, dass wir dort für Aufsehen sorgen würden, aber die Soldaten beachteten uns kaum. Manche trainierten, andere exerzierten, doch keiner der Offiziere und Befehlshaber duldete es, dass die Krieger ihre Aufgaben vernachlässigten, um uns anzugaffen. Wo immer es dennoch zu einem Blickkontakt kam, schlugen Fäuste auf Brustharnische und Häupter wurden gesenkt. Das gesamte Lager war eine eingespielte tödliche Maschinerie. Dass jeder einzelne Mann hier Noárs Befehlen blind gehorchen würde, ließ mich meinen Verlobten in einem neuen Licht sehen. Klar, ich hatte gewusst, dass er die Schattenarmee befehligte, aber es war eine Sache, einen Titel zu hören, und eine ganz andere, die Macht zu erleben, die sich in seiner Person vereinte. Jetzt wunderte es mich nicht mehr, dass das Schattenreich in Cassardim eine so wichtige Rolle zu spielen schien. Der Kaiser war auf diese Armee angewiesen – was wohl genau die Botschaft sein sollte, die man mir mit diesem Besuch zu vermitteln versuchte.

Als Noár das Schattenross zügelte und in einen entspannteren Trab übergehen ließ, drehte ich mich unauffällig zu ihm um.

»Falls der Plan war, mich einzuschüchtern, es funktioniert«, informierte ich ihn leise.

Er starrte weiterhin ausdruckslos nach vorne, aber ich spürte, wie er tröstend meine Taille streichelte.

»Ja, es ist eine Machtdemonstration«, raunte er zurück, »aber du darfst dich nicht täuschen lassen. Es gibt nicht umsonst zwei Armeen in Cassardim. So gerne ich mich auch über Ifar und sein silbernes Heer lustig mache, sie sind uns durchaus gewachsen.«

Richtig! Das Schattenreich besaß keine militärische Vormachtstellung. Mehr noch als dieser Gedanke beruhigte mich jedoch, dass Noár meinetwegen seinen Stolz herunterschluckte und ehrlich mit mir war – und das, obwohl er Ifar abgrundtief verachtete.

Wir hielten auf eine der höchsten Felszinnen zu, an deren Fuß ein ausladendes rotes Zelt stand. Der Weg dorthin war von Pfählen gesäumt. Schwere Ketten hingen daran. Gott sei Dank waren sie leer, aber die Blutspuren darauf zeigten deutlich, welchem Zweck sie dienten.

Plötzlich veränderte sich Noárs Haltung hinter mir. Er zügelte sein Schattenross und lenkte es zu einer Ansammlung von Kriegern, die sich um zwei Shendai geschart hatten. Je näher wir dem Tumult kamen, desto unwohler fühlte ich mich. Ein fauler, leicht bitterer Geschmack legte sich auf meine Zunge, während Hitze sich in meinen Handflächen sammelte. Oh Mann, das kam mir leider viel zu vertraut vor und bedeutete ganz bestimmt nichts Gutes.

»Was ist hier los?«, verlangte Noár zu erfahren. Seine Anwesenheit sorgte sofort für Ruhe unter den aufgebrachten Soldaten. Einige von ihnen waren schwer verletzt und auch die beiden Shendai sahen aus, als würden sie direkt aus einer Schlacht kommen.

»Die Patrouille ist auf einen Chaoswirbel an den Nebeln gestoßen«, erklärte ein Offizier, der offenbar selbst gerade versucht hatte, die Umstände zu ermitteln.

»Wurde der Wirbel geschlossen?«, fragte Noár weiter.

»Ja, Heerführer.«

»Verluste?«

»Drei Männer und ein Shendai.«

Schweigen machte sich breit. Offenbar gehörte der Tod hier zum Alltag, trotzdem merkte ich es Noár an, dass ihn das Schicksal der Gefallenen nicht kaltließ. Grimmig nickte er in Richtung der Verletzten.

»Bringt sie zu den Heilern«, befahl er und wollte das Pferd wenden, doch unvermittelt trat ein großer rothaariger Offizier nach vorne.

»Da muss ich widersprechen«, sagte der Mann laut. »Diese Soldaten gehören in die Gruben. Sie haben meine Befehle missachtet.«

Die Hitze in meinen Händen wurde zu einem unerträglichen Brennen. Ohne zu wissen, warum, war mir sofort klar, dass dieser Mann der Auslöser für meine seltsame Reaktion war. Denn kaum schaute ich ihm in die Augen, verstärkte sich der faule Geschmack in meinem Mund, als hätte ich einen ganzen Liter abgelaufene Milch getrunken. Auch unser Schattenross scheute und tänzelte nervös. Noár hatte es jedoch schnell wieder unter Kontrolle.

»Ist das die Wahrheit?«, erkundigte er sich bei den verletzten Soldaten. Seinem harten Unterton konnte man anhören, dass er ein solches Verhalten nicht dulden würde.

Einer der Männer nickte ausdruckslos. »Ja, Heerführer.«

Es gab keine Ausflüchte und keinen Versuch zu lügen. Sie wussten, dass Noár sie ohnehin durchschaut hätte. Allerdings achtete ich kaum auf sie, denn der rothaarige Offizier zog meine Aufmerksamkeit auf sich wie ein Magnet. Da war irgendetwas an ihm, das mich störte.

»In die Gruben mit ihnen«, ordnete Noár an.

Der rothaarige Offizier lächelte, während man seine Männer festnahm.

Das war falsch. Falsch! Verkehrt. Verdreht. Unhaltbar. Das spürte ich bis ins Mark.

»Wartet!«, rief ich und sprang aus dem Sattel. Ich hatte keine Chance anders zu reagieren, denn ein Impuls, den ich nicht kontrollieren konnte, trieb mich vorwärts.

»Amaia«, knurrte Noár und stieg ebenfalls ab, um mich einzufangen. »Das hier ist nicht der Goldene Berg!«

Ich hörte, dass er nicht nur gespielt, sondern tatsächlich wütend wurde, aber darauf konnte mein innerer Drang keine Rücksicht nehmen. Ich musste in Ordnung bringen, was hier nicht stimmte. Es war, als sorgte ein einzelner falscher Ton in einer Melodie für eine ätzende Dissonanz. Also riss ich mich aus Noárs Griff los und baute mich vor dem rothaarigen Offizier auf.

»Wie lautete der Befehl, der missachtet wurde?«

Der Mann sah auf mich herab wie auf eine lästige Fliege.

»Einer Betrügerin bin ich keine Antwort schuldig«, belehrte er mich, bevor er die Stimme erhob und für alle gut hörbar hinzufügte: »Der Kaiser selbst hat bestätigt, dass diese Frau nicht seine Tochter ist.«

Seine Worte trafen mich unvorbereitet. Natürlich hatte ich damit gerechnet, immer wieder mit diesem Vorwurf konfrontiert zu werden, aber nicht hier. Nicht von einem von Noárs Männern. Ich öffnete meine geballten Fäuste und hielt die Handflächen mit den goldenen Ornamenten so, dass jeder sie sehen konnte.

»Mein Vater war von dem Jahrhundert seiner Gefangenschaft verwirrt. Cassardim selbst hat mir in der Prüfung der Goldenen Erben die Herrschersymbole Cassardims verliehen«, entgegnete ich laut. »Deshalb bist du mir sehr wohl Rechenschaft schuldig.«

Nun starrten alle auf meine Hände – außer dem Offizier vor mir, der mich mit hasserfüllten Blicken durchbohrte. Er konnte nicht leugnen, was offensichtlich den Tatsachen entsprach. Dennoch weigerte er sich, meiner Forderung nachzukommen – zumindest, bis Noárs leise, aber eiskalte Stimme die Luft zerschnitt.

»Meine Verlobte hat dir eine Frage gestellt, Hauptmann!«

Besagter rothaariger Hauptmann zog eine zornige Grimasse, die mich unruhig werden ließ. Der faulige Geschmack in meinem Mund wurde immer intensiver – genau wie das Brennen meiner Handflächen.

»Meine Männer haben sich geweigert, den Chaoswirbel zu durchstoßen, um ihn von innen zu schließen«, knurrte er schließlich.

Bevor ich die tatsächliche Bedeutung seiner Antwort begriffen hatte, breitete sich eine Welle des Entsetzens unter den Soldaten aus.

Pash ließ sein Pferd ein paar Schritte auf uns zugehen und erkundigte sich mit finsterer Miene: »Du wolltest die Männer opfern, obwohl es noch andere Optionen gab?«

Die Luft begann zu sirren. Eine seltsame Spannung baute sich um den Hauptmann herum auf. Er hatte definitiv nicht vor, sich zu rechtfertigen. Vielmehr schien er regelrecht zu genießen, was gerade geschah. Und plötzlich sah ich es: zwei wirbelnde Abgründe in seinen Pupillen.

Erschrocken stolperte ich rückwärts. »Er ist vom Chaos besessen …«

Dann ging alles ganz schnell. Der Hauptmann packte mich an den Haaren und zerrte daran. Als ich instinktiv nach seinen Armen griff, um mich zu wehren, schossen unsägliche Schmerzen durch meine Hände. Die Kaisersymbole und die Splitter waren in Kontakt mit dem Chaos gekommen und ließen mich ihr ganzes Leid spüren. Für ein paar Sekunden katapultierte mich die Berührung in schwarzen Rauch voller Schlieren und Blitze. Ich fühlte mich schwerelos und wurde gleichzeitig in die Tiefe gezogen. Wässrige Augen, angefüllt mit purem Chaos, tauchten zwischen den Schlieren auf. Sie verengten sich erstaunt.

Ein Fehler! Ich hatte einen Fehler begangen.

Das Chaos grinste. Es besaß weder Gesicht noch Lippen, aber ich spürte, wie es grinste. Dann drängte sich das Heerlager zurück in mein Bewusstsein. Der Hauptmann fluchte, während alle anderen entsetzt zurückwichen. Offenbar konnten sie es jetzt auch sehen. Das Chaos war hier. Eine kalte Klinge legte sich an meine Kehle.

»Junos!«, donnerte Noárs Stimme.

»Ich soll dich nett grüßen von deiner –« Weiter kam der Hauptmann nicht, denn ein Pfeil zischte an meiner Schläfe vorbei und blieb mit einem grausigen Geräusch im Fleisch hinter mir stecken. Der Pfeilschaft zitterte noch, als der leblose Hauptmann gegen mich sackte. Hätte Noár mich nicht beiseitegezogen, wäre ich wohl unter dem toten Körper begraben worden.

Ich war so erleichtert über das Nachlassen der Schmerzen, der Hitze und des fauligen Geschmacks, dass mich mein Beinahe-Tod kaum schockierte. Als ich mich zu meinem Angreifer umdrehte, krochen kränkliche schwarze Tentakel aus dem offenen Mund des Hauptmanns und zerfielen an der Luft. Ohne seinen Wirt konnte das Chaos in Cassardim nicht überleben.

»Schafft mir das da aus den Augen!«, forderte Noár und gab sich wenig Mühe, seine Abscheu zu verbergen. Dann wandte er sich an den Offizier, der die verletzten Männer des Hauptmanns wegbringen sollte. »Dreißig Peitschenhiebe für jeden wegen Befehlsverweigerung. Danach dürfen sie die Heiler aufsuchen.«

Ich schnappte entsetzt nach Luft. Diese Männer hatten doch nichts falsch gemacht. Sie sollten belobigt werden, weil sie mitgedacht und die absurden Befehle eines Chaoswandlers durchschaut hatten. Ehe ich jedoch etwas sagen konnte, zerrte Noár mich fort.

»Kein Wort mehr«, knurrte er gereizt und führte mich auf kürzestem Weg in das große Zelt, das offensichtlich so etwas wie eine Kommandozentrale war. Pash und ein vermummter Mann folgten uns. Am Eingang standen zwei Wachen, die stoisch grüßten, es aber nicht wagten, uns anzusehen. Noár schickte sie mit einem knappen Befehl fort. Drinnen ließ er mich endlich los und stützte sich mit düsterer Miene auf einem großen Tisch ab. »*Wie* ist ein Chaoswandler in mein Heerlager gekommen?«

»Keinen blassen Schimmer«, meinte Pash und ließ sich auf einen Holzstuhl plumpsen. »Anscheinend haben sie einen Weg gefunden, ihre Natur zu verbergen.«

»Das ist unmöglich! Dazu müssten sie das Chaos in sich beherrschen!«

»Tja, offensichtlich ist es nicht unmöglich«, entgegnete Pash grimmig. »Aber wenigstens hat deine liebreizende Verlobte den richtigen Riecher gehabt.«

Fassungslos starrte ich die beiden an. Sie schienen keinen Gedanken daran zu verschwenden, dass da draußen Unschuldige bestraft wurden.

Noár quittierte Pashs Bemerkung mit einem frustrierten Knurren. Dann stieß er sich vom Tisch ab und griff nach einer Wasserkaraffe. Er schenkte einen Becher voll und hielt ihn mir hin. Als er den Trotz in meinem Gesicht sah, seufzte er und stellte den Becher zurück. »Ich weiß, dass unsere Lebensweise schwer zu begreifen ist, aber –«

»Aber was?«, unterbrach ich ihn verärgert. »Willst du mir jetzt etwa erklären, dass es nötig war, diese Soldaten zu bestrafen?«

Er presste seine Lippen zu einem schmalen Strich zusammen. Die Botschaft war klar. Er würde sich nicht rechtfertigen, auch wenn er alles andere als glücklich wirkte.

»Ganz so einfach ist es nicht, Eure hoheitlichste Hoheit«,

schaltete sich Pash ein. Er legte seine dreckigen Stiefel auf dem Tisch ab, verschränkte die Arme hinterm Kopf und begann, wie ein Schuljunge auf seinem Stuhl zu kippeln. »Das Gesetz sieht für Befehlsverweigerung normalerweise einen qualvollen Tod in den Gruben vor. Und die Krieger hatten keine Ahnung, dass ihr Hauptmann vom Chaos besessen war. So gesehen hat Noár ohnehin schon die größtmögliche Gnade walten lassen. Und das, obwohl du ihn vor seinen Truppen lächerlich gemacht hast.«

»Wann hab ich Noár denn lächerlich gemacht? Ich habe doch nur das Chaos gespürt und wollte –«

»Ja, ja, ja, du hast nur Gutes tun wollen«, fiel mir der verwilderte Graf ins Wort. »Trotzdem hast du einen direkten Befehl des Heerführers widerrufen – in seiner Gegenwart. Jeder andere hätte dafür mindestens seine Zunge verloren. Frag unseren Junos hier.« Grinsend nickte er in die Schatten neben dem Zelteingang, wo der vermummte Mann von vorher stehen geblieben war. »Er kann davon ein Liedchen singen. Oder eben gerade nicht mehr ...«

Schockiert sah ich vom kichernden Pash zu Junos. Das war also der Mann, der heute Nacht auf meinem Dach Wache gehalten hatte? Der Mann, dessen Pfeil noch immer in diesem Chaoswandler-Hauptmann steckte? Jetzt trat er vor und zog sich die Kapuze von den kurzen braunen Haaren. Sein Anblick trieb mir einen kalten Schauer über den Rücken. Alles an diesem Mann strahlte eine einzige Sache aus: Tod. Seine dunklen Augen schimmerten sanft und doch gnadenlos, und seine eigentlich edlen Gesichtszüge waren von zahllosen brutalen Narben entstellt. Das tat seiner Ausstrahlung keinen Abbruch, denn er trug sie mit einer solchen Würde, als wären sie eine Auszeichnung. Wenn man diesem Mann in einer dunklen Nacht begegnete, würde man nicht schreien und nicht fliehen, man würde mit seinem Leben abschließen und das Ende akzeptieren. Dass Junos offensichtlich stumm war, förderte seine geheimnisvolle Aura nur noch mehr. Ich schluckte schwer. Hatte ihm wirklich Noár die Zunge herausgeschnitten?!

Plötzlich schnellte Junos' Arm vor. Etwas sauste durch die Luft und verhakte sich an Pashs Stuhlbein. Einen kräftigen Ruck später verging dem Grafen sein Kichern. Er verlor wild strampelnd das Gleichgewicht und landete mit einem lauten Rumpeln auf dem Boden.

»Auaaaaa«, jaulte er und rieb sich den Hinterkopf, während Junos mit einem zufriedenen Grinsen den Wurfhaken aus dem Holz zog und die schwarze Schnur wieder aufwickelte. »Hat dir schon mal jemand gesagt, dass du überhaupt keinen Sinn für Humor hast?«

»Ja. Du. Ungefähr hundert Mal«, antwortete der Schattenprinz für seinen stummen Freund. Sein Tonfall klang so genervt wie der eines Kindergärtners in Doppelschicht.

Dann wandte Noár sich mir zu. »Ich habe Junos *nicht* die Zunge rausschneiden lassen. *Faheen* hatten ihn als Chimären-Köder benutzt. Als Rhome und ich ihn fanden, war seine Kehle aufgerissen. Ich konnte sein Leben retten, nicht aber seine Stimme. Seitdem folgt er mir.«

Junos nickte zum Zeichen, dass das die Wahrheit war, und verbeugte sich respektvoll vor mir. Dabei fiel mir auf, dass er einen der Ringe trug, von denen Noár auf der Reise ins Schattenreich gesprochen hatte. Offenbar gehörte er also zu jenen, denen ich vertrauen konnte. Aus Neugier überprüfte ich auch Pashs Hände, als er sich am Tisch hochzog, und tatsächlich ... er trug ebenfalls einen solchen Ring.

Mit meiner Entdeckung konnte ich mich jedoch nicht länger auseinandersetzen, denn Noár berührte mein Kinn und drehte es behutsam zur Seite. Was er sah, schien ihm nicht zu gefallen.

»Ich hätte dich nicht ins Schattenreich bringen dürfen«, murmelte er und schnappte sich ein Tuch, das er in den Wasserbecher tauchte. Erst als er begann, damit meine Wange zu säubern, verstand ich, dass der Tod des Chaoswandlers Spuren an mir hinterlassen haben musste – blutige Spuren. Noár wirkte fast schon resigniert, als hätte er es aufgegeben, mir Verständnis für sein Verhalten abringen zu wollen. Mein Herz wurde schwer. Ich hatte mir fest vorgenommen, ihn nicht für die Welt zu verurteilen, in die er hineingeboren worden war. Und was tat ich gerade? Bei der erstbesten Gelegenheit stellte ich alles infrage. Dabei verstand ich jetzt mehr denn je, dass Noár trotz all seiner Willensstärke und Macht nicht an der Spitze der Nahrungskette stand. Es gab den Kaiser, Lazar, Ifar, die Fürsten, allen voran seinen Vater, Zima und offenbar einen ganzen Haufen Halbbrüder, die nur darauf lauerten, seinen Platz einzunehmen. Sobald Noár sich auch nur einen Hauch von Schwäche erlaubte, würden sie alle über ihn herfallen wie eine hungrige Meute von Straßenkötern – und nicht nur über ihn, sondern auch über seine Freunde, seine Vertrauten, seine Untergebenen und über mich. Kein Wunder, dass er sich angepasst hatte. Er opferte seinen inneren Frieden, seine Moralvorstellungen, seine Seele für das, was er liebte. Wer war ich, ihn dafür von meinem privilegierten Standpunkt aus zu verurteilen?

Das bedeutete nicht, dass ich vorhatte, von nun an alle Ungerechtigkeiten und Brutalitäten zu akzeptieren. Im Gegenteil, ich begann, meine Rolle als Goldene Erbin mit neuen Augen zu sehen. Bislang hatte ich den Thron nicht gewollt, weil es mir grundsätzlich falsch vorkam, etwas beherrschen zu wollen. Aber vielleicht war genau das meine Aufgabe: Cassardim zu verändern. Vielleicht durfte ich die Verantwortung nicht länger von mir schieben? Andererseits brauchte es mehr als ein paar Regeln und neue Gesetze, um einen gesellschaftlichen Wandel zu vollziehen. Hundert Jahre in der Menschenwelt hatten mir gezeigt, wie langsam sich Veränderungen gegen festgefahrene Strukturen durchsetzten – meist nur bedingt durch Generationswechsel. Und das konnte bei der Langlebigkeit der Cassarden durchaus mal Tausende von Jahren dauern. Ich würde also Zeit brauchen. Zeit und Geduld.

»Wenn du wieder in den Palast möchtest, werde ich dich persönlich zurückfliegen«, meinte Noár mit einem traurigen Lächeln.

Ich nahm sein Gesicht in beide Hände und ging auf die Zehenspitzen, um ihm einen zarten Kuss aufzudrücken. »Was wäre denn die Alternative zum Palast?«

Damit brachte ich ihn vollends aus dem Konzept. Er blinzelte mich so ungläubig an, dass ich lachen musste. Offensichtlich hatte er nicht erwartet, dass ich ihm und seiner Heimat noch eine Chance geben würde.

»Also dafür, dass deine Verlobte einen schlimmeren Dickschädel hat als du«, kommentierte Pash fröhlich, »ist sie überraschend versöhnlich.«

Ich verschränkte meine Arme vor der Brust und sah ihn finster an. »Ach ja? Verlass dich lieber nicht darauf. Mit dir hab ich nämlich noch ein Hühnchen zu rupfen.«

Dass er mich vom Goldenen Berg geschubst hatte, hätte ich ihm noch durchgehen lassen. Aber den Albtraumflug von heute würde ich nicht so schnell vergessen.

Pashs Übermut schmolz ihm vom Gesicht und hinterließ eine bestürzte Miene. »Das war ... doch nichts Persönliches«, stammelte er. »Noár ... hat gesagt, dass du ... nicht zu entspannt aussehen darfst, wenn wir landen.«

»Du hast mich von deinem Shendai fallen lassen, damit ich nicht ZU ENTSPANNT AUSSEHE?!«, fauchte ich entgeistert.

Noár klappte der Mund auf. »Du hast sie FALLEN LASSEN?!«

Während Pash nur ein verlegenes Schulterzucken zustande brachte, bestätigte Junos meine Geschichte mit einem Nicken und hob drei Finger. Offenbar hatte der stumme Krieger mich zu keiner Zeit aus den Augen gelassen.

»Drei Mal?!«, polterte Noár. Er schien sich nicht entscheiden zu können, ob er verärgert, bestürzt oder schuldbewusst dreinschauen sollte.

»Der Wind stand gut«, verteidigte sich Pash reumütig. »Aber ja, vielleicht hab ich ein bisschen übertrieben ...«

Noár rieb sich die Stirn, als hätte er plötzlich schlimme Kopfschmerzen. »So etwas wird nie wieder vorkommen!«, versprach er mir.

»Ich weiß«, erwiderte ich leichtfertig. »Andernfalls ernenne ich Pash nämlich zu meinem höchstoffiziellen Hochzeitsplaner. Dann darf er sich um jedes Detail, von Blumendeko bis Hochzeitstorte, kümmern und sich mit Meister Joto wegen der Sitzordnung und jeder noch so kleinen Schleife auseinandersetzen.«

Meine Drohung ließ Pash schlagartig bleich werden. Noár dagegen brach in schallendes Gelächter aus. »Mir hätte keine bessere Strafe einfallen können.«

»Wer kann, der kann«, grinste ich. »Und jetzt erzähl mal, was heute noch so auf dem Plan steht!«

»Ich zeig's dir lieber. Es wird dir gefallen.«

Keinen Atemzug später hatte mich Noár in den hinteren Teil des Zelts gezogen. Hier gab es einen zweiten Ausgang, der direkt in eine finstere Höhle führte. Skeptisch blieb ich stehen. »Du hast eine sehr seltsame Vorstellung davon, was mir gefallen könnte.«

»Abwarten«, meinte der Schattenprinz.

WENN TATEN LAUTER SPRECHEN …

Für eine Höhle roch die Luft hier drinnen erstaunlich frisch. Das lag vermutlich an der beständigen Brise, die durch die verschachtelten Gänge wehte. Licht gab es keines, aber seit Noár gestern den Schatten befohlen hatte, mich *sehen* zu lassen, konnte ich mich auch im Dunkeln wunderbar zurechtfinden. Die Felswände waren von Schlingpflanzen bedeckt. Sie bewegten sich stetig, schlängelten sich hin und her und umwanden einander. Wenn mich nicht alles täuschte, mussten das Nachtranken sein – ein äußerst aggressives und giftiges Gewächs, mit dem ich bereits Bekanntschaft gemacht hatte.

»Zurück!« Noárs leise Stimme hallte von den feuchten Felswänden wider. Zuerst dachte ich, er hätte mit mir geredet, doch dann entdeckte ich ein paar Triebe der Nachtranke, die sich wie Fühler bis an meinen Rücken herangetastet hatten. Auf Noárs Befehl hin zogen sie sich zurück und verflochten sich mit den restlichen Pflanzen. Zum ersten Mal fiel mir auf, dass zu den glatten Trieben auch wunderschön glitzernde Blüten mit gezackten Blättern gehörten, die aussahen, als wären sie aus Obsidian gemeißelt. Überhaupt gab es in dieser Höhle mehr Schönheit, als ich erwartet hätte: Adern aus dunklem Silber zogen sich durch das schwarze Gestein. Moos bedeckte den Boden und unzählige Pilzfamilien drängten sich aus Felsrissen. Von ihren spitzen Kappen ging ein sanftes Leuchten aus. Ich war so fasziniert, dass ich einen der Glühpilze berühren wollte, doch Noár packte mein Handgelenk. Ein Blick in sein Gesicht reichte, um zu wissen, was los war.

»Gift oder Droge?«, erkundigte ich mich knapp. Beides hatte ich in Cassardim schon erlebt und beides war mir keine zweite Erfahrung wert.

Noár sah mich ernst an. Das Licht der Pilze schimmerte in seinen Augen. »Gift. Tödlich. Aber zuerst hättest du stundenlang schlimmste Schmerzen.«

Oh. Okay. Gut. Ich zog meine Hand zurück und verstaute sie in meinen Manteltaschen. Erst die Nachtranken, dann die Giftpilze ... »Gibt es hier drinnen irgendwas, das mich nicht umbringen könnte?«

An der rhetorischen Natur meiner Frage störte sich Noár wenig. Stattdessen ging er äußerst gewissenhaft ans Werk und studierte das Innenleben der Höhle. Er drehte sich einmal um die eigene Achse, schnalzte hie und da mit der Zunge, holte Luft, nur um dann doch zu schweigen.

»Ist ja gut«, murrte ich. »Ich hab's verstanden. Selbst Flora und Fauna deiner Heimat sind todbringend, grausam und mörderisch.«

Ein schiefes Lächeln erschien auf Noárs Zügen. »Es hat einen guten Grund, warum die Schattenfeste von den anderen Völkern gemieden wird«, gab er zu. »Wer jedoch lang genug überlebt, vermag unter Umständen die Anmut hinter den Schatten zu erkennen.«

Bevor ich ihm recht geben konnte, zog er ein Messer aus seinem Gürtel und schnitt sich damit in die Fingerkuppe. Ein einzelner Tropfen Blut quoll aus der glatten Wunde. Noár streckte die Hand von sich und funkelte mich verschwörerisch an.

»Äh, was soll –?« Einen Wimpernschlag später hatte ich vergessen, was ich sagen wollte, denn ein großer schwarzer Falter erschien aus der Dunkelheit und landete lautlos auf Noárs Finger. Die samtigen Flügel klappten noch ein paar Mal auf und zu, bevor das elegante Wesen zur Ruhe kam. Nichts an diesem Falter hätte ich als bedrohlich empfunden – bis er begann, Noárs Blut zu trinken!

Ach du meine Güte. Mit meinem Ekel angesichts dieser übergroßen Vampir-Motte konnte ich mich jedoch nicht lange auseinandersetzen, denn plötzlich entfachten sich die Flügel des Falters. Brennende Linien woben ineinander. Lichtbögen erhoben sich und formten ein feuriges Kunstwerk. Es sah aus, als würde Noár eine Blüte aus reinen Flammen in Händen halten. Der Anblick war so überwältigend, dass es mir die Sprache verschlug.

»Wir nennen sie Feuerschwärmer oder auch die ›letzte Gnade des Schicksals‹«, erklärte Noár mit gedämpfter Stimme, um das Tier nicht zu verschrecken. »Blut lockt sie an, aber sie sind eigentlich recht friedfertig und scheu.«

Demonstrativ bewegte er seine Finger. Sofort erlosch die Feuerblume und der schwarze Falter flüchtete sich in die Schatten. Ein Gefühl von Enttäuschung und Verlust machte sich in mir breit, als ich dem faszinierenden Tier nachschaute.

»Dann gibt es hier also doch etwas, das mich nicht töten würde«, murmelte ich.

»Das habe ich so nicht gesagt«, berichtigte mich Noár lachend. »Ein paar Minuten länger und du hättest mich hier raustragen müssen. Feuerschwärmer besitzen ein lähmendes Sekret, das zum Organversagen führt. Verwundete Krieger auf dem Schlachtfeld hoffen oft auf einen erlösenden Tod durch sie. Und natürlich all jene, die ihrem Leben freiwillig ein Ende setzen möchten.«

Jetzt kroch mir ein kalter Schauer über den Rücken. Das erklärte dann auch den Namen »letzte Gnade des Schicksals«.

Für ein paar Augenblicke verdunkelte sich Noárs Blick. Ich fragte mich, ober er wohl jemanden kannte, der einen Freitod durch die Feuerschwärmer gewählt hatte. Doch gerade als ich mich danach erkundigen wollte, verschwand seine düstere Stimmung genauso schnell, wie sie gekommen war. Er schnappte sich meine Hand und zog mich tiefer in das Höhlenlabyrinth. Schon bald stieg unser Weg an und wurde zur Kletterpartie. Immer wieder teilten sich die Gänge oder endeten urplötzlich an den Außenwänden der Zinne. Dann lag weit unter unseren Füßen das Heerlager der Schattenarmee. Das war auch der Moment, in dem ich begriff, dass wir uns im Inneren einer der vielen Felsnadeln befanden, die offensichtlich so durchlöchert wie ein Schweizer Käse waren. Als schließlich außerdem noch ein mächtiges Brüllen durch die Höhlengänge donnerte, ging mir ein Licht auf.

»Du bringst mich zu den Shendai!«, rief ich und grinste dabei so breit wie ein Kind im Süßigkeitenladen.

Noár schüttelte belustigt den Kopf. »Du bist wirklich einmalig. Die Zinnen gehören zu den meistgefürchteten Orten in ganz Cassardim – und das nicht nur wegen meiner Armee, sondern vor allem wegen der Shendai, die hier nisten. Kaum einer würde freiwillig hierherkommen, aber du zeigst nicht einmal einen Hauch von Furcht.«

»Ich mag Shendai«, rechtfertigte ich mich mit einem Schulterzucken. »Abgesehen davon würde es ja wohl deinen Machtergreifungsplänen schaden, wenn du mich an deine Haustiere verfütterst, also droht mir vermutlich keine Gefahr.«

Meine Worte waren als Scherz gedacht gewesen, doch sie trafen Noár sichtlich und so hart, als hätte ich ihn geohrfeigt. Er schien meine Ironie durchaus zu verstehen, deshalb versuchte er, seine Verletztheit hinter einem Lächeln zu verstecken. Trotzdem sah ich ihm die Sorge darüber an, dass ein Teil von mir vielleicht doch an ihm zweifeln könnte.

»Bei mir wirst du immer sicher sein«, stellte er leise fest. »Aber ich …« Er stockte und presste die Kiefer aufeinander. Für den Bruchteil einer Sekunde wirkte er wütend, dann verzweifelt.

Schließlich atmete er tief durch und gewann die Kontrolle zurück. Ohne mich anzusehen, sprach er weiter: »Ich habe Angst, Kätzchen. Angst davor, mich zwischen deinem Leben und deiner Liebe entscheiden zu müssen.«

»Aber wieso denn das?«, erwiderte ich verwirrt.

»Weil all die Lügen immer ihren Preis haben und man irgendwann die Wahrheit nicht mehr erkennt.«

Damit wandte er sich ab und stieg tiefer in die Höhle hinein. Ich wusste, dass er das Gespräch nicht beendete, weil er nicht mehr mit mir reden wollte, sondern weil er es nicht konnte. Da ich ihn nicht drängen wollte, blieb mir wohl nichts anderes übrig, als ihm hinterherzutrotten und über seine Aussage nachzugrübeln. Es machte mir Angst, dass Noár Angst hatte. Schließlich wusste ich nicht, was tatsächlich in seinem Inneren vorging und wie schlimm der Kampf war, den er mit seinem Gewissen ausfechten musste. Natürlich hätte ich ihm am liebsten entgegengeschrien, dass ich die Wahrheit immer erkennen würde. Aber es war weit komplizierter als das. Was, wenn er zum Beispiel Zoeys Seele vernichten müsste, um mein Leben zu retten? Würde er es tun? Und könnte ich ihn dann trotzdem noch lieben? Könnte er anschließend selbst noch in den Spiegel schauen? Konnte er das jetzt überhaupt, nach allem, was er schon hatte tun müssen? Er war nicht so herzlos wie sein Vater. Oder war sein Vater auch mal wie er gewesen? Ein Junge, der an Wunder glaubte und von einem besseren Cassardim träumte?

Ich hatte mich so tief in meine Gedanken vergraben, dass ich beinahe gegen Noárs Rücken gerannt wäre. Er stand am Eingang zu einem imposanten Höhlengewölbe, das gleich an mehreren Seiten Öffnungen besaß, um den mächtigen Shendai-Schwingen das Landen zu erlauben. In den Schatten konnte ich mindestens fünf der pechschwarzen Tiere ausmachen. Ein strenger Geruch wehte mir entgegen. Er war wohl ein Überbleibsel der letzten Mahlzeiten, die überall verstreut lagen. In der Dunkelheit erklang ein tiefes Knurren.

»Krieg dich ein, Haya. Sie gehört zu mir«, meinte Noár zu dem Shendai-Weibchen, das mit angelegten Ohren und entblößten Zähnen auf uns zukam.

Haya schien jedoch wenig darauf zu geben, was der Schattenprinz sagte. Mit einem Furcht einflößenden Fauchen sprang sie in meine Richtung. Noár schob mich hinter sich, wich sonst aber keinen Millimeter zurück. Das Shendai-Weibchen musste im letzten Moment abbremsen, um ihn nicht umzureißen. Ihren Unmut darüber tat sie mit einem Brüllen kund, das ich bis ins Mark spürte. Sie war zwar kleiner als Nox, hätte mich aber trotzdem mühelos verspeisen können. Doch Noár gab sich von dem entblößten Gebiss voller Mordwaffen unbeeindruckt.

»Amaia gehört zu mir«, wiederholte er, diesmal mit so viel Nachdruck, dass Haya tatsächlich ihre Lefzen senkte und sich damit begnügte, mich feindselig anzustarren.

»Kennst du mich nicht gut genug, um das zu wissen?«, fragte Noár gereizt.

Ganz offensichtlich unterhielten sich die beiden, wobei ich nur eine Seite der Diskussion mitbekam.

»Ich würde den Hort nie einer Gefahr aussetzen.«

Das Shendai-Weibchen schien ihm noch immer nicht zu glauben. Sie stieß den Schattenprinzen mit ihrer Schnauze zur Seite, damit sie mich ungestört beschnüffeln konnte. Ihre riesige feuchte Nase kam mir dabei wie ein Staubsauger vor. Nach einer Weile hatte sie jeden noch so kleinen Geruchspartikel erfasst, der an mir klebte, und unterzog Noár einer ähnlichen Behandlung.

»Ich hatte zu tun«, antwortete er und sah Haya dabei fest in die Augen. Das Shendai-Weibchen grunzte missbilligend und hielt seinem Blick stand, bis Noár schließlich seufzte und sich zu mir umdrehte.

»Haya ist Nox' Tante und das Alpha-Weibchen des Rudels. Sie ist …« Er stockte kurz, als suchte er nach dem richtigen Wort. »… eigensinnig.«

»Hält sie mich für eine Gefahr?«, fragte ich leise.

Noár grinste. »Unter Umständen. Sie wollte wissen, warum du mit Pash hergeflogen bist und nicht mit mir.«

»Das konnte sie an mir riechen?«, hauchte ich verdutzt.

»Shendai haben einen äußerst ausgeprägten Geruchssinn«, bestätigte Noár. Und dann tat er etwas, das mich vollkommen aus dem Konzept brachte. Er kniete sich vor mich hin und senkte seinen Kopf. In dieser Position verharrte er, bis mir irgendwann unbehaglich zumute wurde.

»Ähm, was genau machst du da?«

Bevor er antworten konnte, schnaubte Haya zufrieden, wendete und verschwand in den Schatten.

»Shendai halten nicht viel von Worten. Taten sprechen lauter«, meinte Noár, während er sich wieder erhob.

»Aha …?« Jetzt war meine Verwirrung komplett, was nur noch mehr zu Noárs Erheiterung beitrug. Lachend schnappte er sich meine Hand und zog mich in die Haupthöhle.

»Haya hat einen Beweis gefordert, dass deine Anwesenheit nicht nur einer vorübergehenden Laune meinerseits zu verdanken ist.«

»Aha … ?«, wiederholte ich mich.

Noár schüttelte belustigt den Kopf und erklärte es mir noch einmal betont langsam: »Sie wollte wissen, ob ich nur mit dir schlafe oder ob dir mein Herz gehört.«

Perplex blinzelte ich ihn an. »Dann war dein Kniefall so was wie die elegante Version des Sich-auf-den-Rücken-wälzen-und-den-Bauch-zeigen?«

»Wenn du so willst«, lachte er. »Bei den Shendai unterwirft sich ein Alpha niemals einem Weibchen, es sei denn, er hat seine Gefährtin erwählt.«

Wow. Das war irgendwie schräg und gleichzeitig so ergreifend, dass ich gar nicht wusste, wie ich darauf reagieren sollte. Noch vor ein paar Minuten hatte ich mir Sorgen um unsere Zukunft gemacht und jetzt spürte ich wieder diese schwerelose Wärme, die ich erst durch Noár kennengelernt hatte. Das überforderte mich. Und wie immer, wenn ich überfordert war, sagte ich das Erstbeste, das mir einfiel, auch wenn es so gar nicht zur Situation passen wollte. »Aber was ist, wenn der Shendai-Alpha einfach nur Schiss vor dem Weibchen hat?«

Noár hob die Augenbrauen. Verständlicherweise hatte er eine derartige Frage nicht erwartet. Er fing sich allerdings erstaunlich schnell und antwortete mit einem Schmunzeln: »Dann ist es noch wahrscheinlicher, dass das Weibchen seine Gefährtin ist.«

»Heißt das, du hast Schiss vor mir?«

»Oh, auf jeden Fall«, feixte er, bevor ihn ganz plötzlich ein Schatten von der Seite ansprang. Ein zweiter folgte und dann riss ihn ein dritter um. Adrenalin schoss mir durch die Adern, bis ich Noárs dumpfes Gelächter hörte. Er lag begraben unter drei schwarzen Fellbergen, die große Freude dabei zu haben schienen, sein Gesicht abzulecken. Es waren ... Shendai-Junge! »Runter von mir!«, ächzte Noár, als die Babykatzen auf ihm herumturnten. »Ihr seid zu groß, um mich noch immer so zu begrüßen.«

Das konnte er laut sagen. Obwohl es Babys waren, besaßen sie bereits die Ausmaße von ausgewachsenen Löwen. Alles an ihnen sah so knuffig und tapsig aus, dass ich am liebsten ein Katzen-Video gemacht hätte. Ich! Ein Katzen-Video!

»Schluss jetzt! Geht zu Amaia und begrüßt *sie*!«, stöhnte Noár. Kurz darauf wurde ich tatsächlich von drei süßen Augenpaaren belagert, die mich taxierten wie ein neues Spielzeug, von dem sie nicht sicher waren, wie man es benutzte. Ein Junges begann, die Falten von meinem Mantel zu erkunden, und beschloss spontan, sich darin verstecken zu wollen. Meine Hände wurden beschnuppert für den Fall, dass ich etwas zum Naschen dabeihatte. Als dann eines der Jungen auf die Hinterbeine stieg und mir seine kühle Nase ins Gesicht drückte, wurde mir bewusst, *wie* massig diese Babykatzen tatsächlich waren. Und sie hatten weder ein Bewusstsein für ihre Größe noch für ihre Kraft. Kichernd versuchte ich, das Gleichgewicht zu halten, aber ich kippte rückwärts über etwas Weiches und war in null Komma nichts von einer Felllawine verschüttet. Zwei runde schwarze Augen, umrahmt von dichten Wimpern, tauchten vor meinem Gesicht auf. Eine raue Zunge leckte mir übers Kinn. Gleichzeitig spürte ich eine schwere Tatze auf meinem Bauch und keuchte, als ihr tollpatschiger Besitzer von mir abrutschte und einen neuen Versuch startete.

»Ihr ... seid ja ein ... wilder Haufen ...« Ich begrüßte die Shendai-Babys, indem ich vorsichtig meine Finger durch ihr seidiges Fell gleiten ließ. Sie waren so weich, und obwohl ich mich im wahrsten Sinne des Wortes geplättet fühlte, war ich im siebten Himmel. Diese niedlichen Wesen gehörten definitiv auf Platz eins meiner Schattenreich-Highlight-Liste. Viel Konkurrenz besaßen sie zwar bislang nicht, aber ich war mir sicher, dass sie ihr Ranking trotzdem noch lange verteidigen würden.

»Scheint, als hätte das Rudel gerade ein viertes Kätzchen adoptiert«, hörte ich Noár scherzen. Ich reckte meinen Kopf und entdeckte ihn im Schneidersitz hinter mir. Sein Lächeln war so liebevoll und wunderschön, dass mein Herz stolperte. Hier unter den Shendai schien die Last abzufallen, die er sonst zu schultern hatte.

»Spricht da etwa der stille Wunsch aus dir, dass ich dich bespringe und ablecke?«, erkundigte ich mich grinsend.

»Möglich …«, konterte Noár. Ein amüsiertes Funkeln glitzerte in seinen Augen. Er hielt meinen Blick fest, bis die Luft zwischen uns zu knistern anfing. »Aber du solltest dir darüber im Klaren sein, dass ich bei dir diese Behandlung erwidern würde.«

Angesichts dieses Versprechens rieselte mir ein heißer Schauer über den Rücken. Unvermittelt bekam ich einen Tritt ab, und dann noch zwei weitere, als sich die Shendai-Jungen erhoben und von mir heruntertapsten. Ein gar nicht so kleiner Flügel verpasste mir einen Schlag ins Gesicht. Erst jetzt bemerkte ich, dass die Mini-Shendai noch nicht mit metallischen Federn, sondern mit daunenweichem Flaum bestückt waren. Ein Glück, sonst hätten sie mich von oben bis unten aufgeschnitten. Maunzend und kabbelnd verschwanden die Jungtiere im hinteren Teil der Höhle, wo Haya sich zusammengerollt hatte.

Ich setzte mich auf und sah den Kätzchen wehmütig nach.

»Tja, dann hoffe ich mal, dass du das Interesse an mir nicht so schnell verlierst wie die drei.«

Noár betrachtete mich nachdenklich. Noch immer lag dieses unwiderstehliche Lächeln auf seinen Lippen.

»Sie haben nicht das Interesse an dir verloren«, erklärte er verschmitzt. Er rutschte zu mir herüber und lehnte sich an einen Felsen. »Sie wollen unserer Paarung nur nicht im Weg stehen.«

»Äh … was?!« Ich hatte ja keine Ahnung, was *er* vorhatte, aber *ich* würde mich ganz bestimmt nicht in Gegenwart eines ganzen Shendai-Rudels *paaren.*

Lachend begann Noár, Moosstücke aus meinen verstrubbelten Haaren zu fischen. »Shendai denken nicht so kompliziert, Kätzchen. Sie riechen unser gegenseitiges Verlangen und würden gar nicht auf die Idee kommen, dass Gründe existieren könnten, dem nicht nachzugeben.«

Seine Nähe und der verführerische Klang seiner Stimme machten mich nervös, zumal ganz langsam die Bedeutung seiner Worte in mein Bewusstsein sickerte. Shendai konnten unser Verlangen riechen?! Oh Mann, das war ja mal ein Eingriff in meine Privatsphäre, den ich so gar nicht hatte kommen sehen. Ich wollte duschen. Sofort. Als Noár sich neu positionierte und mich einlud, ihn als Rückenlehne zu benutzen, konnte ich seine Umarmung nicht wirklich genießen. Genauer gesagt, war ich ungefähr so entspannt wie ein Korbsessel.

»Keine Sorge, Kätzchen. Ich hab dich nicht hergebracht, um über dich herzufallen wie ein brünstiger Felsenhirsch«, raunte er mir ins Ohr. »Ich wollte dir eigentlich nur das Rudel vorstellen.«

»Okay ...«

Und genau das tat er dann auch. Während sein Daumen kleine beruhigende Kreise auf meinem Unterarm zog, nannte er Namen und gab mir sehr unterhaltsame Kurzbeschreibungen zu jedem einzelnen Shendai. Ich erfuhr, dass das Rudel aus zwölf Tieren bestand und Nox ihr Alpha war. Offenbar befand er sich gerade mit ein paar der jüngeren Shendai auf der Jagd. In seiner Abwesenheit hatte Haya das Kommando und die Verantwortung für den Nachwuchs. Je länger Noár sprach, desto mehr fiel meine Anspannung von mir ab. Ich genoss es, seiner Stimme zu lauschen. Irgendwann gesellten sich auch die Shendai-Jungen Kami, Naz und Rizon wieder zu uns. Müde vom Haya-Ärgern schmusten sie sich an uns und schliefen ein. Ich ließ meine Finger gedankenverloren durch ihr weiches Fell gleiten. Hier an diesem Ort kam mir alles ganz simpel vor. Das Rudel erinnerte mich daran, dass man mit Vertrauen und Zusammenhalt alles überstehen konnte, und der atemberaubende Ausblick durch die Höhlenöffnungen gab mir das Gefühl, wir würden inmitten eines Sternenhimmels schweben. Mit einer Ausnahme: Ganz weit am Horizont leuchtete ein einzelner senkrechter Strich in strahlendem Blau.

»Was ist das?«, wollte ich wissen, als Noár eine Pause machte. Ich versuchte, ihm die ungefähre Richtung zu zeigen, ohne dabei die Shendai-Kätzchen zu wecken. An seinem Seufzen erkannte ich, dass es mir gelungen war und dass das Thema, das ich damit anschnitt, wohl nicht zu seinen liebsten gehörte.

»Der Fall der Verdammten«, antwortete er mit belegter Stimme.

Der Fall der Verdammten?! »Und ich dachte schon, dem Schattenreich würde es an Dramatik fehlen.«

Mein trockener Humor entlockte Noár ein Lachen. »Du warst bereits dort. Es ist das Ende der Schwarzen Treppe.«

Was? Aber die Schwarze Treppe führte doch direkt an eine Steilwand? Dort hatte nichts ein bläuliches Licht ausgestrahlt. Allerdings war der Zustrom der Seelen wegen mir unterbrochen worden. Konnte es sein, dass ...

Eine grausige Erkenntnis machte sich in mir breit. Der *Fall der Verdammten* war wörtlich gemeint!

»Ihr stürzt die Seelen von der Felswand hinunter?«

»Mhm«, bestätigte Noár. Er lehnte seinen Kopf an meinen, als wäre damit alles beantwortet. Aber ich konnte das nicht einfach so auf sich beruhen lassen.

»Wo ... wo landen sie? Im schauderhaften Tal der Höllenqualen?«

Ich spürte, wie er lächelte. »Der Name ›schauderhaftes Tal der Höllenqualen‹ war schon vergeben«, scherzte er, »deshalb haben wir den Ort einfach Tiefland genannt. Die Seelen sind sich dort selbst überlassen, bis die Jäger sie erwischen und ihrer Strafe zuführen.«

Das klang grauenhaft genug, trotzdem hatte ich das Gefühl, dass Noár mir zuliebe ein paar entscheidende Details ausließ.

»Ähm, und wer sind diese Jäger?«, fragte ich vorsichtig, weil ich mir nicht sicher war, ob ich das überhaupt wissen wollte.

»Schattenkrieger, ehrgeizige Bauern, aber auch der ein oder andere Adlige, der sich noch etwas beweisen muss.« Geduldig gab Noár mir Auskunft, wobei er mir mit jedem Wort verschlossener vorkam. Es schien fast, als würde er sich gegen eine mögliche Ablehnung meinerseits wappnen wollen. »Sie fangen die Seelen, stecken sie in Kristalle und entscheiden sich dann für eine geeignete Bestrafung.«

»Sie stecken sie in Kristalle? Wie bei Zoey?« Das erklärte, warum ich hier im Schattenreich noch keinem einzigen Geist begegnet war.

»Nicht ganz wie bei Zoey«, sagte Noár. »Deine Freundin kann selbst entscheiden, was sie im Nebelkristall erlebt. Den schuldbeladenen Seelen ist das nicht gestattet.«

»Oh.« Langsam verstand ich das Prinzip, mit dem die Urteile im Schattenreich vollstreckt wurden. Noárs Volk schuf für jeden eine ganz persönliche Hölle. Das bedeutete wohl auch, dass es hier irgendwo einen wortwörtlichen Haufen dieser Kristalle geben musste, und in jedem befand sich eine Seele, die Qualen litt.

»Kätzchen?« Noárs angespannter Tonfall riss mich aus meinen Gedanken.

»Ja?«

»Was hat der Chaoswandler zu dir gesagt, bevor Junos ihn erschossen hat?«

Ich hörte die zischende Stimme des Hauptmanns noch immer in meinem Ohr. Jetzt kam es mir so unwirklich vor wie ein Albtraum, doch Noárs Frage zerrte meine Erinnerungen in die Realität. »Er hat mir einen Gruß ausgerichtet ...«

Für einen winzigen Moment stockte Noárs Atem. Er bemühte sich um einen ruhigen Tonfall, doch ich spürte dennoch seine Anspannung. »Von wem?«

»Keine Ahnung. Junos' Pfeil hat ihn unterbrochen. Aber es hat geklungen, als wäre der Gruß von einer Frau gewesen.« Mir fielen nur zwei Cassardinnen ein, die sich meinen Tod wünschen würden: Saphama, die Wolkenfürstin, die schon mehrfach versucht hatte, mich umzubringen, und natürlich Zima.

»Ich weiß, woran du denkst, Kätzchen, aber der Hauptmann konnte nicht wissen, dass wir dort auftauchen«, seufzte Noár. »Außerdem nehmen Chaoswandler keine Auftragsmorde an. Sie handeln willkürlich, folgen wirren Impulsen und sind auf gar keinen Fall berechnend genug, um einen konkreten Plan zu verfolgen.«

»Normalerweise«, hauchte ich mit einem flauen Gefühl im Magen, »aber was, wenn sie es doch tun? Dieser Chaoswandler hatte sich immerhin so weit unter Kontrolle, dass er seine ganze Einheit täuschen konnte.«

Vielleicht lag Zoey mit ihrer Verschwörungstheorie ja doch nicht so falsch. Irgendetwas braute sich hier zusammen und ich war immer mehr der Meinung, dass alles miteinander zu tun hatte.

»Falls du recht hast und das Chaos tatsächlich lernt, sich zu organisieren, ist der mögliche Auftraggeber unser kleinstes Problem.«

Plötzlich ertönte ein gedämpftes Fiepen. Es war zu hoch, um von einem Shendai zu stammen, aber so nervenraubend wie ein Tinnitus.

»Hab ich gerade einen Hörsturz oder bilde ich mir das nur ein?«

»Ich höre es auch«, brummte Noár so unleidig, als hätten die Nachbarn mal wieder begonnen, um sieben Uhr morgens Löcher in die Wände zu bohren. Auch die Shendai-Jungen wachten auf und maunzten missmutig.

»Was ist das?« Ich stemmte mich hoch und lauschte in die Höhle, um die Richtung auszumachen, aus der das Geräusch kam.

»Der Lauf des Lebens.« Noár versuchte, mich zurück an seine

Brust zu ziehen, aber ich konnte nicht einfach untätig rumsitzen, wenn irgendetwas so herzzerreißend um sein Leben schrie. Also stand ich auf und folgte dem Fiepen bis in eine dunkle Nische neben dem Eingang. Dort hatten sich Nachtranken um etwas geschlungen, das nicht einmal so groß war wie meine Faust.

»Oh nein«, hauchte ich entsetzt und zog den Dolch aus meinem Stiefel. Aus eigener Erfahrung wusste ich, wie schlimm es war, sich in den Fängen einer Nachtranke zu befinden. Dieses kleine Ding hatte nicht den Hauch einer Chance, wenn ich ihm nicht half. Gerade als ich mich hinkniete und versuchte, die tödlichen Triebe durchzuschneiden, tauchte Noár hinter mir auf.

»Es ist zu spät, Kätzchen. Das Gift wird ihn so oder so töten. Wenn du ihm helfen willst, beende sein Leid.«

Schockiert sah ich auf. Ich würde dieses Tierchen auf keinen Fall töten! Nicht solange es Hoffnung auf Rettung gab. »Mich hast du auch geheilt«, gab ich trotzig zurück und durchtrennte einen Teil der verschlungenen Pflanzenarme. Sofort bäumte sich die Nachtranke auf und ging zum Angriff über. Gleich mehrere Triebe schossen auf mich zu.

»Rührt sie nicht an!«, donnerte Noár.

Die Pflanzententakel stoppten kurz vor meinem Gesicht. Dort verharrten sie für ein paar Augenblicke und zogen sich dann widerwillig zurück.

»Kätzchen«, seufzte Noár. »Dich zu schützen hat immer oberste Priorität, aber ich kann mich nicht einfach in die Natur der Dinge einmischen. Nachtranken brauchen Nahrung und wollen genauso überleben wie der Okoklin. Ohne triftigen Grund darf ich die Ordnung nicht stören.«

»Tja, aber *ich* mag Nachtranken nicht.« Feindselig starrte ich das schwarze Geflecht an. »Also hat dieser Okoklin heute schlicht und ergreifend Glück.«

Damit setzte ich meinen Dolch erneut an und schnitt mich weiter durch die dunklen Triebe. Da sich die Schlingpflanze nun nicht mehr gegen mich wehren durfte, versuchte sie, mir anderweitig Steine in den Weg zu legen. Für jede durchtrennte Ranke wuchs eine neue nach. Der Kampf gegen dieses Gewächs war nahezu aussichtslos.

Noár kniete sich neben mich. »Das sagst du nur, weil du Okoklins nicht kennst. Glaub mir, sie sind wie Ungeziefer. Sie haben einen eigenen Willen, lesen Gedanken und tun alles für Futter. Gäbe es die Nachtranken nicht, würden sie sich unkontrolliert vermehren und zu einer unvorstellbaren Plage werden.«

Endlich machte ich Fortschritte. Vielleicht war es der Nachtranke einfach zu mühsam, einen solchen Kraftaufwand für eine so kleine Beute zu betreiben. Jedenfalls kullerte plötzlich ein schwarzer Fellball aus den lädierten Trieben. Was auch immer dieser Okoklin war, er hatte sich fest zu einer golfballgroßen Kugel zusammengerollt, die zum Teil aus flauschigem Fell und zum Teil aus ledriger Haut bestand. Nur an seinem schnellen und ungleichmäßigen Atem konnte ich erkennen, dass das Tierchen noch lebte.

»Kann ich es anfassen oder ist es irgendwie gefährlich?«, erkundigte ich mich bei Noár.

Er setzte eine verdrießliche Miene auf, weil ich all seine Warnungen in den Wind schlug. Für einen Moment glaubte ich, er würde dem niedlichen Fellknäuel finstere Superkräfte andichten wollen, nur damit ich es endlich in Ruhe ließ. Doch dann verdrehte er die Augen und murrte resigniert: »Das Einzige, was an Okoklins gefährlich ist, ist ihr Talent, mich zur Weißglut zu treiben.«

»Das ist kein Grund für ein Todesurteil«, schalt ich ihn. Behutsam hob ich das Tierchen hoch. Es zitterte am ganzen Körper.

»Kätzchen, ich warne dich: Wenn du ihn jetzt heilst, verdankt er dir sein Leben und du wirst ihn *nie wieder* los. Und wenn *du* ihn nicht wieder loswirst, werde *ich* ihn auch nie wieder los und ich weiß nicht, ob ich das –«

»Heile!«, flüsterte ich dem Fellknäuel zu.

Im Hintergrund stöhnte Noár auf wie ein Kind, dem gerade eröffnet wurde, dass es zum Zahnarzt musste. Es war mir egal, denn der Okoklin begann sich zu regen. Sein Atem wurde ruhiger und ganz langsam kamen vier winzige Pfoten zum Vorschein. Die ledrige Haut bildeten Flügel, die auch zu einer Fledermaus hätten gehören können. Aber sie waren viel zu klein, um wirklich zum Fliegen gemacht zu sein. Dafür wirkten die runden Ohren des Okoklins völlig überdimensioniert – genau wie der ganze Kopf, der fast so groß war wie der restliche Körper. Und dann blinzelten mich über einer ovalen Nase riesige goldgelbe Augen an.

»Oh Gott, bist du süß!« Der Okoklin sah aus, als hätte man einen Koalabär mit einer Fledermaus gekreuzt und anschließend eine winzig-kleine Kuscheltierversion daraus kreiert. Und als ich schon dachte, dass es gar nicht mehr putziger ginge, setzte er seine Flügel in Bewegung und hob mit einem leisen Brummen ab. Wie eine Hummel schwebte er vor meinem Gesicht und fiepte leise. Eine Fledermaus-Hummel ...

»Na los, du bist frei. Flieg wohin du willst!«

Aber der Okoklin dachte gar nicht daran. Er steuerte auf mich zu, kollidierte mit meiner Wange, kam ins Trudeln und fiel. Ich wollte ihn auffangen, doch er hob erneut ab und landete mit einem triumphierenden Trillern auf meiner Schulter.

»Ich hab dich gewarnt«, meinte Noár trocken.

Eine halbe Stunde später wurde mir klar, *wie* recht er gehabt hatte. Sooft ich das Fledermaus-Hummel-Bärchen, das ich mangels Inspiration einfach Flummel nannte, auch auf einem der Felsen absetzte, es schwirrte jedes Mal wieder auf meine Schulter zurück. Als Noár die Geduld verlor und es verscheuchen wollte, biss Flummel ihm in den Finger. Daraufhin musste ich dem Tierchen erneut das Leben retten – und mir ein Lachen verkneifen. Der unbesiegbare Schattenprinz, der schmollend an seinem Finger nuckelte, war einfach ein zu lustiger Anblick.

Irgendwann kam der Rest des Shendai-Rudels – angeführt von Nox – von der Jagd heim und wurde angemessen begrüßt. Das bedeutete auch, dass sich Alt und Jung über die Beute hermachte, die ihr Alpha mitgebracht hatte. Der stieß ein zufriedenes Brüllen aus und trottete zu uns herüber.

»Zeit zu gehen«, flüsterte Noár.

Wie gerne hätte ich mich von den Shendai und ihren Jungen verabschiedet, doch ich bezweifelte, dass es eine gute Idee war, sie beim Fressen zu stören. Also kletterte ich schweren Herzens auf Nox' Rücken. Eigentlich hatte ich damit gerechnet, dass Flummel vor dem Shendai Angst haben und die Flucht ergreifen könnte, aber der Okoklin fiepte vor Freude über den bevorstehenden Flug auf seinem großen Kollegen. Zumindest bis Noár hinter mir in den Sattel stieg und seinen Arm um meine Taille legte. Da produzierte der Fellball plötzlich eine ganze Reihe von wütenden Zisch- und Blubberlauten. Wäre es nicht völlig absurd gewesen, hätte ich schwören können, dass Flummel eifersüchtig war.

»Treib es nicht zu weit«, warnte ihn Noár und entlockte mir damit ein Grinsen. Nur zu gut konnte ich mir die finsteren Blicke vorstellen, die die beiden vermutlich gerade wechselten.

»Scheint, als hättest du einen neuen Freund gefunden«, neckte ich ihn.

Noár schnaubte. »Freu dich lieber nicht zu früh. Schließlich bist du diejenige, die das Vieh heute Abend beim Empfang irgendwo in ihrem Kleid verstecken muss.«

NICHT VON SCHLECHTEN ELTERN

Keeza lachte von Herzen, als sie Flummel sah, und Zoey wollte den niedlichen Kerl vom Fleck weg adoptieren. Überhaupt wirkte meine Freundin so gelöst und gut gelaunt wie schon lange nicht mehr. Ich freute mich, dass es ihr besser zu gehen schien, gleichzeitig verspürte ich aber auch einen kleinen Stich. Offenbar konnte Keeza ihr geben, wozu ich im Moment nicht in der Lage war.

»Soll ich dich zu diesem Empfang mitnehmen?«, erkundigte ich mich, während wir versuchten, den Okoklin mit Früchten von meiner Schulter herunterzulocken.

»Ich hab schon mit Keeza ausgemacht, dass ich mit ihr gehe«, gestand Zoey mir verlegen. »Sorry, MaiMai, das hat nichts mit dir zu tun, aber sie hatte eine geniale Idee, was meine Zukunft betrifft, und da wollten wir noch ein paar Dinge klären.«

»Oh. Okay«, hauchte ich. »Und was ist das für eine Idee?«

»Ähm, da gibt es leider einige Hindernisse. Ich erzähl's dir, wenn's spruchreif ist. Nicht, dass wir jetzt ein Fass aufmachen und am Ende wird doch nichts draus.«

Wow, das fühlte sich wie ein Schlag in den Magen an. Normalerweise hätte ich trotzdem nachgehakt, aber seit ich so wenig Zeit für sie hatte, kam ich mir irgendwie blockiert vor – als hätte ich nicht mehr das Recht, ihre Entscheidungen leichtfertig infrage zu stellen. Unvermittelt piepste Flummel. Er ließ von der Frucht ab, an der er geknabbert hatte, und krabbelte widerstandslos von meiner Schulter auf meine Hand. Dort klammerte er sich an meinen Daumen und rieb seinen Kopf daran. Es schien fast, als würde er mich trösten wollen.

»Jetzt schnell«, bejubelte Keeza unseren Fortschritt mit meinem neuen Haustier und zerrte mich ins Bad. »Lass uns die Chance nutzen.«

Umziehen und Körperhygiene mit einem klammernden Okoklin stellte sich als äußerst umständlich heraus, ganz besonders, weil das kleine Tierchen Wasser offensichtlich nicht ausstehen konnte. Und als Keeza mich in ein goldenes Kleid steckte, das zwar bodenlang war, aber sonst nur das Nötigste bedeckte, hallte Noárs Spott in meinen Kopf nach. Wo sollte ich den Okoklin bloß verstecken? Ich konnte ihn ja wohl schlecht an meinem Daumen hängend zum Empfang mitnehmen. Die Rockfalten schieden aus, denn sie waren hauchzart und besaßen zwei lange Schlitze, durch die man beim Gehen meine Beine sehen konnte. Ärmel gab es keine und der Kragen glich einem Kunstwerk aus Golddrähten, die meinen Hinterkopf wie ein Fächer umrahmten.

»Ich fürchte, du musst hierbleiben«, teilte ich Flummel mit, woraufhin der sich nur noch fester an meinen Daumen klammerte. Seufzend griff ich zum letzten Mittel, das mir einfiel. »Lass meinen Finger los!«

Mir war nicht wohl dabei, den Okoklin mit meinem Willen zu irgendwas zu zwingen, aber ich hatte keine bessere Lösung parat. Ihn den Höflingen des Schattenpalasts auszusetzen, wäre für den kleinen Kerl sicher nicht von Vorteil.

Flummel sah mich schockiert an und schüttelte den Kopf. Mit dieser menschlichen Reaktion überraschte er mich so sehr, dass mir der Mund aufklappte.

»Das wird nicht funktionieren«, klärte Keeza mich kichernd auf. »Du hast ihm das Leben gerettet. Das bedeutet, dass du jetzt unter seinem Schutz stehst.«

Zoey brach in Gelächter aus und auch ich fand die Vorstellung ziemlich lustig, dass dieses fluffige Teddybärchen mit Flügeln sich zu meinem neuen Bodyguard ernannt hatte. Trotzdem ... er stand in einer Lebensschuld bei mir. Musste er nicht eigentlich tun, was ich sage? Als ich Keeza darauf ansprach, zuckte sie nur mit den Schultern.

»Er wird tun, was du sagst, solange er sicher ist, dass du nicht in Gefahr bist.«

Super. Das half mir jetzt auch nicht weiter. Die rettende Idee kam von Zoey. Sie schlug vor, dass ich mit offenen Haaren gehen sollte. Wir wussten beide aus Erfahrung, dass man unter einem Haufen Locken allerlei Dinge verbergen konnte. Heute würde es dann eben ein Okoklin sein.

Keeza gab ihr Bestes und zauberte aus meiner widerspenstigen Mähne eine Frisur, die mit ihren goldgefärbten Strähnen und glitzernden Haarnadeln ihresgleichen suchte. Flummel brauchte keine große Ermunterung, um sich darin zu verstecken.

»Kein Haareziehen, kein Geräusch und lass dich um Himmels willen nicht blicken«, wies ich ihn an, während das Fellknäuel es sich in meinem Nacken gemütlich machte. »Das Letzte, was ich gebrauchen kann, ist das Gerücht, dass Tiere in meinen Haaren leben.«

Brav piepte der Okoklin noch einmal und war dann still.

»Vogelnest 2.0«, kommentierte Zoey grinsend. Ich konnte ihr nur zustimmen und kontrollierte meine Aufmachung im Spiegel.

Ähm ja.

Ich sah gut aus, aber ... Dezenz ging anders.

Als Keeza dann auch noch mit einer Schmuckschatulle voller Gold und Rubinen ankam, wurde es mir endgültig zu viel des Guten.

»Mein Geschmack ist es ebenfalls nicht«, erwiderte Rhomes

Schwester, die meinen Gesichtsausdruck offensichtlich richtig interpretierte. »Aber das hat alles eine Bedeutung: Das Diadem steht für deinen Status als Goldene Erbin. Das Collier und die Ringe sind eine Brautgabe von Noár, womit er seinen Wohlstand und seine Ehrerbietung dir gegenüber demonstriert. Trägst du das nicht, beleidigst du ihn und das Schattenvolk.«

Frustriert beäugte ich die Schmuckstücke. Es stand außer Frage, dass sie alle auserlesen und geschmackvoll waren. Trotzdem kam ich mir wie ein überladener Luxus-Weihnachtsbaum vor, als Keeza mich damit behängte. Ich wollte die Notwendigkeit dieser Ausstaffierung noch einmal zur Diskussion stellen, als es an der Tür klopfte.

»Ich drück dir die Daumen«, rief Zoey und sauste in den Nebelkristall, den Keeza um den Hals trug. Die öffnete die Tür und sank in einen tiefen Knicks.

Ich schluckte schwer. Vor meinen Gemächern stand eine komplette Einheit uniformierter Schattenkrieger und mittendrin erhob sich die blutrote Gestalt des Kronprinzen. Wie bei unserer ersten Begegnung im Goldenen Berg trug er einen offenen Mantel über seiner nackten Brust. Diesmal bestand er aus rotem Leder. Über seinen Schultern hing zusätzlich noch ein dunkler Umhang, dessen Kragen mit zahllosen Shendai-Federn verziert war. Orden prangten an seinem Revers und ein Reif aus schwarzem Metall umspannte seine Stirn. Alles in allem war Noárs Erscheinungsbild so imposant, dass ich mir gleich ein bisschen weniger overdressed vorkam.

»Hast du dich von den Strapazen unseres Ausflugs erholen können?«, erkundigte er sich kühl, während sein Sternenblick mich ausgiebig musterte. Damit setzte er nahtlos unser Schauspiel vom Heerlager fort.

Ich verkniff mir ein Lächeln und bemühte mich um einen mindestens genauso kühlen Tonfall. »Du meinst deinen dürftigen Versuch, mich zu bestrafen, weil dein Ego meine Abfuhr nicht verkraftet hat?«

Mit einem amüsierten Funkeln in den Augen trat der Schattenprinz zu mir. Er strich mir eine Locke aus dem Gesicht und spielte seine physikalische Präsenz voll aus. Unter anderen Umständen hätte er mich damit vielleicht einschüchtern können. Jetzt brachte er mich nur ein ganz klein wenig aus dem Konzept – wie immer, wenn er meinen Hormonen zu nahe kam.

»Ich habe nur deinen Blickwinkel zurechtgerückt«, sagte er mit einer Stimme, die sich wie Honig über meine Sinne legte. »Hätte ich dich *bestrafen* wollen, wären mir sehr viel bessere und unterhaltsamere Alternativen eingefallen.« Selbstgerecht nahm er meine Hand und hakte sie bei sich unter. »Also nur zu, reize mich weiter! Vielleicht wird der Abend dann doch noch vergnüglicher, als er es momentan zu versprechen scheint.«

»Dich zu reizen, ist das einzige Vergnügen, das der Abend verspricht«, fauchte ich zurück und erntete dafür ein samtiges Lachen.

Noárs Blick wurde so intensiv, dass mir ein heißer Schauer über den Rücken lief. »Dann werden wir heute wohl beide auf unsere Kosten kommen.«

Kurz darauf waren wir unterwegs durch mosaikbesetzte Gänge, düstere Hallen und Schattenpforten, über die ich lernte, dass nicht jede überallhin führte. Wir begegneten einigen Höflingen und Bediensteten, doch allesamt wichen sie uns schnellstmöglich aus. Anders als im Heerlager schlug uns hier kein Respekt entgegen. Blanke Angst lag in der Luft. Man fürchtete den Kronprinzen, seine Aufmerksamkeit und seine Ungnade. Dieser Eindruck verstärkte sich noch, als wir das nächste Schattenportal durchquerten. Plötzlich waren wir von Hunderten feiernder Cassarden umgeben, deren entspannte und ausgelassene Gesichter der Reihe nach erstarrten, sobald sie Noár sahen. Gleichgültig ob erfahrener Diplomat, waghalsiger Jungspund oder umschwärmte Dame – niemand hielt seinem Blick länger als einen Wimpernschlag stand.

Der Schattenprinz führte mich durch einen nächtlichen Innenhof, der auf mehreren Stockwerken von Galerien umspannt war. Überall tummelten sich rot und schwarz gekleidete Cassarden, die tranken, tanzten und lachten. Ich hatte im Goldenen Berg ja so einige Festivitäten erlebt, aber das hier war irgendwie ... aggressiver und zügelloser. Halbnackte Männer schlugen auf riesige tiefe Trommeln ein. Halbnackte Artisten bewegten sich zu den rhythmischen Klängen. Halbnackte Bedienstete boten den Gästen Getränke an und schienen sich nicht daran zu stören, dass die Höflinge schamlos mit ihnen schäkerten. Wenn man es genau nahm, waren auch die Adligen halbnackt. Frauen trugen avantgardistische Kleider mit Ausschnitten bis zum Nabel, eng geschnürte Korsetts oder gleich die bauchfreie Variante. Die Männer verzichteten meist ganz auf eine Oberbekleidung oder sie begnügten sich – ähnlich wie Noár – mit offenen Mänteln oder ärmellosen Gehröcken. Vorhin hatte ich mich noch für notdürftig bedeckt gehalten, jetzt kam ich mir fast schon bieder vor. Wo ich auch hinsah, ich erspähte blanke Haut, Juwelen, glänzende Klingen oder lasziv tanzende Paare. Wer nicht dem Alkohol oder der Partnersuche frönte, schenkte seine Aufmerksamkeit dem blutigen Kampf, der in der Mitte des Innenhofs auf einer abgegrenzten Sandfläche stattfand. Um diese kleine Arena waren Diwans aufgereiht – die Ehrenplätze. Dort hielt auch das Fürstenpaar Hof. Wobei ... Shaell hielt Hof, während Zima sich hinter ihm in den Kissen rekelte.

Niemand begrüßte uns oder kündete unsere Ankunft an. Das war auch gar nicht nötig, denn jeder wusste, wer wir waren. Als Noár mich zu dem leeren Diwan neben dem seines Vaters führte, beeilten sich alle, uns nicht im Weg zu stehen. Hier, am Rand der Arena und unter fünf Etagen voll von neugierigen Höflingen, fühlte ich mich wie auf dem Präsentierteller. Noár jedoch kümmerte sich nicht um die Gaffer. Er fläzte sich in die Kissen und ließ nur wenig Platz für mich übrig – zwischen seinen Beinen. Erwartungsvoll sah er mich an. Ich konterte mit einem bösen Blick, wollte mir aber keine Blöße geben. Also setzte ich mich an den äußersten Rand des Polsters und erntete dafür prompt ein spöttisches Lachen von meinem Verlobten. Zweifellos hätte er noch einen spitzen Kommentar hinterhergeschickt, wenn nicht im selben Augenblick der Kampf in der Arena unter tosendem Jubel beendet worden wäre. Der Sieger ließ sich feiern, während sein Kontrahent blutüberströmt hinausgeschleppt wurde. Es war eine völlig abstruse Situation. Ich hatte mit einem Standard-Bankett gerechnet und war mitten in einem spätrömischen Gelage gelandet. Den Tiefpunkt erreichte meine Laune jedoch, als Zima meinen Blick einfing und mir aufmunternd zuprostete. Ich musste mich zu einem Lächeln zwingen und wäre beinahe daran erstickt. Danach vermied ich es, in Richtung der Schattenfürstin zu gucken, was nur dazu führte, dass ein anderer Gast mir ins Auge fiel: Ein dunkelhaariger Mann, der wie ich goldene Symbole auf der Stirn trug.

»Was will Lazar hier?«, fragte ich überrascht.

Noár machte keine Anstalten sich umzusehen, als wüsste er längst, dass sich der Seneschall des Kaisers unter den Gästen befand. Er zuckte nur mit den Schultern und ließ sich ein Glas Varras-Wein einschenken.

»Lazar ist mit Rhome hergekommen. Ich konnte noch nicht mit ihm reden, aber ich gehe davon aus, dass er wegen unseres Hochzeitstermins in der Schattenfeste ist.«

Statt weiteren Erklärungen wies Noár den Diener an, mir ebenfalls ein Glas Wein einzuschenken. Sehr gut, dann wären meine Hände wenigstens beschäftigt und würden nicht nur wie plumpe Gegenstände auf meinem Schoß herumliegen.

»Sei vorsichtig mit unserem Varras«, warnte der Schattenprinz und strich mir mit einem sinnlichen Lächeln über den Oberarm. »Betrunken fällt dir vielleicht nicht mehr ein, warum du mich auf Abstand halten willst.«

Seine Berührung ließ meine Haut prickeln, doch darauf war ich vorbereitet gewesen. Ohne mit der Wimper zu zucken, schüttelte ich seine Hand ab.

»Keine Sorge, das würde ich selbst im Vollrausch nicht vergessen.« Noch einmal würde er mich nicht so weit kriegen, vor versammelter Meute meine Schwäche für ihn zu demonstrieren. Außerdem war ich eingeschnappt, weil er glaubte, mich vor dem Wein warnen zu müssen. Ich wusste sehr gut selbst, was ein öffentlicher Rausch der Goldenen Erbin für einen Schaden anrichten konnte.

Noárs Augen funkelten voll Vorfreude. »Na dann, auf einen vielversprechenden Abend.« Er hob sein Glas und trank es in einem Zug leer.

Eine störrische Stimme in mir forderte lautstark, es ihm gleichzutun, aber ich folgte dann doch lieber der Vernunft und nippte nur daran. Als die brennende Flüssigkeit meinen Hals hinunterfloss, beglückwünschte ich mich zu meiner Entscheidung. Diese Version des Varras-Weins war eindeutig hochprozentiger als alles, was ich bislang in Cassardim getrunken hatte.

»Schattenvolk!«, donnerte es plötzlich durch den Innenhof. Shaell hatte sich erhoben und sorgte damit augenblicklich für Ruhe. Noárs Vater gehörte zu der Oberkörperfrei-Fraktion, wobei auch er einen Umhang trug. Der üppige Fellbesatz am

Kragen und seine schwarze Krone verliehen ihm eine dämonische Aura. Ganz eindeutig war der Schattenfürst ein attraktiver Mann. Seine Gesichtszüge, die Statur und die Herrschersymbole an Händen und Unterarmen erinnerten mich auf beängstigende Weise an Noár. Doch so skurril es klang, die Ähnlichkeit der beiden beruhigte mich auch irgendwie. Sie bewies, dass ich mich nicht von Oberflächlichkeiten blenden ließ. An Shaell sprach mich nämlich nicht das Geringste an, während es an Noár so viel mehr gab als sein gutes Aussehen.

»Begrüßt mit mir die Teilnehmer des heutigen Shryn-Turniers«, fuhr Shaell fort.

Zehn Männer und Frauen betraten den Kampfplatz und verbeugten sich, bevor sich der Schattenfürst in unsere Richtung wandte. »Vielleicht gibt sich ja unser Rekordhalter die Ehre, einen Sieger zu küren?«

Noár rührte sich nicht vom Fleck. Alles an ihm strahlte Desinteresse aus. Flüchtig glitt sein Blick über die aufgereihten Wettbewerber. »Wenn es sein muss.«

Seine Antwort löste einen wahren Jubelsturm aus, während mir flau im Magen wurde. Letzteres lag vor allem daran, dass sich Zima erhob und ihrem Gatten etwas ins Ohr flüsterte, das ihn zum Schmunzeln brachte.

»Andererseits«, meinte der Schattenfürst hämisch, »will mein Sohn diese Ehre vielleicht an seine Verlobte abtreten: die Goldene Erbin Cassardims.«

Wieder erfüllte Jubel den Hof, doch der Beifall galt nicht mir. Er galt dem Kronprinzen, der wie ein siegreicher Eroberer für seine wertvolle Beute gefeiert wurde. Noár stemmte sich aus den Kissen hoch und legte mir großkotzig seine Hand auf den Oberschenkel.

»Mit dem allergrößten Vergnügen übertrage ich diese Ehre meiner liebreizenden Verlobten«, verkündete er laut. »Es wird ohnehin Zeit, sie mit unserer Kultur vertraut zu machen.«

Applaus. Gelächter. Gehässige Gesichter.

»So soll es sein«, entschied Shaell. »Am Ende des Banketts wählt unsere zukünftige Kaiserin den heutigen Gewinner. Und jetzt: Trinkt!«

»Auf die Schatten, gekrönt vom Licht!«, brüllten die Anwesenden.

»Auf das Licht, getragen von den Schatten!«, antwortete Shaell.

Die Musik setzte wieder ein. Diener trugen zehn hüfthohe Säulen herbei, auf denen jeder der Turnierteilnehmer einen roten Edelstein platzierte. Ich erhaschte einen Blick auf Lazar und seinen mühsam beherrschten Zorn. Der Seneschall machte keinen Hehl daraus, dass er Noár am liebsten erwürgt hätte. Dann spürte ich plötzlich, wie Noárs Hand von meinem Schenkel zu meiner Taille wanderte. Er rückte so nah an mich heran, dass mich sein Atem am Ohr kitzelte.

»Warte noch ein bisschen ab und sag dann, dass du dich nicht wohlfühlst und zurückziehen möchtest«, flüsterte er und hauchte mir einen Kuss auf die Schulter. Für jeden anderen musste das wie ein Annäherungsversuch aussehen. »Trink, wenn du verstanden hast.«

Ich wollte wirklich nicht mit eingezogenem Schwanz von diesem Empfang flüchten, aber Shaells Schadenfreude, Lazars Reaktion und Noárs warnender Unterton weckten Zweifel in mir. Mit zittrigen Fingern hob ich das Weinglas an meine Lippen.

»Gut«, raunte Noár, während seine Küsse weiter zu meinem Hals wanderten. »Jetzt stoß mich zurück.«

Das tat ich mit Erleichterung – nicht, weil mir seine Zärtlichkeiten zuwider wären, sondern weil er meinen Haaren und damit meinem blinden Passagier gefährlich nahe kam. Ich wollte mir den Skandal gar nicht ausmalen, wenn Flummel meinem Verlobten in aller Öffentlichkeit das Gesicht zerkratzte.

Eine penetrante Frauenstimme durchschnitt die Luft. Sie gehörte zu einer ausstaffierten Adligen, die auf dem Diwan neben Lazar lag.

»Fürst Shaell, denkt Ihr nicht, dass es ein bisschen verfrüht ist, Prinzessin Amaia die zukünftige Kaiserin zu nennen? Immerhin leugnet ihr Vater ihre Herkunft.« Auch sie hielt es offenbar nicht für nötig, direkt mit mir zu sprechen.

»Der Kaiser ist nur verwirrt von der hundertjährigen Gefangenschaft, die Fidrin ihm auferlegt hat«, mischte sich Lazar ein. »Ein bisschen Nachsicht wäre angebracht, zumal das Schattenvolk Fidrins Machtergreifung damals unterstützt hat.«

Shaell warf dem Seneschall einen finsteren Blick zu. Es gefiel ihm überhaupt nicht, dass Lazar seine unrühmliche Rolle als Unterstützer des Chaoskaisers so in den Mittelpunkt stellte.

»Mir erschien er recht klar im Kopf«, meldete sich nun ein weiterer Höfling zu Wort.

Die Rednerin vom Anfang stimmte ihm lautstark zu. »Vielleicht hatte Prinzessin Amaias Mutter ja den Wunsch nach ein wenig Ablenkung? Immerhin war ihr Gemahl Katair viele Jahrzehnte lang nicht in der Lage, mit ihr einen Erben zu zeugen.«

»Sind daran nicht schon Katairs vorangegangene Ehen gescheitert?«, warf nun Zima in die Runde.

»Kaiserin Moya ohne Beweise der Untreue zu beschuldigen, ist nicht nur geschmacklos, sondern Hochverrat«, klärte Lazar die Anwesenden fast freundlich auf. Dabei fixierte er die Schattenfürstin, deren Unbehagen kaum noch zu übersehen war. So ziemlich jeder hier schien zu wissen, dass auch Zima es mit der Treue nicht so genau nahm. Jeder außer Shaell.

»Es wäre nur Hochverrat, wenn der Kaiser nicht bereits selbst Zweifel an der Treue seiner Gattin geäußert hätte«, stellte ein weißblonder Mann fest, dessen androgyne Schönheit beim Betrachten beinahe wehtat.

Lazar fuhr fassungslos zu ihm herum. »Wann hat er das getan?«

Der schöne Mann hob die Hand zu einer unbestimmten Geste. »Vor ein paar Tagen hatte ich die Ehre einer Audienz.«

Das war offensichtlich der Tropfen, der Lazars Fass zum Überlaufen brachte. Der Seneschall knallte sein Weinglas auf einen Beistelltisch und knurrte: »Prinzessin Amaia trägt die Kaisersymbole. Das sollte Beweis genug sein für ihre untadelige Herkunft.«

Shaell lehnte sich mit einem selbstgefälligen Seufzen zurück in seine Kissen und zog Zima auf den Schoß. »Die Prüfung der Goldenen Erben ist eine Prüfung des Willens, nicht des Blutes. Ganz Cassardim weiß das. Und willensstarke Männer im Umfeld der Kaiserin gab es genug, die ihre Fähigkeiten hätten vererben können.«

Schweigend verfolgte ich das Gespräch – nicht, weil ich eingeschüchtert war, sondern weil all die neuen Informationen mich völlig überforderten. Man warf meiner Mutter Untreue vor? Und obwohl ich mich ganz bestimmt nicht auf die Seite des Schattenfürsten stellen wollte, konnte ich seine Argumente nicht ignorieren. War das der Grund, aus dem Katair mich nicht anerkennen wollte? Weil jemand anderes mein Vater war?

Die Zustimmung der Schattenhöflinge brachte mich vollends durcheinander, während Zima sich kichernd an ihren Gatten schmiegte. »Sagt man nicht auch unserem hochgeschätzten Seneschall einen Willen nach, der dem Kaiser in nichts nachsteht? Und sein Amt hat ihm ungehinderten Zugang zur Kaiserin verschafft, ohne dass irgendjemand Verdacht geschöpft hätte.«

WAS?! Mein Blick flog zu Lazar. Er? Mein Vater?!

Das klang … erschreckend logisch. Zumindest würde es erklären, warum Katair mich wie Luft behandelte, während sein Seneschall gleich mehrfach sein Leben für mich riskiert hatte.

Lazars Pokerface war so perfekt, dass es meine Zweifel nur noch mehr schürte. Er lächelte Zima sogar gutmütig an. »Mir sagt man so manches nach, Fürstin. Die Vaterschaft unehelicher Kinder zählt jedoch nicht dazu.«

Da brach schallendes Gelächter aus, in das auch Noár einstimmte. Jetzt verstand ich gar nichts mehr, aber die Spannung löste sich. Nahtlos ging die Gesellschaft zu unverfänglicheren Themen über. Shaell griff nach Zimas Glas und trank es so zügig aus, dass ihm der Wein übers Kinn lief. Seine Gemahlin strich die Rinnsale weg und leckte sich die Finger ab. Lüstern beobachtete sie der Schattenfürst, bevor er sie an sich zog und küsste, als gäbe es kein Morgen mehr. Gütiger Himmel, da bahnte sich ein Softporno an, und ich schien die Einzige zu sein, die sich daran störte. Na ja, fast. Noár presste seine Kiefer so fest aufeinander, dass ich die einzelnen Muskelstränge in seinem Gesicht erkennen konnte. Er vermied es demonstrativ, in die Richtung des Fürstenpaars zu gucken. Und das, obwohl Zima während ihres Kusses mehrfach versuchte, seinen Blick einzufangen.

»Ich bin gleich wieder zurück«, informierte er mich gereizt. Ohne weitere Erklärung stand er auf und verschwand in der Menge. Nur mit Mühe bekam ich meine aufkeimende Panik unter Kontrolle. Ich fühlte mich sowieso schon wie ein Robbenbaby in einem Haifischbecken und jetzt ließ er mich hier allein. Außerdem hatte ich an der Vater-Frage zu knabbern und wollte mir beim besten Willen nicht auch noch darüber Gedanken machen, ob Noár vielleicht doch etwas für Zima empfand. Mit eiserner Disziplin zwang ich mich, ein paar Mal tief durchzuatmen und vernünftig zu sein. Zima hatte Noár verraten. Das gab ihm jedes Recht der Welt, nicht mit ansehen zu wollen, wie sie seinen Vater abschlabberte. Wenn mein Ex mit meiner Mutter in aller Öffentlichkeit rummachen würde, hätte ich vermutlich ähnlich reagiert. Mich schüttelte es bei dem Gedanken.

In meinem Nacken bewegte sich etwas. Flummel hielt Wort und gab nicht den kleinsten Laut von sich, aber er kuschelte sich an mich, um mir Trost zu spenden. Langsam fing ich an, das kleine Kerlchen lieb zu gewinnen.

Unvermittelt erschien eine elegante Hand in meinem Sichtfeld. »Möchtet Ihr tanzen, Hoheit?«

Vor mir stand der wunderschöne weißblonde Mann, der behauptet hatte, vor ein paar Tagen mit dem Kaiser gesprochen zu haben. Er war viel größer und kräftiger, als es von Weitem den Anschein erweckt hatte, aber sein Gesicht wirkte so sanft und unnahbar wie das eines Engels.

»Wer seid Ihr, dass Ihr Euch diese Frage zu stellen traut?«, erkundigte ich mich, ohne seiner Hand Beachtung zu schenken. Meine allererste Lektion in Sachen cassardischer Etikette hatte gebührenden Tanzpartnern gegolten. Ich schätzte mal, dass sich diese Regeln nach meiner Verlobung eher noch verschärft hatten. Abgesehen davon verspürte ich gerade wenig Lust zu tanzen.

»Ich bin Großherzog Valair val Varrev«, stellte der Schönling sich vor und schenkte mir ein Lächeln, das Photoshop nicht besser hätte weichzeichnen können. »Und bei allem Respekt, Euer Verlobter macht mir keine Angst. Das Vergnügen eines Tanzes mit Euch wäre mir die Auseinandersetzung mit ihm wert.«

»Bei allem Respekt«, erwiderte ich trocken, »mir nicht.«

Der junge Großherzog schien nett zu sein, doch mir war klar, dass er mich nur benutzen wollte, um Noár bloßzustellen.

Belustigung glitzerte in Valairs Augen. Entgegen meiner Erwartung akzeptierte er jedoch die Zurückweisung. »Solltet Ihr es Euch anders überlegen, stehe ich Euch gerne zur Verfügung.«

Mit einer spöttischen Verbeugung zog er sich zurück. Eine Atempause war mir dennoch nicht vergönnt. Keine Minute später ließ Lazar sich neben mir auf den Diwan plumpsen. Der vertrauliche Eindruck, den er damit erweckte, kümmerte ihn nicht die Bohne. Im Gegenteil, er machte es sich in den Kissen gemütlich und überschlug weltmännisch die Beine.

»Als ich deine Geisterfreundin gebeten habe, dich aus Rim Valesh rauszuholen, war mir nicht in den Sinn gekommen, dass du den diplomatischen Albtraum, in dem du steckst, so schnell in eine ausgewachsene Katastrophe verwandeln würdest«, begrüßte er mich. Er bemühte sich nicht, besonders leise zu sprechen, weswegen ich mich hastig umschaute, ob uns jemand belauschte. Doch außer Lazars Leibwächtern befand sich niemand in unmittelbarer Hörweite. Vermutlich hatten sie sogar die explizite Aufgabe, für unsere Privatsphäre zu sorgen.

»Bist du den weiten Weg ins Schattenreich gekommen, um mir das zu sagen?«, pampte ich ihn an.

Meinen scharfen Tonfall bereute ich sofort wieder. Lazar mochte seine eigenen Pläne verfolgen, aber er gehörte zu den wenigen Verbündeten, die ich in Cassardim besaß. Außerdem war ich einfach nicht in der Lage, den Gedanken abzuschütteln, dass er vielleicht mein Vater sein könnte. Unwillkürlich suchte ich nach Ähnlichkeiten zwischen uns. Wenn man mal von den silbernen Schläfen absah, hatten wir die gleiche Haarfarbe und dieselben Locken. Meine Augen waren etwas blauer als seine, aber der tadelnde Blick, den er mir gerade zuwarf, kam mir seltsam vertraut vor.

»Ich bin hier, weil Kaiser Katair einem früheren Hochzeitstermin zugestimmt hat«, verkündete er.

Verdutzt runzelte ich die Stirn. Das war toll, aber ... »Wieso tut er das, wenn er nicht glaubt, dass ich seine Tochter bin?«

»Ich weiß es nicht. Er ist mir gegenüber längst nicht mehr so offen wie früher«, seufzte der Seneschall. »Ich gehe davon aus, dass Katair diskret Beweise sammelt, um seine Behauptung bezüglich deiner Herkunft zu belegen. Dich bis dahin mit Noár zu verheiraten, wäre die perfekte Gelegenheit, euch *beide* loszuwerden. Er hasst deinen Verlobten abgrundtief, allerdings ist Noár unantastbar, solange Shaell und die gesamte dunkle Armee hinter ihm stehen. Wenn Katair den Schattenprinzen wirklich loswerden will, ohne einen Krieg zu riskieren, muss er ihn öffentlich diskreditieren. Und was wäre dafür besser geeignet als die Hochzeit mit einer Betrügerin?«

Das sollte mal einer verstehen. Noár hatte Katair doch aus den Kerkern befreit. Andererseits war Fidrins Rückkehr auf den Kaiserthron überhaupt erst durch das Schattenreich ermöglicht worden. Viel wichtiger erschien mir jedoch ein anderes Detail, das Lazar mir gerade beiläufig hingeworfen hatte.

»Es gibt Beweise, dass ich nicht Katairs Tochter bin?!«

Der Seneschall rollte wenig beunruhigt mit den Augen. »Katair ist der Kaiser«, antwortete er. »Er wird finden, was er finden *will*.«

Natürlich entging mir nicht, dass Lazar meiner Frage geschickt ausgewichen war. Aufmerksam studierte ich seine Mimik, doch wieder einmal ließ er sich nicht in die Karten schauen.

»Ja, Katair ist der Kaiser«, bohrte ich nach. »*Dein* Kaiser. Warum also hilfst du mir?«

Ein gutmütiges Lächeln zuckte in Lazars Mundwinkeln. »Ist das die Frage, die du mir eigentlich stellen willst?«

Ich schluckte den Kloß runter, der mir im Hals steckte. Lazar hatte mich schon immer mühelos durchschaut. Anders als sonst konnte ich diesmal jedoch keine Spur von Arroganz aus seiner

Stimme heraushören. Durfte ich es wagen, ihm die Frage zu stellen, die mir auf der Seele brannte?

Einer seiner Leibwächter ersparte mir die Entscheidung, denn er reichte Lazar ein gefaltetes Stück Papier. Der nahm den Brief entgegen und überflog die Botschaft. Was auch immer darauf stand, missfiel ihm.

»Feuer«, befahl er. Das Papier ging in Flammen auf. Die verkohlten Reste blies er einfach fort. Dann veränderte er seine Sitzposition, sodass er mir direkt ins Gesicht sehen konnte, und senkte die Stimme. »Hör mir gut zu, Amaia! Ich weiß, wie es um deine Gefühle für Noár bestellt ist, doch du musst die Verlobung mit ihm lösen. Wegen der Keuschheitsfrage werde ich mir etwas einfallen lassen, damit dein Ruf keinen größeren Schaden nimmt. Und wenn erst –«

»Ich werde meine Verlobung mit Noár *nicht* lösen!«

Lazar quittierte meinen Einspruch mit einem frustrierten Grummeln. Seine grauen Augen fixierten mich unerbittlich.

»Er ist nicht der, der er vorgibt zu sein!«

»Das weiß ich.«

»Du weißt gar nichts, Amaia!« Noch immer klang sein Tonfall nervtötend ruhig, aber jetzt konnte ich einen Hauch von Wut in seinem Blick erkennen. »Du weißt weder, *wer* er ist, noch *was* er getan hat.«

»Das weiß ich von dir auch nicht!«, fauchte ich.

Damit traf ich wohl einen wunden Punkt, denn Lazar verstummte und starrte mich verdrießlich an. Er schien zu ahnen, dass er sich besser nicht zwischen mich und Noár stellen sollte – zumindest nicht, solange er mich nicht zum Feind haben wollte.

»Ich möchte dich nur beschützen, Amaia.«

»Warum?«, fragte ich scharf. Weil er mein Vater war? Wieso gab er es dann nicht einfach zu? Was hatte er davon, Zweifel zu säen und Noár schlechtzumachen? Die beiden kannten sich. Sie hatten zusammengearbeitet. Glaubte Lazar etwa wirklich, dass Noár mir schaden könnte?

Der Seneschall atmete tief durch und setzte wieder seine undurchschaubare Miene auf. »Frag ihn. Frag deinen Verlobten nach der Nacht der Rebellion. Frag ihn, wo er war, als das Chaos im Goldenen Berg einfiel.«

Ich runzelte die Stirn und kapierte nichts mehr. Bevor ich jedoch nachhaken konnte, klopfte sich Lazar voller Elan auf die Oberschenkel und stand auf. »Ich gehe dann mal mit Fürst Shaell sprechen. Es sieht so aus, als hätte seine Gemahlin sich gerade zurückgezogen.« Den letzten Teil des Satzes betonte er so ausdrücklich, als hätte er eine besondere Bedeutung. »Die Chance sollte ich nutzen.«

Während ich dem Seneschall zusah, wie er zum Schattenfürsten spazierte, sickerte eine eiskalte Erkenntnis durch meine Adern. Zima war nicht mehr hier. Genau wie Noár.

RUMGESCHOBEN

Nach einer halben Stunde hielt ich es nicht länger aus. Weder Noár noch Zima waren zurückgekehrt und ich hatte die Nase voll, dem Schattenfürsten und dem kaiserlichen Seneschall bei ihrem Ränkeschmieden zuzuschauen. Theoretisch wäre es langsam an der Zeit, Unwohlsein vorzutäuschen, um mich vor diesem dummen Turnier zu drücken. Aber ich konnte mich nicht zurückziehen, ohne zu wissen, was hier überhaupt los war.

Ich erhob mich. Jetzt war es von Vorteil, dass so gut wie niemand auf mich achtete. Das machte es leichter, in der Menge unterzutauchen. Ich suchte den Innenhof nach Noárs mahagonifarbenem Haarschopf ab, doch statt ihn fand ich nur den weißblonden Großherzog Valair, der ganz plötzlich vor mir stand.

»Prinzessin Amaia«, rief er erstaunt. »Habt Ihr Eure Meinung geändert?«

Ich kaufte ihm seine Verwunderung nicht eine Sekunde lang ab. Es war sicher kein Zufall, dass ich quasi in ihn hineingerannt war.

»Nein«, erwiderte ich knapp und beschloss, mich für alle Fälle an den ursprünglichen Plan zu halten. »Ich fühle mich nicht ganz wohl und suche meinen Verlobten, um ihm mitzuteilen, dass ich mich gerne zurückziehen möchte.«

Valair griff sich in gespieltem Mitgefühl an die Brust. »Zu schade. Wenn Ihr möchtet, lasse ich ihn für Euch benachrichtigen und kümmere mich höchstpersönlich darum, dass Ihr unbeschadet in Eure Gemächer gelangt.«

Langsam, aber sicher ging mir seine inszenierte Nettigkeit auf die Nerven. Ich sah den viel zu schönen Großherzog finster an.

»Ich würde es meinem Verlobten gerne selbst sagen.«

Valairs Lächeln schmolz von seinem Engelsgesicht. »Das bezweifle ich.«

»Sehe ich aus, als wäre ich mir meiner Sache nicht sicher?«, zischte ich ihn an.

Für ein paar Augenblicke zögerte der Großherzog – aber nicht, weil er zu zuvorkommend war, um mir eine ehrliche Antwort vorzuenthalten. Viel eher schien er zu überlegen, auf welche Art und Weise er die Situation zu seinem Vorteil nutzen konnte. Schließlich deutete er auf eine von zwei Vogelskulpturen flankierte Tür auf der anderen Seite des Innenhofs.

»Ich habe den Kronprinzen zuletzt gesehen, als er auf dem Weg in die Menagerie war. Aber sagt nicht, ich hätte Euch nicht gewarnt.«

Was sollte das denn nun wieder heißen? Und was zum Teufel machte Noár in einer Menagerie?

»Eure kaiserliche Hoheit! Fühlt Ihr Euch belästigt?« Aus heiterem Himmel sprengte Pash unser Gespräch und legte kumpelhaft den Arm um Valairs Schultern. »Unser lieber Großherzog ist nämlich bekannt für seine provokanten Eskapaden.«

Die beiden hätten gegensätzlicher nicht sein können: Der elegante Valair war einen knappen Kopf größer als Pash und leicht pikiert von der rabiaten Störung. Pash dagegen grinste ausgelassen und pöbelte noch ein bisschen weiter. Seine Körpersprache zeugte von übermäßigem Varras-Konsum, aber in seinem Blick glitzerte großer Ernst und äußerste Wachsamkeit. Die Botschaft war klar. Ich sollte mich vor Valair in Acht nehmen.

»Nein, nein. Der Großherzog hat sich als sehr hilfreich erwiesen. Grund genug, um seine Geduld nicht länger zu strapazieren«, sagte ich und ließ die beiden Männer stehen, bevor die Situation eskalieren konnte. Ich lenkte meine Schritte in Richtung der Menagerie, doch kaum war ich in der feiernden Menge untergetaucht, holte mich Pash ein.

»Es ist nicht sehr vernünftig, hier alleine umherzustreifen«, belehrte er mich leise. Von seiner angeblichen Betrunkenheit war ihm nichts mehr anzumerken.

»Gerade *du* willst mir eine Lektion in Sachen Vernunft erteilen?«, fragte ich bissig.

Pash lachte. »Gefahr ist nicht gleich Gefahr, Prinzesschen. Wenn du dich mit einer Horde Chimären anlegen willst, bin ich dein Mann. Aber der Schattenhof ... puh!« Sein gestresster Ausdruck sprach Bände und ich verstand ihn nur zu gut. Es wurde wirklich Zeit, dass ich hier wegkam. Nur noch ein paar Meter, dann hatte ich die mächtigen Vogelstatuen erreicht.

»Falls es dich beruhigt: Sobald ich Noár gefunden habe, kannst du mich zurück in meine Gemächer bringen.«

Die schmiedeeiserne Tür zur Menagerie besaß weder Knauf noch Klinke. Ich wollte mich gerade dagegenstemmen, als Pash sich zwischen mich und die Tür drängte.

»Noár bringt mich um, wenn ich dich da reingehen lasse.«

Ich kniff meine Augen zusammen und starrte den verschrobenen Grafen böse an.

»Geh mir aus dem Weg!«

»Ehrlich, Prinzesschen. Er ist immer noch sauer auf mich wegen heute Morgen und da drinnen wimmelt es nur so von Chaoskreaturen. Wenn dort etwas passiert, kann ich Noár nicht um Hilfe rufen, weil das Chaos uns abschottet.«

Mit zusammengezogenen Brauen hörte ich ihm zu. Ich hatte noch immer keine Ahnung, wie es möglich war, dass Noár und seine Freunde über große Distanzen miteinander kommunizierten, aber jetzt wusste ich zumindest, dass das Chaos sie dabei hindern konnte. Viel schockierender war jedoch die Information, dass der Schattenfürst sich seinen ganz persönlichen Zoo an Chaoskreaturen hielt. Quasi nebenan!

»Du wirst Noár nicht um Hilfe rufen müssen, weil er selbst da drin ist«, teilte ich ihm mit.

Pash lachte ungläubig. Dann leerte sich sein Blick für ein paar Augenblicke, bevor er ratlos blinzelte.

»Ich ... ähm ...«

Es lag auf der Hand, dass er gerade erfolglos versucht hatte, Noár zu erreichen. Nur ein Beweis mehr, dass sich mein Verlobter in dieser abgeschotteten Menagerie aufhielt.

»Geh mir aus dem Weg!«

»Aber –«

Ich schob Pash zur Seite und stemmte die Tür auf.

Drinnen war es dunkel und kalt – so kalt, dass ich den Atem vor meinem Gesicht sehen konnte. Und als die Tür hinter uns ins Schloss fiel, wurde es mucksmäuschenstill. Zumindest fast. Krallen schabten über Metall und verursachten mir eine Gänsehaut. Woher das Geräusch kam, konnte ich nicht genau sagen, denn alles, was ich sah, war ein von Käfigen gesäumter Gang, dessen Bewohner in so tiefen Schatten ruhten, dass ich sie selbst mit meinen neuen Fähigkeiten nicht ausmachen konnte. Es mussten sehr große Kreaturen sein, denn die Gitterstäbe waren so dick wie meine Arme.

Entschlossen marschierte ich los. Irgendwo in der Tiefe der Menagerie flackerte ein einsames Licht. Das war wahrscheinlich mein Ziel. Ich hörte Pash fluchen, bevor er mit eiligen Schritten zu mir aufholte. Käfig um Käfig arbeitete ich mich voran. Zwischen den Gehegen wuchsen Bäume mit schwarzen Palmblättern direkt aus dem Steinboden. Es gab auch Statuen, Brunnen und

Bänke. Irgendwann wurde es tatsächlich heller und die Käfige kleiner. In dem schummrigen Licht konnte ich nun geschuppte Vögel, silberne Füchse und gefiederte Wölfe erkennen. Das hier waren keine Chaoskreaturen mehr. Diese Tiere stammten aus den anderen Reichen Cassardims und man hatte sich große Mühe gegeben, ihre Lebensräume so detailgetreu wie möglich nachzubilden. Gerade als ich um die nächste Ecke biegen wollte, nahm ich eine Bewegung hinter dem Käfig zu meiner Linken wahr. Viel konnte ich nicht erkennen. Eine Feuerschale. Eine gepolsterte Sitzgruppe. Ich suchte eine bessere Position … und erstarrte.

Noár stand vor einer Voliere und küsste Zima.

Mein Herz gefror, schmolz, wurde zerhackt und gefror dann erneut.

Pash tauchte neben mir auf. Als er sah, was ich sah, riss er die Augen auf und wollte losstürmen. Nur knapp konnte ich ihn davon abhalten, unsere Anwesenheit zu offenbaren. Meine Finger bohrten sich verzweifelt in seinen Oberarm. Ich schüttelte den Kopf und signalisierte ihm, still zu sein. Das Letzte, was ich wollte, war ein emotionaler Zusammenbruch vor Zima. Und das war genau das, was passieren würde, wenn er uns auffliegen ließ.

Pash schien nicht überzeugt zu sein, aber er gestand mir widerwillig die Entscheidung zu. Genaugenommen wirkte er leicht überfordert, als wäre er sich nicht sicher, ob er Noár eine knallen oder mich in den Arm nehmen sollte.

Ich ließ Pash los und schloss die Augen. Nach ein paar tiefen Atemzügen stand mein Entschluss fest: Ich würde unter keinen Umständen durchdrehen. Vielleicht gab es ja eine Erklärung für diesen Kuss. Erst musste ich verstehen, was hier eigentlich los war. Danach würde ich beurteilen, ob und wann ich die Beherrschung verlieren und Noár eine Szene machen wollte. Basta.

Innerlich klammerte ich mich an diese Strategie. Das machte es leichter, meinen Blick wieder auf Zima und meinen Verlobten zu richten. Mit meiner neuen emotionalen Distanz entdeckte ich einige Details, die mir vorher nicht aufgefallen waren.

Zima stand auf Zehenspitzen und lehnte sich Noár entgegen. Er wirkte angespannt und hatte die Hände zu Fäusten geballt. Nun, da ich genauer hinsah, erkannte ich, dass er ihren Kuss nicht erwiderte. Sein Umhang fiel zu Boden und Zima war drauf und dran, ihm auch noch seinen Mantel auszuziehen. In diesem Moment packte er ihre Schultern und schob sie von sich.

»Was soll das, Zima?« Seine Frage klang gelangweilt, aber in seinen Augen brannte eine frostige Warnung.

Die Schattenfürstin lächelte. Genüsslich fasste sie sich an die Lippen, als könnte sie den Kuss noch immer schmecken. »Ich wollte herausfinden, ob das alte Feuer tatsächlich erloschen ist.«

»Du meinst, ob ich dir noch hörig bin?«, konterte Noár schroff. »Ich kläre dich gerne ein weiteres Mal auf: Diese Zeiten sind vorbei.«

Seine Worte waren Balsam für mein angeknackstes Herz. Ich spürte, wie der Druck auf meiner Brust schwächer und durch eine unbändige Wut auf Zima abgelöst wurde.

»Du warst niemals irgendjemandem hörig, Ardiza.« Die Schattenfürstin schlenderte geschmeidig zu einem der Sofas und setzte sich. Ein spöttischer Unterton schlich sich in ihre Stimme. »Jetzt bin ich mir da allerdings nicht mehr so sicher. Die goldige Prinzessin scheint es dir wirklich angetan zu haben.«

Noár lachte leise. »Eifersucht steht dir nicht.«

Ohne das kleinste Wimpernzucken überging Zima seinen Kommentar und bediente sich an einer Obstschale. »Ich kann mir nicht vorstellen, dass Amaia der Dunkelheit in dir gewachsen ist oder dir das bieten kann, was du willst.« Sie wählte eine dunkelblaue

Frucht von der Größe einer Mandarine aus und schenkte Noár einen sinnlichen Blick. »Was du *brauchst.*«

Ungerührt beobachtete Noár, wie Zima ihre Lippen um die Frucht legte und hineinbiss. Sie tat das so aufreizend, dass sich die Luft beinahe knisternd auflud. Nur wenige Männer hätten dieser unmissverständlichen Einladung widerstehen können, aber Noár rührte sich nicht vom Fleck.

»Sie kann mir den Kaiserthron bieten und damit mehr Macht, als je ein Schattenfürst besessen hat.«

Wilde Erregung kroch in Zimas Blick. Offensichtlich turnte sie der Ehrgeiz an, den Noár gerade an den Tag legte. Sie warf die angebissene Frucht zurück in die Schale und erhob sich. »Dann hol dir die Macht, die dir zusteht«, schnurrte sie. Schnell hatte sie die Distanz zwischen sich und dem Schattenprinzen überwunden. »Und lass mich dir geben, was du verdienst.«

Ihre Finger strichen spielerisch über seine nackte Brust, doch Noár griff nach ihrer Hand und hielt sie auf. »Ich hab eine Menge schrecklicher Dinge getan«, stellte er fast schon charmant fest, doch in seinem lockeren Tonfall schwang so viel unterdrückter Zorn mit, wie ihn nur jahrzehntelanger Schmerz hervorbringen konnte. »Nichts davon war schlimm genug, um *dich* zu verdienen.«

Bestürzt starrte Zima ihn an. Anscheinend war sie es nicht gewöhnt, mit ihren weiblichen Reizen keinen Erfolg zu haben. Als Noár sie schließlich stehen ließ, um nun seinerseits zum Sofa zu spazieren, brauchte sie ein paar Sekunden, um sich wieder zu fangen. Doch ihre Fassungslosigkeit wurde schnell von verletztem Stolz verdrängt.

»Ich durchschaue dich, Ardiza«, fauchte sie leise und zum ersten Mal bekam ich das Gefühl, ihr wahres Gesicht zu sehen. »Diese kleine inszenierte Feindschaft zwischen dir und Amaia mag vielleicht deinen Vater und den Hof täuschen, aber nicht mich. Jedes Mal, wenn ich deinen Namen in den Mund genommen habe, hat dieses Mädchen einen so dümmlich schmachtenden Blick aufgesetzt, als hättest du auch noch den letzten Rest ihres kläglichen Verstandes in Lust ertränkt.« Jähzornig fuhr sie zu Noár herum. »Nein, Ardiza. Dieses Mädchen *hasst* dich nicht. Du hast sie voll und ganz um deine hochbegabten Finger gewickelt.«

Ich konnte sie kaum mehr verstehen, denn in meinen Ohren rauschte nur noch mein entsetzter Puls. Zima hatte mich von Anfang an durchschaut. Und so gekränkt, wie sie gerade war, würde sie bestimmt nicht zögern, dieses Wissen gegen uns zu benutzen.

In Noárs Mundwinkeln spielte ein winziges Lächeln. Er setzte sich und legte gönnerhaft seine Arme auf den Rückenpolstern des Sofas ab. »Je mehr Amaia mit dieser Scharade beschäftigt ist, desto weniger Zeit hat sie, meine *wirklichen* Absichten zu durchschauen.«

Ich wusste, dass er log, und trotzdem schnürten mir seine Worte die Kehle zu. Er klang so unglaublich überzeugend. So kalt. So gehässig. Als wäre meine Leichtgläubigkeit fast schon langweilig für ihn.

In meinem Mund breitete sich der metallische Geschmack von Blut aus. Ich hatte mir auf die Backe gebissen. Erst da wurde mir bewusst, wie weit meine Gedanken in die völlig falsche Richtung abgedriftet waren. Rigoros schob ich alle Zweifel beiseite. Noár log – genau, wie wir es ausgemacht hatten. Ich durfte aufgrund meiner Unsicherheit nicht alles ruinieren. Schließlich funktionierte es. Zima zeigte sich beeindruckt von Noárs Plan.

»Du bringst sie dazu, dass sie dir freiwillig alles gibt, was sie besitzt?«

Zur Bestätigung neigte Noár den Kopf. »Warum um etwas

kämpfen, wenn man es geschenkt bekommen und dabei noch eine Menge Spaß haben kann?«

»*Wir* hatten eine Menge Spaß«, korrigierte ihn die Schattenfürstin naserümpfend. »Das unwissende Ding kann wohl kaum mit mir mithalten.«

Diesmal widersprach ihr Noár nicht, was mir einen heftigen Stich versetzte. Zumindest blieb er distanziert. »Das tut nichts zur Sache. Du hast dich für meinen Vater entschieden und ich bin es endgültig leid, die zweite Geige zu spielen.«

»Ardiza ...« Zima setzte sich neben ihn. Sie bemühte sich um einen versöhnlichen Tonfall. »Ich –«

»Nein, Zima«, unterbrach er sie bestimmt. »Du wolltest Schattenfürstin werden und konntest nicht abwarten, bis ich den Thron besteige. Die Gemahlin des Kronprinzen zu sein, hat dir nicht gereicht.« Er schob seine Finger unter ihr Kinn und sah ihr in die großen Rehaugen. »Jetzt werde ich *Kaiser* und du reichst *mir* nicht mehr.«

Ganz langsam, wie in Zeitlupe, verlor Zima die Kontrolle über ihre Gesichtszüge. Fassungslosigkeit, Demütigung, Ärger, Wut. Sie sprang auf und legte einen dramatischen Abgang hin – direkt in unsere Richtung. Pash reagierte schneller als ich. Er packte mich und schob mich hinter eine riesige Topfpflanze. Trotzdem würde sie uns zweifellos gleich entdecken.

»Halt!«

Noárs Stimme dröhnte durch die Menagerie. Seine Stimme war ein Befehl und der Befehl sein Wille. Ich spürte ihn unter meine Haut kriechen und war nicht die Einzige. Die Tiere wurden nervös. Von überallher ertönte Kreischen, Brüllen und Fauchen. Ich konnte nicht mehr sehen, was nebenan passierte, aber ich war mir sicher, dass sich Zima diesem Befehl nicht hatte widersetzen können. Dann hörte ich Noárs frostige Warnung.

»Wenn du Amaia irgendetwas verrätst oder anderweitig versuchst, meine Pläne zu durchkreuzen, werde ich dafür sorgen, dass du in der Gosse landest, aus der ich dich gerettet habe.«

Pash tippte mir auf die Schulter und nickte Richtung Ausgang. Er hatte recht, wir sollten hier schnellstmöglich verschwinden. Trotzdem konnte ich mich nicht dazu durchringen, jetzt zu gehen. Ich musste wissen, was Noár noch sagen würde. Wieso war ihm wichtig, dass Zima mir nichts verriet? Gehörte das zur Show? Dafür hätte er jede Menge anderer Bedingungen und Drohungen auffahren können, oder?

»D-das würde Shaell niemals zulassen«, hauchte Zima bebend.

Im gleichen Moment zog mich Pash einfach mit sich. Noárs erbarmungsloses Lachen folgte uns. »Du weißt, dass mein Wille stärker ist als seiner.«

Zima schnappte hörbar nach Luft. »Damit würdest du Hochverrat begehen!«

Immer weiter zerrte Pash mich mit sich. Auf Höhe der gewaltigen Chaos-Käfige begannen wir zu rennen. Mechanisch trugen mich meine Füße vorwärts, während Noárs letzte Worte in meinem Kopf nachhallten.

»Nichts, was wir beide nicht schon getan hätten, Zima.«

AUF EINEN ABSTECHER …

Als die laut feiernde Schattengesellschaft wie eine riesige Welle über mich hereinbrach, war ich nur für eines in der Lage: Lazar zu verfluchen. Ohne mein Gespräch mit dem Seneschall gäbe es diese kleine zweifelnde Stimme in meinem Kopf gar nicht. *Er* hatte mich auf Zimas Abwesenheit hingewiesen. Und ihm war klar gewesen, dass ich die beiden suchen würde, und meine Gefühle ins Wanken gerieten, wenn ich sie erst mal zusammen sah. Oh, wenn ich diesen manipulativen Heuchler in die Finger bekam, konnte er sich auf etwas gefasst machen!

Ohne Umwege hielt ich auf die Arena zu. Mir war es egal, dass ich Pash damit den letzten Nerv raubte. Als ich mein Ziel jedoch erreicht hatte, war der Seneschall nirgendwo zu entdecken. Dafür kam mir der Schattenfürst mit ausgebreiteten Armen entgegen. »Da ist sie ja! Die Wettbewerber warten schon auf Euer Urteil.«

Mist. Meine Gedanken ratterten, aber mir wollte keine passende Lösung einfallen. Alle Augen waren auf mich gerichtet. Jetzt war es zu spät, um Unwohlsein vorzuschieben. Es würde in jedem Falle wie eine Flucht aussehen. Außerdem ging mir Shaells überhebliches Grinsen gehörig auf den Zeiger. Er wollte mich bloßstellen? Darauf konnte er lange warten. Ich war gerade in der perfekten Stimmung, um mich mit irgendjemandem anzulegen.

»Die Gepflogenheiten des Schattenreichs sind mir noch nicht sonderlich vertraut. Wenn Ihr mir aber sagt, was genau ich zu tun habe, stehe ich gerne zur Verfügung.«

»Wunderbar!« Der Fürst schmunzelte. »Wir würdigen mit diesen Turnieren besondere Kreativität bei der Bestrafung verurteilter Seelen. Nur die Besten dürfen an diesem Wettkampf teilnehmen. Berührt die Shryn-Kristalle und entscheidet, wer seine Aufgabe am wirkungsvollsten erfüllt hat.«

Ein eisiger Schauer kroch mir über den Rücken, als das letzte Puzzleteil an seinen Platz fiel. Diese roten Kristalle trugen jeweils eine verurteilte Seele in sich und ich sollte den fantasievollsten Folterknecht küren! Darum ging es also bei diesem Turnier? Ein Turnier, in dem Noár einen ungebrochenen Rekord hielt?

Jeder einzelne meiner Instinkte warnte mich davor, die Arena zu betreten. Aber jetzt gab es kein Zurück mehr. Ich straffte meine Schultern und marschierte, vorbei an dem äußerst unglücklich dreinblickenden Pash, zur ersten der zehn Säulen. Auf einem Samtkissen ruhte der verhängnisvoll glänzende Shryn-Kristall. Behutsam legte ich meine Finger darauf.

Sofort wurde mir schwarz vor Augen. Dafür erschienen Bilder in meinem Kopf. *Ein einsamer Mann an einem Küchentisch. Draußen spielten Kinder, doch er war nicht in der Lage aufzustehen. Das Telefon klingelte, doch er war nicht in der Lage aufzustehen. Eine Frau lachte nebenan, doch er war nicht in der Lage aufzustehen. Eine Welle unvorstellbarer Verzweiflung überrollte mich. Es war nicht meine eigene, aber sie fühlte sich genauso an. Das Leben zog an mir vorbei, während alle anderen es lebten. Niemand kümmerte sich um mich. Niemand nahm mich wahr. Tag um Tag. Jahr um Jahr. Und ich war nicht in der Lage aufzustehen. Er war nicht in der Lage aufzustehen.*

Heftig atmend ließ ich den Kristall los und blickte in das Gesicht einer stolzen Schattenkriegerin. »Er wurde für seine Gier und seine Unmenschlichkeit verurteilt.«

Großer Gott! Was für ein grauenvolles Schicksal. Ich spürte die Verzweiflung dieser Seele noch immer bis in meine Knochen. Mir wurde schlecht, aber ich riss mich zusammen und erlaubte mir keine Schwäche. Es war Shaells Plan gewesen, meine Feinfühligkeit auszureizen, mir damit Leid zuzufügen und mich zu blamieren. Nein, die Idee stammte von Zima, fiel mir ein. Ein Grund mehr, jetzt nicht klein beizugeben. Grimmig nickte ich der Schattenkriegerin zu und schritt zur nächsten Säule.

Der Besitzer des Kristalls war ein junger Mann in meinem Alter. »Vergewaltigung und Mord«, informierte er mich mit einer Verbeugung.

Ich versuchte, mein Unbehagen zu verbergen. Mir war klar, dass mich in diesem Kristall nichts Schönes erwarten würde, und ganz bestimmt hatte dieser Vergewaltiger und Mörder seine Strafe verdient. Was ich jedoch erlebte, als ich den Kristall berührte, lag jenseits meiner Vorstellungskraft. *Ein rauer Strick. Füße, die in der Luft baumelten. Schmerzen. Zuschauer. Überall hasserfüllte Gesichter voller Genugtuung. Die Gesichter der Opfer. Der Tod hatte seine Klauen bereits ausgestreckt, doch er wollte nicht kommen. Keine Erlösung. Ein Gefängnis aus Hoffnungslosigkeit. Eine Ewigkeit in der Gewissheit, dem Ende gegenüberzustehen. Der körperliche Schmerz war gewaltig und doch zweitrangig, weil Angst alles überdeckte. Die Seele starb. Ich starb. Für immer.*

Mit zittrigen Knien trat ich einen Schritt zurück. Ich konnte gerade noch verhindern, dass sie unter mir wegknickten. Mein Innerstes fühlte sich an, als wäre es durch den Fleischwolf gedreht worden. Im Moment hätte ich alles dafür gegeben, mich einfach in meinem Bett zusammenrollen zu dürfen, aber noch war meine Aufgabe nicht erfüllt. Acht weitere Kristalle lagen vor mir.

Auf meinem Weg zur dritten Säule begann sich der Innenhof vor meinen Augen zu drehen. Nie zuvor hatte ich erlebt, dass seelisches Leid sich so heftig auch auf der körperlichen Ebene niederschlug. Ich konnte nicht mehr. Noch hielt ich mich auf den Beinen, aber wenn ich weitermachte, steuerte ich mit absoluter

Sicherheit auf eine Katastrophe zu. Ich durfte nicht schwach sein. Nicht hier. Nicht vor Shaell. Nicht vor Zima.

In der Menge tauchte Keezas entsetztes Gesicht auf. Neben ihrem erschien Lazars. Ein kleiner Teil meines Hirns fragte sich, wo die beiden herkamen und was sie miteinander zu tun hatten, aber ich konnte dem nicht weiter nachgehen, weil ich all meine Kapazitäten dafür brauchte, um Luft in meine Lungen zu pumpen. Ein fauliger Geschmack breitete sich in meinem Mund aus. Und da sah ich sie, die gesichtslose Gestalt im zerfledderten Umhang. Sie stand inmitten der Anwesenden und beobachtete mich.

»Ich unterbreche dieses Turnier nur ungern, aber eine äußerst dringende Angelegenheit macht es erforderlich, dass ich unverzüglich mit der Goldenen Erbin spreche«, verkündete Lazar energisch. Mit großen Augen sah ich dabei zu, wie er sich durch die Schaulustigen hindurch in die Arena kämpfte. Mit seinem Einschreiten machte er sich nicht gerade beliebt beim Publikum, aber für mich hatte sich der Seneschall soeben ein rotes Cape und ein Superhelden-S auf der Brust verdient. Unglücklicherweise war auch der Schattenfürst wenig erfreut über die Unterbrechung.

»Das wird doch sicher noch ein wenig warten können«, kritisierte er scharf und bekam dafür lautstarke Unterstützung von seinem Volk.

Lazar ließ sich nicht beirren. Er legte einen Arm um meinen Rücken und schob mich aus der Arena. »Ich fürchte, das kann es nicht«, beharrte er. »Aber es wird nicht lange dauern.«

Mit Lazars Hilfe gelang mir ein halbwegs würdiger Abgang. Aus der Menge ertönte viel Unmut, der jedoch schnell vergessen war, als Shaell den Musikanten befahl, die erzwungene Pause zu überbrücken. Am Rand der Arena erwartete uns Pash mit besorgter Miene. Er wollte mich dem Seneschall abnehmen, aber Lazar packte Noárs Freund grob am Arm und zischte: »Schaff den Schattenprinzen her! Er muss diesen Wahnsinn beenden! Ich kann nur ein paar Minuten rausschlagen.«

Pash rang mit sich. Offenbar schien er Noár noch immer nicht erreichen zu können und wollte mich nicht alleine lassen. Mein Anblick war aber offensichtlich so erbärmlich, dass es den Ausschlag gab. Schließlich nickte er und verschwand. Dann war ich nur noch von fremden Gesichtern umgeben.

Lazars Arm dirigierte mich durch die Menge. Für einen Moment glaubte ich, er würde mich zurück in die Menagerie bringen, doch er lenkte mich daran vorbei zu einem Ausgang, der mir zuvor nicht aufgefallen war. Gut. Nur noch ein paar Schritte. Konzentriert setzte ich einen Fuß vor den anderen und behielt die rettende Tür im Auge. Der Klang der Trommeln dröhnte in meinen Ohren. Jemand rempelte mich an. Lazar schimpfte dem tanzenden Paar hinterher und plötzlich war er weg. Ausgelassene Körper wirbelten um mich herum. Mir wurde schwindlig. Meine Zunge fühlte sich pelzig an. Ich torkelte und stieß mit dem Rücken gegen einen Mann. Der legte seinen Arm um meine Schulter und presste seinen Mund an mein Ohr. »*Willkommen …*«, raunte er mit einer Stimme, die mir schmerzlich bekannt vorkam. Adrenalin jagte mir durch die Adern. Das war nicht möglich! Ich wollte mich umdrehen, doch der Mann hielt mich fest. »*Willkommen im Kreis der Familie!*«

Es war Fidrins Stimme.

Das konnte nicht wahr sein!

Fidrin war tot!

Ein scharfer Schmerz schoss mir durch den Rücken. Ich sah an mir hinunter und entdeckte eine blutige Klingenspitze aus mir herausragen. Vor meinen Augen zerfiel sie zu einzelnen Tentakeln aus schwarzem Rauch, die sich gnadenlos in meinem Bauch festkrallten. Instinktiv schlug ich um mich und versuchte, mich von ihnen zu befreien. Gleichzeitig fragte ich mich, warum ich nicht vor Schmerzen schrie. Erst als ich den Boden unter den Füßen verlor und gnadenlos mitgeschleppt wurde, fiel mir auf, dass ich das schon längst tat. Ich schrie. Es war die Hand meines Angreifers, die meine Schreie dämpfte. Diese Hand brannte wie Eis auf meiner Haut.

»*Wehr dich nicht, es ist gleich vorbei!*«, zischelte Fidrins Stimme. Plötzlich fluchte er. Der unnachgiebige Griff, mit dem er mich festgehalten hatte, löste sich. Ich sank auf die Knie und stöhnte. Ein kleiner schwarzer Fellball hatte sich in den Hals des Angreifers verbissen. Ein Angreifer, der trotz seiner Chaosaugen ganz und gar nicht aussah wie Fidrin. Er sah auch nicht aus wie eine gesichtslose verlumpte Gestalt, sondern wie ein junger, rotgekleideter Schattenhofbewohner. Ich war so schockiert, dass ich mich nicht vom Fleck rühren konnte. Eventuell lag es aber auch am Blutverlust. Oder am Chaos. Oder daran, dass ein Teil meines Bewusstseins sich abgespalten hatte, um die Schmerzen zu ertragen. Zwei neue Hände packten mich. Diesmal war es eine Frau.

»*Glaub ja nicht, dass du mir so leicht entkommst*«, lachte sie – mit Fidrins Stimme! Auch in ihren Augen wirbelten dunkle Abgründe. Ich hörte ein herzzerreißendes Fiepen. Flummel! Im gleichen Moment blitzte Metall auf. Ein Schwert. Ein roter Ledermantel. Aus dem glatten Schnitt an der Kehle der Chaoswandlerin züngelten schwarze Rauchschwaden. Sie kippte zur Seite. Vielleicht war auch ich diejenige, die umkippte, denn auf einmal sah ich einen Sternenhimmel über mir. Seit wann gab es im Schattenreich Sterne? Und warum glänzte der Sternenhimmel besorgt? Und wieso blinzelte er?

»Wir müssen das Chaos aus ihr herausschneiden, sonst verlieren wir sie.«

Der stumme Tod sah dem Sternenhimmel über die Schulter und nickte. Sirrend zog er eine Klinge, doch der Sternenhimmel hatte Einwände. »Nicht hier.«

Ich wurde hochgehoben.

Komm zu uns, flüsterte Fidrins Stimme in meinem Inneren.

»Bring mir eine Chaosfalle. Und du, such Lazar! Wir werden seinen Willen brauchen.«

Der Sternenhimmel trug mich in die Dunkelheit.

»Pass auf, dass niemand reinkommt«, befahl er dem Tod.

Ich sah Käfige. Dahinter war etwas eingesperrt, das sich anfühlte wie ein Teil von mir. Wie zu Hause. Wie Familie.

Komm zu uns!

Ich sehnte mich danach, doch der Sternenhimmel trug mich weiter. Irgendwann legte er mich auf einer glühend heißen Platte ab. Auch seine Hände brannten wie Feuer. Vielleicht war aber auch meine Haut eiskalt. Wer wusste das schon?

»Amaia!« Das war mein Name. Der Sternenhimmel kannte meinen Namen. Nur wieso klang er so unfreundlich? »Sieh mich an!«

Das tat ich doch, oder?

»Ich würde dir gern die Schmerzen nehmen, aber das Chaos verhindert das.«

»O…kay«, hörte ich mich krächzen.

Eine Frau mit wunderschönen rotblonden Haaren steckte mir ein Stück Holz in den Mund. »Beiß da drauf!«

Warum? Die Schmerzen waren so weit weg. Ich brauchte dieses Ding nicht.

Komm zu uns! Jetzt!

»Befrei sie vom Chaos, ich heile die Wunde«, sagte eine neue Stimme. Graue Augen unter silbernen Schläfen und goldenen Ornamenten.

Der Sternenhimmel nickte grimmig. »Haltet sie fest!«

Eine scharfe Klinge schnitt durch die Barriere, die mich vor meinen Qualen schützte. Schmerzen sickerten hindurch. Erst war es ein Rinnsal, dann ein Strudel und schließlich brach der Damm, der mein Bewusstsein abgeschirmt hatte. Feuer wütete in mir. Ich brüllte. Etwas Schweres zerdrückte mich. Meine Zähne gruben sich in Holz, meine Augen tränten und meine Finger versuchten, irgendetwas zu fassen zu kriegen, an dem ich mich festhalten konnte. Ein Schrei ertönte, der nicht mein eigener war. Oder war es doch meiner? Leben strömte aus mir heraus, bis mir die Kraft fehlte, zu atmen.

»Verdammt, Keeza! Was ist los? Du sollst sie festhalten!«

»Heile!«, forderten die grauen Augen immer wieder, während sich die Kälte aus meinen Gliedern zurückzog. Warme Lippen legten sich auf meine. Luft strömte in meinen Brustkorb.

»Heile, Kätzchen!«, verlangte nun auch der Sternenhimmel. Eine gewaltige Macht zwang mich wach zu bleiben. Sie fegte durch meinen Körper und fügte Organe, Adern und Gewebe zusammen. Und dann, als hätte jemand einen Schalter umgelegt, hörte der Schmerz auf.

Es wurde still.

Mehrere Personen atmeten heftig. Eine davon war ich.

Ich öffnete die Augen, was sich so mühsam anfühlte wie Gewichtheben. Noárs besorgtes Gesicht schwebte über mir.

»Hey«, murmelte er mit einem kleinen Lächeln.

Ich versuchte, es zu erwidern, doch meine Mundwinkel waren bleischwer und das »Hey«, das aus meiner Kehle kam, war nur ein unverständlicher Laut.

Noár strich mir über die Wange. »Du hast mir einen ziemlichen Schrecken eingejagt.«

»Du ... mir ... auch.« Jede Silbe kostete mich unendlich viel

Kraft. Ich entdeckte Verwirrung in Noárs Blick. Natürlich. Er wusste nicht, wovon ich sprach. Aber ihm jetzt zu beichten, dass ich seinen Kuss und sein Gespräch mit Zima bespitzelt hatte, lag jenseits des Möglichen.

»Glaubst du, du kannst dich aufsetzen?«

Ich brachte ein winziges Nicken zustande. Kurz darauf schoben sich seine starken Arme unter meinen Rücken und richteten mich vorsichtig auf. Eigentlich hatte ich mit Schwindel, Übelkeit oder Kopfschmerzen gerechnet, doch mir ging es erstaunlich gut. Ich war nur unendlich müde.

»Dein Wille war ... auch schon mal ... zuverlässiger«, murmelte ich. Wann immer Noár mich geheilt hatte, war ich danach so fit wie ein Turnschuh gewesen.

Warme Finger hoben mein Kinn an.

»Du hast viel Blut verloren, Kätzchen«, klärte er mich amüsiert auf. »Ich bin gut, aber ich kann nicht zaubern.«

Viel Blut. Das war eine Untertreibung. Seine Hände, mein Kleid und der Tisch, auf dem ich saß, sahen aus wie nach einem Massaker.

»Es war viel mehr als das.« Lazar tauchte hinter Noár auf. »Du hattest etliche Minuten lang einen Chaosdolch in dir. Ich kenne niemanden, der das überlebt hat, ohne zu einem Chaoswandler zu werden.«

Oh ... »Aber ich bin keiner, oder?«, erkundigte ich mich kleinlaut.

Mit einem leisen Lachen küsste Noár meine Stirn und drückte mich an seine Brust. »Nein, du bist keine Chaoswandlerin.«

Lazar beobachtete uns mit einem finsteren Blick, bevor er seufzte. »Verehrte Keeza, wärt Ihr so nett, und bringt uns ein wenig Wasser, damit die Goldene Erbin sich reinigen kann?«

»Das ... kann ich nicht tun.« Keezas sonst so samtige Stimme klang brüchig. Sie saß zusammengekauert vor einem Vogelkäfig auf dem Boden und machte einen so erbärmlichen Eindruck, dass Noár sofort alarmiert war.

»Was ist mit dir?«, wollte er wissen.

Rhomes Schwester stand auf und hob den Kopf. Ich erwartete fast, zwei wirbelnde Abgründe zu sehen, wo sonst ihre Augen waren. Doch ich irrte mich. Sie war nicht vom Chaos besessen. An ihrem Hals prangten schwarze Ornamente.

»Gütiges Schicksal!«, hauchte Lazar entsetzt. Auch ihm war offensichtlich bewusst, dass Keeza zu den Verlorenen Kindern gehörte und keine Völkersymbole besitzen dürfte.

Der Schock im Raum war so greifbar, als hätte jemand die Zeit angehalten. Stumme Tränen rollten Keeza über die Wangen. Sie wirkte vollkommen verstört.

Lazar war der Erste, der sich bewegte. Er drängte Noár zur Seite und nahm meine Hände in seine. Fassungslosigkeit und Staunen machten sich auf seinen Zügen breit, als er die Splitter des Juwels der Macht entdeckte.

»Wieso hast du mir nichts davon erzählt?«

Sein vorwurfsvoller Ton überforderte mich. Wach bleiben überforderte mich. Ich konnte beim besten Willen keine Antwort auf seine Frage finden.

»Amaia, sprich mit mir!«, verlangte er eindringlich. »Was für Auswirkungen haben diese Splitter?«

Noár schob den Seneschall von mir weg. Seine Gelassenheit trog, denn in seinen Augen lag eine unübersehbare Warnung.

»Die Splitter verstärken ihren Willen und lassen sie das Chaos spüren«, zählte er auf. »Dass sie Verlorene Kinder einem Volk zuführen kann, ist neu.«

Verwundert hörte ich Noár zu. Seit wann vertraute er Lazar genug, um ihm freiwillig all diese Informationen zu überlassen?

»Du hättest mir das nicht verheimlichen dürfen!«, hielt der Seneschall ihm vor.

Noár schnaubte. »Ich bin dir keine Rechenschaft schuldig.«

»Nein, aber ihr!« Lazars ausgestreckter Arm flog in meine Richtung. Noár fing ihn ein und drehte ihn dem Seneschall in einer blitzschnellen Bewegung auf den Rücken.

»Wage es nicht, dich zwischen mich und Amaia zu stellen!«, sagte er gefährlich leise in Lazars Ohr.

»Ist das eine Drohung?«, erkundigte der sich mit schmerzverzerrter Miene.

Die Situation war ziemlich schnell eskaliert, während meine Gedanken noch immer bei der Tatsache festhingen, dass Keeza durch die Berührung mit den Splittern ihre Schattensymbole bekommen hatte. Ich überlegte, ob ich was unternehmen sollte, als eilige Schritte einen Neuankömmling ankündigten. Es war Pash.

»Der zweite Chaoswandler ist entkommen und die Frau will keiner am Schattenhof kennen.«

Mit einem frustrierten Knurren ließ Noár vom Seneschall ab. Der rieb sich den schmerzenden Arm und schaute zwischen mir, Keeza und dem Schattenprinzen hin und her.

»Was hier passiert ist, wird diesen Raum nicht verlassen!«, forderte er bestimmt. Niemand reagierte. »Ist das klar?«

»Seit wann hat der Goldopa denn das Kommando?«, wollte Pash wissen. Niemand reagierte.

Lazar trat an den Schattenprinzen heran. »Lässt du sie verschwinden oder soll ich es tun?«

Noár warf Keeza einen bekümmerten Blick zu, bevor jede Wärme aus seinen Augen wich. »Ich werde mich darum kümmern.«

»Gut.« Der Seneschall nickte. Dann sah er ein letztes Mal zu mir und verließ die Menagerie. Ich trauerte ihm nicht nach.

Trotzdem konnte ich nicht leugnen, dass die Enttäuschung in seinen grauen Augen mir aus verschiedenen Gründen zu schaffen machte.

»Erklärt mir jemand, was passiert ist, oder – dreimalverfluchtes Chaos!« Jetzt hatte auch Pash Keezas Verwandlung entdeckt. »Sie …! Aber … wie …?« Er deutete auf mich, dann auf seine Handflächen und schließlich auf Keeza. »Hat sie …?«

»Ja«, bestätigte Noár knapp und ging zu Rhomes Schwester, um sie in seine Arme zu ziehen. Kaum war das passiert, fing Keeza an zu schluchzen. Ich verstand die Welt nicht mehr. Wurden Verlorene Kinder nicht wie Cassarden zweiter Klasse behandelt? Ihre neuen Symbole bedeuteten für sie einen gesellschaftlichen Aufstieg. Aber wieso weinte Keeza denn dann?

Pash fluchte so ausgiebig und fantasievoll, dass mir die Ohren schlackerten. »Wenn das rauskommt, werden die Verlorenen Kinder Amaia überrennen.«

»Sollen sie doch«, murmelte ich und ließ mich vorsichtig vom Tisch gleiten. Ich kapierte zwar nicht, warum Keeza so aufgelöst war, aber ich fühlte mich schuldig und wollte sie trösten. »Wenn ich helfen kann, dann –«

Meine Beine knickten unter mir weg, als würden sie aus Gummi bestehen. Ich versuchte, mich am Tisch abzustützen, doch letztlich war es nur Pashs schneller Reaktion zu verdanken, dass ich nicht auf den Boden krachte.

»Genau deshalb müssen wir dich von den Verlorenen Kindern fernhalten«, schimpfte der Graf mürrisch und stellte mich wieder auf die Füße. Dabei behielt er immer eine Hand an meiner Schulter, um einen neuen Sturz zu verhindern. »Die Kaiser haben die Zeremonie der Verlorenen Kinder nicht grundlos nur alle zehn Jahre abgehalten. Es kostete sie so viel Kraft, dass sie sich wochenlang davon erholen mussten. Oder was dachtest du, warum du im Moment so standfest bist wie ein Wackelpudding?«

»Vielleicht, weil Noár gerade noch bis zum Ellbogen in meinen Innereien gesteckt hat?«, maulte ich schläfrig, während meine Gedanken abdrifteten und sich darüber wunderten, dass es in Cassardim Wackelpudding gab. Mein Hirn geriet immer auf Abwege, wenn ich müde war. Das konnte bei mir oft schlimmere Ausmaße annehmen als Betrunkensein.

Plötzlich hob mich Noár hoch. Ich fiel gegen seine warme Brust und seufzte selig. Kein Bett der Welt konnte da mithalten.

»Ich bringe Amaia in ihre Gemächer. Und du lässt Keeza verschwinden. Niemand darf sie so sehen!«

Wieder verselbstständigten sich meine Gedanken. Diesmal sah ich Pash vor meinem inneren Auge, wie er Keeza an Nox verfütterte.

»Aber ... nicht umbringen ...«, nuschelte ich in Noárs Mantelkragen.

Stille folgte. Dann kicherte Keeza im Hintergrund. »Keine Sorge, Amaia, wir sehen uns wieder. Noár müsste schon ein ganz anderes Kaliber auf mich ansetzen, wenn er mich umbringen wollen würde.«

»Ach ja?«, gab Pash schmollend zurück. »Erst neulich hast du gesagt, dass ich irgendwann dein Tod sein würde.«

»Ja, weil du irre bist.«

»Trotzdem hast du es gesagt!«

»Du könntest mich höchstens *aus Versehen* umbringen.«

»Tot wärst du dennoch.«

Das Gezanke der beiden entlockte mir ein Lächeln. Es verging mir jedoch schnell wieder, als Noár sich an mein Ohr beugte und flüsterte: »Für was für ein Monster musst du mich halten ...?«

Da wurde mir bewusst, dass ich ihm gerade unterstellt hatte, er würde Keeza umbringen wollen. Oh nein. Wieso hatte ich meine Klappe nicht unter Kontrolle?

»Und jetzt zu dir, werter Prinz Keiner-darf-meine-Gefühle-kennen«, meinte Pash und tippte Noár mehrmals auf die Schulter. »Dein Vater und der halbe Hof warten draußen. Nichts für ungut, aber Junos sollte sie tragen. Du musst tun, was man von dir erwartet, und dich um den flüchtigen Chaoswandler kümmern.«

Noár sagte nichts, doch ich fühlte, wie er mich fester an sich drückte. Er wollte mich nicht loslassen. Aber Pash hatte recht. Der Hof durfte uns so nicht sehen. Er durfte *mich* so nicht sehen. Ich hatte für heute schon genug Schwäche gezeigt. Erst dieses Turnier und dann noch die Chaoswandler. Immer mehr Erinnerungen rieselten wie Quecksilber in mein Bewusstsein. Fidrin. Ich hatte ihn gehört. Hatte ich? Oder war es nur Einbildung gewesen? Oder eine Täuschung des Chaos, um mich zu verwirren?

»Lass mich runter«, bat ich leise. »Ich werd alleine gehen.«

»Kätzchen ...« Noárs Seufzen war irgendetwas zwischen Erheiterung und Frust. »Du kannst kaum die Augen offen halten.«

Ich kratzte meinen Willen zusammen und mobilisierte damit einen letzten Rest Energie.

»Lass mich runter!«, forderte ich nun entschlossener. Nach ein bisschen Strampeln und ein paar bösen Blicken, stand ich tatsächlich auf meinen eigenen Beinen.

»Ich gehe jetzt da raus und zeige Shaell und Zima und dem Rest der Höflinge, dass ich nicht so leicht abzustechen bin.« In meiner epischen Comeback-Fantasie überging ich natürlich völlig, dass es eigentlich nur Noárs und Lazars Verdienst war, dass ich noch lebte. »Sollen sie ruhig merken, mit wem sie sich angelegt haben.«

Zielstrebig marschierte ich los und war tatsächlich ein bisschen überrascht, dass meine Beine standhielten. Was ein eiserner Wille doch alles ausmachte …

»Dein Vorhaben in allen Ehren, Prinzesschen«, rief Pash mir hinterher, »aber es wäre wirklich kontraproduktiv, wenn du vor aller Augen zusammenklappst.«

»Ich werde nicht zusammenklappen!«

Das klang überzeugter, als ich war, aber die anderen glaubten mir zumindest so weit, dass sie keine Einwände mehr erhoben und mir folgten. Auf dem Weg zum Eingang kabbelten sich Pash und Keeza fortwährend. Offensichtlich bevorzugte Keeza die Hilfe von Junos, wenn es ums Abtauchen ging. Zu welchem Ergebnis sie kamen, kriegte ich nicht mehr mit, denn ich passierte zum vierten Mal an diesem Tag die Chaoskäfige. Erleichtert stellte ich fest, dass ich nicht mehr dieses beunruhigende Zugehörigkeitsgefühl verspürte. Das musste wohl das Chaos in mir gewesen sein. Diese Vorstellung war mindestens genauso gruselig wie die Tatsache, dass ich noch immer nicht wusste, was für Chimären, Chokaal und andere Chaoskreaturen hinter den Gitterstäben lauerten. Für wirkliche Furcht fehlte mir jedoch die Kraft. Jetzt ärgerte es mich, dass ich Noár nicht erlaubt hatte, mich wenigstens bis zur Tür zu tragen. Andererseits gab es so viel, das ich mit ihm klären musste. Da hätte es sich falsch angefühlt, mich einfach so in seine Arme zu kuscheln. Halt! Diesen Gedanken musste ich sofort wieder korrigieren. Mich in seine Arme zu kuscheln, hatte sich überhaupt nicht falsch angefühlt. Prompt entbrannte in meinem Inneren ein Streit zwischen meinem Herzen und meinem Verstand. Super, das war so ziemlich das Letzte, was ich gerade gebrauchen konnte. Zumal mir längst klar war, wie die Entscheidung ausfallen würde …

Für Noár.

Immer für Noár.

Das Herz war nun einmal stärker als der Wille. Wenn da nur nicht dieser leise Zweifel an mir nagen würde, der gerade noch ein kleiner Schneeball war, sich aber zu einer zerstörerischen Lawine entwickeln würde, falls ich ihn nicht aus der Welt schaffte. Apropos aus der Welt schaffen ... Ich musste dringend herausfinden, wie viel von dieser Fidrin-Halluzination real gewesen war. Sonst hätte ich schon bald größere Probleme als meine Beziehung zu Noár.

Am Eingang angekommen, erwartete uns Junos mit einem Blick, der ziemlich unmissverständlich »Das ist nicht euer Ernst« sprach. Ich hatte nicht vor, mich von ihm aufhalten zu lassen. Trotzdem zögerte ich und drehte mich noch einmal zu den anderen um.

»Wenn ich da durch bin, muss ich unbedingt mit euch sprechen. Ich muss wissen, was eurer Meinung nach vorhin passiert ist. Könnt ihr vielleicht in meine Gemächer kommen?«

Noár sah mich überrascht an, nickte aber. »Natürlich.«

»Und«, setzte ich hinterher, bevor ich den Mut dafür verlor, »ich muss mit dir unter vier Augen reden.«

Wieder ein Nicken, obwohl diesmal Fragezeichen und Besorgnis in seinen Sternenaugen glänzten. »In Ordnung.«

»Und«, ergänzte ich schnell, da ich schon mal dabei war, ein paar unangenehme Dinge zu klären, »ich fände es gut, wenn einer von euch mit mir an meiner Selbstverteidigung arbeiten würde.« Meine Brüder hatten mir zwar das Nötigste beigebracht, aber nach heute war ich es ein für alle Mal leid, immer gerettet werden zu müssen. Es wurde wirklich Zeit, die Dinge selbst in die Hand zu nehmen, auch wenn ich alles andere als erpicht auf Kampftraining war.

»Ich mach das!«, verkündete Pash mit einem begeisterten

Grinsen, woraufhin er sofort Junos Rückhand in den Magen geschmettert bekam. Offensichtlich meldete auch der stumme Schattenkrieger Ansprüche auf den Trainerposten an.

Keeza verdrehte die Augen und meinte: »Nimm Rhome. Er ist der Beste für so was. Es sei denn natürlich, dein Verlobter hat was dagegen.«

Noár kommentierte das nicht. Er schenkte mir lediglich ein gefährliches Lächeln. »Dein Wunsch ist mir Befehl.«

DIE SCHATTEN DER VERGANGENHEIT

Mein Auftritt war tatsächlich so episch, wie ich ihn mir vorgestellt hatte. Offene Münder, große Augen und Fassungslosigkeit, wo immer ich hinguckte. Okay, mein zerrissenes Kleid und das viele Blut sorgten für eine gewisse Dramatik, aber mir gefiel die Vorstellung, dass auch mein grimmiges Gesicht Eindruck machte. Fürst Shaell ging mir mit einem erstaunlich besorgten Ausdruck entgegen. Chaoswandler an seinem Hof kamen einer Blamage gleich, und er versuchte angestrengt, diesen Fauxpas zu überspielen. Seine Nachfragen zu meinem Befinden unterband ich, indem ich ihm die ausgestreckte Handfläche vors Gesicht hielt und an ihm vorbeistapfte. Ich schlug mich wacker. Erst auf den letzten Metern musste Junos mir unauffällig unter den Arm greifen, um mich für den Endspurt zu stützen. Als wir dann endlich die Schaulustigen hinter uns gelassen hatten und die Dunkelheit des Schattenportals uns verschluckte, bröckelte meine toughe Fassade. Müdigkeit siegte über meinen schwächer werdenden Willen. Ich hatte meinem Körper zu viel abverlangt. Das Heraustreten aus dem Portal bekam ich schon nicht mehr mit – genauso wenig, wie den Weg in meine Gemächer. Ich war ausgeknockt. Vollkommen.

Seit Ewigkeiten hatte ich nicht mehr so tief und ohne jedes schlechte Gewissen geschlafen. Stundenlang, vielleicht sogar tagelang. Im Schattenreich gab es keine Morgensonne, die mich wecken konnte. Nichts gab mir ein Gefühl für die Zeit, die verging. Manchmal hörte ich Stimmen. Meistens verstand ich nicht, was sie sagten, aber ab und zu drangen doch ein paar Gesprächsfetzen in mein Bewusstsein durch.

»Ich bin die schlechteste Freundin der Welt. Ich meine, hallo! MaiMai entkommt nur knapp einem Mordanschlag. Ich hätte für sie da sein sollen, aber ich bin nur damit beschäftigt, von hier wegzukommen.« Zoey seufzte. »Keine Ahnung, wie ich es ihr sagen soll. Ehrlich! Ich kann sie nicht einfach im Stich lassen, aber Lazars Angebot steht nicht mehr lange.«

»Ich glaube, Amaia würde alles tun, um dich hierzubehalten – *solange* du glücklich bist. Doch sie würde es sich ewig vorwerfen, wenn du nur wegen ihr dein Leben wegwirfst.«

Dieser Mann, der gerade gesprochen hatte, kannte mich offenbar sehr gut, und sein warmer Bariton schenkte mir das unbeschreibliche Gefühl von Geborgenheit. Unbekümmert kuschelte ich mich tiefer in meine Kissen. Es gab keinen Grund, wach werden zu müssen. Noár hatte alles im Griff.

»Du denkst also, ich sollte Lazars Angebot annehmen? Vertraust du ihm?«, hörte ich Zoey noch fragen.

»Er würde nichts tun, was Amaia verletzt, weil er weiß, dass er sie damit verlieren würde.«

Hmm ... interessanter Gedanke.

Dann hatte mich das Land der Träume wieder.

Die nächste Störung entstand durch jemanden, den ich nicht kannte. Eine sehr rabiat klingende Frau, die entweder Hochseekapitänin oder Kettenraucherin gewesen sein musste.

»Dafür schuldest du mir was, Dreikäsehoch!«, blaffte sie.

Überraschenderweise war es Noár, der antwortete. »Ich schulde dir alles.«

»Ach, schwing keine Reden und halt mal ihren Kopf.«

Behutsame Hände folgten dem Befehl, bevor ziemlich ruppige Hände mir eine bittersüße Flüssigkeit verabreichten.

»Zima war gestern stinksauer, als ich sie weggeschickt habe«, sagte die schroffe Frauenstimme.

»Lass Zima meine Sorge sein.«

Und schon sank mein Kopf zurück in die Kissen. Die Flüssigkeit brannte ein bisschen, verursachte aber auch eine wohlige Wärme in meinem Inneren. Ganz langsam dämmerte ich wieder weg.

Ein tadelndes Zungenschnalzen erklang. »Du lehnst dich ziemlich weit aus dem Fenster dafür, dass die Kleine am Ende die Suppe auslöffeln muss.«

»Sie ist stärker, als sie aussieht.«

»Aber du nicht«, schimpfte die Frau. »Du magst ja aussehen wie ein Krieger, aber in dir steckt noch immer der schwächliche Dreikäsehoch von früher.«

Jemand strich mir die Haare aus der Stirn und seufzte. »Dinge, die jeder Mann gerne hört.«

Dann schlug die Dunkelheit wieder über mir zusammen.

Als ich das nächste Mal etwas bewusst wahrnahm, war ich hellwach. Ich öffnete einfach die Augen und fühlte mich weder zerknautscht noch schläfrig oder morgenmuffelig. Ein Feuer brannte im Kamin und eine kleine Lampe spendete gerade genug Licht, damit der unverschämt attraktive Typ im Lehnstuhl lesen konnte. Noár war völlig vertieft in seine Lektüre. Seine Brust unter dem lockeren Hemd hob und senkte sich in entspannten Atemzügen, während sein Blick über die Zeilen glitt. Was für eine seltene und wunderschöne Szene. Ich hätte ewig so daliegen und ihm zuschauen können.

»Du brauchst wohl keinen Schlaf, hm?«, murmelte ich.

Ein Lächeln erschien auf seinen Lippen. »Ich brauche ihn schon, ich mag ihn nur nicht sonderlich«, stellte Noár fest, bevor er mich ansah und mein Herz zum Schmelzen brachte.

Die Wirkung, die er auf mich hatte, war so intensiv, dass mir die Merkwürdigkeit seiner Antwort fast entgangen wäre. Jetzt, wo ich so darüber nachdachte, fiel mir auf, dass ich Noár tatsächlich noch nie schlafend gesehen hatte. Andererseits hatte ich ihn auch noch nie lesend gesehen ...

»Hätt' nicht gedacht, dass du ein Bücherwurm bist.«

In aller Seelenruhe schlug er den Ledereinband zu und funkelte mich verschmitzt an. »Ich hab gehört, belesene Männer sollen sexy sein.«

Grinsend zog ich mich in den Kissen hoch. »Oh, seine Hoheit von und zu Arroganz denkt, sein bescheidener Sex-Appeal hätte es dringend nötig, aufpoliert zu werden?«

Mit einem Schulterzucken stand er auf und kam zu mir ans Bett. »Hat es funktioniert?«

Was für eine Frage! Die Vorstellung von Noár in einer privaten Bibliothek weckte in mir den heftigen Wunsch, jetzt und gleich über ihn herzufallen. Ein ganz ungünstiger Wunsch, wenn ich den fahlen Geschmack in meinem Mund bedachte, den der Schlaf und diese komische bittersüße Flüssigkeit hinterlassen hatten.

»Weiß nicht«, begann ich ausweichend. »Kommt drauf an, wie viele Bilder in dem Buch drin sind.«

Noár lachte und holte gerade für einen Konter Luft, als ihm ein nasser Putzlappen ins Gesicht flog.

»Hör auf, deine Gefühle hinter verschnörkeltem Sarkasmus zu verstecken. Wie oft muss ich dir noch sagen, dass das in deinem Privatleben nichts zu suchen hat!«, bellte eine spröde Frauenstimme.

Aha, offensichtlich hatte ich mir die kettenrauchende Hochseekapitänin nicht eingebildet. Eine rundliche Matrone mit zotteligem Dutt kam zu mir ans Bett gestapft. Ihr Gesicht war voller Falten, doch ihre wachen Augen bewiesen, dass ihr hohes Alter ihrem Geist kein bisschen zugesetzt hatte. »Die Wahrheit ist«, sagte sie und bedachte mich mit einem strengen Blick, »schon als Junge hat Noár in jeder freien Minute seine Nase in irgendwelche Bücher gesteckt.«

Der Schattenprinz seufzte resigniert, während er den Putzlappen zusammenlegte. »Amaia, darf ich dir Esekra vorstellen? Sie ist die beste Kräuterfrau in ganz Cassardim und wird Keeza vorübergehend als deine Kammerzofe ersetzen.«

»Schleim nicht rum, Dreikäsehoch«, wetterte Esekra. Sie griff nach einer dunkelgrünen Flasche und schenkte einen kleinen Becher voll. »Stell mich gefälligst als das vor, was ich bin: Die Frau, die früher deine dreckigen Windeln gewechselt hat.«

Als ich Noárs leidgeprüften Gesichtsausdruck sah, musste ich mir einen Lachanfall verkneifen. Ich hätte nicht gedacht, dass irgendjemand den großen bösen Schattenprinzen jemals so herumkommandieren dürfte. Was für ein Irrtum.

»Esekra war meine Amme«, berichtigte er sich artig.

»Manchmal hab ich das Gefühl, es immer noch zu sein«, schnaubte die alte Frau, »bei all den Dummheiten, die du so anstellst.« Sie drückte mir den Becher in die Hand und befahl: »Trink das!«

Esekra wartete nicht darauf, dass ich ihrer Anweisung folgte. Sie marschierte ins Ankleidezimmer, schloss die Tür hinter sich und ließ mich mit Noár allein.

»Tu besser, was sie sagt«, riet er mir mit einem schelmischen Grinsen, das mich irgendwie an den Jungen erinnerte, der er mal gewesen war. Ich roch an dem Becher und verzog das Gesicht. Es war Damatih-Tee, aber so konzentriert wie ein Espresso-Sirup. Widerwillig kippte ich ihn runter und schüttelte mich vor Ekel.

»Wie lang hab ich geschlafen?«, erkundigte ich mich, um mich von dem furchtbaren Geschmack abzulenken.

»Vier Tage«, lautete die knappe Antwort.

Ich riss die Augen auf. So lange? Aber –

Ein leises Piepen ließ mich innehalten. Noár tat so, als hätte er nichts gehört, aber das Piepen klang nach ...

»Flummel?« Oh nein, ich hatte den Okoklin ganz vergessen! Dabei hatte er sich so heldenhaft auf meinen Angreifer gestürzt. »Hat ihn jemand gefunden? Geht es ihm gut?«

Ein schwarzer Fellball krabbelte von hinten auf die Schulter des Schattenprinzen und trällerte fröhlich. Noár bemühte sich, die schrillen Töne direkt neben seinem Ohr zu ignorieren. Ich konnte ihm trotzdem ansehen, wie seine Geduld litt.

»Der Chaoswandler hatte ihn heftig erwischt. Ich hab ihn geheilt«, gestand er grummelnd. »Eine Ausnahme! Nur dir zuliebe.«

Gleich doppelt gerührt beobachtete ich, wie Flummel sich in die Luft schwang und zu mir herüberschwirrte. Der Okoklin war wegen mir verletzt worden! Und Noár hatte ihn geheilt! Noár! Stand Flummel jetzt auch bei ihm in einer Lebensschuld? Oder eher nicht, weil Noár ihn nur meinetwillen gerettet hatte?

»Er wollte keine Ruhe geben, bis ich ihn hergebracht hab«, eröffnete mir der Schattenprinz, während Flummel auf mir landete und versuchte, meinen Hals zu umarmen. Mit seiner winzigen Pfotenspanne war das ein genauso aussichtsloses wie zuckersüßes Unterfangen.

»Vertragt ihr euch jetzt?«, wollte ich wissen.

Noár holte Luft, doch Flummel kam ihm zuvor. Der Fellball ließ von mir ab und stieß ein Geräusch aus, das mich sehr an ein Knurren erinnerte. Finster starrte er den Schattenprinzen an, der den Blick aus schmalen Augen erwiderte. Ganz offensichtlich hatte der Vorfall das Verhältnis zwischen den beiden nicht verbessert.

»Wir ... kommen klar«, stellte Noár nüchtern fest.

Ich grinste. »Er hat dich gebissen, oder?«

»Möglich«, räumte er ein.

Leise kichernd hob ich Flummel von meiner Schulter und vergewisserte mich, dass er meinetwegen keine bleibenden Schäden davontragen würde. Die Streicheleinheiten schien der Okoklin sehr zu genießen.

»Du solltest wissen, dass Flummel mir das Leben gerettet hat«, eröffnete ich Noár. Es machte einfach zu viel Spaß, ihn ein bisschen damit aufzuziehen, dass *ich* diesmal im Recht gewesen war. Hätte ich den Okoklin nicht vor der Nachtranke beschützt, wäre der Chaoswandler mit seinem Vorhaben vermutlich erfolgreich gewesen.

Flummel reckte stolz den flauschigen Kopf. Ich erwartete eigentlich Runde zwei im Gefecht »Schattenprinz gegen Okoklin«, doch diesmal ließ sich Noár nicht herausfordern. Ganz im Gegenteil – er wirkte plötzlich irgendwie verschlossen und ernst.

»Ich hätte bei dir sein sollen …«

Ja, das hätte er. Da es überflüssig war, ihm diese Tatsache zu bestätigen, schwieg ich. Für eine Weile wurde es mucksmäuschenstill im Zimmer. Selbst Flummel wagte es nicht, die angespannte Situation zu kommentieren. Dann setzte sich Noár an die Bettkante und sah mich an wie jemand, dem ein unangenehmes Gespräch bevorstand.

»Du wolltest mit mir unter vier Augen reden.«

Oh Mist. Es war nicht so, dass ich dieses Gespräch nicht mehr führen wollte, aber ich hätte mir gerne etwas Zeit gewünscht, um mich darauf vorbereiten zu können. Ich wusste ja noch nicht einmal, was genau ich sagen wollte.

»Ja, ähm …«, begann ich zögerlich, bevor ich ins Stocken geriet.

Noárs unerschütterliche Ruhe machte es nicht gerade besser. Er wollte mich ganz eindeutig nicht unter Druck setzen, doch er merkte auch, wie schwer mir der Anfang fiel. Schließlich seufzte er und kam mir zu Hilfe.

»Pash hat mir gestanden, dass ihr euch in die Menagerie geschlichen habt«, erzählte er. Das überraschte mich nicht, immerhin war Pash seinem Herrn gegenüber loyal. »Mir ist bewusst, wie das auf dich gewirkt haben muss«, fuhr Noár fort. »Ich kann es also mehr als nachvollziehen, wenn du enttäuscht und wütend auf mich bist.«

»Ich bin nicht wütend«, widersprach ich ihm schnell. »Ich meine, ich war es, aber …« Mann, wieso musste das alles so schwer sein?! Ich setzte Flummel auf meiner Schulter ab und zog meine Beine unter mir zum Schneidersitz. »Okay: Dieser Kuss und das, was du Zima über mich und deine Pläne erzählt hast, hat mich verletzt. Aber ich weiß, was du damit erreichen wolltest, und ich wusste vorher, worauf ich mich einlasse. Ich hab es vielleicht ein bisschen unterschätzt, aber ich komm schon klar.« Ich war eigentlich nur auf mich sauer, weil ich Noár hinterfragt hatte und es ein winziger Teil von mir noch immer tat. Es ärgerte mich, dass ich diese Stimme einfach nicht zum Schweigen bringen konnte.

Noár nickte und griff nach meiner Hand. Unsere Finger verschlangen sich ineinander. »Es ist die Schattenfeste. Sie hinterlässt immer Spuren – egal, wie gut man sich gegen ihren Einfluss wappnet. Deshalb wollte ich dich nicht herbringen.« Ein trauriges Lächeln legte sich über seine Züge. »Zwei Wochen, Kätzchen. Wir müssen nur noch zwei Wochen durchhalten. Der Kaiser hat einer früheren Hochzeit zugestimmt.«

Letzteres hatte ich bereits gewusst, doch der genaue zeitliche Rahmen war neu. Zwei Wochen. *Nur noch* zwei Wochen, in denen ich den Schattenhof und Zima ertragen musste. Nur noch zwei Wochen, dann wäre ich verheiratet. Wow, das ging ganz schön schnell. Deshalb hatte Lazar mir also so einen Druck gemacht. Ihm lief die Zeit davon. Und mir auch. Natürlich liebte ich Noár, doch irgendwie konnte ich Lazars Warnungen nicht einfach ignorieren. Keine Ahnung, ob es an dieser Vater-Sache lag, aber meine Instinkte rieten mir dazu, ihm zu vertrauen. Genau, wie mein Herz mit absoluter Sicherheit wusste, dass Noár mich niemals hintergehen würde. Ich glaubte *beiden*. Wie zum Teufel sollte man sich da noch auskennen?!

»Das bedeutet nicht, dass wir es durchziehen müssen«, sagte Noár leise, dem mein Zögern natürlich nicht entgangen war. »Wenn du Bedenken hast oder Zeit brauchst, werde ich die Hochzeit absagen.«

Wie ein Fels in der Brandung bewahrte er seine unbeirrbare Stärke. Trotzdem hörte ich die Verletzlichkeit hinter seinem Angebot. Er würde mich nicht drängen – selbst wenn meine Zurückweisung ihn zerstörte.

»Ich hab keine Bedenken«, log ich. Oder war es doch keine Lüge? Ich wusste es nicht. »Ich bin nur ... verunsichert.« Und außerdem zu dämlich, um das emotionale Chaos in meinem Inneren unter Kontrolle zu bringen. Und neidisch darauf, dass Noár es schaffte, so ruhig zu bleiben. Und sauer auf die kleine Stimme in meinem Kopf, die mir einredete, dass seine Geduld nur Kalkül war, um zu bekommen, was er wollte.

Noár lächelte mich bedauernd an. »Obwohl du mir vertrauen willst, weißt du nicht, ob du mir vertrauen kannst, nicht wahr?«, fragte er. »Und nichts, was ich sage, kann das ändern, weil es auch eine Lüge sein könnte.«

Meine Augen füllten sich mit Tränen. Wie gerne hätte ich ihm widersprochen, aber ich konnte es nicht. Also nickte ich kleinlaut und rüstete mich innerlich gegen alle möglichen Vorwürfe und enttäuschten Blicke, die zweifelsfrei gleich über mich hereinbrechen würden.

Ich lag falsch. Noár seufzte nur.

»Sag mir, was ich tun kann, um dir deine Bedenken zu nehmen. Soll ich auf den Schattenthron verzichten? Auf den Kaiserthron? Auf alles? Soll ich mein Volk zurücklassen und mit dir durchbrennen? Soll ich ... dich freigeben? Egal, was es ist, ich werde es tun!«

Seine Aufrichtigkeit brach mir das Herz. Er schien mir unbedingt beweisen zu wollen, dass er mein Vertrauen verdient hatte. Doch ich konnte nichts von all dem von ihm verlangen. Ich wollte es nicht. Der einzige Weg, um meine Zweifel aus der Welt zu schaffen, war zu bereinigen, was sie überhaupt erst hervorgerufen hatten. Ich kratzte all meinen Mut zusammen und sah ihm fest in die Augen.

»Erzähl mir von der Nacht der Rebellion.«

Von einem Moment auf den anderen änderte sich alles. Die kleinen Bewegungen, mit denen sein Daumen meine Hand gestreichelt hatte, stoppten. Jede Wärme wich aus seinen Zügen und auch die Temperatur im Raum schien zu fallen. Noár bemühte sich, sich nichts anmerken zu lassen, doch als er antwortete, klangen seine Worte hölzern und in seinen Augen glitzerte unterdrückter Zorn.

»Was hat Lazar dir gesagt?«

»Nichts«, erwiderte ich irritiert. »Er meinte, ich solle dich danach fragen.«

Hinter seinen Sternenaugen brach ein Sturm los. Noár kämpfte. Wogegen konnte ich nicht sagen. Vielleicht gegen den Wunsch, Lazar zu erwürgen? Vielleicht gegen die Erinnerung? Vielleicht auch gegen seine Gefühle? Wie auch immer, jetzt war es an mir, ihm zu helfen.

»Hör zu, Noár. Ich bin ja nicht von gestern. Ich weiß, dass du uns nicht aus Nettigkeit aus der Menschenwelt rausgeholt hast«, begann ich vorsichtig. »Damals in den Niemandslanden hast du gesagt, du hättest eine Schuld zu begleichen. Eine Schuld gegenüber Lazar, oder? Er hat irgendetwas gegen dich in der Hand.«

Das war ja schon länger meine Vermutung gewesen, aber jetzt war ich davon überzeugter denn je. Unglücklicherweise schienen meine Worte nicht zu Noár durchzudringen. Er war irgendwo, nur nicht mehr bei mir. Ich drückte sacht seine Hand.

»Noár, was ist in dieser Nacht passiert?« So behutsam wie möglich, versuchte ich, ihn aus seinen Gedanken herauszuholen. »Ich weiß, dass das Chaos im Goldenen Berg eingefallen ist. Ich weiß, dass ich das Juwel versteckt habe, Katair gefangen genommen wurde und meine Mutter gestorben ist. Und ich habe Gerüchte gehört ...«

Ich stockte, weil das jetzt vielleicht nicht der richtige Zeitpunkt war, um ihn mit Klatschgeschichten zu belasten. Allerdings hob Noár nun den Blick und durchbohrte mich damit. Die Kälte darin ließ mich erschauern. Mit rauer Stimme fragte er: »Was für Gerüchte?«

Ich schluckte. »Mariz hat mir erzählt, dass du vom Chaos verschluckt wurdest, als du im Alleingang den Goldenen Berg gerettet hast. Angeblich stammen deine Narben von jenem Tag.«

Keine Reaktion. Nur dieser frostige Blick, der sich in mein Herz fraß.

»Ist das die Wahrheit?«, hakte ich nach, als mir sein Schweigen unangenehm wurde.

»Ja.« Noár löste seine Hand von meiner und stand auf. Sein körperlicher Rückzug brachte mich genauso durcheinander wie sein Eingeständnis. Ich konnte und wollte mir gar nicht vorstellen, wie fürchterlich es sein musste, vom Chaos verschluckt zu werden. Aus eigener Erfahrung wusste ich, dass es nahezu unmöglich war, sich ohne fremde Hilfe daraus zu befreien. Aber ich hatte nur wenige Minuten und mit einem Sicherungsseil im

Chaos gesteckt. Bei Noár waren es – der Gerüchteküche nach – drei Tage, bevor er mit dem Kopf einer Chimäre zurückgekehrt war.

»Warum stehst du dann in Lazars Schuld?«, wollte ich wissen. Wie sehr ich mich auch bemühte, es zu verstehen, das alles ergab einfach keinen Sinn. »Müsste es nicht andersherum sein? Ich meine, *du* hast alle gerettet.«

»Ich stehe *nicht* in Lazars Schuld«, stellte Noár scharf klar. Er sah ganz bewusst nicht in meine Richtung, aber ich ahnte auch so, dass er sich in die Ecke gedrängt fühlte, also versuchte ich, meiner Stimme einen möglichst ruhigen Klang zu verleihen.

»In wessen Schuld stehst du dann? Was ist damals passiert?«

Noár fuhr sich durch die Haare. Seine Muskeln spannten sich an, als würde er am liebsten ein Loch in die Wand schlagen. Ich spürte, wie Flummel ängstlich unter meine Locken kroch, aber ich konnte meine Augen nicht von Noár abwenden. Noch nie hatte ich ihn so verzweifelt und ablehnend mir gegenüber erlebt. Ein paar unendlich lange Augenblicke herrschte Schweigen, bevor ihn seine Kraft zu verlassen schien. Er atmete aus und rieb sich über den Nacken.

»Kätzchen ...«, murmelte er. »Mein Herz gehört dir. Mein Leben gehört dir. Alles, was ich besitze, lege ich dir zu Füßen. Aber zwing mich nicht, meine Albträume mit dir zu teilen. Bitte.«

Bitte. Dieses eine Wort traf mich ins Mark. Er litt und ich wollte nicht diejenige sein, die dafür verantwortlich war. Dennoch verstand ich nicht, was seine Albträume mit mir zu tun hatten. Warum glaubte Lazar, dass ich meine Meinung über die Hochzeit ändern würde, wenn ich die Wahrheit über diese Nacht erfuhr? WAS WAR DAMALS PASSIERT?!

Ich seufzte. »Wie kann ich dir vertrauen, solange du mir nicht vertraust?«

Das war kein Vorwurf, nur eine ehrliche Frage.

Noár drehte sich zu mir um. Als ich den Ausdruck in seinen Augen sah, stockte mir der Atem. Kein Gefühl war darin zu finden. Der Schattenprinz hatte alles hinter einer kalten Maske verborgen. Er schützte sich. Vor mir. Das schockierte mich so sehr, als hätte er mir ins Gesicht geschlagen.

»Vielleicht hat Lazar recht und du solltest mir nicht vertrauen.«

»Wie kannst du so was sagen?«, flüsterte ich. Mehr brachte ich nicht zustande, denn schon rollten mir die ersten Tränen über die Wangen. Noár nahm es starr zur Kenntnis.

»Meine Schatten würden dein Licht ersticken. Ich werde tun, was nötig ist, um das zu verhindern – selbst wenn das bedeuten würde, dich zu verlieren.«

Damit marschierte er zur Tür. Panik erfasste mich. Ich war mir sicher, dass er seine Drohung wahr machen würde, falls ich ihn jetzt und in dieser Stimmung gehen ließ. Also sprang ich auf und verstellte ihm den Weg.

»Mir ist mein dämliches Licht egal. Dann lebe ich eben mit dir in deinen Schatten. Nur hör auf, deine Sorge um mich vorzuschieben, um nicht ehrlich sein zu müssen.«

Noár funkelte mich so gereizt an, dass ich die Entscheidung, ihn aufzuhalten, fast schon wieder bereute. Er hob seine Hand und strich mir eine Träne von der Wange. Diese sanfte Berührung stand in krassem Gegensatz zu der offensichtlichen Wut, die ihn wie eine dicht gewebte Aura umgab. Seine Finger fuhren über mein Kinn zu meinem Hals und legten sich dort um meine Kehle. Er drückte nicht zu, aber die Andeutung dahinter war mehr als konkret. Er wollte mir Angst machen. Ganz langsam beugte er sich zu mir und zischte: »Du weißt nicht, wovon du sprichst.«

Netter Einschüchterungsversuch, aber ich war nicht mehr das naive Mädchen, das er damals in der Menschenwelt getroffen hatte. Ich verschränkte die Arme vor der Brust und ignorierte seine Hand einfach. Er hatte sich damit selbst in eine Sackgasse manövriert, denn ich wusste mit absoluter Sicherheit, dass er mir nicht wehtun würde.

»Dann klär mich auf!«, fauchte ich. »Oder hältst du mich für zu schwach? Glaubst du etwa auch, dass ich *der Dunkelheit in dir nicht gewachsen bin*?« Erst als ich Zimas genauen Wortlaut zitierte, wurde mir bewusst, wie tief dieser Stachel tatsächlich saß. Ich hatte versucht darüberzustehen, mir aber offensichtlich etwas vorgemacht. »Was ist es, das *du willst, das du brauchst,* das ich dir nicht geben kann?«, fuhr ich fort. Der Riss zwischen uns wurde mit jedem Wort tiefer, doch ich konnte einfach nicht aufhören. »Liebst du *mich* oder nur die Art, wie ich dich ansehe? Möchtest du so sehr der Held sein, dass ich meinen Wert für dich verliere, wenn ich die Wahrheit kenne?«

Noár starrte mich so erschüttert an, als hätte ich ihm gerade einen Dolch ins Herz gejagt. Noch immer ruhte seine Hand auf meinem Hals, als hätte er sie dort vergessen. Ich spürte, wie er zu zittern anfing. Und dann bewegte sich etwas in meinen Haaren. Flummel! Oh nein! Wenn er Noár jetzt biss, würde das bestimmt ganz übel ausgehen. Aber der Okoklin legte nur seine winzigen Pfoten auf den Zeigefinger des Schattenprinzen und stemmte sich mit aller Kraft dagegen, um mich von dessen Hand zu befreien. Dieser rührende Rettungsversuch blieb natürlich völlig erfolglos, aber er bewirkte zumindest, dass Noár aus seiner Starre erwachte. Er ließ von mir ab – freiwillig, verwirrt und voller Reue. Ich hätte alles dafür gegeben, um zu erfahren, was hinter seinen dunklen Sternenaugen vor sich ging, doch nichts an ihm verriet auch nur die kleinste Gefühlsregung.

»Noár …«

Seine erhobene Hand schnitt mir das Wort ab. Für ein paar Atemzüge verharrte der Schattenprinz so, bevor er mich mit einem leeren Blick bedachte.

»Fürst Samtar vom Trockenen Meer hat uns eine Einladung zukommen lassen. Das Wüstenvolk ist der engste Verbündete der Schattenfeste, deshalb sollten wir der Einladung folgen. Übermorgen. Du hast also zwei Tage, um dir zu überlegen, ob die Hochzeit stattfinden soll oder nicht.«

Für einen Moment sah es so aus, als wollte er mich zur Seite schieben, doch dann drehte er sich um und steuerte auf die Balkontür zu. Was bitte passierte hier gerade? Und wieso stand ich plötzlich vor einem Trümmerhaufen, der einmal meine Beziehung gewesen war?

»Geh nicht. Nicht so. Bitte.« Panisch versuchte ich, Noár ein weiteres Mal aufzuhalten. Als er meine Berührung an seinem Arm spürte, hielt er einen Augenblick inne.

»Nicht, Kätzchen«, bat er leise. So leise, dass ich es mir vielleicht auch nur eingebildet hatte.

Dann war ich allein.

DIE HALLE DER NEUN TODE

Betäubt starrte ich in die Schatten vor meinem Balkon. Wie? Wie konnte aus einem Gespräch, das alle Zweifel hätte ausräumen sollen, ein solches Desaster werden? Wie war es möglich, dass Worte und gute Absichten so zerstörerisch sein konnten? Ich wischte mir die Tränen aus dem Gesicht. Noár hatte recht gehabt. Die Schattenfeste verdrehte Wahrheit und Lüge so lange, bis man nicht mehr wusste, woran man glauben sollte. Zu gerne hätte ich jetzt mit Zoey geredet, aber meine Geisterfreundin und ihr Nebelkristall waren nirgendwo zu finden. Allerdings hörte ich ihre Schimpftirade auch so schon in meinem Kopf: »Wieso musst du dich denn gerade jetzt mit Noár streiten? Das ist schon wieder so ein zufälliger Zufall, obwohl ihr größere Probleme an der Backe habt. Und du fällst drauf rein.«

Tja, damit lag die imaginäre Zoey absolut richtig. Ich hätte mit Noár über das Chaos reden müssen, über die unheimliche Kapuzengestalt und über die Attentäter, die mit Fidrins Stimme gesprochen hatten. Ich hätte ihn fragen müssen, ob ich wirklich die Goldene Erbin war oder ob Lazar vielleicht mein Vater sein könnte. Außerdem hätte ich verdammt noch mal Angst haben müssen, weil jemand versuchte, mich umzubringen. Und wann waren Mordanschläge für mich so normal geworden, dass ich kaum einen Gedanken daran verschwendete? Je mehr ich darüber nachdachte, desto eher kam ich zu dem Schluss, dass nicht nur die imaginäre, sondern auch die echte Zoey recht hatte. Mein Streit mit Noár war der eine Zufall zu viel, um das Muster dahinter noch länger ignorieren zu können. Es fühlte sich an wie ein Kratzen in meinen Gedanken – als würde ich etwas übersehen. Als würde irgendjemand absichtlich Unruhe stiften, damit niemand die Ruhe vor dem tatsächlichen Sturm erkannte. Steckte Fidrin hinter all dem? Zuzutrauen wäre es ihm – wenn er nicht tot wäre. Wir hatten nun mal alle gesehen, wie er gestorben ist. Vielleicht benutzte das Chaos seine Stimme auch nur, um mich zu verwirren? Der Hauptmann im Heerlager hatte von einer Frau gesprochen. Arbeitete diese Frau mit dem Chaos zusammen? Oder fielen wir alle – mal wieder – auf eine von Lazars Machenschaften herein? Wie man es auch drehte und wendete, der Seneschall bekam immer das, was er wollte. Ihm war mit Sicherheit bewusst gewesen, wie Noár auf meine Frage nach der Nacht der Rebellion reagieren würde. Lazar hatte mich manipuliert und den Streit zwischen uns provoziert, damit ich die Hochzeit noch einmal überdachte. War es das, worum es ging? Um die Hochzeit?

Ich musste mit Noár reden. Mir war klar, dass uns beiden ein paar Stunden Abstand gut tun würden, aber darauf konnte ich jetzt keine Rücksicht nehmen. In Gedanken versunken strich ich über meinen Verlobungsring. Ich wusste, dass Noár sofort erfuhr, wenn ich ihn abnahm. Die Verlockung war groß, doch ich widerstand ihr. Im Moment befand ich mich nicht in Gefahr und wollte dieses Signal nicht leichtfertig missbrauchen. Ich würde ihn auch anderweitig finden. Und dann würde ich die Dinge wieder in Ordnung bringen.

Das klang nach einem Plan.

Ich stapfte ins Ankleidezimmer und stolperte dort über Esekra, die ich völlig vergessen hatte. Die alte Amme saß summend auf einem Hocker und besserte meine Garderobe aus. Keine Ahnung, wie viel sie von meinem Streit mit Noár mitbekommen hatte, aber jetzt entgingen ihr weder meine schlechte Laune noch meine verheulten Augen. Glücklicherweise interessierte sie sich für nichts davon. Sie tröstete mich nicht. Sie betüdelte mich nicht, sondern warf mir einfach ein paar Kleidungsstücke zu und meinte erfrischend pragmatisch: »Du bist alt genug, um dich selbst anzuziehen. Falls ich mich irre, rühr dich.«

Sie irrte sich nicht und so marschierte ich nach einem kurzen Bad aus meinen Gemächern. Flummel hockte schmollend in meiner Manteltasche. Er liebte seinen Platz in meinen Locken, aber er hasste Wasser und war beleidigt, dass ich meine Haare nicht nur gewaschen, sondern außerdem noch hochgebunden hatte. Tja, das konnte ich jetzt auch nicht ändern. Für ihn würde ich meine Körperhygiene sicher nicht hintenanstellen.

»Drokor?«, rief ich in den Gang. Keine Antwort. »Pash?«

Ich suchte die dunklen Nischen der Mosaikwände ab.

»Sieh einer an, da hat sich wohl ein goldener Lichtstrahl an Cassardims dunkelsten Hof verirrt«, ertönte es hinter mir. Überrascht wirbelte ich herum und fühlte prompt ein ganzes Gebirge von meinem Herzen purzeln. Vor mir stand Noárs blonder General und bester Freund. Diesmal trug er keine Uniform, sondern nur ein legeres Hemd über einer schwarzen Hose. Seine Locken waren zerzaust und auch alles andere an ihm wirkte, als wäre er gerade erst aus dem Bett gefallen.

»Kaum wach und schon so poetisch?«, entgegnete ich grinsend. Wenn Rhome hier war, würde sich die Sache mit Noár bestimmt bald wieder einrenken.

»Na ja, es ist ziemlich früh am Morgen«, rechtfertigte er sich amüsiert. »Und bis vor ein paar Minuten war ich davon ausgegangen, dass heute mein freier Tag sein würde, also ...« Weiter kam er nicht, denn ich fiel ihm um den Hals. »Hey, hey, immer schön langsam«, lachte er, während er versuchte, nicht das Gleichgewicht zu verlieren. »Ich weiß, dass die Welt trist und farblos ist, wenn ich nicht da bin, aber Noárs Stolz zuliebe solltest du das nicht so zur Schau stellen.«

»Ich lege im Moment keinen gesteigerten Wert auf Noárs Stolz.« Die Worte waren raus, bevor ich es verhindern konnte.

Rhome schob mich auf Armeslänge von sich und hob misstrauisch eine Braue. »Habt ihr gestritten?«

Eine Antwort benötigte er nicht, weil mein Gesicht wohl Bände sprach. Er seufzte. »Das erklärt immerhin, warum Noár mir meinen freien Tag gestrichen hat.«

Mein Herz zog sich schmerzhaft zusammen. Offenbar hatte Noár vorgehabt, den Tag mit mir zu verbringen – zumindest, bis alles anders gekommen war.

»Nicht den Kopf hängen lassen. Das wird schon wieder«, meinte Rhome und lächelte mich aufmunternd an. »Ich hab zwar keine Ahnung, worum es geht, aber Noár wird bestimmt bald zurückkommen und sich entschuldigen.«

»Wieso nimmst du an, dass *er* schuld ist?«, stammelte ich verunsichert. Mir kam es nämlich ganz und gar nicht so vor. Ja, er verheimlichte mir einen Teil seiner Vergangenheit. Aber solange es mich nicht betraf, war das sein gutes Recht. Ich verstand sogar, dass das nichts mit seinem mangelndem Vertrauen zu mir zu tun hatte, sondern nur damit, dass Noár noch nicht bereit dazu war, sich dem Geschehenen zu stellen. Trotzdem hatte ich ihn wider besseres Wissen in die Ecke getrieben, weil Zimas Anspielungen und Lazars Behauptungen meinen Verstand lahmlegten. Ich zählte mich ja ganz bestimmt nicht zu den Frauen, die nach einem Streit märtyrerhaft alle Verantwortung bei sich suchten, doch in diesem Fall hatte ich durchaus meinen Teil beigesteuert.

Rhome setzte seine Dozentenmiene auf. »Wärst du schuld, würde er schmollend auf dem Dach über deinen Gemächern hocken und sich einreden, dass er verdient hätte, was auch immer du ihm angetan hast«, erklärte er trocken. »Da er den Hof aber wutentbrannt verlassen hat, bin ich mir ziemlich sicher, dass er derjenige ist, der Mist gebaut hat. Es gibt nämlich nur eine Sache, vor der Noár fliehen würde – vor sich selbst.«

»Er hat den Palast verlassen?!«, platzte es aus mir heraus. Auf einmal verpuffte jeder Wunsch nach Abstand und wurde von einem wilden Gemisch aus Ärger und Sorge ersetzt. Ich musste mit ihm über das Chaos reden. Jetzt. Gleichzeitig wurmte es mich tierisch, dass Noár sich die Freiheit herausnahm, zu kommen und zu gehen, wann er wollte, während ich hier festsaß wie eine Gefangene.

»Wo ist er hin?«

Der General zuckte mit den Schultern. »Noár ist mir keine Rechenschaft schuldig.«

Toll. Das machte meinem Plan einen ziemlich dicken Strich durch die Rechnung. »Dann bring mich eben zu Lazar!«

Wenn ich mein Gespräch mit Noár schon verschieben musste, konnte ich wenigstens den Seneschall zur Rede stellen. Ich war die Spielchen leid. Entweder würde Lazar mir die Wahrheit sagen oder er konnte mir gestohlen bleiben.

Rhome runzelte überrascht die Stirn. »Das wird schwierig. Lazar ist vorgestern abgereist.«

»Was?!«

Oh Mist, jetzt ergab das alles einen Sinn. Noár war nicht einfach irgendwohin verschwunden. Er war auch nicht vor sich selbst geflohen, wie Rhome vermutete. Nein, ich hätte meine Hand dafür ins Feuer gelegt, dass er dem Seneschall gerade einen ziemlich unangenehmen Besuch abstattete.

Meine Laune sank in den Keller. Ich fühlte mich eingeengt, gefangen, zurückgelassen und nicht ernst genommen. Frustriert stieß ich die angehaltene Luft aus und wunderte mich wenig, dass ein leises Knurren dabei herauskam: »Kannst du meinem *Verlobten* eine Nachricht zukommen lassen?«

Rhome riss die Augen auf. »Deinem Verlobten?«, feixte er über meine Wortwahl. »Großes Schicksal! Euer Streit war wohl gravierender als gedacht.«

»Kannst du, oder nicht?«, maulte ich ihn an. Meine Geduld neigte sich dem Ende zu, was auch dem General nicht entging. Dennoch zögerte er.

»Wenn es wichtig ist«, bejahte er widerstrebend. »Ich werde aber nicht als Brieftaube eures Ehekrachs herhalten.«

»Keine Brieftaube, kein Ehekrach und du kannst gleich selbst entscheiden, wie wichtig es ist. Nur muss ich vorher mit Pash und Junos sprechen.« Voller Ungeduld wies ich den Gang hinauf und wartete, dass Rhome sich in Bewegung setzte. Es wurde Zeit herauszufinden, was auf dem Empfang wirklich passiert war.

»Aha«, murmelte er und marschierte mit einem belustigten Kopfschütteln los. »Dir ist aber schon klar, dass Junos ...«

»... stumm ist?«, beendete ich seinen Satz. »Ja, das weiß ich. Ich muss trotzdem mit ihm reden.«

Den ganzen Weg über spürte ich Rhomes Falkenblick auf mir. Ich rechnete ihm wirklich hoch an, wie gut er seine Neugier im Griff hatte, aber ich glaubte keine Sekunde, dass er sich nicht seinen Teil bei alldem dachte.

Als wir ein paar Schattenportale hinter uns gebracht hatten, fand ich mich unvermittelt in völliger Dunkelheit wieder.

»Brenne!«, hörte ich Rhome befehlen. Kurz darauf entzündete sich eine Fackel in seiner Hand. Wir standen in einem engen Korridor, der wohl aus dem schwarzen Felsen gemeißelt worden war. Der Ort erinnerte mich eher an einen Stollen als an einen Fürstenhof.

»Ich soll dich übrigens von meiner Schwester grüßen«, sagte

Rhome. Ich brauchte eine Schrecksekunde, um zu realisieren, dass er von Keeza sprach. Sein Tonfall klang viel zu heiter dafür, dass ich sie praktisch aus ihrer Heimat verbannt hatte.

»Äh, du weißt, was passiert ist?«

Rhome nickte und drückte mir die Fackel in die Hand. Er selbst schien keine zu benötigen. Ohne zu zögern spazierte er in den Korridor hinein und überließ es mir, ihm zu folgen. »Sie hat mich außerdem gebeten, dir deine Selbstvorwürfe auszureden.«

Wie gut, dass Rhome die trübsinnige Grimasse nicht sehen konnte, die ich hinter seinem Rücken schnitt. Keezas Verzweiflung und ihre Tränen hatten sich unauslöschlich in mein Gedächtnis eingebrannt. Sie war als Verlorenes Kind glücklich gewesen. Mit großem Ehrgeiz hatte sie aus einem Makel eine Tugend gemacht und ihren Platz gefunden – zumindest bis ich ihr alles genomm–

»Amaia«, unterbrach die tadelnde Stimme des Generals meine Gedankenspirale. »Dir sollte klar sein, dass nur der unbedingte Wunsch ein Verlorenes Kind seinem Volk zuführt. Keeza *wollte* schon immer zu uns gehören. Sie braucht gerade nur ein bisschen Zeit, um ... eine neue Bestimmung zu finden.«

Moment mal ... was? Es war also *ihr* Wille gewesen, nicht meiner? Ich hatte ihr nichts aufgezwungen? Auf einmal fühlten sich meine Schritte nicht mehr ganz so beschwerlich an. »Falls ich irgendwas tun kann, um ihr zu helfen ...«

Rhome lachte. »Ich sag's ihr, aber ich schätze mal, dass sie nicht darauf zurückkommen wird. Sie will es – wie immer – aus eigener Kraft schaffen.«

Das kam mir so bekannt vor, dass ich schmunzeln musste. Keeza, Zoey und ich wären ein tolles Team geworden. Da fiel mir etwas ein. »Sag mal, weißt du zufällig, ob sie Zoey mitgenommen hat?«

»Oh Mann, heute ist wirklich nicht dein Tag«, seufzte Rhome.

»Warum?«

»Deine Geisterfreundin ist bei Lazar.«

Wie bitte?! Freiwillig? – Natürlich freiwillig, schalt ich mich selbst. Etwas anderes hätten weder Keeza noch Noár zugelassen. Jetzt erinnerte ich mich auch wieder an das Gespräch, das Zoey mit Noár geführt hatte. Es war um irgendein Angebot gegangen, das der Seneschall ihr gemacht hatte. Wollte er sie wieder als Geisterspionin benutzen? Oder sie in ein neues Leben schicken? Wenn er ihr auch nur eines ihrer Geisterhaare krümmte, dann ...

Aus heiterem Himmel drehte Rhome sich zu mir um. In seinem Blick lag Mitgefühl. »Da dir die Freundinnen auszugehen scheinen, kommt hier ein einmaliges Angebot: Ich werde mich dir einen Abend lang zur Verfügung stellen. Ich werde dir zuhören, wenn du über Noár herziehst, und hin und wieder etwas einstreuen wie ›So ein Idiot‹. Von mir aus können wir Varras trinken, Schokolade essen und uns Zöpfe flechten, allerdings sollten wir Noár zuliebe auf die halbnackten Kissenschlachten verzichten.«

Ich spürte, wie sich unwillkürlich ein Grinsen auf meinem Gesicht ausbreitete. Allein die Vorstellung von einem Zöpfe flechtenden Rhome wäre es wert gewesen, sein Angebot anzunehmen, allerdings konnte ich ihm das nicht antun – egal, wie dringend ich jemanden zum Reden gebraucht hätte. Er war Noárs bester Freund und sollte das auch bleiben dürfen.

»Keine Ahnung, ob ich gerührt sein soll oder beleidigt, weil du mich für so klischeehaft hältst«, lachte ich, »aber es wäre einfach nicht fair und ich ... ich komm schon zurecht.«

Demonstrativ atmete Rhome auf. »Du glaubst nicht, wie erleichtert ich gerade bin!« Trotzdem konnte ich in seinen Augen Skepsis und Sorge erkennen. »Andererseits hat Noár mich schon so oft in moralische Zwickmühlen gebracht, dass du mindestens ein Mal bei mir gut hast, also erzähl mir wenigstens, worum es in eurem Streit ging, und ich sag dir, wie schlimm es steht.«

Für ein paar Sekunden zögerte ich, doch sein Angebot klang einfach zu verlockend.

»Ich ... ich hab ihn nach der Nacht der Rebellion gefragt.«

Rhomes Brauen schossen in die Höhe. In Sekundenschnelle setzte er alle Informationsbrocken zusammen und fluchte. »Ich vergesse immer wieder, was für ein manipulativer Schweinehund Lazar ist.«

Da konnte ich ihm nur recht geben, obwohl mir jetzt gerade seine Meinung zu Noár wichtiger war.

»Schau mich nicht so an, Amaia. Du bist nicht die Einzige, die keine Antworten zu dieser Nacht bekommt. Aber ich kann dir sagen, dass Noár seitdem nicht länger als zwei Stunden am Stück schläft.«

Ich schluckte schwer. Das war hundert Jahre her. Was konnte so schrecklich sein, dass Noár es bis heute nicht verarbeitet hatte?

»Den Rest musst du mit ihm klären«, meinte Rhome. »Und jetzt komm! Ich hab die anderen schon zusammengetrommelt.«

Er drehte sich um. Da erst entdeckte ich, dass wir vor einer massiven Metalltür standen. Es gab weder Schloss noch Türknauf. Rhome legte seine rechte Hand auf das Metall. Plötzlich begann einer seiner Ringe zu glühen, und die Tür schwang auf. Es war der gleiche Ring gewesen, den auch Junos und Pash trugen. Der Ring, den alle Vertraute von Noár besaßen.

»Willkommen in der Halle der Neun Tode!«

Ein verschwörerisches Funkeln blitzte in seinen Augen. Höflich überließ er mir den Vortritt, aber ich war mir auf einmal nicht mehr sicher, ob das Ganze eine so gute Idee war. Hinter der Tür brannte ein Kamin. Allerdings lag eine lange finstere Säulenhalle zwischen mir und dem Feuer. Für einen kurzen Moment überfielen mich Zweifel an Rhome. Was, wenn er mich gar nicht zu Pash und Junos gebracht hatte? Was, wenn er für Zima arbeitete oder vom Chaos besessen war? Ich schüttelte diese absurden Gedanken sofort wieder ab. Wenn ich jetzt anfing, allem und jedem zu misstrauen, konnte ich mich auch gleich von der nächstbesten Palastmauer stürzen. Also betrat ich die Halle mit dem unheimlichen Namen. Die Halle der Neun Tode. Hatte nicht Zima so etwas in der Art schon mal erwähnt?

Nach ein paar Schritten hörte ich, wie Rhome die Tür hinter uns schloss und mir folgte. Seine Stiefel waren deutlich zu hören auf dem glatt polierten Boden. Die Flammen spiegelten sich darin, sodass es fast wirkte, als würde ich in einem unterirdischen Wasserspeicher stehen. Durch die Steinsäulen hindurch konnte ich einen Tisch und ein paar Stühle entdecken, die vor dem Kamin standen. Ansonsten war die Halle menschenleer. Das ungute Gefühl von vorhin beschlich mich erneut.

»Ähm, wann kommen die anderen?« Ich wandte mich zu Rhome um und sah gerade noch, wie sich ein verschlagenes Grinsen auf sein Gesicht legte. Dann wurde ich unvermittelt von hinten an meinem Zopf gepackt. Ich prallte rückwärts gegen einen Harnisch. Kurz darauf lag eine glänzende Klinge an meinem Hals, während Rhome nicht den kleinsten Finger rührte, um mir zu helfen.

»Die anderen sind schon da«, verkündete er vergnügt.

Kalte Erkenntnis rieselte durch meine Adern. Also doch eine Falle!

Ein schwarzer Fellball schoss in mein Blickfeld. Flummel nahm den Mann hinter mir ins Visier und fletschte seine winzigen Zähne. Er war drauf und dran, ihm die Augen auszukratzen, doch dann geschah etwas völlig Abstruses.

»Oh, ein Okoklin!«, hörte ich meinen Angreifer begeistert rufen. »Hi, kleiner Freund, wie bist du denn hier reingekommen?«

»Pash?!«, keuchte ich. Flummel stoppte seine Verteidigungsoffensive und starrte mich irritiert an. Mir ging es nicht anders.

»Wie er leibt und lebt«, kicherte es an meinem Ohr. »Aber im

Moment spiele ich einen durchgeknallten Chaoswandler, der dir nach dem Leben trachtet, also gib dein Bestes, um mich loszuwerden.«

Ich sollte WAS?! Zu dem selbstzufriedenem Rhome gesellte sich ein weiterer Mann. Es war Junos, der mich aus seinen schwarzen Todesaugen erwartungsvoll ansah.

Plötzlich verstand ich, was hier gerade veranstaltet wurde: Das Training, um das ich gebeten hatte.

»Seid ihr noch ganz frisch in der Birne?«, blaffte ich Noárs Freunde an. »Ihr könnt mir doch nicht so einen Schrecken einjagen!«

Eine erwachsenere Reaktion war beim besten Willen nicht möglich, denn meine Erleichterung vertrug sich nicht mit dem Adrenalin, das noch immer durch meinen Körper pumpte. Damit verwirrte ich Flummel vollends, der nun gar nicht mehr zu wissen schien, wer Freund und Feind war.

»Keine Sorge, kleiner Flattermann«, rief Pash ihm zu. »Du weißt, dass wir ihr nichts tun werden. Drüben am Tisch liegen übrigens ein paar Kuchenstücke, wenn du willst, kannst –«

Er musste sein Angebot gar nicht erst zu Ende formulieren. Flummel flatterte längst in den hinteren Teil der Halle.

»Hey! Verrätst du mich gerade für Kuchen?!«, rief ich ihm hinterher. »Was bist du denn bitte für ein toller Beschützer?« Die Antwort war ein gedämpftes Piepsen, das verdächtig nach vollen Backen und Kuchenbröseln klang.

»Er weiß, dass wir dir nichts Böses wollen«, klärte Pash mich auf. »Er kann unsere Gedanken lesen.«

»Na los, Amaia«, rief Rhome. »Genau so hat dich der Hauptmann im Heerlager angegriffen. Zeig mal, was deine Brüder dir in der Menschenwelt beigebracht haben.«

Ich stöhnte auf. »Leute, ich finde es wirklich toll, dass ihr mich unterrichten wollt, aber im Moment müssen wir dringend über den Empfang sprechen.«

»Ich hör dir zu, Prinzesschen«, meinte Pash, ohne auch nur im Geringsten seinen Griff zu lockern oder den Dolch von meiner Kehle zu nehmen. »Aber glaub ja nicht, dass ich mich davon ablenken lasse.«

»Vielleicht solltest du dich aber davon ablenken lassen. Es ist nämlich wirklich wichtig.«

Noch bevor er antwortete, verlor ich die Geduld. Ich packte sein Handgelenk und blockierte die Klinge, dass sie mir nicht zu nahe kommen konnte. Das war das Allerwichtigste, hatten mir meine Brüder immer wieder eingebläut. Ich zog an seinem Arm, verlagerte gleichzeitig mein Gewicht und tauchte seitlich unter seinem Ellbogen durch. Den Schmerz an meinen Haaren ignorierte ich und bereitete mich für den nächsten Schritt vor: die Entwaffnung. Allerdings reagiert Pash viel schneller als meine Brüder es je gekonnt hätten. Er nutzte meinen Schwung, wirbelte herum und schaffte es irgendwie, dass sein Dolch schon wieder an meinem Hals lag. Diesmal jedoch frontal, sodass ich direkt in sein grinsendes Gesicht sehen konnte.

»Nicht schlecht für den Anfang.«

Nicht schlecht? Im Ernstfall wäre ich jetzt tot. »Spar dir dein pädagogisches Lob und erzähl mir lieber, wer die beiden Chaoswandler auf dem Empfang waren.«

Pash ließ mich los und steckte die Klinge weg. »Sie gehörten zum Schattenvolk, aber keiner aus dem Palast kannte sie. Wir gehen davon aus, dass sie eingeschleust wurden.«

»Von wem?«, wollte ich wissen.

»Das ist die große Frage«, sagte Rhome. Der General lehnte mit verschränkten Armen an einer Säule und beobachtete mich. »Hast du einen Verdacht?«

Ja, das hatte ich definitiv, aber ich hatte auch Angst, dass mich Noárs Freunde für verrückt halten könnten. »Ich bin mir nicht –«

Eine riesige dunkle Hand legte sich über meinen Mund, die andere umfasste meine Taille und hob mich hoch, als wäre ich nur eine Spielzeugpuppe.

»Mnngh nhm nghmm ...«, fluchte ich herzhaft und ärgerte mich tierisch, dass mir der vierte Mann entgangen war. Wer hätte auch ahnen können, dass Drokor seinen Herrn ausnahmsweise mal nicht begleitete? Da jedes Strampeln sinnlos wäre, begnügte ich mich damit, wie ein nasser Sack in Drokors Armen zu hängen und Rhome, Junos und Pash finster anzustarren.

»Wir konnten uns nicht einigen, wer dich trainieren darf, also hast du jetzt wohl vier Lehrer«, teilte mir Pash fröhlich mit. »Drokor stellt gerade den Angriff auf dem Empfang nach, falls es dir noch nicht aufgefallen ist.«

»Mh mhmngh mhn!«, warf ich ihm an den Kopf! Langsam, aber sicher gingen mir ihre Methoden auf den Geist.

»Zeig uns, wie du dich befreien konntest«, verlangte Rhome.

Ich hob den Arm und deutete genervt in Richtung des Tischs, wo mein kleiner untreuer Begleiter sich gerade den Bauch vollschlug.

»Der *Okoklin* hat dich gerettet?!«, platzte es aus Noárs General heraus, während Pash begeistert applaudierte.

»Damit hat sich der Kleine den Kuchen definitiv verdient!«

Hinter mir seufzte Drokor tief. Er war das Gehabe seiner Freunde offensichtlich leid. »Du bist nicht stark genug, um mich mit Kraft allein zu besiegen. Du musst raffinierter sein«, raunte mir sein sanfter Bass ins Ohr. »Aber anders als ich hast du deine Hände frei, also nutze sie.«

Seine besonnene Art glättete die Wogen meines nahenden Tobsuchtsanfalls. Mit solchen Anweisungen konnte ich etwas anfangen. Ich griff nach hinten und versuchte, seine Augen zu erreichen. Und tatsächlich gab Drokor nun meinen Mund frei, um sein Gesicht zu schützen. Ein wildes Hand-Gerangel brach aus, bis Rhome von der Seite »Es reicht!« rief.

»Du siehst deine Möglichkeiten nicht, Amaia!«, urteilte der General, während Drokor mich behutsam auf dem Boden abstellte. »Weil du zu nett bist.«

Okay ... ich hätte es nicht unbedingt als nett bezeichnet, jemandem die Augen auskratzen zu wollen, aber wenn er meinte.

»Was hättest du denn *an meiner Stelle* gemacht?«, fragte ich pampig. Schließlich war ich weder eine kampferprobte Amazone noch ein solches Muskelpaket wie Drokor.

Rhome musste für seine Antwort nicht lange überlegen. »Ich hätte das getan, was du auf der Nebelbrücke mit deinem Großvater gemacht hast. Dem Angreifer deinen Dolch ins Bein gerammt.«

Sprachlos blinzelte ich ein paar Mal. Wann hatte er bitte den Dolch in meinem Stiefel bemerkt und wieso war mir nicht in den Sinn gekommen, ihn zu benutzen, obwohl es so naheliegend war?!

»Also?«, erkundigte sich der General grinsend. »Wen verdächtigst du, die Chaoswandler an den Schattenhof gebracht zu haben?«

Ich war von den ständigen Themenwechseln so verwirrt, dass ich ohne Umschweife antwortete: »Den Mann, dem ich meinen Dolch ins Bein gerammt habe.«

Erst als sich betretenes Schweigen breitmachte, fiel mir auf, dass ich eine so abstruse Theorie vielleicht etwas subtiler hätte vorbereiten sollen. Jetzt erntete ich haufenweise Skepsis und ein paar mitleidvolle Blicke.

»Das Chaos lässt einen oft Dinge sehen und hören, die nicht real sind. Es sucht die Schwachstelle in deinem Verstand und schlägt gnadenlos zu«, erklärte Rhome zögernd.

Ich schüttelte den Kopf. »Fidrin hat mit mir gesprochen. Durch die Chaoswandler! Ihr wart auch dort. Ist euch gar nichts Seltsames aufgefallen? Das habe ich mir doch nicht bloß eingebildet …«

Drokor legte mir besänftigend seine Riesenhand auf die Schulter. »Das behauptet auch keiner. Wir glauben dir, dass du Fidrin gehört hast, es war aber trotzdem nicht real. Fidrin ist tot.«

»Und was, wenn nicht?«, beharrte ich. »Wer von euch hat seinen Puls überprüft, bevor Katair ihn in den Ewigen Fluss gestoßen hat?« Mir war schon klar gewesen, dass es nicht einfach werden würde, Noárs Freunde von der Fidrin-These zu überzeugen. Dass sie mich aber so gar nicht ernst nahmen, störte mich gewaltig. Wie gut, dass ich noch ein Ass im Ärmel hatte. »Und was ist mit diesem vermummten Typen mit Kapuze, der mich seit dem Wandernden Wald verfolgt? Ich habe ihn auch an der Schwarzen Treppe gesehen, bei meiner Ankunft hier im Palast und ebenso auf dem Empfang.«

Bingo. Jetzt hatte ich ihre ungeteilte Aufmerksamkeit. Man konnte förmlich dabei zuschauen, wie aus meinen lockeren und gut gelaunten Trainern ein tödlicher Beschützertrupp wurde – also abgesehen von Flummel, der noch immer Kuchen in sich hineinstopfte, als gäbe es kein Morgen mehr.

Nach ein paar sachbezogenen Fragen dazu, wie der Kapuzenmann aussah, ob er mit mir geredet hatte, und wann und wo genau er mir aufgefallen war, kühlte die Stimmung weiter ab.

»Weiß Noár davon?«, wollte Rhome wissen.

»Nein, es hat sich irgendwie nicht ergeben, und bevor ich ihm heute davon erzählen konnte, war er weg.«

»Noár ist weg?«, fragte Pash verwundert.

Rhome seufzte. »Sie hat ihn nach der Nacht der Rebellion gefragt.«

Man musste den Jungs zugutehalten, dass keiner von ihnen

auch nur mit der Wimper zuckte, aber das kollektive innere Aufstöhnen war dennoch spürbar. Jeder schien zu wissen, dass das ein wunder Punkt für Noár war.

Dann trat Junos vor und vollführte ein paar gekonnte Gesten, die mich zwar an Gebärdensprache erinnerten, mir aber völlig unbekannt waren. Alle sahen ihm aufmerksam zu und Rhome antwortete: »Lazar hat ihr dazu geraten.«

»Dieser elende Sohn einer schimmelbefallenen Chimäre hat ihr davon erzählt?!«, ging Pash in die Luft. »Er ist doch von seinen Kopfgeldern befreit und wieder zu Cassardims Seneschall ernannt worden, worauf hat er es denn jetzt schon wieder abgesehen? Erst will er Noárs Hilfe, dann soll er sich von Amaia fernhalten, dann soll er sie retten. Die Verlobung ist akzeptabel, aber nur solange er dadurch Zeit gewinnt für seine Ränkespiele. Eine Hochzeit darf natürlich nicht stattfinden. *Ist dem Typen langweilig?*«

»Lazar tut nichts ohne Grund«, widersprach ihm Drokors sanfter Bass. »Die Frage ist nur, was genau er von Amaia will.«

Ja, das war die Preisfrage, auf die ich nur eine Antwort bekommen würde, wenn ich nachbohrte und die richtigen Informationen sammelte. Jetzt schien mir dafür die perfekte Gelegenheit zu sein.

»Glaubt ihr ...«, begann ich zögernd, straffte dann die Schultern und versuchte, meiner Stimme einen festen Klang zu verleihen: »Glaubt ihr, Lazar könnte vielleicht mein Vater sein?«

Gleich acht Augenbrauen wanderten in die Höhe. Von Überraschung über Verwunderung bis hin zu Belustigung war alles vertreten.

»Nein, Prinzesschen«, kicherte Pash. »Ganz sicher nicht.«

»Warum nicht? Ich meine, eine gewisse Ähnlichkeit lässt sich nicht leugnen und es würde erklären, warum Katair mich nicht anerkennen will.«

Sosehr ich mich auch bemühte, ich konnte meine latente Verzweiflung nicht länger verbergen. Ich war mit einem ganzen Berg an Fragen nach Cassardim gekommen, doch wie es schien, vermehrten sie sich hier unkontrolliert.

Rhome rief Pash mit einem strengen Blick zur Ordnung, bevor er sich mir zuwandte. »Ehrlich gesagt, glaube ich persönlich auch nicht, dass du Katairs Tochter bist. Und bevor du jetzt fragst, es ist nur ein Bauchgefühl. Etwas Genaues weiß ich nicht. Ich kann dir aber mit Bestimmtheit sagen, dass Lazar *nicht* dein Vater ist.«

»*Warum?*«, hakte ich noch einmal nach. Ich hatte keine Lust mehr, mich mit vagen Andeutungen abspeisen zu lassen.

»Lazar macht kein Geheimnis daraus«, entgegnete Drokor, »dass er ... andere Präferenzen hat.«

Ich riss die Augen auf. Der Seneschall stand auf Männer?!

»Man sagt ihm außerdem nach, er hätte mindestens einen Liebhaber an jedem Fürstenhof«, ergänzte Rhome amüsiert.

»Einen?«, lachte Pash und stieß Junos den Ellbogen in die Rippen. »Hattest du nicht auch mal was mit ihm?«

Der stumme Schattenkrieger verzog keine Miene. Stattdessen tat er einige Gesten, die sogar ich verstand. Eine davon bedeutete wohl so viel wie »Ist lange her«, eine andere »Das geht dich nichts an«.

Wow. Junos und Lazar? Wieso erzählte mir so was denn niemand?! Überall brodelten die Gerüchteküchen, aber die wirklich ausschlaggebenden Geschichten schienen nicht zu mir durchzudringen. Das änderte alles und katapultierte die Vater-Frage wieder zurück auf Anfang. Auch in der Fidrin-Sache hatte ich keine Fortschritte gemacht. Eher Rückschritte. Mein Tatendrang und all meine tollen Pläne verpufften einfach. Sogar ein wenig Enttäuschung empfand ich – nicht, weil ich Lazar unbedingt zum Vater gewollt hätte, sondern weil es die perfekte Erklärung gewesen wäre. Resigniert sah ich Rhome an.

»Kannst du Noár wenigstens von dem Kapuzenmann erzählen …?« … Und dass es mir leidtat und dass ich ihn vermisste und er bitte zurückkommen sollte! Aber ich brachte es nicht übers Herz, das laut auszusprechen.

»Schon geschehen«, erwiderte der General knapp.

Oh …

»Und was hat er gesagt?«

Ein schiefes Grinsen erschien auf seinen Lippen. »Er hat auf nicht absehbare Zeit all unsere freien Tage gestrichen.«

»Dann kommt er also nicht zurück?«, hauchte ich enttäuscht. Ganz offenbar machte Noár sich Sorgen, aber nicht genug, um den Heimweg anzutreten.

»Er kommt, sobald er kann«, vertröstete mich Rhome.

»Hat er auch gesagt, was wir solange tun sollen? Tatenlos rumsitzen? Oder können wir wenigstens irgendetwas gegen das Chaos unternehmen oder … diesen Kapuzentypen?« Fidrins Name wollte mir nicht noch einmal über die Lippen kommen, aber seit dem Attentat auf mich reifte in mir die Überzeugung heran, dass nur einer unter diesem zerfledderten Umhang stecken konnte. Es musste Fidrin sein.

Junos zog sein Schwert. Seine schwarzen Augen trafen meine. Darin glänzten eine unendliche Ruhe und die Aussicht auf einen schnellen Tod.

»Wir können schon etwas tun«, übersetzte Rhome das Verhalten seines stummen Freunds. »Wir können aus dir eine Kriegerin machen.«

Er rückte sich einen Stuhl zurecht und machte es sich darauf bequem. Im gleichen Moment plumpste der überfressene Flummel wie ein nasser Sack vom Tisch, rülpste und läutete damit die erste Runde ein.

AUF EIGENE FAUST

Kein Zögern, keine Furcht, keine Reue. Bis in den Tod.

Diese Worte standen auf einem kreisrunden Relief an der Decke des Gewölbes. Ich war so oft auf dem Rücken gelandet, dass sie sich tief in mein Gedächtnis eingebrannt hatten. Das Training mit Noárs Freunden unterschied sich grundlegend von dem meiner Brüder – nicht zuletzt, weil sie alles andere als menschlich dachten. Zimperlichkeit konnte man ihnen nicht gerade nachsagen. Junos entpuppte sich als Meister der Klingen, während Rhome der perfekte Stratege war. Drokor brachte mir bei, wie ich meinen Willen mit meinen Schlägen verbinden konnte, und Pash stellte sich freiwillig als lebender Boxsack zu Verfügung. Ein plappernder Boxsack. Egal, wie oft oder wie heftig ich ihn traf, er verlor nie seine gute Laune. Stattdessen versorgte er mich mit Anekdoten über Noár, den Schattenhof und die Halle der Neun Tode.

»Schon als junger Prinz, lange bevor er Shaells Thronfolger wurde, hat dein lieber Verlobter so viele Mordanschläge überlebt, dass ihm schnell neun Leben nachgesagt wurden. Doch nicht nur die Attentäter starben in Scharen, sondern auch die Auftraggeber und deren Gönner verschwanden oft spurlos«, erzählte Pash, bevor ihn meine Faust in den Magen traf. Besser gesagt traf meine Faust auf eine Wand aus harten Bauchmuskeln, die mir fast die Fingerknöchel brach. Leise jaulend schüttelte ich meine Hand und starrte Pash finster an. Er könnte wenigstens so tun, als hätte er Schmerzen, doch er quatschte fröhlich weiter. »Da es sich dabei häufig um einflussreiche Personen gehandelt hat, wollte man Noár zur Rechenschaft ziehen. Doch Noár konnte stets für alle fraglichen Zeiträume ein glaubhaftes Alibi nachweisen. Und so wurde aus einem jungen Schattenprinzen mit neun Leben bald *der Kronprinz und seine Neun Tode.* Fleischgewordene Schatten, die Noárs Leben mit dem ihren verteidigen und jeden zur Rechenschaft ziehen würden, der sich ihm in den Weg stellte. Ein Mythos. Eine Schauergeschichte.«

Pash deutete auf sein Kinn und forderte mich auf, meinen nächsten Treffer dort zu landen. Wenn er unbedingt wollte ... Inzwischen befand ich mich auf einem Erschöpfungslevel, das mich Anweisungen nicht länger hinterfragen ließ. Ich schlug zu. Sein Kopf flog zur Seite, seine Lippe platzte auf, aber er quittierte die Aktion dennoch nur mit einem wilden Grinsen. Kaum hatte er sich das Blut vom Mund gewischt, setzte er seine Erzählung fort.

»Das Traurige daran ist, dass das Prinzip von loyaler Freundschaft am Schattenhof nicht sehr weit verbreitet ist und sich deshalb niemand vorstellen konnte, dass hinter diesem Mythos reale Personen stecken könnten. Andererseits wollte ich schon immer mal zu einer Legende werden, also darf ich mich nicht beschweren.«

»Du bist einer ... dieser Neun Tode?«, staunte ich zwischen zwei rasselnden Atemzügen.

»Wir alle sind es, Prinzesschen.« Pash funkelte mich vergnügt an und tippte auf den Ornamentring an seinem Finger.

Was?! Die Neun Tode waren Noárs Freunde? Jeder mit einem solchen Ring?

»Ironischerweise waren wir anfangs nicht einmal zu neunt«, ergänzte Pash, bevor er seiner Stimme einen geheimnisvollen Unterton verlieh. »Und heute? Tja, diese Frage stellen sich alle, wenn sie ihren Kindern abends vor dem Zubettgehen von den Neun Toden des Kronprinzen erzählen.«

Der Graf erwies sich als wahre Info-Fundgrube, die ich leider nicht genug wertschätzen oder ausnutzen konnte. Dafür war ich einfach zu abgelenkt von den vielen Aufgaben, die Noárs Freunde mir stellten. Als Rhome das Training nach Stunden endlich für beendet erklärte, tat mir jeder einzelne Knochen weh. Zwar heilte der General alle sichtbaren Blessuren, doch meine Erschöpfung konnte er nicht vollständig kurieren. Dementsprechend fiel mein Abschied knapp und wortkarg aus. Flummel ging es aus anderen Gründen nicht viel besser. Der gefräßige Okoklin hatte versucht, auf meine Schulter zu fliegen, und nach mehreren gescheiterten Startversuchen so lange traurig herumgefiept, bis ich ihn hochgehoben hatte. Auf dem Rückweg in meine Gemächer brachte ich kein Wort heraus. Glücklicherweise wurde ich von Junos begleitet, der sich nicht an meinem Schweigen störte.

An meiner Tür angekommen, tippte sich der stumme Krieger freundlich an die Stirn und verschmolz anschließend mit den Schatten einer Nische. Ich lächelte in mich hinein. Die Neun Tode mochten die Hauptdarsteller diverser Gruselgeschichten sein, dennoch trog auch hier der Schein: Noár hatte seine Freunde gut gewählt. Ihre Ehrlichkeit fühlte sich wie ein Anker an. Keine Ahnung, ob unser Training je von Erfolg gekrönt sein würde, aber ich hatte es dennoch genossen. Außerdem war ich für ein paar Stunden so sehr mit anderen Dingen beschäftigt gewesen, dass es den Teufelskreis des Grübelns unterbrochen hatte. Das löste zwar nicht meine Probleme, aber ich konnte mich jetzt mit Abstand und einem frischen Kopf an einen neuen Plan machen. Also gleich nach einem langen kochend heißen Bad.

Ich schloss die Tür hinter mir und wollte mich gerade ins Bad schleppen, als ich feststellen musste, dass ich Besuch hatte. Esekra saß am Esstisch, zusammen mit einem kleinen Jungen, dessen blonder Hinterkopf mir sehr bekannt vorkam.

Das konnte doch nicht sein!

»Moe?«, stammelte ich verwirrt.

Und tatsächlich fuhr mein Bruder zu mir herum. Ein strahlendes Lächeln breitete sich auf seinem Gesicht aus. Er wollte aufspringen, stoppte jedoch in letzter Sekunde und warf Esekra einen fragenden Blick zu. Mit einem Nicken gab die Amme ihm die Erlaubnis, mich begrüßen zu dürfen. Kurz darauf fand ich mich in einer stürmischen Umarmung wieder, die mich mit Freude und Sorge und Verwunderung erfüllte.

»Wie kommst *du* denn hierher?«, fragte ich ihn, nachdem ich in die Hocke gegangen war, um ihn besser in Augenschein nehmen zu können.

»Das habe ich auch schon versucht, in Erfahrung zu bringen, aber der Dreikäsehoch ist nicht sehr gesprächig«, informierte mich Esekra in ihrer typisch mürrischen, aber unaufgeregten Art.

Ich runzelte die Stirn. Noárs alte Amme machte nicht den Eindruck, dass am Schattenhof irgendetwas ohne ihr Wissen passierte. Wenn *sie* keine Kenntnis darüber hatte, wer dann? Irgendjemand musste Moe doch hergebracht haben?

»Sind deine Eltern zu Besuch hier?«, fragte ich meinen kleinen Bruder weiter aus, woraufhin der den Kopf schüttelte. Erst jetzt fiel mir auf, dass seine Haare verstrubbelt und seine Kleidung dreckig waren. Seine Eltern hätten ihn niemals so herumlaufen lassen, nicht an einem fremden Fürstenhof. Das konnte nur eines bedeuten ...

»Ich nehme an, der Knirps ist ausgebüxt«, kam Esekra meiner Erkenntnis zuvor.

Mir wurde kalt und heiß zugleich. Voller Sorge musterte ich meinen Bruder. »Stimmt das? Bist du allein hergekommen?«

Moe kaute verlegen auf seiner Unterlippe herum, bevor er nickte und ein wahres Gefühlschaos in mir auslöste. Er hatte auf eigene Faust halb Cassardim durchquert? Er war durch den Wandernden Wald, die Niemandslande, das Trockene Meer, die Schwarze Treppe und das Schattenreich gewandert? Wegen mir?! Wie zum Teufel war ihm das ohne Hilfe gelungen? Nur mit Mühe unterdrückte ich den Drang, ihn zu schütteln und zu schimpfen. Er hatte schon immer seinen eigenen Kopf gehabt, aber das war Irrsinn. Ich wollte mir gar nicht ausmalen, was alles hätte passieren können.

»Oh Moe, warum machst du denn solche Dummheiten? Das ist gefährlich.« Ganz zu schweigen davon, dass seine Anwesenheit hier am Schattenhof noch viel gefährlicher war. Ich musste ihn wieder zurückbringen, bevor irgendwelche Intriganten auf die Idee kamen, aus der Wehrlosigkeit des jungen Waldprinzen Profit zu schlagen.

Diesmal entdeckte ich weder Verlegenheit noch ein schlechtes Gewissen in den Zügen meines kleinen Bruders. Ganz im Gegenteil: Er erwiderte meinen Blick mit einer solchen Ernsthaftigkeit, dass es mir kalt den Rücken herunterlief. Schweigend zog er mich um mein Bett herum. Dort auf dem Boden lagen ein staubiger Umhang in Kindergröße und eine Art Umhängebeutel, der auch schon bessere Tage hinter sich hatte. Zweifelsohne sein Reisegepäck. Jeder Riss, jeder Fleck und jede Schramme versetzte mir einen neuerlichen Stich, denn sie waren Zeugnisse dessen, was Moe alles hatte durchstehen müssen. Mit ein paar viel zu geübten Handgriffen öffnete mein Bruder den Rucksack und holte eine dicke, in Leder gebundene Mappe hervor: Es war sein Zeichenblock. Als würde ich alle nötigen Erklärungen darin finden, drückte er mir die Mappe in die Hand. Anschließend kletterte er aufs Bett und sah mich erwartungsvoll an.

Okay. Jetzt wurde mir klar, dass Moe nicht aus Sehnsucht zu mir aus dem Wandernden Wald geflohen war. Irgendetwas war vorgefallen und es kostete mich einiges an Beherrschung, ihn nicht mit Fragen zu überhäufen. Aus Erfahrung wusste ich, dass man damit bei Moe nicht weit kam. Stattdessen setzte ich mich neben ihn und schlug seine Zeichenmappe auf. Auf dem ersten Bild waren nur Bäume und ein paar fantastische Waldtiere zu sehen. Dann folgten Zeichnungen von seinen Leibwächtern, seinen Eltern und anschließend ein Bild von Noár und mir, wie wir auf einer Wurzeltreppe in den Himmel stiegen. Als ich jedoch weiterblätterte, stockte mir der Atem. Von der nächsten Zeichnung starrte mir Kaiser Katair entgegen.

War er im Wandernden Wald gewesen?! Wann? Oder hatte Moe ihn aus der Erinnerung heraus gezeichnet? Mit zittrigen Fingern schlug ich die nächste Seite auf. Immer mehr Bilder zeigten den Kaiser und er war nicht allein: Katair mit Prinz Tincos. Katair mit der Wolkenfürstin und ihrem Sohn Ifar. Katair mit dem Wüstenfürsten Samtar und der Nebelfürstin. Moe hatte offensichtlich ein Treffen bespitzelt. Im Wandernden Wald, nach unserer Abreise. Ein geheimes Treffen, denn auf keiner der Zeichnungen waren Moes Eltern abgebildet.

»Die wollen dir wehtun«, flüsterte mein kleiner Bruder, und wirkte dabei fast wütend.

Oh mein Gott, er war nicht vor etwas geflohen, er war gekommen, um mich zu warnen!

Zutiefst erschüttert starrte ich ihn an. Es ging mir nicht darum, was Katair und die anderen Fürsten planten. Ich konnte einfach nicht fassen, dass Moe das alles hatte mit ansehen müssen. Er war damit ganz allein gewesen und hatte die Entscheidung getroffen, sein neues Zuhause zu verlassen, um mich persönlich zu warnen.

»Wir müssen seine Eltern benachrichtigen«, meinte plötzlich Esekra. Sie stand mit verschränkten Armen hinter mir und hatte vermutlich jede einzelne von Moes Zeichnungen gesehen. »Nur so können wir verhindern, dass sie uns seine Entführung unterstellen. Niemand wird glauben, dass er es ohne fremde Hilfe hergeschafft hat.«

Moe schüttelte den Kopf und klammerte sich an meinen Arm. »Ich will nicht wieder von dir weg.«

»Das musst du auch nicht. Wir finden schon eine Lösung«, beruhigte ich ihn. Trotzdem hatte Esekra recht. Die Waldfürsten sollten wissen, dass es Moe gut ging. Außerdem würden sie sicher gerne erfahren wollen, was ihr missratener Bastard-Sohn Tincos hinter ihrem Rücken trieb. Ich seufzte und taxierte Noárs alte Amme. Mir war nicht entgangen, dass auch sie einen der Ornament-Ringe trug, die sie als Mitglied der Neun Tode outete.

»Hast du Noár benachrichtigt?«, wollte ich von ihr wissen. Die Waldfürsten zu kontaktieren, ohne dass es gleich zu einem Eklat kam, fiel ganz eindeutig in sein Fachgebiet.

Mit einem knappen Nicken bestätigte die Amme. Wahrscheinlich hatte sie ihn ohnehin im Live-Ticker auf dem Laufenden gehalten. Gut, das war zumindest ein Anfang. Bis dahin hieß es wohl, Moe zu verstecken.

Esekra tätschelte mir die Schulter. Als ich aufsah, schenkte sie mir ein mütterliches Lächeln. Sie hatte gemerkt, dass mich die Gesamtsituation leicht überforderte.

»Der Dreikäsehoch und ich haben noch ein Spiel zu beenden«, sagte sie freundlich. »Inzwischen kannst du dich waschen und fürs Abendessen mit der Fürstenfamilie fertig machen. Bis Noár zurück ist, sollten wir besser niemandem von unserem unerwarteten Besuch erzählen. Er kann bei mir bleiben.«

Das Abendessen mit der Fürstenfamilie. Richtig. Rhome hatte etwas in der Art erwähnt. Shaell schien sich selbst davon überzeugen zu wollen, dass ich wieder vollständig genesen war.

»Wäre das okay für dich?«, fragte ich Moe. Als er kapierte, dass ich ihn allein lassen wollte, wurden seine Augen riesengroß und füllten sich mit Tränen. »Dir wird nichts passieren«, beruhigte ich ihn hastig. »Das verspreche ich dir.«

Tapfer kämpfte Moe gegen seine aufsteigende Panik an. Trotzdem kullerte ihm eine Träne übers Gesicht. Es zerriss mir das Herz. Er war so mutig und konnte dennoch nicht gegen seine kindliche Emotionalität ankommen. Da hatte ich eine Idee. Ich klappte die Zeichenmappe zu und griff in meine Manteltasche. »Weißt du was, ich kenne noch jemanden, der auf dich aufpassen wird, während ich weg bin.«

Ich zog meine Hand hervor und präsentierte ihm ... eine fest zusammengerollte Kugel aus Fell und Leder, die für seine winzige Körpergröße ziemlich laut schnarchte. Na toll!

»Hey, Flummel!« Genervt pikste ich ihn mit einer Fingerspitze aus seinem Kuchen-Koma. »Wach auf!« Eigentlich hatte ich ja darauf gehofft, dass der Okoklin meinen Bruder aufheitern würde, doch bislang sorgte mein Vorhaben nur für große Irritation. Erst als sich der Fellball mit einem leisen Schmatzen aufrollte, versiegten Moes Tränen.

»Flummel, das ist Moe«, stellte ich die beiden einander vor. »Er ist mir sehr wichtig und deshalb musst du heute Abend auf ihn achtgeben. Ich hoffe, ich kann auf dich zählen!«

Flummel piepste unwillig. Mir war klar, dass er sich mir verpflichtet fühlte, aber ich spekulierte einfach darauf, dass Pash recht hatte und der Okoklin meine Gedanken lesen konnte. Dann würde er nämlich wissen, dass ich seine Hilfe brauchte und ihm dafür wirklich sehr dankbar wäre. Tatsächlich betrachtete mich Flummel nachdenklich. Anschließend beäugte er Moe, gähnte herzhaft und schwang sich in die Luft, um zu meinem kleinen Bruder zu flattern. Der bot dem Okoklin seine Hand als Landeplatz an und begann wie ein Honigkuchenpferd zu strahlen, als Flummel das Angebot annahm. Perfekt! In Gedanken gab ich mir ein High-Five für meinen Geniestreich, die zwei süßesten Wesen in ganz Cassardim zusammenzubringen.

»Meint ihr, ihr beiden könntet für ein paar Stunden aufeinander aufpassen?«

Moe nickte begeistert und fischte einen gebunkerten Keks aus seiner Hosentasche, um Flummel zu füttern. Und Flummel ... Flummel antwortete nicht, weil er sich bereits über den Keks hermachte.

In diesem Moment klopfte es an der Tür. Esekras Miene verfinsterte sich.

»Mach dich fertig«, wies die Amme mich an und nickte in Richtung Bad. »Ich halt sie hin.«

Erstaunlich flink sammelte sie Moes Sachen ein und schaffte alles – samt meinem kleinen Bruder und Flummel – ins Ankleidezimmer. Als sie zurückkam und ich noch immer herumstand, scheuchte sie mich schimpfend ins Bad. »Die Zeit läuft, junge Dame!«

Wer auch immer vor der Tür stand, Esekra schien alles im Griff zu haben. Sie verschaffte mir eine halbe Stunde, suchte mir ein Kleid heraus und half mir bei meiner Frisur. Das Endergebnis war weniger glamourös als Keezas Werk, dafür aber nicht minder beeindruckend – zumal für die Kürze der Zeit. Ein enges schwarzes Kleid und ein hoher Dutt mit drei goldenen Federn, dazu goldumrandete Augen und blutrote Lippen. Ich sah hervorragend aus dafür, dass ich mich fühlte wie ein angefahrenes Huhn mit Muskelkater. Wie gut, dass heute keiner von mir erwarten würde, dass ich lächelte.

Esekra bugsierte mich zum Eingang und öffnete die Tür. Mir klappte der Mund auf, als ich Großherzog Valair mit verschränkten Armen im Gang lehnen sah. Diesmal trug er seine weißblonden Haare zurückgebunden, wodurch er wesentlich männlicher aussah als beim letzten Mal. Gut, vielleicht lag das an den Lederbändern, die um seine muskulösen Oberarme gewickelt waren. Oder auch an seinen muskulösen Oberarmen. Wer wusste das schon so genau?

»Schön, Euch wohlauf zu sehen«, begrüßte er mich und stieß sich mit einem charmanten Lächeln von der Wand ab. »Da Prinz Ardiza zurzeit mit Abwesenheit glänzt, wurde mir die Ehre zuteil, Euch heute Abend zu begleiten.«

»Ich brauche keine Begleitung«, rutschte es mir heraus, bevor ich darüber nachdenken konnte. Neben mir räusperte sich Esekra lautstark. Die Botschaft war klar. Ich sollte meine vorlaute Klappe halten und den Großherzog samt der Einheit von Schattenkriegern, die ihn eskortierten, so schnell und so weit wie möglich von meinen Gemächern fortschaffen. Weg von Moe.

»Aber wenn Fürst Shaell darauf besteht«, korrigierte ich mich hastig, »werde ich Euch natürlich nicht abweisen.«

Valair nickte amüsiert und bot mir seine Hand dar. Ich legte meine darauf und ließ mich von ihm in die dunklen Gänge führen. Die Schattenkrieger folgten uns in gebührendem Abstand. Außerdem war ich mir sicher, dass sich auch Junos an unsere Fersen heftete. Perfekt.

»Ich würde Euch ja fragen, wie es Euch bisher am Schattenhof gefällt«, begann Valair in charmantem Tonfall, »wenn ich nicht wüsste, dass Ihr mich anlügen müsstet, um höflich zu sein.«

Ein scharfsinniger Kommentar, der dem viel zu schönen Großherzog glatt ein paar Sympathiepunkte einbrachte. Dennoch war ich nicht in Stimmung für oberflächliche Konversation samt höfischer Fallgruben. Mir fehlten die Zeit und die Geduld dafür. Es gab so viele Dinge, um die ich mich kümmern sollte. Stattdessen war ich nun gezwungen, gesellschaftliche Konventionen zu erfüllen. Ich kam mir vor wie auf der Titanic, auf der die Gäste trotz Eisberg-Kollisionskurs noch feierten.

»Dann ist es ja gut, dass Ihr mich nicht fragt«, murmelte ich verdrießlich.

Großherzog Valair hob eine seiner edel geschwungenen Augenbrauen. »Seid ihr etwa verärgert, dass Euch Euer Verlobter allein gelassen hat?«

Ein wenig, aber das würde ich ihm gegenüber niemals zugeben. »Ganz im Gegenteil«, log ich, »er hat mir damit sogar einen Gefallen getan. Ein bisschen Abstand tut uns allen gut, nicht wahr?«

Ich hatte keine Ahnung, ob mir Valair meine Lüge abkaufte, aber er sah irgendwie selbstzufrieden aus. In diesem Moment meldeten sich meine Instinkte mit aller Macht zu Wort. Der Großherzog plante irgendetwas, vor dem ich mich definitiv in Acht nehmen musste.

Wir passierten mehrere Schattenpforten. Die Anweisungen, die Valair ihnen gab, waren anfangs unauffällig: *Empfangshalle, Große Treppe, Obere Galerie.* Doch als er von der nächsten Pforte verlangte, uns in *das großherzogliche Refugium* zu bringen, stutzte ich. Das klang eindeutig nach privaten Räumlichkeiten?!

Und tatsächlich spuckten uns die Schatten in einem Gang aus, dessen rote Mosaikwände mich an den Bereich des Palastes erinnerten, in dem ich wohnte. Wenn das hier ein öffentlicher Ort war, fraß ich einen Besen. Alarmiert sah ich mich um. Unsere Eskorte war nirgends zu sehen.

»Wo sind die Schattenkrieger hin?«, wollte ich wissen.

Der Großherzog überging meinen besorgten Unterton mit einem selbstgefälligen Schmunzeln. »Sie sind hier nicht vonnöten. Bei mir droht Euch keine Gefahr.«

»Ich dachte, wir gehen zu einem Abendessen mit der Fürstenfamilie?«

»So etwas in der Art«, wich er aus. »Fürstin Zima hat mich beauftragt, den heutigen Abend auszurichten.«

Zima? Na großartig, und schon war ich in die Falle getappt, die ich eigentlich hatte umgehen wollen. Wenn die Schattenfürstin das Abendessen von Valair ausrichten ließ, hatte sie ganz bestimmt einen guten Grund – zum Beispiel den, dass Noárs Männer uns nicht folgen konnten.

»Vorsicht, Hoheit. Man kann Euch Euer Unbehagen ansehen«, bemerkte der Großherzog freundlich. »Aber Ihr habt wirklich keinen Anlass zur Sorge. Es ist nicht das erste Mal, dass ich eine Feierlichkeit ausrichte. Ganz besonders, wenn es darum geht, zusätzlichen Schutz zu gewährleisten.«

»Meine Eskorte abzuhängen, ist nicht gerade eine vertrauensfördernde Maßnahme«, konterte ich gereizt.

Valair stieß ein glasklares Lachen aus. »Es war einfacher, als sie alle zu überprüfen. Anders als unser geschätzter Fürst muss ich meinen Besitz im Palast nicht der Allgemeinheit zugänglich machen. Hier kommt nur herein, wen ich persönlich einlade. Und ich gebe Euch mein Wort, dass ich heute weder das Chaos noch irgendwelche Attentäter zu meinen Gästen zähle.«

Frustriert überhörte ich seinen Spott und versuchte, mich stattdessen mit der Tatsache anzufreunden, dass ich mir somit wohl auch Junos' Rückendeckung abschminken konnte. Heute Abend würde ich ganz auf mich allein gestellt sein.

Dem Großherzog entging meine sinkende Laune nicht.

»Euer Misstrauen kränkt meinen Stolz, Hoheit«, teilte er mir mit, ohne jedoch im Geringsten gekränkt zu klingen. »Aber ich vermute, Eure Unbescholtenheit lässt Euch die Subtilität meines Eigenlobs nicht ganz begreifen. Ich will es verständlicher ausdrücken: Ich bin einer der mächtigsten Männer am Schattenhof. So mächtig, dass es sich sogar die Fürstenfamilie zweimal überlegt, ob sie sich mit mir anlegt. Wenn ich Euch also mein Wort gebe, dass Ihr diesen Abend lebend übersteht, dann sollte Euch das zufriedenstellen.«

Ach du liebes bisschen, da war aber einer von sich überzeugt. Wie gut, dass er die Nase so hoch trug, dass er mein Augenrollen nicht sehen konnte.

»Arroganz hat mich noch nie zufriedengestellt«, erwiderte ich knapp.

Doch Valair ließ sich von meiner Missbilligung nicht aus dem Konzept bringen. Er antwortete mit einem schiefen Grinsen: »Dann mein herzlichstes Beileid zu Eurem Verlobten.«

Oh Mann, ich konnte den blonden Schönling wirklich nicht ausstehen, aber zumindest seinem Sinn für Humor musste man Respekt zollen. Neugierig beäugte ich ihn von der Seite, was bei seiner Größe und seinem Tempo gar nicht so einfach war. »Ihr scheint nicht viel für den Kronprinzen übrig zu haben.«

»Niemand hier am Schattenhof hat viel für ihn übrig«, meinte er, bevor er unvermittelt stehen blieb und mich aus seinen strahlend blauen Augen taxierte. Sie waren genauso überirdisch schön wie der Rest von ihm, und erinnerten mich an den Himmel in der Menschenwelt. »Aber ich bin der Einzige, der es wagt, ihm offen entgegenzutreten.«

Er hielt meinen Blick fest. Zwei Atemzüge. Drei Atemzüge. In der Luft schwebte ein unausgesprochenes Angebot. Valair würde mich unter seinen Schutz stellen, sollte ich mich je gegen Noár entscheiden. Für die Frau, die er in mir sah, wäre das sicher ein verlockendes Angebot. Für alle anderen war es Hochverrat. Aus diesem Grund beließ Valair es auch bei seiner vagen Andeutung und wechselte das Thema.

»Wusstet Ihr, dass jeder sich seinen Platz am Schattenhof erst verdienen muss? Unabhängig von Geburtsrecht und Reichtum.« Er deutete auf die roten Mosaike an den Wänden. »Seht Ihr die Shryn-Kristalle? Für jede Seele, die man fängt, gewährt der Fürst einem ein winziges Stück seines Palastes, um sie auszustellen. So kann sich jeder sein eigenes Stück des Schattenhofs sichern. Manche besitzen nur den Teil einer Wand, andere ganze Zimmer und wieder andere konnten sich ein bescheidenes Refugium erschaffen.«

Ich riss mich von seinen Himmelsaugen los und starrte verdutzt und vollkommen sprachlos die Wände an. Sie bestanden aus Shryn-Kristallen? Das hieß, der Schattenhof war wortwörtlich mit gequälten Seelen gepflastert? Ernsthaft?!

»Eurem Verlobten gehört übrigens fast der halbe Palast. Er hat aufgehört, Seelen zu sammeln, als Fürst Shaell sich von seinem Erfolg bedroht gefühlt hat. Ich gedenke, nicht so rücksichtsvoll zu sein, wenn ich irgendwann den Rekord unseres Kronprinzen breche.«

Langsam, aber sicher erhöhte sich mein Puls und erreichte Alarmstufe Gelb. Die Erkenntnis, dass Noár mich seit meiner Ankunft am Schattenhof zwischen Millionen gequälter Seelen untergebracht hatte, machte mir zu schaffen. Schlimmer, ich war von Cassarden umgeben, die Bestrafung zu einem Sport erhoben hatten. Noch viel akuter erschien mir jedoch das Problem, dass mein Wohlbefinden momentan von einem hyperehrgeizigen Schönling abhing, dessen einziger Lebensinhalt offenbar darin bestand, meinen Verlobten zu übertreffen.

»Können wir dann?«, fragte ich leicht unterkühlt und deutete in den Gang vor uns. »Ich habe gehört, dass man Fürst Shaell besser nicht warten lassen sollte.«

»Was das betrifft«, erwiderte der Großherzog, »müsst Ihr Euch keine Sorgen machen. Dem Schattenfürsten scheint etwas dazwischengekommen zu sein.«

»Wie bitte?!«

»Wir sind ganz unter uns.« Ein süffisanter Ausdruck legte sich über Valairs engelsgleiche Züge. Er drehte sich um und stieß eine Metalltür auf. Musik und ein süßlicher Geruch wehten uns entgegen. »Eine kleine, aber handverlesene Gesellschaft, die darauf brennt, die Goldene Erbin näher kennenzulernen.«

AUF EIS GELEGT

Dienerinnen schoben mehrere Schichten roter Vorhänge zur Seite. Dahinter tat sich ein schummriges Ambiente auf. Dichte Dampfschwaden stiegen aus einem Wasserbecken empor und wanden sich im Schein Hunderter Kerzen. Die Luft wog so schwer, dass ich Mühe hatte, meine Lungen zu füllen. Das hier war ganz bestimmt kein Ort für ein offizielles Abendessen! Die Bezeichnung *privat* traf es eher.

Was die kleine, handverlesene Gesellschaft betraf, hatte Valair allerdings leicht untertrieben. Etwa fünfzig Leute hatten sich auf den breiten Stufen um das achteckige Bassin versammelt. Mindestens die Hälfte davon waren Bedienstete. Drei Mädchen massierten die bulligen Schultern eines bärtigen Riesen. Daneben fächerte ein Diener seiner Herrin Luft zu, während diese zwei badenden Männern dabei zusah, wie sie hemmungslos miteinander knutschten. Eine adlige Dame ließ sich ihre Hände eincremen, eine weitere die Füße. Darüber fläzte eine ganze Gruppe von Höflingen, die so sehr ineinander verschlungen war, dass man nicht mehr wusste, welche Extremität zu welcher Person gehörte. Überall nasse Haut, verklärte Blicke und träge Bewegungen – als hätte jemand versehentlich auf die Slow-Motion-Taste gedrückt. Ein besonderes Interesse, wie Valair es angekündigt hatte, brachte mir niemand entgegen.

Der Großherzog führte mich zu einer gepolsterten Liege direkt am Beckenrand. Auf dem dazugehörigen Tischlein standen Früchte, Getränke und eine Schale, in der sich ein schwarz glitzerndes Pulver türmte.

»Fühlt Euch ganz wie zu Hause«, forderte mich Valair auf, bevor er verschwand, um seine Gäste zu begrüßen.

Wie zu Hause? Das fiel mir ziemlich schwer, zumal ich noch nie in einem elitären Swingerclub gewohnt hatte. Ich war ja wirklich nicht prüde, aber die Schamlosigkeit, mit der diese Höflinge vor aller Augen ihrer Lust nachgingen, trieb mir das Blut in die Wangen. Da ich für Voyeurismus nicht viel übrighatte, richtete ich meinen Blick auf die funkelnde Wasseroberfläche. Eine brünette Zofe eilte herbei und zog mir ungefragt die Schuhe aus. Anschließend drängte sie mich dazu, meine Füße ins Becken zu tauchen. Ein leichtes elektrisches Prickeln kroch meine Beine hoch. Ich war noch dabei, dieses ungewohnte Gefühl zu verarbeiten, als sich jemand neben mich in die Kissen sinken ließ. Eine blonde Göttin in einem hauchzarten Gewand, deren strahlende Rehaugen jeden verzauberten.

»Ihr könnt Euch nicht vorstellen, wie erleichtert ich bin, Euch wohlauf zu sehen«, begrüßte mich Zima. »Es macht meinem Gatten und mir schwer zu schaffen, dass Euch etwas so Schreckliches ausgerechnet an unserem Hof zugestoßen ist.«

Sie schenkte mir ein herzerwärmendes und reuevolles Lächeln, das mich dazu einlud, meinen Groll ihr gegenüber zu vergessen. Ich nahm die Einladung nicht an. Stattdessen beäugte ich die Schattenfürstin und ihre männliche Begleitung argwöhnisch. Zima hatte einen Diener im Schlepptau – einen muskelbepackten Tarzan, dessen Oberkörper nur von seinem dichten Brusthaar bedeckt war. Er setzte sich unterwürfig hinter Zima und begann, ihren Nacken zu massieren.

»Ihr wollt mir also weismachen, dass es Schuldgefühle sind, die Euren Gatten heute Abend fernhalten?«, spottete ich mit einem vielsagenden Blick in Richtung ihres Möchtegern-Chiropraktikers.

Die Schattenfürstin überging meine Anspielung und tat, als wäre sie mit mir allein.

»Um ehrlich zu sein, habe ich Shaell gebeten, nicht zu kommen. Er kann sehr anstrengend und einschüchternd sein und ich wollte, dass Ihr endlich auch die angenehmen Seiten des Schattenreichs kennenlernt.« Sie vollführte eine beiläufige Handbewegung, woraufhin der Brusthaar-Typ sofort von ihr abließ und sich beeilte, seiner Herrin ein Getränk zu reichen. Zima nahm einen tiefen Schluck und deutete dann auf die illustre Gesellschaft. »Heute könnt Ihr ausspannen und abschalten. In diesem Raum wird niemand über Euch urteilen oder darauf achten, ob Ihr Euch korrekt verhaltet. Politik ist tabu, alles andere ...« Mit einem frivolen Augenaufschlag gab sie mir zu verstehen, was ohnehin offensichtlich war: Jeder schien hier auf seine Kosten zu kommen. Ohne den Blick von mir zu nehmen, strich sie ihrem Diener über die haarige Brust. »Mein Freund ist sehr geschickt mit seinen Händen. Ich könnte ihn bitten, sich auch Eurer anzunehmen.«

Mehr Aufforderung brauchte der Mann nicht. Er kniete sich hinter mich in die Polster und fasste nach meinen Schultern.

»Finger weg!«, zischte ich ihn an. Ganz sicher würde ich mich nicht von irgendwelchen fremden Kerlen betatschen lassen, um ihr Munition zu liefern, die sie gegen mich einsetzen konnte.

Der Diener gehorchte unverzüglich, woraufhin mich die Schattenfürstin mit einer Mischung aus Verständnis und mitleidvollem Bedauern ansah. Oh Mann, diese Frau besaß wirklich das allergrößte Potenzial, mich in Rage zu bringen. Da ich ihr schlecht ihren hübsch frisierten Kopf ins Wasserbecken tauchen konnte, begnügte ich mich damit, unschuldig zurückzulächeln.

»Weiß mein Verlobter von dieser Veranstaltung?«

Auf Zima mochte ich nicht besonders einschüchternd wirken,

aber Noár hatte ganz bestimmt auch eine Meinung dazu, dass seine ehemalige Geliebte versuchte, mich öffentlich zu diskreditieren.

Die Schattenfürstin ignorierte die versteckte Drohung und zuckte stattdessen kokett mit den Schultern. »Der Kronprinz wird es bestimmt nicht so eng sehen. Schließlich war er oft genug selbst zu Gast bei Valair. Vermutlich weiß er es sogar zu schätzen, dass Ihr gewillt seid, ein paar Erfahrungen zu sammeln, um Euer gemeinsames Privatleben ein wenig spannender zu gestalten.«

Ihre freundlich verpackte Beleidigung garnierte sie mit einem vertraulichen Zwinkern. Als sie dann auch noch drauf und dran war, mein Knie zu tätscheln, reichte es mir endgültig. Ich packte ihre Hand und funkelte sie zornig an.

»Schluss damit, Zima! Ich weiß genau, was du vorhast, aber es wird dir nicht gelingen.«

Mein Griff war alles andere als sanft, hatte jedoch nicht den gewünschten Effekt: Weder regten sich die Splitter des Juwels der Macht noch lockte ich die Schattenfürstin aus der Reserve. Sie wirkte nicht einmal besonders überrascht. Das enttäuschte mich irgendwie. Es wäre alles so einfach gewesen, wenn ich Zima als Chaoswandlerin hätte outen können. Andererseits: Wann war in Cassardim jemals etwas einfach gewesen?

Auf ihre vollen Lippen schlich sich ein amüsiertes Schmunzeln. »Sieh mal einer an. Du hast vielleicht doch ein bisschen mehr Verstand, als ich dir zugetraut hätte«, stellte sie fest. »Aber leider nicht genug, um deinen Verlobten zu durchschauen.«

Ich wusste, dass ich mich gerade auf ganz dünnem Eis bewegte. Allerdings hatte Zima mich ohnehin längst durchschaut, sodass ich das Wagnis durchaus eingehen konnte. Es war endlich an der Zeit, mich von einer Schachfigur zum Mitspieler zu befördern. Das Miststück würde schon noch sehen, dass sie sich warm anziehen musste, wenn sie sich mit mir anlegen wollte.

»Meinst du den Verlobten, den du versuchst mir auszuspannen?«, fragte ich kalt.

Zima lachte und riss sich von mir los. »So hübsch und doch so blind.« In aller Seelenruhe nippte sie an ihrem Getränk. »Du hast ja keine Ahnung, an *wessen* Seite du dein Leben verbringen wirst, meine Teuerste.«

Trotz all ihrer Versuche Noár zurückzugewinnen, hätte ich schwören können, Schadenfreude in ihrem Blick zu erkennen. Schadenfreude, weil ich Noár heiraten würde? Wie passte das denn zusammen?

»Das wusste Shaell offensichtlich auch nicht«, konterte ich schroff. Und da, endlich, bekam ihre aalglatte Fassade Risse. Die sonst so strahlenden Rehaugen verwandelten sich in harte, Unheil versprechende Edelsteine. Verständlich, bedachte man, dass ich gerade ihre größte Schwachstelle aufs Tapet gebracht hatte: ihre Untreue.

»Wage es nicht, mir zu drohen!«, fauchte sie. »Ich mag nicht den stärksten Willen haben, aber für Männer habe ich ein Händchen. Sie fressen mir aus der Hand. Wem, denkst du, würde mein Gemahl glauben, wenn ich ihm erzähle, dass sein Sohn mich zu einer Affäre gezwungen hat?«

Ich bemühte mich um einen unbeeindruckten Gesichtsausdruck, was allerdings nicht verhindern konnte, dass in meinem Inneren blanke Panik ausbrach. Zima hatte recht. Eine solche Unterstellung würde auf fruchtbaren Boden fallen, zumal Noárs Ruf ihr in die Hände spielte.

»Aber keine Sorge, Amaia«, fuhr Zima selbstzufrieden fort. »Diese Karte werde ich nur ausspielen, falls du mich dazu zwingst. Ich habe ein viel größeres Interesse daran, Ardiza auf dem Kaiserthron zu sehen. Denn sobald er von deinem mädchenhaft biederen Charme gelangweilt ist, wird er zu mir zurückkommen. Und dabei ist die Frage nicht ob, sondern wann.«

»Tatsächlich?«, höhnte ich und deutete auf die frivole Veranstaltung, auf die sie mich geschleppt hatte. »Dann ist es ziemlich unklug, mir einen Skandal anhängen zu wollen, der die Hochzeit verhindern könnte.«

Keine Ahnung, ob es hier Klatschblätter gab, aber falls ja, würde die morgige Schlagzeile definitiv lauten: Verlobte des Kronprinzen vergnügt sich heimlich auf Sexparty!

Die Schattenfürstin wischte meinen Vorwurf mit einer lässigen Geste beiseite. »So ein kleiner Skandal hat Ardiza noch nie davon abgehalten, seine Ziele zu erreichen. Er kann da sehr ehrgeizig sein.«

Netter Ablenkungsversuch, aber so leicht ließ ich mich nicht in die Irre führen. »Für mich sieht das eher nach verletztem Stolz aus, weil er dich zurückgewiesen hat.«

»Du glaubst also wirklich, dass sein Herz dir gehört?« Zimas Stimme triefte förmlich vor Mitleid, sodass ich ihr am liebsten eine gescheuert hätte.

»Wer weiß das schon«, gab ich zurück und kopierte ihr kokettes Schulterzucken von vorhin. »Eines weiß ich jedoch mit Sicherheit: Dir gehört es nicht.«

»Mag sein, aber dafür kann ich ihm etwas bieten, was du niemals besitzen wirst.«

»Was? Die Exklusivität des Palast-Flittchens?«

Zima kniff warnend die Augen zusammen, ging aber nicht auf meinen Spott ein. »Ich *kenne* Ardiza Noár val Shaell, besser als er sich selbst kennt. Ich kenne jede Facette von ihm, seine dunkelsten Abgründe, seine Wünsche, seine Lügen. Und ich *akzeptiere ihn, so wie er ist.*«

Ich schnaubte. »Du akzeptierst ihn, solange er tut, was du sagst.«

Mit einem süffisanten Lächeln erhob sich die Schattenfürstin. »Sag mir nicht, bei dir wäre es anders.«

Sie drehte sich um und marschierte ohne ein weiteres Wort davon. Ich wollte stolz auf mich sein, weil ich ihr so unnachgiebig die Stirn geboten hatte, aber ich fühlte mich nur mies. Zima beherrschte das Spiel wirklich hervorragend und der Stachel, den sie mir gerade ins Herz gerammt hatte, saß felsenfest. Ich akzeptierte Noár tatsächlich nicht so, wie er war, und hatte ihn beständig in eine Richtung gedrängt, die mir gefiel. War das bedingungslose Liebe?

Die Antwort lag auf der Hand und war noch ein Grund mehr, diesen Ort schnellstmöglich zu verlassen. Ich stand auf, schnappte mir meine Schuhe und hielt barfuß auf den Ausgang zu. Zwei kichernde Mädchen kamen mir in die Quere, die sich gegenseitig … bestäubten. Eine bessere Beschreibung dazu fiel mir beim besten Willen nicht ein, denn sie schöpften aus kleinen Brokat-Beuteln ein dunkles Pulver und bewarfen sich damit. Die glitzernden Partikel schwebten durch den Raum und verwandelten die dampfige Luft in funkelnden Nebel. Als ich ihn durchquerte, roch ich ganz intensiv den schweren süßlichen Duft, der mir von Anfang an aufgefallen war. Außerdem haftete der schwarze Glitzer hartnäckig auf meiner Haut und ließ sich einfach nicht wegwischen, egal wie oft oder fest ich es versuchte. Ich war so fasziniert und irritiert davon, dass ich beinahe in Valair hineingerannt wäre. Mit offenen Armen und enttäuschter Miene versperrte er mir den Weg.

»Ihr wollt schon gehen?«

»Gut kombiniert«, erwiderte ich trocken. Für mehr Höflichkeit fehlte mir die Motivation. Valair nahm es mir nicht übel. Im Gegenteil, er packte seinen geballten Charme aus und schenkte mir ein Lächeln, das viel zu schön für diese Welt war. All der Glitzer in der Luft und auf seiner Haut machten seine perfekte Erscheinung noch surrealer.

»Lasst Euch nicht von Zima verschrecken. Sie kann ein ziemliches Biest sein.«

Dem konnte ich nicht widersprechen. »Trotzdem arbeitet Ihr mit ihr zusammen«, warf ich dem schönen Großherzog vor. »Was sagt das wohl über Euch aus?«

Valairs Engelslächeln wurde noch ein bisschen breiter. Er angelte sich meine Hand und hauchte einen Kuss darauf.

»Dass ich eine Schwäche für scharfsinnige Frauen habe«, schnurrte er.

Ooo-kay. Der weißblonde Adonis hatte ganz offensichtlich in den Bagger-Modus geschaltet und gab jetzt ordentlich Gas.

»Bleibt noch ein bisschen, Hoheit«, bat er charmant, »damit ich die Gelegenheit bekomme, den ersten Eindruck wiedergutzumachen.«

Er zog mich mit sich, während ich überrascht feststellte, dass meine Füße ihm widerstandslos folgten. Ich hatte eigentlich überhaupt keine Lust, aber irgendetwas in mir beharrte darauf, ihm eine zweite Chance zu geben.

Am Wasserbecken angekommen stoppte er nicht, sondern stieg über eine Treppe direkt hinein, ohne auch nur den kleinsten Gedanken an seine Kleidung zu verschwenden. Was sollte das denn bitte werden?! Ich würde ganz bestimmt nicht baden. Nicht angezogen. Und schon gar nicht ausgezogen!

»Kommt!«, ermutigte er mich, als er spürte, wie mein Widerwille mich bremste. »Es wird Euch gefallen.«

Das glaubte ich gern. Das Wasser war ja auch nicht das Problem, sondern eher das Drumherum. Andererseits schienen Valairs Gäste allesamt so ineinander vertieft, dass niemand in unsere

Richtung sah. Als meine Zehen in das Becken tauchten, kroch wieder dieses leichte elektrische Prickeln mein Bein entlang. Es war alles andere als unangenehm. Eine Stufe. Zwei Stufen. Schon stand ich bis zu den Knien im Wasser. Noch eine Stufe. Und noch eine. Der Stoff meines Kleides schwamm neben mir her, bis er sich so vollgesogen hatte, dass er in dem warmen Wasser versank. Immer wieder verschwand und erschien Valair hinter den Dampfschwaden, die aus dem Becken aufstiegen, doch zu keiner Zeit ließ er meine Hand los. Erst als ich bis auf Herzhöhe im Wasser stand, hielt er an.

»Gebt zu, dass Ihr es Euch schlimmer vorgestellt habt«, schäkerte er.

»Ich hab es mir schlimmer vorgestellt«, antwortete ich automatisch. Das entsprach tatsächlich der Wahrheit, auch wenn ich mich darüber wunderte, dass ich ihm so widerstandlos zustimmte.

Lachend gab Valair meine Hand frei und ließ sich komplett ins Wasser sinken. Als er nach einer Weile wieder auftauchte, waren seine hellen Haare, sein Engelsgesicht und sein Brustkorb von dunklen Glitzerpartikeln überzogen – so sehr, dass man seine Schattensymbole kaum noch erkennen konnte. Verwundert hob ich eine Hand und musste feststellen, dass ich ähnlich aussah. Die Wasseroberfläche war voll von diesem süßlich riechenden Pulver.

»Was ist das?«, wollte ich wissen.

»Verschwendet Eure Gedanken nicht daran. Nicht, wenn wir die Zeit für so viel Angenehmeres nutzen könnten«, riet mir der Großherzog. Er schwamm hinter mich und begann mir über die Schultern zu streichen. Seine Hände waren riesig. Es kam mir vor, als hätte er mühelos mit einer Hand meinen Hals umspannen können. Jetzt benutzte er allerdings beide, um mit sanftem Druck meine verkrampften Muskeln zu lockern. Das war falsch. Ich wollte ihn abschütteln, doch er ließ es nicht zu.

»Entspannt Euch und genießt es einfach!«

Ich hatte es mir sehr viel schwieriger vorgestellt, zu vergessen, wo wir waren, und wer uns zusehen könnte, aber Valairs Anweisungen fühlten sich wie eine Erlösung an. Mein vom Training malträtierter Körper sog die Wärme des Wassers förmlich in sich auf. So schlimm konnte das alles ja nicht sein. Ich war angezogen und jemand massierte mir die Schultern. Nichts daran schien mir verwerflich. Wieso sollte ich es also nicht genießen? Ganz besonders, weil Valair wirklich wusste, was er da tat. Seine Finger folgten meinen Schultermuskeln und fanden jede einzelne Verspannung. Als sich die Nervenknoten nach und nach lösten, kribbelten sogar meine Zehenspitzen. Es fühlte sich so großartig an, dass ich versucht war, aufzustöhnen. Doch dann wanderten Valairs Hände an meiner Wirbelsäule nach unten und ich spürte seine Lippen an meinem Nacken.

»Was soll das?«, fauchte ich ihn an. Ich fuhr herum und wollte ihn von mir stoßen, aber Valair ignorierte meinen Protest und zog mich enger an sich.

»Du willst mich!«, sagte er rau, bevor er meinen Mund in einem wilden Kuss eroberte. Sein süßer Geschmack fegte jeden Zweifel beiseite. Ich konnte nicht mehr denken. Ich wollte nicht mehr denken. Ich wollte mich einfach hingeben. Valair gab mir alles, wonach ich mich sehnte. Dieser Mann raubte mir den Atem und damit auch meine Sorgen. Das Chaos wurde unwichtig, meine Herkunft wurde unwichtig, die Intrigen wurden unwichtig, mein Streit mit Noár wurde unwichtig ...

Noár.

Dieser Name kroch mir unter die Haut. Er störte mein Verlangen und wirkte wie ein Wecker, der mich aus einem wunderschönen Traum herausriss. Ich löste meine Lippen von Valairs, woraufhin der Großherzog sich an meinem Hals vergrub.

Noár.

Wieso wollte dieses penetrante Klingeln nicht aufhören?

Vor meinen Augen öffneten sich die Dampfschwaden und gaben die Sicht frei auf einen Kissenberg, in dem eine blonde Frau lag. Ihre spöttischen Rehaugen beobachteten mich über den Rand eines Varras-Glases hinweg. Brennender Schmerz zuckte durch meine Hände. Die Splitter erwachten zum Leben – in einer Intensität, die mich traf wie ein Blitz. Schlagartig klärten sich meine Gedanken und eine grauenvolle Erkenntnis breitete sich in mir aus. Angewidert stieß ich Valair von mir. Er hatte mich manipuliert, mich dazu gebracht, alles zu vergessen. War es dieses Pulver? Konnte das eine Droge sein? Ein Gift? Aber ich fühlte mich überhaupt nicht benommen. Es musste irgendeine andere Wirkung haben.

Oh Gott! Jetzt wusste ich es. Durch den Schmerz der Splitter wusste ich es. Das schwarze Pulver machte willenlos. Valair hatte mir meinen Willen genommen! Ich war drauf und dran gewesen, sein Fest zu verlassen, aber er hatte mich aufgehalten. Er hatte mir gesagt, dass ich bleiben sollte. Er hatte mir befohlen, mir keine Gedanken zu machen und ... ihn zu wollen.

Als ich nun in sein Engelsgesicht sah, flutete mich eine unbändige Wut. Sie verband sich mit den Schmerzen, die die Splitter verursachten. Vielleicht stammte sie auch von ihnen? Es war mir gleichgültig. Ich spürte lediglich, wie meine Macht in den Boden floss, in die Wände, das Wasser und die Luft. Ich fühlte den Raum, die Schatten und das ganze Reich.

Aufgeregte Stimmen drangen durch das Rauschen in meinen Ohren. »Was ist mit ihr?«, fragten sie.

Andere riefen: »Raus hier!«

Aber meine Aufmerksamkeit und mein Zorn gehörten allein dem fassungslosen Valair. In seinen Augen spiegelten sich zwei leuchtende Punkte. Sie gehörten zu mir. Es waren Reflexionen meiner Hände. Die Splitter darin strahlten so hell wie Sterne.

Hinter dem Großherzog zog sich Zima aus ihrem Kissenberg und wollte fliehen. Sie kam nicht weit, denn im selben Moment zerbarst etwas in mir. Meine Wut brauchte Platz und entlud sich in einer gewaltigen Explosion. Das Wasser im Becken erhob sich und drohte den ganzen Raum zu überschwemmen. Gleichzeitig sank die Temperatur so stark, dass die Flutwelle in der Bewegung gefror. Wer sich noch nicht in Sicherheit gebracht hatte, auf den regnete es Eis und Schnee. Valair strauchelte und rutschte auf dem glatten Boden aus. Um ihn würde ich mich später kümmern. Zuerst würde ich einer Schlange ihre Giftzähne ziehen. Ich marschierte schnurstracks aus dem jetzt leeren Becken und fing die Schattenfürstin ab, bevor sie abhauen konnte. Zima zitterte und das hatte nichts mit der Frostschicht zu tun, die sie bedeckte. Sie fürchtete sich vor mir. Es wäre ein Leichtes gewesen, sie auf die Knie zu zwingen und vor mir betteln zu lassen. Eine leise Stimme in mir drängte mich genau dazu, aber ich konnte ihr nicht nachgeben. Dann wäre ich nicht besser als sie. Also begnügte ich mich damit, ihre neu entdeckte Demut zu genießen.

»Du bist zu weit gegangen, Zima!«, sagte ich leise. Das alles hier war ihr Plan gewesen. Das stand außer Frage. Valair hatte nur ihre Befehle ausgeführt. »Es ist eine Sache, mir Auftragsmörder auf den Hals zu hetzen. Aber mir meinen Willen zu nehmen, ist etwas ganz anderes.«

Zima starrte mich aus riesigen Augen an, als würde ich in einer Fremdsprache zu ihr reden.

»Wirst du ... es ihm erzählen?«, stammelte sie.

Ich konnte nur den Kopf schütteln. Selbst jetzt hatte sie mehr Angst vor Noár als vor mir.

»Glaub mir, mein Verlobter wird dein kleinstes Problem sein, wenn du mir noch einmal in die Quere kommst!« Ich packte sie am Arm und fixierte sie mit einem kompromisslosen Blick. »Haben wir uns verstanden?«

Zima nickte, woraufhin all meine Wut verrauchte.

Mit einem Seufzen gab ich sie frei. Es hatte überhaupt keinen Sinn, Zima zu drohen. Im Moment würde sie alles tun und sagen, was ich wollte, nur um mir morgen dann die nächste Falle zu stellen.

Müdigkeit überfiel mich – wie immer, wenn die Splitter meinen Willen verstärkten. Und mit jedem Mal wurde dieser lästige Effekt ausgeprägter, als würden die Überreste des Juwels meine Energie aus mir heraussaugen.

Zeit, zu verschwinden. Eine Kleinigkeit gab es da allerdings noch zu tun. Ich konnte doch nicht einfach gehen, ohne dem Gastgeber des heutigen Abends zum Abschied meine Aufwartung zu machen. Valair lag noch immer in dem geleerten Becken. Genaugenommen war er dort festgefroren. Trotzdem schien er den ersten Schock überwunden und seine Überheblichkeit wiedergefunden zu haben. Als ich mich ihm näherte, wanderte sein Blick genüsslich über meine Silhouette.

»Ein denkwürdiger Abend, Hoheit. Ich finde, wir sollten ihn bei Gelegenheit fortsetz–«

Weiter kam er nicht, denn ich verpasste ihm einen rechten Haken. Es knackte unter meinen Fingern, als seine Nase brach. Zu schade, dass er als Cassarde viel schneller heilen würde, als er es verdient hätte.

»Wenn Ihr mich je wieder anfasst, oder auch nur zu lange in meine Richtung seht, werde ich persönlich dafür sorgen, dass Ihr in Zukunft nur noch Zuschauer Eurer eigenen Orgien sein könnt!«

Der Großherzog hielt sich seine blutige Nase. Er sagte nichts, aber zumindest war die Selbstgefälligkeit aus seinen Zügen verschwunden.

Gut, damit konnte ich leben. Ich ließ ihn liegen und bahnte mir einen Weg durch das Eistrümmerfeld, das ich verursacht hatte. Die Splitter in meinen Händen strahlten noch immer ein sanftes Glühen aus. Sie machten mir Angst. Trotzdem konnte ich mich nicht beschweren, immerhin hatten sie mich heute Abend vor Schlimmerem bewahrt.

»Amaia?« Zimas brüchige Stimme hielt mich auf, als ich die roten Vorhänge am Eingang erreicht hatte. Missmutig drehte ich mich zu ihr um. Sollte sie mir zum Schluss einen fiesen Spruch reindrücken wollen, konnte ich für nichts mehr garantieren.

Die Schattenfürstin stand noch immer zitternd auf der anderen Seite des Beckens. Sie fing meinen Blick ein.

»Ich habe nie versucht, dich umzubringen.«

DAS HAUS AM SEE

Zimas Geständnis war ernüchternd – aus gleich mehreren Gründen. Zum einen glaubte ich ihr. Ich! Das verblüffte mich so sehr, dass ich gar nicht wusste, wie ich damit umgehen sollte. Zum anderen bedeutete es, dass ich schon wieder eine meiner Theorien über Bord werfen musste. Wenn Zima nicht die mysteriöse Frau war, von der mich der Chaoswandler-Hauptmann hatte grüßen sollen, wer dann?

Abgesehen davon trieb mich die drängende Frage um, wie zum Teufel ich den Rückweg zu meinen Gemächern finden sollte. Wenigstens schleifte mein triefnasses Kleid über den Steinboden und hinterließ dort eine deutliche Spur. So konnte ich gleich zwei Fliegen mit einer Klappe schlagen: Ich wusste, wo ich hergekommen war, und ich ersparte der Palast-Putzkolonne das tägliche Durchwischen. Nach der dritten Abbiegung erlosch – zu meiner Erleichterung – auch endlich das Glühen meiner Handflächen. Perfektes Timing, denn kurz darauf liefen mir Rhome, Pash und Junos mit gezogenen Schwertern entgegen. Schlitternd und mit offenen Kinnladen kamen sie vor mir zum Stehen. Noárs Freunde waren offensichtlich in einer Kampf- und Rettungsmission in Valairs Refugium eingedrungen und hatten nicht damit gerechnet, einen glitzernden kaiserlichen Wischmopp anzutreffen.

»Was ist passiert?«, fragte Rhome genauso besorgt wie verwirrt. Meine Lust, ihnen von Valairs Drogen-Orgie zu berichten, ging gegen null, zumal sie alle Informationen unverzüglich an

Noár weitergeleitet hätten. Der wäre bestimmt zum Rachegott mutiert – mit schlimmeren Konsequenzen als einer gebrochenen Nase. Dann würde ich intervenieren müssen, was ich eigentlich nicht dürfte, wenn ich Noár so akzeptieren wollte, wie er war. Ob ich das aber konnte, war fraglich – und schon stand ich vor großen existenziellen Fragen, für die ich gerade einfach zu müde war.

»Ich habe nur jemandem eine Grenze aufgezeigt«, antwortete ich ausweichend und stapfte weiter in Richtung der Schattenpforte, aus der mein verspäteter Rettungstrupp gekommen war.

»Ah ja.« Pash steckte sein Schwert weg und holte mich mit einem breiten Grinsen ein. »Und ist diese Grenze zufällig durch ein Gewässer voller Mitternachtspollen verlaufen?«

»Nein«, murrte ich, »das war eher Zufall.«

»So, so«, lachte er, griff sich meine Hand und hielt die blutigen Knöchel wie ein Beweisstück in die Höhe. »Könnte besagte Grenze vielleicht ihr Ende in Zimas Gesicht gefunden haben?«

Junos Ellbogen traf Pash in den Magen.

»Was denn?«, schmollte der Graf. »Erzähl mir nicht, dass unsere hochgeschätzte Fürstin es nicht verdient hätte!«

Nun warf auch Rhome ihm einen mahnenden Blick zu, woraufhin Pash mich losließ und beschwichtigend die Hände hob. »Alles klar. Hab verstanden. Amaia ist traumatisiert und ich soll sie nicht so bedrängen.«

»Ich bin nicht traumatisiert«, widersprach ich bockig. »Und nein, ich habe Zima nicht geschlagen. Alles weitere erzähle ich Noár lieber persönlich, also kommt gar nicht erst auf die Idee, ihm eure Mutmaßungen aufzutischen!«

Gott sei Dank erkannte nun auch Pash, dass ich weder zum Scherzen noch zum Reden aufgelegt war, und so begleiteten sie mich schweigend in meine Gemächer.

Zu meiner Überraschung fand ich dort im Halbdunkeln eine

schnarchende Esekra vor, die im Sessel eingenickt war. Dafür hockte mein wacher kleiner Bruder auf dem Bett und spielte mit Flummel. Da ich nicht wusste, wie spät es war, konnte ich schlecht eine Schlafenszeit-Diskussion beginnen. Trotzdem war ich mir ziemlich sicher, dass Moe längst schlafen und Esekra auf ihn aufpassen sollte – nicht umgekehrt. Als mein Bruder mich entdeckte, wirkte er geradezu ertappt. Hastig warf er sich in die Kissen und zog die Bettdecke alibimäßig bis ans Kinn. Anscheinend kannte er die Uhrzeit besser als ich und hatte vor lauter Gewissensbissen nicht einmal bemerkt, dass er Flummel unter der Decke begraben hatte.

»Kannst du nicht einschlafen?«, erkundigte ich mich im Flüsterton. Er nickte verlegen.

»Wie wäre es, wenn ich kurz ins Bad gehe und dir dann etwas vorlese?« Das war schon früher die ultimative Waffe gewesen, wann immer Moe Probleme mit dem Einschlafen hatte.

Wieder ein Nicken, diesmal gekrönt von großen strahlenden Kinderaugen und gefolgt von einem gedämpften Piepsen unter der Bettdecke. Während Moe Flummel befreite, schleppte ich mich ins Badezimmer. Beim Blick in den Spiegel wurde mir das ganze Ausmaß meines Zustands bewusst: Ich glitzerte überall, meine Frisur war durcheinandergeraten und meine Schminke verlaufen. Kein Wunder, dass Noárs Freunde mich für traumatisiert gehalten hatten. Da konnte ich von Glück sagen, dass für Moe solche Äußerlichkeiten nicht von Bedeutung waren. Andernfalls hätte er sich wohl noch mehr Sorgen um mich gemacht, als er es ohnehin schon tat.

Ich merkte schnell, dass aus dem »kurzen« Besuch im Bad nichts wurde. Es brauchte mehrere Schichten Seife und heißes Wasser, um dieses Glitzerzeugs runterzukriegen. Als ich endlich zufrieden in mein Nachthemd schlüpfte und die Badezimmertür öffnete, kam mir das Zimmer überraschend still vor. Esekras Schnarchen war verstummt, ihr Sessel leer und die Amme verschwunden. Alarmiert und plötzlich voller Adrenalin wagte ich mich ein paar Schritte vor und erstarrte. In meinem Bett bot sich mir ein Anblick, bei dem mein Herz ins Stolpern geriet und das Durcheinander in meinem Kopf verstummte.

Noár lag dort in voller Reisemontur, die Augen geschlossen, auf dem Bauch ein offenes Buch mit wunderschönen Illustrationen. Flummel hatte sich trotz aller Feindschaft auf seiner Brust zusammengerollt, während Moe seine Schulter als Kissen benutzte. Offenbar waren sie alle beim Lesen eingeschlafen.

Dieses Bild berührte etwas tief in mir. Etwas, das ich nicht benennen, sondern nur bestaunen konnte. Ich hätte bis in alle Ewigkeit hier stehen und die drei beobachten können, doch da schlug Noár seine Augen auf. Für ein paar endlose Sekunden sahen wir uns einfach nur an. In den Blicken, die wir wechselten, lagen Liebe, Reue, Vorwürfe, Entschuldigungen und Verständnis. Irgendwann schloss Noár vorsichtig das Buch und legte es beiseite. Ich nahm an, dass er aufstehen wollte, aber ich irrte mich. Stattdessen streckte Noár mir eine Hand entgegen und lud mich ein, mich zu ihnen zu legen. Es war ein stummes Angebot. Eine Übereinkunft. Morgen würden wir miteinander reden, vielleicht wieder streiten, vielleicht auch alles klären, doch für heute Nacht galt ein Waffenstillstand.

Kaum hatte ich mich an Noár geschmiegt, überkam mich eine grenzenlose Zufriedenheit. Nichts konnte mir solche Ruhe schenken wie sein warmer Herzschlag und seine Finger, die zärtlich über meinen Arm strichen.

»Vermisst du manchmal die Menschenwelt?«, fragte er mich leise. Ich wusste nicht, warum ihn das ausgerechnet jetzt interessierte, aber ich war zu schläfrig, um nach Gründen zu suchen.

»Meistens nicht«, flüsterte ich. Tatsächlich hatte ich schon seit einer geraumen Zeit nicht mehr an die Menschenwelt gedacht.

»Und *was* vermisst du?«

»Hmm …« Das war gar nicht so leicht zu beantworten. »Regen«, murmelte ich. »Den Himmel. Und Kaffee.« Immer tiefer sank ich in das Nichts zwischen Wachsein und Traum. »Wikipedia …«

Ein Lächeln legte sich auf meine Lippen bei der Vorstellung, wie toll es wäre, wenn es für Cassardim ein digitales Nachschlagewerk geben würde. Und mit diesem Lächeln schlief ich ein.

Stille verwandelte sich in Dunkelheit. Dunkelheit verwandelte sich in Rauch. Rauch drängte meine Träume in den Hintergrund. Der Hintergrund wurde zu schwarzen Wirbeln. Schwarze Wirbel formten Augen. Die Augen öffneten sich und offenbarten schwarze Wirbel. Schwarze Wirbel formten Augen. Die Augen öffneten sich und offenbarten schwarze Wirbel. Schwarze Wirbel formten Augen. Die Augen öffneten sich und offenbarten ein wässriges Grün.

»Du wolltest sie mir vorenthalten.« Ich erkannte die Stimme. Es war die meines Großvaters. Mein Großvater lachte. Das Lachen wurde zu einem Gesicht. Das Gesicht zerfiel zu Asche. Die Asche formte eine Gestalt. Fidrin.

»Du bist wie ich. Wolltest es nie wieder hergeben und nun bewahrst du es unter der Haut.«

Fidrin trug eine Krone. Die Krone zerbarst in tausend Nebelfalter. Die Nebelfalter zerschnitten seine Gestalt. Die Gestalt wurde zu Dunkelheit. Dunkelheit wurde zu schwarzen Wirbeln. Schwarze Wirbel formten Augen. Die Augen öffneten sich und offenbarten schwarze Wirbel. Schwarze Wirbel formten Augen. Die Augen öffneten sich und offenbarten ein wässriges Grün.

»Komm zu mir. Bring mir das Juwel und das Chaos wird uns gehorchen. Für immer.«

Grün wurde Violett. Violett wurde zu einem Namen. Der Name wurde eine Stimme. Die Stimme wurde Licht. Licht wurde Schmerz. Der Schmerz wurde ein Schrei.

Mit diesem Schrei schlug ich die Augen auf. Ich stand mitten im Zimmer. Alles war gleißend hell. Noár schüttelte mich, rief meinen Namen, aber ich konnte nur das Feuer spüren, mit dem die Splitter das Chaos in mir verbrannten. Es hatte einen Weg in meinen Geist gefunden. Fidrin war in meinem Kopf gewesen.

»Maia?«

Moe hatte die Augen aufgerissen und starrte mich ängstlich an. Nein, er starrte meine Hände an, aus denen reines Licht hervortrat – viel heller als gestern.

»Lass es zu, Kätzchen! Es ist in Ordnung! Das Juwel hilft dir dabei, das Chaos wieder auszusperren.« Noár umfasste mein Gesicht und zwang mich, ihn anzusehen. »Das ist uns allen schon passiert. Wenn dich das Chaos einmal am Haken hatte, versucht es immer wieder sein Glück. Je mehr Angst du hast, desto schwieriger wird es für dich. Atme. Nimm den Schmerz an. Konzentriere dich auf deinen Willen.«

Immer und immer wieder redete Noár auf mich ein. Seine Ratschläge drangen kaum zu mir durch, aber seine Stimme war wie ein Leuchtturm, dem ich folgen konnte.

Als ich das nächste Mal die Augen öffnete, glühten die Splitter in meinen Händen nur noch schwach, trotzdem sah Noár mich voller Sorge an.

»Alles wieder in Ordnung?«

Ob alles in Ordnung war? Auf welchem Planeten lebte der denn bitte?!

»Gar nichts ist in Ordnung!«, krächzte ich. »Das war nicht bloß das Chaos. Fidrin war hier! IN MEINEM KOPF! Aber mir will ja niemand glauben. Und seit wann bitte ist es normal, dass meine

Hände zu Flutlichtstrahlern mutieren? Und dann noch Moe! Er ist alleine durch ganz Cassardim gewandert, obwohl du gesagt hast, dass deine Leute auf ihn aufpassen. Und zu allem Überfluss plant der Kaiser, der offensichtlich nicht mein Vater ist, eine Verschwörung gegen uns, während du einfach abhaust und mich mit deiner verrückten Ex alleine lässt.«

Es war meine Panik, die alle Schleusen öffnete und meine Gedanken ungefiltert heraussprudeln ließ. Ich wollte das eigentlich nicht – nicht vor Junos, der mit gezogener Klinge in der offenen Tür stand, und ganz bestimmt nicht vor meinem kleinen Bruder. Moe hatte schon genug durchgemacht, da musste er nicht auch noch meinen Nervenzusammenbruch miterleben.

Noár nahm alles widerspruchslos hin, er rechtfertigte und verteidigte sich nicht. Sein Kummer schnürte mir die Kehle zu, aber ich war gerade nicht in der Lage, stark zu sein.

Plötzlich ließ er mich los und setzte sich zu Moe aufs Bett. »Deiner Schwester geht es momentan nicht so gut, aber ihr droht keine Gefahr«, erklärte er liebevoll. »Ich werde mich um sie kümmern, während du noch ein bisschen schlafen solltest. Junos wird auf dich aufpassen, bis wir zurück sind, okay?«

Mein Bruder sah zwischen mir, Noár und Junos hin und her. Sein kleines Gesicht wirkte aufgewühlt und unglücklich, doch er schien die Situation auf seine Art zu begreifen. Eine Art, die ich nur bewundern konnte.

»Okay«, wisperte er, bevor er sich zum Schattenprinzen vorbeugte, um ihm etwas ins Ohr zu flüstern. Was auch immer die beiden zu bereden hatten, sie machten dabei einen überraschend vertrauten Eindruck. Nachdem Noár auf Moes Anliegen mit einem Nicken geantwortet hatte, kuschelte sich mein Bruder wieder in die Kissen. Noár strich ihm über die Haare und murmelte »Schlaf!«. Sein Wille schickte Moe unmittelbar ins Land der

Träume. Hatte mein Bruder ihn etwa darum gebeten? Um eine Einschlafhilfe? Quasi von Mann zu Mann?

Der Schattenprinz erhob sich und wechselte einen flüchtigen Blick mit Junos. Der stumme Krieger wusste, was von ihm erwartet wurde. Er würde den Jungen mit seinem Leben verteidigen.

»Komm, Kätzchen.« Noár nahm meine Hand und führte mich zur Tür. »Wir müssen reden.«

Ja, das mussten wir. Wie ferngesteuert folgte ich ihm aus meinen Gemächern. Erst als meine nackten Füße auf den kalten Boden in den Gängen traf, fiel mir auf, dass ich nur mein Nachthemd trug.

»Äh, sollte ich mir nicht etwas anziehen?«

»Nicht nötig«, meinte Noár und zog mich weiter in eine Richtung, in der ich noch nie gewesen war. Vielleicht lagen dort ja seine Gemächer?

An einer unbekannten Schattenpforte angekommen, wurde ich eines Besseren belehrt. Die Finsternis umhüllte uns, Noár murmelte ein paar Worte, die ich nicht verstand, und kurz darauf wehte mir eine frische Brise entgegen. Aus dem Steinboden unter meinen Füßen wurde weiches Moos, in das ich bis zu den Knöcheln einsank. Ich hörte Wasserplätschern und Blätterrauschen. Und dann öffnete sich vor mir eine von Tageslicht geflutete Höhle, die mein Verständnis von Natur buchstäblich auf den Kopf stellte. Schwarze Bäume wuchsen von der Decke. Ihre langen Äste waren über und über mit bunt schillernden Blättern bedeckt und hingen so weit herunter, dass ich mich nur zu strecken brauchte, um sie zu berühren. Unsere Ankunft scheuchte einen Schwarm roter Vögel auf. Sie segelten nur knapp an uns vorbei und versuchten, etwas von Noárs Schulter zu pflücken. Er verscheuchte sie mit einer energischen Handbewegung. Trotzdem floh ein quiekender Flummel panisch unter den Kragen von Noárs Hemd – ganz zum Leidwesen des Schattenprinzen. Ich hatte gar nicht mitbekommen, dass der Okoklin mit von der Partie war.

»Moe wollte, dass ich ihn mitnehme«, gestand Noár leidgeprüft, bevor er Flummel aus seinem Kragen fischte und ihn mir auf die Schulter setzte. »Benimm dich!«, ermahnte er den Fellball mit einem strengen Blick, »sonst werde ich den Feuerkrähen das nächste Mal nicht ihr Frühstück vorenthalten.«

Beleidigt krabbelte Flummel unter meine Locken, während ich noch immer mit offenem Mund dastand und die skurrile Landschaft anstarrte.

»Wo sind wir?«

Meine Reaktion brachte Noár zum Grinsen.

»Nicht mehr am Schattenhof, wenn es das ist, was du wissen willst«, antwortete er und zog mich tiefer in den kopfstehenden Wald. »Genaugenommen sind wir geschätzte vierhundert Stockwerke *unter* dem Palast.«

Was?! Das war zu viel für meinen Verstand. Wie konnte ein so wunderschöner und heller Ort *unter* einem Land existieren, in dem es immer nur Nacht war? Selbst für cassardische Verhältnisse war das schwer zu begreifen.

»Dachtest du etwa, meine Heimat hätte lediglich Dunkelheit zu bieten?«, neckte mich Noár, als ich ihn eingeholt hatte. »Die Schattenfeste an der Oberfläche dient nur dem Schutz. Das hier ist das eigentliche Schattenreich.«

»Du meinst, es gibt mehr als diese Höhle?«, hauchte ich fasziniert.

»Viel mehr. Niemand weiß genau, wie weit sich das Schattenreich wirklich erstreckt.« Ein entrücktes Lächeln spielte in seinen Mundwinkeln. »Als junger Prinz hatte ich mir vorgenommen, der Erste zu sein, der alles erkundet, und bin daran kläglich gescheitert.«

Ein flinkes Tier, das aussah wie eine Mischung aus Eichhörnchen und Lemur, sprang über unsere Köpfe hinweg. Durch die Bewegung der Äste entstand ein klirrendes Geräusch – fast so, als bestünden die Blätter aus Kristall. Das Licht brach sich darin und zauberte wunderschöne Reflexionen auf den Moosboden. So viele Eindrücke stürmten auf mich ein, dass ich aus dem Staunen gar nicht mehr herauskam. Nur zu gut konnte ich mir den jungen Noár vorstellen, wie er auf Erkundungstour durch diese Höhlen streifte. Die Frage war nur, warum er mich gerade jetzt hergebracht hatte.

Noár schien meine Gedanken erraten zu haben, denn er suchte meinen Blick und sagte: »Dieser Ort ist etwas Besonderes. Ich habe noch nie jemanden mit hierher genommen, aber mit dir möchte ich ihn teilen.«

Mein Herz stolperte und ich begann zu ahnen, dass dieser unerwartete Ausflug viel mehr war als eine bloße Sightseeing-Tour. Noár schien mir etwas beweisen zu wollen.

Inzwischen wurde der Wald über uns immer dichter und die Äste hingen so tief, dass wir uns hindurchschlängeln mussten. Ein seltsames Rauschen erfüllte die Luft. Gleichzeitig nahm das Licht zu und ich bekam das Gefühl, dass wir jeden Moment im Freien landen würden. Da stoppte Noár und schaute mich unverwandt an.

»Es tut mir leid, dass ich dich allein gelassen habe«, meinte er leise. Der grimmige Ausdruck auf seinem Gesicht machte jeden Vorwurf meinerseits überflüssig. Er ging mit sich selbst härter ins Gericht, als ich es je gekonnt hätte. »In deiner Gegenwart komme ich mir vor wie ein Lügner, obwohl ich dich nie angelogen habe. Ich versuche, der Mann zu sein, den du verdienst, aber ich weiß nicht, ob dieser Mann noch existiert.« Zärtlich strich er mir eine Strähne hinters Ohr und rang sich ein wehmütiges Lächeln ab. »Ich habe Angst, dich zu verlieren, solltest du herausfinden, dass ich es vielleicht gar nicht wert bin, geliebt zu werden.«

»Du musst dich nicht rechtfertigen«, widersprach ich ihm. »Ich bin zu weit gegangen. Es war ein Fehler, dich zu bedrängen. Ich hatte auch Angst, weißt du. Angst, dass Zima recht hat und ich dir nicht genug bin. Dass ich zu unerfahren, zu anständig oder zu langweilig bin. Dass ich dir nichts bieten kann außer dem Kaiserthron. Und vermutlich nicht einmal das, denn offenbar glauben ohnehin alle, dass ich nicht Katairs leibliche Tochter bin, also ...«

Ich schluckte den Kloß runter, der sich mir im Hals gebildet hatte. Laut auszusprechen, dass Zimas bissige Bemerkungen mich zutiefst verunsichert hatten, verdeutlichte mir meine Schwäche auf unangenehme Art. Fehlendes Selbstbewusstsein war eigentlich nie mein Problem gewesen, aber bislang hatte auch noch nie so viel auf dem Spiel gestanden. Und dann war da außerdem die Vater-Frage, die mir persönlich nicht gleichgültiger sein könnte, von der jedoch mein Überleben in Cassardim abhing – und meine Zukunft mit dem Mann, den ich liebte.

Noár strich mir eine Träne von der Wange. Da erst wurde mir bewusst, dass ich weinte.

»Oh, Kätzchen. Deine Zweifel sind so unbegründet, dass ich gar nicht weiß, wo ich anfangen soll.« Er nahm mein Gesicht in seine Hände, als würde er etwas unglaublich Kostbares halten. »Mir ist es egal, wessen Tochter du bist, und Zima hat ganz bestimmt nicht recht. Du bist mehr als genug. Selbst nach einer Ewigkeit an deiner Seite würde es mir mit dir nicht langweilig werden. Du weißt, was richtig und was falsch ist und zögerst nicht, dafür einzutreten. Du bist stark, mutig, klug, witzig. Wenn du lächelst, steht mein Herz still. Wenn du schläfst, will ich dich halten. Wenn du weinst, möchte ich den Schuldigen am liebsten verprügeln – und das schließt mich selbst mit ein.« Seine Augen strahlten so voller Liebe und Aufrichtigkeit, dass mir die Luft wegblieb. Tränen verfingen sich in meinen Wimpern. Ich versuchte, sie wegzublinzeln, aber Noár war noch nicht fertig. »Berührst du mich, bin ich zu Hause. Küsst du mich, verbrenne ich. Verliere ich dich …« Seine Stimme wurde brüchig und gab mir einen Blick in sein Innerstes. »… sterbe ich.«

Fassungslos starrte ich ihn an. Noch nie zuvor hatte ich eine schönere Liebeserklärung gehört. Ich konnte nicht glauben, dass sie mir galt. Ganz zu schweigen davon, dass ich nicht wusste, wie ich damit umgehen sollte. Ich war hilflos und absolut nicht in der Lage, in Worte zu fassen, was ich gerade empfand.

»Na toll«, schniefte ich verlegen und fühlte mich wie ein grobschlächtiger Klotz, der die Schönheit dieses Moments zunichtemachte. »Wie soll ich das denn bitte jetzt noch toppen?«

Noárs Lippen teilten sich zu einem Lächeln, das mir – wider allen Erwartungen – das Gefühl gab, genau das Richtige geantwortet zu haben.

»Gar nicht«, entgegnete er, während sich in seine Sternenaugen ein schelmischer Ausdruck schlich. »Ich bin nämlich noch nicht fertig.«

Er drehte sich um und schob einige Äste zur Seite. Der Anblick, der sich mir bot, stürzte mich gleich in die nächste seelische Achterbahnfahrt. Ein strahlend blauer Himmel tat sich vor mir auf. Ein wolkenloser Himmel, von dem es wie aus Strömen regnete. Dicke Wassertropfen prasselten herab auf fremdartige Pflanzen, deren Blätter das ganze Spektrum von Schwarz über Anthrazit bis hin zu Silber abdeckte. Inmitten dieses Paradieses lag ein See aus glasklarem Wasser. Ich brauchte ein paar staunende Sekunden, um zu bemerken, dass wir uns noch immer tief unter der Erde befanden. Hier konnte es keinen Himmel und kein Tageslicht geben. Als ich genauer hinsah, entdeckte ich unzählige leuchtender Blüten, die die Decke eines so mächtigen Höhlengewölbes bedeckten, dass die Bezeichnung Firmament nicht übertrieben gewesen wäre. Ihr Licht schuf diese unglaubliche Illusion von Weite und Freiheit. Mit großen fragenden Augen sah ich Noár an. Ich musste da raus, aber in Cassardim konnte man ja nie wissen, ob dieser Regen vielleicht gefährlich war oder bewusstseinsverändernde Substanzen enthielt. Noár schüttelte amüsiert den Kopf über meine kindliche Begeisterung und gab mir mit einem Nicken zu verstehen, dass ich losstürmen konnte. Dann gab es kein Halten mehr. Auf einem ausgetretenen Pfad lief ich hinaus. Der kühle Regen trommelte auf meine Haut. In kürzester Zeit war ich völlig durchnässt. Ich spürte, wie Flummel erschrak und schimpfend zurück in den kopfstehenden Wald flatterte. Selbst das konnte mir meine Laune nicht verderben. Ich streckte mein Gesicht in den Regen, drehte mich und lachte, weil das Glück in meinem Inneren überquoll. Dieser Ort war einfach nur magisch. Ich rannte den Pfad hinunter zum See, vorbei an Blumen und Bäumen, die alle für sich einem Wunder gleichkamen. Als ich das Ufer erreichte, entdeckte ich auf der anderen Seite des Sees ein Gebäude. Wie eine Art Tempel schmiegte es sich an eine steile Höhlenwand und rückte den wilden Schattenurwald schlagartig ein Stück näher an die Zivilisation heran. Aber das war kein Tempel, sondern eher ein Pavillon. Nein, ein ganzes Haus ohne Wände. Die schrägen Dächer schützten vor dem Regen und trotzdem wäre man darin nicht von der Natur abgeschieden.

»Ich habe es selbst gebaut«, hörte ich Noárs Stimme hinter mir. Verdutzt fuhr ich herum und sah, wie er zu mir ans Ufer trat. Durch den Regen wirkten seine Haare beinahe schwarz und brachten die goldenen Flecken seiner Augen noch mehr zum Strahlen. »Wann immer mir der Schattenhof zu viel wurde, bin ich hergekommen, um mich selbst nicht zu verlieren.«

Sein Geständnis erschütterte mich. Diese Höhle war sein ganz persönlicher Zufluchtsort, an dem ich nichts zu suchen hatte. Allein, dass ich davon wusste, veränderte alles. Ich kam mir vor wie ein Eindringling in seinen Kopf.

»Es ist wunderschön«, murmelte ich unbehaglich, »aber ich sollte nicht hier sein.«

Das war meine Schuld. Ich hatte ihn glauben lassen, dass ich ihn nur lieben konnte, wenn er mir all seine Geheimnisse preisgab, aber das war falsch von mir gewesen. Schweren Herzens löste ich meinen Blick von Noárs Zuflucht und trat den Rückweg an. Ich hatte kein Recht auf diesen Ort.

Weit kam ich nicht, denn Noár fing meinen Arm ein und hielt mich auf. »Du bist genau dort, wo du sein sollst! All das hat seinen Zweck verloren, als ich dich kennengelernt habe. *Du* bist jetzt mein Anker und ...«

Er stockte und fasste nach meiner Hand. Aus schmalen Augen musterte er die Fingerknöchel, die noch immer lädiert von ihrer Bekanntschaft mit Valairs Nase waren. Dummerweise hatte ich keine Zeit gefunden, sie zu heilen.

»Wen hast du geschlagen?« Noárs Kiefer arbeiteten, als würde er um seine Beherrschung ringen. »Und sag mir nicht, es kommt vom Training. Ich weiß, dass Rhome dich geheilt hat.«

Mist. Ich hatte eigentlich gehofft, das Thema irgendwann mal meinerseits zur Sprache zu bringen – am besten, wenn etwas Gras darüber gewachsen war – aber nun kam ich wohl nicht mehr drum rum. Resigniert seufzte ich.

»Deine Ex hat mich unter Drogen gesetzt und Valair damit beauftragt, mich zu verführen, damit du und ich öffentlich gedemütigt werden«, gestand ich ihm. »Der Plan ist dank der Splitter nicht aufgegangen. Valair hat mich geküsst, aber ich habe ihm die Nase gebrochen. Und ... ich wollte es dir selbst erzählen, also habe ich deine Freunde gebeten, dir nichts zu sagen. Na ja, vielleicht war es mehr eine Anweisung.«

Noárs Miene verdunkelte sich. Seine Kiefer arbeiteten. Hinter seinen kalten Augen brodelte es. Er starrte mich einfach nur an, während der Regen auf ihn niederprasselte und auf seiner Haut zerschellte.

»Noár«, sagte ich warnend. Mir war klar, dass er Zima und ganz besonders Valair, vielleicht auch Rhome und die anderen, am liebsten sofort zur Rechenschaft gezogen hätte, aber ich wollte nicht, dass er sich einmischte. »Die Sache ist geregelt. Es gibt absolut keinen Grund für dein unheilvolles Vergeltungsgesicht!«

Da erwachte er endlich aus seiner Starre. Ich konnte förmlich dabei zusehen, wie er seinen Zorn fein säuberlich in seinem Inneren wegsperrte. Er packte ihn zur Seite – verwahrte ihn für später, für den Moment, in dem er mit dem Großherzog allein sein würde. Für jetzt blieb nur eine hohle und unnahbare Maske zurück. Er strich über meine Knöchel und befahl ihnen zu heilen. Obwohl er so sehr mit seiner Wut zu kämpfen hatte, war seine Berührung unendlich sanft.

»Die Kraft der Splitter scheint zu wachsen«, stellte er beiläufig fest und wechselte damit geschickt das Thema.

»Mhm«, bestätigte ich, »als würden sie sich langsam an ihre frühere Aufgabe erinnern.«

Gedankenverloren nickte er. Ich wusste nicht, ob er mir überhaupt zugehört hatte. Vermutlich machte er sich wieder Vorwürfe, dass er mich allein gelassen hatte. Oder er malte sich gerade aus, wie er Valair sämtliche Knochen brach.

»Ich meine es ernst, Noár«, ermahnte ich ihn. »Die Angelegenheit ist geregelt. Ich habe Zima und dem Großherzog sehr deutlich gemacht, dass ich keine weitere Respektlosigkeit dulden werde, ganz so, wie du es gewollt hattest.«

Endlich zuckte ein Lächeln in seinen Mundwinkeln. Er bemühte sich redlich, es echt wirken zu lassen, doch ich konnte die Zweifel dahinter erkennen. Wahrscheinlich hielt er mich für nicht skrupellos genug, um seinen Rache-Ansprüchen gerecht zu werden. Gerade wollte ich meine Standpauke fortsetzen, als Noár mich an sich zog und meinen Mund mit einem Kuss verschloss. Die Wärme seiner Lippen fühlte sich durch den kühlen Regenschauer so intensiv an, dass ich vergaß, was ich hatte sagen wollen. Instinktiv bog ich mich ihm entgegen, bis mein Verstand Alarm schlug. Noár versuchte, mich abzulenken. Nur mit größter Mühe schaffte ich es, mich von ihm zu lösen.

»Ich durchschaue dich«, schalt ich ihn atemlos. »Du benutzt meine Hormone, um mich auf andere Gedanken zu bringen.«

Noár lachte leise und begann, den Regen von meinem Hals zu küssen. Großer Gott, das war nicht fair. Ich musste mich wirklich konzentrieren, um bei der Sache zu bleiben. »Versprich mir, dass du dich nicht rächst!«, verlangte ich keuchend.

»Das kann ich nicht«, antwortete er mit belegter Stimme und presste mich enger an sich. »Es macht mich wahnsinnig, dass Valair deinen Willen gebrochen und Hand an dich gelegt hat ... und noch immer atmet.«

Seine Finger gruben sich in meine nassen Locken und zwangen mich mit sanftem Druck, ihm meine Kehle preiszugeben. Als er diesmal seinen Mund darauf senkte, ließ mich sein wilder Hunger erzittern. Lust flutete mich, während Noárs andere Hand besitzergreifend über meinen Körper glitt. Es schien fast, als wollte er sich selbst beweisen, dass ich ihm gehörte. Mein Nachthemd bot keinen Widerstand – im Gegenteil, der nasse Stoff steigerte unser beider Verlangen ins Unermessliche. Trotzdem hallten seine Worte in mir nach.

Er würde Valair töten. Das durfte ich nicht zulassen.

Noárs Arm glitt unter meine Knie. Ich verlor den Kontakt zum Boden, nur um kurz darauf im feuchten Sand zu landen. Sternenaugen schwebten über mir. Die Begierde darin trieb mir einen heißen Schauer über den Rücken. Nicht einmal der Regen konnte der Hitze Einhalt gebieten, die sich in mir ausbreitete. Ich wollte Noár so sehr, dass es schmerzte, aber ich würde mich nicht so einfach geschlagen geben. Gerade als er meine Lippen erneut in Besitz nehmen wollte, stemmte ich meine Füße in den Sand und drehte uns beide herum, sodass ich auf ihm saß.

Ich hatte gedacht, dadurch die Oberhand zu gewinnen, doch Noárs anzügliches Lächeln bewies, wie sehr ich mich geirrt hatte. Das durchnässte Nachthemd klebte auf meiner Haut und bot ihm eine Aussicht, die er unverhohlen genoss. Mein Herz klopfte erwartungsvoll in meiner Brust, denn ich wusste, dass seine sinnlichen Blicke ein Vorbote dessen waren, was er gleich mit mir anstellen würde. Als seine Hände begannen, dieses Versprechen einzulösen, packte ich seine Arme und drückte sie ihm über seinem Kopf in den Sand. Er wehrte sich nicht, vielmehr schien ihn meine Initiative zu belustigen – zumindest, bis ich ihm meine Forderung unterbreitete.

»Erst schwörst du mir, dass du Valair nicht töten wirst!«

»Warum?« Noárs Stimme war kaum mehr als ein Knurren, dunkel vor Lust, aber voller Eifersucht und Widerwillen. Wir waren uns so nah, dass ich seinen heißen Atmen auf meinem Gesicht spüren konnte. »Glaub mir, er hatte den Tod schon verdient, bevor er gewagt hat, dich anzufassen.«

»Weil man nicht einfach rumrennen und Leute umbringen darf!«, fauchte ich. Mir war egal, was Valair getan hatte. Niemand sollte wegen mir sterben müssen. »Gib mir dein Wort, oder es wird weder vorgezogene noch pünktliche oder verspätete Hochzeitsnächte mehr geben!«

Noárs Brauen hoben sich und ein schelmisches Lächeln erschien auf seinen Lippen. »Du willst mich also doch noch heiraten?«

Gereizt kniff ich die Augen zusammen. »Natürlich will ich dich noch heiraten, aber lenk nicht ab! Erst gibst du mir dein Wort, dass du Valair *weiteratmen* lässt!«

Einen Wimpernschlag später wurde ich herumgewirbelt und landete erneut auf dem Rücken. Keine Ahnung, wie Noár das angestellt hatte, doch jetzt lag er zwischen meinen Schenkeln und drückte meine Handgelenke in den nassen Sand.

»Du hast mein Wort«, sagte er rau. In seinem Schwur klang etwas mit, das ich nicht deuten konnte, aber er ließ mir keine Gelegenheit, darüber nachzudenken. Er gab meine Hände frei und strich ohne jede Eile meinen Arm entlang nach unten. Seine Fingerspitzen hinterließen eine brennende Spur auf meiner Haut. Die ganze Zeit über hielt er meinen Blick fest. Er setzte sein Werk an meinem Rippenbogen fort, erreichte meine Taille, meine Hüfte und dann meinen Schenkel. Tiefer und tiefer versank ich in seinen Sternenaugen, während Noár sich in den Stoff meines Nachthemds krallte und ihn provozierend langsam nach oben schob. Ich stöhnte auf und lehnte mich ihm entgegen, weil ich endlich wieder in seinem Kuss ertrinken wollte, doch Noár wich zurück und genoss stattdessen den Anblick meines Verlangens.

Vor Frust beschloss ich, dass man das Spiel auch zu zweit spielen konnte. Also ließ ich mich in den Sand zurückfallen und ersetzte seine Lippen mit meinen Fingern. Ich knabberte und leckte daran, zeigte ihm, was ich wollte und wonach ich mich sehnte, bis Noár seine Erregung nicht länger zurückhalten konnte und seine Taktik aufgab. Mit einem heiseren Knurren eroberte er meinen Mund zurück. Nie zuvor hatte ich ein lustvolleres Geräusch gehört. Ich schloss die Augen und erlaubte dem Schattenprinzen, wonach er sich am meisten sehnte – mich ganz und gar in Besitz zu nehmen. Jeder einzelne meiner Sinne war hellwach, während ich gleichzeitig der Bewusstlosigkeit entgegentrieb. Wir gehörten zusammen. Wir waren eins, wurden eins und würden uns von niemandem trennen lassen.

Die Nacht der Rebellion

Der Regen prasselte unaufhörlich auf die Blätter der Bäume und das Dach des Pavillons und erschuf so eine unglaublich intime und gemütliche Atmosphäre. Schlaftrunken schmiegte ich mich in Noárs weiche Laken. Ich war erst seit ein paar Minuten wach, aber ich fühlte mich noch nicht in der Lage, das zufriedene Gefühl loszulassen, das jede Faser meines Körpers erfüllte – obwohl Noár längst nicht mehr an meiner Seite lag. Inzwischen hatte ich mich daran gewöhnt, nicht neben ihm aufzuwachen. Seit ich wusste, wie ungern er schlief, fand ich auch Verständnis dafür – ganz besonders nach meiner gestrigen Erfahrung mit dem Chaos-Albtraum. Wenn es stimmte, dass das Chaos immer wieder versuchte, sich in die Köpfe derer zu schleichen, die es schon einmal in seinen Krallen gehabt hatte, dann wunderte es mich nicht, dass Noár seinen Schlaf auf das Nötigste reduzierte. Abgesehen davon konnte ich mich im Moment nicht beschweren, da mir ein äußerst ansprechendes Alternativprogramm geboten wurde: Von meinem Platz im Bett aus konnte ich nämlich dabei zusehen, wie Noár sein Bad im See beendete und aus dem Wasser stieg. Lässig band er sich ein Handtuch um die Hüften und strich sich die nassen Haare aus dem Gesicht. Die Haut über seinen arbeitenden Muskeln glänzte im Licht des Höhlenhimmels und erinnerte mich daran, wie gut sie sich angefühlt hatte. Ich biss mir auf die Unterlippe und konnte gerade noch verhindern, dass ich zu schnurren anfing. Ja, der Schattenprinz wusste um seine Attraktivität und er wusste sie einzusetzen, aber er hatte keine Ahnung, dass ich ihn am anziehendsten fand, wenn er all das vergaß. Ich genoss jeden seiner lässigen Schritte, mit denen er die Stufen zum Pavillon erklomm. Dann verschwand er hinter ein paar zarten Vorhängen, nur um einen Augenblick später mit einem beladenen Tablett wieder aufzutauchen. Darauf befanden sich zwei gläserne Tassen mit einer dampfend milchigen Flüssigkeit. Er stellte alles neben mir ab und setzte sich.

»Ausgeschlafen?«

»Mhm ...«, seufzte ich, bevor ich mich mit einem trägen Lächeln auf die Ellbogen rollte, um mir eine der Tassen zu mopsen. Unter Noárs aufmerksamem Blick nippte ich daran und riss die Augen auf. Ein vollmundiges, bittersüßes Aroma ließ meine Geschmacksnerven explodieren. Ich starrte das Getränk an. Es sah nicht danach aus, aber es schmeckte wie etwas, auf das ich schon viel zu lange hatte verzichten müssen.

»Kaffee?«

Noár grinste. »Nicht ganz«, räumte er ein und nahm sich seine Tasse vom Tablett. »Es ist Nyadenwasser. Es schmeckt, wie man möchte, dass es schmeckt.«

So was gab es hier?! Warum erfuhr ich das erst nach einer Ewigkeit der erzwungenen Kaffee-Abstinenz? Selig seufzend nahm ich noch einen tiefen Schluck, ehe ich mich wie Gollum an meinem Schatz festklammerte – ganz zur Belustigung von Noár, der äußerst zufrieden mit sich schien. Da beschlich mich ein Verdacht.

»Himmel, Regen, Kaffee«, zählte ich auf. »Du hast mich gestern nicht bloß aus reiner Neugier ausgefragt, richtig?«

»Schuldig im Sinne der Anklage«, lachte er und trank von seinem Nyadenwasser. Wie es wohl für ihn schmeckte?

»Dein Wunsch nach einem Online-Lexikon hat mich allerdings vor eine unlösbare Aufgabe gestellt«, fuhr er fort. »Es sei denn natürlich, du akzeptierst auch die analoge Variante.«

Ohne Eile stand er auf und ging zu der Felswand, an die der Pavillon angrenzte. Dort gab es eine hölzerne Schiebetür. Noár öffnete sie und präsentierte mir den Zugang zu einer Nebenhöhle, in der sich Hunderte von Büchern auf unzähligen Regalen stapelten.

Oh mein Gott, gerade als ich gedacht hatte, sein kleines Refugium könnte nicht perfekter sein, kam er mit so einer Überraschung an! Samt Kaffee und Laken robbte ich aus dem Bett und tapste in Noárs private Bibliothek. Es war eine imponierende und liebevoll gepflegte Sammlung.

»Ob du es glaubst oder nicht, es sind nicht nur Bilderbücher«, eröffnete er mir verschmitzt. »Und tatsächlich habe ich sogar das ein oder andere Mal eines durchgeblättert.«

»Wirklich?«, spielte ich die Überraschte, obwohl mir klar war, dass er heillos untertrieb. Ich wär jede Wette eingegangen, dass Noár jedes einzelne Buch hier drinnen gelesen hatte. »Und ich dachte schon, du wolltest die Lesen-macht-sexy-Theorie auf die Probe stellen und herausfinden, ob sich das Ganze mit einer kompletten Bibliothek noch steigern lässt.«

Mein Sarkasmus brachte Noár nicht im Mindesten aus dem Konzept. »Und?«, fragte er fast beiläufig. »Schon das Bedürfnis, mich ins Bett zu zerren?«

Ich verkniff mir ein Grinsen und antwortete genauso beiläufig: »Nicht mehr als sonst.«

Das war natürlich heillos untertrieben, wobei seine Belesenheit dabei weniger eine Rolle spielte als seine unaufhörlichen Bemühungen, mich zum Lächeln zu bringen. »Allerdings bin ich schwer beeindruckt, dass du weißt, was Wikipedia ist.« Ich konnte mir Noár bei vielem vorstellen, aber nicht dabei, wie er im Internet surfte.

Er funkelte mich amüsiert an. »Du hältst mich also immer noch für einen Höhlenmenschen?«

»Na ja«, feixte ich, während ich über die ledergebundenen Buchrücken strich. »Letztendlich hast du mich doch noch in deine Höhle verschleppt, um dort über mich herzufallen. Das spricht nicht unbedingt für dich.«

Ein leises Lachen hallte zu mir herüber. »Zu meiner Ehrenrettung möchte ich daran erinnern, dass mein Über-dich-Herfallen durchaus lautstarken Anklang gefunden hat. Ich glaube sogar, des Öfteren sind Äußerungen wie ›Mehr!‹ und ›Nicht aufhören!‹ gefallen«, verteidigte er sich wie ein Anwalt.

Seine nüchterne Zusammenfassung meines wilden Verlangens trieb mir das Blut in die Wangen.

»Außerdem ist das hier keine gewöhnliche Höhle«, fuhr Noár unbeirrt fort. »Sie beherbergt den sagenumwobenen See alles Verlorenen. Es ist eine geheime Grotte, die viele suchen und niemals finden. Wenn du mich fragst, ein äußerst angemessener Ort für den Beischlaf mit einer Goldenen Erbin.«

Perplex tauchte ich aus den Tiefen der Regalreihen auf und sah Noár mit hochgezogenen Brauen an. »Der See alles Verlorenen? Mann, ihr habt wirklich einen Hang zu dramatischen Namen.«

»Der Name ist weniger dramatisch als umschreibend«, meinte er und stieß sich mit einem belustigten Kopfschütteln von der Felswand ab. »Was in Cassardim verloren geht, bleibt verloren. Ich dachte, das wüsstest du?« Er schlenderte zurück ins Schlafzimmer und fügte über die Schulter rufend hinzu: »Die Legende besagt, dass all die verlorenen Dinge hier landen. Auf dem Grund dieses Sees.«

Jetzt hatte er meine Neugier geweckt. Ich raffte mein Laken und folgte ihm hastig. »Stimmt es denn?« Tatsächlich hatte ich schon mal davon gehört, allerdings war ich immer davon ausgegangen, es würde sich dabei lediglich um eine Redewendung handeln, die entstanden war, weil Cassarden sich nur einmal in ihrem Leben verliebten.

Noár zuckte mit den Schultern. »Wer weiß. Egal, wie tief ich getaucht bin, ich habe den Grund nie erreicht.«

Oh, das war ja mal ein unheimlicher Gedanke. Argwöhnisch musterte ich den See, dessen Oberfläche sich im Regen kräuselte. Wir hatten darin gebadet, um den Sand loszuwerden, bevor wir in den Pavillon umgezogen waren. Nun war ich mir nicht mehr so sicher, ob ich jemals wieder eine Zehenspitze in das Ding tauchen würde.

Noárs Seufzen lenkte meine Aufmerksamkeit zurück zu ihm. Er hatte sich aufs Bett gesetzt und sah mich ernst an.

»So unterhaltsam ich unsere Exkursion zu Cassardims rätselhaften Phänomenen auch finde«, meinte er und deutete auf die Matratze neben sich, »wir haben noch einiges zu besprechen, bevor wir zum Trockenen Meer aufbrechen.«

Jetzt seufzte ich ebenfalls. Nur zu gerne hätte ich unsere unbeschwerte Zeit hier unten ein wenig ausgedehnt, doch Noár hatte recht. Unser Gespräch war ja auch eigentlich der Anlass gewesen, aus dem er mich hergebracht hatte.

»Gut«, sagte ich und setzte mich zu ihm. »Womit wollen wir anfangen? Lazar? Dem Chaos? Fidrin? Moe? Seinen Zeichnungen? Mit meinem Vater? Zima? Den Splittern?«

Die Liste war lang und er hatte die freie Wahl. Allerdings überraschte mich Noár schon wieder. »All diese Themen hängen auf die ein oder andere Weise zusammen. Und sie alle finden ihren Anfang in der Nacht der Rebellion.« Ein bekümmerter Ausdruck legte sich auf sein Gesicht. »Was weißt du davon?«

»Ähm, nur das, was man sich so erzählt«, erwiderte ich zögerlich. War er nun doch bereit, mit mir darüber zu reden? Ich wollte nicht, dass er sich dazu gezwungen fühlte. Was, wenn das alte Wunden aufriss? Andererseits wäre es für mich viel einfacher, mit meinen Zweifeln umzugehen, wenn ich wusste, was er mir verschwieg – und worauf Lazar angespielt hatte. Also kramte ich in meinem Gehirn und begann, mein bruchstückhaftes Wissen zusammenzufassen: »Die Fürsten wollten Katair stürzen, weil sie dachten, er wäre vom Chaos infiziert. Es gab einen großen Kampf, bei dem du angeblich im Alleingang das Chaos aus dem Goldenen Berg vertrieben hast. Viele sind gestorben und alle dachten, dass auch das Kaiserpaar und ihre Tochter nicht überlebt haben. Die Fürsten wollten daraufhin die Macht übernehmen, doch dann kam Fidrin und eroberte den Thron mithilfe der Schattenarmee zurück. Er beschuldigte die Fürsten – natürlich alle außer deinem Vater – der Rebellion und verlangte je ein Fürstenkind als Geisel.«

Bedächtig nickte Noár und ergriff meine Hand. »Das ist nicht die ganze Geschichte.«

Ein »Sag bloß« lag mir auf den Lippen, aber ich schluckte es herunter. Falls er endlich bereit war, mich einzuweihen, wollte ich ihn mit meinem Sarkasmus nicht vergraulen. Stattdessen wartete ich geduldig, bis Noár schließlich tief Luft holte und zu erzählen begann.

»Jeder Kaiser Cassardims trägt seine Krone für ein Millennium. So lange hat der jeweilige Goldene Erbe oder die Goldene Erbin Zeit, einen eigenen Nachkommen zu zeugen. Dann erst darf er oder sie die Herrschaft über den Goldenen Berg übernehmen.«

Das war mir bekannt, also nickte ich brav, nippte an meinem Fake-Kaffee und lauschte weiter seinen Ausführungen.

»Diese Tradition wurde nie gebrochen, bis Fidrin an die Macht kam. Seinem Sohn Katair wollte es viele Jahrhunderte lang nicht gelingen, Kinder zu bekommen, und man munkelte, dass Fidrin seine Finger im Spiel hatte – um seine eigene Herrschaft zu verlängern. So geschah es, dass Katairs erste Frau während ihrer Schwangerschaft einen tödlichen Unfall erlitt. Katairs zweite Frau hatte so viele Fehlgeburten, dass sie sich vor Kummer selbst das Leben nahm. Die dritte Frau empfing gar nicht erst und Katair musste sich irgendwann von ihr scheiden lassen.« Monoton berichtete Noár von all diesen schrecklichen Begebenheiten. Ich sah am wütenden Funkeln seiner Augen, wie er selbst zu Fidrins Gräueltaten stand, aber hier und jetzt hatte er sich emotional so sehr davon distanziert, dass er fast wie ein Nachrichtensprecher klang. »Man konnte Fidrin nie etwas nachweisen, doch alle ahnten, dass er dafür verantwortlich war. Dann heiratete Katair deine Mutter, Prinzessin Moya, und alles änderte sich. Schon nach wenigen Monaten war sie guter Hoffnung und sie gebar dich.«

»Fidrin hat es nicht verhindert?«, erkundigte ich mich baff. Der Alt-Kaiser gehörte nicht zu den Leuten, die Fehler machten oder ihre Meinung änderten.

»Ich gehe davon aus, dass er es versucht hat, doch zu dieser Zeit trat ein Gegenspieler auf den Plan, mit dem er wohl nicht gerechnet hatte: Lazar. Katairs zukünftiger Seneschall hatte Fidrins Machenschaften durchschaut und Prinzessin Moya wohl unter seinen Schutz gestellt. Und so wurde durch deine Geburt Katair zum Kaiser, Lazar zum Seneschall und Fidrin musste abdanken.«

Mit offenem Mund sog ich all die neuen Informationen in mich auf. Jetzt wunderte mich gar nichts mehr – weder die Feindschaft zwischen Fidrin und Lazar noch irgendwelche Kuckuckskind-Unterstellungen. Immerhin war Lazar durch meine Geburt zu einem der mächtigsten Männer in ganz Cassardim geworden. Es hätte mich nicht erstaunt, wenn seine Berufung zum Seneschall sogar die Bedingung für seine Hilfe gewesen wäre.

»Aber Fidrin gab sich natürlich nicht geschlagen«, fuhr Noár fort. »Er wusste, dass man ihn zurückholen würde, wenn sein

Sohn sich als ungeeignet herausstellen sollte. Also streute er aus seinem Exil heraus heimlich Hinweise, fälschte Beweise und Zeugenaussagen, dass Katair vom Chaos infiziert sei. Die Fürsten fielen darauf herein und griffen nichts ahnend den Goldenen Berg an. Das wiederum störte die Ordnung so sehr, dass es nicht viel brauchte, damit das Chaos tatsächlich einfallen konnte – im Zentrum Cassardims.«

Oh nein! Eine sich selbst erfüllende Prophezeiung. Die Fürsten dachten, sie würden das Chaos vorfinden und haben es dadurch selbst hineingelassen. Was für ein perfider Plan! Fidrin war wirklich ein Mistkerl.

Noár starrte grimmig auf unsere ineinander verschlungenen Hände. »Gerne würde ich behaupten, dass ich nicht wusste, was Fidrin vorgehabt hatte, aber das wäre gelogen. Mein Vater war sein wichtigster Verbündeter. Nur mit seiner Hilfe konnte Fidrin den Goldenen Berg zurückerobern, nachdem das Chaos besiegt und die Fürsten geschwächt waren.«

»Mit deiner Armee ...«, flüsterte ich, weil ich endlich zu verstehen begann, welche Rolle er in dieser Geschichte spielte.

Noár schüttelte den Kopf. »Nein, damals war ich etwa in deinem Alter. Ich war weder Kronprinz noch Heerführer, nur ein Sohn, der bemüht war, nicht den Zorn seines Vaters auf sich zu ziehen. Trotzdem habe ich ihnen geholfen. Zwar wussten wir damals alle nicht, dass Fidrin derjenige war, der sich mit dem Chaos infiziert hatte, aber das tut nichts zur Sache. Das Schattenreich und somit auch ich haben Fidrin die Rückkehr erst ermöglicht.«

»Dann stimmt es also nicht, dass du das Chaos bekämpft hast?«, fragte ich verwirrt. Alle Erzählungen, die ich bislang von der Nacht der Rebellion gehört hatte, waren sich darin einig, dass Noár quasi im Alleingang Cassardim gerettet hatte.

»Doch«, erwiderte er wie mechanisch. »Zuzusehen, wie Hunderte unschuldiger Cassarden dem Chaos zum Opfer fielen, hat mich meinen Irrtum erkennen lassen. Nur war es da schon zu spät.« Er schloss die Augen, als würde er so die grausamen Erinnerungen vertreiben können. »Viel zu spät.«

Langsam ergab alles einen Sinn. Lazar hatte gewusst, dass Noár eine Mitschuld an den Verbrechen in jener Nacht trug – und damit auch an meinem Schicksal. Ohne ihn wäre ich vielleicht nie als gehirngewaschene Geisel in der Menschenwelt gelandet. So furchtbar das klang, ich spürte dennoch, wie mir ein ganzer Berg vom Herzen fiel.

»Amaia, ich –«

»Du hast einen Fehler gemacht«, unterbrach ich ihn entschieden, »aber du hast deinen Fehler erkannt und dann dein Leben riskiert, um ihn wiedergutzumachen. Du hast das Chaos bekämpft und viele Cassarden gerettet. Das würde ich dir niemals vorwerfen.«

Ein bitteres Lächeln kroch in Noárs Mundwinkel. »Das war sicher keine Heldentat, sondern Egoismus. Die einzige Möglichkeit, an den Schattenhof zurückzukehren, nachdem ich mich gegen Fidrin und meinen Vater gestellt hatte, war ein Triumph, den niemand ignorieren konnte. Darum habe ich gekämpft.«

Ich glaubte ihm nicht. Er mochte von seiner Eigennützigkeit überzeugt sein, aber ich wusste tief in meinem Herzen, dass Noár nur das Richtige hatte tun wollen.

»Stimmt es, dass das Chaos dich verschlungen hat?«, erkundigte ich mich vorsichtig.

Er nickte und schwieg.

»Und wie hast du zurückgefunden?«

Mariz, meine Kammerzofe im Goldenen Berg, hatte mir erzählt, dass das nie zuvor jemandem gelungen war.

»Ich wollte mein Volk nicht meinem Vater überlassen«, sagte er leise. »Ich ... durfte es nicht.«

»Dein Wille hat dich gerettet ...«

»Mein Wille hat mich überleben lassen«, knurrte Noár. »Gerettet hat mich eine Chimäre, die mich aus Versehen halb tot durch einen Wirbel zurück nach Cassardim geschleift hat. Du siehst also, ich bin nicht so heldenhaft, wie alle glauben.«

»Deshalb denkst du, du wärst es nicht wert, geliebt zu werden.« Diese Nacht hatte nicht nur für mich alles verändert, sondern auch für ihn. »Und deshalb hat Lazar gemeint, diese Geschichte würde mich davon abhalten, dich zu heiraten.«

Noár zögerte.

»Lazar weiß von meiner Reue. Trotzdem sieht er in mir einen Opportunisten, der nach dieser Nacht zum Kronprinzen und Heerführer ernannt wurde, während er selbst als Hochverräter fliehen musste.«

Und da wurde mir noch ein Zusammenhang klar. Ich wusste jetzt, warum Noár geholfen hatte, uns aus der Menschenwelt zurückzubringen. Er wollte das Unrecht wiedergutmachen, das er begangen hatte. Das war er sich selbst schuldig gewesen – sich und Cassardim. Lazar hatte diesen Umstand nur ausgenutzt.

Das Ausmaß der Geschichte mit all ihren Verknüpfungen entpuppte sich als so gewaltig, dass ich mich plötzlich wie ein winziges Rädchen in einem übermächtigen Getriebe fühlte. Es kostete mich einiges an Kraft, mich nicht dem überwältigenden Gefühl der Hilflosigkeit hinzugeben. Aber es gelang mir, denn mit der Wahrheit wuchs auch meine Hoffnung. Ich würde ab sofort nicht mehr von Fettnäpfchen zu Fettnäpfchen schwimmen. Jetzt kannte ich endlich alle Fakten, um tatsächlich in ein paar höfische Hintern zu treten.

Aufmunternd drückte ich Noárs Hand.

»Danke für deine Ehrlichkeit. Das beweist nur noch mehr, dass ich dich zurecht liebe.«

Er lächelte gequält, als könnte er meine Dankbarkeit weder verstehen noch annehmen. Vermutlich war er nicht in der Lage, sich selbst zu vergeben. Ich entschloss mich dazu, seine innere Zerrissenheit schweigend auszuhalten. Worte würden jetzt nicht helfen. Dafür legte ich so viel Verständnis, Geduld und Liebe in meinen Blick und meine Berührung, wie ich konnte.

Unglücklicherweise schien das Noár nur noch mehr unter Druck zu setzen. Von Sekunde zu Sekunde wirkte er unzugänglicher. Einen Moment lang sah es so aus, als würde er etwas zu dem Thema sagen wollen, doch dann entschied er sich offensichtlich um.

»Wir müssen in ein paar Stunden zum Trockenen Meer aufbrechen«, verkündete er matt. »Moes Eltern werden ebenfalls dort sein, genau wie einige der anderen Fürsten, die auf unserer Seite stehen. Ich habe sie einbestellt, um ihnen die Zeichnungen deines Bruders zu zeigen. Ich denke, es wird sie brennend interessieren, dass auch ihr aktueller Kaiser eine Verschwörung plant – wie schon sein Vater zuvor. Der Apfel fällt nicht weit vom Stamm.«

Die neuen Informationen sickerten nur träge in mein Gehirn, doch dort angekommen, löste sich eine wahre Erkenntnis-Lawine. Es war, als würde sich ein trüber Nebel verziehen und ein glasklares Bild zurücklassen: Die Geschichte wiederholte sich – nicht im Detail, aber in ihrem Schema. Die Fürsten und der Kaiser zogen nicht mehr an einem Strang. Überall wurde intrigiert und gestritten, mit dem Ergebnis, dass die Ordnung, die Cassardim zusammenhielt, geschwächt wurde. Das trug eine deutliche Handschrift. Nur einer hatte Interesse daran, dass wir uns alle zerfleischten. Nur einer profitierte davon, wenn die Ordnung gestört wurde. Ein Chaoskaiser, der seinen Thron zurückwollte.

»Fidrin versucht es schon wieder. Er spielt uns gegeneinander aus, um alles im Chaos versinken zu lassen«, murmelte ich und war selbst erschrocken darüber, wie viel Sinn plötzlich alles ergab. Das Einzige, was ihm noch gefährlich werden konnte, waren die Überreste des Juwels. Ich starrte meine Handflächen an. »Deshalb will er mich zu sich ins Chaos ziehen. Um an die Splitter heranzukommen.«

Noárs Augen blitzten kurz auf. Er konnte die Logik hinter meiner Theorie wohl nicht bestreiten, trotzdem wirkte er wenig überzeugt. »Rhome hat mir erzählt, dass du Fidrin nicht für tot hältst, und ich möchte deinen Instinkt nicht infrage stellen, aber ich weiß ebenfalls, wie hinterlistig das Chaos sein kann. Auch mir selbst ist es schon in den verschiedensten Gestalten erschienen.«

»Du glaubst mir also nicht?«, fragte ich enttäuscht.

Noár seufzte und strich sich die noch feuchten Haare aus der Stirn. »Ich glaube, dass dein Verdacht zu weitreichende Folgen hätte, um ihn *nicht* ernst zu nehmen«, lautete seine diplomatische Antwort. »*Vielleicht* lebt Fidrin noch. *Vielleicht* steckt er hinter den Angriffen auf dich. *Vielleicht* ist er sogar dieser mysteriöse vermummte Mann, der dich verfolgt. Das ändert nur nichts an der Tatsache, dass wir im Moment nicht viel dagegen ausrichten können. Das Beste wäre, wenn wir verhindern, dass sein Sohn mit seiner Verschwörung die Ordnung erneut zerstört. Durchkreuzen wir Katairs Pläne, halten wir auch das Chaos auf.«

Damit hatte er recht. Fidrin war ein verschlagener Gegner, doch von seinem Sohn ging im Moment die größere Gefahr aus. Mit ihm würde Cassardim stehen oder fallen.

»Weißt du, was Katair vorhaben könnte?«

»Nein«, antwortete Noár grimmig, »aber Fürst Samtar vom Trockenen Meer weiß es, schließlich war er bei diesem kleinen Verschwörungstreffen dabei, das Moe beobachtet hat.«

Aha.

Da traf es sich doch gut, dass wir dem Wüstenfürsten heute einen Besuch abstatten würden. Ich lächelte kalt. Keine nutzlose Warterei mehr, keine unwichtigen Ränkespiele oder höfischen Eifersüchteleien. Endlich gab es eine sinnvolle Aufgabe zu erledigen.

Plötzlich fiel mir noch etwas ein: Falls Moes Eltern bei dem Treffen heute dabei sein würden, wollten sie bestimmt ihren Sohn zurückhaben. Ich war mir aber nicht sicher, ob ich das übers Herz brachte. Was, wenn ihm etwas zustieß? Immerhin war er Zeuge eines super geheimen Komplotts gewesen. Da war es vielleicht klüger, ihn in meiner Nähe zu behalten.

»Glaubst du, Moe ist noch in Gefahr?«, wollte ich wissen.

Noárs Gesicht verfinsterte sich. »Seine Leibwächter werden vermisst und zwei von meinen Leuten wurden tot in den Niemandslanden aufgefunden. Sie waren von Eisenpfeilen durchlöchert. Pfeile, wie Tincos' Männer sie benutzen. Diese unverschämte Rotznase von einem Bastard-Sprössling hat sich nicht einmal die Mühe gemacht, seine Spuren zu verwischen. Also ja, ich glaube, Moe ist noch in Gefahr.«

Ich schnappte entsetzt nach Luft. Moe hatte mich also nicht nur warnen wollen, er war geflohen, weil Tincos versucht hatte, ihn zu töten?! Oh, wenn ich diesen Möchtegern-Prinzen in die Finger bekam, würde er sein blaues Wunder erleben!

»Das ist übrigens auch der Grund, warum ich so lange weg war«, gestand Noár. »Kaum hatte ich die Grenze zum Trockenen Meer passiert, hat mich einer meiner Kundschafter aus Teeravad kontaktiert. Natürlich bin ich sofort in den Wandernden Wald geflogen, um Moe zu suchen und Tincos zur Rechenschaft zu ziehen. Der Eiserne Prinz hatte Teeravad jedoch verlassen – gemeinsam mit Kaiser Katair.«

Ich schob nachdenklich die Brauen zusammen. Mir wollte

einfach nicht in den Sinn kommen, was Katair von einem unwichtigen jungen Prinzen wie Tincos wollen könnte. Und warum hatte dieses Treffen ausgerechnet im Wandernden Wald stattgefunden? Was trieb Katair an? War es wirklich der Hass auf mich? Langsam begann mir der Kopf zu schwirren von all den Fragen, auf die ich keine Antworten hatte. Außerdem war mein Fake-Kaffee leer, was zusätzlich auf mein Gemüt schlug. Frustriert ließ ich mich auf die Matratze fallen und starrte die Decke des Pavillons an.

»Lazar hat gesagt, Katair versucht zu beweisen, dass ich nicht seine Tochter bin«, fasste ich den erstbesten Gedanken in Worte, den ich zu fassen bekam.

Noár schnaubte belustigt. »Einen solchen Beweis gibt es nicht.«

Ich runzelte die Stirn. »Woher willst du das wissen?«

»Man überlebt nicht so lange wie ich, wenn man seinen Feinden nicht einen Schritt voraus ist«, meinte er beiläufig und begann, Tassen und Tablett zusammenzuräumen.

»Und das heißt?«

»Das heißt, dass ich bereits selbst danach gesucht und absolut nichts gefunden habe. Das wiederum bedeutet, dass du Katairs Tochter bist und bleibst, ganz gleich, ob es der Wahrheit entspricht oder nicht.«

Jetzt war ich wirklich überrascht.

Und gleichzeitig auch nicht. Natürlich hatte Noár sichergehen müssen, worauf er sich bei einer Heirat mit mir einließ. Er würde alles verlieren, wenn er eine Betrügerin zur Frau nahm und –

»Schluss für heute!«, riss mich Noár aus meinen Überlegungen. Er legte sich neben mich und stützte sich auf dem Ellbogen ab, um mir in die Augen schauen zu können. »Genug der Geschichten, Geständnisse und Hypothesen. Erzähl mir lieber, wie dein Training war!«

Ein bisschen überfahren von dem abrupten Themenwechsel blinzelte ich. »Dir ist schon klar, dass ich weiß, dass Rhome dir längst detailliert Bericht erstattet hat?«

Noár grinste schuldbewusst und zupfte an dem Laken, in das ich noch immer gewickelt war. »Nur seine Sicht der Dinge.«

»Na toll«, schmollte ich. »Anscheinend war es nicht genug, dass ich stundenlang mein kämpferisches Unvermögen zur Schau stellen musste, jetzt zwingst du mich auch noch, es Revue passieren zu lassen.«

Damit entlockte ich Noár ein warmes Lachen.

»Das Training war *dein* Wunsch«, erinnerte er mich – überflüssigerweise. Für diese Tatsache hatte ich mich nämlich jede Minute in der Halle der Neun Tode verflucht.

»Nimm in Zukunft einfach nicht mehr ernst, was ich im Post-Chaos-Attentat-Delirium von mir gebe!«, brummte ich missmutig.

Noárs Grinsen wurde noch ein wenig breiter, bevor sich ein grüblerischer Ausdruck dazuschlich. Ich bekam ein ungutes Gefühl. Irgendwas heckte er aus. Und natürlich sollte ich recht behalten. Ein paar Atemzüge später sprang er auf und griff nach seinem Waffengurt. Mit einer fließenden Bewegung zog er sein Schwert. Das metallische Sirren der Klinge wollte nicht so richtig zu diesem friedlichen Ort passen. Dafür bot der halbnackte Noár mit Schwert in der Hand und Handtuch um den Hüften einen Anblick, der alles wieder wettmachte.

»Komm her.« Einladend streckte er die Hand nach mir aus.

Ähm …

Ich war mir nicht sicher, ob das eine gute Idee war. In der Nähe von rasiermesserscharfem Metall sollte man besser konzentriert sein. Eine Voraussetzung, die ich nicht garantieren konnte, solange Noárs Muskeln direkt vor meinen Augen dermaßen verführerisch zusammenwirkten, um all seine geschmeidigen Bewegungen zu erzeugen.

Ein paar verträumte Augenblicke und eine zweite Aufforderung später, rang ich mich dann doch dazu durch, aufzustehen. Ich knotete das Bettlaken fest um meinen Oberkörper und ergriff Noárs Hand.

Überraschenderweise drehte er mich unter seinem Arm hindurch, bis ich mit dem Rücken an seinem Brustkorb landete. Dann übergab er mir sein Schwert. Es war schwer und mit schwarzen Gravuren verziert, die mich an seine Schattensymbole erinnerten. Noár legte seine rechte Hand über meine. Mit der linken umfasste er meine Taille.

»Ich glaube, die Jungs sind es einfach falsch angegangen«, raunte er mir ins Ohr. Als sein Atem mich streifte, kroch ein heißer Schauer meine Wirbelsäule hinab. »Sieh den Kampf als Tanz, den du gemeinsam mit deiner Waffe und deinem Gegner erschaffst.« Er tat einen Schritt nach vorne und zwang mich so, seinem Beispiel zu folgen. Gleichzeitig ließ er die Klinge einen perfekten Halbkreis beschreiben. Der Schwung dieses Hiebs bedingte eine natürliche Gewichtsverlagerung, aus der heraus eine Drehung und ein zweiter Hieb folgten. All das wirkte tatsächlich nicht wie ein Kampf, bei dem es nur um Kraft oder Gewalt ging, sondern wie eine zwanglose Choreografie.

Ohne Vorwarnung wirbelte Noár mich herum. Jetzt hielt ich sein Schwert komplett alleine, während er mir unbewaffnet gegenüberstand.

»Ich habe dich beobachtet. Wenn du tanzt, sind deine Sinne geschärft. Mehr als sonst.«

Er kam mir einen Schritt entgegen. Ich wich intuitiv einen Schritt zurück.

»Du bist bereit, zu reagieren …«

Jetzt ging er zur Seite und ich wusste, dass ich seine Bewegung in die andere Richtung ausgleichen musste.

»... routiniert genug, zu agieren ...«

Wieder ein Schritt. Diesmal wich er zurück und ich folgte ihm, als würden wir ein Gespräch führen. Frage und Antwort. Vorwurf und Rückzug. Angriff und Konter.

»... und du bist mutig genug, zu improvisieren.«

Prompt überwand er die Distanz zwischen uns. Ich reagierte auf seinen Angriff mit einem Sprung, über den ich keine Sekunde lang nachdachte. Das Gewicht des Schwerts nutzte ich automatisch, um mich auszubalancieren. Dabei kam die Spitze der Klinge Noárs Brust gefährlich nahe. Wow, das hatte schon fast professionell gewirkt.

Ich hörte Noár lachen und war so verblüfft von mir selbst, dass ich nicht mitbekam, wie er mich entwaffnete und mit sich aufs Bett riss. Einen Moment später war ich zwischen der weichen Matratze und seinen strahlenden Augen gefangen.

»Du wirst eine großartige Kriegerin«, prophezeite er mir, während seine Finger zärtlich über mein Schlüsselbein strichen und meinen Körper erzittern ließen. Mein klopfendes Herz hatte jetzt nichts mehr mit der Kampfsituation zu tun.

»Eher unwahrscheinlich, wenn jede unserer Trainingseinheiten schon nach ein paar Minuten im Bett endet«, konterte ich frech. Nicht, dass ich etwas gegen seine Arbeitsweise einzuwenden hätte ...

Noárs Lippen teilten sich zu einem seiner unwiderstehlichen Lächeln. »Das ist Teil meiner Methode«, informierte er mich und zupfte an dem Knoten, der mein Laken an Ort und Stelle hielt. »Ich muss ja schließlich für die richtige Motivation sorgen.«

RINGE UND BRÜDER

Nach einer langen gepiepsten Moralpredigt von Flummel, weil wir ihn jenseits des Regens zurückgelassen hatten, verließen wir ein paar Stunden später auf Nox' Rücken die Schattenfeste. Zum ersten Mal seit Langem spürte ich nicht mehr diese unterschwellige Unsicherheit, die in Cassardim zu meinem ständigen Begleiter geworden war. Noár hatte sich mir geöffnet und von seiner dunkelsten Stunde erzählt. Seine Ehrlichkeit und sein Vertrauen gaben mir das Gefühl, unbesiegbar zu sein. Ich wusste zwar nicht, was die Zukunft uns brachte, aber ich wusste, dass wir gemeinsam alles schaffen konnten. Das schloss nicht nur Noár und Flummel ein, die mit mir flogen. Es galt auch für Rhome und Pash auf den Shendai neben uns, genau wie für Junos, der Moe vor sich im Sattel hatte. Der stumme Krieger und mein kleiner Bruder schienen sich blendend zu verstehen. Kein Wunder, wenn man bedachte, dass Sprache noch nie Moes vorrangiges Kommunikationsmittel gewesen war.

Einen kleinen Wermutstropfen gab es dennoch bei unserem Ausflug in die Wüste. Unser kleiner Trupp, bestehend aus Noárs engsten Vertrauten, bildete nicht die gesamte Delegation, die Fürst Shaell zum Trockenen Meer geschickt hatte. Weit unter uns galoppierten etwa zwei Dutzend Schattenrösser über die Sandbrücke. Ein schwarzroter Tross, der sich wie eine Speerspitze durch die blau leuchtenden Seelen drängte. Botschafter, Adlige und Soldaten – darunter auch ein weißblonder Großherzog und die Schattenfürstin, die in Vertretung ihres Gatten ihre Aufwartung machen sollte. Obwohl sie vor uns aufgebrochen waren, hatten wir sie auf unseren Shendai schnell eingeholt. Und so wie es aussah, würden wir gleichzeitig in Hamatar, der Stadt der Purpurfeuer, ankommen.

Die offenbar legendäre Hauptstadt des Trockenen Meers war bereits in den rötlichen Sandfluten aufgetaucht und hatte meine Erwartungen ordentlich durcheinandergebracht. Vor uns lag keine bunte unübersichtliche Wüstenmetropole mit Tausendundeine-Nacht-Flair, sondern eine geometrisch sortierte Ansammlung von hellen, glockenförmigen Gebäuden. Sie waren auf einer Insel aus schwarzem Gestein errichtet worden und erinnerten mich irgendwie an Bienenstöcke, die zum Zentrum hin an Größe zunahmen. In der Mitte ragte wie ein Inka-Tempel der Palast des Wüstenfürsten hervor.

Plötzlich spürte ich, wie Noár hinter mir auflachte. Ich verdrehte meinen Hals und sah, dass er Pash mit einer Grimasse bedachte. Auch der Graf grinste auf seinem Shendai, während Rhome nur den Kopf schüttelte. Ganz offensichtlich trieben die Freunde gerade stumm ihre Scherze miteinander.

»Wie funktioniert das?«, gab ich endlich meiner Neugier nach. »Wie könnt ihr so miteinander reden?«

»Wir *reden* nicht wirklich«, erklärte Noár. »Wir bitten das Schattenreich, uns Bilder zu schicken. Es ist ähnlich wie bei dir und dem Goldenen Berg.«

»Das Schattenreich ist wie Egon?«, platzte es aus mir heraus. Nach den Erlebnissen auf der Schwarzen Treppe hatte ich ja gewusst, dass auch die Schatten ihren eigenen Willen hatten. Trotzdem wäre mir nie in den Sinn gekommen, dass Noárs Heimat ebenso eine Persönlichkeit besitzen könnte wie der Goldene Berg, dem ich deshalb sogar einen Eigennamen verpasst hatte.

»Nein, Egon ist ... eine Diva«, stellte Noár belustigt fest. »Das

Schattenreich dagegen gehört eher zu der stillen Sorte. Es ist uneitel, grausam, gerecht und wunderschön.«

So wie er davon sprach, wurde mir auf einmal klar, dass er sein Heimatland nicht einfach nur liebte, sondern wirklich und wahrhaftig eine tiefe Beziehung dazu hatte. Es schien für ihn fast wie ein Familienmitglied zu sein.

»Aber müsst ihr nicht dort sein, um es um irgendetwas bitten zu können?«, fragte ich weiter.

Noár hob eine Hand in mein Blickfeld und wackelte mit den Fingern. »Jeder von uns trägt ein Stück Schattenreich mit sich.«

Verblüfft starrte ich seine vielen Schmuckstücke an. »Die Ringe der Neun Tode ...!«

»Mhm«, bestätigte er. »Diese Ringe werden paarweise erschaffen. Das erleichtert die direkte Verbindung.«

Ich griff nach seiner Hand und untersuchte sie genauer, bis ich irgendwann Noárs Kinn auf meiner Schulter spürte.

»Der hier gehört zu Rhome«, sagte er und deutete dann der Reihe nach auf verschiedene Ringe. »Der zu Pash. Der zu Drokor.« Er wechselte zur anderen Hand und fuhr fort. »Keeza. Junos. Esekra.« Mir entging nicht, dass er ein paar der Schmuckstücke ausließ, die ihn vermutlich mit Leuten verband, die ich noch nicht kannte. »Das hier«, meinte er und tippte auf sein breites Metallarmband, »wurde aus einer von Nox' Federn geschmiedet. Und der ...« Er zeigte auf einen eleganten Ring mit einem roten Edelstein. »... ist das Gegenstück zu deinem.«

Zu meinem?! Sprachlos hielt ich meine Hand daneben und blinzelte meinen Verlobungsring an. Tatsächlich. Abgesehen von den Rubinen schienen die beiden Schmuckstücke genau ineinanderzupassen, als wären sie aus dem gleichen Stück Stein gemeißelt worden.

»Bedeutet das, wir können auch diese Gedanken-Bilder-Sache

machen?«, fragte ich aufgeregt. »Wieso hast du mir das nie erzählt?« Solange wir weiterhin allen die unversöhnlichen Verlobten vorspielen mussten, wäre das immerhin eine echte Verbesserung der Situation.

»Du gehörst nicht zum Schattenvolk, deshalb weiß ich nicht, ob es funktioniert.« Er seufzte, als würde ihm das Thema schwerfallen. »Ich habe es nie ausprobiert, weil es verstörend sein kann, wenn sich jemand anderes in deinen Kopf drängt. Und ich wollte nicht, dass du dich eingeengt fühlst und den Ring vielleicht abnimmst.«

Bei seinem Geständnis wurde mir warm ums Herz. Ich verschränkte meine Finger mit seinen und schmiegte mich an seine Brust.

»Versuch's«, bat ich ihn sanft.

Kaum war mein Wunsch verklungen, stiegen Bilder in meinem Geist auf. Der Pavillon am See alles Verlorenen. Zuerst wusste ich nicht, ob ich sie vielleicht selbst heraufbeschworen hatte, weil ich mir so dringend wünschte, dass es klappte. Aber dann sah ich mich, wie ich im Bett schlief – erschöpft, mit zerzausten Locken und geröteten Lippen. Noár lag neben mir. Er küsste mich auf die Schulter und zog das Laken hoch, damit ich nicht fror. »Ich liebe dich«, flüsterte er. Die schlafende Version von mir konnte ihn nicht hören, aber das schien ihm egal zu sein.

Dann zerplatzten die Bilder wie Seifenblasen und ich fand mich auf Nox' Rücken wieder, hoch oben über dem Trockenen Meer.

»Ich dich auch«, stammelte ich sprachlos. In welchem Universum sollte mir so etwas Wundervolles Angst einjagen?

Noár lachte leise und schlang seine Arme fester um mich.

»Jetzt du!«, forderte er mich auf. »Fühle den Ring, fühle die Schatten darin und bitte sie, mir ein Bild zu schicken.«

Ich schloss die Augen und tat, was er gesagt hatte. Es dauerte nicht lange, da spürte ich eine Verbindung zu etwas Dunklem. Es war groß und einschüchternd, aber nicht bedrohlich. Vorsichtig wählte ich eine meiner Erinnerungen aus und schob sie zusammen mit einem netten Bittgesuch in die Schatten. Die Antwort kam prompt. Ich wurde mit einer so großen Wucht rausgedrängt und ausgesperrt, dass ich zusammenzuckte. Gleichzeitig erschien in meinem Kopf ein Bild von mir auf der Schwarzen Treppe, wie ich das Schattenreich zwang, mir Einlass zu gewähren. Anschließend wurde die Verbindung gekappt, als hätte jemand auf der anderen Seite einfach aufgelegt.

Wow. Da war aber einer sauer auf mich.

»Ich glaube, deine Heimat mag mich nicht besonders«, stellte ich enttäuscht fest. Es wäre auch zu schön gewesen.

Noár nahm meinen Misserfolg gelassen auf. »Gib dem Schattenreich Zeit. Es wird dich irgendwann genauso lieben wie ich.«

Ich kam nicht mehr dazu, meine Zweifel in Worte zu fassen, denn ohne Vorwarnung setzte Nox zur Landung an. Zumindest ging ich davon aus, bis unter unserem Sturzflug die engen Gassen und winzigen Gärten von Hamatar auftauchten. Dort gab es definitiv nicht genug Platz für ausladende Shendai-Schwingen.

»Äh, Noár?«, rief ich, während sich latente Panik in mir breitmachte.

»Vertrau mir!«, lautete die schlichte Antwort.

Ein zweiter Shendai kreuzte unseren Weg. Es war der von Pash. Noárs irrer Freund jubelte und … sprang.

Oh Gott, bitte nicht! Nox drehte ab. Die Stadt rauschte in mörderischem Tempo an mir vorbei. Helle Mauern, schwarze Flügel und goldene Wolken wirbelten durcheinander. Ich erkannte nicht mehr, wo oben oder unten war. Noár packte mein Handgelenk und lockerte seine Umarmung. Ehe ich wusste, wie mir geschah, glitt ich aus dem Sattel. Einen fürchterlichen Moment lang hing ich in der Luft. Nur Noárs Griff bewahrte mich noch vor dem Sturz in den sicheren Tod.

Dann ließ er los.

Ich fiel.

Ich schrie.

Gleich würde ich hart aufprallen, mir die Haut vom Fleisch schrammen und alle Knochen brechen.

Doch dann ging ein federnder Ruck durch meinen Körper. Sehnige Arme hatten mich aufgefangen.

»Schöne Landung, Prinzesschen!«, lobte Pash mit einem wild begeisterten Grinsen. »Und bevor du wütend wirst, immer dran denken, dass es diesmal Noár war, der dich hat fallen lassen. *Ich* hab dich gefangen!«

Sprachlos und mit rasendem Puls klammerte ich mich an den irren Grafen. Trotz seiner penetranten Ausgelassenheit war ich froh, dass er mich festhielt, denn wir befanden uns noch immer auf einer schmalen, mit Eisendornen bespickten, Mauer hoch oben über der Stadt. Keine Ahnung, wie es Pash gelungen war, auf dem Ding zu landen, ohne sich aufzuspießen.

Ein heftiger Luftstoß erfasste seine struppigen Haare, als ein weiterer Shendai über unseren Köpfen hinwegsegelte. Kleine schwarze Flugobjekte schossen vom Himmel herab. Es waren Noár und seine Schattenkrieger. Rhome landete auf einem Mauervorsprung unter uns. Junos ließ sich samt Moe in ein Sonnensegel fallen. Und der Schattenprinz selbst lieferte einen Auftritt, der mit diversen Sprüngen von Turmwänden zu Steinwällen und der anschließend lässigen Landung im Garten nicht spektakulärer hätte sein können

Ich hörte einen Pfiff. Pash sah nach unten, nickte und bedachte mich dann mit einer entschuldigenden Grimasse.

»Keine Angst, Rhome wird dich fangen«, munterte er mich auf.

»Waaa-?«

Schon fiel ich von der Festungsmauer. Diesmal war ich so überrascht, dass ich vergaß zu schreien. Große Ziegel aus Sandstein rauschten an mir vorbei. Mein goldbesetzter Mantel flatterte in der trockenen Wüstenluft und übertönte mein Herzklopfen. Wie angekündigt fing Rhome mich auf, nur um mir zuzuzwinkern und mich dann seinerseits in die Tiefe zu werfen. Mein dritter Sturzflug endete ironischerweise dort, wo alles begonnen hatte: In Noárs Armen.

Kaum hatte er mich abgesetzt, kam der Rest der Schattendelegation durch einen mächtigen Torbogen in den fürstlichen Garten galoppiert. Auf unserer Höhe zügelte Zima ihr Schattenross und ließ den Tross anhalten. Noár wartete nicht ab, bis alle abgestiegen waren, sondern schlenderte mit mir am Arm in Richtung Palast. Auch Rhome, Pash, Junos und Moe hatten sich in der Zwischenzeit um uns versammelt, sodass die Schattenfürstin sich beeilen musste, um nicht zu unserer Nachhut degradiert zu werden. Überraschenderweise kommentierte sie diese Respektlosigkeit weder mit einem spitzen Kommentar noch mit finsteren Blicken. Im Gegenteil, sie nickte uns flüchtig zu und bemühte sich ansonsten, nicht weiter aufzufallen. Entweder meine Warnung wirkte oder sie hatte einfach nur Angst, dass Noárs Rache noch ausstehen könnte. Ich beschloss, sie zu ignorieren und mich stattdessen auf meine bevorstehende Aufgabe zu konzentrieren. Viel zu lange hatte ich mich von ihren Befindlichkeiten ablenken lassen. Jetzt galt es erst mal, Fürst Samtar auf unsere Seite zu ziehen – oder ihn zu zwingen.

Es dauerte nicht lange, bis wir den Garten mit seinen knorrigen, gelbgoldenen Bäumen durchquert hatten. Auch der Boden war von gelbem Laub bedeckt, das bei jedem Schritt raschelte. Als wir eine Treppe erreichten, wagte ich einen Blick nach oben. Der Wüstenpalast war ein eindrucksvolles Gebäude irgendwo zwischen monumentaler Kuppel und Pyramide. Es gab kaum Fenster und keinerlei Prunk oder Dekorationen. Alles hier wirkte leblos und unwirklich, als wäre die ganze Stadt einem surrealen Traum entsprungen. Das mochte sicherlich auch daran liegen, dass ich außer uns noch kein einziges atmendes Wesen zu Gesicht bekommen hatte. Keine Wachen, keine Adligen, nicht einmal Vögel oder Insekten. Selbst das eiserne Tor am Ende der Treppe schwang wie von Geisterhand auf und gewährte uns Einlass.

Drinnen änderte sich dieser Eindruck jedoch schlagartig. Die Opulenz, die der Fassade von Hamatar gefehlt hatte, wurde hier gleich mehrfach aufgewogen. Vor mir öffnete sich ein riesengroßer Innenraum, der vor Mosaiken, Statuen, Brunnen, Bäumen, Blumen nur so strotzte. Hunderte von Dienern in hellen Gewändern eilten herbei, um uns die Schuhe auszuziehen, die Umhänge abzunehmen und gewässerte Erfrischungstücher anzubieten. Ich war so überfordert, dass mir die Ankunft des Wüstenfürsten erst auffiel, als er zu sprechen begann.

»Willkommen in Hamatar.«

Die schneidende Stimme des Fürsten passte zwar zu seiner hartherzigen Ausstrahlung, wurde der Schönheit seines Heims aber nicht im Mindesten gerecht.

»Es ist uns eine Ehre, die Fürstin und den Kronprinzen des Schattenreichs sowie seine Verlobte in unserem bescheidenen Domizil zu Gast zu haben.«

Noár atmete erzürnt aus. Mit seiner herablassenden Begrüßung meiner Person hatte Fürst Samtar die Fronten gleich zu Beginn geklärt. Offenbar war er nicht gewillt, mich als Goldene Erbin anzuerkennen. Zima warf Noár einen besorgten Blick zu und überspielte die Beleidigung, die im Raum stand, mit ihrem bestechenden Charme. Während sie irgendetwas Oberflächliches von sich gab und den Wüstenfürsten damit um den Finger wickelte, zog eine Gestalt an Samtars Seite meine Aufmerksamkeit auf sich. Es war Nick, mein älterer Bruder – oder auch Nicht-Bruder. Er trug einen cremefarbenen Mantel mit Goldbesatz, der seine sonnengebräunte Haut gut zur Geltung brachte. Überhaupt sah er gut aus. Verändert. Ernster und älter, aber gut. Mit aller Macht musste ich den Drang unterdrücken, loszustürmen und ihn zu umarmen. Als sich unsere Blicke trafen, zuckte ein winziges Lächeln in seinen Mundwinkeln – grade lang genug, dass ich es erwidern konnte. Anschließend versteinerte seine Miene wieder und er wurde zum jüngeren Abbild seines strengen Vaters. Ich spürte einen schmerzhaften Stich und merkte, wie mir die Tränen in die Augen stiegen. Es war noch gar nicht so lange her, da hätte nichts und niemand uns Geschwister auseinanderbringen können.

Plötzlich erschien ein Bild in meinem Kopf. Es zeigte die Shendai-Jungen, die mich von oben bis unten abschleckten. Das war eindeutig eine Botschaft von Noár, mir das alles nicht so zu Herzen zu nehmen. Und tatsächlich funktionierte es. Die tapsigen Baby-Shendai waren so niedlich, dass ich mir ein Grinsen verkneifen musste. Es war genau das, was ich gebraucht hatte, um mich wieder zu fokussieren.

»Nick?«, ertönte eine zaghafte, hohe Stimme. Ich drehte mich um und sah, dass Moes strahlendes Gesicht hinter Junos' Umhang aufgetaucht war. Auch Nick suchte überrascht nach der Stimme, die ihn gerufen hatte.

Und dann überschlugen sich die Ereignisse.

Im selben Augenblick, als mein großer Bruder Moe entdeckte, legte sich ein Schalter bei ihm um. Er zog einen Dolch aus seinem Gürtel und stürzte sich auf den kleinen Moe. Junos schob den

Jungen hinter sich. Noár tat dasselbe mit mir, während sich Pash und Rhome dem jähzornigen Wüstenprinzen in den Weg stellten. Selbst zu zweit taten sie sich schwer, ihn aufzuhalten, ohne ihn zu verletzen. Nick war völlig außer Kontrolle geraten.

»Er will ihn umbringen«, warnte Noár. »Fidrins Wille zwingt ihn noch immer dazu!«

Zu derselben fürchterlichen Erkenntnis war ich auch gerade gekommen. Das letzte Mal, als Nick in diesem Zustand gewesen war, hatte er Adam umgebracht. Kaltblütig und ohne zu zögern.

»Verdeckt ihm die Augen!«, befahl Fürst Samtar. »Wenn er ihn nicht mehr sieht, wird er sich beruhigen.«

Wüstenkrieger kamen angerannt, um zu helfen, doch sie machten alles nur noch schlimmer. Ich konnte das nicht länger mit ansehen. Entschlossen kämpfte ich mich durch das wilde Gerangel bis zu meinem Bruder durch und packte seinen Kopf.

»Das ist Moe!«, schrie ich ihn an. »Kämpfe gegen Fidrins Willen an! Du willst deinen kleinen Bruder doch nicht umbringen!«

Eigentlich hatte ich vorgehabt, Nick irgendwie zur Vernunft zu bringen, stattdessen erwachten jedoch die Splitter in meinen Händen zum Leben. Sie fühlten, dass die Ordnung gestört war, und reagierten auf meinen Wunsch zu helfen.

Nick riss die Augen auf, als Fidrins Wille unter der Macht der Splitter zerbarst. Ich konnte seine Erleichterung körperlich spüren. Weinend sank er auf die Knie. »Moe?«

Unser kleiner Bruder flitzte herbei und fiel Nick in die Arme. Alle starrten die beiden fassungslos an. Glücklicherweise reagierte Rhome schnell genug und stellte sich vor mich, um das helle Strahlen, das selbst noch durch die Finger meiner geschlossenen Fäuste drang, vor den neugierigen Blicken zu verbergen. Ich versuchte, ruhig zu atmen und mein Zittern in den Griff zu bekommen, doch die Splitter einzusetzen, forderte immer mehr Kraft von mir. Schritte näherten sich. Sie stoppten.

»Geht mir aus dem Weg, Schattengeneral!«, befahl Fürst Samtar.

Rhome zögerte, bevor er schließlich gehorchte und die Sicht auf mich freigab. Das Strahlen der Splitter war noch nicht ganz verblasst und so machte sich wohl jeder seine eigenen Gedanken dazu, was das zu bedeuten hatte.

Samtars dunkler Blick durchbohrte mich mit einer Härte, der mir wie eine Klinge vorkam. Er zog seine Schlüsse, durchdachte seine Position und schließlich verbeugte er sich vor mir.

Pfft. Zu spät. Zu wenig.

»Ich weiß, was Ihr Euch jetzt denkt, Fürst Samtar«, zischte ich gerade so laut, dass nur er mich hören konnte. »Ihr beginnt an den Plänen meines *Vaters* zu zweifeln.«

Da keine gegenteiligen Beweise existierten, hatten Noár und ich beschlossen, mich weiterhin als Katairs Tochter zu bezeichnen.

Samtar verengte seine Augen. »Das ist nicht der richtige Ort, um Derartiges zu besprechen, Eure Hoheit.«

»Oh, richtig!«, spottete ich, während Noár an meine Seite trat. »Ein Geheimtreffen in Teeravad ist für einen solchen Anlass eindeutig angemessener.«

Konfrontiert mit seinen Verschwörungsaktivitäten schlich sich Nervosität in Samtars Mimik. Sein Blick zuckte von mir zu Rhome, zu Pash, zum Rest der Anwesenden und schließlich zu Noár.

»Ihr solltet Eure Verlobte besser zum Schweigen bringen, Prinz Ardiza«, empfahl er leise.

»Ich gedenke, nichts dergleichen zu tun«, informierte ihn der Schattenprinz in gewohnt kühlem Tonfall. »Nicht, bis Ihr mir die Wahrheit sagt.«

Samtar schürzte seine Lippen. Offensichtlich war er sich seiner Lage sehr wohl bewusst. Eine rechtmäßige Goldene Erbin zu stürzen, war Hochverrat – egal, ob der Kaiser selbst in den Plan involviert war oder nicht. Abgesehen davon hätte er billigend in Kauf genommen, Shaells Thronfolger und damit das gesamte Schattenreich zu demütigen. Schien, als säße Nicks Vater gerade ganz schön in der Klemme.

»Also gut, Prinz Ardiza«, presste der Wüstenfürst hervor, »Folgt mir. Es ist an der Zeit, dass wir uns unter vier Augen unterhalten.«

MIT EIGENEN AUGEN

Zum hundertsten Mal tigerte ich durch die Räume, die mir zugewiesen worden waren. Wenn das so weiterging, würde ich noch eine tiefe Furche in die teuren Teppiche laufen. Es ärgerte mich tierisch, ausgeschlossen und wie ein kleines Mädchen an den Kindertisch verbannt worden zu sein, während die Erwachsenen ernste Gespräche führten. Dummerweise hatte Noár mich gebeten, diesmal nicht auf stur zu schalten, und dummerweise hatte ich ihm seinen Wunsch erfüllt. Seitdem waren zwei Stunden vergangen, in denen auch die Delegationen des Fährvolks und der Felsenreiter angekommen waren. Vermutlich saßen die Fürstin des Ewigen Flusses und der Fürst der Niemandslande mit Noár und Samtar zusammen an einem Tisch, während ich mich für meine voreilige Kompromissbereitschaft verfluchte.

»Hey, Prinzesschen«, stöhnte Pash, der gerade mit Moe und Junos in ein eigentümliches Puzzlespiel vertieft war. »Ich weiß, wie unerfreulich es sein kann, eingesperrt zu sein, aber du machst mich ganz kirre.«

»Sie reden über mich!«, pampte ich zurück. »Wieso kann ich nicht einfach bei dem Treffen dabei sein?«

»Weil Samtar Probleme mit starken Frauen hat und eher zum Reden bereit ist, wenn er nicht vor dir die Hosen runterlassen muss«, antwortete diesmal Rhome. Der General stand an dem kleinen Fenster und behielt die Gegend im Auge. Seine Einschätzung machte die Situation erträglicher, besonders da das versteckte Lob darin mich wirklich freute.

Pash gab seinem Freund grinsend recht. »So gesehen war Samtars Herrschaft schon immer eine hodenlose Frechheit.«

Der trockene Wortwitz traf mich derart unvorbereitet, dass ich ein paar Sekunden brauchte, um ihn zu kapieren. Rhome und Junos lachten bereits, lange bevor die Pointe dann endlich auch bei mir einschlug. In diesem Moment konnte ich mir tatsächlich Schlimmeres vorstellen, als die Wartezeit mit Noárs Freunden verbringen zu müssen.

Erst ein vorsichtiges Klopfen an der Tür und die darauffolgende Reaktion meiner Begleiter erinnerten mich wieder an den Ernst der Lage. Pash und Junos unterbrachen ihr Spiel und postierten sich neben dem Eingang. Rhome bedeutete mir, zurückzubleiben, bevor er hinter klimpernden Vorhängen verschwand, um die Tür zu öffnen. Ich hörte gedämpfte Stimmen und schließlich Schritte von gleich mehreren Personen. Zu meiner Überraschung tauchte Nick hinter dem Sichtschutz auf. Mit einer ungewohnten Erhabenheit sah er sich um. Natürlich entgingen ihm dabei weder meine Bewacher noch Junos' gespannter Bogen.

»Wäre es sehr unangemessen, die Goldene Erbin zu umarmen? Ich möchte mir nur ungern einen Pfeil einfangen.«

Keinen Atemzug später fiel ich ihm um den Hals. Es tat so gut, ihn wiederzusehen und zu wissen, dass irgendwo hinter seinen Prinzenklamotten und den roten Wüstensymbolen noch immer der alte Nick steckte.

»Ich hab dich vermisst«, flüsterte er mir ins Ohr.

»Und ich erst«, antwortete ich.

»Maia?«

Die Mädchenstimme kannte ich. Sie gehörte Annie!

Lachend gab Nick mich frei. »Ich hab dir wen mitgebracht.«

Rhome führte zwei weitere Personen ins Zimmer, die beide eine Augenbinde trugen.

»Annie? Jenny?« Jetzt sprang auch Moe auf und plötzlich fand ich mich in einer völlig unübersichtlichen Gruppenknuddelei wieder.

»Nick hat uns erzählt, was du mit ihm gemacht hast, und da dachten wir ...« Jenny brauchte gar nicht erst weiterreden. Ich verstand auch so, was sie von mir wollten. Es musste fürchterlich sein, mit der Angst zu leben, seine Geschwister beim bloßen Anblick umbringen zu wollen.

Ich zögerte keine Sekunde und mobilisierte die Splitter, um ihnen zu helfen. Es kümmerte mich nicht, dass meine Hände zu leuchten anfingen. Und auch das Zittern und die schwere Müdigkeit, die mich befielen, waren es mir wert, Fidrins Willen ein für alle Mal zu brechen. Kaum hatte ich mein Werk beendet, lagen wir uns erneut in den Armen. Freudentränen flossen in Strömen und dann gab es kein Halten mehr. Alle plapperten wild durcheinander. Ich erfuhr, dass Nick zwölf leibliche Geschwister hatte, Annie einen Fuchs als Haustier großzog und Jenny verlobt war. Meine ältere Schwester war so stolz darauf, dass man in den Niemandslanden sogar ein Turnier veranstaltet hatte, um den würdigsten Ehemann für sie zu finden. Ich sah das zwar etwas kritischer als Jenny, aber solange sie mit dem Ergebnis glücklich war, würde ich mich nicht einmischen. Ein bisschen fragwürdiger fand ich dagegen die Tatsache, dass Nick zu seiner Rückkehr einen ganzen Harem geschenkt bekommen hatte. Ich wollte gerade über den Sexismus in Cassardim herziehen, da erzählte mir Annie, dass sie zwei Mütter besaß und der Mann, den ich anfangs für den Fährfürsten gehalten hatte, nur ihr Onkel war. Das versöhnte mich dann doch wieder ein bisschen. Schließlich war ich an der Reihe und musste hundert Fragen zu Noár, zum Schattenreich und meinem Dasein als Goldene Erbin beantworten. Ich wich so gut es ging aus und beschränkte mich auf Offensichtliches. Als das nicht mehr ausreichte, schwärmte ich von den Shendai und präsentierte zu guter Letzt Flummel als Hauptattraktion. Der Okoklin ließ sich nur widerwillig aus meinen Haaren entfernen, da er wegen meines Alleingangs am See noch immer wie eine eingeschnappte Primadonna schmollte. Die Begeisterung meiner Geschwister schien seine Laune jedoch zu heben und so verging die Zeit wie im Flug. Erst als es draußen dämmerte und eine tiefe Glocke dreimal ertönte, verwandelte sich Nick wieder in Prinz Nicuna vom Trockenen Meer.

»Die Feuer werden bald entzündet. Ihr solltet euch fertig machen.«

Ungelenk stand er auf und beendete unser Familientreffen, als hätte es ihn schon zu viel Zeit gekostet. Mit einem Mal war alle Ungezwungenheit dahin. Dementsprechend fiel uns der Abschied schwerer als die Begrüßung. Jeder war wieder in die Rolle gefallen, die Cassardim uns auferlegt hatte. Ein paar verkrampfte Lächeln, steife Umarmungen und distanzierte Verbeugungen später kam mir unsere Begegnung nur noch wie ein schöner Traum vor.

Auch Rhome, Pash und Junos zogen sich nun zurück, damit ich mich für die Abendfeierlichkeiten umziehen konnte. Müde und ein bisschen benommen von all den Eindrücken schlurfte ich ins Nebenzimmer. Dort standen gleich fünf Truhen, in die Esekra so viele Kleider gepackt hatte, als würde ich wochenlang hierbleiben wollen. Wahllos schnappte ich mir das erstbeste und zog den goldenen Stoffberg an. Zu spät bemerkte ich, dass dazu auch eine Korsage mit einer gefühlten Million Häkchen gehörte. Um sie zu schließen, renkte ich mir beinahe die Schultern aus. Aber wer brauchte schon Schultern? Oder Fingernägel? Oder Luft? Ungefähr bei der Hälfte war ich am Ende meiner Geduld und hätte am liebsten alles von mir gerissen, weil ich weder weiter in das Kleid hinein- noch wieder aus ihm herauskam. In genau diesem Moment flatterte der strahlende Held des Abends zur Rettung herbei. Flummel brachte es wohl nicht länger übers Herz, meiner Misere zuzusehen, und entschloss sich, seinen Groll auf mich zu begraben. Erstaunlicherweise stellte sich der Okoklin als äußerst geschickt heraus, was Haken und Ösen betraf. Binnen kürzester Zeit war ich komplett angekleidet. Im Gegenzug verzichtete ich darauf, meine Haare hochzustecken, sodass sich Flummel mit einem glücklichen Quietschen darin verstecken konnte.

»Du siehst bezaubernd aus wie immer. Eine wahre Kaiserin«, sagte eine charmante Männerstimme.

Erschrocken fuhr ich herum und entdeckte Lazar auf einem gepolsterten Hocker sitzen. Keine Ahnung, welche seiner Beziehungen er schon wieder hatte spielen lassen, um hier unbemerkt reinzukommen, aber ich schätzte seine Überraschungsauftritte nicht besonders.

»Wenn du nicht hier bist, um mir Zoey zurückzugeben, kannst du gleich wieder verschwinden«, fauchte ich ihn an.

Mit einem müden Lächeln überschlug der Seneschall die Beine. »Deine Freundin ist bereits auf dem Weg in ihr neues Leben.«

Mir klappte der Mund auf. Zoey war WAS?! Ohne sich zu verabschieden?!

»Ihr geht es gut«, fuhr Lazar vor. »Ich habe dafür gesorgt, dass sie ihre Erinnerungen behalten kann und ein schönes Zuhause in der Menschenwelt bekommt, in dem sie ein glückliches Leben führen wird. Du siehst also –«

»WAS willst du hier?«, unterbrach ich ihn unbeherrscht. Es war zwar toll, was er alles für Zoey getan hatte, aber er brauchte nicht zu glauben, dass ich ihm dafür etwas schuldig war. Im Moment fühlte ich mich einfach nur meiner Freundin beraubt. Klar, es war ihr Leben und ihre Entscheidung gewesen, aber Lazar hatte sich ungefragt eingemischt. Genau wie bei mir und Noár.

Der Seneschall ließ sich von meinem Tonfall kein bisschen aus der Ruhe bringen. Er lächelte mich an und nickte in Richtung Fenster.

»Wusstest du, dass die Feuer des Trockenen Meeres eine ganz besondere Bedeutung haben?«, fragte er ohne jeden Zusammenhang. »Es heißt, dass Paare, die sich in ihrem Schein küssen, ein glückliches und zufriedenes Leben führen werden.«

»Dann weiß ich ja, was ich heute noch tun werde!«, gab ich bockig zurück. »Noár wird gar nicht mehr wissen, wo oben und unten ist, so lang und genüsslich werde ich ihn abknutschen – nur damit du endlich kapierst, dass du uns nicht auseinanderbringen kannst!«

»Amaia!« Lazar wirkte wenig beeindruckt von meinem pubertären Trotz, dennoch klang er besorgt. »Wenn du Noár heiratest, wird es eine Katastrophe geben ... Ich weiß nicht, was Katair vorhat, aber er plant irgendetwas Großes.«

»Katair ist eine Marionette. Genau wie du«, konterte ich ungehalten. Langsam hatte ich keine Lust mehr auf die immer gleichen Belehrungen. »Wir alle werden gegeneinander ausgespielt, um die Ordnung zu stören und das Chaos nach Cassardim zu bringen.«

Lazar verstummte. In seinen Augen glänzte etwas, das ich nicht deuten konnte. Verwunderung oder Ungläubigkeit waren es jedenfalls nicht.

»Du hast ihn also auch gesehen«, murmelte er, mehr zu sich als zu mir. »Oh, Amaia ... du schwebst in viel größerer Gefahr, als du denkst. Das Chaos bedroht uns nicht nur, es ist längst hier.« Plötzlich stand er auf und baute sich vor mir auf. »Genau deshalb musst du die Hochzeit absagen!«

Wie bitte?! Was sollte es bedeuten, dass das Chaos schon hier war? Wusste er von Fidrin?! Oder tat er nur so, um einen neuen Grund aufzuführen, mich von Noár zu trennen? Lazar war ein Meister der Manipulation. Ihm wäre alles zuzutrauen, aber diesmal würde ich ihm nicht so leicht auf den Leim gehen. Energisch schüttelte ich seinen Griff ab.

»Hör auf, dich wie mein Vater aufzuspielen. Nur weil du dafür gesorgt hast, dass ich zur Welt komme, bedeutet das noch lange nicht, dass du über mich bestimmen kannst.«

»Aaah!« Er nickte anerkennend. »Du hast dich also schlaugemacht.«

»Ja, das habe ich!«, bestätigte ich mit aller Selbstzufriedenheit, die ich aufbringen konnte. »Ich habe Noár gefragt, und er hat mir die Wahrheit gesagt über die Nacht der Rebellion. Dein Plan ist also nicht aufgegangen.«

Lazar riss die Augen auf. Er war nicht nur überrascht, sondern regelrecht schockiert. »Und du willst ihn trotzdem noch heiraten? Den Mörder deiner Mutter?«

»W-was?!«

Ich hörte mein Blut in den Ohren rauschen, und sog Luft in meine Lungen. Zu mehr war ich nicht in der Lage.

Hatte ich mich gerade verhört?

Lazar studierte meine Reaktion genau und quittierte sie mit einem mitleidigen Schnauben. »Er hat dir nicht die ganze Wahrheit gesagt.«

»Du lügst«, stammelte ich.

»Ich?« Er lachte. Es war ein gefährliches Lachen, in dem verletzter Stolz mitschwang. Ein Lachen, das mir mit eisigen Fingern über den Rücken strich. »Willst du die Wahrheit sehen, Amaia? Mit eigenen Augen?«

Was sollte das jetzt? Ein neuer Versuch, mich zu manipulieren? Langsam kam er auf mich zu.

»Das Juwel hat dir auf der Nebelbrücke die Erinnerungen aller Kaiser übertragen«, rief er mir ins Gedächtnis. »Ich habe sie in dir weggesperrt. Nur *mein* Wille verhindert, dass dein Verstand daran zerbricht.«

Ich wich zurück, bis ich gegen die Wand stieß.

»Willst du mir jetzt etwa auch noch drohen?«

»Niemals«, sagte er mit feierlichem Ernst. »Du bedeutest mir alles. Deshalb hätte ich dir das gerne erspart.« Seine Hände bewegten sich auf mein Gesicht zu. »Ich werde dir nur eine einzelne Erinnerung zurückgeben. Die von Katair aus jener Nacht.«

»Stopp!«, rief ich. Lazar hielt inne und sah mich erwartungsvoll an. Er schien so überzeugt von seiner Meinung zu sein, wie ich von der meinen. Ich musste ihn jetzt und hier ein für alle Mal festnageln. »Wenn ich mir das ansehe und Noár trotzdem heiraten will, wirst du mich dann endlich in Ruhe lassen?«

Ein paar nicht enden wollende Momente fixierte er mich mit seinen stahlgrauen Augen. Schließlich nickte er.

»Das werde ich.«

Lazar griff nach meinen Schläfen und katapultierte mich ohne Umwege in eine endlose dunkle Leere. Ich spürte seinen Willen ebenso wie den vergrabenen Teil meines Unterbewusstseins, in den er all das Wissen aus dem Juwel der Macht weggesperrt hatte. Ich erinnerte mich wie gestern an die Schmerzen, die ich damals gehabt hatte. Angst packte mich. Ich wollte nicht, dass –

Ein Lichtermeer in der Nacht. Das silberne Heer zieht gegen den Goldenen Berg.

»Fidrin ist also erfolgreich gewesen«, fasst mein Seneschall zusammen. Ich muss ihm recht geben. Mein Vater hat es tatsächlich geschafft, die Fürsten gegen mich aufzubringen. Sein Hass schmerzt mich nicht mehr. Die Untreue meiner Fürsten aber schon. »Was willst du jetzt tun, Katair?«

Ich seufze. »Lasst sie ein. Sie werden hier kein Chaos finden.«

Ein Donnern erschüttert den Boden unter meinen Füßen. Lazar sieht mich erschrocken an. Ein zweiter Donner folgt. Schreie. Angst packt mich. Ich weiß, was das ist. Das Herz des Goldenen Berges. Das Chaos hat einen Weg nach Cassardim gefunden. Moya! Tamee!

In blanker Panik um meine Familie renne ich los. Schwarze Tentakel brechen durch die Wände und verschlingen jeden, der ihnen im Weg steht. Ich greife das Zepter der Macht fester und verschließe auf meinem Weg Wirbel um Wirbel. Es sind zu viele. Das Chaos frisst sich gierig durch den Goldenen Berg, durch jedes Lebewesen und durch die Seelen der Menschen, die auf ihr Urteil warten. Als ich im Gericht der Toten ankomme, ist davon nur noch ein wabernder Strudel übrig. Grüne und violette Blitze zucken in den Chaosschwaden. Das war unmöglich! Selbst wenn alle Barrieren Cassardims fielen, wäre das Becken zum Herz des Goldenen Berges unüberwindbar. Jemand musste es geöffnet haben.

»Rette uns«, ruft Lazar, der mir gefolgt ist. »Nur du bist dazu in der Lage!«

Wieder hat er recht, wie mir mit Verzweiflung bewusst wird. Das Chaos ist bereits so stark, dass es mich all meine Kraft kosten wird, es zu bannen – wahrscheinlich auch mein Leben. Da teilt sich der qualmende Strudel vor mir und gibt die Sicht frei auf die Liebe meines Lebens. Mein Herz erstarrt vor Furcht. Moya steht völlig verängstigt inmitten dieses grauenhaften Mahlstroms. Sie und unsere weinende Tochter. Das winzige Stück Boden, auf das sie sich geflüchtet haben, ist die letzte sichere Insel. Doch wie kann das sein? Moyas Wille ist nicht annähernd stark genug, um einen solchen Wirbel zurückzudrängen.

Mit grimmiger Entschlossenheit fege ich das Chaos zur Seite und erschaffe eine Schneise.

»Lauft!«, rufe ich meiner Familie zu, aber sie rühren sich nicht vom Fleck. »Lauft endlich!« Ich weiß nicht, wie lange ich es aufhal-

ten kann. Schon jetzt zehrt das Juwel an meinen Kräften. Ich sinke auf die Knie.

»Ich werde sie holen!«, brüllt mir Lazar zu und stürmt los. Da versperrt ihm eine schwarz gekleidete Gestalt den Weg. Ich traue meinen Augen nicht. Ist das nicht einer von Shaells Söhnen? Hat das Chaos von ihm Besitz ergriffen?

Der junge Schattenprinz zieht sein Schwert. »Die Kaiserin wird nirgendwo hingehen, solange ich es nicht will.«

Eine eisige Erkenntnis sickert in mein Bewusstsein.

Verrat.

Der Prinz weiß genau, was er tut. Ich sehe seinen Willen. Er ist kein Chaoswandler, sondern eine Marionette meines Vaters. Vielleicht sogar ein Verbündeter. Machthungrig wie er und ebenso willensstark. Er hat Moya die Kontrolle über ihren Körper genommen.

»Warum tust du das?«, verlangt Lazar zu erfahren. »Du vernichtest Cassardim.«

Der Schattenprinz verzieht keine Miene. »Die Leben der Kaiserin und der Goldenen Erbin gegen das Juwel der Macht.«

Das ist also der Plan. Fidrin will seine eigenen Lügen bestätigen, indem er hier alles mit dem Chaos verseucht. Ich fühle die Falle meines Vaters zuschnappen und ahne, dass meine Zeit gekommen ist. Ohne das Juwel habe ich keine Chance, ihn aufzuhalten. Ich stehe vor der Wahl: meine Familie oder Cassardim. Schweißperlen treten mir auf die Stirn. Ich kann die Wirbel nicht mehr lange beherrschen.

»Du willst eine unschuldige Frau und ein Kind töten?« Lazar gibt nicht auf. Unermüdlich redet mein treuer Freund auf den Schattenprinzen ein.

»Nein«, lautet die stoische Antwort. »Ich will das Juwel der Macht.«

Meiner Frau laufen Tränen über die Wangen. Ihre Angst schnürt mir die Kehle zu. Ich will schreien, aber ich brauche jeden Funken meiner Kraft, um das Chaos zurückzuhalten. Lazar stürzt sich auf den Schattenprinzen. Seine Konzentration bricht für einen Moment und die rettende Insel, auf die sich meine Familie geflüchtet hat, beginnt zu einem reißenden Strudel zu werden. Ich schicke meinen Willen aus, mobilisiere meine letzte Kraft, doch schwarze Tentakel schießen herab und winden sich um Moyas Taille.

»Lauf«, schreit meine Frau unserer Tochter zu. Unser Mädchen zögert. Der Schattenprinz ringt mit Lazar und gewinnt die Oberhand. Moya wird durch die Luft gewirbelt. Ich versuche, sie zu befreien. Meine Tochter beginnt zu rennen. Ja, nur noch ein paar Schritte und sie ist bei mir. Lazar sackt bewusstlos zusammen. Wo ist Moya? Schmerzen zerreißen meine Brust. Ich spüre, dass sie verloren ist. Das Chaos hat sie geholt.

Meine Tochter fällt mir in die Arme. Der Schattenprinz marschiert mit gezogener Klinge auf uns zu. Er darf das Juwel nicht bekommen. Fidrin darf es nicht bekommen. Entschlossen breche ich es aus dem Zepter. Ich werde den Schattenprinzen aufhalten, solange ich kann. Vielleicht vermag ich so wenigstens meiner Tochter das Leben zu retten. Und meine Tochter würde vielleicht Cassardim retten. Ich wickle das Juwel in ein Stück meines Umhangs und –

Die Erinnerung brach ab. Es war das letzte Mal, dass Katair das Juwel berührt hatte. Alles wurde wieder schwarz.

Ich hörte mich schluchzen.

Langsam verblasste die dunkle Leere meines Unterbewusstseins. Ich schlug die Augen auf und fand mich weinend auf dem Fußboden. Lazar war fort. Er hatte mich allein gelassen mit einer Flut an Empfindungen. Ich fühlte Katairs Schmerz, seine überwältigende Verzweiflung und die unendliche Liebe zu seiner Frau und seiner Tochter. Mir. Ich spürte die Last seiner Entscheidung und die Wut auf den Mann, der die Schuld an all dem trug.

Das waren die letzten Momente meiner Familie gewesen.

Der Anfang meines jetzigen Lebens.

Und über all dem kreiste ein einziger Gedanke. Eine kalte Wahrheit, die mir das Herz endgültig aus der Brust herausriss.

Noár war ein Lügner.

DIE PURPURFEUER

Mein Körper funktionierte. Meine Beine konnten einen Fuß vor den anderen setzen und meine Muskeln arbeiteten einwandfrei. Nur mein Verstand fühlte sich wie betäubt an. Ich hatte einen dicken Eispanzer in meinem Inneren errichten müssen, um überhaupt gesellschaftsfähig zu sein. Nicht einmal Moe konnte ich an mich heranlassen, obwohl ich wusste, wie traurig er war, dass ich ihn schon bald an seine Eltern würde übergeben müssen.

»Ist alles in Ordnung?«, erkundigte sich Rhome, als wir den Palast verlassen hatten, um in die überfüllten Gassen des nächtlichen Hamatar einzutauchen. Laternen, Feuer, Geräusche, Gerüche – die Stadt war zum Leben erwacht und versuchte, meine Sinne in eine faszinierend fremde Welt zu entführen. Vergeblich.

»Alles wunderbar«, log ich.

Skeptisch musterte mich der General, hakte aber nicht weiter nach. Er und die anderen hatten alle Hände voll damit zu tun, die Wüstenbewohner auf Abstand zu halten. Die Gefahr, dass sich ein Chaoswandler unter sie gemischt haben könnte, war einfach zu groß.

Im Moment wäre mir selbst das egal gewesen.

Wieder und wieder kreisten meine Gedanken um alles, was Noár jemals gesagt hatte. Er hatte mich von Anfang an belogen. Jede Notlage, aus der er mich jemals gerettet hatte, war im Grunde von ihm verschuldet gewesen, denn er war nicht bloß Mitwisser gewesen, hatte nicht bloß zugesehen, wie das Chaos im Goldenen Berg einfiel, nein, er hatte es selbst hineingelassen. Er hatte meine

Eltern und mich infizieren wollen, um Fidrins Lügen zu bestätigen. Er hatte meine Mutter auf dem Gewissen, meine hundertjährige Geiselhaft und meine verlorenen Erinnerungen.

Noár hatte mir alles genommen.

Vielleicht war er heute ein anderer. Vielleicht ...

Trotzdem hätte er mir die Wahrheit sagen müssen. Von sich aus. Er hatte so viele Gelegenheiten gehabt. Stattdessen hatte er mich im Dunkeln gelassen und gehofft, dass ich niemals danach fragen würde. Und als es dann doch so weit war, wollte er mich mit Halbwahrheiten abspeisen. Er hatte zugesehen, wie ich zu den falschen Schlüssen gekommen war. Er hatte mir ins Gesicht gesehen und ohne mit der Wimper zu zucken meinen Dank für seine Ehrlichkeit angenommen. Seine Offenheit war eine Lüge, seine Lügen eine Ablenkung, und seine Schuldgefühle mehr als berechtigt.

Lazar und Zima lagen ganz richtig: Ich kannte Noár nicht.

Irgendwann wandelte sich die Umgebung. Wir hatten die engen Straßen der Stadt hinter uns gelassen und tauchten nun in ein ausgelassenes Fest ein. Musik animierte zum Tanzen, Händler priesen ihre Waren an, Straßenköche kämpften gegen den allgemeinen Hunger. Das hier war nicht bloß ein höfischer Empfang. Die ganze Stadt feierte unseren Besuch. Im Hintergrund brandete das Trockene Meer mit lautem Donnergrollen an die Felsen. Offensichtlich hatten wir die Ausläufer der Insel erreicht, auf die Hamatar erbaut worden war. Das allein war schon ein Naturschauspiel, aber noch spektakulärer wurde es durch die tiefroten baumhohen Flammensäulen, die überall aus dem Boden züngelten und die Szenerie in ein dramatisches Licht tauchten. Die Stadt der Purpurfeuer – kein Beiname wäre passender gewesen.

Rhome führte mich zur größten Feuerstelle. Dort saß Fürst Samtar umgeben von seinem Hofstaat. Obwohl der Wüstenfürst grimmig dreinblickte, wirkte die Feierlichkeit trotzdem ungezwungen. Die Delegationen vom Ewigen Fluss und den Niemandslanden tranken und lachten.

Auf einmal riss Moe sich los und rannte zu einem grün gekleideten Paar. Offenbar waren auch die Waldfürsten inzwischen in Hamatar angekommen. Überschwänglich nahmen sie ihren Sohn in die Arme. Ich wollte ihnen gerade zunicken, als mir eine große Gestalt die Sicht versperrte. Der Rotstich in Noárs Mahagoni-Haaren leuchtete geradezu im Schein der Purpurfeuer.

»Du bist spät dran, meine Liebe«, begrüßte er mich mit einer angedeuteten Verbeugung. Sein Tonfall strotzte nur so vor Spott und der Kosename, mit dem er mich bedachte, war eine sanfte Erinnerung daran, dass wir in unsere Rollen schlüpfen mussten.

Nun, meine Reserviertheit war alles andere als gespielt. »Leider nicht spät genug, um dich zu verpassen«, stellte ich frostig fest.

Noár hob verwundert eine Augenbraue. Zweifelsohne musste er nun denken, dass ich noch immer sauer war, weil er mich aus dem Gespräch mit den Fürsten ausgeschlossen hatte. Und ich hatte recht, denn nur einen Moment später tat er so, als wollte er mich an unseren Platz führen und nutzte die Gelegenheit, um sich unauffällig in meine Richtung zu beugen.

»Samtar stellt sich quer«, raunte er mir ins Ohr. »Er behauptet, nicht zu wissen, was Katair vorhat.«

Keine große Überraschung.

Vorausgesetzt natürlich, dass das der Wahrheit entsprach und Noár nicht wieder irgendwelche Details für sich behielt.

»Geht es dir gut, Kätzchen?«, fragte er leise.

Ich konnte Besorgnis in seinem Blick erkennen, obwohl er alle Hände voll zu tun hatte, nach außen den Desinteressierten zu spielen.

»Nein, mir geht es nicht gut«, informierte ich ihn knapp, bevor plötzlich Zima vor uns auftauchte. Auch sie wahrte offiziell den

Schein und strahlte in alle Richtungen, aber ihre Stimme hätte Glas schneiden können.

»Deinem Vater wird nicht gefallen, dass du mit den Fürsten verhandelst, ohne mich zu involvieren!«

Noár verdrehte die Augen. »Dich zu schicken, war nur ein politischer Schachzug von Shaell. Ein geschickt gesetzter Affront. Tu nicht so, als hättest du das nicht gewusst!«

Was die Schattenfürstin zurückkeifte, bekam ich nicht mehr mit, weil etwas anderes meine Aufmerksamkeit einforderte. Unten an den Felsen, inmitten des übermütig feiernden Wüstenvolks ...

Ein eisiger Schauer kroch mir über den Rücken.

Dort stand der Kapuzenmann und beobachtete mich.

Fidrin ...

Das Chaos war schon hier, genau wie Lazar gesagt hatte.

Mit klopfendem Herzen horchte ich in mich hinein, ob meine Sinne oder die Splitter irgendetwas wahrnehmen konnten.

Nichts.

Vielleicht musste ich näher ran?

Noár und Zima stritten sich noch immer. Eine bessere Gelegenheit würde ich nicht bekommen.

»Ihr braucht mich doch bestimmt nicht für euren kleinen Disput?« Zuckersüß lächelte ich die beiden an und schlüpfte aus Noárs Arm. »Ich bin gleich wieder zurück.«

Bevor irgendjemand intervenieren konnte, tauchte ich in der Menge unter. Mir war klar, dass Rhome und Pash sich mir an die Fersen heften würden, aber es war nahezu unmöglich, jemanden in diesem Gedränge zu verfolgen. Mit dem gleichen Problem hatte auch ich zu kämpfen. Die unheimliche Gestalt spielte mit mir ein Katz-und-Maus-Spiel. Erst stand er an einem der Purpurfeuer, dann neben einem großen Felsen und schließlich am Rand der Klippen zum Trockenen Meer. Er wollte mich von Noár und den anderen fortlocken. Fein, diesen Wunsch würde ich ihm erfüllen. Unauffällig zog ich den Dolch aus meiner Korsage. Eigentlich hatte ich ihn eingesteckt, um ihn Noár an die Kehle zu halten, bis er mir endlich die Wahrheit gestehen würde. Jetzt musste die Klinge wohl erst noch einen Chaoskaiser zum Reden bringen.

Plötzlich packte mich jemand am Arm und zog mich hinter einen Felsen. Schmerz explodierte in meinen Handflächen und ein ekelhaft fauliger Geschmack breitete sich in meinem Mund aus. Der Kapuzenmann hatte mich gefunden. Ich wollte zustechen, doch er hatte damit gerechnet. Er entwand mir den Dolch und drückte, noch bevor ich mein Wissen aus dem Training anwenden konnte, meine Kehle mit seinem Unterarm gegen die Felswand. Über einem bärtigen Grinsen starrten mich zwei wirbelnde Abgründe an. »Wenn du schon nicht zu mir kommen willst«, zischte Fidrins Stimme, »wirst du mir zumindest deine Hand reichen müssen.« Lachend über seinen Witz packte er mein Handgelenk und legte die Klinge an, um seine Drohung wahrzumachen. Flummel schoss aus meinen Locken hervor und wollte mich verteidigen, doch plötzlich flog der Kopf des Angreifers mit einem Ruck zur Seite. Das Geräusch des brechenden Genicks fuhr mir bis ins Mark. Einen Atemzug später sackte er in sich zusammen und ich war frei. Der Schmerz der Splitter verebbte, doch für Erleichterung blieb mir keine Zeit, denn nun stand eine dunkle gesichtslose Gestalt vor mir. Mein Retter. Der Kapuzenmann. Das rote Licht der weit entfernten Purpurfeuer flackerte unheilvoll auf seinem Umhang. Mein Blick flog zu dem Angreifer auf dem Boden. Er trug helle Leinenkleidung wie ein ganz normaler Wüstenbewohner. Eigentlich hatte ich gedacht, er –

Was war hier verdammt noch mal los?

Flummel flatterte piepsend auf meine Schulter. Hieß das, die

Gefahr war vorüber? War dieser Kapuzenmann nicht der Feind? Unerwartet kniete sich die unheimliche Gestalt neben die Leiche meines Angreifers und durchsuchte sie. Ich konnte mich nicht vom Fleck rühren. Der faulige Geschmack von Chaos war verschwunden. In der Ferne hörte ich Rhome meinen Namen rufen. Dann stand der Kapuzenmann wieder auf und musterte mich.

»Wer bist du?«, stammelte ich.

Mit einer Antwort hatte ich nicht gerechnet und schon gar nicht mit dem, was jetzt geschah. Die Gestalt vor mir zog sich langsam die Kapuze vom Kopf. Darunter kam ein junger Mann zum Vorschein. Er war etwas älter als ich, besaß einen wilden dunklen Lockenkopf und Augen so grau wie ein Regentag. Völkersymbole konnte ich an ihm nicht entdecken.

»Jemand, der sich dieselben Fragen stellt wie du.« Er hielt mir meinen Dolch mit dem Heft voran hin. »Pass auf dich auf, ich brauche dich noch!« Kaum hatte ich die Klinge an mich genommen, zwinkerte mir der junge Mann mit den Regenaugen zu. »Ach, und grüß den Seneschall nett von mir.« Fast schon fröhlich tippte er sich an die Stirn, packte den Arm des Chaoswandlers und zog ihn in Richtung Trockenes Meer.

Ich starrte ihm mit offenem Mund hinterher. Was hatte dieser Kerl denn bitte mit Lazar zu tun? Und wer war er überhaupt? In diesem Moment donnerte eine gewaltige Sandwelle gegen die Felsen. Ich drehte den Kopf zur Seite, um meine Augen zu schützen, und als der Sand sich gelegt hatte, war der Kapuzenmann verschwunden. Mist.

Ich verstaute den Dolch und lief ihm hinterher, konnte ihn aber nirgends entdecken. Stattdessen fand mich Rhome.

»Du willst wirklich, dass Noár mich umbringt, oder?«, erkundigte sich der General mit einem schiefen Grinsen. Dafür, dass ich ihm gerade abgehauen war, klang er erstaunlich gelassen.

Klar, er hatte von meinem kleinen Chaoswandler-Kapuzenmann-Intermezzo ja auch nichts mitbekommen.

»Noár soll sich mit *mir* anlegen, wenn ihm was nicht passt«, maulte ich und stapfte ohne ein weiteres Wort zurück zum großen Feuer. Es tat mir leid, dass Rhome meine ganze schlechte Laune abbekam, nur konnte ich im Moment einfach nicht anders. Alles, was ich ihm erzählen würde, würde auch Noár erfahren und der war gerade ein rotes Tuch für mich.

Wenigstens hatte mir mein Alleingang neben einigen grauen Haaren auch ein paar Antworten beschert. Fidrin war definitiv hinter den Splittern her. Natürlich taten sich – wie immer in Cassardim – für jede Antwort auch neue Fragen auf. Zu gerne hätte ich gewusst, wer der junge Mann mit den Regenaugen war, warum er mich seit dem Wandernden Wald verfolgte und was er mit Lazar zu schaffen hatte. Er schien auf meiner Seite zu stehen, immerhin hatte er mir das Leben gerettet ...

Nur ... welche Seite war meine Seite?

Noár? Lazar? Katair?

Zurück am großen Feuer, lief ich direkt in einen Schwall aus lautem Gejohle. Die fürstliche Gesellschaft hatte sich dicht an dicht um das große Purpurfeuer versammelt und bejubelte etwas. Ich brauchte zwei Anläufe, um zu erkennen, dass Jenny mit einem bulligen Mann inmitten der Flammen stand und sich küssen ließ. Das Feuer verbrannte sie nicht. Irgendjemandes Wille sorgte dafür, dass es sich um das Paar herumschlängelte und sie unverletzt blieben.

»Der Segen der Purpurflammen sei mit Euch!«, verkündete Fürst Samtar, woraufhin erneut Beifall ausbrach und Jenny samt hochroten Wangen und ihrem offensichtlichen Verlobten aus den Flammen heraustrat.

»Das kann unser zukünftiges Kaiserpaar doch nicht auf sich

sitzen lassen, oder?«, meldete sich nun Valair zu Wort und heizte die tosende Menge damit weiter an. Der selbstgefällige Blick des Großherzogs traf mich. Er grinste breit, als ahnte er, in was für einen Albtraum er mich gerade schickte. Wie durch einen Schleier nahm ich wahr, dass sich das grölende Publikum von mir zurückzog und mich damit exponierte. Auch dem Schattenprinz, der es sich auf einem Kanapee gemütlich gemacht hatte, ging es ähnlich. Nun stand nichts mehr zwischen uns – zumindest räumlich. Noár funkelte mich an wie ein Raubtier. Das gefährliche Lächeln auf seinen Lippen verursachte mir eine Gänsehaut. Er war ganz in seiner Rolle gefangen, wobei ich mir langsam nicht mehr so sicher war, ob es sich wirklich nur um eine Rolle handelte. In aller Seelenruhe stellte er sein Getränk zur Seite und erhob sich.

»Beeilt euch lieber, Hoheit«, spottete Valair. »Die Aussicht auf einen Kuss mit Eurer Verlobten ist verführerisch. Nicht, dass sie Euch jemand vor der Nase wegschnappt.« Die meisten hielten seine Bemerkung für einen charmanten Witz und quittierten sie mit vergnügtem Gelächter. Ich hielt seinen Kommentar für blanke Todessehnsucht. Nur ein lebensmüder Idiot erinnerte den Schattenprinzen auf so provokante Art daran, dass er versucht hatte, sich an seine Verlobte ranzumachen.

Noár presste die Kiefer aufeinander und bedachte den weißblonden Großherzog mit einem Blick, der selbst mir das Blut in den Adern gefrieren ließ. Das grausame Versprechen darin war nicht mehr nur gespielt. Ich wusste, dass Noár ihn umbringen wollte. Noár. Nicht Ardiza. Nicht der Kronprinz des Schattenreichs.

»Versucht Euer Glück, wenn Ihr Euch traut«, forderte er den Großherzog leise auf.

Valair schnalzte angriffslustig mit der Zunge.

Gar nicht gut ...

Überraschenderweise verhinderte Zima eine Eskalation, indem sie ihr Glas hob und rief: »Auf die Schatten, gekrönt vom Licht!«

Die gesamte Schattendelegation antwortete: »Auf das Licht, getragen von den Schatten!«

Das brachte Noár wieder zur Vernunft. Er wandte sich von Valair ab und kam auf mich zu. Seinen kalten Zorn ersetzte er so mühelos durch lässige Gleichgültigkeit, dass mir schlecht wurde. Sein schauspielerisches Talent war oscarreif. Wie oft hatte er mich wohl auf dieselbe Art und Weise getäuscht?

Als er meine Hand nahm und mich zum Feuer führte, konnte mein Verstand vor lauter Abscheu nur noch an Flucht denken, während mein verräterischer Körper mit wilder Sehnsucht auf Noárs Berührung reagierte. Ich hasste dieses Gefühl. Ich hasste es, dass sich ein Teil von mir nach seinen Armen, seiner Stärke, seinem Trost sehnte, obwohl er doch an all dem schuld war.

Die purpurnen Flammen teilten sich vor uns.

Ich konnte das nicht! Ich konnte ihn nicht küssen und so tun, als wäre alles in Ordnung. Das würde mein Herz nicht überleben. Aber ich konnte uns genauso wenig auffliegen lassen. Diese Entscheidung wäre endgültig und ich wusste nicht, ob ich schon dazu bereit war.

Ich rang so sehr um Beherrschung, dass ich meine Umgebung erst wieder wahrnahm, als ich mich inmitten der Flammen befand. Das Feuer hatte sich um uns herum geschlossen, ohne uns zu verbrennen. Nicht einmal die Hitze spürte ich. Dafür war die kollektive Aufmerksamkeit der Zuschauer beinahe greifbar. Alle warteten auf das Highlight des Abends. Man dürstete danach zu sehen, ob der Schattenprinz der Goldenen Erbin wirklich den Kopf verdreht hatte, oder ob die zukünftige Kaiserin ihrem Bräutigam an Willensstärke gewachsen war.

Noár fackelte nicht lange, zog mich an sich und küsste mich – fordernd und dennoch unglaublich zärtlich. Prompt erlitt mein Verstand einen Kollaps, weil so viele gegensätzliche Signale in meinem Körper umherwirbelten. Ich wollte Noár von mir stoßen und gleichzeitig an seinen Lippen alles vergessen. Meine Knie wurden weich, dafür verkrampfte sich der Rest meines Körpers. Ich stemmte mich gegen Noárs Brust und konnte trotzdem nicht aufhören, den Kuss zu erwidern. Als der Schattenprinz endlich von mir abließ, flossen mir verzweifelte Tränen aus den Augen und meine Ohren rauschten. Nein, es war kein Rauschen, sondern Applaus. Jetzt entdeckte Noár meine nassen Wangen und sah mich erschüttert an. Scheinbar hatte er gerade erst begriffen, dass mein Widerstand nicht Teil der Show war. Ein fremdes Bild tauchte in meinen Gedanken auf. Es zeigte Nox, der maunzte, seinen Kopf schief legte und mich mit großen fragenden Augen ansah.

Noch vor ein paar Stunden hätte Noár mich mit einer solchen Botschaft vielleicht aufheitern können, aber jetzt war ich nur zu einem einzigen Gedanken fähig.

»Du hast mich angelogen«, flüsterte ich so leise, dass es in dem Beifallssturm fast unterging.

Noár hatte mich dennoch verstanden. Seine Augen verengten sich kaum merklich. Er schien tatsächlich erstaunt zu sein. »Womit?«

Mir schnürte sich die Kehle zu. Wie konnte er es wagen, noch immer den Unschuldigen zu spielen?! Ich musste hier raus, musste von ihm weg, also wand ich mich aus seinen Armen und befahl dem Purpurfeuer, mir aus dem Weg zu gehen. Die Flammen gehorchten augenblicklich und ich stolperte in die Nacht. Meine Flucht endete jedoch ziemlich abrupt. Ich war umgeben von undurchdringbaren Wänden aus begeisterten Zuschauern.

»Der Segen der Purpurflammen sei mit euch!«, donnerte der

Wüstenfürst und die Cassarden bejubelten das Glück ihres zukünftigen Kaiserpaars.

Noár trat an meine Seite, verflocht seine Finger mit meinen und streckte unser beider Hände in die Luft. »Wenn du willst, dass Samtar dich ernst nimmt, musst du dich jetzt zusammenreißen«, zischte er mir unbemerkt zu, während auf seinem Gesicht ein überhebliches Lächeln lag. »Was auch immer ich getan habe, lass es uns später klären.«

Wie bitte?! Mir war scheißegal, was irgendein Chauvi-Fürst von mir hielt. Abgesehen davon würde sich Samtars Meinung von Frauen sicherlich nicht dadurch ändern, dass ich mich von Noár herumkommandieren ließ. Ich riss meine Hand aus seiner und funkelte ihn wütend an. Sofort wurde es ruhig um uns und aus der Begeisterung der Menge wurde schnell gespannte Neugier und Sensationslust. Sie wollten einen Skandal? Bitte, den konnten sie bekommen!

»Ich bin nicht dein Besitz, sondern die Goldene Erbin«, teilte ich Noár unmissverständlich mit. »Es wäre besser, wenn du mich auch so behandelst!«

Der Schattenprinz nahm meinen Tadel ausdruckslos zur Kenntnis. Mir war bewusst, wie sehr ich ihn gerade in Bedrängnis brachte. Hier in der Öffentlichkeit konnte er nicht einfach seine Maske fallen lassen und mich mit weiteren feinfühligen Lügen einwickeln.

»Weißt du, was ich mit meinem *Besitz* mache?«, erwiderte er. Sein Tonfall triefte vor Spott, aber in seinen Augen glänzte ein unglücklicher Ausdruck. »Ich lasse ihn von Ministern begutachten, von Dienern polieren und von Knechten auf Vordermann bringen. Du solltest also froh sein, dass ich dich noch nie wie meinen Besitz behandelt habe.«

Die Umstehenden prusteten los, als hätte jemand in einer Sitcom auf den Lacher-Knopf gedrückt. Gleichzeitig drängte sich mit Nachdruck eine stumme Botschaft von Noár in meinen Kopf. Es war die Erinnerung an einen Moment, den ich selbst erlebt hatte: Noár, der vor mir auf Nox saß und mich ermahnte, dass ich auf seine Gemeinheit, Boshaftigkeit, Lügen und Provokationen vorbereitet sein müsste, aber nie daran zweifeln sollte, dass er mich liebte.

Oh, jetzt machte er es sich zu leicht. Es ging mir nicht um unsere Maskerade, sondern um die Lügen, die er mir unter vier Augen aufgetischt hatte.

»Worüber ich froh sein kann, entscheidest nicht du«, fauchte ich. »Ganz Cassardim mag Angst vor dir haben, deinem Ego, deiner Klinge, deinen Neun Toden und deiner Armee, aber mich kannst du damit nicht beeindrucken.«

Amüsiert und bekümmert zugleich schüttelte Noár den Kopf. »Bei dir brauche ich all das nicht. Um dich zu beeindrucken, hat meine Zunge gereicht.«

Das war's. Jetzt hatte er eine Grenze überschritten.

Ich holte aus und verpasste ihm eine schallende Ohrfeige. Noárs Kopf flog zur Seite, während die Zuschauer schockiert nach Luft schnappten. Stille folgte. Nur das Flackern der Flammen und die Brandung der Sandwellen waren noch zu hören. Für ein paar endlose Momente bangten alle vor der Reaktion des Schattenprinzen, doch Noár bewegte lediglich seinen Kiefer und meinte: »Die Wahrheit kann schmerzhaft sein, nicht wahr?«

Sein neuerlicher Hohn traf mich mit voller Wucht. Das hatte er gerade nicht wirklich gesagt! Zitternd vor Wut holte ich zu einer erneuten Ohrfeige aus, doch diesmal fing Noár mein Handgelenk ab. Wieder schickte er mir eine Botschaft. Diesmal spürte ich seine Verzweiflung in den Bildern: Ich sah Noár, der im Shendai-Hort vor mir auf die Knie sank, der sich unterwarf und mich als

Gefährtin wählte. Ich fegte das Bild zur Seite. Noár hatte mich soeben nicht nur mit geradezu virtuoser Leichtigkeit zum Gespött des Abends gemacht, sondern mein Herz zerrissen, um anschließend darauf herumzutrampeln. Glaubte er ernsthaft, die paar Bildchen würden meinen Schmerz lindern können?

Unsere Blicke verkeilten sich. Mein brennender Zorn traf auf seine nachdrückliche Warnung. »Die erste Ohrfeige habe ich möglicherweise sogar verdient«, gab er zu, »aber ein zweites Mal werde ich nicht dulden, dass du mich schlägst.«

»Du hast sie *möglicherweise* verdient?«, herrschte ich ihn an. »Du hast *so viel mehr* verdient!«

Ich schloss die Augen und suchte eine Verbindung zu meinem Ring, zu den Schatten darin. Aber diesmal bat ich sie nicht, Noár eine Nachricht zukommen zu lassen, ich zwang sie. Ich sorgte dafür, dass Noár überschwemmt wurde mit den Erinnerungen aus der Nacht der Rebellion. Ich schickte ihm jeden einzelnen qualvollen Moment, jeden Augenblick seiner Schuld und als ich fertig war, begann ich von vorne. Ich spürte, wie Noár erstarrte. Sein Griff um mein Handgelenk wurde immer unnachgiebiger und schmerzhafter, aber es war mir egal. Ich wusste, dass er mir nicht wehtun wollte, sondern um seine Kontrolle rang. Außerdem war der Schmerz in meinem Inneren tausendfach schlimmer. Er sorgte dafür, dass ich einfach nicht aufhören konnte, Noár mit Bildern zu bombardieren.

»Es reicht!«, forderte jemand. Ich konnte nicht erkennen, wer es war, denn meine Tränen nahmen mir die Sicht.

»Es reicht, habe ich gesagt!« Kräftige Hände trennten mich von Noár und unterbrachen damit auch unsere mentale Verbindung. Plötzlich war ich ganz allein mit meiner Trauer und mit meiner Wut. Meine Augen brannten, mein Handgelenk pochte und mein Herz blutete. Ich bekam keine Luft mehr.

Noár schlug zu.

Der weißblonde Mann, der uns dazwischengefunkt war, torkelte rückwärts.

»Halt dich aus meinen Angelegenheiten raus«, warnte der Schattenprinz, doch Valair dachte gar nicht daran, klein beizugeben. Er deutete auf mich, meine Tränen und den immer dunkler werdenden Abdruck an meinem Handgelenk.

»Nicht, wenn du die Goldene Erbin verletzt.«

Noár sah mich nicht an. Seinem Gesichtsausdruck nach schien er zu wissen, was er mir angetan hatte, und dass die viel tieferen Wunden nicht sichtbar waren. Doch Valair war der falsche Mann für derartige Vorwürfe.

Noár packte den Großherzog am Kragen. »Ausgerechnet du wagst es, diese Worte in den Mund zu nehmen?«, knurrte er und verlor endgültig die Beherrschung. »Du atmest nur noch, weil es Amaias Wille ist, aber ich finde, das sollten wir ändern.«

Valair griff sich an den Hals. Er rang nach Luft, als würde ihm eine unsichtbare Hand die Kehle zudrücken. Entsetzen und Angst mischten sich auf seinen Zügen. Er röchelte, sank auf die Knie, doch der Schattenprinz ließ nicht von ihm ab. Fassungslos starrte ich Noár an. Wie nur konnte er so etwas tun? Er hatte mir sein Wort gegeben. Oder war auch das nur gelogen gewesen?

Als ich ihn aufhalten wollte, wurde mir schwindlig. Ich hörte jemanden lachen, sah aber nur endlose Reihen bestürzter Gesichter.

Niemand hier lachte.

Niemand hörte das Lachen.

Fäulnis stieg mir in die Nase. Die Splitter in meinen Händen schienen sich zu winden. Schatten und Licht der Purpurfeuer verschwammen miteinander.

»Noár, hör auf!«, murmelte ich, als mir klar wurde, was hier gerade passierte. Wir störten die Ordnung und versorgten das Chaos mit Macht. Wieder ertönte dieses boshafte Lachen und keiner merkte es. Keiner bekam mit, dass sich eine Katastrophe anbahnte.

Ich schwankte zu Noár. »HÖR AUF!«

Sternenaugen gefüllt mit Verzweiflung richteten sich auf mich. Sie wussten nicht mehr, was richtig oder falsch war, aber sie schienen mir zu vertrauen. Noár ließ den Großherzog los.

Plötzlich fegte ein gnadenloser Wille über die Festgesellschaft. Er riss das wachsende Chaos mit sich und hinterließ eine so abrupte und unverfälschte Ordnung, dass es beinahe schmerzte.

»Hervorragend!«, lobte eine aalglatte Stimme. »Ich sehe, meine Tochter hat ihren Verlobten gut im Griff.«

Ein Raunen ging durch die Menge, während sie sich teilte. Wie Dominosteine fielen die Cassarden auf die Knie und gaben die Sicht frei auf einen ganz in Gold gekleideten Katair. Er ließ seinen Blick über die Anwesenden wandern. Auch die Delegationen und die Fürsten beeilten sich nun, ihrem Kaiser den nötigen Respekt zu erweisen. Er registrierte es mit reserviertem Wohlwollen, bevor er seine ganze Aufmerksamkeit auf Noár und mich lenkte. Zum ersten Mal seit seiner Gefangenschaft hatte ich das Gefühl, dass Katair bei klarem Verstand war. Zum ersten Mal sah er mich wirklich an und nicht nur durch mich hindurch.

Zum ersten Mal hatte ich Angst vor ihm.

»Du musst nicht so besorgt schauen, *meine liebe Tochter*«, tadelte er mich, wobei er seine Anrede so bewusst setzte und mit Sarkasmus färbte, dass sich mir der Magen umdrehte. »Ich bin nur wegen dir hier – um dir eine frohe Nachricht zu überbringen.« Mit gemächlichen Schritten kam er auf mich zu, seine schwer bewaffnete Eskorte von Goldkriegern folgte ihm. »Dir und deinem

Verlobten war so viel daran gelegen, eure Hochzeit möglichst bald feiern zu dürfen, dass ich meine Meinung dazu überdacht habe. Ich bringe es unmöglich übers Herz, euch noch länger warten zu lassen. Deshalb wird die Hochzeit nicht nur früher als üblich, sondern schon morgen stattfinden.«

Panik griff mit eisigen Klauen nach meinem Herzen und drückte zu. Morgen? Ich *konnte* Noár nicht mehr heiraten. Nicht nach allem, was gerade geschehen war. Ich konnte ihm nicht mal mehr ins Gesicht sehen, wie sollte ich da vor ihn treten und ihm das Ja-Wort geben?

»Ihr seid zu gütig, Eure Majestät«, erwiderte Noár. Seine Antwort verband er mit einer stilvollen Verbeugung, als wäre er nicht gerade bei einem brutalen Mordversuch unterbrochen worden. Dabei tat er einen unauffälligen Schritt nach vorne und positionierte sich unbemerkt zwischen mir und dem Kaiser. »Allerdings wollen wir Euch keine Umstände machen. Unsere Geduld wird fraglos für den Rest der Zwei-Wochen-Frist ausreichen.«

»Natürlich würde sie das«, gab Katair herablassend zurück. Er taxierte den Schattenprinzen mit ausdrucksloser Miene. Ich wusste, was der Kaiser Noár gegenüber empfand, aber nicht die kleinste Regung verriet seinen tiefen Hass. »Nichtsdestotrotz *wird* die Hochzeit morgen stattfinden.«

Das klang nun nicht mehr nach einem nett gemeinten Angebot, sondern nach einem Befehl. Die Stimmung drohte zu kippen. Hier stand kein Kaiser, der seine Aufwartung machte, hier stand ein Alleinherrscher, der mit bewaffneten Soldaten seinen Willen durchsetzte. Das Volk war genauso irritiert wie die anwesenden Fürsten.

»Und alle sind eingeladen«, fügte Katair laut hinzu.

Ein paar Atemzüge lang wagte es keiner, zu applaudieren. Und dann, ganz unvermittelt, wagte es keiner mehr, nicht zu applaudieren. Der erzwungene Beifall schien den Kaiser zufriedenzustellen. Er lächelte sogar.

»Und jetzt«, fuhr er fort und bedachte mich mit einer lieblosen Geste, »eskortiert meine *Tochter* in den Goldenen Berg.«

Seine Krieger marschierten auf und flankierten mich mit respektvollem Abstand. Allerdings konnte man ihren grimmigen Mienen ansehen, dass sie kein Problem damit hätten, mir diese Vorzugsbehandlung zu entziehen, falls ich mich weigern sollte, mit ihnen zu gehen. Was blieb mir für eine Wahl? Fliehen? Kämpfen?

Noár ballte die Hände zu Fäusten. Auch Rhome, Pash und Junos schienen gewillt, sich direkt auf die Goldkrieger zu stürzen. Doch niemand schritt ein.

»Keine Sorge, Ardiza«, spottete Katair. »Ich passe auf, dass meine Tochter keine kalten Füße bekommt.«

Und so wurde ich zu einer Gefangenen am Vorabend meiner Hochzeit.

TEAM BRAUT

Als ich auf einem Sofa im Goldenen Berg aufwachte, wusste ich sofort, dass ich das Bewusstsein verloren haben musste. Ich konnte mich noch an eine Art Barke erinnern, die von zwei Sandgleitern gezogen worden war. Mächtige geschuppte Tiere, die in den sandigen Tiefen des Trockenen Meeres lebten. Ich wusste auch noch, dass die Goldkrieger jede Höflichkeit abgelegt hatten, als Hamatar nicht mehr in Sichtweite gewesen war. Und ganz dunkel erinnerte ich mich an ein Handgemenge, nachdem Flummel einen meiner Bewacher gebissen hatte. Danach hatte mein Gedächtnis eine Riesenlücke. Vermutlich war ich im Durcheinander niedergeschlagen worden. Dafür würde zumindest die große Beule sprechen, die ich an meinem Hinterkopf ertasten konnte.

Mit einem Stöhnen setzte ich mich auf und blickte direkt in Katairs selbstzufriedenes Lächeln.

Herrgott noch mal!

Ich presste mir die Hand aufs Herz.

Der Typ war ja noch unheimlicher als sein Vater. Und das mochte was heißen. Mit stetig sinkender Laune versuchte ich, meinen Puls wieder zu beruhigen. Aber als Katair nach einer ganzen Weile noch immer nichts gesagt hatte, riss mir der Geduldsfaden.

»Was soll das werden?«, maulte ich. »Soll mich das irgendwie einschüchtern oder habt Ihr einfach einen an der Klatsche?«

Auch ohne entführt zu werden und mit den schlimmsten Kopfschmerzen meines Lebens aufzuwachen, war ich nicht gerade für mein sonniges Gemüt nach dem Aufstehen bekannt. Und ich sah nicht den geringsten Grund, mich zu verstellen. Katair brauchte mich lebend und unversehrt für … na ja, für was auch immer.

»Ich war lediglich neugierig auf meine Tochter«, antwortete er kurz angebunden.

Och, bitte! Ich verdrehte die Augen und bereute es sofort wieder, weil mein Kopf zu explodieren drohte. »Müssen wir unbedingt so tun, als würdet Ihr mich für Eure Tochter halten?«

Katair registrierte meine bissige Bemerkung ohne zu blinzeln. Wow, da war aber einer 'ne Spaßkanone …

»Zumindest habe ich dich großgezogen in dem Glauben, du wärst meine Tochter«, erwiderte der Kaiser. »Eine Lüge von vielen.«

Er beugte sich in seinem Sessel vor und legte einen kleinen schwarzen Gegenstand auf den Tisch zwischen uns. Es war mein Verlobungsring. Anschließend lehnte er sich wieder zurück und beobachtete meine Reaktion.

»Ich bin hier, um sicherzustellen, dass du Ardiza Noár val Shaell heiraten wirst.«

»Viel Erfolg damit«, schnaubte ich und starrte meinen Verlobungsring finster an. »Ich weiß, was er in der Nacht der Rebellion getan hat, wieso sollte ich ihn also noch heiraten wollen?«

Katair hob die Augenbrauen. Offenbar hatte er nicht damit gerechnet, dass ich derart informiert war. Vielleicht wunderte er sich aber auch über meine Begriffsstutzigkeit, denn seine Antwort klang, als hätte ich längst selbst darauf kommen müssen.

»Um die Ordnung wiederherzustellen natürlich.« Mit dem Stöhnen eines alten Mannes erhob er sich und schlenderte zu einer Schneiderpuppe, die ein unglaubliches Kleid aus Goldfäden und Diamanten trug. Oh Mann, ich ahnte langsam, dass diese vorgezogene Hochzeit keine spontane Entscheidung gewesen war.

»Du musst verstehen, Amaia: Du und er, ihr gehört zusammen. Du wurdest geboren, um den Schattenprinzen zu Fall zu bringen. Der Verräter, der das Chaos eingelassen hat, und die Betrügerin, die nie den Thron besteigen darf. Es ist dein Schicksal. Mit euch beiden hat es begonnen, mit euch beiden wird es enden, und dann ist Cassardim wieder sicher.«

Ach du meine Güte, in seiner Welt mochte das super logisch klingen, aber in meiner Welt bewies das eher seinen Dachschaden. Seinen riesengroßen sektenführermäßigen Dachschaden. Erwartete er etwa, dass ich aufspringen, Halleluja brüllen und mich für ihn opfern würde?

»Falls du gerade mit dem Gedanken spielst, meine Pläne zu durchkreuzen, solltest du wissen, dass ich in diesem Fall jeden töten werde, der dir etwas bedeutet«, informierte er mich kühl. »Angefangen mit den Fürstenkindern, die du deine Geschwister nennst.«

Aha. Jetzt waren wir also endlich beim Thema angekommen. Überrascht war ich nicht gerade – zumal man mich nicht zum ersten Mal mit meinen Geschwistern erpresste. Vielleicht versetzte mich seine Drohung auch deshalb nicht in blanke Panik, weil ich mir – trotz seiner Lügen – Schlimmeres vorstellen konnte, als Noár zu heiraten. Ich machte mir viel größere Sorgen darüber, was danach mit uns passieren sollte. Würde man uns einkerkern, den Prozess machen oder vielleicht sogar gleich hinrichten?

»Du hältst mich nun bestimmt für genauso schlimm wie meinen Vater«, mutmaßte er. »Das bin ich aber nicht. Ich verspreche dir, dass deinen Geschwistern nichts geschehen wird, sobald du dein Ja-Wort gegeben hast. Wenn also kein unschuldiges Blut an deinen Händen kleben soll, wirst du *jetzt* dieses Kleid anziehen, dein schönstes Lächeln aufsetzen und den Schattenprinzen zu deinem Gemahl nehmen.«

»Jetzt?«, fragte ich baff und sah aus dem Fenster. Tatsächlich setzte gerade die Morgendämmerung ein.

»Natürlich. Cassardim hat sich bereits versammelt und wartet gebannt auf die Braut.« Damit marschierte er zur Tür. Dort hielt er inne und drehte sich noch einmal um. »Versuche nicht, mich hereinzulegen, Amaia! Du hast keine Ahnung, wie weit ich für Cassardim gehen würde.«

Als er das Zimmer verlassen hatte, kam eine ganz Einheit Goldkrieger hereingestampft und bewies, wie weit er zu gehen bereit war. Sie postierten sich an Fenster und Türen. Da wollte wohl jemand wirklich sichergehen, dass ich meinen großen Tag nicht verpasste.

Ganz zum Schluss kam eine gut gelaunte blonde Zofe hereingehüpft. Sie schloss die Tür, knickste kokett und dann begannen die Worte förmlich aus Mariz herauszusprudeln.

»Hoooheit! Wie schön, Euch wiederzusehen. So schnell habe ich wirklich nicht mit Euch gerechnet. Ist es nicht toll, dass Kaiser Katair die Hochzeit so früh möglich macht? Sonst hättet ihr eine Ewigkeit im Schattenreich verbringen müssen. Ist es dort so schlimm, wie alle behaupten, oder ist es noch schlimmer? Nicht, dass es mich etwas angeht, man hört nur einfach so einiges. Nana Plombis sagt immer, dass dort ...«

Während Mariz ohne Punkt und Komma weiterplapperte, fegte sie wie ein Wirbelwind durch die Gemächer und richtete alles her, was sich eine Braut an ihrem Hochzeitstag nur wünschen konnte. Jede Braut – außer mir. Ich kam mir vor, als wäre ich im falschen Film gelandet. Nach meiner Zeit im Schattenreich an den Goldenen Berg zurückzukehren, fühlte sich wie ein Ausflug in die Vergangenheit an, während die vorgezogene Hochzeit eher einem Sprung in die Zukunft glich. Ich würde gleich heiraten! Den Mann, der mir all das eingebrockt hatte. Vielleicht sollte ich mir aber weniger Gedanken über meinen Bräutigam machen als darüber, wie ich das Ja-Wort überleben konnte.

Wieder fiel mir mein Verlobungsring ins Auge. Kurz entschlossen schnappte ich ihn mir und schob ihn auf meinen Finger. Ich war zwar stinksauer auf Noár, aber manchmal gab es einfach Wichtigeres und er sollte zumindest wissen, dass es mir gut ging. Vorausgesetzt natürlich, dass der Ring noch funktionierte. Als ich nämlich versuchte, die Schatten darin zu erspüren, stieß ich auf eine Mauer des Schweigens. Tja, vermutlich sollte ich meine Umgangsformen mit dem Schattenreich überdenken ...

Das erinnerte mich an etwas. »Hey, Egon ...«, flüsterte ich und bekam prompt eine Antwort. Der Goldene Berg zeigte mir eine nervöse Braut, die versuchte, ihr Lampenfieber in Alkohol zu ertränken. Ich verkniff mir ein Grinsen. »Ach, wie hab ich doch deinen Humor vermisst.«

Jetzt erschien das Bild eines offensichtlichen Schwerenöters, der die Augenbrauen auf und ab hüpfen ließ und seiner Flamme zuraunte: »Du schmeichelst mir, aber ich steh auch total auf deinen Charakter.«

Da war es um mich geschehen. Ich brach lauthals in Gelächter aus und erntete dafür von den Goldkriegern diverseste Reaktionen von Verwirrung bis Naserümpfen. Anscheinend hatte ich ihrer Meinung nach nichts zu lachen. Das brachte mich dann wieder auf den Boden der Tatsachen zurück. Das – und Mariz, die mich nun durch sorgfältig geplante Stationen der Rundum-Restauration scheuchte.

Die Uhr tickte.

Nach Bad, Maniküre, Hairstyling und Make-up schnürte sie mich hinter einem Paravent in das üppige Brautkleid. In diesem Moment hörte ich ein vertrautes Brummen, gefolgt von dem metallischen Sirren eines gezogenen Schwerts.

»Hey!«, schnauzte ich die Goldkrieger über den Wandschirm hinweg an. »Das ist nur ein Okoklin und kein Feuer speiender Drache. Packt die Schwerter weg!«

Nach der Aktion auf der Barke hätte ich zwar gerne erlebt, wie die schwerfälligen Krieger Flummel durchs Zimmer jagten, aber die Männer gehorchten überraschenderweise. Kurz darauf flatterte der Okoklin über den Paravent und landete auf meiner Hand.

»Hey du, alles okay?«, fragte ich ihn. Da mir ja einige Stunden fehlten, wusste ich nicht, wie es meinem flauschigen Freund ergangen war.

Flummel piepste leise und begann, in seinem Fell zu wühlen. Als er ganz plötzlich ein Stück gefaltetes Papier hervorzauberte, lernte ich, dass Okoklin offensichtlich Beuteltiere waren.

»Oh, das ist ja ein süßes Kerlchen!«, rief Mariz plötzlich übertrieben laut. »Und erst diese kleinen Flügel. Das ist also ein Okoklin? Ich hab schon so viel von ihnen gehört. Stimmt es, dass sie in Schwärmen leben und ganze Ernten vernichten können? Nana Plombis hat mir erzählt …«

Ich hätte ihr übertrieben verschwörerisches Zwinkern nicht gebraucht, um zu wissen, dass sie mit ihrem neuerlichen Redeschwall meine Bewacher ablenken wollte. Ich nickte ihr dankbar zu, während Flummel mir stolz den Mini-Brief hinstreckte. Es war eine Botschaft von Lazar.

Geschwister in Gefahr. Sag „Ja"!
Für Flucht ist gesorgt. L.

Mehr hatte auf das Stückchen Papier nicht draufgepasst. Mehr brauchte ich aber auch nicht zu wissen. Ich war nicht allein. Mir fiel ein so großer Stein vom Herzen, dass ich Flummel einen Kuss auf den fluffigen Kopf drückte. Schlechte Idee, denn anschließend hatte ich den Mund voller Okoklin-Haare. Mariz hielt mir ein Taschentuch hin, damit ich sie abwischen konnte. Sie zuppelte noch ein wenig an mir herum und erklärte ihre Arbeit zu guter Letzt für beendet.

Yay!

Entschlossen trat ich hinter dem Paravent hervor und verkündete: »Dann bringen wir es mal hinter uns!«

»Das ist kein angemessener Tonfall für eine zukünftige Kaiserin«, tadelte ein kleiner asiatisch aussehender Mann in schwarzer Robe.

»Meister Joto!«, rief ich freudig überrascht. So naheliegend es auch war, ich hatte nicht mit dem Zeremonienmeister gerechnet. Eine umso willkommenere Fügung, da ich wusste, dass er ebenfalls auf Lazars Gehaltsliste stand.

Tief und formvollendet verbeugte er sich.

»Würde ich Euch nicht so gut kennen, wäre ich von Eurer Überraschung enttäuscht«, meinte er. »An einem so wichtigen Tag könnt Ihr schließlich immer auf mich zählen, Eure kaiserliche Hoheit.«

Seine vielsagende Formulierung und der bedeutungsvolle Blick, mit dem er mich bedachte, sprachen Bände. Am liebsten hätte ich den kleinen Zeremonienmeister umarmt, doch das verkniff ich mir besser.

»Ihr seid im Übrigen die schönste Braut, die ich in meiner nicht unbeachtlichen Karriere zu Gesicht bekommen durfte«, fügte er hinzu. »Nur ein Detail fehlt noch.«

Er öffnete eine Schatulle, die er bei sich trug. Eingebettet in ein schwarzes Kissen lag darin eine goldene Krone. Joto entnahm sie ehrfürchtig.

»Würdet Ihr mir diese Ehre zugestehen?«

Statt einer Antwort ging ich in die Knie und erlaubte dem Zeremonienmeister, sie mir aufzusetzen.

»Perfekt«, hauchte er, als ich mich wieder erhob. Er strich sich verstohlen eine Träne von der Wange und deutete auf die Tür.

»Euer Bräutigam wartet.«

BIS DASS DER TOD UNS SCHEIDET

Mit klopfendem Herzen stand ich vor einem haushohen Tor. Hier übergab mich meine Eskorte an einen Kommandanten mit einem Helmbusch aus schwarzen Rosshaaren. Lächelnd nickte ich dem Mann zu. Ich kannte ihn.

»Schön, Euch wiederzusehen, Kommandant Askan.«

Der Krieger wirkte verblüfft und gerührt, dass ich mich an seinen Namen erinnerte. Er salutierte voller Hochachtung und gab den Befehl, das Tor zu öffnen.

»Hier hat sich nichts verändert, seit Ihr fortgegangen seid«, raunte mir Joto zu, bevor er mich zu umrunden begann, um Falten zu eliminieren und die Schleppe meines Kleides zu korrigieren. Langsam machte sich Nervosität in mir breit.

»Den Eindruck habe ich nicht gerade«, erwiderte ich leise.

Jotos Gesicht tauchte vor mir auf. »Ob Fidrin oder sein Sohn, was macht das schon für einen Unterschied? Ihr bleibt das Licht in dunkelster Nacht, dem wir zu folgen gedenken.«

Mit einem strahlenden Lächeln schickte er mich auf den Weg. Fanfaren kündigten mich an. Applaus, Jubel und Hochrufe drangen durch die sich öffnenden Torflügel zu mir. Es gab wohl kein Zurück mehr. Ich schluckte und setzte mich in Bewegung. Jetzt wusste ich auch, wie sich ein Gladiator fühlen musste, der durch einen dunklen Tunnel hindurch die Arena betrat und einem Kampf auf Leben und Tod entgegensah. Mein Kleid wurde mit jedem Schritt schwerer. Das Gewicht der vielen Diamanten zog mich förmlich nach unten. Vielleicht war das ja auch die Absicht eines sittenstrengen Schneiders gewesen, um die Braut an die Bürde der Ehe zu erinnern – oder so ...

Der rote Teppich, dem ich folgte, führte mich ins Freie. Rote Blütenblätter segelten auf mich herab. Die Farbe des Bräutigams.

Jetzt wusste ich auch, wo genau meine Hochzeit stattfinden sollte. In derselben Arena, in der Lazar die Bombe hatte platzen lassen, dass ich Katairs Tochter war. Wie passend.

Vor mir erstreckte sich ein orangegoldener Wolkenhimmel und darunter die endlose Weite des Trockenen Meeres. Das Ende meines Weges lag zwischen mir und dem Horizont. Dort, am äußersten Rand der Arena, erwartete mich kein Altar, kein Baldachin, keine Trauzeugen und kein Priester. Dort stand nur eine einzige Person, ganz in Schwarz. Der Mann, mit dem alles begonnen hatte. Der Mann, mit dem ich den Rest meines wahrscheinlich nur noch sehr kurzen Lebens verbringen sollte. Der Mann, der mir mein Herz gestohlen hatte und es mir nie wieder zurückgeben würde.

Das war es also, das Finale der großen Amaia-gegen-Noár-Show. Ironischerweise hatte sich unsere vorgespielte Fehde irgendwann in bitteren Ernst verwandelt. Und nun mussten wir erneut verbergen, was in uns vorging, und den bitteren Ernst hinter viel Prunk und vorgetäuschter Freude verstecken.

Wieder erklangen Fanfaren. Hunderte von Goldkriegern rammten ihre Speere dreimal gegen den Boden, während mich meine Schritte immer weiter meinem Schicksal entgegentrugen. Hinter mir erhob sich der Goldene Berg wie ein bedrohlicher Riese. Schon bei den Sandgleiter-Wettkämpfen waren alle Terrassen, Balkone und Logen bis auf den letzten Platz ausgefüllt gewesen. Ich wagte nicht, mich umzudrehen, aber ich wusste ohnehin, dass sich auch heute ganz Cassardim versammelt hatte, um Zeuge dieses denkwürdigen Tages zu werden.

Je näher ich Noár kam, desto intensiver spürte ich seinen Sternenblick auf mir. Er schien alles andere ausgeblendet zu haben und beobachtete mich mit unergründlicher Miene. Kein Lächeln, keine Wärme, kein Gewissen. Er war ganz der abweisende Schattenprinz, den alle erwarteten. Alle außer mir. Das wurde mir eben mit unerträglicher Heftigkeit bewusst. Etwas in mir hatte sich an die wahnwitzige Hoffnung geklammert, dass der gestrige Tag nur ein Albtraum gewesen war. Oder ein Missverständnis. Ich hatte auf Erklärungen gehofft, die mir Noárs Verhalten begreiflich machen würden. Jetzt flutete mich brennende Enttäuschung. Noár hatte nicht versucht, sich bei mir zu melden – nicht durch den Ring, nicht durch Flummel, nicht durch seine Leute. Er hatte nicht versucht, sich zu entschuldigen, nicht versucht, die Hochzeit zu verhindern oder mich zu befreien. Er fand immer einen Weg, wenn er das wollte. Auch einen Ausweg ...

Es sei denn, Noár war genau da, wo er sein wollte.

Vielleicht hatte Katair ja recht damit, dass wir zusammengehörten. Noár bestand aus Lügen, er lebte sie, atmete sie. Und ich war eine Lüge.

Der Wind zerrte an seinen Haaren und der schwarzen Uniform des Schattenheerführers. Sie zu tragen, war ganz klar ein Statement. Hier stand nicht nur ein Prinz, hier stand ein Krieger, mit dem man sich besser nicht anlegte – und das, obwohl er vollkommen unbewaffnet war. Hatte Katair ihn dazu gezwungen, auf sein Schwert zu verzichten?

Als ich ihn beinahe erreicht hatte, streckte er mir seine Hand entgegen. Tja, Pest oder Cholera. Entweder ich ignorierte sein Angebot und riskierte, Katair zu verärgern. Oder ich nahm es an und riskierte, dass die heißen Tränen ausbrachen, die mir ohnehin schon in den Augen brannten.

Letzteres würde wenigstens meine Geschwister nicht in Gefahr bringen, also legte ich meine Hand in seine. Noárs Finger waren warm. Er dirigierte mich neben sich und drehte mich, bis ich in Richtung des Goldenen Berges schaute.

Mir stockte der Atem. Ich bekam kaum mit, dass Noár meine Hand wieder losließ, denn ich sah mich einer Kulisse gegenüber, die mich überwältigte – und das nicht unbedingt im guten Sinne. Ich hatte gewusst, dass viele Cassarden kommen würden. Ich hatte der Lautstärke entnommen, dass alle Ränge besetzt sein würden. Aber ich hatte nicht damit gerechnet, dass die schiere Menge an Zuschauern meinen Verstand sprengen würde. Das waren nicht nur Hunderttausende, sondern Millionen Cassarden aller Völker. In diesem Meer aus Gesichtern kamen mir die Fürstenlogen unter ihren farbigen Baldachinen geradezu winzig vor. Ich entdeckte Shaell, Zima, Saphama, Ifar, Samtar und die anderen Fürstenfamilien. Auch alle meine Geschwister waren anwesend und winkten mir zu. Plötzlich wurde es mucksmäuschenstill. Erst jetzt realisierte ich, dass die Zuschauer mir bis gerade eben zugejubelt hatten.

Über dem goldenen Emblem Cassardims in der Mitte, umgeben von seinem Seneschall und anderen Würdenträgern, erhob sich Katair.

»Völker Cassardims«, hallte seine Stimme durch die Arena. »Der heutige Tag wird uns Hoffnung bringen und die Ordnung wiederherstellen, die wir so lange ersehnt haben. Wir werden alle Lügen meines Vaters überwinden und in eine strahlende Zukunft blicken.«

Mir entging nicht, mit welch großem Bedacht er seine Worte wählte. Auch im Rest seiner langen Ansprache redete er nie von mir, der Goldenen Erbin oder dem zukünftigen Kaiserpaar.

Mit jeder Minute, die verstrich, fühlte ich mich unwohler. Ich sondierte die Umgebung, suchte Fluchtmöglichkeiten und überlegte, wie schnell ich mit meinem tonnenschweren Kleid wohl nach einem Sprung ins Trockene Meer untergehen würde. Außerdem entdeckte ich mehr Goldkrieger, als ich zählen konnte. Auch in unmittelbarer Nähe meiner Geschwister waren welche postiert. Einer von ihnen hielt sogar Moe fest, damit mein kleiner Bruder nicht von der Balustrade fiel, auf der er gerade balancierte. Okay, jetzt war es offiziell. Ich hasste Katair. Egal, wie viel Unrecht man ihm angetan hatte, das entschuldigte nicht, selbst Unrecht zu tun.

Dann endlich hatte Katair seine Rede beendet und die Zeremonie begann. Ich musste jedoch schnell feststellen, dass eine kaiserliche Hochzeit in Cassardim keine kurze und bündige Angelegenheit war. Abgesandte aller acht Völker nahmen nacheinander den langen Weg zu uns auf sich und legten etwas in Noárs rechte Hand. Erde? Kies? Dreck? Ich war mir nicht ganz sicher, da ich das Zeug ja nicht näher untersuchen konnte. Es dauerte jedenfalls eine gefühlte Ewigkeit, in der die Zuschauer schon mal die Party starteten. Man aß, trank, unterhielt sich und ließ sich unterhalten. Alle schienen einen Riesenspaß zu haben. Außer uns. Irgendwann zwischen den Abgesandten der Nebelreiter und denen der Felsenläufer wurden meine Kopfschmerzen wieder schlimmer. Dummerweise hatte ich nicht mehr daran gedacht, sie zu heilen. Und jetzt, unter den Augen ganz Cassardims, traute ich mich nicht, meinen Willen einzusetzen. Ich wollte ja nicht versehentlich die Splitter aktivieren und zu einer aus den Händen strahlenden Lichtgestalt mutieren. Aus demselben Grund versuchte ich auch nicht, Noárs Wärmetrick auszuprobieren, obwohl mein Kreislauf langsam in den Keller sackte und der Wind mich zusätzlich auskühlte. Wenigstens konnte ich meine zitternden Hände in den Falten meines Kleides verstecken und musste nicht wie Noár Sediment-Potpourri in Empfang nehmen.

Als der letzte Abgesandte endlich seinen Dreck übergeben

hatte, ertönten wieder Fanfaren. Zusätzlich setzten tiefe Trommeln ein, die für meinen dröhnenden Kopf nicht gerade förderlich waren, und Noár drehte sich zu mir. Da ich eins und eins zusammenzählen konnte, nahm ich an, dass man von mir dasselbe erwartete. Ich wandte mich ihm also ebenfalls zu, während ich mich im Stillen dafür verfluchte, dass ich Joto nur danach gefragt hatte, wie genau ich mein Ja-Wort formulieren sollte, und nicht danach, was mich im Rahmenprogramm sonst noch so erwarten könnte.

Noár hielt mir seine flache Hand mit dem Dreck-Cocktail entgegen. Es waren Gold-, Silber- und Bernsteinsplitter, schwarze und weiße Kristalle, dunkle und helle Erde sowie rötlicher Sand.

Aha. Und jetzt?

»Leg deine Hand darauf«, wies Noár mich leise an. Seine Stimme zu hören, verursachte mir eine Gänsehaut, aber ich folgte seiner Anweisung. Anschließend beging ich den Fehler, den Blick zu heben. Wirklich nichts in dieser oder irgendeiner anderen Welt konnte mich so aus dem Gleichgewicht bringen, wie dieser Mann. Seine Sternenaugen brannten sich tief in meine Seele. Ihm entgingen weder meine geröteten Augen noch meine bebenden Hände oder der Bluterguss an meinem Handgelenk, den ich ganz bewusst und zu Mariz' Bedauern nicht geheilt hatte.

Etwas in Noárs Blick flackerte, doch die starre Maske, die er aufgesetzt hatte, verriet nicht die kleinste seiner Emotionen. Er flüsterte ein paar unverständliche Worte und ich spürte, wie sein Wille zwischen unsere Hände kroch. Irgendwie war ich mir sicher, dass das, was er tat, eigentlich ein Job für zwei gewesen wäre. Eine Aufgabe, die das Brautpaar gemeinsam bewältigen sollte. Wollte er mich schonen oder brauchte er mich schlicht nicht? Mein Arm begann zu kribbeln und gerade, als ich es nicht mehr aushielt, zog er seine Hand unter meiner hervor. Nun lagen darin zwei Ringe, geschmiedet aus den Elementen Cassardims.

Die Trommeln verstummten und Jubel brach aus. Erneut erhob sich der Kaiser. Schien, als wurde es jetzt ernst.

»Prinzessin Amaia Tamee, Goldene Erbin Cassardims«, hob er zu sprechen an, »ist es Euer Wille, Prinz Ardiza Noár val Shaell zu Eurem Gatten zu nehmen, ihm Treue, Ergebenheit und Liebe zu schwören – bis in den Tod und darüber hinaus?«

Mein Blick zuckte zu Moe, Jenny, Nick und Annie. Wie ihre Eltern und der Rest der Zuschauer waren ihre Augen gespannt auf mich gerichtet. Niemand ahnte, dass ihre Leben von meiner Antwort abhingen. Die Goldkrieger hinter ihnen hatten die Hände bereits an ihre Schwerter gelegt. Ich erinnerte mich an das letzte Mal, als ich in einer ähnlichen Situation gesteckt hatte. Damals war Adam gestorben. Und so liebend gern ich gerade »nein« gesagt hätte, konnte ich etwas derartiges nicht noch einmal zulassen.

Ich schloss für einen Atemzug die Augen und antwortete dann laut und deutlich: »Ja, es ist mein Wille.«

Während Katair zufrieden nickte und das Publikum applaudierte, schenkte Noár mir ein bitteres Lächeln, als könnte er die Lüge hinter meinen Worten schmecken. Es war mir egal – denn zu sehen, wie sich die Goldkrieger aus den Fürstenlogen zurückzogen, war alles, was zählte. Katair hatte Wort gehalten.

»Prinz Ardiza Noár val Shaell, Kronprinz des Schattenreichs, ist es Euer Wille, Prinzessin Amaia Tamee zu Eurer Gattin zu nehmen und ihr Treue, Ergebenheit und Liebe zu schwören – bis in den Tod und darüber hinaus?«

Noárs Miene war undurchdringlich. Er schaute weder mich noch den Kaiser an, als er laut und deutlich seine Antwort gab.

»Nein, es ist nicht mein Wille.«

Die ausgelassene Stimmung auf dem Goldenen Berg fuhr mit Vollgas gegen die Wand. Noch nie hatte ich so viel geballte Fassungslosigkeit, Bestürzung und Verwirrung erlebt. Auch Katair fiel alles aus dem Gesicht. Offensichtlich hatte er einen groben Fehler begangen und seine Rechnung ohne den Schattenprinzen gemacht.

Ich dagegen wusste gar nicht, was ich empfinden sollte. Ich fühlte mich verwirrt, enttäuscht, bestätigt und gleichzeitig zurückgewiesen. Vor allem zurückgewiesen.

Noár vermied es, mich anzusehen, und wandte sich stattdessen an das Volk. »Ich habe mir selbst geschworen, diese Frau nie wieder zu etwas zu zwingen«, erklärte er mit fester Stimme. »Und da ich weiß, dass sie in diese Hochzeit nicht aus freien Stücken eingewilligt hat, kann ich sie nicht heiraten.« Seine Enthüllung sorgte auf den Rängen für eine weitere Welle der Entrüstung. »Ich stehe Prinzessin Amaia treu zur Seite. Ihr gehört meine Loyalität, mein Schwert, meine Ergebenheit und meine Liebe. Ich würde für sie sterben … aber ich werde sie *nicht* in eine Ehe mit mir zwingen.«

Während auf den Tribünen Tumult ausbrach, geriet mein Herz ins Stolpern. Die Bedeutung seiner Worte, die Bedeutung dieser Situation war so überwältigend, dass mein Verstand sie nur langsam begreifen konnte. Noár hatte gerade vor ganz Cassardim seine Liebe zu mir gestanden. Er hatte seine Schwäche offenbart, seine Maske fallen lassen. Oder gehörte das zu irgendeinem Plan? Steckte Kalkül dahinter? Was könnte er für Vorteile daraus ziehen?

Noár sah mich resigniert an, als schien er zu ahnen, was in mir vorging.

»Ich habe dir schon zu viel genommen«, sagte er gerade so laut, dass ich ihn hören konnte. Die Traurigkeit in seinen Augen stand in krassem Gegensatz zu der Entschlossenheit, die er ausstrahlte. Er hatte eine Entscheidung getroffen und würde die Konsequenzen akzeptieren.

Katair stieß einen Schrei aus, der mir durch Mark und Bein

ging. Sofort erstarb der Aufruhr in der Arena. Mit irrem Blick fixierte er Noár.

»Eure Loyalität und Ergebenheit sollte Cassardim gehören, Prinz Ardiza«, keifte er, »und nicht einer Betrügerin!«

In diesem Moment legte sich ein Schalter in meinem Gehirn um. Ich war vollauf damit beschäftigt, meine widersprüchlichen Gefühle zu ordnen, aber dieser psychotische Kaiser hielt mich davon ab, weil er noch immer einen schwachsinnigen Kreuzzug gegen seine Erinnerungen führte. Das musste aufhören. Sofort.

»Ich bin keine Betrügerin!«, herrschte ich ihn an. »Also lasst diese Anschuldigungen oder beweist sie.«

»Eine wundervolle Überleitung!«, lachte Katair und klatschte in die Hände. »Eigentlich wollte ich sie euch zum Hochzeitsgeschenk machen, aber daraus wird ja jetzt nichts.« Das große Tor, durch das ich gekommen war, schwang erneut auf. Zehn Goldkrieger zogen einen riesigen schwarzen Kubus heraus. Nein, es war kein Kubus, sondern ein Käfig, über dem ein schwarzes Tuch hing. Fäulnis drang daraus hervor, in einer Intensität, wie ich sie seit der Menagerie nicht mehr erlebt hatte. Die Splitter rebellierten, bewegten sich, zerschnitten meine Hände von innen. Der Drang vor diesem Ding zu fliehen, war so übermächtig, dass ich rückwärts torkelte.

»Hier ist Euer geforderter Beweis«, rief der Kaiser, als der Käfig die Mitte der Arena erreicht hatte. Die Goldkrieger traten jedoch nicht den Rückzug an, sondern positionierten sich in meiner Nähe. Noár wirkte alarmiert, sehr zu Katairs Vergnügen.

»Völker von Cassardim! Ich präsentiere euch …«

Auf sein Zeichen hin wurde der Stoff vom Käfig gezogen.

»… Kaiserin Moya!«

TEAM BRÄUTIGAM

Hinter den goldenen Gitterstäben saß eine zusammengekauerte Gestalt. Eine zierliche Frau mit dunklen Haaren. Als das Licht sie traf, zuckte sie wimmernd zusammen. Das war meine Mutter?

Gehetzt wie ein wildes Tier sah sie sich um. Dann fand ihr Blick mich. Ihre Augen wurden leer, bevor sie sich mit bodenlosen Abgründen füllten. Sie schrie und sprang auf. Ihr schlichtes Kleid verwandelte sich in wabernde Tentakel. Aus ihnen wurden Flügel, dann Spinnenbeine, dann Dornen. Sie griff nach den Gitterstäben, aber nicht mit Händen sondern Klauen. Kaum berührten sie das Gold, zerschmolzen die Krallen und formten wieder Finger. Eine Fratze umgeben von wirren Haarsträhnen starrte mich hasserfüllt an. Moya lachte, schrie, weinte.

»Sie wurde ins Chaos gezogen und hat jahrhundertelang versucht, auch mich zu infizieren.« Katairs Stimme hallte durch die schockierte Stille. »Vor wenigen Tagen ist es mir gelungen, sie zu fangen, damit sie euch erzählt, was sie mir zugeflüstert hat.«

Das war auf so viele Arten grausam, schrecklich, ekelhaft und tieftraurig, dass sich mir die Kehle zuschnürte. Noár schien so erschüttert wie ich. Wir beide sahen den Geistern unserer Vergangenheit ins Gesicht.

»Trau dich, Liebste«, forderte Katair.

Die Chaosfrau zog sich von den Gitterstäben weg. Für einen Moment wurde ihr Gesicht normal und wunderschön. Nur die furchterregenden Abgründe ihrer Augen blieben bestehen. »Ich weiß nicht, was du meinst«, sagte sie. Aus ihrer Kehle ertönten hundert Stimmen. Männer, Frauen, Kinder – ein Klang, der sich in meine Ohren bohrte und an meinen Nervenenden kratzte. Und nicht nur mir ging es so: Die Cassarden auf dem Goldenen Berg reagierten ähnlich. Manche hielten sich die Ohren zu, andere waren starr vor Furcht, aber Katair dachte gar nicht daran, dieses grausame Schauspiel zu beenden.

»Fangen wir doch damit an, wer dich umgebracht hat.«

Moya preschte in die vordere Ecke des Käfigs und streckte eine ihrer Klauen in unsere Richtung.

»Ein hübscher Bräutigam«, zischte die Chaosstimme.

Shaell trat an die Balustrade seiner Loge. »Sie ist eine Chaoswandlerin. Aus ihrem Mund kommen nur Lügen!«

Er versteckte seine Unsicherheit hinter Arroganz, doch ich erkannte seine Angst, dass die Wahrheit ans Licht kommen könnte. Nichtsdestotrotz gaben ihm einige der anderen Fürsten recht.

Der Kaiser ignorierte ihren Protest mit gnadenloser Härte. Er hob seine Hand und deutete auf mich.

»Ist dieses Mädchen meine Tochter?«

»Nein, nein, nein«, jammerte Moya. Sie zog sich zurück und begann zu weinen. Ihre schwarzen Tränen verdampften zischend auf dem Käfigboden. »Mein Mädchen. Ich habe sie grüßen lassen, aber sie wollte nicht zu mir kommen.«

Sie?! SIE hatte mich im Heerlager grüßen lassen?

»Wer ihr Vater ist!«, verlangte Katair zu erfahren.

»Nein, nein, nein«, kicherte sie.

Katair sprang aus seiner Loge und landete mit wutverzerrter Miene in der Arena. Wie ein wildes Raubtier hielt er auf den Käfig zu.

»SAG ES ENDLICH!« Sein Befehl ließ den Goldenen Berg erzittern. Da wusste ich plötzlich, dass auch er die Antwort nicht kannte. Und er brauchte sie.

Moya wich heulend so weit vor ihm zurück, wie es ihr Gefängnis zuließ. Wieder und wieder schüttelte sie den Kopf. Das Chaos schien von ihr abzufallen, bis nur noch eine schluchzende Frau vor Katair stand. Seine Gemahlin. Die Liebe seines Lebens.

Katair bebte. Verzweiflung und Sehnsucht zerrissen seine Stimme. »Mit wem hast du mich betrogen?«

Langsam löste sich Moya aus ihrer Furcht. Für einen Augenblick glaubte ich, tatsächlich meine Mutter zu sehen. Sie näherte sich ihrem Gatten voller Mitgefühl.

»Ich habe dich nie betrogen«, gelobte sie traurig. Diesmal sprach nicht das Chaos aus ihr. Sie klang nur nach einer Frau.

Katair starrte sie aus großen Augen an. »Aber du hast gesagt ...«, stammelte er.

»Eine Lüge.« Moya kicherte und das Chaos floss zurück in ihr Gesicht und ihre Stimme. Sie drehte sich mit ausgestreckten Klauen um. »So viele Lügen.«

Katair sah mich wie vom Donner gerührt an.

»Dann *ist* sie meine Tochter?«

»Nein, nein, nein«, zischte Moya böse. Ihre Haut bekam Risse, aus denen dunkler Rauch quoll. Sie rüttelte ohne Sinn und Verstand an den Gitterstäben. »Nicht deine Tochter, nicht meine Tochter, nur ein hübsches Baby!« Unvermittelt brach sie zusammen und weinte wie ein kleines Kind. »Wir haben doch ein Baby gebraucht, damit du Kaiser werden kannst.«

»Was?!«

Auf Katairs Zügen breiteten sich Erkenntnis und Schmerz aus. Er sank auf die Knie. Alle Kraft hatte ihn verlassen.

»Meinetwegen ...?«, hauchte er.

»Ja.« Seine Chaosgattin krabbelte zu ihm und streckte ihre Hand aus, als würde sie ihn trösten wollen. Doch aus ihren Fingern wurde eine Klaue, die auf einen Punkt über Katair deutete. Alle Blicke folgten der aufgezeigten Richtung. Die Kaiserloge. Nein, ein Mann in der Kaiserloge. Lazar.

»ER hat es mir gegeben.«

Der Seneschall erhob sich.

Lazar nahm die plötzliche Aufmerksamkeit mit gewohnter Gelassenheit. »Sie lügt«, verkündete er mit fester Stimme. Dann nahm er Katair ins Visier und fragte: »Willst du wirklich einer Chaoswandlerin eher glauben als mir, deinem Freund und Seneschall?«

Katair war erstarrt. Es schien, als versuchte er aus all dem schlau zu werden. Genau wie ich. Wenn ich Lazar glaubte, stand ich gerade vor meinen Eltern – oder dem, was von meinen Eltern übrig war. Schenkte ich jedoch Moya Glauben, machte mich das zu einem Kuckuckskind. Dann war die Lüge um meine Person noch größer als angenommen.

»Ich muss die Ordnung wiederherstellen«, murmelte Katair. Wieder und wieder. Moya begann zu lachen. Der Konflikt, in dem ihr Mann steckte, schien sie zutiefst zu befriedigen.

Plötzlich erhob sich der Kaiser und funkelte seinen Seneschall finster an. »Nehmt ihn fest!« Anschließend drehte er sich zu mir um. »Und sie auch.«

Ein kalter Schauer rieselte mein Rückgrat hinunter. Katair hatte seine Entscheidung getroffen. Er zog einen rigorosen Schlussstrich und das bedeutete, dass er mein Schicksal besiegelt hatte. Goldkrieger stapften auf mich zu, doch Noár trat ihnen in den Weg.

»Dann müsst ihr auch mich festnehmen.«

Er war allein und unbewaffnet. Trotzdem zögerten die Krieger.

»Wagt es nicht, meinen Sohn anzurühren«, brüllte Shaell von seiner Loge aus.

Jetzt mischte sich auch Saphama ein. Die silbern gekleidete Wolkenfürstin, die ich ebenfalls mal eine Weile für meine Mutter gehalten hatte, schien eindeutig auf Katairs Seite zu stehen. Kein Wunder, vermutlich war sie an der Planung dieses ganz speziellen Hochzeitsgeschenks maßgeblich beteiligt gewesen. Sie und die anderen, die sich im Wandernden Wald getroffen hatten.

»Dein Sohn hat die falsche Seite gewählt. Pfeif ihn zurück, oder du wirst dein blaues Wunder erleben, Shaell!«

Sie gab Ifar ein Zeichen. Der Wolkenprinz lächelte gefährlich, zog sein Schwert und sprang in die Arena. Gleichzeitig marschierte eine kleine Armee aus dem noch immer offenen Tor. Soldaten, gehüllt in die silbernen Rüstungen des Wolkenheers. Weitere stürmten die Schattenloge, um Shaell und seine Schattenkrieger in Schach zu halten.

Oh, und wie das hier zum Plan gehörte! Katair musste gewusst haben, dass Noár sich niemals kampflos ergeben würde. Zwar war er mit dem Vorhaben gescheitert, ihn durch die Hochzeit mit einer Betrügerin politisch zu ruinieren und zu isolieren, aber das machte nun keinen Unterschied mehr. Nicht, nachdem Noár trotzdem für mich einstand.

Als Ifars Soldaten und die Goldkrieger uns umringten, wich Noár keinen Millimeter zurück. Unerschütterlich schirmte er mich mit seinem Körper ab und machte klar, dass jeder, der an mich herankommen wollte, erst an ihm vorbeimusste.

»Du hast den Befehl des Kaisers gehört, Schattenprinz«, höhnte Ifar. Er genoss es sichtlich, am längeren Hebel zu sitzen. »Ich sollte dir raten, mir nicht im Weg zu stehen, aber ich hoffe darauf, dass du dumm genug bist, diesen Rat nicht zu befolgen.«

Noár lachte kalt. »Sei vorsichtig mit deinen Wünschen«, entgegnete er dem Wolkenprinzen nicht im Mindesten beunruhigt. »Es könnte sein, dass ich sie dir erfülle.«

Das war Wahnsinn! Möglich, dass Noár auch unbewaffnet eine Chance gegen Ifar hatte, aber nicht gegen all die Soldaten.

Sie würden ihn töten, ganz so wie Katair es geplant hatte. Abgesehen davon würden bei einem Kampf viele unschuldige Cassarden ihr Leben verlieren. Das konnte ich nicht zulassen. Wenn wir also nicht einen Sprung ins Trockene Meer wagen wollten, blieb nur noch eine Option übrig. Unauffällig zupfte ich Noár am Ärmel.

»Tu's nicht«, flüsterte ich ihm zu. »Ich will nicht, dass du meinetwegen stirbst.«

Er sah mit gehobenen Brauen über die Schulter. »Das freut mich, Kätzchen. Aber ich werde nicht sterben.«

Einen Augenblick später schienen die Sandwogen hinter uns förmlich zu explodieren. Shendai brachen daraus hervor und schwangen sich in die Luft. Es regnete Sand und Schattenkrieger. Weitere kletterten aus dem Trockenen Meer in die Arena. Ich sah Flossen von Sandgleitern, von deren Rücken Wüstenkrieger absprangen. Ein dunkler Körper schlug direkt neben mir ein und schüttelte sich wie ein nasser Hund. Pash.

»Rückendeckung gefällig?«, fragte er mit einer vergnügten Grimasse. Kurz darauf folgten Drokor, Junos und Rhome. Der General warf Noár ein Schwert zu und ging gemeinsam mit den anderen in Angriffsposition.

Jetzt standen golden und silbern schimmernde Soldaten einer ziemlich verstaubten, aber nicht minder beeindruckenden Streitmacht aus Shendai, Schatten- und Wüstenkriegern gegenüber. Ich grinste. Noár musste all das geahnt, und Samtar irgendwie auf seine Seite gezogen haben. Dieser Auftritt hatte Ifar seinen Hochmut aus dem Gesicht gefegt. Sein Zögern nutzte Noár, um das Wort an den Kaiser zu richten.

»Ist es das, was Ihr wollt, Eure Majestät? So wollt Ihr die Ordnung wiederherstellen?«, erkundigte er sich laut. »Indem sich Eure beiden Armeen gegenseitig auslöschen?«

Bevor er antworten konnte, stieg eine blau schimmernde Gestalt aus dem Boden hervor – genau zwischen den Frontlinien.

»Oh-oh«, murmelte Zoey, als ihr klar wurde, wo sie gerade reingeplatzt war. Unter den Augen der verwirrten Krieger schwebte sie zu mir. »Ihr müsst hier weg! Sofort!«

»Was machst du denn hier, Zoey?«, fragte ich perplex. »Ich dachte, du wärst –«

»Ja, ja, lange Geschichte«, unterbrach sie mich. »Ich war schon fast weg, da hab ich bei ein paar lästernden Mit-Gespenstern was aufgeschnappt – aber für Details haben wir jetzt keine Zeit. Erinnerst du dich an diesen pubertierenden Wikinger-Verschnitt aus dem Wald? Moes Halbbruder? Er hat seine Leute hier. Sie sind überall!«

»Tincos«, knurrte Noár wütend.

Geschlossen sahen wir hinauf zur Loge der Waldfürsten. Dort schwang sich der Eiserne Prinz gerade auf die Brüstung und breitete die Arme aus. »Nicht doch! Jetzt hat dieses Geistermädchen die große Überraschung versaut.«

Kaum war seine Stimme verhallt, fielen überall in der Menge die Kapuzen seiner Waldkrieger. Pfeile wurden angelegt und Bögen gespannt. Ein Großteil von ihnen war auf uns gerichtet, aber auch unbeteiligte Cassarden wie Lazar, meine Geschwister und die Fürsten, die auf unserer Seite standen, wurden ins Visier genommen.

»Unser hochgeschätzter Kaiser ist zu klug, um nicht noch einen Trumpf in der Hinterhand zu haben«, fuhr Tincos fort und schlenderte die Brüstung entlang in Richtung Kaiserloge. »Legt die Waffen nieder oder dieses Mädchen, das vorgibt, die Goldene Erbin zu sein, wird sterben. Genau wie alle, die ihr folgen.«

»Das ist unerhört!«, rief die Fährfürstin. »So etwas könnt Ihr doch nicht dulden, Eure Majestät!«

»Eine dritte Armee stört das Gleichgewicht«, mischte sich nun Fürst Onode von den Niemandslanden ein. Auch seine Männer zogen nun ihre Waffen und waren bereit, sich in den Kampf zu stürzen.

Tincos lachte. Er trat einen Schritt vor und benutzte das riesige Emblem des Totenreichs als eine Art Rutsche, über die er sich in die Arena gleiten ließ.

Ifar und seine Krieger machten Platz, sodass wir freie Sicht auf den Kaiser und seinen neuen Handlanger hatten. Neben ihnen begann Moya in ihrem Käfig verrücktzuspielen. Sie kreischte, kicherte und rüttelte an den Gitterstäben. Ich wusste, was sie dazu veranlasste. Ich spürte es ebenfalls. Unser aller Zwist schwächte die Barrieren. Niemand hier würde nachgeben und selbst wenn ich mich stellte, wäre ein Kampf unvermeidbar. Die zunehmende Fäulnis, die ich roch, schmeckte und inzwischen auch fühlte, löste einen beinahe übermächtigen Brechreiz aus. Ich musste etwas tun, um die Katastrophe zu verhindern.

Energisch schob ich Noár zur Seite und trat nach vorne. Seine Flüche, weil ich mich so ungeschützt den Bogenschützen auslieferte, ignorierte ich geflissentlich.

»Seht euch nur an«, rief ich so laut ich konnte. Meine Stimme war für epische Braveheart-Ansprachen zwar nicht gemacht, aber ich gab trotzdem mein Bestes. »Cassarden, die ihre Waffen gegeneinander erheben. Und wofür? Für ein Stück Metall, das man sich auf den Kopf setzen kann? Für einen Thron, der überhaupt nichts bedeutet ohne Loyalität und Gemeinschaft. Ihr habt vergessen, was eure Aufgabe ist: Die Ordnung zu wahren. Und diese Ordnung liegt nicht in Hierarchien oder Blutlinien oder Politik. Sie liegt darin, das Richtige zu tun.« Ich sah Ifar an, Tincos, die Goldkrieger und Katair. Dann deutete ich auf den Chaos-Käfig und fuhr fort. »Ich weiß nicht, ob diese Frau recht hat. Ich weiß nicht, *wer* ich bin. Aber ich weiß, *was* ich bin. Eine Cassardin, die die Kaisersymbole trägt.« Zum Beweis streckte ich allen meine Handflächen entgegen. »Wie ihr fühle ich die Barrieren schwächer werden. Ich fühle das drohende Chaos. Ihr sucht einen Schuldigen dafür? Seht euch an, dann habt ihr eure Antwort. Wenn ihr jetzt kämpft, hat das Chaos gewonnen.«

Schweigen legte sich über die Arena.

Aus dem Schweigen wurde Betroffenheit.

Dann hörte ich hinter mir ein metallisches Sirren. Noár hatte sein Schwert weggesteckt. Eine simple Geste, die lauter sprach, als Worte es gekonnt hätten. Als ich mich zu ihm umdrehte, nickte er mir anerkennend zu. Auch Drokor ließ seine Waffe in der Schwertscheide verschwinden. Junos und Rhome ebenso, obwohl der General nicht besonders glücklich dabei aussah.

Pash schnaubte enttäuscht, folgte aber dem Beispiel seines Herrn. Dabei murmelte er noch etwas, das verdächtig nach »Manno« klang.

Nun sah ich auch endlich eine Bewegung auf der gegnerischen Seite. Es war ein Goldkrieger, der sein Schwert senkte. Seine Kameraden taten es ihm gleich. Und zu meiner Überraschung nickte Ifar ebenfalls, woraufhin seine Männer die Waffen wegsteckten.

»Eine faszinierende Ansprache, meine Teuerste«, lobte Tincos, der noch immer an Katairs Seite stand. »Aber deine Logik beinhaltet einen kleinen Denkfehler.« Er zog einen Dolch und prüfte die Schärfe der Klinge mit seinem Daumen. »Wieso sollte das Chaos versuchen, die Barrieren zu überwinden, wenn es einen so viel einfacheren Weg gibt, Cassardim zu erobern?«

Seine Augen verschwanden hinter schwarzen Wirbeln. Sein Gesicht verfloss, zerbrach, zerriss und ließ ein anderes Antlitz erscheinen. Weiße Haare sprossen aus seinem Kopf hervor, die

Haut alterte und plötzlich stand Fidrin vor uns. Aber nicht Fidrin, der ehemalige Herrscher Cassardims, sondern Fidrin, der Chaoskaiser. Befallen von Irrsinn, gekrönt von waberndem Rauch und gekleidet in Blitze.

»... durch die Willensschwäche seiner Bewohner.«

In einem widerlichen Grinsen entblößte er faulige Fangzähne. Die Klinge in seiner Hand wurde zu einem schwarzen Dorn. Ohne zu zögern versenkte er ihn im Rücken seines Sohns. Katair keuchte auf. Moya brüllte vor Freude und dann verdunkelten Chaos-Pfeile den Himmel Cassardims.

DAS WORLD-WIDE-CHAOS-WEB

Schreiend stürzte ich auf die Knie.

Fidrins Gegenwart zu ertragen, war schon fast unmöglich gewesen, aber nun, da jeder einzelne von Tincos Männern zu einem Chaoswandler mutierte, überwältigte mich der Schmerz. Meine Haut schien in Flammen zu stehen, meine Hände waren offene Wunden und meine Sinne revoltierten.

Ich fühlte, wie Cassardim litt.

Ich fühlte jeden Chaos-Pfeil, der einen Unschuldigen traf.

Und ich fühlte, wie das Chaos in seinen neuen Opfern die Oberhand gewann. Es war eine Krankheit. Eine Seuche, die sich rasend schnell ausbreitete.

Kühle Hände umfassten mein Gesicht und zwangen mich, den Kopf zu heben und in die Augen zu sehen, die ich so sehr liebte, obwohl ich sie nicht lieben wollte ... warum eigentlich? Ich konnte mich nicht erinnern.

»Ignoriere den Schmerz!«, befahl Noár.

Sein Wille kroch mir unter die Haut und zwang meine Nervenenden, nicht mehr auf die zerstörerischen Reize zu reagieren. Meine Schreie verstummten. Ich fiel gegen seine Brust und atmete, atmete, atmete ...

Noár strich mir beruhigend über den Rücken. »Besser?«

»Viel besser«, hauchte ich. »Danke.«

Gerade überlegte ich, ob es ratsam war, mich zu bedanken, weil doch noch so viel zwischen uns stand, als Pashs gestresste Stimme mich in die Realität zurückholte.

»Ich will ja nichts sagen«, keuchte er, »aber das ist wirklich ein denkbar schlechter Ort fürs Kuscheln.«

Ich sah auf und entdeckte, dass Noárs Freunde einen Schutzring um uns gebildet hatten. Ihre Hände streckten sie den Chaos-Pfeilen entgegen, um sie mit ihrem Willen aufzuhalten. Zu Dutzenden zerschellten sie an einer unsichtbaren Barriere. Dahinter hatte sich die Arena und der Goldene Berg in ein Schlachtfeld verwandelt. Wo ich auch hinsah, kämpften Cassarden gegen Chaoswandler. Der von Fidrin besessene Tincos hatte sich auf die Fürsten gestürzt, während die gemeinsam versuchten, ihn zu besiegen. Panisch suchte ich meine Geschwister in der Menge. Da! Nick hatte sie um sich geschart, um sie besser verteidigen zu können. Neben ihm kämpfte ein Goldkrieger. Askan! Der Kommandant hatte also die ganze Zeit über ein Auge auf sie gehabt.

»Pash hat recht«, meinte Noár, »Wir müssen dich hier wegbringen.«

»Äh nein!«, platzte es aus mir heraus.

»Äh doch!«, mischte sich Pash ein. »Falls du es nicht bemerkt hast, Prinzesschen, das Chaos kann es gar nicht abwarten, dich in die Finger zu bekommen.«

Tatsächlich! Jetzt erkannte ich hinter dem Tumult in der Arena ein Schema: Die Chaoswandler drängten alle in meine Richtung, während jeder, der nicht infiziert war, versuchte, genau das zu verhindern. Auch die meisten Pfeile zielten auf mich. Nur auf den Rängen sah es anders aus. Dort fielen Tincos' Männer über jeden her, der nicht schnell genug war, sich in Sicherheit zu bringen. Sie schossen blind in die Menge und ließen die neu entstandenen Chaoswandler den Rest erledigen. Ich sah weinende Kinder, kämpfende Mütter und sterbende Väter.

»Ich werde nicht gehen«, verkündete ich entschieden.

Rhome verdrehte die Augen. »Kommt mir bekannt vor.«

»Gebt mir einfach 'ne Minute!«, pampte ich sie an und wartete gar nicht erst auf ihre Zustimmung, sondern presste meine Handflächen flach auf den Boden.

»Okay, Egon«, flüsterte ich. »Du und ich werden dich jetzt mal auf die Werkseinstellungen zurücksetzen.«

Sofort erschien das Bild eines papageienartigen Vogels in meinen Gedanken, der seinen Kopf schief legte und einen irritierten Laut von sich gab.

Statt langer Erklärungen griff ich nach der Macht der Splitter und verband sie mit meinem Willen. Der Goldene Berg war jedem zur Gastfreundschaft verpflichtet. Ich fand, jetzt war ein guter Zeitpunkt, das zu ändern.

Egon gewährte mir dieses Mal uneingeschränkt Zugang und Kontrolle über den Berg. Wie einfach die Welt doch sein konnte, wenn man einen gemeinsamen Feind hatte. Ich wählte die erstbeste Terrasse aus. Dort versperrten Tincos' Männer eine Tür, damit die Zuschauer sich nicht ins Innere flüchten konnten. Praktischerweise thronten über der Tür zwei große Shendai-Statuen. Natürlich war es Egon nicht erlaubt, sie auf irgendjemanden fallen zu lassen, aber ich zerfetzte diese Regel und ersetzte sie durch eine Neue: Wenn Chaoswandler das Leben von Cassarden gefährden, dann ist es völlig okay, tonnenschwere Skulpturen auf sie zu schubsen!

Egon gehorchte mit Freuden.

Weiter! Ich fegte durch Gänge, ließ Egon Tore für Unschuldige öffnen und sie für ihre Verfolger verschließen. Ich erlaubte ihm, Treppen zum Einsturz zu bringen, um das Chaos auszubremsen, und neue Brücken zu kreieren, um Flüchtende zu retten. Egon lernte schnell. Schon bald schickte er mir das Bild von einem Fährmann, der grinsend salutierte und rief: »Aye, aye, Captain!«

Gut so! »Mach sie fertig, Egon!«

Gerade war ich dabei, die Verbindung zu kappen, da tauchte ein weiteres Bild in meinem Kopf auf. Es zeigte Katair, der sterbend in der Arena lag. Ich verstand sofort, was Egon mir sagen wollte. Wir brauchten den Kaiser, wenn wir Cassardim nicht dem Chaos überlassen wollten.

»Ich kümmer mich drum«, versprach ich und schlug die Augen auf.

Dank Egons hervorragender Arbeit hatte der Pfeilhagel inzwischen so weit abgenommen, dass nur noch Pash mich vor vereinzelten Geschossen schützen musste. Dafür war nun auch am Himmel eine Schlacht ausgebrochen. Shendai gegen Chookal. Die Anwesenheit der Chaoshunde bedeutete, dass sich irgendwo ein Wirbel geöffnet hatte. Es stand also noch schlimmer um uns, als angenommen. Noár und seine Freunde leisteten unermüdlich Widerstand, um nicht überrannt zu werden. Ich hätte ihnen gerne geholfen, aber im Moment drehte sich alles vor meinen Augen. Die Splitter zu benutzen, war vielleicht doch keine so gute Idee gewesen.

»Wir müssen zum Kaiser!«, krächzte ich und zog mich stöhnend auf die Beine. Dabei stolperte ich fast über die massigen Falten meines Kleides. Nur Rhomes beherztes Zupacken verhinderte, dass ich hinfiel. Noár tauchte vor mir auf und musterte mich skeptisch.

»Versuch gar nicht erst, es mir auszureden«, maulte ich. »Ich hab's Egon versprochen.«

»Also gut«, seufzte er. »Pash, gib ihr ein Schwert.« Dann sah er mich mahnend an. »Und du bleibst hinter mir.«

»Was?!« Pash klappte der Mund auf. »Habt ihr jetzt beide den Verstand verloren? Ich dachte, wir wollen Amaia am Leben halten?« Griesgrämig zog er sein Ersatzschwert, zerteilte damit einen herabstürzenden Chaoshund und warf es mir anschließend zu. »Und wer ist eigentlich dieser Egon?«

Ich überging seine Fragen und konzentrierte mich auf den Kampf. Mit dem Schattenprinzen an der Spitze begannen wir, uns Meter um Meter vorzuarbeiten. Es war ein mühsames Unterfangen und mein Kleid war dabei mehr als hinderlich. Kaum hatte ich diesen Gedanken zu Ende gedacht, schoss Flummel aus meinen Haaren. Er flatterte piepsend vor meinem Gesicht herum, als würde er mir Anweisungen geben, und stürzte sich dann auf meine Taille.

»Hey, lass das«, schimpfte ich.

Aber Flummel war nicht mehr zu bremsen. Er zerrte, kaute und biss an einer Schleife herum. Kurz darauf löste sich eine Naht und mehrere Kilo Stoff segelten zu Boden. Übrig blieb ein leichter Unterrock.

Rhome, der gerade einen Angreifer im Schwitzkasten hatte, begann schallend zu lachen. »Zeig mir den Trick und du bekommst so viel Kuchen, wie du essen kannst«, rief er Flummel zu.

Ich hätte auch gerne gewusst, woher mein Okoklin so konkrete Schneiderkenntnisse besaß, aber ich ahnte, dass es etwas mit Jotos heimlichen Anweisungen zu tun hatte. Schien, als hätte der Zeremonienmeister damit gerechnet, dass ich eine flexiblere Alternative benötigen würde.

Endlich befreit von meinem halben Brautkleid kamen wir deutlich schneller voran. Auch Flummel zeigte sich nun hoch motiviert. Wir gaben ein hervorragendes Team ab, denn verwirrt von Okoklin-Attacken ließen sich meine Gegner idiotensicher aufspießen.

Schon bald erreichten wir Moyas Käfig. Daneben war Lazar über Katairs Körper gebeugt und hielt ihn mit seinem Willen am

Leben. Der Seneschall war schweißgetränkt und völlig erschöpft. Ich kniete mich zu ihnen und erkannte, wie falsch ich lag: Lazar hielt den Kaiser nicht am Leben, er sorgte dafür, dass das Chaos aus seiner Wunde nicht Besitz von ihm ergriff.

»Helft mir«, bat er matt. »Wir müssen ihn heilen!«

Ich nickte finster. Nach meiner eigenen Chaos-Erfahrung in der Menagerie, konnte ich mir ziemlich gut vorstellen, was gerade in Katair vorging. Das wünschte ich nicht einmal meinen ärgsten Feinden.

Jetzt stieß auch Noár zu uns. Lazar machte ihm Platz und verlor für eine Sekunde die Kontrolle über die Wunde. Katair packte mich am Arm und öffnete die Augen.

»Tötet mich!«, röchelte er. »Es ist zu spät. Ich fühle es. Tötet mich, bevor ich so werde wie sie!«

»Nein«, widersprach ich ihm bestimmt. »Haltet still! Ich kann Euch heilen!«

Ich schüttelte seinen Griff ab und legte meine Hände an seine Schläfen. Diesmal spürte ich keine Schmerzen beim Kontakt mit dem Chaos, denn Noárs Betäubung wirkte noch immer. Für Katair schien das nicht zu gelten. Der Kaiser schrie und wehrte sich mit so unerwarteter Vehemenz, dass wir Mühe hatten, ihn festzuhalten.

»Verschwende deine Kraft nicht an mich, Tamee«, keuchte er. »Du brauchst sie … für das Juwel. Halte … meinen Vater auf.« Chaos floss in seine Augen. »Tötet mich. Bitte! Tut es!«

Aus Rissen in seiner Haut quoll dunkler Rauch. Nein! Ich versuchte, das Chaos mit meinem Willen zurückzudrängen, doch es war zu spät. Unter meinen Händen verwandelte sich sein Gesicht in Fidrins wahnsinnige Fratze. Ein grausiges Lachen entstieg seiner Kehle. »Hallo, Amaia. Wir wart–«

Weiter kam er nicht, denn Lazar stieß ihm einen Dolch ins

Herz. Fidrin kreischte auf, wehrte sich und musste schließlich den Körper seines Sohnes verlassen.

Dann war alles vorbei.

Vor mir lag der tote Kaiser. Der Mann, der mich großgezogen hatte, obwohl ich mich nicht mehr daran erinnern konnte. Ich fühlte mich schlecht, weil sein Tod mir nichts bedeutete. Trotzdem empfand ich Trauer über das bittere Ende dieses tragischen Lebens. Katair hatte nichts Falsches getan oder gewollt. Er hatte versucht, ein guter Kaiser, ein guter Ehemann und Vater zu sein, aber das Schicksal hatte ihm all das verwehrt.

Lazar ließ den Dolch los. Er schloss seinem alten Freund die Augen und vergoss eine einzelne Träne.

Da wurde mir bewusst, dass wir mehr verloren hatten als ein Leben. Wir hatten die Hoffnung auf Frieden verloren. Wie sollte Cassardim jemals wieder zur Ruhe kommen ohne einen rechtmäßigen und von den Völkern akzeptierten Kaiser?

Ich sah von dem Leichnam hoch. Noch immer wüteten überall heftige Kämpfe. Die meisten Zivilisten waren inzwischen entkommen, aber das würde wohl kaum etwas nützen, wenn wir das Chaos nicht zurückdrängten. Jeder Gefallene auf unserer Seite bedeutete einen Chaoswandler mehr, der uns tot sehen wollte.

»Was für ein Wahnsinn, hm?« Unvermittelt kam Zoey aus dem Boden geschwebt und setzte sich neben mich. »Fidrin hat seinen Verstand ins World-Wide-Chaos-Web hochgeladen und surft jetzt von Zombie zu Zombie. Irgendeine Idee, wie wir diesem Walking-Dead-Albtraum ein Ende bereiten können?«

Verzweifelt starrte ich meine Hände an. Solange mir die Kraft nicht ausging, konnte ich mit den Splittern Wirbel schließen, Barrieren verstärken und nette Feuer-, Eis- und Wurzel-Dinge erschaffen – aber ich konnte nicht das Chaos beeinflussen.

»Ich hab nicht die leiseste Ahnung«, murmelte ich.

Lazar riss seinen Blick von Katairs Leiche los und erhob sich. Seine Züge waren von Trauer gezeichnet, doch sein Tonfall klang souverän und entschlossen. »Wir müssen Amaia und die Fürsten in Sicherheit bringen. Sie sind jetzt Cassardims letzte Hoffnung.«

Widerwille regte sich in mir. Wenn ich Cassardims letzte Hoffnung war, wie konnte ich dann fliehen und den Goldenen Berg und all die Leute hier im Stich lassen?

Noár nickte grimmig. »Bring du sie fort. Ich werde hierbleiben und so viele retten, wie ich kann.«

Die Augen des Seneschalls weiteten sich kaum merklich. Fast glaubte ich, darin etwas wie Überraschung und Anerkennung zu sehen. Auch er nickte. »Ich hole die Fürstenfamilien. Wenn ihr über dem Trockenen Meer eine schwarze Flagge seht, schafft Amaia dorthin. Dort wartet ein Freund von mir, der alles für die Flucht vorbereitet hat.«

Damit schlüpfte Lazar durch den Verteidigungsring der Schattenkrieger und verschwand im Schlachtengetümmel.

Gereizt schnappte ich mir mein Schwert und sprang auf. »Denkst du wirklich, ich werde zulassen, dass du dich aus Schuldgefühlen in einen Märtyrertod stürzt?«, fauchte ich Noár an. Langsam ging mir diese Schicksalsergebenheit und Aufopferungsbereitschaft auf die Nerven. »Wenn du das Bedürfnis hast, für die Verfehlungen deiner Vergangenheit büßen zu müssen, kann ich dir ja gerne später dafür in den Hintern treten. Aber hier und jetzt sollten wir dringend eine Lösung finden – ohne diesen ätzenden Ich-habe-verdient-zu-sterben-Schwachsinn.«

Ich war so sehr in Rage, dass ich den Chaoshund, der sich auf mich stürzen wollte, erst bemerkte, als Noár mich aus der Gefahrenzone zog und den Chokaal mit einem mächtigen Schwerthieb vom Himmel holte. Mit Blutspritzern bedeckt baute er sich vor mir auf. »Auch auf die Gefahr hin, dass ich mich wiederhole«, sagte er leise, »ich habe nicht vor zu sterben.« Sein Tonfall war sanft und die Sehnsucht, die darin mitschwang, versetzte mir einen schmerzhaften Stich. Er strich mir eine Locke hinters Ohr und lächelte traurig. »Abgesehen davon brauche ich deine Erlaubnis nicht, um zu bleiben.«

»Genauso wenig wie ich deine brauche.«

Ich würde ihn nicht allein lassen – aus gleich mehreren Gründen. Zum einen konnte ich ja wohl kaum eine Ansprache darüber halten, wie wichtig es war, das Richtige zu tun, um dann nicht danach zu handeln. Zum anderen war ich noch immer die Goldene Erbin, ausgestattet mit den Splittern des Juwels der Macht, und konnte bestimmt irgendwie nützlich sein. Außerdem *wollte* ich Noár nicht allein lassen.

»Amaaaia!« Ein Chaoswandler mit Fidrins Gesicht versuchte, an Rhome vorbeizukommen. Der General machte kurzen Prozess mit ihm.

»Du wirst mir nicht entkommen!«, kreischte es nun hinter mir. Ich fuhr herum und sah, wie Drokors Gegner die Gestalt des Chaoskaisers annahm.

Moya begann, in ihrem Käfig durchzudrehen. Sie schlug auf die Gitterstäbe ein und schrie immer und immer wieder: »Befrei mich!«

»Deine Familie vermisst dich«, lachte Fidrin, bevor Drokor ihn zum Schweigen brachte.

Keinen Augenblick später schlüpfte er in einen infizierten Goldkrieger und rannte brüllend auf mich zu.

»Gib mir das Juwel! Es gehört mir! MIR!«

Junos' Pfeile trafen ihn in den Rücken. Der Chaoswandler stürzte auf die Knie, bevor er mich erreichen konnte. Blut sprudelte aus seinem Mund. Fidrins Mund. »Du kannst mich nicht aufhalten!«

»Das werden wir ja sehen!«, zischte ich und packte seinen Kopf. Mein Ekel war zweitrangig, denn ich wollte ihm in diesem Moment einfach nur Schmerzen bereiten.

Als die Splitter das Chaos berührten, brach ein Schrei aus Fidrins Kehle hervor, so laut und durchdringend, dass ganz Cassardim ihn hören musste. Ich hätte wohl dasselbe gefühlt, wenn Noár mir meinen Schmerz nicht genommen hätte. Seine qualvolle Fratze war ein zutiefst befriedigender Anblick, obwohl er nicht lange währte. Wie erwartet zog sich der Chaoskaiser aus seinem Wirt zurück. Doch nicht nur das: Nicht nur Fidrin zog sich zurück, auch das Chaos selbst verließ den Körper des Goldkriegers. Aus wirbelnden Abgründen wurden braune Augen voller Dankbarkeit. Der Mann sackte mit seinem ganzen Gewicht und das seiner Rüstung gegen mich. Ich stolperte, und Noár half mir, ihn abzulegen. Der Krieger war bewusstlos, aber er lebte.

Hatten die Splitter ihn geheilt? Wohl kaum. Sie handelten nicht auf eigene Faust. Sie verstärkten nur meinen Willen. Ich war nicht sehr stolz darauf, aber ich hatte diesen Mann nicht heilen wollen. Mir war es nur um Fidrins Leid gegangen. Das bedeutete, dass diese überraschende Wendung nicht mein Verdienst war. Aber warum sollte das Chaos seine Beute wieder freigeben? Das Chaos besaß keinen Willen.

Fidrin aber schon.

Das war ein taktischer Rückzug gewesen!

Nur warum? Warum sollte Fidrin nicht wollen, dass ich Zugriff auf das Chaos bekam?

Eine sengende Erkenntnis schlich sich in meinen Verstand. Ich mochte ja das Chaos nicht beherrschen können, aber ich konnte Fidrins Willen brechen – wie ich es auch schon bei Nick und den anderen getan hatte. Und ohne seinen Willen hatte Fidrin keine Kontrolle mehr über die Chaoswandler.

Aufgeregt wollte ich Noár von meiner Idee erzählen, nur um am Funkeln seiner Augen zu erkennen, wie sich dieselbe Erkenntnis in ihm breitmachte.

»Wir brauchen einen Chaoswandler«, sagte er und schenkte mir ein gefährliches Grinsen.

Ich nickte mit klopfendem Herzen.

»Lebend.«

MEIN WILLE GESCHEHE

»Wie wär's mit deiner durchgeknallten Schwiegermutter?«, schlug Zoey dem Schattenprinzen vor und nickte in Moyas Richtung.

Zweifelnd beäugte Noár die Chaosfrau hinter den goldenen Gitterstäben. »Nein, wir schnappen uns lieber einen von denen hier draußen. Der Käfig hält Moya in Schach und getrennt von Fidrin. Ich verspüre keine große Lust, das zu ändern.«

Angesichts ihrer wabernden Gestalt und der furchterregenden Klauen musste ich ihm recht geben. Moya war schon so lange im Chaos gefangen, dass sie nicht einmal mehr ihre menschliche Form beibehalten konnte. Nicht auszumalen, was erst mit ihr geschehen würde, wenn wir sie aus ihrem Gefängnis befreiten.

»Abgesehen davon, ist sie *nicht* meine Schwiegermutter. Die Hochzeit hat nicht stattgefunden«, informierte er meine Freundin kühl, bevor er sich in den Kampf stürzte, um einen Chaoswandler zu fangen.

»Was? Wieso nicht?«, rief Zoey ihm verdutzt hinterher.

Da er nicht mehr antwortete, drehte sie sich mit vorwurfsvoller Miene zu mir um.

Ich zuckte mit den Schultern.

»Noár hat Nein gesagt«, klärte ich sie auf und drängte mich in eine Lücke zwischen Rhome und Pash, um mich nützlich zu machen.

»WAS?!« Meine Freundin warf ihre Geisterarme in die Luft. »Leute! Kaum bin ich mal eine Weile weg und schon geht alles den Bach runter.« Entrüstet schwebte sie Noár hinterher, der gerade den Hieb eines Chaoswandlers parierte. »WARUM willst du meine Freundin nicht mehr heiraten? Hältst dich wohl für was Besseres, wie?!«

Noár rammte seinem Gegner den Ellbogen ins Gesicht. »Ich hätte sie mit Freuden geheiratet, aber *sie* will mich nicht mehr.«

Prompt kehrte Zoey zu mir zurück und stemmte ihre Fäuste in die Hüften. »Stimmt das?«

»Können wir das wann anders bequatschen?« Im Moment hatte mein Kampfgenosse Flummel sich am Ohr eines infizierten Waldkriegers festgekrallt und zerrte an dessen Ohrringen. Die Chance musste ich nutzen. Ich wich seinem Speer aus und rammte ihm meine Klinge in die Seite. Ein guter Treffer und nicht tödlich. Dummerweise taumelte der Mann rückwärts in Rhomes Reichweite und fiel nur Sekunden später unter dessen Hieb. Der General wusste offensichtlich nichts von unserem neuen Plan und folgte weiterhin dem alten: Alles töten, was mir zu nahe kam. Und Rhome war so gut darin, dass ich und Flummel schnell arbeitslos wurden. Gerade wollte ich mich beschweren, da tauchte schon wieder Zoey vor mir auf und verschränkte drohend die Arme. »Sag mir sofort, was los ist, MaiMai!«

Frustriert stöhnte ich auf. »Noár hat mich belogen und ist schuld, dass ich hundert Jahre lang eine Geisel war! Außerdem hat er sich ziemlich arschig verhalten. Ich hab ihn geohrfeigt und dann ist alles irgendwie kompliziert geworden.«

»Aaaha!«, meinte Prof. Dr. Dr. Zoey und tippte sich sinnierend ans Kinn. »Das erklärt die Sache natürlich. Klingt nach einem Fall für meine langjährig ausgearbeitete 4-Punkte-Beziehungskrisen-Checkliste! Du musst dich fragen: a) Tut es ihm leid? b) Würde er heute anders handeln? c) Liebt er dich? Und am Allerwichtigsten: d) Macht er dich glücklich? – Ohne zu wissen, worum genau es geht, kann ich dir die ersten drei Punkte mit Ja beantworten. Die letzte Frage musst du dir selbst stellen.«

Machte Noár mich glücklich? Mein Bauch schrie Ja, mein Herz zog sich vor Angst zusammen und mein Kopf erhob mahnend den Zeigefinger.

Aus heiterem Himmel wurde ich von den Füßen gerissen. Ich prallte so heftig auf dem Boden auf, dass mir die Luft wegblieb. Während ich, eine harte Rüstung und der Typ darin uns einige Male überschlugen, krachte ein monströser toter Chokaal auf die Stelle, auf der ich eben noch gestanden hatte. Ich wäre zweifellos unter ihm zermalmt worden, hätte mein Retter sich nicht auf mich geworfen. Pashs Grinsen schwebte nur wenige Zentimeter über meinem Gesicht.

»Hör auf deine Freundin. Sie scheint mir ziemlich klug zu sein«, riet er mir so unbeschwert, als hätten wir uns gerade am Imbiss-Stand um die Ecke getroffen. Dann wälzte er sich von mir runter und zog mich mit sich auf die Beine. »Und fühl dich nicht schlecht wegen dieser Schwiegermutter-Sache. Bei dem Thema darf Noár sich *wirklich nicht* beschweren.« Mit einem fröhlichen Winken verabschiedete er sich, nur um voller Enthusiasmus den nächsten Gegner niederzuringen.

Ich starrte ihm sprachlos nach.

»Für all die Schrauben, die er locker hat, besitzt er ein überraschend einwandfreies Urteilsvermögen«, meinte Zoey und grinste selbstzufrieden.

Da konnte ich ihr nicht widersprechen. Instinktiv suchte mein Blick das Schlachtfeld nach Noár ab. Mittlerweile schien er auch seine Männer in unseren Plan eingeweiht zu haben, denn alle versuchten nun, mir einen lebendigen Chaoswandler zu beschaffen. Ihr Erfolg hielt sich in Grenzen. Sobald es ihnen gelungen war, einen gefangen zu nehmen, stürzte sich derjenige entweder selbst in ein Schwert oder das Chaos wich aus seinem Körper zurück.

Oh, wir waren so was von auf der richtigen Spur!

Dumm nur, dass Fidrin das auch wusste.

»Es hat keinen Zweck«, fluchte Noár, als ihm wieder einer der Chaoswandler harakirimäßig in die Klinge gesprungen war. Mit finsterer Entschlossenheit bückte er sich nach etwas, das auf dem Boden lag. Es war einer der Chaos-Pfeile. Schwarz, wobei ich die Spitze unter dem wabernden Rauch nur erahnen konnte. »Junos!«, rief er und warf seinem stummen Freund den Pfeil zu.

Was sollte das denn jetzt?!

Fassungslos musste ich zusehen, wie Noár seine Uniform öffnete, auf eine Stelle unter seinem Schlüsselbein deutete und dann den Befehl gab zu schießen.

»Seid ihr irre?!«, rief ich und sprang vor Junos' gespannten Bogen.

Noár packte mich an den Schultern. »Uns läuft die Zeit davon und du brauchst einen Chaoswandler, oder?«

Allerdings, aber dabei war nie von ihm die Rede gewesen!

»Ich bin der Einzige, der das Chaos in Schach halten *und* sich Fidrins Kontrolle entziehen kann.«

»Das kann ich auch«, zischte ich wütend vor Angst. »Lass Junos auf mich schießen, dann hab ich direkten Zugang zum Chaos und mach Fidrin fertig.«

»Und wenn doch etwas schiefgeht, Kätzchen?« Noárs bekümmertes Lächeln riss mir das Herz aus der Brust, denn ich ahnte, dass es endgültig war. »Ich bin entbehrlich.«

»Nicht für mich«, flüsterte ich.

Noár atmete meine Worte ein, als wären sie alles, was er sich je ersehnt hätte.

»Dann rette mich …«

Er tat einen Schritt rückwärts.

Und noch einen zweiten.

Dann löste er seine Sternenaugen von meinen und nickte Junos zu.

Das Surren der Bogensehne traf mich wie ein Peitschenhieb. Der Chaos-Pfeil zischte nur knapp an meinem Kopf vorbei und drang mühelos in die Brust des Schattenprinzen ein. Tentakel aus dunklem Rauch quollen aus der Wunde, bevor ich überhaupt realisierte, was gerade geschah.

Noárs Lächeln gefror.

Seine Selbstsicherheit verblasste.

Er fiel.

Als ich ihn auffing und mit ihm zu Boden sackte, verstummten schlagartig alle Kampfgeräusche in der Arena und darüber hinaus. Jemand hatte die Welt angehalten.

Und plötzlich drehte jeder einzelne Chaoswandler seinen Kopf. Hunderte von bodenlosen Abgründen waren nun auf uns gerichtet.

»Findet das noch jemand außer mir unheimlich?«, murmelte Pash.

Rhome packte sein Schwert fester. »Macht euch bereit. Bildet Ringe um den Kronprinzen. Verschaffen wir Amaia so viel Zeit, wie wir können.«

Ein ohrenbetäubendes Kreischen ertönte und dann kannte die Horde des Chaoskaisers nur noch ein Ziel.

Mich von Noár zu trennen.

»Kätzchen …« Die kraftlose Stimme des Schattenprinzen erinnerte mich daran, was ich zu tun hatte und wie wenig Zeit mir dafür blieb. Er war blass. Sein Sternenblick hatte jeden Glanz verloren. »… beeil dich lieber …«

Verzweifelt versuchte ich, den Angriff und meine Panik auszublenden. Zu allem Überfluss baute sich Junos über uns auf und spannte erneut seinen Bogen. Diesmal zielte er auf Noárs Herz und verharrte in dieser Position wie ein fleischgewordenes Damoklesschwert. Er hatte zweifellos den Befehl, das Schlimmste zu verhindern, falls sein Herr die Kontrolle verlor.

»Du bist ein Idiot, Noár!«, schimpfte ich unglücklich und griff nach seinen Schläfen, um mich an die Arbeit zu machen. Die Splitter reagierten sofort auf die Berührung mit dem Chaos. Ich spürte die Hitze, die sie ausstrahlten, nicht aber den Schmerz. Noár dagegen riss die Augen auf und rang um jeden Atemzug. Mir wurde schlecht bei dem Gedanken, dass er seinem Willen gerade Unmögliches abverlangte. Er versuchte, das Chaos in sich festzuhalten und es gleichzeitig auszubremsen. Es war ein schmaler Grat, auf dem er sich bewegte. Die Schmerzen, die ich ihm bereitete, machten es ihm nicht gerade einfacher.

»Und du«, murmelte er heiser, »bist niedlich, wenn du dir Sorgen um mich machst.« Ein gequältes Lächeln zuckte in seinen Mundwinkeln. »Hör auf, Rücksicht auf mich zu nehmen.«

Er hatte recht, ich war nicht voll bei der Sache. Es fiel mir nur so unendlich schwer, ihn *nicht* heilen zu wollen und mich stattdessen auf das Chaos zu konzentrieren.

»Würd ich ja, wenn du endlich aufhören würdest zu reden«, maulte ich und entlockte Noár damit ein leises Lachen.

Also gut. Ich musste in die Gänge kommen.

Fidrins Willen brechen!

Das Chaos aus Noár rausdrängen!

Seine Wunde heilen! In dieser Reihenfolge.

Ich spürte, wie die Splitter an meinen Kräften zehrten. Heller und heller begannen sie zu strahlen, und doch machte ich keine Fortschritte. Eigentlich hätte ich Fidrin im Chaos wahrnehmen müssen, aber ich fand ihn nicht. Dieser Mistkerl spielte mit mir Verstecken.

»Amaia! Du musst dich beeilen!«, hörte ich Rhome rufen. Sein Tonfall klang alarmiert. Ich machte den Fehler, die Augen einen Spalt zu öffnen. Um mich herum tobte ein Albtraum aus Chaos, Blut, Metall und Fratzen. Ich entdeckte Shaell, Zima und einen heldenhaft kämpfenden Ifar. Auch die Waldfürsten, Lazar, Valair und so viele andere hatten sich den Schattenkriegern angeschlossen, um mir Zeit zu verschaffen. Alles hing von mir ab. Für eine Flucht oder für sonstige Alternativpläne war es inzwischen zu spät. Und die Chaoswandler brachen über uns herein wie eine Sturmflut.

»Es tut mir leid ...«, flüsterte Noár schwach. Seine Stirn war von einem kalten Schweißfilm bedeckt. Noch sahen seine Augen normal aus, aber wie viel Zeit blieb mir? Wann würden sie sich in abgrundtiefe Wirbel verwandeln? Erste hauchzarte Risse begannen bereits, sich über seine Haut zu ziehen. »Ich habe so viele Fehler gemacht ...«

»Wenn du jetzt aufgibst, werde ich sie dir nie verzeihen!«, fauchte ich ihn verzweifelt an.

Ich konnte nur noch daran denken, sein Leben zu retten, *ihn* zu retten. Ich wollte ihn nicht verlieren. Ich konnte ihn nicht verlieren. Instinktiv ließ ich sein Gesicht los, um den Pfeil herauszuziehen und meine Hände auf die Wunde zu pressen.

Was war hier nur los? Ich hatte selbst erlebt, wie Noár einen ganzen Tag lang mit einem Chimärendorn im Körper herumgelaufen war – ohne schlimmere Konsequenzen. Was machte diesen Pfeil so viel aggressiver?! Und wieso hatte es bei Nick nur Sekunden gedauert, um Fidrins Willen zu brechen?

WAS WAR ANDERS?!

Hatte ich mich so sehr überschätzt? Oder –

Oh mein Gott!

Ignoriere die Schmerzen, hatte Noár gesagt.

Natürlich.

Der Schmerz war immer da gewesen. Er war mein Zugang. Ein Brennglas, unter dem ich mich fokussieren konnte.

Das bedeutete, ich musste zuerst Noárs Willen brechen!

Jemand schüttelte mich. »Wir müssen hier weg! Sofort!«, rief Lazar. Er klang so weit entfernt, als würde ich in einer anderen Dimension stecken.

»Noch nicht!«, schrie ich und nahm alles, was ich hatte, alles, was ich besaß und vermochte, und zerfetzte damit den unsichtbaren Schutzschild, den Noár um meine Sinne errichtet hatte.

Danach hörte ich auf zu existieren. Ich konnte mich nicht bewegen, ich konnte nicht atmen und keinen Gedanken fassen. Ich war Schmerz. Ich war Licht. Ich war Cassardim. Ich war Chaos. Ich war Noár. Ich war mein Wille.

»Zeig dich, Fidrin«, wisperte ich und das Echo meines Befehls brachte die weiße Leere vor mir zum Erzittern.

Eine dunkle Gestalt, gekrönt vom Chaos, formte sich. Sie erhob sich im Zentrum eines hässlichen schwarzen Geflechts, das alles befallen hatte wie ein Parasit.

Finstere Abgründe begutachteten mich hasserfüllt.

Hallo, Amaia.

Tausend Klangfarben hallten in seiner Begrüßung mit und doch hätte ich seine Stimme immer und überall erkannt. Fidrin. Ich hatte es von Anfang an gewusst.

Du wusstest gar nichts, zischte er.

Ich erschrak. Er konnte meine Gedanken lesen! Natürlich konnte er das. Er war in meinem Kopf. Er war das Chaos und versuchte, eine Schwäche in meinem Verstand zu finden.

Lachend veränderte sich seine Gestalt und nahm Tincos' Züge an.

Ich lenke dich, wie ich das Chaos lenke. Deine Liebe ist so vorhersehbar.

Tincos' Gesicht grinste. Rauch floss aus seinen Mundwinkeln.

Ich wollte dir alles nehmen, angefangen mit deinem kleinen Bruder, doch der ist ... stärker, als er aussieht. Dafür haben sich mit Tincos wunderbare neue Perspektiven eröffnet.

Zahllose Stimmen kicherten, während ich den Eisernen Prinzen schockiert anstarrte. Fidrin hatte versucht, Moe zu infizieren, und als er damit gescheitert war, musste Tincos dran glauben? Dann war Fidrin für den Angriff im Wandernden Wald verantwortlich ...

Natürlich, lachte der Chaoskaiser. *Ich habe gelernt. Ich habe verstanden, wie schwach mein Volk ist. Ihre Schwäche ist meine Macht. So viele Cassarden haben nur einen kleinen Stoß gebraucht, um in meine Arme zu fallen.*

Ich spürte ein sanftes Kratzen an meinen Füßen. Das hässliche Geflecht wuchs. Tastend, schlängelnd, gierig streckte es sich nach mir aus. Da verstand ich: Fidrin hielt mich hin. Er schindete Zeit!

Du warst schon immer klug, Amaia. Doch das wird dir nichts mehr nützen. Du wirst mich nicht aufhalten.

Langsam und unbeirrbar kam er näher. Keine Schritte – er schwebte auf seinem Geflecht aus finsteren Trieben.

»Ich nicht, aber die!«, flüsterte ich und streckte ihm meine Hände entgegen. Auf eine verquere Art wusste ich, dass ich eigentlich noch immer Noár in meinen Armen hielt und um sein Leben kämpfte. In einer anderen Welt.

Das Licht der Juwelensplitter stoppte Fidrin. Seine Fratze verzog sich vor Schmerzen und vor Verlangen. Er verzehrte sich nach der Macht, die ich besaß.

Du kannst mich nicht aufhalten, kreischte er. Dann schrie er und sein Schrei verwandelte sich in ein wahnsinniges Lachen.

Du wirst sterben. Nein, du stirbst bereits und siehst es nicht. Das Juwel zehrt deine Lebenskraft auf. Du kannst mich nicht aufhalten. Ich bin alles, was zwischen Cassardim und dem Chaos steht. DU KANNST MICH NICHT AUFHALTEN!

Ich spürte, dass er recht hatte.

In einer anderen Welt atmete ich kaum mehr.

Mein Herz schlug nur noch schwach.

Das tat nichts zur Sache.

Solange es schlug, solange ich auch nur einen letzten Atemzug hatte, würde ich nicht aufgeben. Ein kaltes Lächeln legte sich auf meine Züge.

»Doch, Fidrin. Ich kann dich aufhalten«, entgegnete ich kompromisslos. »Weil ich es *will*!«

Meine Worte packten das hässliche Geflecht und ließen es Strang um Strang in Milliarden winziger Scherben zerspringen. Fidrins Gestalt schrie auf. Ich blieb unerbittlich und machte weiter. So lange, bis aus den Schreien des Chaoskaisers eine Erinnerung geworden war.

Befreit von seinem Willen entfaltete sich plötzlich eine mächtige Welle aus Rauch und Tentakeln. Das Chaos rollte auf mich zu und drohte mich zu verschlucken.

Mit bloßen Händen gebot ich ihm Einhalt. Die Juwelensplitter strahlten heller denn je. Sie brannten.

Ich brannte.

Nur noch ein bisschen ...

Fidrins Wille war gebrochen.

Nur noch ein bisschen ...

Ich musste nur noch das Chaos aufhalten, es aus Noár verdrängen, aus der Arena, aus Cassardim.

Nur ein bisschen ...

Ich durfte nicht versagen.

… ein bisschen … dann konnte ich mich ausruhen.

… ausruhen.

Aus Licht wurde Dunkelheit und Stille.

Aus Dunkelheit wurden Schatten.

Aus der Stille wurde eine Stimme.

Sie erlaubte mir nicht, mich auszuruhen.

Sie klang nach Sternen in einer schwarzen Nacht. Nach Armen, die mich immer retten würden. Nach einem Herzen, das mein Zuhause war.

»Bleib bei mir, Kätzchen!«

AM ENDE DER WELT

Das Geräusch sich aufblähender Segel im Wind weckte mich. Verschwommen nahm ich Wolkenberge wahr. Darunter wehte eine schwarze Flagge.

Ein Gesicht schob sich in mein Blickfeld. Augen so grau wie ein Regentag musterten mich aufmerksam.

»Wo ist ... Noár?« Aus meiner Kehle kam nur ein raues Flüstern, aber das Gesicht schien mich verstanden zu haben. Es lächelte schief.

»Der Schattenprinz rettet, was vom Goldenen Berg übrig ist. Und jetzt schlaf weiter.«

Ich wusste nicht, ob der Mann seinen Willen eingesetzt hatte oder ob mein Körper seinen Vorschlag einfach nur gut fand, doch ich dämmerte beinahe sofort wieder weg – erleichtert darüber, dass Noár gerade irgendwen rettete. Denn wenn er wen rettete, ging es ihm gut. Und wenn es ihm gut ging, war er am Leben. Und wenn er am Leben war, hatte ich nicht versagt.

Mit diesem Gedanken fiel ich in einen tiefen Schlaf, der eher einem komatösen Zustand gleichkam. Nur an ein paar halbwache Momente konnte ich mich noch erinnern. Flüchtige Stimmen, die miteinander tuschelten. Schemenhafte Umrisse. Klimpernde Münzen. Ich glaubte auch, dass es mal Nacht war und dann wieder Tag wurde.

Jemand hatte mich getragen und in ein weiches Bett gelegt. Außerdem erinnerte ich mich an Flummels Piepsen und den bitteren Geschmack irgendeines Gebräus.

Als mein Körper irgendwann beschloss, sich als erholt zu betrachten, fand ich mich in einem fensterlosen Raum wieder.

Durst ...

Meine Zunge fühlte sich wie ein Fremdkörper in meinem Mund an. Nur mit Mühe zwang ich meine Augenlider ein paar Mal zu blinzeln. Felswände. Regale mit verschiedenen Flaschen. Ein Kamin, in dem ein fröhliches Feuer brannte.

Schritte.

Ich drehte den Kopf. Meine Muskeln gehorchten mir nur widerwillig und träge. Der Verursacher der Schritte war längst am Bett angekommen und beugte sich über mich.

Schon wieder diese silbrig-grauen Regentag-Augen. Der dazugehörige junge Mann inspizierte mich, als müsste er die Garstufe seines Sonntagsbratens bestimmen. Kühle Finger legten sich an meinen Hals und fühlten nach meinem Puls. Ich schob seine Hand weg. Er grinste.

»Willkommen unter den Lebenden.«

Damit ließ er mich liegen und marschierte zu dem Tisch, der neben dem Kamin stand. In aller Seelenruhe begann er, darauf herumzuwerkeln. Es schien für ihn die normalste Sache der Welt zu sein, bewusstlose wildfremde Frauen zu beherbergen. Ohne seinen zerfledderten Umhang und die Kapuze hatte der junge Mann mit den wilden Locken zwar einen Großteil seiner Unheimlichkeit verloren – aber eben nur einen Großteil. Irgendetwas an ihm weckte meine Fluchtinstinkte.

»Wo bin ich?«, fragte ich mit ausgetrockneter Stimme und bemühte mich, meinen Verstand zum Laufen zu bekommen. Wenn ich alles richtig interpretierte, hatte mich dieser Mann aus der Arena fortgebracht. Auf einem Boot, wie ich mir aus Wind und Segeln zusammenreimte. Und Noár war noch im Goldenen Berg. So weit, so gut. Nur war das bestimmt Tage her. Wo waren dann alle anderen?

Weil er mir eine Antwort schuldig blieb, zog ich mich nach einer Weile in den Kissen hoch und starrte den Kerl finster an. »Wie lange war ich bewusstlos?«

Wieder keine Antwort. Nicht einmal eine Reaktion. Er tat, als wäre ich gar nicht da.

Mein wachsender Ärger begann die Müdigkeit aus meinen Gliedern zu vertreiben. Mich wie Luft zu behandeln, gehörte neben Bevormundung und Dummheit zu den Top Drei der schnellsten Wege, mich auf die Palme zu bringen.

»Was ist in der Arena passiert?«, startete ich einen dritten Versuch.

Der junge Mann kramte in einer Tasche, band sich anschließend seine dunklen Locken zusammen und ging dann zur Feuerstelle.

Okay, jetzt reichte es mir. Dann würde ich eben selbst rausfinden, was hier los war. Ich ließ meinen Blick durch den Raum schweifen. Sieben Schritte bis zur Tür. Sie stand einen Spalt offen. Von draußen drang Tageslicht herein. An einem Stuhl neben dem Eingang hing sein Schwertgürtel. Gut zu wissen. Unauffällig bewegte ich meine Beine, um zu testen, ob sie mich tragen würden. Dabei bemerkte ich, dass ich ein Männerhemd anhatte. *Nur* ein Männerhemd!

In diesem Moment klapperte und klirrte etwas. Der Kerl kam auf mich zu. In der einen Hand hielt er zwei Becher, in der anderen einen Trinkschlauch.

»Du hast mich ausgezogen«, warf ich ihm gereizt vor.

Da, endlich eine Reaktion! Einer seiner Mundwinkel hob sich belustigt.

»Aber auch wieder angezogen«, ergänzte er, während er die Becher auf einem Nachttisch abstellte. »Etwas, das meinem Naturell eher widerspricht.«

Er rückte sich einen Stuhl zurecht und setzte sich.

»Wer bist du?«, wollte ich wissen. In Hamatar hatte er mir gesagt, ich sollte Lazar grüßen. Arbeitete er für den Seneschall? Oder war das damals eher eine Art mafiamäßiger Dein-Tod-ist-nah-Gruß gewesen, den ich ausrichten sollte?

Seufzend öffnete der junge Mann den Trinkschlauch. »Man hat mich gewarnt, dass du neugierig sein würdest.«

»Wer hat dich gewarnt?«, hakte ich sofort nach.

Er überging meine Frage und goss beide Becher randvoll. Dabei überprüfte ich seine Finger. Er trug zwar viele Ringe, doch keinen, der so aussah wie der der Neun Tode. Er gehörte also nicht zu Noárs Leuten.

»Ich habe ziemlich genaue Anweisungen bekommen, wie das hier abzulaufen hat,« informierte er mich und reichte mir einen der Becher. Den anderen behielt er für sich. »Keine Antworten, bevor du nicht das hier getrunken hast.«

Verwirrt und misstrauisch beäugte ich das Getränk. Was hatte das denn bitte mit meinen Antworten zu tun? Es roch nach nichts, aber im Moment hätte ich sogar Abwaschwasser getrunken, so durstig, wie ich war. Ich nahm den Becher entgegen und hielt inne. Was, wenn er mich vergiften oder unter Drogen setzen wollte?

Graue Augen funkelten mich amüsiert an. Er wusste scheinbar genau, warum ich zögerte. Demonstrativ hob er seinen Becher an die Lippen und trank einen Schluck. Aha. Also kein Gift.

»Du siehst nicht wie jemand aus, der sich an Anweisungen hält«, murmelte ich und nippte vorsichtig an dem Getränk.

Eine warme wohltuende Flüssigkeit rann meine Kehle hinunter. Der Geschmack ließ mich die Augen aufreißen.

Kaffee! Das war Nyadenwasser.

Der junge Mann grinste. »Da hast du vielleicht sogar recht, Kätzchen.«

Ich schnappte nach Luft, verschluckte mich, hustete ...

WIE hatte er mich gerade genannt?

»Uh, was für ein bitterböser Blick!«, lachte er und griff sich ans Herz. »Womit habe ich den denn verdient? Immerhin habe ich dein Leben gerettet.«

»Ich glaube eher, dass du mich entführt hast«, fauchte ich ihn an. Eine andere Erklärung, warum Noár noch immer nicht hier war oder zumindest einen seiner Leute geschickt hatte, gab es nicht. Es sei denn der Typ hatte mich auf dem Boot angelogen und ...

Noár hatte den Chaospfeil doch nicht überlebt.

»Ich würde ja gerne behaupten, dass Entführung nicht mein Stil ist, aber das wäre gelogen«, meinte er. Mein Vorwurf schien ihn bestens zu unterhalten. »Trotzdem bist du nicht meine Geisel. Du bist ein Gefallen, den ich jemandem schulde.«

Ein Gefallen? Okay, das klang logisch genug, um mein verkrampftes Herz wieder zu beruhigen.

»Wem? Lazar?«, bohrte ich nach.

Er antwortete mit einem undurchsichtigen Lächeln, bevor er sich zurücklehnte und ein Bein an der Bettkante abstützte.

»Zu deinen Fragen: Ich bin Ilion. Du warst neun Tage weggetreten. Du bist am äußersten Ende Cassardims, in einem alten Fort der Schattenfeste nahe dem Stern der fünf Reiche. Hier wird dich so schnell niemand finden, was gut ist, weil ganz Cassardim dich aus verschiedenen Gründen sucht.«

»Warum?«, erkundigte ich mich automatisch, während ich die übrigen Informationen verarbeitete.

Ilion zuckte mit den Schultern, als wäre ihm das Thema vollkommen gleichgültig.

»Der Kaiser ist tot, sein Thron verwaist, die Fürstenhäuser gespalten. Für die einen bist du Cassardims Retterin, für die anderen Cassardims Untergang. Dass Katair durch die Hand seines Seneschalls gestorben ist, entspannt die Situation nicht unbedingt.« Er trank seinen Becher leer und sah mich eindringlich an. »Ein Sturm zieht auf, Prinzessin, und er wird einen Bürgerkrieg mit sich bringen.«

Schockiert starrte ich in Ilions Regenaugen. Nichts von dem, was er mir gerade erzählt hatte, war inhaltlich neu, aber aus seiner Perspektive sah ich nun die erschreckenden Zusammenhänge.

»Die Barrieren werden brechen ...«, hauchte ich.

Ilions Schweigen sprach Bände. Doch dann schnalzte er unvermittelt mit der Zunge und erhob sich. »Noch ist die Situation unter Kontrolle. Dein Schattenprinz und Lazar haben die Fürsten zumindest so weit zur Vernunft gebracht, dass sie sich nicht gleich die Köpfe einschlagen.« Er ging zu einem Schrank und begann, darin herumzuwühlen. »Aber ja, wir werden einen Kaiser brauchen, wenn die Barrieren nicht fallen sollen.«

Trotz all der Hiobsbotschaften, spürte ich eine Woge der Erleichterung durch meinen Körper rieseln. Noárs Erwähnung befreite mich von einer tonnenschweren Last und ließ mich zum ersten Mal seit meinem Erwachen durchatmen.

Ilion kam mit ein paar schlichten Klamotten zurück, die er mir aufs Bett warf. Ein grimmiger Schatten legte sich über seine Züge. »Eine Sache gibt es noch, die du wissen solltest: Du hast Fidrin zwar besiegt, aber nicht umgebracht.«

Ein eisiger Schauer übermannte mich. »Er lebt?«

Er nickte. »Soweit ich weiß, steckt er in Tincos' Körper fest und hat keinerlei Zugang mehr zum Chaos. Ich habe außerdem Gerüchte gehört, dass er in den Kerkern der Silberfeste sitzt.«

Diese Neuigkeit fühlte sich wie ein Schlag ins Gesicht an. Alles, was ich getan hatte, um ihn aufzuhalten, schien umsonst gewesen zu sein. Auch wenn ich ihn vielleicht seiner Macht beraubt hatte, war er noch immer irgendwo dort draußen. Mutlos klammerte ich mich an meinem Becher fest. Das Nyadenwasser erinnerte mich an Noár und diese Erinnerung war gerade das Einzige, das mir Trost spenden konnte.

Da kam mir ein Gedanke ...

Es gab nur eine Person, die von dem Nyadenwasser wusste.

»Diese Anweisungen«, erkundigte ich mich bei Ilion, »stammen die zufällig vom Schattenprinzen?«

Wie so oft zuvor beantwortete Ilion mir auch diese Frage nicht, sondern schenkte mir nur einen nachdenklichen Blick. Plötzlich holte er aus der Innentasche seines Mantels einen Briefumschlag hervor und reichte ihn mir. Er war versiegelt und trug keinen Absender. Dafür stand ein einziges Wort auf dem Umschlag:

Kätzchen

Mein Herz begann wie wild zu klopfen. Es war eine Nachricht von Noár an mich. Deshalb hatte Ilion also meinen Kosenamen gekannt. Ich wollte ihn gerade darauf ansprechen, da hörte ich das Klicken der Tür, die von außen ins Schloss gezogen wurde. Offenbar besaß er den Anstand, mir etwas Privatsphäre zu gönnen. Mit zittrigen Fingern brach ich das Siegel und verlor mich in Noárs kraftvoller Handschrift.

Vor wenigen Stunden habe ich erfahren, dass du sicher an deinem Bestimmungsort angekommen bist. Ich weiß nicht, wann du aufwachst und diesen Brief liest, aber seit du Fidrins Willen gebrochen und uns alle gerettet hast, sind jetzt zwei Tage vergangen. Deinen Geschwistern geht es gut, aber die Situation am Kaiserhof ist angespannt. Ich werde eine Weile im Goldenen Berg bleiben müssen, um die Lage unter Kontrolle zu bekommen.

Mir ist klar, dass du nun, da du diesen Brief liest, am liebsten aufspringen, herkommen und helfen möchtest.

Tu es nicht. Deine Anwesenheit wäre keine Hilfe.

Bleib, wo du bist. Bitte! Im Moment bist du nur dort in Sicherheit.

An den Zinnen habe ich dir mal erzählt, dass ich Angst hätte, zwischen deinem Leben und deiner Liebe entscheiden zu müssen. Meine Fehler haben mir diese Wahl abgenommen.

Ich werde lernen müssen, mit dem Verlust deiner Liebe zu leben, aber dein Tod würde mich zerstören.

Als ich nach deinem Sieg über Fidrin für ein paar schreckliche Augenblicke glauben musste, der Welt dein Lächeln genommen zu haben, hatte mein Leben jeden Sinn verloren.

Darum fiel mir die anschließende Entscheidung, dein Schicksal in fremde Hände zu legen, umso schwerer.

Um deinetwillen habe ich sie getroffen.

Du musstest den Goldenen Berg verlassen, bevor die Fürsten dich in ihre Gewalt bringen konnten. Dich zu begleiten, war unmöglich, denn ich und meine Leute standen und stehen unter Beobachtung. Wäre einer von uns mit dir gegangen, hätte mein Vater dich jederzeit aufspüren können. So selbstsüchtig, meine Sehnsucht nach dir über deine Sicherheit zu stellen, durfte ich nicht sein – zumal meine Gesellschaft wohl das Letzte ist, worauf du gerade Wert legst.

Der Mann, der dir diesen Brief übergeben hat, ist Ilion. Er ist grundsätzlich NICHT vertrauenswürdig, aber er steht in einer Lebensschuld bei Lazar, sodass du im Moment bei ihm sicher bist. Verbrenne den Brief, wenn du ihn gelesen hast. Ich bin damit ein großes Wagnis eingegangen, doch da ich die Schattenringe nicht benutzen kann ohne das Risiko, deinen Aufenthaltsort preiszugeben, war das die einzige Möglichkeit, dir eine Nachricht zukommen zu lassen.

Ich werde dir einen der Neun Tode schicken, sobald ich damit keinen Verdacht mehr errege.

Bleib wachsam und frag Ilion nach Zoey.
Dein Leben ist alles, was mir bleibt.

In Liebe
Der Mann, dessen Herz du in Händen hältst.

DAS ABSCHIEDSGESCHENK

Das Fort am Grenzstern, wie mein vorübergehendes Zuhause hieß, lag gut verborgen an den äußeren Klippen des Schattenreichs. Hätte man nicht gewusst, wonach man suchen müsste, wäre einem das dunkle Gemäuer kaum aufgefallen, das sich nahtlos an die schroffen Felsen schmiegte. Ilion hatte nicht damit übertrieben, dass mich hier niemand so schnell finden würde, denn zusätzlich zu der getarnten Fassade war das Fort in dichte Nebel gehüllt. Nur ab und an konnte man die schwebenden Berge der Niemandslande auftauchen und wieder verschwinden sehen. Ich hätte diesen Ort als trostlos bezeichnet, doch als ich auf meiner Erkundungstour eine schmale Treppe zu einem geschützten Felsvorsprung fand, änderte ich meine Meinung. Hier wuchs ein wunderschöner Hain mit Pflanzen aus ganz Cassardim. Ich entdeckte schwarz gefiederte Schattenreichbäume, Hamatars knorrige Stämme mit ihrem rostroten Laub, und blassblaue Rinde unter kugelrunden gelben Blättern, wie ich sie von den kaiserlichen Gärten kannte. Dazwischen blühten Kletterpflanzen aus dem Wandernden Wald, Nachtranken und unzählige tiefblauer Blumen, die ich noch nie gesehen hatte. Offenbar hatten frühere Bewohner des Forts sich viel Mühe gegeben, um ein kleines Paradies zu erschaffen.

Inmitten dieses Paradieses gab es einen mächtigen Baumstumpf, den ich anfangs fälschlicherweise für einen Felsen gehalten hatte. Das war der perfekte Ort, um Noárs Brief ein weiteres Mal zu lesen. Und noch einmal. Und noch einmal. Irgendwann kannte ich die Zeilen auswendig und fasste mir das Herz, Noárs Bitte zu folgen.

»Brenne!«, flüsterte ich.

Als das Papier in Flammen aufging und die Asche vom Wind mitgerissen wurde, brachen mit einem Mal all meine Gefühle, die Ereignisse und meine Einsamkeit über mir zusammen. All die ungeweinten Tränen, die ich seit meiner Zeit in der Menschenwelt, seit Adams Tod, seit meiner Chaoshochzeit zurückgehalten hatte, strömten aus mir heraus, bis ich irgendwann ausgelaugt und leer zurückblieb.

So fand mich Ilion. Wortlos reichte er mir eine Schale mit Suppe und etwas Brot. Da erklang plötzlich ein leises, aber sehr vertrautes Brumm-Summen. Angelockt vom köstlichen Geruch, flatterte ein schwarzer Fellball herbei.

»Flummel?«, rief ich überrascht.

Der Okoklin entdeckte mich und war außer sich vor Freude, mich wach vorzufinden. Piepsend fiel er mir um den Hals, oder besser gesagt, *an* den Hals. Mein treuer Kampfgefährte hatte mich offensichtlich vermisst – genau wie ich ihn.

Ilion starrte den Fellball finster an – ganz besonders, als Flummel es sich neben meiner Suppenschüssel gemütlich machte.

»Das ist ihr Essen. Wehe, du vergreifst dich daran!«

Flummels Vorfreude fiel wie ein Kartenhaus in sich zusammen. Er ließ seine flauschigen Ohren hängen, gehorchte aber und verstaute seine winzigen Pfoten in seiner Beuteltasche, als könnte er der Versuchung sonst nicht widerstehen. Anscheinend hatten er und mein Gastgeber bereits Bekanntschaft miteinander geschlossen.

»Ilion?« Der junge Mann, der sich schon zum Gehen umgewandt hatte, stoppte und sah mich fragend an. »Weißt du vielleicht, wo … Zoey ist?«

Ich hatte eigentlich befürchtet, dass er nicht verstehen würde, wovon ich sprach, doch das Augenrollen, das Ilion entwischte, belehrte mich eines Besseren. Nur meine Geisterfreundin konnte diese Art von Augenrollen hervorrufen.

Verdrießlich griff er in seine Manteltasche und holte einen weißlichen Kristall heraus.

»Als ich dich umgezogen habe, ist sie mir so auf die Nerven gefallen, dass ich sie wegsperren musste«, brummte er und warf mir den Schleierkristall zu. Sein Geständnis entlockte mir ein Lächeln, genau wie die Tatsache, dass Noár das offensichtlich vorhergesehen hatte.

»Aber keine Sorge«, fügte Ilion im Gehen hinzu. »Auch der Okoklin hat deine Ehre bestens verteidigt.«

Flummel nickte eifrig und da ich der Meinung war, dass so viel Tapferkeit belohnt werden musste, schenkte ich ihm ein großes Stück in Suppe getränktes Brot. Anschließend befreite ich Zoey aus ihrem Kristall. Bläuliches Licht formte sich zu der Gestalt meiner Freundin, die fuchsteufelswild war.

»Wenn ich diesen vorlauten eingebildeten Schnösel in die Finger kriege, der glaubt, mich herumschubsen zu können, nur weil ich durchsichtig und blau bin, kann er sich warm anziehen!«

Lachend hörte ich ihr zu und fand zwischen Zoeys Schimpftiraden und Flummels genüsslichem Schmatzen ein kleines Stück Zuhause wieder.

»Alles im grünen Bereich, MaiMai?«, fragte sie mich, als sie sich endlich abgeregt hatte.

»Alles im grünen Bereich«, log ich.

Aber meine Freundin wäre nicht meine Freundin gewesen, wenn sie mich nicht durchschaut hätte. Sie wusste, dass es mir mies ging, aber sie wusste auch, dass ich gerade nicht darüber reden wollte, also fing sie an, mir ihrerseits alles Mögliche zu erzählen. Sie berichtete von unserer Segeltour hierher, von Ilion und Flummel und ihren Plänen.

»Wenn ich es richtig verstanden habe, gibt es so was wie einen supergeheimen Außenposten Cassardims in der Menschenwelt. Und da scheinen sie hin und wieder menschliches Personal zu brauchen, das in diese Totenreich-Sache eingeweiht ist. Klingt eigentlich super, oder? Wobei der Körper, in den sie mich stecken wollten, durch meine Verspätung wohl sein Verfallsdatum überschritten hat. Abgesehen davon, dass das ziemlich ekelhaft ist, bedeutet das, du hast mich jetzt wohl oder übel noch ein bisschen länger an der Backe, bis ein neuer bereitsteht. Und wer weiß, vielleicht bin ich das nächste Mal, wenn wir uns sehen, eine heiße Latina oder ein japanischer Greis oder ein käseweißer zahnspangentragender Teenie.«

Ihre skeptische Grimasse brachte mich so sehr zum Lachen, dass ich fast von meinem Baumstumpf gefallen wäre. Zoey stimmte mit ein und schon gab es kein Halten mehr. Wir dachten uns die wildesten Szenarien aus und freuten uns, dass Zoeys Wiedergeburt nicht das Ende unserer Freundschaft sein würde.

Von da an verbrachten wir die Tage gemeinsam, machten das Fort unsicher, löcherten den mysteriösen Ilion mit Fragen, denen er stets meisterlich auswich, und genossen es, endlich wieder Zeit miteinander verbringen zu können. Doch wenn es Nacht wurde, zog ich mich meistens allein in den kleinen Hain zurück und beobachtete, wie die Varras-Lichter in den Niemandslanden aufstiegen. Ich dachte viel nach – über meine Herkunft, über den gnadenlosen Humor des Schicksals, über Noár und Zoeys 4-Punkte-Beziehungskrisen-Checkliste. Anders als meine Freundin traute ich mir kein Urteil darüber zu, ob Noár seine Lügen leidtaten. Seine Vergangenheit schien er mit jeder Faser seines Seins zu bereuen, aber seine Lügen? Ich wusste ebenfalls nicht, ob er heute anders handeln würde, und konnte nur mutmaßen, ob er mich wirklich liebte. Allerdings wurde mir hier im Fort eine Tatsache mit überwältigender Klarheit bewusst: Noár machte mich glücklich.

Er hielt mich fest, wenn ich Halt brauchte, und gab mich frei, wenn ich Grenzen sprengen wollte. Er war stark genug, um es mit meinem Sturkopf aufzunehmen, und geduldig genug, mir meinen Willen zu lassen. Er besaß das Talent, mich zur Weißglut zu bringen – und zum Schmelzen. Er raubte mir den Atem, aber ohne mir die Luft zum Atmen zu nehmen. Ja, er war besitzergreifend und übertrieb es manchmal mit seinem Beschützerinstinkt, aber er hatte mich nie kleingehalten, um sich mächtiger zu fühlen. Er half mir, zu wachsen, meine Stärken zu erkennen und meinen Mut zu finden. Also ja! Er machte mich glücklich und ja, ich liebte ihn. Aber konnte ich wirklich mit ihm zusammen sein? Denn dann würde es meine Pflicht sein, auch ihn glücklich zu machen, und das konnte ich nur, wenn ich ihn so akzeptierte, wie er war. Mit all seinen dunklen Seiten …

An Tag drei stieß Junos zu uns. Ich freute mich wahnsinnig, den stummen Krieger wiederzusehen, stellte aber schnell fest, dass ich von ihm logischerweise sehr wenig darüber erfahren würde, was in der Welt da draußen so vor sich ging.

An Tag fünf erkannte ich, dass all meine Grübeleien über Noár sich im Kreis drehten. Seit unserem Streit in Hamatar war so viel passiert und nichts davon verdiente die Bezeichnung »Unter-vier-Augen«. Ich konnte mir noch so oft das Hirn zermartern, und würde doch keine Antwort finden. Also beschloss ich, mich in Geduld zu üben und zu warten – auf den Moment, in dem ich ihn wiedersehen würde. Wenn ich dann vor ihm stehen und ich ihm in die Augen schauen konnte, würde ich es meinem Bauchgefühl überlassen, ob wir noch eine Chance hatten.

An Tag acht wunderte ich mich sehr, dass Zoey und Junos stundenlang die Köpfe zusammensteckten. Hätte ich es nicht besser gewusst, hätte ich dem Schattenkrieger unterstellt, sich eine Geisterfreundin angeln zu wollen.

An Tag neun erreichte meine Angst ihren Höhepunkt, dass meine Ich-muss-Noár-sehen-Pläne zu spät kommen könnten, falls er aus Selbsterhaltungsgründen bereits einen Schlussstrich unter unsere Beziehung gezogen hatte. Ich kannte ihn zu gut, um nicht zu befürchten, dass er seine Gefühle für mich so tief in sich wegsperren konnte, bis niemand mehr an sie herankam. Nicht einmal er selbst.

An Tag elf war Junos plötzlich verschwunden.

Und am Abend des zwölften Tages änderte sich alles.

Junos tauchte wieder auf und brachte mir ein paar Bücher und Kleider mit. Über Letzteres freute sich Ilion ganz besonders, denn er war es leid, mir seine Klamotten leihen zu müssen. Überraschenderweise schlug sich Zoey auf seine Seite und redete so lange auf mich ein, bis ich um des lieben Friedens willen zu einer spätabendlichen Modenschau bereit war. Gerade hatte ich das erste Kleid angezogen und die zarten roten Seidenbänder miteinander verknüpft, da schwebte Zoey herein und kaute betreten auf ihrer Unterlippe herum.

»Jaaa?«, fragte ich misstrauisch.

Zoey knetete ihre Geisterhände. »Alsooo, ich hab dir doch von diesem tollen neuen Körper erzählt, in den ich … äh … hineinschlüpfen soll. Er steht wohl ab sofort zur Verfügung und ist nicht sehr lange haltbar. Und na ja, ich habe meine Abreise eh schon viel zu lange hinausgezögert.«

Sie versuchte zwar, es mir als keine große Sache zu verkaufen, aber ich wusste, was das bedeutete. Und diese Erkenntnis schnürte mir die Kehle zu.

»Du verlässt Cassardim …«

Und nicht nur Cassardim, sondern auch mich.

»Sieht so aus«, gestand sie. »ABER … vorher habe ich mir noch eine Abschiedsparty gewünscht.«

Aha.

Ich schluckte die traurige Tatsache herunter, dass keine Abschiedsparty dieser Welt den Verlust meiner Freundin ausgleichen könnte, und setzte ihr zuliebe eine fröhliche Miene auf.

»UND …«, fuhr Zoey fort, »ich wünsche mir ein Abschiedsgeschenk von dir.«

»Okaaay? Und welches?«

»Das siehst du dann schon«, meinte sie und scheuchte mich aus der Tür hinaus. »Aber du darfst nicht sauer auf mich sein, wenn mein Wunsch vielleicht ein klein bisschen egoistisch ist.«

»Okaaay …« Ich verstand zwar gar nichts mehr, aber wenn ich Zoey irgendetwas zurückgeben konnte für all das, was sie für mich getan hatte, dann würde ich es tun.

Meine Freundin trieb mich durch die Nacht und dann die Treppe zum Hain hinab. Die schwebenden Varras-Lichter verdrängten die Dunkelheit so weit, dass ich nicht versehentlich von der Schattenklippe stürzte. Unterwegs kombinierte ich messerscharf, dass Junos wohl ihr Komplize bei der Partyplanung gewesen sein musste und deshalb auch einen Tag lang verschwunden gewesen war. Vermutlich hatte Zoey ihn unseren Vorrat an Varras-Wein und Wackelpudding auffüllen lassen. Ich wollte meine Freundin wirklich nicht gehen lassen, aber ich freute mich, dass sie zumindest eine würdige Verabschiedung bekommen würde.

Was mich jedoch erwartete, als ich den Hain betrat, fegte mir jede unbeschwerte Fröhlichkeit aus dem Gesicht und hinterließ mich vollkommen sprachlos.

Unter dem Licht unzähliger Laternen warteten auf uns nicht nur meine Fort-WG-Mitbewohner Junos und Ilion, sondern auch ein grinsender Pash, ein würdevoller Drokor, die strahlende Keeza und eine schmunzelnde Esekra. Daneben standen ganz in Gold gekleidet und mit breitem Lächeln Lazar, Joto, Mariz und Askan. Ich freute mich so sehr, sie unversehrt zu sehen, dass ich fast die übrigen Gäste auf der anderen Seite meines Baumstumpfs übersehen hätte. Das konnte doch nicht wahr sein! Zoey hatte auch meine Geschwister hergebracht: Nick, Jenny, Annie und Moe lachten mich freudestrahlend an. Hinter ihnen bewegte sich etwas in den Schatten. Etwas sehr Großes, das Bäume und Laternen ins Schwanken brachte. Nox!

Mein Herz stolperte, als mir klar wurde, was das bedeutete.

Zoey kicherte an meiner Seite. »Tja, und weil ich die beste *Beste Freundin* überhaupt bin, habe ich auch dir ein Abschiedsgeschenk besorgt.«

Zwischen den Bäumen tauchte Rhome auf und dahinter ... betrat Noár die nächtliche Lichtung. Er wirkte müde und abgekämpft, doch als sich unsere Blicke trafen, breitete sich ein Lächeln auf seinem Gesicht aus, das meine Sorge um ihn in Glücksgefühlen erstickte.

Erst als Zoey »Jetzt geh schon!« flüsterte, erinnerten sich meine Beine daran, wofür sie gut waren, und trugen mich Schritt für Schritt Noár entgegen.

Als wir uns erreicht hatten, blieb er ungewöhnlich angespannt stehen und sah mich für ein paar endlose Augenblicke einfach nur an.

Das war er also, der Moment, auf den ich hingefiebert hatte. Der Moment, in dem mein Bauch entscheiden sollte, ob ich mit –

Plötzlich streckte Noár seine Handfläche aus und rief: »Flummel!«

Verwirrt beobachtete ich, wie der kleine Fellball von irgendwoher aus dem Hain herbeischwirrte und sich auf der Hand des Schattenprinzen niederließ. Noár warf ihm einen strengen Blick zu.

»Ich will, dass du meine Gedanken liest, und sollte ich nicht die Wahrheit sagen, gebe ich dir die offizielle Erlaubnis, mich zu beißen.«

Flummel schien genauso überrascht zu sein wie ich, nickte aber zum Zeichen, dass er verstanden hatte. Der Okoklin nahm seinen Job sogar so ernst, dass er sich Noárs Zeigefinger schnappte und vorsorglich sein winziges Gebiss entblößte.

Der Schattenprinz ließ es geschehen, bevor er seine Augen wieder auf mich richtete und einen feierlichen Tonfall anschlug. »Ich bin in den Schatten geboren und habe nie das Licht gebraucht, um meinen Weg zu finden. Trotzdem habe ich mich verirrt. Ich bin verloren gegangen. Ich habe Fehler gemacht – viele Fehler. Und jeder einzelne davon ist zu einer reißenden Bestie geworden, die mich auf ewig verfolgen wird. Ich hatte mich damit abgefunden – bis du kamst.« Ein kleines Lächeln spielte in seinen Mundwinkeln. »Ein Kätzchen auf der Suche nach einem Abenteuer. Ein Leuchtfeuer in der Dunkelheit. Bis zu diesem Augenblick habe ich nicht gewusst, wie sehr ich das Licht in meinem Leben brauche«, gestand er. »Nur enthüllt jedes Licht auch die Makel, die sich in den Schatten leicht vergessen lassen. Nach allem, was ich dir angetan habe, weiß ich nicht, wie ich mich jemals deiner Liebe als würdig erweisen könnte, aber ich weiß, dass ich es den Rest meines Lebens versuchen werde – wenn du mich lässt.«

Ich vergaß zu atmen, weil es in diesem Moment kein Verstecken mehr gab, kein Ausweichen, Hinhalten oder Verschleiern. Er sagte nicht nur die Wahrheit – wie mir auch Flummel mit einem gönnerhaften Nicken bestätigte –, er sprach sie vor den Leuten aus, die uns beiden am wichtigsten waren. Und da wusste ich es. Ich wusste, dass ich Noár nicht nur *trotz* seiner Fehler liebte, sondern *mit* seinen Fehlern. Ja, er hatte Unrecht begangen. Doch er hatte lange, bevor er mir begegnet war, versucht, dieses Unrecht wiedergutzumachen – andernfalls wäre er ja auch nie als Gefangener in unserem Keller in der Menschenwelt gelandet.

Die Erinnerung daran entlockte mir ein Lächeln.

Der Schattenprinz verbarg es manchmal sehr wirkungsvoll, aber er war ein guter Mann.

Ich legte ihm meine Hand auf die Brust.

»Ich sehe dich, Noár.« Meine Stimme war kaum mehr als ein Flüstern, weil ich Angst hatte, dass sie sonst brechen würde. »Ich sehe den Mann, der du bist. Und ich liebe, was ich sehe.«

In Noárs Augen schimmerte etwas, das ich nicht deuten konnte. Er schluckte und sein Herz unter meiner Hand begann heftig zu klopfen.

»Würdest du mir dann die Ehre erweisen, mich zu heiraten?«, fragte er. »Jetzt und hier?«

Mir klappte sehr undamenhaft der Mund auf. Jetzt? Hier?

Da dämmerte mir, dass das nicht bloß eine Abschiedsparty mit zufälliger Liebeserklärung war. Zoey musste all das von langer Hand geplant haben – das war eine Flashmob-Hochzeit!

Meine Geisterfreundin kam mit schuldbewusster Miene herbeigeschwebt. »Äh, also das ist jetzt der Punkt, an dem du nicht sauer auf mich sein darfst«, beeilte sie sich zu sagen. »Ich hab ja nicht mehr viel Zeit hier und deshalb hab ich ganz egoistisch ein paar Beziehungen spielen lassen, um etwas zu beschleunigen, was sowieso passieren wird.«

»Beziehungen?«, echote ich baff.

»Also bitte, MaiMai! Wer außer mir, glaubst du, schafft es, einen Haufen Schattenkrieger, vier Fürstenkinder und den amtierenden Regenten Cassardims so spontan zu einer heimlichen Hochzeit einzuladen?«

Ihr Zeigefinger flog erst zu Noárs Freunden, dann in Richtung meiner Geschwister und schließlich zu Lazar. Ich riss erstaunt die Augen auf, denn ich hatte nicht gewusst, dass der Seneschall inzwischen die Regierungsgeschäfte übernommen hatte.

»Außerdem habe ich zwei vielbeschäftigte und rechtschaffene Generäle, einen alten und einen neuen«, fuhr Zoey fort und deutete nacheinander auf Rhome und den offenbar beförderten Askan, »zu einer Party mit dem meistgesuchten Verbrecher des Totenreichs überredet, auch bekannt als Fürst der Faheen.« Jetzt zeigte sie auf Ilion, der sich im Gegenzug spöttisch an die Stirn tippte.

Bitte was?!

»Aber all das«, setzte Zoey nun zum krönenden Finale an und präsentierte mir Noár, »war ein Kinderspiel im Vergleich zu der Meisterleistung, einen Mann mit einem Ego, so groß wie der Atlantik, und einem Mount Everest an Schuldgefühlen, davon zu überzeugen, dass er es zwar *ziemlich*, aber nicht *hoffnungslos* verbockt hat und mir glauben soll, wenn ich ihm sage, dass du ihm noch eine Chance geben wirst.«

Mir fehlten die Worte.

»All das ist quasi mein Abschiedsgeschenk an dich. Im Gegenzug dafür wünsche ich mir ganz egoistisch, die erste Geisterbrautjungfer in der Geschichte des Totenreichs zu werden – was im Übrigen mein Künstlername wird, sollte ich in meinem neuen Leben zufällig den Körper einer Hip-Hopperin bekommen.«

Zoey grinste mich breit an. Genau wie alle anderen.

Nur Noár sah mich noch genauso angespannt an wie zuvor. In

seinen Augen reflektierten die Varras-Lichter, die in den Nebeln hinter mir aufstiegen, und gaben mir das Gefühl, im Himmel zu schweben. Ich liebte diesen Mann abgöttisch und war –

»Jetzt sag endlich Ja!«, unterbrach Nick meine romantischen Gedankengänge. »Der arme Kerl kollabiert uns sonst noch.«

Das Mitleid meines großen Bruders brachte mich zum Lachen und ließ die einzige Antwort aus mir herausplatzen, die es gab.

»Ja.«

Was danach geschah, nahm ich nur noch durch einen Schleier aus Endorphinen wahr. Ich wurde gepackt, herumgewirbelt, abgestellt und zu dem Baumstumpf mitgezogen, auf dem ich mir nächtelang meinen Kopf zerbrochen hatte. Noár hob mich hinauf und sprang dann hinterher. Oben erwarteten uns bereits Lazar in seiner Funktion als Cassardims Regent sowie Moe, der eine schwarze Schatulle trug.

»Da keiner von uns noch mehr Zeit mit Formalitäten verschwenden möchte, konzentriere ich mich auf das Wesentliche«, kündigte Lazar an.

»Sehr gut!«, murmelte Pash. »Ich sterbe vor Hunger.«

Der selig lächelnde Joto stieß dem Schattenkrieger seinen Ellbogen in die Rippen, während Lazar die Störung mit geübter Gleichgültigkeit überging und seine Aufmerksamkeit auf mich und Noár richtete.

»Wie viele der Anwesenden wissen, war ich von dieser Verbindung noch nie sonderlich begeistert. Aber ich habe Amaia mein Wort gegeben, dass ich ihre Entscheidung akzeptieren werde. Darum frage ich nun dich, Amaia: Ist es dein Wille, diesen – unerträglich arroganten, aber überraschenderweise doch akzeptablen – Mann zu deinem Gemahl zu nehmen, ihm Treue, Ergebenheit und Liebe zu schwören – bis in den Tod und darüber hinaus?«

Gerührt davon, dass der Seneschall Wort hielt, verlor ich mich in Noárs Sternenaugen und antwortete ehrlich und aus vollstem Herzen: »Ja, es ist mein Wille.«

Lazar lächelte mich an, als hätte er nichts anderes erwartet, bevor sein Gesicht sich verdüsterte und er den Schattenprinzen ins Visier nahm.

»Noár, ist es dein Wille, diese hinreißende junge Frau – deren Herz du besser niemals brechen solltest, weil ich dir sonst deines herausschneide – zu deiner Gemahlin zu nehmen, ihr Treue, Ergebenheit und Liebe zu schwören – bis in den Tod und darüber hinaus?«

Lazars liebevoll vorgetragene Warnung brachte mich und Noár gleichermaßen zum Schmunzeln.

»Ja, es ist mein Wille«, antwortete er.

Im gleichen Augenblick landete Flummel auf seiner Schulter und bestätigte mir mit einem glücklichen Quieken, dass der Schattenprinz die Wahrheit sagte.

»Dann sei Cassardim Zeuge und Wächter eurer Verbindung.«

Lazar gab Moe ein Zeichen. Mein kleiner Bruder öffnete die Schatulle in seinen Händen und reichte uns die Ringe, die Noár aus den Elementen Cassardims geschmiedet hatte. Als wir sie uns ansteckten, überkam mich ein mulmiges Gefühl. Nur das zukünftige Kaiserpaar hatte das Recht, sie zu tragen, und das waren wir nicht. Doch Noár vertrieb jeden finsteren Gedanken, indem er mich endlich an seine Lippen zog.

»Beginnt eure Reise mit diesem Kuss, auf dass sie ebenso endet«, schloss Lazar, wobei seine Worte bereits in Jubel untergingen.

In Noárs Armen kam meine Seele zur Ruhe. Gleichzeitig wollte mir mein Herz vor Glück aus der Brust springen. Freudentränen quollen mir aus den Augen, weil die Intensität all meiner Empfindungen nicht mehr kontrollierbar war. Zudem überrollte mich eine Welle der Demut, angesichts all der Ereignisse, die wir hatten durchleben müssen, um an diesen Punkt zu gelangen.

Als plötzlich Musik den Hain erfüllte, schnappte ich überrascht nach Luft. Besser gesagt, ich versuchte es – ein Ding der Unmöglichkeit, solange man an fremden Lippen hing. Lachend gab Noár mich frei.

Das war einer meiner Lieblingssongs!

Ich entdeckte Zoey vor einem Tisch, auf dem all meine Musikkästchen standen. »Für die richtige Playlist ist gesorgt!«, rief sie ausgelassen. Dann sah sie in die Runde und breitete die Arme aus. »Also, wer von euch Totenwächtern hat die Eier, mit 'ner heißen Geisterbrautjungfer zu tanzen?«

Pash schlug Rhome mit dem Handrücken gegen die Brust. »Das ist dann wohl mein Stichwort.«

Der Schattenkrieger schnappte sich Zoey und eröffnete die Tanzfläche. In Nu hatte sich der Hain in eine Partyzone verwandelt. Da die älteren Cassarden noch ein wenig mit der ungewöhnlichen Musik haderten, gingen meine Geschwister als Beispiel voran. Jenny tanzte mit Moe, Annie forderte Rhome auf und Nick überredete Mariz. Ab da gab es kein Halten mehr und die wildesten Konstellationen fanden sich. Ilion wirbelte Keeza durch den Hain. Lazar forderte Junos um der alten Zeiten willen zu einem Tänzchen auf. Joto bat Esekra, die erst einwilligte, nachdem Nox ihr einen heftigen Schubs gegeben hatte. Und Askan ... Askan überraschte uns alle mit einer ausdrucksstarken Solo-Performance.

Ich genoss es so sehr, ihnen zuzusehen, dass ich beinahe vergaß, was hier gerade gefeiert wurde. Zumindest, bis mein Mann mich daran erinnerte.

»Willst du auch?«, erkundigte er sich mit einem verschmitzten Funkeln in den Augen.

Was für eine Frage! Freudestrahlend zerrte ich ihn auf die improvisierte Tanzfläche. Unseren letzten Tanz hatte ich weder genießen können noch hatte er sonderlich erbaulich geendet. Zeit für neue Erinnerungen ...

Doch gerade als wir voll motiviert loslegen wollten, endete der Song und Zoey öffnete ein anderes Kästchen mit einer Ballade über Träume, die sich wie ein Zuhause anfühlen.

»Deine Freundin kann wohl Gedanken lesen«, raunte Noár mir zu. Er zog mich an seine Brust und begann, uns im Takt zu wiegen. Das Licht der Laternen zeichnete sanfte Schatten auf sein Gesicht. Mit jedem Takt, jedem Atemzug und jedem Herzschlag fiel die Aufregung von mir ab und ich fing an zu begreifen, dass ich gerade mit meinem Ehemann tanzte.

»Bereust du es schon?«, neckte mich Noár.

»Näh, noch nicht«, stichelte ich zurück. »Das böse Erwachen kommt bestimmt erst morgen früh.«

Sein leises Lachen brachte meine Haut zum Kribbeln. Er presste mich ein bisschen fester an sich und der Blick unter seinen dunklen Wimpern bekam einen sinnlichen Glanz.

»Wo wir gerade dabei sind ...« In meinem Kopf tauchte ein Bild auf, das mir glühende Wangen bescherte. Noár hatte wohl ganz konkrete Vorstellungen davon, wie er die Zeit bis morgen früh verbringen wollte.

»Das Fort ist nicht ... sehr groß«, stammelte ich atemlos. »Und ... wir haben viele Gäste.« Ein zweites noch gewagteres Bild drängte sich in meine Gedanken. Ich biss mir auf die Unterlippe und versuchte zu ignorieren, dass sich die Hitze seiner Hände durch mein Kleid brannte.

Noár zuckte gleichgültig mit den Schultern. »Meinetwegen können ruhig alle hören, wie ernst ich die Pflicht nehme, meine Gemahlin glücklich zu machen. Mehrfach.«

Ich wusste nicht, ob ich lachen, stöhnen oder verärgert sein sollte, also knuffte ich ihm spielerisch in die Brust. »Falls du nicht willst, dass ich mich später bei deiner Pflichterfüllung zurückhalte, solltest du dir lieber etwas Besseres einfallen lassen.«

»Gut zu wissen«, murmelte er amüsiert, bevor er sich nah an mein Ohr beugte und flüsterte: »Rim Valesh ist keine Flugstunde von hier entfernt.«

Seine Antwort schickte mir einen heißen Schauer über den Rücken, und während er die Nähe zu meinem Hals nutzte und ein paar zarte Küsse darauf hauchte, verlor ich mich in seinen Armen, der Musik und der Vollkommenheit dieses Abends.

»Ich liebe dich«, flüsterte ich.

Noár richtete sich auf und lächelte mich zärtlich an. »Ich dich auch, Kätzchen.«

Und da sah ich es. Seine Augen voller Sterne füllten sich mit wirbelnden bodenlosen Abgründen.

GLOSSAR

DIE VIER BRÜCKEN

Die Goldene Brücke – führt über den Ewigen Fluss
Die Nebelbrücke – führt weitverzweigt durch die Niemandslande
Die Sandbrücke – führt über das Trockene Meer zur Schwarzen Treppe
Die Tannbrücke – führt durch den Wandernden Wald zur Silbernen Treppe

DIE ACHT REICHE

Der Goldene Berg – Bauwerk aus Gold im Zentrum Cassardims
Die Silberfeste – erbaut auf den Wolkenbergen, entspricht dem Elysium
Die Schattenfeste – erbaut auf den Schattenbergen, entspricht der Hölle
Das Trockene Meer – Ozean aus Sand, der sich wie Wasser verhält
Der Ewige Fluss – öliger Strom aus Chaos, glüht nachts grünlich
Der Wandernde Wald – Reich aus Wurzeln und Bäumen, in steter Bewegung
Die Tanzenden Nebel – umgeben Cassardim, können Erinnerungen entziehen
Die Niemandslande – Reich aus schwebenden Bergen und Felsen

DIE VÖLKER CASSARDIMS

DAS GOLDENE VOLK

HEIMAT: Der Goldene Berg
AUFGABE: Das Totengericht
FARBE: Gold
BEKANNT FÜR: Schmuckschmieden, Archive, Honig, Süßspeisen
SYMBOL: goldene Ornamente auf der Stirn
HERRSCHERSYMBOLE: Ornamente auf den Handflächen

DAS FÄHRVOLK

HEIMAT: Der Ewige Fluss
AUFGABE: Übersetzen der Seelen zur Goldenen Brücke

FARBE: Ocker
BEKANNT FÜR: Korbflechtarbeiten, Räucherfleisch, Seife
SYMBOL: Ornamente aus Brauneisenstein auf den Wangenknochen
HERRSCHERSYMBOLE: Ornamente an den inneren Handgelenken

DIE NEBELREITER

HEIMAT: Die Tanzenden Nebel/Menschenwelt
AUFGABE: Geleit der Seelen durch die Nebel
FARBE: Violett
BEKANNT FÜR: Seide, Glas, Käse
SYMBOL: Linien und Ornamente aus Bronze am Kinn
HERRSCHERSYMBOLE: Ornamente an der Wirbelsäule

DAS WALDVOLK

HEIMAT: Der Wandernde Wald
AUFGABE: Überführung der erlösten Seelen in die Silberfeste
FARBE: Grün
BEKANNT FÜR: Schnitzereien, Langbögen, Früchte
SYMBOL: Ornamente aus Bernstein am seitlichen Schädel
HERRSCHERSYMBOLE: Ornamentringe um die Handgelenke

DAS WÜSTENVOLK

HEIMAT: Das Trockene Meer
AUFGABE: Überführung der verurteilten Seelen in die Schattenfeste
FARBE: Beige
BEKANNT FÜR: Tabak, Webereien, Brot
SYMBOL: Streifen aus Tonerde über Augen und Nasenrücken
HERRSCHERSYMBOLE: Ornamente auf den Oberarmen

DAS WOLKENVOLK

HEIMAT: Die Silberfeste
AUFGABE: Belohnung der Seelen, Schutz der Barrieren
FARBE: Weiß
BEKANNT FÜR: Waffenschmieden, Wolkensilber, Salz, Instrumente
SYMBOL: silberne Ornamente über den Augenbrauen
HERRSCHERSYMBOLE: Zwei Sterne auf der Brust

DAS SCHATTENVOLK

HEIMAT: Die Schattenfeste
AUFGABE: Bestrafung der Seelen, Schutz der Barrieren
FARBE: Rot
BEKANNT FÜR: Waffenschmieden, Schattenmetall, Öl, Heilkräuter
SYMBOL: Ornamente aus Obsidian an Hals und Schlüsselbeinen
HERRSCHERSYMBOLE: Ornamente auf Handrücken und Unterarmen

DIE FELSENLÄUFER

HEIMAT: Die Niemandslande
AUFGABE: Schutz der Seelen auf dem Weg in ihre neuen Leben
FARBE: Blau
BEKANNT FÜR: Varras-Wein, Lederwaren, Shryn-Kristalle
SYMBOL: Eisenfächer an Schläfen
HERRSCHERSYMBOL: Ornamente an den Fingerspitzen

PERSONEN

GOLDENER HOF

Amaia – Goldene Erbin Cassardims
Katair – Kaiser, Fidrins Sohn
Moya – ehemalige Kaiserin, Katairs Frau
Lazar – Lazar val Etor, Seneschall
Askan – Goldkrieger, Kommandant des fünften Regiments
Joto – Zeremonienmeister im Goldenen Palast
Mariz – Kammerzofe von Amaia, in Noárs Lebensschuld
Nana Plombis – Haushofmeisterin im Goldenen Palast

HOF DES WANDERNDEN WALDES

Mak – Fürst des Wandernden Waldes, Moes Vater
Ganaya – Fürstin des Wandernden Waldes, Moes Mutter
Moe – Zamo, Kronprinz des Wandernden Waldes
Tincos – »Eiserner Prinz«, Maks Sohn, Moes Halbbruder
Emis – Botschafter des Goldenen Bergs im Wandernden Wald
Brom – Botschafter der Silberfeste im Wandernden Wald
Praparatin – Botschafter der Schattenfeste im Wandernden Wald

SCHATTENHOF

Shaell – Fürst der Schattenfeste, Noárs Vater
Zima – Fürstin der Schattenfeste, Noárs ehemalige Geliebte
Noár – Kronprinz Ardiza Noár val Shaell von der Schattenfeste, Heerführer der dunklen Armee
Rhome – General Lerhome val Aavis, Noárs rechte Hand
Drokor – Lord Drokor val Fash, Noárs Freund
Pash – Graf Sepash val Paskes, Noárs Freund
Keeza – Takeezani val Aavis, Rhomes Schwester
Junos – Junos val Naath, Noárs stummer Freund
Valair – Valair val Varrev, Großherzog
Esekra – Noárs ehemalige Amme
Nox – Noárs Shendai
Haya – Shendai-Weibchen aus Nox' Rudel, seine Tante
Kami, Naz und **Rizon** – Shendai-Junge aus Nox' Rudel
Flummel – Okoklin, in Amaias Lebensschuld

WÜSTENHOF

Samtar – Fürst des Trockenen Meers, Nicks Vater
Nick – Prinz Nicuna, Samtars Sohn, ehemalige fürstliche Geisel

HOF DER NIEMANDSLANDE

Onode – Fürst der Niemandslande, Jennys Vater
Jenny – Prinzessin Jenara, ehemalige fürstliche Geisel

WOLKENHOF

Saphama – Fürstin der Silberfeste, »Amaias« Mutter
Ifar – Kronprinz der Silberfeste, Heerführer der Wolkenarmee

HOF DES FÄHRVOLKS

Annie – Prinzessin Lovanna, ehemalige fürstliche Geisel
Yon – Fährmann

NEBELHOF

Adam † – Prinz Toradam, ehemalige fürstliche Geisel

OHNE ZUGEHÖRIGKEIT

Zoey – Amaias beste Freundin
Ilion – Fürst der Faheen
Fidrin – ehemaliger Kaiser von Cassardim, Katairs Vater

NAMEN, ORTE UND BEGRIFFE

Chimäre – riesenhafte Chaoskreaturen mit Merkmalen verschiedener Tiere
Chokaal (Chaoshund) – hyänenartige Chaoskreatur, groß wie ein Bär
Damatih-Tee – wach machendes Gebräu
Feuerkrähen – rotgefiederte Vögel im Schattenreich
Feuerschwärmer – giftiger bluttrinkender Falter im Schattenreich, auch »letzte Gnade des Schicksals« genannt
Fort am Grenzstern – alter Wachposten im Schattenreich
Hamatar – Stadt der Purpurfeuer, Hauptstadt des Trockenen Meers
Juwel der Macht – Edelstein zur Verstärkung des Willens und Weitergabe von Erinnerungen aller Kaiser
Nachtranke – Pflanze aus dem Schattenreich, die Eindringlinge abwehrt
Nebelfalter – Schmetterlinge mit scharfen, goldverzierten Flügeln, beschützen das Nebeltor
Neun Tode – Noárs Vertraute
Nyadenwasser – milchiges Getränk, das den Geschmack seinem Trinker anpasst
Rim Valesh – ehemaliger Stützpunkt einer Shendaistaffel
Sandgleiter – robbenartige Reittiere mit Fischflossen, die im Trockenen Meer leben
Schattenpforte – Verbindungspunkt verschiedener Orte im Schattenreich
Schleier-Kristall – Edelstein zum Transport von Seelen
See alles Verlorenen – legendäres, verborgenes Gewässer im Schattenreich
Shendai – geflügelte, schwarze Raubkatzen mit messerscharfen Schwingen
Shryn-Kristall – Edelstein-Gefängnis verdammter Seelen
Stern der fünf Reiche – Grenzpunkt zwischen fünf Reichen Cassardims
Teeravad – Hauptstadt des Wandernden Waldes
Unterstadt – Wohnort der niederen Mitglieder des Goldenen Volks
Varras – Erinnerungen der Toten, Basis eines berauschenden Getränks
Zinnen – Lager der dunklen Armee, Nistplatz der Shendai

DANK

Falls ihr euch gerade fragt, ob ihr euch beim letzten Satz verlesen habt, behaltet im Hinterkopf, dass in Cassardim alles möglich ist.

Auch ich durfte das erleben, wobei ihr, liebe Leser, mir diese Erfahrung beschert habt. Eure Begeisterung für meine Geschichte – aber auch für meine Illustrationen und Songs – hat mich überrollt und unendlich glücklich gemacht. Ich danke euch, dass ihr euch von mir habt entführen lassen. Außerdem möchte ich mich verneigen vor der unglaublichen Unterstützung, die ihr mir durch all die lieben Nachrichten, Geschenke, Posts, Rezensionen und Bewertungen zukommen lasst. Ich weiß, dass all das keine Selbstverständlichkeit ist, und sehe die unglaubliche Mühe, die dahintersteckt – besonders, da ich als Autorin darauf angewiesen bin wie auf die Luft zum Atmen. Im Speziellen darf hier natürlich meine Cassardim-Delegation nicht unerwähnt bleiben: Jenny, Hanna, Hannah, Tamara, Stephanie, Nane und Verena, ihr seid großartig!

Selbstverständlich gebührt mein Dank auch dem ganzen Team des Thienemann-Esslinger Verlags. Das Herzblut, mit dem ihr dafür kämpft, die Welt um viele wundervolle Geschichten zu bereichern, kann ich nur jedes Mal aufs Neue bewundern. Ganz besonders möchte ich Silke Kramer für ihre liebevolle und professionelle Art, ihr Verständnis und das blinde Vertrauen danken, das sie in meine Ideen steckt. Und ich falle – dramatisch, aber völlig zurecht – auf die Knie vor Larissa Rupp, die mich durch alle Höhen und Tiefen der Corona-Hitze-Wasserrohrbruch-Zeit begleitet hat, in der »Jenseits der Schwarzen Treppe« entstanden ist. Du hast nicht nur deinen Urlaub für mich verschoben, sondern mich mit stets offenen Ohren unermüdlich motiviert und mir mit stets präziser Kritik die Augen geöffnet. Außerdem hast du unglaubliches Einfühlungsvermögen und Geduld bewiesen, als du mir durch die Irrungen und Wirrungen meines chaotischen Kopfs gefolgt bist. Ich danke dir von Herzen!

Obwohl oben schon kurz erwähnt, möchte ich hier nochmals Nane von TheUjulala.de danken für die lieben Gespräche, den Kaffee und den Lese-Live-Ticker ihrer Gedanken.

Und was wäre ich ohne Verena von Lieblingsleseplatz.de? Trotz diverser Hiobsbotschaften in ihrem Leben durfte ich dich auch bei meinem Weg über die »Schwarze Treppe« an meiner Seite wissen. All deine Sprachnachrichten waren on-point, mal witzig, mal bewegend, mal wachrüttelnd, aber immer ein Lichtblick. Danke!

Zu guter Letzt muss und möchte ich noch zwei Männer aus meinem Leben erwähnen. Da wäre zum einen mein Wunschbruder Florian Stierstorfer, der immer der Erste ist, der jedes frischgebackene Kapitel verschlingt und mir auf seine unvergleichliche Weise seine Perspektive und seine Kritik schenkt. Nicht selten liege ich vor Lachen auf dem Boden, staune über Aha-Momente oder finde durch dich, Flomo, meine Motivation wieder. Ohne dich würde nicht nur meinen Geschichten, sondern auch meinem Leben etwas fehlen.

Zum anderen danke ich aus tiefstem Herzen meinem Lebensgefährten Rob Perkins, der ehrlich genug ist, um mir zu sagen, dass er mangels Zielgruppenkompatibilität auf die Verfilmung meiner Bücher wartet, der ein Leben an meiner Seite wagt, der meine Fehler und dunklen Seiten kennt und mich trotzdem liebt.

Dippel, Julia
Cassardim – Jenseits der Schwarzen Treppe
ISBN 978 3 522 50698 4

Umschlaggestaltung: Marie Graßhoff, nach einer Idee von Carolin Liepins,
Figur: Julia Dippel
unter Verwendung von Bildern von shutterstock.com
Vor- und Nachsatz: Julia Dippel
Innentypografie: Kadja Gericke
Reproduktion: DIGIZWO GbR, Stuttgart
Druck und Bindung: GGP Media GmbH, Pößneck

MIX
Papier | Fördert gute Waldnutzung
FSC® C014496

6. Auflage 2024